HEYNE‹

JEFFREY ARCHER

ERBE UND SCHICKSAL

✳— DIE CLIFTON-SAGA 3 —✳

ROMAN

Aus dem Englischen
von Martin Ruf

WILHELM HEYNE VERLAG
MÜNCHEN

Die Originalausgabe BEST KEPT SECRET
erschien 2013 bei Macmillan, London

Der Verlag weist ausdrücklich darauf hin, dass im Text
enthaltene externe Links vom Verlag nur bis zum Zeitpunkt
der Buchveröffentlichung eingesehen werden konnten.
Auf spätere Veränderungen hat der Verlag keinerlei Einfluss.
Eine Haftung des Verlags ist daher ausgeschlossen.

Dieses Buch ist auch als E-Book erhältlich.

Verlagsgruppe Random House FSC® N001967

Vollständige deutsche Erstausgabe 05/2016
Copyright © 2013 by Jeffrey Archer
Copyright © 2016 der deutschsprachigen Ausgabe
by Wilhelm Heyne Verlag, München,
in der Verlagsgruppe Random House GmbH,
Neumarkter Str. 28, 81673 München
Redaktion: Thomas Brill
Printed in Germany
Umschlagillustration: Johannes Wiebel/punchdesign,
unter Verwendung von Motiven von
CollaborationJS/Arcangel Images und shutterstock.com
Satz: KompetenzCenter, Mönchengladbach
Druck und Bindung: GGP Media GmbH, Pößneck
ISBN: 978-3-453-47136-8

www.heyne.de

*FÜR
SHABNAM UND ALEXANDER*

PROLOG

Big Ben schlug viermal.

Obwohl der Lordkanzler erschöpft war und die Ereignisse der letzten Nacht seine ganze Kraft gefordert hatten, strömte noch so viel Adrenalin durch seinen Körper, dass er nicht einschlafen konnte. Er hatte Ihren Lordschaften versichert, dass er in der Sache Barrington gegen Clifton ein Urteil sprechen und darüber entscheiden würde, welcher der beiden jungen Männer den Titel und die umfangreichen Besitztümer der Familie erben würde.

Noch einmal erwog er die Fakten, denn er war davon überzeugt, dass die Fakten – und nur die Fakten – seine endgültige Wahl bestimmen sollten. Schon als er vor etwa vierzig Jahren nach Beendigung seines Jurastudiums sein Praxisjahr begonnen hatte und noch bevor er als Anwalt zugelassen worden war, hatte sein Supervisor ihm eingeschärft, alle persönlichen Gefühle, vagen Eindrücke und Voreingenommenheiten zurückzustellen, wenn es darum ging, gegenüber dem Mandanten und dem Fall, mit dem er sich beschäftigte, zu einer Entscheidung zu kommen. Das Gesetz, so hatte sein Supervisor betont, war nichts für ängstliche Gemüter oder romantische Schwärmer. Doch obwohl der Lordkanzler vier Jahrzehnte lang dieses Mantra beherzigt hatte, musste er zugeben, dass er noch nie mit einem Fall befasst war, in welchem der Anspruch beider Seiten auf eine so nachdrückliche Weise gleichermaßen berechtigt schien.

Er wünschte sich, F. E. Smith wäre noch am Leben, damit er ihn um Rat fragen könnte.

Auf der einen Seite ... wie er diesen klischeehaften Ausdruck hasste. Auf der einen Seite war Harry Clifton drei Wochen vor seinem besten Freund Giles Barrington geboren worden: eine Tatsache. Auf der anderen Seite war Giles Barrington zweifellos der eheliche Sohn von Sir Hugo Barrington und seiner ihm rechtmäßig angetrauten Frau Elizabeth: eine Tatsache. Doch das machte Giles Barrington noch nicht unbedingt zu Sir Hugos Erstgeborenem, und genau auf diesen Punkt bezog sich die entscheidende Passage des Testaments. Auf der einen Seite hatte Maisie Tancock Harry am achtundzwanzigsten Tag des neunten Monats nach ihrer einmaligen Beziehung zu Hugo Barrington – sie hatten an jenem Tag an einem Ausflug nach Weston-super-Mare teilgenommen – zur Welt gebracht. Eine Tatsache. Auf der anderen Seite war Maisie Tancock mit Arthur Clifton verheiratet, als Harry geboren wurde, und in der Geburtsurkunde wurde Arthur unmissverständlich als Vater des Kindes genannt. Eine Tatsache.

Auf der einen Seite ... die Gedanken des Lordkanzlers schweiften ab zu den Ereignissen, die sich im Oberhaus abgespielt hatten, nachdem von den Mitgliedern der Kammer darüber abgestimmt worden war, ob Giles Barrington oder Harry Clifton den Titel *samt allem, was darin inbegriffen ist*, erben sollte. Er erinnerte sich an die genauen Worte des leitenden Repräsentanten der Parteien, mit denen dieser einem bis auf den letzten Platz besetzten Haus das Ergebnis der Abstimmung verkündet hatte:

»Ja-Stimmen zur Rechten: zweihundertdreiundsiebzig. Nein-Stimmen zur Linken: zweihundertdreiundsiebzig.«

Unruhe war daraufhin auf den roten Bänken ausgebrochen.

Der Lordkanzler akzeptierte, dass ihm aufgrund der Stimmengleichheit die wenig beneidenswerte Aufgabe zufiel, über das Erbe des Familientitels der Barringtons einschließlich der angesehenen Schifffahrtslinie, der Ländereien und aller sonstigen Besitztümer zu entscheiden. Wenn doch nur nicht so viel von seiner Entscheidung abhängen würde im Hinblick auf die Zukunft der beiden jungen Männer. Sollte er sich von der Tatsache beeinflussen lassen, dass Giles Barrington den Titel erben wollte und Harry Clifton nicht? Nein, keineswegs. Wie Lord Preston in seiner überzeugenden Rede für die Opposition ausgeführt hatte, würde dies einen Präzedenzfall schaffen, der höchst unglückliche Folgen haben konnte, auch wenn eine solche Entscheidung im Augenblick bequem erscheinen musste.

Wenn er jedoch auf der anderen Seite zum Schluss käme, dass Harry zu begünstigen wäre ... der Lordkanzler nickte schließlich ein, doch nur um, so schien es, gleich darauf von einem leisen Klopfen an seiner Tür zu ungewöhnlich später Stunde wieder geweckt zu werden: Es war sieben Uhr morgens. Er seufzte, doch seine Augen blieben geschlossen, während er die Schläge Big Bens zählte. Schon in drei Stunden würde er seine Entscheidung verkünden müssen, und er war noch immer zu keinem Entschluss gelangt.

Der Lordkanzler seufzte ein zweites Mal, senkte die Füße auf den Boden, schlüpfte in seine Hausschuhe und ging ins Bad. Selbst als er in der Badewanne saß, ließ ihm das Problem keine Ruhe.

Eine Tatsache: Harry Clifton und Giles Barrington waren genauso farbenblind wie Sir Hugo. Eine Tatsache: Farbenblindheit wird nur über die mütterliche Linie vererbt, weswegen dieses Charakteristikum nur ein Zufall war und nicht in die Überlegungen mit einbezogen werden sollte.

9

Er stieg aus der Wanne, trocknete sich ab und streifte einen Morgenmantel über. Dann verließ er das Bad und ging durch einen mit dicken Teppichen ausgelegten Korridor in sein Arbeitszimmer.

Der Lordkanzler griff nach einem Füllfederhalter, schrieb die Namen »Barrington« und »Clifton« auf ein weißes Blatt Papier und notierte darunter die Dinge, die für oder gegen den jeweiligen jungen Mann sprachen. Als drei in seiner fein säuberlichen Handschrift abgefasste Seiten vor ihm lagen, schlug Big Ben achtmal. Aber der Lordkanzler hatte immer noch keine Lösung gefunden.

Er legte den Füllfederhalter nieder und erhob sich widerstrebend, um etwas zu essen.

Der Lordkanzler saß alleine und stumm beim Frühstück. Er verzichtete bewusst darauf, einen Blick in die Morgenzeitungen zu werfen, die ordentlich am anderen Ende des Tisches ausgebreitet waren, oder das Radio einzuschalten, denn er wollte nicht, dass irgendein schlecht informierter Kommentator sein Urteil beeinflussen würde. Die seriösen Zeitungen sprachen in besorgtem Ton über die zukünftigen Aussichten bei der Vererbung von Adelstiteln, sollte der Lordkanzler zugunsten Harrys entscheiden, während die Massenblätter nur daran interessiert schienen, ob Emma den Mann, den sie liebte, würde heiraten können.

Als er ins Badezimmer zurückging, um sich die Zähne zu putzen, hatte sich Justitias Waage noch in keine Richtung geneigt.

Kurz nachdem Big Ben neun geschlagen hatte, ging der Lordkanzler wieder ins Arbeitszimmer und sah seine Notizen durch, denn er hoffte, dass sich jetzt eine der beiden Schalen senken würde, doch die Waage befand sich noch immer in vollkommenem Gleichgewicht. Er war gerade im Begriff, seine Notizen ein weiteres Mal durchzusehen, als ein Klopfen an der Tür ihn daran erinnerte, dass er trotz all seiner Macht die Zeit nicht aufhalten konnte. Er stieß ein tiefes Seufzen aus, riss die drei Seiten von seinem Block ab, stand auf und las sie, während er sein Arbeitszimmer verließ und den Korridor hinabging. Als er das Schlafzimmer betrat, sah er, dass East, sein Kammerdiener, für das morgendliche Ritual am Fuß des Bettes bereitstand.

Flink und geschickt streifte East seinem Herrn den seidenen Morgenmantel von den Schultern, bevor er ihm mit dem Anlegen des weißen Hemds half, das vom Bügeln noch warm war. Dann folgten der steife Kragen und das Halstuch aus feiner Spitze. Als der Lordkanzler die schwarze Kniehose anzog, bemerkte er nicht zum ersten Mal, dass er seit dem Antritt seines Amts ein paar Pfund zugelegt hatte. Danach half ihm East in die lange, schwarze, mit Goldbrokat verzierte Robe, um sich anschließend seinem Kopf und seinen Füßen zu widmen. Eine Perücke wurde ihm übergestreift, und dann schlüpfte er in ein Paar Schnallenschuhe. Aber erst als die goldene Amtskette, die neununddreißig Lordkanzler vor ihm getragen hatten, um seine Schultern drapiert wurde, glich er nicht mehr jener grotesken alten Dame, die in englischen Weihnachtsstücken von männlichen Schauspielern dargestellt wird, sondern verwandelte sich in die höchste juristische Autorität des Landes. Ein kurzer Blick in den Spiegel, dann war er bereit, die Bühne zu betreten und seine Rolle im sich entfaltenden Drama zu spielen. Bedauerlich war nur, dass er seinen Text immer noch nicht konnte.

Die minutiöse Genauigkeit, mit der sich der Lordkanzler an den Zeitplan hielt, als er den Nordturm des Palace of Westminster betrat und wieder verließ, hätte jeden Ausbilder beim Militär beeindruckt. Punkt neun Uhr siebenundvierzig klopfte es an die Tür, und sein Sekretär David Bartholomew trat ein.

»Guten Morgen, Mylord«, sagte Bartholomew.

»Guten Morgen, Mr. Bartholomew«, erwiderte der Lord-kanzler.

»Ich bedauere, Ihnen mitteilen zu müssen«, sagte Bartholo-mew, »dass Lord Harvey letzte Nacht auf dem Weg in die Klinik im Rettungswagen verstorben ist.«

Beide Männer wussten, dass dies nicht der Wahrheit ent-sprach. Lord Harvey, Giles und Emma Barringtons Großvater, war nur wenige Augenblicke, bevor die Glocke zur Abstimmung rief, in der Kammer zusammengebrochen. Der Lordkanzler und sein Sekretär folgten jedoch einer jahrhundertealten Tradition: Wenn ein Mitglied des Ober- oder Unterhauses während einer Sitzung starb, so musste eine Untersuchung der genauen Todes-umstände stattfinden. Um diese unangenehme und überflüssige Scharade zu vermeiden, verständigte man sich in solchen Fällen auf die allgemein anerkannte Wendung »auf dem Weg in die Klinik«. Der Brauch ging zurück auf die Zeit von Oliver Crom-well, als es den Mitgliedern der Kammer erlaubt war, Schwerter zu tragen, und durchaus die Möglichkeit bestand, dass es nicht immer mit rechten Dingen zuging, wenn es zu einem solchen Todesfall kam.

Der Tod Lord Harveys stimmte den Lordkanzler traurig, denn er hatte diesen Kollegen gemocht und bewundert. Es wäre ihm allerdings lieber gewesen, wenn ihn sein Sekretär mit dieser Nachricht nicht an eine Tatsache erinnert hätte, die er in seiner fein säuberlichen Handschrift unter Giles Barringtons Namen notiert hatte – nämlich dass Lord Harvey nicht mehr in der Lage gewesen war, an der Wahl teilzunehmen, bevor er zusammen-gebrochen war, und dass er, wäre es ihm möglich gewesen, für Giles Barrington gestimmt hätte. Damit wäre die ganze Ange-legenheit ein für alle Mal entschieden worden, und der Lord-kanzler hätte eine ruhige Nacht verbringen können. Nun jedoch musste *er* ein für alle Mal eine Entscheidung treffen – eine Entscheidung, die *für alle* galt.

Unter Harry Cliftons Namen hatte er eine weitere Tatsache eingetragen. Als der Fall sechs Monate zuvor vor die Lordrichter gekommen war, hatten sie mit vier zu drei Stimmen zugunsten von Clifton entschieden. Er sollte den Titel erben *samt allem, was darin inbegriffen ist*, wie die genauen Worte des Testaments lauteten.

Ein zweites Klopfen an der Tür, und der Schleppenträger erschien. Auch er wirkte, als trüge er ein Kostüm aus einem Musical von Gilbert und Sullivan, doch seine Anwesenheit bedeutete, dass die traditionelle Zeremonie in wenigen Augenblicken beginnen würde.

»Guten Morgen, Mylord.«

»Guten Morgen, Mr. Duncan.«

In dem Augenblick, in dem der Schleppenträger den Saum der langen, schwarzen Robe des Lordkanzlers hob, trat David Bartholomew nach vorn und stieß die Doppeltür des Prunkzimmers auf, damit sein Herr den siebenminütigen Weg zur Kammer des Oberhauses antreten konnte.

Mitglieder des Hauses, Boten und sonstige Mitarbeiter, die mit ihren täglichen Aufgaben beschäftigt waren, traten rasch beiseite, als sie sahen, dass der Lordkanzler sich näherte, damit ihn niemand auf seinem Weg in die Kammer behindern würde. Als er an ihnen vorbeikam, verbeugten sie sich tief, doch diese Verbeugung galt nicht ihm, sondern dem Herrscher, den er repräsentierte. Genauso schnell wie an jedem Tag in den sechs zurückliegenden Jahren folgte er dem mit rotem Teppichboden ausgelegten Korridor, damit er mit dem ersten Schlag des vormittäglichen Zehn-Uhr-Läutens von Big Ben die Kammer betreten würde.

An einem normalen Tag erwarteten ihn in der Kammer nur eine Handvoll Oberhausmitglieder, die sich höflich von ihren roten Bänken erheben und vor dem Lordkanzler verbeugen würden; danach würden sie stehen bleiben, während der diensthabende Bischof das Morgengebet spräche, woraufhin man sich den anstehenden Aufgaben des Tages widmen würde.

Heute nicht. Schon lange bevor er die Kammer erreicht hatte, hörte er das Gemurmel zahlreicher Stimmen. Sogar der Lordkanzler war überrascht, welcher Anblick sich ihm bot, als er das Oberhaus betrat. Die roten Bänke waren so dicht besetzt, dass einige Mitglieder des Hauses sich auf die Stufen vor dem Thron begeben hatten, während andere am Geländer vor den Bänken standen, weil sie nirgendwo mehr einen Sitzplatz finden konnten. Es gab nur eine einzige andere Gelegenheit, bei der das Haus so gut gefüllt war, nämlich dann, wenn der König die Thronrede hielt und Ober- wie Unterhaus über die von seiner Regierung für die nächste Legislaturperiode getroffenen Pläne informierte.

Als der Lordkanzler in die Kammer schritt, beendeten Ihre Lordschaften unverzüglich die Unterhaltungen, erhoben sich wie ein Mann und verbeugten sich, während er vor den Wollsack trat.

Der höchste Jurist des Landes sah sich langsam in der Kammer um, wobei sich über fünfhundert ungeduldige Augenpaare auf ihn richteten. Er ließ seinen Blick schließlich auf drei jungen Leuten ruhen, die auf der gegenüberliegenden Seite der Kammer direkt über ihm auf der Galerie für die Ehrengäste saßen. Giles Barrington, seine Schwester Emma und Harry Clifton trugen schwarze Trauerkleidung aus Respekt für ihren geliebten Großvater oder, was Harry betraf, einen Mentor und guten Freund. Der Lordkanzler fühlte mit allen dreien, denn er war sich bewusst, dass das Urteil, das er sogleich sprechen würde, ihr ganzes Leben ändern würde. Er betete darum, dass es eine Änderung zum Besseren wäre.

Als der Right Reverend Peter Watts, Bischof von Bristol, sein Gebetbuch aufschlug – und dass gerade er es war, schien dem Lordkanzler überaus passend –, senkten Ihre Lordschaften die Köpfe und hoben sie erst wieder bei den Worten: »Im Namen des Vaters, des Sohnes und des Heiligen Geistes.«

Die Mitglieder des Hauses setzten sich, nur der Lordkanzler blieb stehen. Sobald sie – wo auch immer – einen Platz gefunden hatten, lehnten sie sich zurück und warteten darauf, dass er sein Urteil sprechen würde.

»Verehrte Lords«, begann er. »Ich kann nicht behaupten, dass mir die Entscheidung, mit der Sie mich betraut haben, leichtgefallen ist. Im Gegenteil. Ich muss gestehen, dass sie eine der schwierigsten war, die ich in all meinen Jahren als Jurist treffen musste. Aber schließlich war es Thomas More höchstselbst, der uns daran erinnert, dass jeder, der diese Robe trägt, bereit sein muss, Entscheidungen zu treffen, die nur selten die Zustimmung aller finden werden. Und in der Tat, verehrte Lords, kam es in der Vergangenheit schon dreimal dazu, dass der Lordkanzler nach seinem Urteilspruch noch am selben Tag enthauptet wurde.«

Das Gelächter, das sich daraufhin erhob, löste die Anspannung ein wenig, doch nur für einen kurzen Augenblick.

»Und doch ist es meine Pflicht«, fuhr er fort, nachdem das Gelächter verklungen war, »dass ich nur dem Allmächtigen Rechenschaft schuldig bin. Und in diesem Bewusstsein, verehrte Lords, habe ich in der Sache Barrington gegen Clifton hinsichtlich der Frage, wer Sir Hugo Barrington als rechtmäßiger Erbe folgen und den Familientitel und die Ländereien samt allem, was darin inbegriffen ist, erben soll ...«

Wieder sah der Lordkanzler hinauf zur Galerie. Er zögerte. Noch einmal ruhte sein Blick auf den drei unschuldigen jungen Leuten, die da oben wie auf einer Anklagebank saßen und zu ihm hinunterstarrten. Er betete um die Weisheit eines Salomo, bevor er fortfuhr: »Habe ich nach Abwägung aller Fakten zugunsten von ... Giles Barrington entschieden.«

Sofort stieg lautes Stimmengewirr von den Bänken auf. Reporter verließen eilig die Pressegalerie, um ihren wartenden Redakteuren zu berichten, dass durch die Entscheidung des Lordkanzlers die tradierte Form der Vererbung von Adelstiteln nicht angetastet worden war und Harry Clifton jetzt Emma Barrington zu seiner rechtmäßigen Ehefrau nehmen konnte, während sich die Gäste auf der Besuchergalerie über das Geländer beugten, um zu sehen, wie Ihre Lordschaften auf das Urteil reagierten. Aber das hier war kein Fußballspiel, und der Lordkanzler war kein Schiedsrichter. Niemand musste zur Pfeife greifen und ein Match mit einem Pfiff unterbrechen, da jedes Oberhausmitglied das Urteil des Lordkanzlers ohne Widerspruch oder öffentliche Kritik akzeptieren würde. Während der Lordkanzler darauf wartete, dass der Lärm abklingen würde, sah er noch einmal hinauf zu den drei Menschen auf der Galerie, die am meisten von diesem Urteil betroffen sein würden. Harry, Emma und Giles starrten immer noch mit ausdruckslosen Mienen zu ihm herab, als hätten sie die volle Bedeutung seiner Entscheidung noch gar nicht begriffen.

Nach Monaten der Unsicherheit fühlte sich Giles vor allem erleichtert, obwohl der Tod seines geliebten Großvaters jegliches Triumphgefühl verhinderte.

Harry hatte nur einen einzigen Gedanken, als er Emma fest bei der Hand nahm. Jetzt konnte er endlich die Frau heiraten, die er liebte.

Emma war unsicher. Schließlich kamen durch die Entscheidung des Lordkanzlers eine ganze Reihe neuer Probleme auf sie zu, die nicht *er* lösen musste, sondern sie, Harry und Giles.

Der Lordkanzler öffnete seine mit goldenen Quasten verzierte rote Ledermappe und studierte die vor ihm liegenden Aufgaben. Eine Debatte über die Einrichtung eines nationalen Gesundheitsdienstes war der zweite Punkt auf der Tagesordnung. Mehrere Lordschaften verließen die Kammer, als die Dinge wieder ihren gewohnten Gang zu nehmen begannen.

Niemals würde der Lordkanzler gegenüber irgendjemandem, nicht einmal gegenüber seinem engsten Vertrauten, zugeben, dass er seine Meinung im allerletzten Augenblick noch einmal geändert hatte.

HARRY CLIFTON
UND
EMMA BARRINGTON
1945 – 1951

1

»*Weshalb jeder, der einen berechtigten Grund dafür vorbringen kann, warum diese beiden nicht nach Recht und Gesetz vereint werden sollten, jetzt sprechen oder für immer schweigen möge.*«

Harry Clifton würde nie vergessen, wie es gewesen war, als er diese Worte zum ersten Mal gehört hatte und sein Leben nur wenige Augenblicke später ins Chaos gestürzt wurde. Old Jack, der genau wie George Washington unfähig war zu lügen, hatte in einer hastig einberufenen Familienzusammenkunft in der Sakristei enthüllt, dass Emma Barrington, die Frau, die Harry anbetete und die kurz davorstand, ihn zu heiraten, möglicherweise seine Halbschwester war.

Alles stand kopf, als Harrys Mutter zugab, dass sie – wenn auch nur bei einer einzigen Gelegenheit – mit Emmas Vater Hugo Barrington geschlafen hatte. Deshalb war nicht auszuschließen, dass er und Emma Kinder desselben Mannes waren.

Während der ganzen Zeit vor und nach ihrer kurzen Affäre mit Hugo Barrington war Arthur Clifton, ein Hafenarbeiter der Barrington-Werft, der feste Partner von Harrys Mutter gewesen. Trotz der Tatsache, dass Maisie Arthur kurz danach geheiratet hatte, hatte sich der Pfarrer geweigert, die Hochzeitszeremonie von Harry und Emma fortzuführen, da die Möglichkeit bestand, dass diese den althergebrachten Gesetzen der Kirche bezüglich der Ehe von Blutsverwandten widersprach.

Wenige Augenblicke später war Hugo aus der Kirche verschwunden wie ein Feigling, der vom Schlachtfeld flieht. Emma und ihre Mutter waren nach Schottland gefahren, während Harry, der zu diesem Zeitpunkt eine wahrhaft einsame Seele war, zunächst in seinem College in Oxford geblieben war, ohne zu wissen, was er als Nächstes tun sollte. Adolf Hitler hatte ihm die Entscheidung schließlich abgenommen.

Harry verließ wenige Tage später die Universität. Er zog seine Studentenrobe aus und die Uniform eines vierten Offiziers auf einem Handelsschiff an. Doch er hatte noch nicht einmal vierzehn Tage auf hoher See verbracht, als ein deutscher Torpedo sein Schiff versenkte und der Name Harry Clifton auf der Liste der auf See Verstorbenen erschien.

»Willst du diese Frau zu deiner dir rechtmäßig angetrauten Ehefrau nehmen und treu zu ihr stehen, solange ihr beide leben werdet?«

»Ich will.«

Erst nach Kriegsende, als Harry verletzt, aber hochdekoriert vom Schlachtfeld zurückgekehrt war, hatte er erfahren, dass Emma ihren gemeinsamen Sohn Sebastian Arthur Clifton zur Welt gebracht hatte. Und erst als er wieder völlig gesund war, hatte er herausgefunden, dass Hugo Barrington unter grässlichen Umständen getötet worden war und der Familie ein weiteres Problem hinterlassen hatte, das Harry als ebenso verheerend empfand wie die Tatsache, dass er die Frau, die er liebte, nicht heiraten konnte.

Harry hatte der Tatsache, dass er ein paar Wochen älter war als Giles Barrington – Emmas Bruder und sein bester Freund –, nie besondere Aufmerksamkeit geschenkt, bis ihm erklärt worden war, dass er selbst möglicherweise der nächste Erbe des Familientitels, der ausgedehnten Ländereien und der zahlreichen Besitztümer *samt allem, was darin inbegriffen ist*, wie es wörtlich im Testament hieß, sein könnte. Er stellte rasch klar, dass er kein Interesse am Barrington-Erbe hatte, und war nur allzu gerne bereit, zugunsten von Giles auf sein Erstgeburtsrecht zu verzichten, sofern ihm dieses denn tatsächlich zukommen sollte. Auch der Garter King of Arms, der Leiter des Wappenkönigamtes, schien bereit, sich darauf einzulassen, und alles Weitere hätte sich problemlos aus dieser Entscheidung ergeben können, hätte Lord Preston, der für Labour im Oberhaus saß, nicht beschlossen, sich für Harrys Anspruch auf den Titel einzusetzen, ohne Harry überhaupt zurate zu ziehen.

»Es geht ums Prinzip«, hatte Lord Preston jedem politischen Korrespondenten erklärt, der ihn danach gefragt hatte.

»*Willst du diesen Mann zu deinem dir angetrauten Ehemann nehmen und mit ihm nach Gottes Willen im heiligen Stand der Ehe zusammenleben?*«

»*Ich will.*«

Harry und Giles waren während dieser ganzen Episode unzertrennliche Freunde geblieben, obwohl sie sich vor dem höchsten Gericht des Landes wie auch auf den Titelseiten sämtlicher Zeitungen als Gegner gegenüberstanden.

Die Freude der beiden über die Entscheidung des Lordkanzlers wäre noch größer gewesen, hätte Emmas und Giles' Großvater Lord Harvey bei ihrer Verkündigung noch auf seiner Bank im Oberhaus gesessen, doch dem alten Herrn war es nicht mehr vergönnt, seinen Triumph mitzuerleben. Die Nation blieb auch weiterhin gespalten, und den beiden Familien blieb es überlassen, mit diesem Ergebnis zurechtzukommen.

Wie die Presse ihren begierigen Lesern versicherte, hatte das Urteil des Lordkanzlers noch eine weitere Folge. Die Entscheidung des höchsten Gerichts des Landes bedeutete nämlich auch, dass Harry und Emma keine Blutsverwandten waren, weshalb es Harry freistand, Emma zu seiner ordentlich angetrauten Ehefrau zu nehmen.

»Mit diesem Ring heirate ich dich, mit meinem Leib ehre ich dich, und all meine weltlichen Güter gebe ich dir.«

Doch Emma und Harry wussten, dass eine von Menschen getroffene Entscheidung nicht mit absoluter Sicherheit beweisen konnte, dass Hugo Barrington nicht doch Harrys Vater war, und als praktizierende Christen hatten sie zunächst Bedenken, dass sie Gottes Gesetz brechen könnten.

Ihre Liebe war nicht geringer geworden angesichts dessen, was sie durchgemacht hatten. Sie war eher noch gewachsen, und ermutigt von ihrer Mutter Elizabeth und mit dem Segen von Harrys Mutter Maisie akzeptierte Emma Harrys Heiratsantrag. Es machte sie nur traurig, dass keine ihrer Großmütter mehr am Leben war, um an der Hochzeitszeremonie teilzunehmen.

Anders als ursprünglich geplant fand die Hochzeit nicht in Oxford statt. Die Beteiligten entzogen sich dem Pomp und Prunk, den eine solche Zeremonie an der Universität mit sich gebracht hätte, ebenso wie der Aufmerksamkeit der Öffentlichkeit, die unvermeidlich damit verbunden gewesen wäre, und entschieden sich stattdessen für eine einfache standesamtliche Trauung in Bristol, an der nur die Familie und einige gute Freunde teilnahmen.

Die vielleicht traurigste Entscheidung, zu der Harry und Emma sich mühsam durchrangen, bestand darin, dass Sebastian Arthur Clifton ihr einziges Kind bleiben sollte.

2

Nachdem Harry und Emma ihren Sohn Sebastian in Elizabeths umsichtiger Obhut zurückgelassen hatten, fuhren die beiden nach Schottland, um ihre Flitterwochen auf Mulgelrie Castle zu verbringen, dem Stammsitz von Emmas verstorbenen Großeltern Lord und Lady Harvey.

Das Schloss weckte in ihnen viele glückliche Erinnerungen an jene Zeit, die sie gemeinsam hier verbracht hatten, bevor Harry nach Oxford gegangen war. Während des Tages durchstreiften sie die nahe gelegenen Hügel, und sie kehrten nur selten zum Schloss zurück, bevor die Sonne hinter den höchsten Bergen untergegangen war. Nach dem Abendessen – in der Küche wusste man noch genau, wie sehr Master Clifton seine drei Portionen Suppe genossen hatte – saßen die beiden am Kamin, in dem ein Feuer prasselte, und lasen Evelyn Waugh, Graham Greene und Harrys Lieblingsschriftsteller P. G. Wodehouse.

Nachdem sie vierzehn Tage lang mehr Hochlandrinder als Menschen gesehen hatten, machten sie sich widerwillig auf die lange Rückreise nach Bristol. Sie erreichten das Manor House, Elizabeths Landsitz, voller Vorfreude auf ein Leben in häuslicher Ruhe, doch die sollten sie nicht finden.

Elizabeth gestand ihnen, dass sie es gar nicht erwarten konnte, dass das Paar wieder die Verantwortung für Sebastian übernahm. Es habe einfach zu viele tränenreiche Auseinandersetzungen vor dem Schlafengehen gegeben, erklärte sie Harry und Emma, während Cleopatra, ihre Siamkatze, auf ihren Schoß sprang und auf der Stelle einschlief. »Ehrlich gesagt seid ihr keinen Augenblick zu früh gekommen«, fügte sie hinzu. »In den letzten zwei Wochen habe ich es nicht ein einziges Mal geschafft, das Kreuzworträtsel in der *Times* zu lösen.«

Harry bedankte sich bei seiner Schwiegermutter für ihr Verständnis, und dann nahmen er und Emma ihren hyperaktiven Fünfjährigen mit zurück nach Barrington Hall.

Vor Harrys und Emmas Hochzeit hatte Giles darauf bestanden, dass sie Barrington Hall als ihr Zuhause betrachten sollten, da er die meiste Zeit in London war, um seinen Pflichten als Labour-Abgeordneter nachzukommen. Mit seiner Bibliothek von zehntausend Bänden, dem weitläufigen Park und den großen Stallungen war der Landsitz ideal für sie. Harry konnte in Ruhe seine Kriminalromane um William Warwick schreiben, während Emma jeden Tag ausritt und Sebastian irgendwo auf dem Grundstück spielte, wobei er regelmäßig seltsame Tiere mitbrachte, wenn sich die Familie zum Tee zusammensetzte.

Oft kam Giles am Freitagabend früh genug nach Hause, um mit den anderen gemeinsam zu Abend zu essen. Am Samstagmorgen lud er als Parlamentsabgeordneter regelmäßig zur Bürgersprechstunde, bevor er zusammen mit seinem leitenden Wahlhelfer Griff Haskins auf ein paar Biere im Club der Hafenarbeiter vorbeisah. Am Nachmittag besuchten er und Griff zusammen mit etwa zehntausend jener Menschen, die er im Unterhaus vertrat, das Eastville Stadion, wo sie zusahen, wie die Bristol Rovers häufiger verloren als gewannen. Giles hätte niemals zugegeben, dass er sich an den Samstagnachmittagen lieber ein Rugbyspiel anschauen würde. Hätte er es getan, hätte

Griff ihn daran erinnert, dass die Menge, die im Memorial Ground zusammenkam, kaum mehr als zweitausend Besucher zählte und die meisten von ihnen die Konservativen wählten.

Am Sonntagmorgen konnte man Giles Seite an Seite mit Harry und Emma auf den Knien in der St. Mary Redcliffe finden. Harry vermutete, dass Giles dies nur als eine weitere Pflicht gegenüber seinen Wählern verstand, denn in der Schule hatte er sich immer bemüht, einem Kirchenbesuch aus dem Weg zu gehen. Niemand konnte jedoch bestreiten, dass Giles schon nach kurzer Zeit als sorgfältiger, hart arbeitender Parlamentsabgeordneter galt.

Plötzlich wurden Giles' Wochenendbesuche ohne jede Vorwarnung seltener. Als Emma das Thema ihrem Bruder gegenüber ansprach, murmelte dieser etwas über seine parlamentarischen Pflichten. Harry überzeugte das nicht, und er hoffte, dass die häufige Abwesenheit seines Schwagers in der Bürgersprechstunde ihn bei der nächsten Wahl nicht die bescheidene Mehrheit kosten würde, die er bisher noch besaß.

An einem Freitagabend fanden sie den wirklichen Grund dafür heraus, warum Giles während der zurückliegenden Monate mit etwas ganz anderem beschäftigt gewesen war.

Einige Tage zuvor hatte er Emma angerufen, um ihr mitzuteilen, dass er über das Wochenende nach Bristol kommen und am Freitag zum Abendessen eintreffen würde. Er hatte nicht gesagt, dass er in Begleitung wäre.

Die Freundinnen von Giles waren stets attraktiv und häufig ein wenig verrückt, und ausnahmslos alle bewunderten ihn. Meistens mochte Emma diese jungen Frauen, auch wenn kaum eine von ihnen so lange mit Giles zusammenblieb, dass sie sie näher kennenlernen konnte. Diesmal jedoch war es anders.

Als Giles ihr Virginia am Freitagabend vorstellte, fragte sich

Emma ratlos, was ihr Bruder in dieser Frau sehen mochte, auch wenn sie hübsch war und zahlreiche gute Verbindungen hatte. Virginia selbst erwähnte mehr als einmal, dass sie 1934 Debütantin des Jahres gewesen war. Und noch vor dem Essen wies sie dreimal darauf hin, dass sie die Tochter des Earl of Fenwick war.

Emma hielt das zunächst für reine Nervosität, doch dann stocherte Virginia nur lustlos in ihrem Essen herum und flüsterte Giles zu, wie schwierig es doch sei, in Gloucestershire gutes Küchenpersonal zu finden; dieses Flüstern war so laut, dass auch die anderen sie hören mussten. Zu Emmas Überraschung beschränkte sich Giles darauf, zu allem, was sie sagte, zu lächeln und ihr nicht ein einziges Mal zu widersprechen. Emma wollte gerade etwas sagen, das sie, wie sie wusste, später bereuen würde, als Virginia erklärte, dass sie nach einem so langen Tag erschöpft sei und sich zurückzuziehen wünsche.

Nachdem sie aufgestanden und mit Giles im Schlepptau gegangen war, marschierte Emma quer durch den Salon, schenkte sich einen großen Whisky ein und sank in den nächsten Sessel.

»Ich will gar nicht wissen, was meine Mutter von Lady Virginia halten wird.«

Harry lächelte. »Es spielt keine Rolle, was Elizabeth denkt, denn ich habe das Gefühl, dass uns Virginia auch nicht länger erhalten bleiben wird als die meisten anderen Freundinnen von Giles.«

»Da wäre ich mir nicht so sicher«, erwiderte Emma. »Aber ich frage mich wirklich, was sie von Giles will, denn sie ist ganz offensichtlich nicht in ihn verliebt.«

Als Giles und Virginia nach dem Lunch am Sonntagnachmittag nach London zurückfuhren, dachte Emma kaum noch an die

Tochter des Earl of Fenwick, denn sie musste sich mit einem viel dringlicheren Problem beschäftigen. Ein weiteres Kindermädchen kündigte. Die Tatsache, dass die arme Frau einen Igel in ihrem Bett gefunden hatte, so erklärte sie, habe das Fass zum Überlaufen gebracht. Harry konnte sie gut verstehen.

»Es ist nicht gerade hilfreich, dass er ein Einzelkind ist«, erklärte Emma, nachdem sie es schließlich geschafft hatte, ihren Sohn in jener Nacht ins Bett zu bringen. »Es kann kein Vergnügen sein, wenn man niemanden hat, mit dem man spielen kann.«

»Mir war das nie unangenehm«, sagte Harry, ohne von seinem Buch aufzublicken.

»Deine Mutter hat mir gesagt, dass du kaum zu bändigen warst, bis du auf die St. Bede's gekommen bist. Ganz davon abgesehen hast du in seinem Alter mehr Zeit im Hafen verbracht als zu Hause.«

»Na ja, so lange geht es ja nun nicht mehr, bis er selbst auf die St. Bede's kommt.«

»Und was soll ich bis dahin tun? Ihn jeden Morgen im Hafen absetzen?«

»Keine schlechte Idee.«

»Im Ernst, Liebling. Hätte es Old Jack nicht gegeben, wärst du immer noch dort.«

»Stimmt«, sagte Harry und hob sein Glas auf diesen großen Mann. »Aber was sollen wir tun?«

Es dauerte so lange, bis Emma antwortete, dass Harry sich bereits fragte, ob sie eingeschlafen war. »Vielleicht wäre es an der Zeit, ein weiteres Kind zu haben.«

Harry war so überrascht, dass er sein Buch schloss und seine Frau aufmerksam musterte. Er war nicht sicher, ob er richtig gehört hatte. »Aber wir waren uns doch einig ...«

»Ja, natürlich. Und in dieser Hinsicht hat sich meine Einstellung überhaupt nicht geändert. Aber es gibt keinen Grund, warum wir nicht über eine Adoption nachdenken sollten.«

»Wie kommst du darauf, Liebling?«

»Ich kann das kleine Mädchen nicht vergessen, das in der Nacht, in der mein Vater starb« – Emma konnte bis heute noch nicht aussprechen, dass er umgebracht worden war –, »in seinem Büro gefunden wurde. Und an die Möglichkeit, dass sie vielleicht sein Kind ist.«

»Aber dafür gibt es überhaupt keinen Beweis. Und ich kann mir nicht vorstellen, wie du nach so langer Zeit herausfinden willst, wo sie ist.«

»Ich hatte daran gedacht, mich mit einem bekannten Autor von Kriminalromanen zu unterhalten und mir von ihm einen Rat geben zu lassen.«

Harry dachte eine ganze Weile lang nach, bevor er antwortete. »William Warwick würde dir wahrscheinlich empfehlen, dass du versuchen sollst, zu Derek Mitchell Kontakt aufzunehmen.«

»Aber du hast doch sicher nicht vergessen, dass Mitchell für meinen Vater gearbeitet und dabei keine besondere Rücksicht auf deine Interessen genommen hat.«

»Stimmt«, sagte Harry. »Und das ist auch der Grund, warum ich ihn um Hilfe bitten würde. Schließlich ist er der einzige Mensch, der weiß, wie viele Leichen dein Vater noch im Keller hatte.«

Sie hatten ausgemacht, sich im Grand Hotel zu treffen. Emma kam ein paar Minuten zu früh und wählte einen Platz in einer Ecke der Lounge, wo niemand ihr Gespräch würde mithören können. Während sie wartete, ging sie noch einmal die Fragen durch, die sie ihm stellen wollte.

Mr. Mitchell kam um Punkt vier Uhr in die Lounge. Obwohl sein Haar etwas grauer war und er ein wenig zugenommen hatte, seit sie ihm das letzte Mal begegnet war, sorgte sein charakteristisches Hinken noch immer dafür, dass man ihn mit niemandem verwechseln konnte. Auf den ersten Blick wirkte er auf sie eher wie ein Bankmanager und weniger wie ein Privatdetektiv. Es war offensichtlich, dass er Emma sogleich erkannt hatte, denn er ging direkt auf sie zu.

»Schön, Sie wiederzusehen, Mrs. Clifton«, sagte er.

»Bitte, setzen Sie sich«, erwiderte Emma und fragte sich, ob er ebenso nervös war wie sie. Sie beschloss, gleich zur Sache zu kommen. »Mr. Mitchell, ich wollte Sie sprechen, weil ich die Hilfe eines Privatdetektivs benötige.«

Mitchell rutschte unruhig auf seinem Stuhl hin und her.

»Als wir uns das letzte Mal getroffen haben, habe ich Ihnen versprochen, das ausstehende Honorar zu bezahlen, das mein Vater Ihnen schuldig geblieben ist.« Das war Harrys Idee gewesen. Er war der Ansicht, dass ein solches Angebot Mitchell klarmachen würde, wie ernst es ihr damit war, ihn zu engagieren. Sie öffnete ihre Handtasche, zog einen Umschlag heraus und reichte ihn Mitchell.

»Danke«, sagte Mitchell. Offensichtlich war er überrascht.

Emma fuhr fort. »Sie erinnern sich sicher noch daran, dass wir bei unserer letzten Begegnung über das Baby gesprochen haben, das man in einem Weidenkorb im Büro meines Vaters gefunden hat. Detective Chief Inspector Blakemore, der, wie Sie wahrscheinlich wissen, für die Ermittlungen verantwortlich war, hat meinem Mann gesagt, dass das kleine Mädchen den zuständigen Behörden übergeben wurde.«

»Das ist jedenfalls die übliche Vorgehensweise, wenn niemand Anspruch auf das Kind erhebt.«

»Ja, so viel habe ich bereits herausgefunden, und erst gestern habe ich mit der zuständigen Person geredet, deren Abteilung in der Stadtverwaltung dafür verantwortlich ist. Der Mann hat sich jedoch geweigert, mir irgendwelche Einzelheiten darüber mitzuteilen, wo das kleine Mädchen inzwischen sein könnte.«

»Weil das die Anweisung des Leiters der Voruntersuchung gewesen sein dürfte. So sollte das Kind wohl vor den Nachstellungen aufdringlicher Journalisten geschützt werden. Das bedeutet aber nicht, dass es keine Möglichkeit gäbe herauszufinden, wo das Mädchen ist.«

»Ich bin froh, das zu hören.« Emma zögerte. »Doch bevor wir irgendetwas in dieser Richtung unternehmen, muss ich absolut überzeugt davon sein, dass das kleine Mädchen das Kind meines Vaters ist.«

»Ich versichere Ihnen, Mrs. Clifton, dass daran nicht der geringste Zweifel besteht.«

»Wie können Sie da so sicher sein?«

»Ich könnte Ihnen die entsprechenden Einzelheiten nennen, doch ich fürchte, dass Ihnen das unangenehm wäre.«

»Mr. Mitchell, ich glaube nicht, dass Sie mir irgendetwas über meinen Vater berichten könnten, das mich noch überraschen würde.«

Mitchell schwieg einige Augenblicke. Schließlich sagte er: »Sie wissen wahrscheinlich, dass Sir Hugo während der Zeit, in der ich für ihn gearbeitet habe, nach London gezogen ist.«

»Er ist am Tag meiner Hochzeit davongelaufen – das wäre wohl eine angemessenere Beschreibung.«

Mitchell ging nicht darauf ein. »Etwa ein Jahr später begann er, mit einer gewissen Miss Olga Piotrovska in Lowndes Square zusammenzuleben.«

»Wie konnte er sich das leisten? Schließlich hat mein Großvater mit ihm gebrochen, ohne ihm auch nur einen Penny zukommen zu lassen?«

»Das konnte er auch nicht. Um es offen auszusprechen: Er hat nicht nur *mit* Miss Piotrovska gelebt, sondern auch *von* ihr.«

»Können Sie mir etwas über diese Frau erzählen?«

»Sehr viel sogar. Sie stammte aus Polen und konnte 1941 kurz nach der Verhaftung ihrer Eltern aus Warschau fliehen.«

»Was hatten ihre Eltern verbrochen?«

»Sie waren Juden«, sagte Mitchell in vollkommen neutralem Ton. »Miss Piotrovska schaffte es sogar, einige Dinge aus dem Familienbesitz mitzunehmen, und als sie nach London kam, mietete sie eine Wohnung in Lowndes Square. Wenig später traf sie Ihren Vater bei einer Cocktailparty eines gemeinsamen Bekannten der beiden. Ihr Vater umwarb sie ein paar Wochen lang und zog dann bei ihr ein. Er versprach ihr, sie zu heiraten, sobald seine Scheidung durch sei.«

»Ich habe behauptet, dass mich nichts mehr überraschen würde. Ich habe mich geirrt.«

»Es wird noch schlimmer«, sagte Mitchell. »Als Ihr Großvater starb, ließ Sir Hugo Miss Piotrovska von einem Tag auf den anderen fallen. Er ging wieder nach Bristol, um sein Erbe und seinen Posten als Vorstandsvorsitzender der Barrington-Schifffahrtslinie anzutreten. Doch zuvor stahl er den gesamten Schmuck von Miss Piotrovska sowie mehrere wertvolle Gemälde.«

»Wenn das stimmt, warum wurde er dann nicht verhaftet?«

»Er wurde verhaftet«, antwortete Mitchell. »Doch kurz bevor es zu einer Anklage kam, beging sein Partner Toby Dunstable, der sich bereit erklärt hatte, als Kronzeuge auszusagen, in der Nacht vor dem Prozess in seiner Zelle Selbstmord.«

Emma senkte den Kopf.

»Wäre es Ihnen lieber, wenn ich nicht fortfahren würde, Mrs. Clifton?«

»Nein«, sagte Emma und sah ihm direkt in die Augen. »Ich muss alles wissen.«

»Miss Piotrovska war schwanger, als Ihr Vater nach Bristol zurückkehrte. Er wusste allerdings nichts davon. Sie brachte ein kleines Mädchen zur Welt, dessen Geburtsurkunde auf den Namen Jessica Piotrovska lautet.«

»Woher wissen Sie das?«

»Miss Piotrovska hat mich engagiert, nachdem Ihr Vater meine Rechnungen nicht mehr bezahlen konnte. Ironischerweise hatte sie selbst genau dann kein Geld mehr, als Ihr Vater ein Vermögen geerbt hat. Das war auch der Grund, warum sie mit Jessica nach Bristol gefahren ist. Sie wollte Sir Hugo wissen lassen, dass er noch eine Tochter hatte, denn ihrer Ansicht nach war er für das Mädchen verantwortlich.«

»Und jetzt ist es meine Verantwortung«, sagte Emma leise. Sie schwieg einen Augenblick, bevor sie fortfuhr. »Aber ich habe keine Ahnung, wo ich sie finden kann. Ich hatte gehofft, dass Sie mir helfen könnten.«

»Ich werde tun, was ich kann, Mrs. Clifton. Aber nach so langer Zeit wird das nicht einfach sein. Wenn ich irgendetwas herausfinde, werden Sie es als Erste erfahren«, sagte der Privatdetektiv und stand auf.

Nachdem Mitchell davongehinkt war, hatte Emma ein schlechtes Gewissen. Sie hatte ihm nicht einmal eine Tasse Tee angeboten.

Emma konnte es kaum erwarten, nach Hause zu kommen und Harry von ihrem Treffen mit Mitchell zu berichten. Als sie in Barrington Hall in die Bibliothek stürmte, legte Harry gerade den Telefonhörer auf die Gabel. Er hatte ein so breites Grinsen im Gesicht, dass sie nichts weiter sagte als: »Du zuerst.«

»Mein amerikanischer Verleger will, dass ich eine Lesereise in den Staaten mache, wenn er nächsten Monat das neue Buch veröffentlicht.«

»Das sind ja wunderbare Nachrichten, Liebling. Endlich wirst du Großtante Phyllis kennenlernen, ganz zu schweigen von meinem Cousin Alistair.«

»Ich kann es gar nicht erwarten.«

»Spotte nicht, mein Kind!«

»Ich spotte überhaupt nicht. Mein Verleger hat nämlich vorgeschlagen, dass du mich begleitest. So kannst *du* die beiden wiedersehen.«

»Ich würde gerne mit dir gehen, Liebling, aber der Zeitpunkt könnte nicht ungünstiger sein. Nanny Ryan hat ihre Koffer gepackt, und ich muss dir leider sagen, dass uns die Agentur nicht mehr als Interessenten führen wird.«

»Vielleicht könnte ich meinen Verleger dazu bringen, dass Seb ebenfalls mitkommen kann.«

»Was wahrscheinlich damit enden würde, dass sie uns allesamt des Landes verweisen«, erwiderte Emma. »Nein, ich bleibe mit Seb zu Hause, während du losziehst und die Kolonien eroberst.«

Harry umarmte seine Frau. »Schade. Ich hatte mich schon auf unsere zweiten Flitterwochen gefreut. Übrigens, wie war dein Treffen mit Mitchell?«

Harry war in Edinburgh, um bei einem literarischen Lunch eine Rede zu halten, als Derek Mitchell Emma anrief.

»Ich habe vielleicht eine Spur«, sagte er, ohne seinen Namen zu nennen. »Wann können wir uns treffen?«

»Morgen um zehn. Am gleichen Ort wie das letzte Mal?«

Sie hatte kaum den Hörer aufgelegt, als das Telefon erneut klingelte. Sie nahm ab. Es war ihre Schwester.

»Welch angenehme Überraschung, Grace. So wie ich dich kenne, hast du sicher einen guten Grund, warum du anrufst.«

»Einige von uns arbeiten den ganzen Tag«, erinnerte sie Grace. »Aber du hast recht. Ich rufe an, weil ich gestern Abend einen Vortrag von Professor Cyrus Feldman gehört habe.«

»Der zweimal den Pulitzerpreis gewonnen hat?«, sagte Emma, indem sie versuchte, ihre Schwester zu beeindrucken. »Von der Stanford University, wenn ich mich recht erinnere.«

»Ich bin beeindruckt«, sagte Grace. »Aber was noch wichtiger ist: Der Vortrag hätte dich sicher fasziniert.«

»Soweit ich weiß, ist er Wirtschaftswissenschaftler«, sagte Emma, die sich alle Mühe gab, in diesem Gespräch auch weiterhin Oberwasser zu behalten. »Das ist kaum mein Gebiet.«

»Meins genauso wenig. Aber als er über das Thema Warentransport gesprochen hat ...«

»Hört sich spannend an.«

»Das war es auch«, erwiderte Grace, die den Sarkasmus ihrer Schwester ignorierte. »Besonders, als er auf die Zukunft der Schifffahrtsindustrie eingegangen ist. Vor dem Hintergrund der Tatsache, dass die British Overseas Airways Corporation eine regelmäßige Flugverbindung zwischen London und New York einrichten will.«

Plötzlich begriff Emma, warum ihre Schwester sie angerufen hatte. »Wäre es irgendwie möglich, an das Manuskript seines Vortrags zu kommen?«

»Das musst du gar nicht. Seine nächste Station ist Bristol. Du kannst zu seinem Vortrag gehen und ihn dir selbst anhören.«

»Vielleicht könnte ich mich nach dem Vortrag kurz mit ihm

unterhalten. Es gibt so viele Dinge, die ich ihn gerne fragen würde«, sagte Emma.

»Gute Idee, aber ich muss dich warnen. Obwohl er zu den seltenen Männern gehört, deren Gehirn größer ist als ihre Eier, ist er bereits zum vierten Mal verheiratet, und gestern Abend war seine Frau nirgendwo zu sehen.«

Emma lachte. »Du bist so derb, Grace. Trotzdem vielen Dank für deine Warnung.«

Am folgenden Morgen nahm Harry den Zug von Edinburgh nach Manchester, und nach einer Lesung vor einer eher kleinen Gruppe von Besuchern in der Stadtbücherei erklärte er sich bereit, einige Fragen zu beantworten.

Die erste Frage kam unweigerlich von einem Pressevertreter. Journalisten kündigten sich nur selten an, und sie schienen wenig bis überhaupt kein Interesse an seinem neuesten Buch zu haben. Heute war der *Manchester Guardian* an der Reihe.

»Wie geht es Mrs. Clifton?«

»Gut. Vielen Dank«, antwortete Harry vorsichtig.

»Stimmt es, dass Sie beide im selben Haus wie Sir Giles Barrington wohnen?«

»Es ist ein ziemlich großes Haus.«

»Sind Sie in irgendeiner Weise darüber verstimmt, dass Sir Giles das gesamte Erbe seines Vaters zuerkannt wurde und Ihnen überhaupt nichts?«

»Absolut nicht. Ich habe Emma bekommen, und das ist alles, was ich je wollte.«

Das schien den Journalisten einen Augenblick lang zum Schweigen zu bringen, wodurch ein anderer Mann aus dem Publikum die Möglichkeit bekam, eine Frage zu stellen.

»Wann wird William Warwick Chief Inspector Davenports Posten übernehmen?«

»Im nächsten Buch noch nicht«, antwortete Harry lächelnd. »Das kann ich Ihnen versichern.«

»Stimmt es, Mr. Clifton, dass bei Ihnen in weniger als drei Jahren sieben Kindermädchen gekündigt haben?«

Offensichtlich gab es mehr als eine Zeitung in Manchester.

Im Taxi, das ihn zurück zum Bahnhof brachte, begann Harry auf die Presse zu murren, obwohl der Reporter aus Manchester darauf hingewiesen hatte, dass die öffentliche Aufmerksamkeit den Verkaufszahlen seiner Bücher nicht zu schaden schien. Aber Harry wusste, dass Emma sich besorgt fragte, welche Auswirkungen das ungebrochene Interesse der Zeitungen auf Sebastian haben würde, sobald der Junge in die Schule käme.

»Kinder können so brutal sein«, mahnte sie ihn.

»Wenigstens wird man ihn nicht verprügeln, weil er die Porridge-Schale ausleckt«, erwiderte Harry.

Obwohl Emma ein paar Minuten zu früh eintraf, saß Mitchell bereits in einer abgelegenen Ecke, als sie die Hotelhalle betrat. Er stand auf, als sie auf ihn zukam. Noch bevor sie sich setzte, fragte sie: »Möchten Sie eine Tasse Tee, Mr. Mitchell?«

»Nein, danke, Mrs. Clifton.« Mitchell, der noch nie viel auf eine unverbindliche Plauderei gegeben hatte, nahm wieder Platz und öffnete sein Notizbuch. »Anscheinend hat die zuständige Behörde Jessica Smith ...«

»Smith?«, unterbrach ihn Emma. »Warum nicht Piotrovska. Oder meinetwegen auch Barrington?«

»Ich vermute, weil man ihren Weg dann zu leicht hätte zurückverfolgen können. Wahrscheinlich bestand der Leiter der Voruntersuchung darauf, dass die Anonymität des Mädchens gewahrt bleiben sollte. Die zuständige Behörde«, fuhr er fort, »hat Miss J. Smith an das Waisenhaus eines gewissen Dr. Barnardo in Bridgewater überstellt.«

»Warum Bridgewater?«

»Wahrscheinlich weil es damals das nächstgelegene Waisenhaus war, das noch einen Platz frei hatte.«

»Ist sie immer noch dort?«

»Soweit ich weiß, ja. Aber ich habe herausgefunden, dass Barnardo seit Kurzem plant, mehrere der Mädchen an Häuser in Australien zu schicken.«

»Warum das denn?«

»Es ist Teil der australischen Einwanderungspolitik. Der australische Staat beteiligt sich mit jeweils zehn Pfund an der Überfahrt junger Leute ins Land. Dabei besteht ein besonderes Interesse an Mädchen.«

»Ich hätte gedacht, dass das Interesse an Jungen größer ist.«

»Anscheinend haben sie von denen schon genug«, sagte Mitchell. Er gestattete sich ein Grinsen, was er nur höchst selten tat.

»Dann sollten wir Bridgewater so schnell wie möglich einen Besuch abstatten.«

»Langsam, langsam, Mrs. Clifton. Wenn Sie zu engagiert auftreten, könnte die Heimleitung zwei und zwei zusammenzählen und herausfinden, warum Sie so sehr an Miss J. Smith interessiert sind. Man könnte zum Schluss kommen, dass Sie und Mr. Clifton keine geeigneten Pflegeeltern sind.«

»Aber welchen Grund könnte es geben, uns abzulehnen?«

»Ihren Namen, zum Beispiel. Ganz zu schweigen davon, dass Sie und Mr. Clifton nicht verheiratet waren, als Ihr Sohn geboren wurde.«

»Was würden Sie empfehlen?«, fragte Emma leise.

»Stellen Sie einen Antrag auf dem üblichen Weg. Versuchen Sie, nicht den Eindruck zu erwecken, dass Sie es eilig hätten. Die Mitglieder der Heimleitung sollten immer das Gefühl haben, dass sie es sind, die alle Entscheidungen treffen.«

»Aber wie können wir dann wissen, dass sie uns nicht ohnehin ablehnen würden?«

»Sie werden die zuständigen Damen und Herren vorsichtig in die richtige Richtung schubsen müssen, meinen Sie nicht auch, Mrs. Clifton?«

»Was schlagen Sie vor?«

»Wenn Sie den Antrag ausfüllen, wird man Sie darum bitten, mögliche Präferenzen anzugeben. Das erspart eine Menge Zeit und Ärger. Deshalb wäre es sinnvoll, wenn Sie darauf hinweisen würden, dass Sie ein etwa fünf oder sechs Jahre altes Mädchen suchen, weil Sie bereits einen Sohn haben, der ein klein wenig älter ist.«

»Sonst noch irgendwelche Vorschläge?«

»Ja«, erwiderte Mitchell. »Wenn Sie nach der bevorzugten Religion gefragt werden, sollten Sie angeben, dass Sie in dieser Hinsicht keine Präferenzen haben.«

»Warum sollte das eine Hilfe sein?«

»Weil in Miss Jessica Smiths offiziellen Unterlagen steht, dass ihre Mutter Jüdin und ihr Vater unbekannt ist.«

3

»Wie kommt ein Engländer zu einem Silver Star?«, fragte der Einreisebeamte in Idlewild, als er Harrys Visum musterte.

»Das ist eine lange Geschichte«, antwortete Harry. Es schien ihm nicht angebracht, dem Beamten zu erzählen, dass man ihn wegen Mordes festgenommen hatte, als er das letzte Mal seinen Fuß auf New Yorker Boden gesetzt hatte.

»Ich wünsche Ihnen eine schöne Zeit in den Staaten.« Der Beamte schüttelte Harry die Hand.

»Danke«, erwiderte Harry und versuchte, nicht allzu überrascht auszusehen, als er durch den Ankunftsbereich ging und den Schildern zur Gepäckausgabe folgte. Während er darauf wartete, dass sein Koffer auftauchte, warf er noch einmal einen Blick auf die Informationen, die man ihm vorab geschickt hatte. Er würde von der Leiterin der Abteilung für Öffentlichkeitsarbeit von Viking abgeholt werden, die ihn zu seinem Hotel bringen und die geplanten Veranstaltungen mit ihm durchgehen sollte. Wenn er eine englische Stadt besuchte, wurde er stets von einem lokalen Verkaufsleiter begleitet, weshalb er nicht ganz sicher war, was die Leiterin der Abteilung für Öffentlichkeitsarbeit genau tat.

Nachdem er seinen alten Schulkoffer gefunden hatte, machte sich Harry auf den Weg zum Zoll. Dort bat ihn der Beamte, den Koffer zu öffnen. Der Beamte warf einen kurzen Blick hinein, machte mit Kreide ein großes Kreuz an die Seite des Koffers und winkte Harry weiter. Harry trat unter einem großen, halbkreisförmigen Schild hindurch, das ein Bild des strahlenden Bürgermeisters William O'Dwyer trug, über dem die Aufschrift *Willkommen in New York* prangte.

Als er die Ankunftshalle erreicht hatte, sah er sich mehreren uniformierten Chauffeuren gegenüber, die Schilder mit Namen hochhielten. Er suchte nach »Clifton«, und als er es entdeckt hatte, lächelte er dem Fahrer zu und sagte: »Das bin ich.«

»Schön, Sie zu sehen, Mr. Clifton. Ich bin Charlie.« Der Mann hob Harrys schweren Koffer, als handele es sich um eine Aktentasche. »Und das ist Natalie, die Dame, die für Ihre öffentlichen Auftritte zuständig ist.«

Harry drehte sich um und sah eine junge Frau, die in seinen Vorabinformationen immer nur als »N. Redwood« aufgetaucht war. Sie war fast so groß wie er, trug ihr Haar modisch kurz und hatte blaue Augen. Ihre Zähne waren regelmäßiger und weißer als alle, die er – mit Ausnahme auf Werbeplakaten für Zahnpasta – jemals gesehen hatte. Und als sei das noch nicht genug, hatte sie auch noch eine Wespentaille. In einem von Rationierungen gezeichneten Nachkriegsengland war Harry noch nie jemandem wie ihr begegnet.

»Schön, Sie zu sehen, Miss Redwood«, sagte er und gab ihr die Hand.

»Schön, *Sie* zu sehen«, erwiderte sie. »Nennen Sie mich Natalie«, fügte sie hinzu, als die beiden Charlie aus der Eingangshalle folgten. »Ich bin ein absoluter Fan. Ich liebe William Warwick und zweifle nicht im Geringsten daran, dass Ihr jüngstes Buch ein weiterer Erfolg werden wird.«

Als sie ins Freie traten, öffnete Charlie die Hintertür der längsten Limousine, die Harry je gesehen hatte. Harry trat beiseite, damit Natalie als Erste einsteigen konnte.

»Oh, ich liebe die Engländer wirklich«, sagte sie, als er sich neben sie setzte und die Limousine sich in den Verkehr einfädelte, der sich langsam in Richtung New York schob. »Zunächst gehen wir in Ihr Hotel. Ich habe Sie im Pierre untergebracht. Dort haben Sie eine Suite im elften Stock. Ich habe Ihnen etwas Zeit in Ihrem Plan gelassen, damit Sie sich frisch machen können, bevor Sie mit Mr. Guinzburg im Harvard Club zu Mittag essen werden. Übrigens, er freut sich sehr darauf, Sie kennenzulernen.«

»Ich auch«, sagte Harry. »Er hat meine Gefängnistagebücher und den ersten William-Warwick-Roman veröffentlicht. Es gibt also genügend Dinge, für die ich ihm zu Dank verpflichtet bin.«

»Außerdem hat er jede Menge Zeit und Geld investiert, damit *Wer nicht wagt* auf die Bestsellerliste kommt, und er hat mich gebeten, Sie in allen Einzelheiten darüber zu informieren, wie wir die Sache angehen wollen.«

»Bitte, tun Sie das«, sagte Harry, während er aus dem Fenster sah und einen Anblick genoss, den er das letzte Mal von der Bank eines gelben Gefängnisbusses aus gesehen hatte. Am Ende der Busfahrt hatte ihn eine Zelle und keine Suite im Pierre Hotel erwartet.

Eine Hand berührte sein Bein. »Es gibt für uns noch viel zu erledigen, bevor Sie Mr. Guinzburg treffen werden.« Natalie reichte ihm einen dicken blauen Ordner. »Zunächst möchte ich Ihnen erklären, wie wir Ihr Buch auf die Bestsellerliste bringen wollen, denn hier laufen die Dinge ganz anders, als Sie das bei sich in England handhaben.«

Harry öffnete den Ordner und versuchte, sich zu konzentrieren. Nie zuvor hatte er neben einer Frau gesessen, die so aussah, als habe man sie direkt in ihr Kleid eingenäht.

»In Amerika«, fuhr Natalie fort, »hat man nur drei Wochen,

um dafür zu sorgen, dass es ein Buch auf die Bestsellerliste der *New York Times* schafft. Wenn es Ihnen nicht gelingt, in dieser Zeit unter die ersten fünfzehn Titel zu kommen, packen die Buchhändler sämtliche Exemplare von *Wer nicht wagt* zusammen und schicken sie zurück an den Verlag.«

»Das ist verrückt«, sagte Harry. »Wenn ein Buchhändler in England bei einem Verleger ein Buch ordert, so gilt dieses Buch in den Augen des Verlegers als verkauft.«

»Bietet man bei Ihnen den Buchhändlern kein Remissionsrecht an?«

»Selbstverständlich nicht«, erwiderte Harry, der von dieser Vorstellung geradezu schockiert war.

»Und stimmt es, dass Bücher bei Ihnen noch immer ohne irgendwelche Abschläge verkauft werden?«

»Ja, natürlich.«

»Nun, Sie werden sehen, dass das ein weiterer großer Unterschied zu den Verhältnissen in Ihrem Land ist, denn wenn Sie es hier unter die ersten fünfzehn Titel schaffen, wird der Verkaufspreis automatisch halbiert und das Buch im hinteren Bereich das Ladens platziert.«

»Warum? Ein Bestseller sollte doch unbedingt an auffälliger Stelle ganz vorne im Laden angeboten werden und am besten auch noch im Schaufenster liegen. Und man sollte ihn ganz sicher nicht mit irgendwelchen Abschlägen verkaufen.«

»Doch. Denn inzwischen haben die Jungs aus den Werbeabteilungen der Verlage herausgefunden, dass ein Kunde, der auf der Suche nach einem bestimmten Bestseller bis ans hintere Ende der Buchhandlung gehen muss, sich in einem von fünf Fällen auf dem Weg zur Kasse zum Kauf von zwei weiteren Büchern entschließt. Und einer von drei Kunden kauft wenigstens ein zusätzliches Buch.«

»Nicht schlecht. Aber ich bezweifle, dass sich das in England je durchsetzen wird.«

»Meiner Ansicht nach ist es nur noch eine Frage der Zeit. Aber auf jeden Fall wissen Sie jetzt, warum es so wichtig ist, dass wir Ihr Buch so schnell wie möglich auf die Bestsellerliste bringen, denn sobald der Preis halbiert wurde, dürfte es mit großer Wahrscheinlichkeit mehrere Wochen lang unter den ersten fünfzehn Titeln bleiben. Es ist in der Tat schwieriger, überhaupt erst auf die Liste zu kommen, als sich auf ihr zu halten. Aber wenn uns das nicht gelingt, wird *Wer nicht wagt* von heute an gerechnet innerhalb eines Monats aus den Buchhandlungen verschwunden sein, und wir werden sehr viel Geld verloren haben.«

»Ich habe verstanden, was Sie mir sagen wollen«, erwiderte Harry, als die Limousine langsam über die Brooklyn Bridge rollte und sie wieder von gelben Taxis und deren Zigarrenstummel rauchenden Fahrern umgeben waren.

»Das alles wird noch mühsamer, weil wir in nur einundzwanzig Tagen siebzehn verschiedene Städte besuchen müssen.«

»Wir?«

»Ja. Ich werde die ganze Reise über Ihre Hand halten«, sagte sie leichthin. »Üblicherweise bleibe ich in New York und überlasse es unseren Mitarbeitern vor Ort, sich um die Autoren zu kümmern, die die jeweilige Stadt besuchen, doch diesmal nicht, denn Mr. Guinzburg hat darauf bestanden, dass ich nicht von Ihrer Seite weiche.« Wieder berührte sie leicht sein Bein, bevor sie eine Seite im Ordner umschlug, der auf ihrem Schoß lag.

Harry warf ihr einen Blick zu, und sie schenkte ihm ein kokettes Lächeln. Flirtete sie mit ihm? Nein, das war unmöglich. Schließlich hatten sie sich eben erst kennengelernt.

»Ich habe bereits bei mehreren großen Radiostationen Termine für Sie ausgemacht, unter anderem in der Matt Jacobs Show, die jeden Morgen elf Millionen Hörer hat. Niemand ist effektiver als Matt, wenn es darum geht, dass ein Titel nicht lange in den Buchhandlungen liegt.«

Harry hätte gerne eine ganze Reihe von Fragen gestellt, doch Natalie hatte etwas von einer Winchester: Sobald man den Kopf hob, schoss einem zwar keine Kugel, wohl aber irgendeine Anweisung um die Ohren.

»Aber ich muss Sie warnen«, fuhr Natalie ohne Luft zu holen fort, »die meisten großen Sendungen werden Ihnen nur wenige Minuten zur Verfügung stellen. Es ist nicht so wie bei Ihrer BBC. ›In die Tiefe gehend‹ ist eine Vorstellung, mit der sie nichts anfangen können. Vergessen Sie also nicht, in der knappen Zeit, die Sie bekommen, den Titel des Buches so oft wie möglich zu wiederholen.«

Harry blätterte die Seiten mit den Terminen seiner Tour durch. Jeder Tag schien mit einer neuen Stadt zu beginnen, wo er in einer frühmorgendlichen Radiosendung auftreten würde, gefolgt von zahllosen Interviews mit weiteren Radiostationen oder der Presse. Danach galt es jedes Mal, wieder zurück zum Flughafen zu eilen.

»Behandeln Sie alle Ihre Autoren so?«

»Natürlich nicht«, sagte Natalie, und wieder lag ihre Hand auf seinem Bein. »Was mich auf das größte Problem bringt, das wir mit Ihnen haben.«

»Sie haben ein Problem mit mir?«

»Absolut. Die meisten Interviewer werden Sie nach Ihrer Zeit im Gefängnis fragen und wie es dazu kommen konnte, dass man Ihnen, einem Engländer, den Silver Star verliehen hat. Aber Sie müssen das Gespräch immer wieder zurück auf das Buch bringen.«

»In England würde so ein Verhalten als reichlich vulgär gelten.«

»In Amerika bringt vulgäres Verhalten Sie auf die Bestsellerliste.«

»Aber werden die Interviewer nicht über das Buch sprechen wollen?«

»Harry, Sie müssen davon ausgehen, dass keiner von denen das Buch gelesen hat. Jeden Tag landet ein Dutzend neuer Romane auf ihrem Schreibtisch, also können Sie es schon als Glück betrachten, wenn die mehr als den Titel kennen. Wenn diese Radioleute sich auch nur an Ihren Namen erinnern, ist das schon ein Bonus. Die nehmen Sie nur deshalb in ihre Sendungen, weil Sie ein ehemaliger Sträfling sind, der den Silver Star bekommen hat, also müssen wir das zu Ihrem Vorteil nutzen und überall mit Ihrem Buch wie verrückt hausieren gehen«, sagte sie, als die Limousine vor dem Pierre Hotel vorfuhr.

Harry wäre am liebsten wieder in England gewesen.

Der Fahrer stieg aus und öffnete den Kofferraum, als ein Portier des Hotels auf den Wagen zukam. Natalie führte Harry ins Hotel und durch die Lobby zur Rezeption, wo er nur seinen Pass vorzeigen und ein Meldeformular ausfüllen musste. Natalie schien alles perfekt vorbereitet zu haben.

»Willkommen im Pierre, Mr. Clifton«, sagte der Mann am Empfang und reichte ihm einen großen Schlüssel.

»Ich sehe Sie dann« – Natalie warf einen Blick auf ihre Uhr – »in einer Stunde wieder hier in der Lobby. Dann wird die Limousine Sie zu Ihrem Essen mit Mr. Guinzburg in den Harvard Club bringen.«

»Danke«, sagte Harry. Er sah ihr nach, wie sie zurück durch die Eingangshalle ging, kurz in der Drehtür verschwand und gleich darauf draußen auf der Straße wiedererschien. Ihm fiel auf, dass er nicht der einzige Mann war, der sich die ganze Zeit über nicht von ihr abwandte.

Ein Page begleitete ihn in den elften Stock, führte ihn in seine Suite und zeigte ihm, wie alles funktionierte. Harry war noch nie zuvor in einem Hotel gewesen, in dem es ein Bad *und* eine Dusche gab. Er beschloss, sich Notizen zu machen, damit er seiner Mutter alles genau erzählen konnte, wenn er wieder zurück in Bristol war. Er dankte dem Pagen und gab ihm den einzigen Dollar, den er besaß.

Noch vor dem Auspacken griff Harry zum Telefon und bat um die entsprechende Verbindung, damit er Emma direkt anrufen konnte.

»Ich rufe Sie in etwa fünfzehn Minuten zurück«, sagte die Dame von der Überseevermittlung.

Harry blieb zu lange in der Dusche, und nachdem er sich mit dem größten Handtuch seines ganzen bisherigen Lebens abgetrocknet hatte, wollte er gerade mit dem Auspacken beginnen, als das Telefon klingelte.

»Ihre Überseeverbindung ist am Apparat«, sagte die Dame von der Vermittlung, und gleich darauf hörte er Emmas Stimme.

»Bist du das, Liebling? Kannst du mich hören?«

»*Sure can, honey.* Aber klar doch«, sagte Harry lächelnd.

»Du hörst dich bereits wie ein Amerikaner an. Ich will mir gar nicht vorstellen, wie das in drei Wochen sein wird.«

»Dann werde ich liebend gerne nach Bristol zurückkommen, vermute ich, besonders wenn es das Buch nicht auf die Bestsellerliste schafft.«

»Ist das dein Ernst?«

»Ja. Vielleicht komme ich auch schon früher.«

»Soll mir nur recht sein. Von wo rufst du an?«

»Aus dem Pierre. Sie haben mir das größte Hotelzimmer

gegeben, das ich je gesehen habe. In meinem Bett könnten vier Leute schlafen.«

»Du solltest einfach dafür sorgen, dass nur einer darin schläft.«

»Hier gibt es eine Klimaanlage, und im Badezimmer haben sie ein Radio. Aber ich habe immer noch nicht herausgefunden, wie man die Sachen ein- oder wieder ausschaltet.«

»Du hättest Sebastian mitnehmen sollen. Er hätte inzwischen sicher herausgefunden, wie alles funktioniert.«

»Oder er hätte es auseinandergenommen, und ich müsste es wieder zusammensetzen. Wie geht es ihm?«

»Gut. Er scheint ohne Kindermädchen sogar etwas ruhiger zu sein als sonst.«

»Das ist wirklich eine Erleichterung. Und was macht deine Suche nach Miss J. Smith?«

»Die geht nur langsam voran, aber man hat mich für morgen Nachmittag zu einem Gespräch ins Heim von Dr. Barnardo gebeten.«

»Das klingt vielversprechend.«

»Morgen früh treffe ich Mr. Mitchell, damit ich weiß, was ich sagen und, was vielleicht noch wichtiger ist, was ich nicht sagen soll.«

»Du wirst das schon schaffen, Emma. Denk immer daran, dass es deren Aufgabe ist, ein gutes Zuhause für die Kinder zu finden. Ich mache mir nur Sorgen darüber, wie Sebastian reagieren wird, wenn er herausfindet, was du vorhast.«

»Er weiß es bereits. Gestern Abend, bevor er ins Bett musste, habe ich mit ihm gesprochen. Ich war sehr überrascht, aber die Vorstellung schien ihm zu gefallen. Aber sobald man Sebastian in irgendetwas einbezieht, taucht unweigerlich ein neues Problem auf.«

»Was ist es diesmal?«

»Er will mitreden, wenn wir uns für jemanden entscheiden. Die gute Nachricht ist, dass er eine Schwester möchte.«

»Es könnte trotzdem schwierig werden, wenn ihm Miss J. Smith nicht passt und er sich jemand anderen in den Kopf setzt.«

»Wenn das passiert, weiß ich nicht, was ich tun soll.«

»Wir werden ihn irgendwie davon überzeugen müssen, dass Jessica seine eigene Wahl ist.«

»Und wie könnten wir das deiner Meinung nach schaffen?«

»Ich werde darüber nachdenken.«

»Du darfst ihn nur nicht unterschätzen. Denn wenn du das tust, bekommen wir nur umso größere Schwierigkeiten.«

»Reden wir darüber, wenn ich zurück bin«, sagte Harry. »Ich muss los, Liebling. Ich habe eine Verabredung zum Lunch mit Harold Guinzburg.«

»Grüße ihn von mir. Und denk daran: Er ist ein weiterer Mann, den du nicht unterschätzen solltest. Und wenn wir schon dabei sind, vergiss nicht, ihn zu fragen, was aus …«

»Ich habe es nicht vergessen.«

»Viel Glück, Liebling«, sagte Emma. »Sorg einfach nur dafür, dass du auf diese Bestsellerliste kommst.«

»Du bist schlimmer als Natalie.«

»Wer ist Natalie?«

»Eine atemberaubende Blondine, die ihre Hände nicht von mir lassen kann.«

»Ach, Harry Clifton, was du immer für Geschichten erzählst.«

Emma war eine der Ersten, die an jenem Abend in das Auditorium der Universität kamen, um Professor Cyrus Feldmans Vortrag *Hat Britannien den Frieden verloren, nachdem es den Krieg gewonnen hat?* zu hören.

Sie suchte sich einen Platz am Rand einer der mittleren der aufsteigenden Reihen. Schon lange bevor der Vortrag beginnen sollte, war der Hörsaal voll besetzt, sodass die Nachzügler sich auf den Boden setzen mussten und einige sogar nur noch Platz auf den Fenstersimsen fanden.

Die Zuschauer applaudierten heftig, als der zweifache Gewinner des Pulitzerpreises vom Rektor der Universität begleitet den Hörsaal betrat. Sobald alle wieder auf ihren Plätzen saßen, stellte Sir Philip Morris seinen Gast vor und gab den Zuhörern eine knappe Zusammenfassung der beeindruckenden Karriere Feldmans, die von dessen Studium in Princeton über die Ernennung zum jüngsten Professor in Stanford bis hin zur Verleihung des zweiten Pulitzerpreises im Jahr zuvor reichte. Wieder folgte lang anhaltender Applaus. Schließlich erhob sich Professor Feldman von seinem Stuhl und betrat das Podium.

Das Erste, was Emma auffiel, war, wie gut Cyrus Feldman aussah – eine Tatsache, die Grace bei ihrem Anruf nicht erwähnt hatte. Er musste wohl knapp über eins achtzig groß sein, hatte dichtes graues Haar und ein sonnengebräuntes Gesicht, das jeden daran erinnerte, an welcher Universität er unterrichtete. Seine sportliche Figur täuschte über sein wahres Alter hinweg, und zweifellos verbrachte er ebenso viele Stunden im Fitness-Studio wie in der Bibliothek.

Kaum dass er zu sprechen begonnen hatte, war Emma auch schon von seiner rohen Energie gepackt, und es dauerte nur wenige Augenblicke, bis ihm das gesamte Publikum gebannt folgte. Studenten schrieben jedes seiner Worte hektisch mit, und Emma bedauerte, dass sie weder einen Notizblock noch einen Stift mitgebracht hatte.

Der Professor sprach frei und wechselte mühelos von einem Thema zum anderen: Er beschrieb die Rolle der Wall Street nach dem Krieg, den Dollar als neue Weltwährung und das Erdöl als diejenige Ware, welche die zweite Hälfte des zwanzigsten Jahrhunderts und möglicherweise auch noch spätere Perioden dominieren würde. Er sprach über die zukünftige Position des Internationalen Währungsfonds und über die Frage, ob Amerika den Goldstandard beibehalten würde.

Als sich sein Vortrag dem Ende näherte, gab es nur eines, das Emma bedauerte: Feldman war kaum auf das Transportwesen eingegangen. Nur kurz hatte er die Tatsache berührt, dass das Flugzeug große Veränderungen hinsichtlich der neuen Weltordnung mit sich bringen würde, und zwar sowohl für den internationalen Handel wie für den Tourismus. Als der Profi, der er war, erinnerte er sein Publikum jedoch daran, dass er ein Buch über dieses Thema geschrieben hatte. Emma würde gewiss nicht erst bis Weihnachten warten, um sich ein Exemplar zu besorgen. Unwillkürlich dachte sie an Harry, und sie hoffte, dass mit der Werbetour für *sein* Buch in Amerika alles gut ging.

Nachdem sie ein Exemplar von *Die neue Weltordnung* gekauft hatte, reihte sie sich in die lange Schlange derjenigen ein, die sich das Buch signieren lassen wollten. Sie hatte das erste Kapitel fast schon gelesen, als sie endlich die Spitze der Schlange erreichte, und sie fragte sich, ob Feldman bereit wäre, ein paar Augenblicke zu opfern und ihr seine Sicht der britischen Schifffahrtsindustrie darzulegen.

Sie legte das Buch vor ihn auf den Tisch, und er lächelte sie freundlich an.

»Für wen soll ich die Widmung schreiben?«

Sie beschloss, ihre Chance zu nutzen. »Emma Barrington.«

Er musterte sie genauer. »Sie sind nicht zufällig mit dem verstorbenen Sir Walter Barrington verwandt?«

»Er war mein Großvater«, sagte sie stolz.

»Ich habe ihn vor vielen Jahren über die Frage sprechen hören, welche Rolle der Schifffahrtsindustrie zukommen würde, sollte Amerika in den Ersten Weltkrieg eintreten. Ich war damals noch Student, und bei ihm habe ich in einer Stunde mehr gelernt als bei meinen Dozenten während des gesamten Semesters.«

»Auch ich habe jede Menge bei ihm gelernt«, sagte Emma und erwiderte sein Lächeln.

»Es gab so viel, das ich ihn noch gerne gefragt hätte«, fuhr Feldman fort, »aber er musste noch in derselben Nacht den Zug zurück nach Washington erreichen. Ich habe ihn nie wiedergesehen.«

»Und für mich gibt es so viel, das ich *Sie* noch gerne gefragt hätte«, erwiderte Emma. »Eigentlich wäre es vielleicht sogar besser zu sagen: das ich wissen *muss*.«

Feldman warf einen Blick auf die Reihe der Wartenden. »Ich denke, in einer guten halben Stunde bin ich hier fertig. Und da ich heute Nacht keinen Zug zurück nach Washington mehr nehme, könnten wir uns vielleicht persönlich unterhalten, bevor ich gehe, Miss Barrington.«

4

»Und wie geht es meiner geliebten Emma?«, fragte Harold Guinzburg, nachdem er Harry im Harvard Club begrüßt hatte.

»Ich habe gerade mit ihr telefoniert«, antwortete Harry. »Ich soll Ihnen Grüße von ihr ausrichten. Sie bedauert es wirklich sehr, dass sie nicht mitkommen konnte.«

»Ich auch. Bitte sagen Sie ihr, dass ich das nächste Mal keine Entschuldigungen akzeptieren werde.« Guinzburg führte seinen Gast in den Speisesaal, wo sie an einem Tisch in einer Ecke Platz nahmen, an dem der Verleger auch sonst ganz offensichtlich zu sitzen schien. »Ich hoffe, das Pierre ist nach Ihrem Geschmack«, sagte er, als der Kellner ihnen die Speisekarten reichte.

»Es wäre geradezu perfekt, wenn ich wüsste, wie man die Dusche abstellt.«

Guinzburg lachte. »Vielleicht sollten Sie Miss Redwood um Hilfe bitten.«

»Wenn ich das tun würde, dann wüsste ich nicht mehr, wie ich *sie* abstellen soll.«

»Ah, dann hat sie Ihnen also bereits klargemacht, wie wichtig es ist, dass *Wer nicht wagt* es so schnell wie möglich auf die Bestsellerliste schafft.«

»Eine wirklich beeindruckende Dame.«

»Was auch der Grund dafür ist, warum ich sie zu einer unserer Direktorinnen gemacht habe«, sagte Guinzburg. »Trotz der

Proteste mehrerer anderer Direktoren, die keine Frau im Vorstand haben wollten.«

»Emma wäre stolz auf Sie«, sagte Harry. »Ich kann Ihnen versichern, dass Miss Redwood mich vor den Konsequenzen gewarnt hat, die es haben würde, wenn ich versage.«

»Das hört sich ganz nach Natalie an. Vergessen Sie nie: Nur Natalie entscheidet, ob Sie mit dem Flugzeug oder mit dem Ruderboot nach Hause zurückkehren werden.«

Fast hätte Harry gelacht, aber er war nicht sicher, ob sein Verleger das als Witz gemeint hatte.

»Ich hätte Natalie gerne ebenfalls zu diesem Essen eingeladen«, sagte Guinzburg, »aber wie Sie vielleicht bemerkt haben, haben Frauen keinen Zutritt zum Harvard Club. Erzählen Sie bloß Emma nichts davon.«

»Ich habe so das Gefühl, dass Frauen schon längst im Harvard Club speisen werden, bevor man irgendein weibliches Wesen in einem Club an der Pall Mall oder am St. James's Park sehen wird.«

»Bevor wir über die Tour sprechen«, sagte Guinzburg, »möchte ich alles hören, was Sie beide so erlebt haben, seit Emma New York verlassen hat. Wie sind Sie an einen Silver Star gekommen? Arbeitet Emma? Wie hat Sebastian reagiert, als er zum ersten Mal seinen Vater gesehen hat? Und …«

»Und Emma hat darauf bestanden, dass ich nicht nach England zurückkomme, ohne herausgefunden zu haben, was mit Sefton Jelks passiert ist.«

»Sollen wir vielleicht zuerst bestellen? Ich möchte nicht auf leeren Magen über Sefton Jelks nachdenken.«

»Wie ich schon sagte, ich werde zwar nicht den Zug nach Washington nehmen, aber ich fürchte, dass ich noch heute

Nacht zurück nach London fahren muss, Miss Barrington«, erklärte Professor Feldman, nachdem er das letzte Buch signiert hatte. »Morgen Vormittag um zehn Uhr werde ich an der London School of Economics sprechen, weshalb ich Ihnen nur ein paar Minuten zugestehen kann.«

Emma versuchte, nicht allzu enttäuscht auszusehen.

»Es sei denn ...«

»Es sei denn?«

»Es sei denn, Sie würden mit mir zusammen nach London fahren, wodurch Sie dann wenigstens ein paar Stunden lang meine ungeteilte Aufmerksamkeit hätten.«

Emma zögerte. »Dann müsste ich aber zuerst telefonieren.«

Zwanzig Minuten später saß sie im Zug in einem Erste-Klasse-Abteil Professor Feldman gegenüber. Er war es, der die erste Frage stellte.

»Miss Barrington, befindet sich die Schifffahrtslinie, die Ihren illustren Namen trägt, noch immer im Besitz Ihrer Familie?«

»Ja, meine Mutter besitzt zweiundzwanzig Prozent des Unternehmens.«

»Damit dürfte die Familie genügend Kontrolle ausüben können, und das ist das Entscheidende in jeder Organisation – solange niemand in der Lage ist, mehr als diese zweiundzwanzig Prozent zu erwerben.«

»Mein Bruder Giles interessiert sich nicht allzu sehr für die Angelegenheiten der Firma. Er ist Abgeordneter und nimmt nicht einmal an allen Vorstandssitzungen teil. Aber ich mache das, und das ist auch der Grund, warum ich mit Ihnen sprechen muss, Professor.«

»Bitte, nennen Sie mich Cyrus. Ich habe ein Alter erreicht, in dem ich von einer schönen jungen Frau nicht unbedingt daran erinnert werden möchte, wie viele Jahre schon hinter mir liegen.«

In einer Hinsicht hat Grace recht gehabt, dachte Emma, und sie beschloss, das Interesse des Professors an hübschen Frauen für sich zu nutzen. Sie erwiderte Feldmans Lächeln, bevor sie fragte: »Welche Probleme sehen Sie während der nächsten zehn Jahre auf den Schiffbau zukommen? Unser neuer Vorstandsvorsitzender, Sir William Travers ...«

»Ein ausgezeichneter Mann. Es war wirklich dumm von Cunard, so einen fähigen Mitarbeiter gehen zu lassen«, warf Feldman ein.

»Sir William denkt darüber nach, unserer Flotte ein neues Passagierschiff hinzuzufügen.«

»Wahnsinn!«, sagte Feldman und schlug mit der Faust auf den Sitz neben sich, wodurch sich eine kleine Staubwolke erhob. Bevor Emma nach dem Grund fragen konnte, fuhr er fort. »Es sei denn, Ihnen steht ein Überschuss an Barmitteln zur Verfügung, den Sie unbedingt investieren müssen, oder es gibt Steuererleichterungen für die britische Schifffahrtsindustrie, von denen ich noch nie gehört habe.«

»Soweit ich weiß, trifft beides nicht zu«, sagte Emma.

»Dann wird es Zeit, sich den Tatsachen zu stellen. Das Flugzeug wird Passagierschiffe in schwimmende Dinosaurier verwandeln. Warum sollte jemand, der noch alle seine Sinne beisammen hat, fünf Tage damit zubringen, den Atlantik zu überqueren, wenn dieselbe Reise mit dem Flugzeug nur achtzehn Stunden dauert?«

»Weil es bequemer ist? Aus Flugangst? Weil man in besserer Verfassung ankommt?«, antwortete Emma, indem sie sich an das erinnerte, was Sir Williams in der letzten Vorstandssitzung ausgeführt hatte.

»Absolut nebensächlich und nicht mehr zeitgemäß, junge Dame«, widersprach Feldman. »Sie werden schon etwas Besseres vorweisen müssen, wenn Sie mich überzeugen wollen. Nein, die Wahrheit ist, dass der moderne Geschäftsmann genauso wie der unternehmungslustige Tourist sein Ziel in möglichst kurzer Zeit erreichen will. Und diese Einstellung wird die Passagierschifffahrt schon in den allernächsten Jahren buchstäblich untergehen lassen.«

»Und langfristig?«

»So viel Zeit haben Sie nicht.«

»Was würden Sie mir empfehlen?«

»Investieren Sie alles, was Sie haben, in Frachtschiffe. Flugzeuge werden nie in der Lage sein, große oder schwere Gegenstände wie Autos, Maschinen für Fabriken oder auch nur bedeutendere Mengen an Lebensmitteln zu transportieren.«

»Wie kann ich Sir William davon überzeugen?«

»Machen Sie allen Ihre Position bei der nächsten Vorstandssitzung klar«, sagte Feldman, und wieder schlug er mit der Faust auf den Sitz neben sich.

»Aber ich bin überhaupt nicht im Vorstand.«

»Sie sind nicht im Vorstand?«

»Nein, und ich kann mir nicht vorstellen, dass Barrington's jemals eine Frau auf einen Direktorenposten berufen würde.«

»Die haben gar keine andere Wahl«, sagte Feldman und hob seine Stimme. »Da Ihre Mutter zweiundzwanzig Prozent der Aktien besitzt, können Sie schlichtweg verlangen, dass man Sie in den Vorstand aufnimmt.«

»Aber ich habe keinerlei Qualifikation in dieser Richtung, und eine zweistündige Fahrt nach London dürfte dieses Problem wohl kaum lösen. Selbst wenn ich auf dieser Fahrt einen Pulitzerpreisträger begleite.«

»Dann wird es Zeit, dass Sie sich um die entsprechende Qualifikation kümmern.«

»Wie stellen Sie sich das vor?«, fragte Emma. »Soweit ich weiß, gibt es in ganz England keine einzige Universität, die einen Abschluss in Wirtschaftswissenschaften anbietet.«

»Dann müssen Sie mit dem, was Sie im Augenblick tun, drei Jahre pausieren, und zu mir nach Stanford kommen.«

»Ich glaube nicht, dass mein Mann oder mein kleiner Sohn von dieser Idee begeistert wären«, erwiderte Emma, indem sie ein Thema ansprach, das sie bisher bewusst vermieden hatte.

Ihre Bemerkung ließ den Professor verstummen, und es dauerte eine Weile, bis er sagte: »Können Sie sich eine Zehn-Cent-Briefmarke leisten?«

»Ja«, sagte Emma unsicher, denn sie wusste nicht, worauf sie sich mit ihrer Antwort einlassen würde.

»Dann bin ich gerne bereit, Sie im Herbst in Stanford als Studienanfängerin zu akzeptieren.«

»Aber ich habe doch gerade erklärt …«

»Sie haben mir ohne Wenn und Aber versichert, dass Sie sich eine Zehn-Cent-Briefmarke leisten können.«

Emma nickte.

»Gut. Der Kongress hat gerade ein Gesetz verabschiedet, wonach amerikanische Militärangehörige, die ihren Dienst in Übersee leisten, einen Wirtschaftsabschluss anstreben können, ohne tatsächlich selbst im Hörsaal anwesend zu sein.«

»Aber ich bin keine Amerikanerin. Und ich diene Ihrem Land auch ganz gewiss nicht in Übersee.«

»Stimmt«, sagte Feldman. »Aber im Kleingedruckten findet man im Abschnitt ›besondere Befreiung von der Anwesenheitspflicht‹ das Wort ›Alliierte‹, das wir, da bin ich mir sicher, zu unserem Vorteil nutzen können. Vorausgesetzt, dass es Ihnen mit der Zukunft Ihres Familienunternehmens auf lange Sicht ernst ist.«

»Ja, es ist mir ernst damit«, sagte Emma. »Aber was erwarten Sie von mir?«

»Sobald ich Sie als Studienanfängerin in Stanford immatrikuliert habe, schicke ich Ihnen eine Leseliste für Ihr erstes Jahr sowie die Bandaufnahmen jeder meiner Vorlesungen. Darüber hinaus werde ich Ihnen jede Woche ein Thema für eine schriftliche Arbeit geben, die Sie von mir benotet zurückerhalten. Und wenn es Ihnen möglich ist, mehr als zehn Cent zu investieren, könnten wir uns sogar gelegentlich per Telefon unterhalten.«

»Wann fange ich an?«

»Im Herbst. Aber ich muss Sie warnen. In jedem Semester gibt es Prüfungen, die darüber entscheiden, ob Sie weiter an meinem Kurs teilnehmen können«, sagte er, als der Zug in den Bahnhof Paddington einfuhr. »Wenn Sie damit nicht zurechtkommen, sind Sie raus.«

»Und das alles machen Sie wegen einer einzigen Begegnung mit meinem Großvater?«

»Nun, ehrlich gesagt, hatte ich gehofft, dass Sie mich heute Abend zum Dinner ins Savoy begleiten, damit wir die Zukunft der Schifffahrtsindustrie noch etwas ausführlicher besprechen können.«

»Eine wirklich wunderbare Idee«, sagte Emma und gab ihm einen Kuss auf die Wange. »Aber ich fürchte, ich habe schon eine Rückfahrkarte gekauft und werde den Abend mit meinem Mann verbringen.«

Obwohl Harry immer noch nicht herausgefunden hatte, wie man das Radio einschaltete, kam er inzwischen wenigstens mit dem Heiß- und Kaltwasserhahn der Dusche zurecht. Nachdem er sich abgetrocknet hatte, zog er ein frisch gebügeltes Hemd, die Seidenkrawatte, die Emma ihm zum Geburtstag geschenkt hatte, und einen Anzug an, den seine Mutter seinen »Sonntags-staat« genannt hätte. Ein Blick in den Spiegel zeigte ihm, dass er so weder auf der einen noch auf der anderen Seite des Atlantiks als modisch gekleidet gelten konnte.

Harry verließ das Pierre an der 5th Avenue kurz vor acht und machte sich auf in Richtung Vierundsechzigste und Park. Er brauchte nur wenige Minuten, bis er vor dem beeindruckenden Gebäude aus braunrotem Sandstein stand. Er sah auf die Uhr und fragte sich, wie viel Verspätung für New Yorker Verhältnisse als unbedingt angebracht galt. Emma, so erinnerte er sich, hatte ihm erzählt, dass sie vor ihrer Begegnung mit Großtante Phyllis vor lauter Nervosität einmal um den Block gegangen war, um genügend Mut aufzubringen, die wenigen Stufen zum Eingang hinaufzugehen, und es dann nur geschafft hatte, die Klingel zu drücken, unter der ein kleines Schild mit dem Wort »Lieferanten« angebracht war.

Harry hingegen marschierte uneingeschüchtert die Stufen hinauf und schlug mit dem schweren Messingklopfer gegen die Tür. Während er auf eine Reaktion wartete, konnte er hören, wie Emma ihn zurechtwies: *Spotte nicht, mein Kind.*

Die Tür ging auf, und ein Butler im Frack, der ihn offensichtlich erwartet hatte, sagte: »Guten Abend, Mr. Clifton. Mrs. Stuart erwartet Sie im Salon. Würden Sie mir bitte folgen?«

»Guten Abend, Parker«, erwiderte Harry, obwohl er den Mann nie zuvor gesehen hatte. Harry glaubte, die Andeutung eines Lächelns zu erkennen, als der Butler ihn durch die Eingangshalle zu einem offenen Lift führte. Sobald er eingetreten war, schloss Parker das Gitter, drückte einen Knopf und schwieg, bis sie den dritten Stock erreicht hatten. Dort öffnete er den Lift, ging Harry in den Salon voran und verkündete: »Mr. Harry Clifton, Madam.«

Eine große, elegant gekleidete Frau stand in der Mitte des Zimmers und plauderte mit einem Mann, bei dem es sich, so schien es Harry, um ihren Sohn handeln musste.

Sogleich unterbrach Großtante Phyllis ihre Unterhaltung, ging auf Harry zu und umarmte ihn so heftig, dass selbst ein amerikanischer Linebacker beeindruckt gewesen wäre. Als sie ihn schließlich wieder losgelassen hatte, stellte sie ihm ihren Sohn Alistair vor, der Harry herzlich die Hand schüttelte.

»Es ist mir eine Ehre, den Mann zu treffen, der Sefton Jelks' Karriere ein Ende gemacht hat«, sagte Harry.

Alistair deutete eine Verbeugung an.

»Auch ich habe eine kleine Rolle beim Niedergang dieses Mannes gespielt«, sagte Phyllis naserümpfend, als Parker ihrem Gast ein Glas Sherry reichte. »Aber ich will lieber gar nicht erst von Jelks anfangen«, fügte sie hinzu, indem sie Harry zu einem bequemen Sessel am Kamin führte. »Viel lieber würde ich erfahren, wie es Emma inzwischen ergangen ist.«

Es dauerte einige Zeit, bis Großtante Phyllis in dem, was Emma seit ihrer Abreise aus New York alles erlebt hatte, auf dem neuesten Stand war – was unter anderem daran lag, dass sie und Alistair Harry immer wieder mit Fragen unterbrachen. Erst als der Butler zurückkam und erklärte, dass das Dinner serviert werde, wandten sich die drei einem anderen Thema zu.

»Wie gefällt dir deine Reise?«, fragte Alistair, als sie sich zu Tisch setzten.

»Ich glaube, es war einfacher, als ich wegen Mordes festgenommen wurde«, antwortete Harry. »Da war alles viel einfacher.«

»Ist es so schlimm?«

»In gewisser Weise ist es sogar noch schlimmer. Weißt du, ich bin nicht allzu gut darin, mich selbst zu verkaufen«, gab Harry zu, als ein Serviermädchen eine Schale mit schottischer Suppe vor ihn stellte. »Eigentlich hatte ich gehofft, das Buch würde für sich selbst sprechen.«

»Dann solltest du lieber noch mal genauer nachdenken«, sagte Großtante Phyllis. »Denk immer daran, New York ist nicht gerade ein Ableger von Bloomsbury. Vergiss Raffinesse, Untertreibung und Ironie. Auch wenn es noch so sehr gegen deine Natur gehen mag, du musst lernen, deine Ware zu verkaufen wie ein Straßenhändler im East End.«

»Ich bin stolz darauf, Englands erfolgreichster Autor zu sein«, sagte Alistair mit erhobener Stimme.

»Das bin ich doch gar nicht«, sagte Harry. »Bei Weitem nicht.«

»Die Reaktion des amerikanischen Publikums auf *Wer nicht wagt* hat mich absolut überwältigt«, sagte Phyllis im selben Ton wie ihr Sohn.

»Das liegt nur daran, weil niemand das Buch gelesen hat«, protestierte Harry zwischen zwei Löffeln Suppe.

»Genau wie Dickens, Conan Doyle und Wilde bin ich davon überzeugt, dass die Vereinigten Staaten mein größter Markt werden«, fügte Alistair hinzu.

»Ich verkaufe mehr Bücher in Market Harborough als in New York«, sagte Harry, als seine Suppenschale abgetragen wurde. »Offensichtlich sollte Tante Phyllis meinen Platz auf dieser Buchtour einnehmen, und mich sollte man zurück nach England schicken.«

»Ich würde das liebend gerne tun«, sagte Phyllis, und sie fügte wehmütig hinzu: »Es ist nur schade, dass ich nicht dein Talent habe.«

Harry legte sich eine Scheibe Roastbeef und viel zu viele Kartoffeln auf den Teller, und es dauerte nicht lange, bis es ihm gelang, sich völlig zu entspannen, während Phyllis und Alistair ihm von den Abenteuern berichteten, die Emma erlebt hatte, als sie auf der Suche nach ihm nach New York gekommen war. Es amüsierte ihn, ihre Version der Ereignisse zu hören, und wieder einmal dachte er, wie viel Glück er doch gehabt hatte, dass damals in St. Bede's Giles Barrington ein Bett weiter neben ihm schlief. Wäre er von Giles nicht zum Geburtstag in das Manor House, den Landsitz von Giles' Eltern, eingeladen worden, wäre er Emma möglicherweise nie begegnet. Auch wenn er ihr damals zunächst nicht einmal einen Blick zugeworfen hatte.

»Dir ist aber schon klar, dass du niemals gut genug für sie sein wirst«, sagte Phyllis, als sie sich eine Zigarre anzündete.

Harry nickte, und zum ersten Mal begriff er, warum diese alte Dame, die sich von nichts unterkriegen ließ, sich als Emmas Old Jack erwiesen hatte. Hätte man sie in den Krieg geschickt, dachte er, wäre Großtante Phyllis zweifellos mit dem Silver Star heimgekehrt.

Als es elf schlug, erhob sich Harry, der wahrscheinlich einen Brandy zu viel gehabt hatte, mit unsicheren Beinen von seinem Stuhl. Er musste nicht erst daran erinnert werden, dass Natalie um sechs Uhr am nächsten Morgen in der Lobby seines Hotels stehen würde, um ihn zu seinem ersten Radiointerview des Tages zu begleiten. Er bedankte sich bei seiner Gastgeberin für einen unvergesslichen Abend, und seine Höflichkeit trug ihm eine weitere kräftige Umarmung ein.

»Und vergiss nicht«, sagte sie, »wenn man dich interviewt, solltest du britisch denken und jiddisch handeln. Und wenn du jemals ein halbwegs anständiges Essen oder eine Schulter brauchst, um dich auszuweinen, musst du wissen, dass wir genau wie das Windmill Theatre niemals schließen.«

»Danke«, sagte Harry.

»Und wenn du das nächste Mal mit Emma sprichst«, sagte Alistair, »dann vergiss nicht, sie von uns zu grüßen und sie streng zu ermahnen, weil sie dich auf dieser Reise nicht begleitet hat.«

Harrys Ansicht nach war das nicht der richtige Augenblick, um ihnen von dem zu erzählen, was die Ärzte die problematische Hyperaktivität Sebastians nannten.

Irgendwie gelang es allen dreien, sich in den Lift zu quetschen, und Harry erlebte zum letzten Mal eine der typischen Umarmungen von Phyllis, bevor Parker die Haustür öffnete und Harry sich auf den Straßen Manhattans wiederfand.

»Oh, verdammt«, sagte er, nachdem er ein kleines Stück die Park Avenue entlanggegangen war. Er drehte sich um, rannte zu Phyllis' Haus zurück, eilte die Stufen hinauf und klopfte an die Tür. Diesmal erschien der Butler nicht ganz so schnell.

»Ich muss dringend Mrs. Stuart sprechen«, sagte Harry. »Ich hoffe, sie ist noch nicht zu Bett gegangen.«

»Nicht, dass ich wüsste, Sir«, erwiderte Parker. »Bitte, folgen Sie mir.« Wieder führte er Harry durch die Eingangshalle zum Lift, wo er auf den Knopf zum dritten Stock drückte.

Phyllis stand Zigarre rauchend neben dem Kamin, als Harry zum zweiten Mal an diesem Tag im Salon erschien. Jetzt war sie es, die überrascht wirkte.

»Es tut mir leid«, sagte er, »aber Emma würde mir nie verzeihen, wenn ich nach England zurückkehre, ohne herausgefunden zu haben, was aus jenem Anwalt wurde, der so dumm war, sie zu unterschätzen.«

»Sefton Jelks«, sagte Alistair und sah aus seinem Sessel neben dem Kamin auf. »Dieser verdammte Kerl hat sich schließlich als Seniorpartner bei Jelks, Myers & Abernathy zurückgezogen, wenn auch ziemlich widerwillig.«

»Kurz darauf ist er nach Minnesota verschwunden«, fügte Phyllis hinzu.

»Und er wird in absehbarer Zukunft auch nicht mehr hier erscheinen«, sagte Alistair, »denn er ist vor ein paar Monaten gestorben.«

»Mein Sohn ist ein typischer Anwalt«, sagte Phyllis und drückte ihre Zigarre aus. »Er erzählt einem immer nur die halbe Geschichte. Jelks' erster Herzanfall war der *New York Times* eine knappe Erwähnung wert, und erst nach dem dritten erhielt er einen kurzen und nicht gerade schmeichelhaften Absatz am unteren Ende der Seite mit den Nachrufen.«

»Was mehr war, als er verdient hatte«, sagte Alistair.

»Dem stimme ich zu«, sagte Phyllis. »Ich durfte jedoch zu meiner großen Befriedigung feststellen, dass nur vier Menschen an seinem Begräbnis teilnahmen.«

»Woher weißt du das?«, fragte Alistair.

»Ich war einer davon«, antwortete Phyllis.

»Du bist den ganzen Weg bis nach Minnesota gefahren, um an der Beerdigung von Sefton Jelks teilzunehmen?«

»Allerdings.«

»Aber warum?«, wollte Alistair wissen.

»Man konnte Sefton Jelks noch nie trauen«, erklärte sie. »Ich wäre von seinem Tod nicht überzeugt gewesen, hätte ich nicht mit eigenen Augen gesehen, wie sein Sarg in die Erde hinabgelassen wurde. Und sogar dann habe ich noch gewartet, bis die Totengräber die Grube wieder gefüllt hatten.«

»Bitte setzen Sie sich, Mrs. Clifton.«

»Danke«, sagte Emma, als sie auf dem Holzstuhl Platz nahm und zu den drei Mitgliedern der Heimverwaltung aufsah, die, auf einem Podium vor ihr, auf bequemeren Stühlen hinter einem langen Tisch saßen.

»Mein Name ist David Slater«, sagte der Mann in der Mitte.

»Ich werde bei unserem heutigen Gespräch den Vorsitz führen. Gestatten Sie mir, Ihnen meine Kollegen vorzustellen. Das sind Miss Braithwaite und Mr. Needham.«

Emma versuchte, die drei für sie so wichtigen Menschen einzuschätzen. Der Vorsitzende trug einen dreiteiligen Anzug und eine Schulkrawatte, die sie kannte; er sah aus, als sei das nicht der einzige Verwaltungsrat, dem er angehörte. Miss Braithwaite, die zu seiner Rechten saß, trug ein Tweedkostüm aus der Zeit vor dem Krieg und dicke graue Wollstrümpfe. Ihr Haar war zu einem Knoten geknüpft, und in ihrer ganzen Erscheinung wirkte sie auf Emma wie eine typische alte Jungfer. Ihre zusammengekniffenen Lippen ließen erahnen, dass sie nicht allzu oft lächelte. Der Herr zur Linken des Vorsitzenden war jünger als seine beiden Kollegen, und Emma musste bei seinem Anblick unwillkürlich daran denken, dass sich England noch vor kurzer Zeit im Krieg befunden hatte. Sein buschiger Schnurrbart ließ vermuten, dass der Mann bei der Royal Air Force gewesen war.

»Der Verwaltungsrat hat Ihre Bewerbung mit großem Interesse gelesen, Mrs. Clifton«, begann der Vorsitzende. »Wenn Sie gestatten, würden wir Ihnen gerne ein paar Fragen stellen.«

»Natürlich«, sagte Emma und versuchte, sich zu entspannen.

»Wie lange haben Sie schon darüber nachgedacht, ein Kind zu adoptieren, Mrs. Clifton?«

»Schon seit mir klar wurde, dass ich keine weiteren eigenen Kinder bekommen kann«, erwiderte Emma, ohne auf weitere Einzelheiten einzugehen. Die beiden Männer lächelten verständnisvoll, doch Miss Braithwaite verzog keine Miene.

»Sie schreiben in Ihrem Bewerbungsformular«, fuhr der Vorsitzende fort, indem er einen Blick auf seine Unterlagen warf, »dass Sie gerne ein Mädchen im Alter von fünf oder sechs Jahren adoptieren würden. Gibt es für diese Präferenz irgendeinen besonderen Grund?«

»Ja«, sagte Emma. »Mein Sohn Sebastian ist ein Einzelkind, und mein Mann und ich haben den Eindruck, dass es gut für ihn wäre, mit jemandem zusammen aufzuwachsen, der nicht alle Vorteile und Privilegien genießen konnte, welche er seit seiner Geburt für ganz selbstverständlich hält.« Sie hoffte, dass sich ihre Antwort nicht allzu sehr einstudiert anhörte, und sie hätte schwören können, dass der Vorsitzende einen Haken in ein Kästchen machte.

»Dürfen wir aus Ihrer Antwort schließen«, sagte der Vorsitzende, »dass es keine finanziellen Einschränkungen gibt, durch die es für Sie schwierig werden könnte, ein zweites Kind großzuziehen?«

»Überhaupt keine, Herr Vorsitzender. Mein Mann und ich haben ein gutes Auskommen.« Emma bemerkte, dass ihre Antwort einen weiteren Haken zur Folge hatte.

»Ich habe nur noch eine Frage«, sagte der Vorsitzende. »In Ihrer Bewerbung haben Sie angegeben, dass der religiöse Hintergrund des Kindes für Sie nicht von Bedeutung ist. Darf ich Sie fragen, ob Sie sich selbst mit irgendeiner Kirche verbunden fühlen?«

»Genau wie Dr. Barnardo«, sagte Emma, »gehöre ich dem christlichen Glauben an. Mein Mann war Chorstipendiat an der St. Mary Redcliffe.« Sie sah dem Vorsitzenden direkt in die Augen und fügte hinzu: »Und zwar noch bevor er auf die Bristol Grammar School kam, die er als Sprecher der Chorknaben abschloss. Ich selbst besuchte die Red Maids' School, bevor ich ein Stipendium für Oxford erhielt.«

Der Vorsitzende berührte seine Krawatte, und Emma hatte den Eindruck, die Dinge könnten sich nicht besser entwickeln, bis Miss Braithwaite mit ihrem Bleistift gegen den Tisch klopfte. Der Vorsitzende nickte ihr zu.

»Sie haben Ihren Mann erwähnt, Mrs. Clifton. Dürfte ich Sie fragen, warum er Sie heute nicht begleitet?«

»Er ist in den Vereinigten Staaten, um sein neues Buch vorzustellen. Er wird in wenigen Wochen zurückkehren.«

»Ist er häufig abwesend?«

»Nein. Genau genommen sogar sehr selten. Mein Mann ist von Beruf Schriftsteller, also ist er die meiste Zeit zu Hause.«

»Aber er muss doch gelegentlich eine Bibliothek aufsuchen«, bemerkte Miss Braithwaite, und ihre Miene zeigte etwas, das man fast als Lächeln bezeichnen konnte.

»Nein, wir haben unsere eigene Bibliothek«, antwortete Emma, doch sie bedauerte ihre Worte sofort, kaum dass sie sie geäußert hatte.

»Und Sie selbst arbeiten auch?«, fragte Miss Braithwaite. Es hörte sich an, als spreche sie über ein Verbrechen.

»Nein, auch wenn ich meinen Mann in jeder denkbaren Hinsicht unterstütze. Grundsätzlich jedoch betrachte ich mein Leben als Hausfrau und Mutter als Vollzeitbeschäftigung.« Harry hatte ihr diesen Satz nahegelegt, obwohl er sehr gut wusste, dass Emma diese Behauptung nicht glaubte, und das umso weniger, seit sie mit Cyrus Feldman gesprochen hatte.

»Und wie lange sind Sie schon verheiratet, Mrs. Clifton?«, fragte Miss Braithwaite in strengem Ton.

»Etwas mehr als drei Jahre.«

»Aber Ihren Bewerbungsunterlagen entnehme ich, dass Sebastian acht Jahre alt ist.«

»Ja, das stimmt. Harry und ich haben uns 1939 verlobt, doch er empfand es als seine Pflicht, sich noch vor der Kriegserklärung freiwillig zu den Waffen zu melden.«

Miss Braithwaite wollte gerade eine weitere Frage stellen, als der Mann, der zur Linken des Vorsitzenden saß, sich vorbeugte und sagte: »Dann haben Sie also gleich nach Kriegsende geheiratet, Mrs. Clifton?«

»Unglücklicherweise nein«, sagte Emma und wandte sich dem Mann zu, der nur noch einen Arm hatte. »Mein Mann wurde nur wenige Tage vor Kriegsende von einer deutschen Mine schwer verletzt, und es dauerte einige Zeit, bis er das Krankenhaus wieder verlassen konnte.«

Miss Braithwaite schien noch immer unbeeindruckt. Emma fragte sich, ob es möglich sein konnte, dass … Sie beschloss, ein Risiko einzugehen, das, wie sie wusste, Harry nicht gutgeheißen hätte.

»Aber, Mr. Needham«, sagte sie, ohne sich auch nur einen Augenblick von dem Mann mit dem einen Arm abzuwenden, »ich betrachte mich als einen der Menschen, die Glück hatten. Ich fühle mit all den Frauen, deren Ehemänner, Verlobte und Freunde nicht mehr zu ihren Familien zurückgekehrt sind, weil sie ihrem Land das größtmögliche Opfer brachten.«

Miss Braithwaite senkte den Kopf, und der Vorsitzende sagte: »Danke, Mrs. Clifton. Jemand wird in nächster Zeit Kontakt zu Ihnen aufnehmen.«

5

Um sechs Uhr morgens stand Natalie in der Lobby und wartete auf ihn. Sie sah genauso frisch und munter aus wie am Abend zuvor, als sie sich getrennt hatten. Sobald sie im Fond der Limousine saßen, öffnete sie ihren unvermeidlichen Ordner.

»Ihr Tag beginnt mit einem Interview bei Matt Jacobs auf NBC in der Frühstückssendung mit den landesweit höchsten Einschaltquoten. Die gute Nachricht ist, dass Sie im wichtigsten Teil der ganzen Sendezeit auftreten werden. Die nicht so gute Nachricht ist, dass Sie ihn mit Clark Gable und Mel Blanc, der Stimme von Bugs Bunny und Tweetie Pie, teilen werden. Gable macht zurzeit Werbung für *Dr. Johnsons Heimkehr*, seinen neuesten Film, in dem er die Hauptrolle spielt. Seine Partnerin ist Lana Turner.«

»Und Mel Blanc?«, fragte Harry und versuchte, nicht zu lachen.

»Er feiert sein erstes Jahrzehnt bei den Warner Brothers. Wenn wir die Werbepausen einrechnen, werden Sie etwa vier bis fünf Minuten auf Sendung sein, die Sie sich als zweihundertvierzig bis dreihundert Sekunden vorstellen müssen. Ich kann gar nicht genug betonen«, fuhr Natalie fort, »welch große Rolle diese Sendung dabei spielt, unsere ganze Kampagne ins Rollen zu bringen. Sie werden in den nächsten drei Wochen nichts Bedeutenderes machen. Durch diesen Auftritt könnten Sie nicht nur auf die Bestsellerliste kommen. Wenn es gut läuft, wird auch jede größere Sendung im ganzen Land Sie buchen wollen.«

Harry konnte spüren, wie sein Herzschlag von Sekunde zu Sekunde schneller wurde.

»Sie müssen nichts weiter tun, als bei jeder sich bietenden Gelegenheit *Wer nicht wagt* zu erwähnen«, fügte sie hinzu, als die Limousine vor den NBC-Studios im Rockefeller Center vorfuhr.

Harry traute seinen Augen nicht, als er auf den Bürgersteig trat. Der schmale Zugang, der zur Vorderseite des Gebäudes führte, war rechts und links mit Zäunen abgesperrt, hinter denen sich kreischende Fans drängten. Als Harry zwischen der Menge mit ihren erwartungsvollen Gesichtern hindurchging, brauchte man ihm nicht erst zu sagen, dass neunzig Prozent der Menschen wegen Clark Gable, neun Prozent wegen Mel Blanc und vielleicht ein Prozent …

»Wer ist das?«, schrie jemand, als Harry vorbeieilte.

Wahrscheinlich nicht einmal ein Prozent.

Sobald er sicher im Gebäude angelangt war, führte ihn ein Produktionsassistent in einen Aufenthaltsraum und informierte ihn kurz über den Ablauf.

»Mr. Gable wird um zwanzig vor acht auf Sendung sein. Mel Blanc folgt ihm um zehn vor acht, und wenn alles gut geht, werden wir Sie um fünf vor acht zum Ausklang der Sendung vor den Nachrichten bringen.«

»Danke«, sagte Harry. Er setzte sich und versuchte, sich zu sammeln.

Mel Blanc eilte um halb acht in die Garderobe. Harry hatte den Eindruck, er wartete nur darauf, dass man ihn um ein Autogramm bat. Wenige Augenblicke später traf Clark Gable ein, begleitet von seiner Entourage. Harry war überrascht, das Leinwandidol im Smoking und mit einem Whiskyglas in der Hand zu sehen. Gable erklärte Mel Blanc, dass es sich nicht um seinen Morgendrink handelte, denn er war letzte Nacht gar nicht ins Bett gekommen. Gelächter hallte ihm nach, als er in den Senderaum geführt wurde und Harry wieder mit Mel alleine war.

»Hören Sie Gable genau zu«, sagte Mel und setzte sich neben Harry. »Sobald das rote Licht angeht, wird niemand, nicht einmal das Studiopublikum, auf die Idee kommen, dass er irgendetwas anderes getrunken haben könnte als Orangensaft, und wenn es wieder ausgeht, wird jeder seinen neuen Film sehen wollen.«

Es sollte sich zeigen, dass Mel recht hatte. Gable war ein absoluter Profi, und der Titel seines neuen Films wurde mindestens alle dreißig Sekunden erwähnt. Obwohl Harry irgendwo gelesen hatte, dass er und Miss Turner einander nicht ausstehen konnten, verstand es Gable, so viel Großzügiges gegenüber seinem Co-Star zu bemerken, dass selbst der zynischste Zuhörer zur Überzeugung gelangen musste, die beiden stünden sich ganz besonders nahe. Nur Natalie wirkte nicht gerade glücklich, denn Gable überzog seine Zeit um zweiundvierzig Sekunden.

Während der Werbepause wurde Mel ins Studio geführt. Harry lernte sehr viel von Mels Vorstellung, bei der Sylvester, Tweetie Pie und Bugs Bunny allesamt zu ihrem Auftritt kamen. Doch was ihn am meisten beeindruckte, war die Tatsache, dass Mel einfach weitersprach, nachdem Matt Jacobs ihm die abschließende Frage gestellt hatte, wodurch er weitere siebenunddreißig Sekunden von Harrys kostbarer Zeit stahl.

Während der nächsten Werbepause war Harry an der Reihe, zur Guillotine geführt zu werden, wo man, so kam es ihm jedenfalls vor, ihn um seinen Kopf bringen würde. Er setzte sich seinem Gastgeber gegenüber und lächelte nervös. Jacobs war damit beschäftigt, den Klappentext von *Wer nicht wagt* zu lesen. Das Exemplar des Romans sah so aus, als sei es noch nie zuvor geöffnet worden. Jacobs blickte auf und erwiderte Harrys Lächeln.

»Wenn das rote Licht angeht, sind Sie auf Sendung«, war alles, was er sagte, bevor er zur ersten Seite weiterblätterte. Harry folgte dem großen Zeiger der Studiouhr. Vier Minuten vor acht. Er hörte einer Werbung für Nescafé zu, während Jacobs einige Notizen auf den Block kritzelte, den er vor sich liegen hatte. Die Werbung endete mit der vertrauten Erkennungsmelodie, und das rote Licht ging an. Harrys Kopf war plötzlich vollkommen leer. Am liebsten wäre er zu Hause mit Emma beim Lunch gesessen. Er war sogar eher bereit, mehreren Tausend Deutschen jenseits des Hügelrückens von Clemenceau entgegenzutreten als elf Millionen Amerikanern, die gerade ihr Frühstück genossen.

»Guten Morgen«, sagte Jacobs in sein Mikrofon. »Und in der Tat, welch ein Morgen war das doch heute. Zuerst Clark Gable, dann Mel, und jetzt werden wir diese Stunde unserer Frühstückssendung mit einem besonderen Gast aus Großbritannien beenden, Harry« – er warf rasch einen Blick auf den Umschlag des Buches – »Clifton. Bevor wir über Ihr neues Buch sprechen, Harry, möchte ich Sie fragen, ob es stimmt, dass Sie wegen Mordes festgenommen wurden, als Sie Amerika das letzte Mal betreten haben.«

»Ja, aber das war nichts weiter als ein furchtbares Missverständnis«, platzte Harry heraus.

»Das sagen sie alle«, erwiderte Jacobs und lachte beunruhigend. »Aber meine elf Millionen Zuhörer würden gerne erfahren, ob Sie sich wieder mit Ihren alten Gefängniskumpeln treffen werden, nachdem Sie nun schon mal hier sind?«

»Nein, das ist nicht der Grund, warum ich in Amerika bin«, begann Harry. »Ich habe einen Roman …«

»Dann schildern Sie uns mal Ihre Eindrücke von Ihrem zweiten Besuch in Amerika, Harry.«

»Es ist ein großartiges Land«, sagte Harry. »Die New Yorker haben mich so herzlich aufgenommen und …«

»Auch die Taxifahrer?«

»Auch die Taxifahrer«, bestätigte Harry. »Und heute Morgen habe ich sogar Clark Gable getroffen.«

»Mögen die Menschen in England Clark Gable?«, fragte Matt.

»O ja, er ist sehr beliebt. Genau wie Miss Turner. Ehrlich gesagt kann ich es gar nicht erwarten, den neuen *Film* der beiden zu sehen.«

»Bei uns nennt man so etwas ein *Movie*, aber sei's drum.« Jacobs hielt inne, warf einen Blick auf den großen Zeiger der Uhr und sagte dann: »Es war inspirierend, Sie in meiner Sendung zu haben, Harry. Viel Glück mit Ihrem neuen Buch. Nach ein paar Worten von unseren Sponsoren sind wir pünktlich zu den Acht-Uhr-Nachrichten wieder bei Ihnen. Doch für mich, Matt Jacobs, heißt es für heute ›Auf Wiedersehen‹. Ich wünsche Ihnen einen wunderbaren Tag.«

Das rote Licht erlosch.

Jacobs stand auf, gab Harry die Hand und sagte: »Schade, dass wir nicht mehr Zeit hatten, um über Ihr Buch zu sprechen. Das Titelbild hat mir gefallen.«

Emma nahm zuerst einen Schluck von ihrem morgendlichen Kaffee, bevor sie den Brief öffnete.

Sehr geehrte Mrs. Clifton,

vielen Dank, dass Sie sich letzte Woche mit unserem Vorstand

*getroffen haben. Ich freue mich, Ihnen mitteilen zu können,
dass wir Ihre Bewerbung gerne weiterbearbeiten möchten.*

Emma wollte Harry sofort anrufen, doch in Amerika war es mitten in der Nacht, und sie wusste nicht einmal genau, in welcher Stadt er gerade war.

*Wir haben mehrere passende Kandidatinnen, die Sie und Ihr
Mann in Erwägung ziehen könnten. Einige von ihnen leben
in unseren Heimen in Taunton, Exeter und Bridgewater.
Wenn Sie mir mitteilen könnten, welches Heim Sie zuerst
besuchen möchten, würde ich Ihnen gerne die nötigen Informationen zu den entsprechenden Kindern schicken.*

*Hochachtungsvoll,
Mr. David Slater*

Ein Anruf bei Mitchell bestätigte, dass sich Jessica Smith noch immer im Heim von Dr. Barnardo in Bridgewater befand. Doch sie gehörte zu den Mädchen, die möglicherweise bald nach Australien gehen würden. Emma sah auf die Uhr. Sie würde bis zum Mittag warten müssen, bevor sie Harry anrufen und ihm die Neuigkeiten würde mitteilen können. Dann wandte sie sich dem zweiten Brief zu, der eine Zehn-Cent-Briefmarke trug. Sie musste nicht erst den Poststempel entziffern, um zu wissen, von wem er kam.

Als Harry in Chicago ankam, stand *Wer nicht wagt* auf Platz dreiunddreißig der Bestsellerliste der *New York Times*, und Natalie hatte aufgehört, ihm ihre Hand auf das Bein zu legen.
»Kein Grund, in Panik zu verfallen«, beruhigte sie ihn. »Die

zweite Woche ist immer am wichtigsten. Aber wir haben noch eine Menge Arbeit vor uns, wenn wir es bis nächsten Sonntag unter die ersten fünfzehn Plätze schaffen wollen.«

Denver, Dallas und San Francisco nahmen den größten Teil der zweiten Woche in Anspruch, und Harry war inzwischen davon überzeugt, dass Natalie zu denjenigen gehörte, die das Buch nicht gelesen hatten. Einige der wichtigsten Sendungen sagten Harrys Auftritt in letzter Minute ab, und er verbrachte immer mehr Zeit in immer kleineren Buchhandlungen, wo er immer weniger Exemplare signierte. Der eine oder andere Ladenbesitzer verweigerte ihm sogar das, denn – wie Natalie erklärte – die Buchhändler konnten signierte Exemplare nicht mehr an den Verleger zurückschicken, da diese dann als beschädigt galten.

Als sie in Los Angeles landeten, hatte sich *Wer nicht wagt* mühsam auf Platz achtundzwanzig der Bestsellerliste vorgeschoben, und da den beiden nur noch eine Woche blieb, gelang es Natalie nicht mehr, ihre Enttäuschung zu verbergen. Sie begann anzudeuten, dass sich das Buch nicht schnell genug verkaufte. Diese Tatsache wurde am folgenden Morgen sogar noch offensichtlicher, als Harry zum Frühstück nach unten kam und ein Mann namens Justin sich ihm gegenübersetzte.

»Natalie ist gestern Nacht nach New York zurückgeflogen«, erklärte Justin. »Sie musste einen anderen Autor treffen.« Er brauchte nicht zu erklären, dass es sich wohl um jemanden handelte, der es mit größerer Wahrscheinlichkeit unter die ersten fünfzehn Titel der Bestsellerliste schaffen würde. Harry konnte ihr das nicht verdenken.

Im Laufe seiner letzten Woche flog Harry kreuz und quer durchs Land und trat in Sendungen in Seattle, San Diego, Raleigh, Miami und schließlich Washington auf. Ohne Natalie an seiner Seite, die ihn ständig an die Bestsellerliste erinnerte, gelang es ihm, sich zu entspannen, und er schaffte es sogar, in einigen der längeren Interviews *Wer nicht wagt* mehr als einmal zu erwähnen, auch wenn es sich nur um Veranstaltungen von Lokalsendern handelte.

Als er am letzten Tag seiner Tour nach New York zurückkam, buchte Justin für ihn ein Zimmer im Flughafenhotel, gab ihm ein Flugticket in der Economy Class für seine Rückreise nach London und wünschte ihm viel Glück.

Nachdem Emma den Bewerbungsbogen für Stanford ausgefüllt hatte, schrieb sie Cyrus einen langen Brief, in dem sie ihm dafür dankte, dass er ihr dieses Studium ermöglichte. Dann wandte sie sich dem dicken Päckchen zu, das die Unterlagen zu Sophie Barton, Sandra Davies und Jessica Smith enthielt. Sie musste die Seiten nur kurz überfliegen, um zu sehen, welches Mädchen die Heimleiterin bevorzugte, und das war offensichtlich nicht Miss J. Smith.

Was würde geschehen, wenn Sebastian mit ihr einer Meinung war, oder schlimmer noch, wenn er sich für ein Mädchen entschied, das gar nicht zu dieser engen Auswahl gehörte? Emma lag noch lange wach und hoffte, dass Harry anrufen würde.

Harry dachte tatsächlich daran, Emma anzurufen, doch er vermutete, sie schliefe schon. Er begann, seine Sachen zu packen, um alles für den Flug am frühen Morgen vorzubereiten. Dann legte er sich aufs Bett und grübelte darüber nach, wie sie Sebastian davon überzeugen konnten, dass Jessica nicht nur die ideale Schwester für ihn war, sondern auch *seine eigene* Wahl.

Er schloss die Augen, fand jedoch keinen Schlaf, denn die Klimaanlage dröhnte in einem Rhythmus, als bewerbe sie sich um einen Platz in einer Calypso-Band. Harry lag auf der dünnen, klumpigen Matratze, den Kopf auf ein Schaumstoffkissen gebettet, das sich rechts und links bis zu seinen Ohren hochwölbte. In diesem Hotelzimmer bestand nicht die Möglichkeit, zwischen einem Bad und einer Dusche zu wählen, denn es gab nur ein einziges Waschbecken, aus dessen Hahn unablässig braunes Wasser tropfte. Er rief sich die Eindrücke der letzten drei Wochen vor Augen, als betrachte er Bild für Bild einen flackernden Schwarz-Weiß-Film – denn Farben hatte es in dieser Zeit nicht gegeben. Die drei Wochen waren für alle Beteiligten eine einzige Verschwendung von Zeit und Geld gewesen. Harry musste sich eingestehen, dass er für Buchwerbetouren einfach nicht geschaffen war, und nachdem es ihm nicht gelungen war, seinem Buch trotz zahlloser Radio- und Zeitungsinterviews einen Platz unter den fünfzehn Spitzentiteln zu verschaffen, war möglicherweise die Zeit gekommen, William Warwick mitsamt Chief Inspector Davenport in Pension zu schicken und sich nach einer richtigen Arbeit umzusehen.

Der Rektor von St. Bede's hatte erst kürzlich angedeutet, dass die Schule einen Englischlehrer suchte, aber Harry wusste, dass er als Lehrer nicht besonders geeignet war. Giles hatte ihm großzügigerweise mehr als einmal angeboten, dem Vorstand von Barrington's beizutreten, damit er dort die Interessen der Familie vertreten konnte, doch in Wahrheit gehörte er gar nicht zu dieser Familie. Abgesehen davon hatte er immer Schriftsteller sein wollen und kein Geschäftsmann.

Es war schlimm genug, in Barrington Hall zu wohnen. Er hatte mit seinen Büchern noch nicht genug Geld verdient, um ein Haus für Emma zu kaufen, wie sie es seiner Meinung nach verdient hatte, und es war auch nicht gerade eine Hilfe, als Sebastian ihn in aller Unschuld gefragt hatte, warum er nicht jeden Morgen zur Arbeit ginge wie alle anderen Väter, die er kannte. Manchmal kam Harry sich so vor, als würde er finanziell ausgehalten.

Kurz nach Mitternacht stand Harry auf, und sein Wunsch, Emma anzurufen und seine Gedanken mit ihr zu teilen, war noch heftiger geworden. Doch es war erst fünf Uhr morgens in Bristol, weshalb er beschloss, wach zu bleiben und in ein paar Stunden mit ihr zu telefonieren. Er wollte gerade das Licht ausschalten, als leise an seine Tür geklopft wurde. Er hätte schwören können, dass er das »Bitte nicht stören«-Schild an den Türknauf gehängt hatte. Er warf seinen Morgenmantel über, ging quer durchs Zimmer und öffnete.

»Herzlichen Glückwunsch«, war alles, was sie sagte.

Er starrte Natalie an, die eine Flasche Champagner in den Händen hielt und ein eng anliegendes Kleid trug, dessen Reißverschluss an der Vorderseite auch ohne weitere Einladung so wirkte, als sei er nur dazu da, um sogleich geöffnet zu werden.

»Wozu?«, fragte Harry.

»Ich habe gerade eines der ersten Exemplare der Sonntagsausgabe der *New York Times* gesehen. *Wer nicht wagt* ist auf Platz vierzehn. Sie haben es geschafft!«

»Danke«, sagte Harry, der die Bedeutung dessen, was sie sagte, nicht ganz begriff.

»Weil ich schon immer Ihr größter Fan war, dachte ich, Sie hätten vielleicht Lust, ein wenig zu feiern.«

Es war, als klängen ihm die Worte von Großtante Phyllis noch in den Ohren: *Dir ist aber schon klar, dass du niemals gut genug für sie sein wirst.*

»Das ist eine wirklich nette Idee«, sagte Harry. »Ich brauche nur einen Augenblick«, fügte er hinzu und ging zurück ins Zimmer. Er holte ein Buch von einem Beistelltisch und kam wieder zu ihr. Dann nahm er Natalie die Champagnerflache ab und lächelte. »Weil Sie schon immer mein größter Fan waren, wäre es vielleicht an der Zeit, dass Sie das hier lesen«, sagte er und reichte ihr ein Exemplar von *Wer nicht wagt*. Dann schloss er leise die Tür.

Harry setzte sich aufs Bett, goss sich ein Glas Champagner ein, griff nach dem Telefon und meldete ein Überseegespräch an. Er hatte die Flasche fast geleert, als Emma am Apparat war.

»Mein Buch hat es auf Platz vierzehn der Bestsellerliste geschafft«, sagte er. Seine Worte klangen ziemlich undeutlich.

»Das sind ja wunderbare Neuigkeiten«, erwiderte Emma und unterdrückte ein Gähnen.

»Und draußen auf dem Flur steht eine atemberaubende Blondine mit einer Flasche Champagner, die versucht, meine Tür aufzubrechen.«

»Ja, natürlich steht sie da, Liebling. Übrigens, du wirst nie glauben, wer mich gebeten hat, die Nacht mit ihm zu verbringen.«

6

Die Tür wurde von einer Frau in einer dunkelblauen Uniform mit gestärktem weißem Kragen geöffnet. »Ich bin die Heimleiterin«, erklärte sie.

Harry gab ihr die Hand, dann stellte er seine Ehefrau und seinen Sohn vor.

»Kommen Sie in mein Büro«, sagte sie. »Dann können wir uns unterhalten, bevor Sie die Mädchen treffen werden.«

Die Heimleiterin führte die drei durch einen Flur, an dessen Wänden farbenprächtige Bilder hingen.

»Das hier gefällt mir«, sagte Sebastian und blieb vor einem ganz bestimmten Bild stehen, doch die Heimleiterin reagierte nicht. Sie war offensichtlich der Auffassung, dass man Kinder sehen, aber nicht hören sollte.

Die drei folgten ihr in ihr Büro.

Sobald die Tür geschlossen war, erzählte Harry der Heimleiterin, wie sehr sie sich alle auf diesen Besuch gefreut hatten.

»Und die Kinder ebenso, das kann ich Ihnen versichern«, erwiderte sie. »Doch zunächst muss ich Ihnen ein paar Regeln unseres Hauses erklären, denn mein einziges Interesse gilt dem Wohlergehen der Kinder.«

»Natürlich«, sagte Harry. »Wir richten uns ganz nach Ihnen.«

»Die drei Mädchen, an denen Sie Interesse gezeigt haben – Sandra, Sophie und Jessica –, haben im Augenblick Kunstunterricht, was Ihnen die Gelegenheit gibt zu sehen, wie sie sich im

Kreis der anderen Kinder bewegen. Wenn wir zu ihnen gehen, ist es wichtig, dass sie mit ihrer Arbeit fortfahren können, denn sie dürfen nicht das Gefühl bekommen, an einem Wettbewerb teilzunehmen. So etwas kann nur in Tränen enden und hat möglicherweise auch langfristige Folgen. Nachdem unsere Kinder schon einmal zurückgewiesen wurden, ist es nicht nötig, dass sie erneut an diese Erfahrung erinnert werden. Wenn die Kinder sehen, dass Familien ins Heim kommen, dann wissen sie natürlich, dass unsere Besucher eine Adoption erwägen. Warum sollten sie auch sonst hier sein? Die Kinder dürfen jedoch nicht erfahren, dass nur zwei oder drei von ihnen in Betracht kommen. Ganz abgesehen davon, dass Sie vielleicht noch vorhaben, unsere Heime in Taunton und Exeter zu besuchen, nachdem Sie die drei Mädchen gesehen haben, und sich erst dann entscheiden.«

Harry hätte der Heimleiterin gerne gesagt, dass die Entscheidung bereits gefallen war und es nur noch darauf ankam, bei Sebastian den Eindruck zu erwecken, als stünde diese Wahl ganz alleine bei ihm.

»Gut. Können wir dann den Kunstunterricht besuchen?«

»Ja«, sagte Sebastian, sprang auf und rannte zur Tür.

»Woran können wir erkennen, wer wer ist?«, fragte Emma und erhob sich langsam von ihrem Stuhl.

Die Heimleiterin warf Sebastian einen kritischen Blick zu, bevor sie antwortete: »Ich werde Ihnen mehrere Kinder vorstellen, damit keines von ihnen das Gefühl haben muss, Teil einer besonderen Auswahl zu sein. Haben Sie noch irgendwelche Fragen, bevor wir zu ihnen gehen?«

Harry war überrascht, dass Sebastian nicht mindestens ein Dutzend Dinge wissen wollte, doch der Junge stand nur ungeduldig neben der Tür und wartete auf sie. Als sie durch den Flur zum Kunstunterricht gingen, rannte Sebastian ihnen voraus.

Die Heimleiterin öffnete die Tür zum Klassenzimmer, sie traten ein und blieben leise im Hintergrund stehen. Dann nickte die Heimleiterin dem Lehrer zu und sagte: »Kinder, heute haben wir einige Gäste.«

»Guten Tag, Mr. und Mrs. Clifton«, sagten die Kinder wie aus einem Mund. Einige von ihnen drehten sich um, doch andere malten einfach weiter.

»Guten Tag«, sagten Harry und Emma. Sebastian schwieg, was so gar nicht zu ihm zu passen schien.

Harry fiel auf, dass die meisten Kinder den Kopf gesenkt hielten und sehr zurückhaltend wirkten. Er ging nach vorn und sah einem Jungen zu, der ein Fußballspiel malte. Das Kind war offensichtlich ein Anhänger von Bristol City, was Harry ein Lächeln entlockte.

Emma gab vor, sich das Bild einer Ente anzusehen – oder handelte es sich um eine Katze? –, während sie herauszufinden versuchte, welches der Mädchen Jessica war. Sie war noch zu keinem Schluss gekommen, als die Heimleiterin neben sie trat und sagte: »Das ist Sandra.«

»Das ist ein wirklich schönes Bild, Sandra«, sagte Emma. Ein breites Grinsen erschien im Gesicht des Mädchens, während Sebastian sich nach vorn beugte und sich das Bild genauer ansah.

Harry kam hinzu und plauderte mit Sandra, als Emma und Sebastian Sophie vorgestellt wurden.

»Das ist ein Kamel«, sagte sie voller Überzeugung, bevor einer von beiden nach ihrem Bild fragen konnte.

»Ein Dromedar oder ein Trampeltier?«, fragte Sebastian.

»Ein Trampeltier«, erwiderte sie in ebenso überzeugtem Ton wie zuvor.

»Aber es hat nur einen Höcker«, sagte Sebastian.

Sophie lächelte und fügte unverzüglich einen zweiten Höcker hinzu. »Wo gehst du zur Schule?«, fragte sie.

»Ich komme im September nach St. Bede's«, antwortete Sebastian.

Harry behielt seinen Sohn im Auge, der, wie man deutlich sehen konnte, gut mit Sophie zurechtkam. Er fürchtete, dass Sebastian sich bereits entschieden hätte, als dieser sich plötzlich dem Bild eines Jungen zuwandte. Genau in diesem Augenblick stellte die Heimleiterin Harry Jessica vor. Die Kleine war jedoch so sehr in ihr Gemälde vertieft, dass sie nicht einmal aufsah. So sehr sich Harry auch bemühte, das Mädchen ließ sich durch nichts ablenken. War sie schüchtern? Oder gar starr vor Angst? Harry wusste es einfach nicht.

Schließlich ging Harry zu Sophie hinüber, die mit Emma über ihr Trampeltier plauderte. Sie fragte ihn, ob ihm ein oder zwei Höcker besser gefielen. Während Harry über die Frage nachdachte, schlenderte Emma von Sophie zu Jessica, doch ebenso wenig wie ihrem Mann gelang es nun ihr, Jessica auch nur ein Wort zu entlocken. Sie begann sich zu fragen, ob das ganze Unternehmen in einer Katastrophe enden und Jessica nach Australien gehen würde, sodass ihnen nur noch die Möglichkeit bliebe, sich für Sophie zu entscheiden.

Emma ging weiter, um sich mit einem Jungen namens Tommy über seinen feuerspeienden Vulkan zu unterhalten. Der größte Teil des Papiers war bereits mit dunkelroten Flammen bedeckt. Während der Junge noch mehr rote Farbkleckse über sein Gemälde verteilte, dachte Emma, dass Freud Tommy sicher gerne adoptiert hätte.

Sie drehte sich um und sah, dass Sebastian sich mit Jessica unterhielt, während er eindringlich ihr Gemälde musterte, das Noahs Arche darstellte.

Wenigstens schien sie ihm zuzuhören, auch wenn sie nicht aufsah. Sebastian verließ Jessica, warf einen letzten Blick auf die Bilder von Sandra und Sophie und ging dann zurück zur Tür.

Ein paar Minuten später schlug die Heimleiterin vor, dass sie alle auf einen Tee wieder in ihr Büro gehen sollten.

Nachdem sie jedem eine Tasse eingeschenkt und einen Bath-Oliver-Keks gereicht hatte, sagte sie: »Wir würden es durchaus verstehen, wenn Sie zunächst noch einmal über alles nachdenken und vielleicht später wiederkommen oder eines unserer anderen Heime besuchen möchten, bevor Sie zu einer abschließenden Entscheidung kommen.«

Harry schwieg eisern, denn er wollte erst hören, was Sebastian dachte.

»Alle drei Mädchen waren so sympathisch«, sagte Emma. »Ich finde es fast unmöglich, mich zwischen ihnen zu entscheiden.«

»Das finde ich auch«, sagte Harry. »Vielleicht sollten wir Ihren Vorschlag annehmen und uns erst miteinander beraten, bevor wir Ihnen unsere Entscheidung mitteilen.«

»Aber das wäre reine Zeitverschwendung, wenn wir uns alle für dasselbe Mädchen entschieden haben«, sagte Sebastian mit der Logik eines frühreifen Kindes.

»Soll das etwa heißen, dass du dich schon entschieden hast?«, fragte Harry, denn ihm war klar, dass Emma und er Sebastian überstimmen konnten, sobald der Junge ihnen seine Wahl genannt hatte, auch wenn das nicht der beste Weg für Jessica wäre, ihr Leben in Barrington Hall zu beginnen.

»Bevor Sie sich entscheiden«, sagte die Heimleiterin, »sollte ich Ihnen vielleicht noch etwas mehr Hintergrundinformationen über jedes der drei Kinder geben. Der Umgang mit Sandra war bisher bei Weitem am einfachsten. Sophie ist sehr viel geselliger, aber sie hat ihren Kopf nicht immer beisammen.«

»Und Jessica?«, fragte Harry.

»Sie ist zweifellos das begabteste unserer Mädchen, aber sie lebt in ihrer eigenen Welt und freundet sich nicht so leicht mit jemandem an. Ich denke, von den dreien würde Sandra am besten zu Ihnen passen.«

Harry sah, wie Sebastian mürrisch die Stirn runzelte. Er beschloss, seine Taktik zu ändern.

»Ja, das ist auch mein Eindruck«, sagte Harry. »Ich würde mich für Sandra entscheiden.«

»Ich bin hin und her gerissen«, sagte Emma. »Sophie hat mir gut gefallen. Sie ist so lebhaft und lustig.«

Emma und Harry warfen einander unauffällig einen kurzen Blick zu. »Jetzt liegt es an dir, Sebastian«, sagte Harry. »Entscheidest du dich für Sandra oder Sophie?«

»Für keine von beiden. Mir ist Jessica lieber«, antwortete er, sprang auf und rannte aus dem Zimmer, wobei er die Tür offen stehen ließ.

Die Heimleiterin erhob sich hinter ihrem Schreibtisch. Wäre sie für Sebastian verantwortlich gewesen, hätte sie ihm zweifellos mit aller Deutlichkeit ihre Meinung gesagt.

»Er begreift noch nicht ganz, wie Demokratie funktioniert«, sagte Harry in bewusst leichtem Ton. Die Heimleiterin ging zur Tür. Sie wirkte nicht überzeugt. Harry und Emma folgten ihr durch den Flur. Als die Heimleiterin das Klassenzimmer betrat, traute sie ihren Augen nicht. Jessica nahm das Bild von ihrem Tisch und reichte es Sebastian.

»Was hast du ihr dafür angeboten?«, fragte Harry, als Sebastian mit dem Bild von Noahs Arche auf ihn zukam.

»Ich habe ihr versprochen, dass sie ihr Lieblingsessen haben kann, wenn sie morgen Nachmittag zum Tee kommt. Heiße Hefeteilchen – *Crumpets*. Mit Butter und Himbeermarmelade.«

»Wäre das in Ordnung?«, fragte Harry die Heimleiterin besorgt.

»Ja, aber vielleicht wäre es besser, wenn alle drei Mädchen kämen.«

»Vielen Dank, aber … nein«, sagte Emma. »Es genügt, wenn Jessica kommt.«

»Wie Sie wünschen«, sagte die Heimleiterin, der es nicht gelang, ihre Überraschung zu verbergen.

Als sie zurück nach Barrington Hall fuhren, fragte Harry Sebastian, warum er sich für Jessica entschieden hatte.

»Sandra war ziemlich hübsch«, sagte er, »und Sophie war wirklich witzig, aber mit beiden hätte ich mich schon nach einem Monat gelangweilt.«

»Und Jessica?«, fragte Emma.

»Sie hat mich an dich erinnert, Mum.«

Sebastian stand an der Tür, als Jessica zum Tee kam.

Mit der Heimleiterin an der einen und einem weiteren Gemälde in der anderen Hand stieg sie die Freitreppe herauf.

»Komm mit«, sagte Sebastian und ging voraus, aber Jessica blieb auf der obersten Stufe stehen wie angeleimt. Sie wirkte geradezu erstarrt und rührte sich nicht von der Stelle, bis Sebastian wieder zurückkam.

»Das ist für dich«, sagte sie und reichte ihm ihr Bild.

»Danke«, sagte Sebastian. Es war das Gemälde, das ihm an der Wand im Flur des Heims aufgefallen war. »Es wäre besser, wenn du reinkommst, denn ich kann nicht alle Crumpets auf einmal essen.«

Jessica betrat vorsichtig die Eingangshalle, und ihr Mund klappte weit auf. Nicht weil sie an die Crumpets dachte, sondern angesichts der vielen Ölgemälde, die überall gerahmt an den Wänden hingen.

»Später«, sagte Sebastian. »Sonst werden die Crumpets kalt.«

Als Jessica in den Salon kam, standen Harry und Emma auf, um sie zu begrüßen, doch auch hier konnte sie ihren Blick nicht von den Bildern lösen. Schließlich setzte sie sich neben Sebastian auf das Sofa und richtete ihren sehnsüchtigen Blick auf die frischen, heißen Crumpets. Aber sie rührte sich nicht, bis Emma ihr einen Teller gab, gefolgt von einem Crumpet, gefolgt von einem Messer, gefolgt von Butter, gefolgt von einem Schälchen Himbeermarmelade.

Die Heimleiterin runzelte die Stirn, als Jessica ihren ersten Bissen nehmen wollte.

»Vielen Dank, Mrs. Clifton«, platzte Jessica heraus. Sie verschlang zwei weitere Crumpets, jedes von einem »Vielen Dank, Mrs. Clifton« begleitet.

Als sie das vierte mit einem »Nein, vielen Dank, Mrs. Clifton« ablehnte, war Emma nicht sicher, ob Jessica wirklich satt war, oder ob die Heimleiterin sie angewiesen hatte, nicht mehr als drei zu essen.

»Hast du schon jemals etwas von Turner gehört?«, fragte Sebastian, als Jessica ihr zweites Glas Tizer getrunken hatte. Sie senkte den Kopf und antwortete nicht. Sebastian stand auf, nahm sie bei der Hand und führte sie aus dem Salon. »Turner ist wirklich ziemlich gut«, erklärte er. »Aber nicht so gut wie du.«

»Ich kann es einfach nicht glauben«, sagte die Heimleiterin, als sich die Tür hinter den beiden schloss. »Ich habe noch nie erlebt, dass sie sich so wohlgefühlt hätte.«

»Aber sie hat doch kaum ein Wort gesagt«, bemerkte Harry.

»Glauben Sie mir, Mr. Clifton, Sie waren gerade eben Zeuge dessen, was Jessicas Version eines *Halleluja* darstellt.«

Emma lachte. »Sie ist ein wirklich wunderbares Mädchen. Was müssen wir tun, wenn eine Chance bestehen soll, dass wir sie in unsere Familie aufnehmen können?«

»Ich fürchte, das ist ein langer Prozess«, sagte die Heimleiterin, »und der endet nicht immer so, wie alle Seiten sich das wünschen. Sie könnten aber damit anfangen, dass Jessica hier gelegentlich zu Besuch kommen darf, und wenn alles gut geht, könnten wir ihr erlauben, das Heim für ein Wochenende zu verlassen. Danach gibt es kein Zurück mehr, denn wir dürfen ihr keine falschen Hoffnungen machen.«

»Wir richten uns ganz nach Ihnen«, sagte Harry, »denn wir wollen es unbedingt versuchen.«

»Dann werde ich tun, was ich kann«, erwiderte sie. Nachdem sie ihre dritte Tasse Tee getrunken und sogar ein zweites Crumpet gegessen hatte, war Harry und Emma klar, was von ihnen erwartet wurde.

»Wo können Sebastian und Jessica nur hingegangen sein?«, fragte Emma, als die Heimleiterin andeutete, dass sie sich vielleicht wieder auf den Rückweg machen sollten.

»Ich werde nachsehen und sie holen«, sagte Harry gerade, als die beiden Kinder in den Salon platzten.

»Es wird Zeit für uns zu gehen, junge Dame«, sagte die Heimleiterin und stand auf. »Wir müssen schließlich zum Abendessen zurück sein.«

Jessica weigerte sich, Sebastians Hand loszulassen. »Ich habe keinen Hunger mehr«, sagte sie.

Die Heimleiterin war sprachlos.

Harry führte Jessica in die Eingangshalle und half ihr mit

dem Mantel. Als die Heimleiterin durch die Haustür trat, brach Jessica in Tränen aus.

»Oh nein«, sagte Emma. »Und ich dachte, es wäre alles so gut gegangen.«

»Es hätte gar nicht besser gehen können«, flüsterte die Heimleiterin. »Sie weinen nur, wenn sie nicht wieder weg möchten. Wenn es Ihnen beiden ebenso geht, dann rate ich Ihnen, füllen Sie so schnell wie möglich die notwendigen Formulare aus.«

Jessica drehte sich um und winkte, bevor sie in den kleinen Austin 7 der Heimleiterin stieg. Noch immer strömten Tränen über ihre Wangen.

»Eine gute Wahl, Seb«, sagte Harry und legte den Arm um die Schulter seines Sohnes, während sie zusahen, wie der Wagen die Auffahrt hinabrollte.

Es dauerte noch fünf Monate, bis die Heimleiterin Barrington Hall das letzte Mal verließ und alleine in das Dr.-Barnardo-Heim zurückkehrte, nachdem sie eine weitere ihrer Waisen glücklich bei einer neuen Familie untergebracht hatte. Oder möglicherweise nicht ganz so glücklich, denn es dauerte nicht lange, bis Harry und Emma klar wurde, dass Jessica ganz eigene Probleme hatte, die genauso anstrengend waren wie diejenigen Sebastians.

Keiner von ihnen hatte darüber nachgedacht, dass Jessica noch nie zuvor alleine in einem Raum geschlafen hatte, und in ihrer ersten Nacht in Barrington Hall ließ sie ihre Zimmertür weit aufstehen und weinte sich in den Schlaf. Harry und Emma gewöhnten sich an das warme kleine Etwas, das kurz nach dem Aufwachen morgens zu ihnen ins Bett kroch. Dies geschah seltener, nachdem Sebastian sich von seinem Teddy Winston trennte und Jessica den früheren Premierminister überreichte.

Jessica liebte Winston innig – nur Sebastian bedeutete ihr noch mehr –, obwohl ihr neuer Bruder ein wenig herablassend erklärte: »Ich bin viel zu alt, um noch einen Teddy zu haben. Schließlich komme ich schon in ein paar Wochen in die Schule.«

Jessica wollte mit ihm nach St. Bede's gehen, doch Harry erklärte ihr, dass Jungen und Mädchen nicht dieselben Schulen besuchten.

»Warum nicht?«, wollte Jessica wissen.

»Ja, warum eigentlich nicht?«, sagte Emma.

Am Morgen des ersten Schultags starrte Emma ihren kleinen Mann an und fragte sich, wohin all die Jahre nur verschwunden waren. Er trug einen roten Blazer, eine rote Schulmütze und eine kurze graue Flanellhose. Sogar seine Schuhe glänzten. Nun, immerhin begann heute sein erstes Schuljahr. Jessica stand in der Tür und winkte ihm zum Abschied, als der Wagen über die Auffahrt in Richtung Tor verschwand. Sebastian hatte nicht gewollt, dass seine Mutter ihn und seinen Vater auf dem Weg zur Schule begleitete. Als Harry ihn fragte, warum, antwortete er: »Ich will nicht, dass die anderen Jungen sehen, wie Mum mich küsst.«

Harry hätte darüber fast eine Diskussion mit ihm begonnen, doch dann musste er an *seinen* ersten Tag in St. Bede's denken. Er und seine Mutter waren mit der Straßenbahn aus der Still House Lane gekommen, und er hatte Maisie gebeten, mit ihm eine Haltestelle früher auszusteigen und das letzte Stück zu Fuß zu gehen, damit die anderen Jungen nicht bemerken würden, dass sie kein Auto besaßen. Und als sie noch fünfzig Meter von den Schultoren entfernt waren, erlaubte er ihr zwar, ihn zu küssen, doch dann verabschiedete er sich rasch von ihr und ließ sie auf dem Bürgersteig stehen. Als er sich St. Bede's zum ersten Mal näherte, sah er, dass seine zukünftigen Klassenkameraden aus Einspännern und Autos ausstiegen – einer wurde sogar von einem livrierten Chauffeur in einem Rolls-Royce vorgefahren.

Auch für Harry war die erste Nacht außer Haus schwierig gewesen, doch bei ihm lag das daran, dass er, im Gegensatz zu Jessica, noch nie mit vielen anderen Kindern zusammen in einem Raum geschlafen hatte.

Doch das Alphabet war ihm günstig gewesen, denn im Schlafsaal stand sein Bett genau zwischen den Betten von Barrington und Deakins. Nicht so viel Glück hatte er mit dem Schüler, der im Schlafsaal die Aufsicht führte: In seiner ersten Woche hatte ihn Alex Fisher jeden Abend mit dem Pantoffel geschlagen, nur weil Harry der Sohn eines Hafenarbeiters war und deshalb, so schien es Fisher, nicht das Recht hatte, mit ihm, dem Sohn eines Immobilienmaklers, auf dieselbe Schule zu gehen. Manchmal fragte sich Harry, was aus Fisher geworden war, seit er St. Bede's verlassen hatte. Er wusste, dass sich Fishers und Giles' Wege während des Krieges in Tobruk gekreuzt hatten, als sie beide demselben Regiment angehörten, und er nahm an, dass Fisher noch immer in Bristol lebte, denn erst kürzlich war er ihm bei einem Treffen ehemaliger Schüler von St. Bede's aus dem Weg gegangen.

Wenigstens würde Sebastian heute in einem Auto ankommen, und als externer Schüler hätte er mit keinem der Nachfolger Fishers ein Problem, denn er würde jeden Abend nach Barrington Hall zurückkehren. Trotzdem vermutete Harry, dass seinem Sohn die Zeit in St. Bede's nicht leichterfallen würde als ihm selbst – wenn auch aus ganz anderen Gründen.

Als Harry den Wagen vor dem Schultor ausrollen ließ, sprang Sebastian bereits nach draußen, bevor der Wagen richtig stand. Harry sah seinem Sohn nach, der durch das Tor rannte und mitten unter einhundert anderen Schülern verschwand, die allesamt wie er einen roten Blazer trugen, sodass man ihn aus der Ferne nicht mehr von den anderen unterscheiden konnte. Er drehte sich nicht ein einziges Mal um. Harry akzeptierte, dass *sich wandeln muss die alte Ordnung und weichen einer neu'n.*

Langsam fuhr er nach Barrington Hall zurück, während er über das nächste Kapitel seines neuesten Buches nachdachte. War es an der Zeit, dass William Warwick befördert wurde?

Als er sich dem Haus näherte, sah er, dass Jessica auf der obersten Stufe der Freitreppe saß. Lächelnd hielt er an. Doch das Erste, was sie fragte, war: »Wo ist Seb?«

Jeden Tag zog sich Jessica in ihre eigene Welt zurück, solange Sebastian in der Schule war. Während sie darauf wartete, dass er wieder nach Hause käme, verbrachte sie die Zeit damit, Winston Geschichten von anderen Tieren vorzulesen: von Pu dem Bären, Herrn Kröte, einem weißen Kaninchen, einer orangefarbenen Katze namens Orlando und einem Krokodil, das eine Uhr verschlungen hatte.

Sobald Winston eingeschlafen war, deckte sie ihn zu, kehrte zu ihrer Staffelei zurück und begann zu malen. Ohne aufzuhören. Was Emma einst als Kinderzimmer betrachtet hatte, war von Jessica in ein Maleratelier verwandelt worden. Nachdem sie jedes Stück Papier, das ihr in die Hände fiel – einschließlich der alten Manuskripte Harrys, die neuen musste er wegschließen –, mit Bleistift, Wachsmalstiften oder Wasserfarben bedeckt hatte, machte sie sich daran, die Wände ihres Zimmers neu zu gestalten.

Harry war weit davon entfernt, sie in ihrer Begeisterung zu bremsen, doch er erinnerte Emma daran, dass Barrington Hall nicht ihnen gehörte und es vielleicht sinnvoll wäre, mit Giles zu sprechen, bevor Jessica das Kinderzimmer hinter sich lassen und entdecken würde, wie viele makellose Wände das weitläufige Gebäude sonst noch besaß.

Doch Giles war von dem Neuankömmling auf Barrington Hall so begeistert, dass er erklärte, es würde ihm nichts ausmachen, wenn Jessica alles von oben bis unten neu anmalen würde.

»Um Himmels willen, ermutige sie nicht auch noch«, sagte Emma. »Sebastian hat sie bereits gebeten, die Wände seines Zimmers neu bemalen zu dürfen.«

»Und wann werdet ihr Jessica die Wahrheit sagen?«, fragte Giles, als sie sich zum Abendessen zusammensetzten.

»Wir glauben nicht, dass es nötig ist, jetzt schon mit ihr darüber zu sprechen«, sagte Harry. »Jessica ist schließlich erst sechs, und sie hat sich hier noch kaum eingelebt.«

»Mag sein. Aber ihr solltet nicht zu lange damit warten«, warnte ihn Giles, »denn sie betrachtet dich und Emma bereits als ihre Eltern. Sebastian ist ihr Bruder, und mich nennt sie Onkel Giles, wo sie in Wahrheit doch meine Halbschwester und Sebastians Tante ist.«

Harry lachte. »Ich glaube, es wird noch eine Weile dauern, bis sie in der Lage ist, so etwas zu begreifen.«

»Ich hoffe, dass es nie so weit kommen muss«, sagte Emma. »Vergiss nicht, sie weiß nur, dass ihre leiblichen Eltern tot sind. Warum sollte sich das ändern, da doch nur wir drei die ganze Wahrheit kennen?«

»Du solltest Sebastian niemals unterschätzen. Er hat das Ganze schon halb durchschaut.«

7

Harry und Emma waren überrascht, als der Rektor von St. Bede's sie am Ende von Sebastians erstem Schuljahr zum Tee zu sich bat. Sie sollten schnell herausfinden, dass es um mehr als nur um eine unverbindliche gesellschaftliche Zusammenkunft ging.

»Man könnte Ihren Sohn fast als einen Einzelgänger bezeichnen«, sagte Dr. Hedley, nachdem eine der Bediensteten der Schule ihnen allen eine Tasse Tee eingeschenkt und das Zimmer verlassen hatte. »Ehrlich gesagt ist es wahrscheinlicher, dass er sich mit einem Jungen aus Übersee anfreundet als mit einem, der sein ganzes Leben in Bristol verbracht hat.«

»Warum das denn?«, fragte Emma.

»Jungen aus fernen Ländern haben noch nie etwas von Mr. und Mrs. Harry Clifton oder dem berühmten Onkel Giles gehört«, erklärte der Rektor. »Aber wie so oft hat die ganze Sache auch etwas Gutes, denn so haben wir herausgefunden, dass Sebastian eine natürliche Begabung für Sprachen hat, die uns unter normalen Umständen vielleicht nicht aufgefallen wäre. Genau genommen ist er der einzige Junge der Schule, der sich mit Lu Yang in dessen Muttersprache unterhalten kann.«

Harry lachte, doch Emma fiel auf, dass der Rektor nicht lächelte.

»Es könnte sich allerdings«, fuhr Dr. Hedley fort, »ein Problem mit Sebastians Zulassungsprüfung für die Bristol Grammar School ergeben.«

»Aber er ist der Beste in Englisch, Französisch und Latein«, sagte Emma stolz.

»Und er hat glatte einhundert Prozent aller Punkte bei den Mathematiktests bekommen«, erinnerte Harry den Rektor.

»Stimmt, und das ist auch höchst lobenswert. Aber unglücklicherweise ist er unter den Letzten seiner Klasse in Geschichte, Geografie und den Naturwissenschaften, und das sind allesamt Pflichtfächer. Sollte er in zweien oder gar in allen dreien nicht die notwendige Punktzahl erreichen, wird die BGS ihn automatisch ablehnen, was, wie mir durchaus klar ist, eine große Enttäuschung für Sie und seinen Onkel wäre.«

»›Große Enttäuschung‹ ist noch eine Untertreibung«, sagte Harry.

»Ja, allerdings«, sagte Dr. Hedley.

»Macht die Schule denn niemals Ausnahmen?«, fragte Emma.

»Ich erinnere mich nur an eine einzige in meiner gesamten Laufbahn«, sagte der Rektor. »Dabei ging es um einen Jungen, der im Sommer an jedem Samstag beim Kricket ein Century geschafft hat.«

Harry lachte, denn er hatte damals im Gras danebengesessen und zugesehen, wie Giles bei jedem Spiel genau das gelungen war. »Dann werden wir also dafür sorgen müssen, dass er begreift, welche Folgen es hat, wenn er in zwei der drei Pflichtfächer die erforderliche Punktzahl nicht erreicht.«

»Es liegt ja nicht daran, dass er nicht intelligent genug wäre«, sagte der Rektor. »Aber wenn ein Fach ihn nicht anspricht, dann ist er sehr schnell gelangweilt. Die Ironie dabei ist, dass er mit seiner Sprachbegabung meiner Meinung nach problemlos einen Platz in Oxford bekommen würde. Aber vorher müssen wir immer noch dafür sorgen, dass er es irgendwie in die BGS schafft.«

Nach einigem guten Zureden seines Vaters und einer beträchtlichen Bestechung durch seine Großmutter gelang es Sebastian, in zwei der drei Pflichtfächer ein paar Stufen nach oben zu rücken. Nachdem er herausgefunden hatte, dass er in einem durchfallen durfte, entschied er sich für die Naturwissenschaften.

Am Ende von Sebastians zweitem Schuljahr war der Rektor zuversichtlich, dass der Junge mit ein klein wenig mehr Anstrengung in fünf der sechs Prüfungsfächer die notwendige Punktzahl erreichen würde. Auch er selbst hatte einst die Naturwissenschaften aufgegeben. Harry und Emma schöpften wieder Hoffnung, und sie taten alles, damit Sebastian nicht wieder zurückfiel. Und in der Tat hätte der Rektor mit seiner optimistischen Einschätzung beinahe recht behalten, wäre es in Sebastians letztem Jahr nicht zu zwei einschneidenden Ereignissen gekommen.

8

»Ist das das Buch deines Vaters?«

Sebastian warf einen Blick auf die Romane, die im Schaufenster der Buchhandlung fein säuberlich ausgebreitet waren. Ein Schild über ihnen verkündete: *Der nicht gewinnt. Von Harry Clifton. 3 Shilling, 6 Pence. Das neueste Abenteuer von William Warwick.*

»Ja«, sagte Sebastian stolz. »Möchtest du eins?«

»Ja, bitte«, sagte Lu Yang.

Gefolgt von seinem Freund betrat Sebastian die Buchhandlung. Auf einem Tisch im Eingangsbereich lag ein großer Stapel der gebundenen Ausgabe des neuesten Romans seines Vaters, umgeben von den Taschenbuchausgaben der beiden ersten Romane der William-Warwick-Reihe, *Der Fall des blinden Zeugen* und *Wer nicht wagt.*

Sebastian gab Lu Yang jeweils ein Exemplar jedes der drei Bücher. Es dauerte nicht lange, dann waren sie von mehreren Klassenkameraden umringt. Jedem von ihnen gab Sebastian ein Exemplar des neuesten Romans; manchen Schülern gab er auch noch ein Exemplar der beiden anderen Romane dazu. Der Stapel war bereits beträchtlich zusammengeschrumpft, als ein Mann mittleren Alters hinter dem Verkaufstresen hervorstürmte, Sebastian beim Kragen packte und ihn vom Tisch wegzerrte.

»Was fällt dir eigentlich ein?«, schrie er.

»Das ist schon in Ordnung«, sagte Sebastian. »Das sind die Bücher von meinem Vater.«

»Also, ich habe ja schon einiges gehört«, sagte der Buchhändler, als er mit Sebastian, der bei jedem Schritt laut protestierte, nach hinten in den Laden ging. Er wandte sich an einen Mitarbeiter und sagte: »Rufen Sie die Polizei. Ich habe diesen Dieb auf frischer Tat ertappt. Und sehen Sie zu, dass Sie von den anderen Jungen so viele Bücher wie möglich wiederbekommen. Seine Freunde sind damit davongerannt.«

Der Buchhändler schob Sebastian in sein Büro und setzte ihn energisch auf ein altes Rosshaarsofa.

»Rühr dich bloß nicht von der Stelle«, sagte er, verließ das Büro und zog die Tür hinter sich zu.

Sebastian hörte, wie der Schlüssel im Schloss umgedreht wurde. Er stand auf, ging zum Schreibtisch des Mannes und holte sich ein Buch. Dann setzte er sich wieder auf das Sofa und begann zu lesen. Er hatte gerade Seite neun erreicht und fand, dass ihm Richard Hannay immer besser gefiel, als die Tür geöffnet wurde und der Buchhändler mit einem triumphierenden Grinsen zurückkehrte.

»Hier ist er, Chief Inspector. Ich habe ihn auf frischer Tat ertappt.«

Chief Inspector Blakemore versuchte, eine seriöse Miene zu bewahren, als der Buchhändler hinzufügte: »Er war sogar so unverschämt zu behaupten, das seien die Bücher seines Vaters.«

»Er hat nicht gelogen«, sagte Blakemore. »Das ist der Sohn von Harry Clifton.« Er warf Sebastian einen strengen Blick zu und fuhr fort. »Aber das ist keine Entschuldigung für das, was du getan hast, junger Mann.«

»Auch wenn sein Vater Harry Clifton ist, fehlen mir immer

noch ein Pfund und achtzehn Shilling«, sagte der Buchhändler. »Also, was haben Sie vor, in dieser Sache zu unternehmen?«, fügte er hinzu und deutete mit seinem Finger anklagend auf Sebastian.

»Ich habe Mr. Clifton bereits verständigt«, sagte Blakemore, »weshalb ich vermute, dass diese Frage sehr schnell eine Antwort finden wird. Während wir auf ihn warten, würde ich vorschlagen, dass Sie seinem Sohn die wirtschaftlichen Aspekte des Handels mit Büchern erklären.«

Der Buchhändler schien ein wenig nachdenklicher als zuvor. Er setzte sich auf die Ecke seines Schreibtisches.

»Wenn dein Vater einen Roman schreibt«, sagte er, »dann erhält er von seinem Verleger einen Vorschuss sowie einen gewissen Prozentsatz vom Preis jedes verkauften Buches. Bei deinem Vater, schätze ich, dürften das etwa zehn Prozent sein. Der Verleger muss die Verlagsvertreter, das Lektorat, die Werbeabteilung und die Druckerei bezahlen, und er muss alle weiteren Kosten tragen, die sich durch den Transport oder zusätzliche Arten der Öffentlichkeitsarbeit ergeben.«

»Und wie viel müssen Sie für jedes Buch bezahlen?«, fragte Sebastian.

Blakemore konnte es kaum erwarten, die Antwort des Buchhändlers zu hören. Der Mann zögerte, bevor er antwortete: »Etwa zwei Drittel des Ladenpreises.«

Sebastians Augen wurden schmal. »Also bekommt mein Vater nur zehn Prozent von jedem Buch, während Sie dreiunddreißig Prozent einstreichen?«

»Ja. Aber ich muss die Ladenmiete bezahlen und ebenso die Gehälter meiner Angestellten«, sagte der Buchhändler abwehrend.

»Dann wäre es also billiger für meinen Vater, Ihnen neue

Exemplare für die fehlenden Bücher zu geben, als Ihnen den vollen Ladenpreis zu bezahlen?«

Der Chief Inspector hätte sich gewünscht, dass Sir Walter Barrington noch am Leben wäre. Er hätte diese Unterhaltung genossen.

»Vielleicht könnten Sie mir sagen, Sir«, fuhr Sebastian fort, »wie viele Exemplare ersetzt werden müssen.«

»Acht gebundene Bücher und elf Taschenbücher«, sagte der Buchhändler gerade, als Harry das Büro betrat.

Chief Inspector Blakemore erklärte Harry, was geschehen war, und fügte hinzu: »Ich werde den Jungen diesmal nicht wegen Ladendiebstahls festnehmen, Mr. Clifton, sondern es bei einer förmlichen Belehrung belassen. Es liegt dann an Ihnen, Sir, dafür zu sorgen, dass er nie wieder so etwas Unverantwortliches tut.«

»Natürlich, Chief Inspector«, sagte Harry. »Ich bin Ihnen überaus dankbar. Ich werde meinen Verleger bitten, die Bücher sofort durch neue Exemplare zu ersetzen. Und für dich«, fuhr er fort, indem er sich an Sebastian wandte, »bedeutet das kein Taschengeld mehr, bis jeder Penny zurückbezahlt ist.«

Sebastian biss sich auf die Unterlippe.

»Danke, Mr. Clifton«, sagte der Buchhändler. Dann fügte er etwas verlegen hinzu: »Vielleicht könnten Sie ja die übrigen Exemplare signieren, wenn Sie schon mal hier sind, Sir.«

Als Emmas Mutter Elizabeth zu einer Untersuchung ins Krankenhaus kam, versuchte sie, ihre Tochter zu beschwichtigen, indem sie ihr versicherte, dass es nichts gab, worüber man sich Sorgen machen musste, und bat sie, Harry und den Kindern nichts davon zu sagen, um sie nicht unnötig zu beunruhigen.

Emma jedoch war in der Tat besorgt, und als sie nach

Barrington Hall zurückkehrte, rief sie Giles im Unterhaus und danach ihre Schwester in Cambridge an. Beide ließen alles stehen und liegen und nahmen den nächsten Zug nach Bristol.

»Hoffen wir, dass ich nicht nur eure Zeit verschwende«, sagte Emma, als sie die beiden vom Bahnhof Temple Meads abholte.

»Hoffen wir, *dass* du sie verschwendest«, erwiderte Grace.

Giles schien seinen eigenen Gedanken nachzuhängen und starrte die ganze Zeit über aus dem Fenster, während die drei schweigend zur Klinik fuhren.

Noch bevor Mr. Langbourne die Tür zu seinem Büro geschlossen hatte, ahnte Emma, dass er keine guten Neuigkeiten für sie hatte.

»Ich wollte, es gäbe einen leichten Weg, Ihnen das zu sagen«, begann der Spezialist, nachdem sie sich gesetzt hatten. »Aber ich fürchte, den gibt es nicht. Dr. Raeburn, der schon seit vielen Jahren der Hausarzt Ihrer Mutter ist, hat eine Routineuntersuchung bei ihr durchgeführt, und als er die Testergebnisse erhielt, hat er Ihre Mutter zu mir überwiesen, damit ich eine gründlichere Untersuchung vornehmen kann.«

Emma ballte die Fäuste, wie sie es immer als Schulmädchen getan hatte, wenn sie nervös war oder etwas sie belastete.

»Gestern«, fuhr Mr. Langbourne fort, »habe ich die Ergebnisse des Kliniklabors bekommen. Die Mitarbeiter dort haben Dr. Raeburns Befürchtungen bestätigt: Ihre Mutter hat Brustkrebs.«

»Wird sie wieder gesund werden?«, fragte Emma sofort.

»Im Augenblick gibt es keine Heilungsmöglichkeit für jemanden in ihrem Alter«, antwortete Langbourne. »Die Wissenschaftler hoffen, dass ihnen irgendwann in der Zukunft ein Durchbruch gelingen wird, aber ich fürchte, für Ihre Mutter wird das nicht mehr schnell genug geschehen.«

»Gibt es etwas, das wir tun können?«, fragte Grace.

Emma beugte sich vor und nahm die Hand ihrer Schwester.

»Sie braucht jetzt alle Liebe und Unterstützung, die Sie und die Familie ihr geben können. Elizabeth ist eine bemerkenswerte Frau, und nach allem, was sie durchmachen musste, hätte sie etwas Besseres verdient. Aber sie hat sich nicht ein einziges Mal beklagt – das ist nicht ihr Stil. Sie ist eine typische Harvey.«

»Wie lange wird sie noch bei uns sein?«

»Ich fürchte«, sagte Langbourne, »dass es hier eher um Wochen als um Monate geht.«

»Dann gibt es etwas, das ich ihr sagen muss«, erwiderte Giles, der bisher noch kein Wort gesprochen hatte.

»Die Sache mit dem Ladendiebstahl« – wie das Ereignis in St. Bede's genannt wurde – machte den eher einzelgängerischen Sebastian zu einer Art Legende. Schüler, die ihn bisher kaum beachtet hatten, boten ihm an, Mitglied ihrer Clique zu werden. Harry wollte gerne glauben, dass dies ein Wendepunkt sein könnte, doch als er Sebastian mitteilte, dass seine Großmutter nur noch wenige Wochen zu leben habe, zog sich der Junge wieder in sich selbst zurück.

Jessica hatte die erste Klasse an der Red Maids' begonnen. Sie war viel fleißiger als Sebastian, schaffte es jedoch in keinem Fach bis an die Spitze. Die Kunstlehrerin sagte zu Emma bedauernd, wie schade es doch sei, dass Malerei kein offizielles Pflichtfach war, denn Jessica zeige mit ihren acht Jahren mehr Talent als sie selbst in ihrem Abschlussjahr im College.

Emma entschied sich dafür, Jessica nichts von dieser Unterhaltung zu erzählen und ihr stattdessen die Möglichkeit zu geben, im Laufe der Zeit selbst herauszufinden, wie talentiert sie war. Sebastian sagte ihr immer wieder, sie sei ein Genie.

Aber was bedeutete das schon? Er hielt auch Stanley Matthews für ein Genie.

Einen Monat später fiel Sebastian bei einem Probetest, der nur wenige Wochen vor der offiziellen Zulassungsprüfung zur BGS durchgeführt wurde, in drei Fächern durch. Weder Harry noch Emma glaubten, ihm Vorwürfe machen zu dürfen angesichts der großen Sorgen, die er sich über den Zustand seiner Großmutter machte. Jeden Nachmittag, nachdem Emma ihn von der Schule abgeholt hatte, begleitete er sie in die Klinik, wo er zu seiner Großmutter ins Bett kroch und ihr aus seinem Lieblingsbuch vorlas, bis sie einschlief.

Jessica malte ihrer Großmutter jeden Tag ein neues Bild und gab es ihr am nächsten Morgen, bevor Harry sie zur Schule brachte. Am Ende des Schuljahres gab es nur noch wenige freie Stellen an den Wänden ihrer Privatgalerie.

Giles verpasste mehrere Bürgersprechstunden und Grace zahllose Seminare. Harry ließ einen Abgabetermin nach dem anderen platzen, und Emma schaffte es nicht immer, auf Cyrus Feldmans wöchentliche Briefe zu antworten. Doch Elizabeth freute sich am meisten darüber, jeden Tag Sebastian zu sehen. Harry war nicht sicher, wer mehr von dieser Erfahrung hatte, sein Sohn oder seine Schwiegermutter.

Es war nicht gerade eine Hilfe, dass Sebastian seine Zulassungsprüfung zur Bristol Grammar School ablegen musste, während es mit dem Leben seiner Großmutter zu Ende ging.

Wie der Rektor von St. Bede's vorausgesagt hatte, waren die Ergebnisse uneinheitlich. In Latein, Französisch, Englisch und Mathematik war Sebastian so gut, dass er mühelos ein Stipendium hätte bekommen können. Doch in Geschichte bestand er nur knapp, während er in Geografie ebenso knapp durchfiel und in der naturwissenschaftlichen Prüfung überhaupt nur neun Prozent der Punkte erhielt.

Nachdem Dr. Hedley die Ergebnisse ausgehängt hatte, rief er unverzüglich Harry in Barrington Hall an.

»Ich werde mich persönlich mit John Garrett unterhalten, der an der BGS dieselbe Stelle innehat wie ich an St. Bede's«, sagte er. »Ich werde ihn nachdrücklich darauf hinweisen, dass Sebastian in Latein und Mathematik volle einhundert Prozent geschafft hat und dass er fast mit Sicherheit ein Stipendium bekommen wird, wenn er später studieren möchte.«

»Sie könnten ihm auch noch sagen«, erwiderte Harry, »dass sein Onkel und ich auf die BGS gegangen sind und sein Großvater, Sir Walter Barrington, Vorsitzender des Schulbeirats war.«

»Ich glaube, daran muss ich ihn nicht erinnern«, sagte Hedley. »Aber ich werde erwähnen, dass Sebastian die Prüfungen ablegen musste, während seine Großmutter in der Klinik war. Wir können nur hoffen, dass er sich meinem Urteil anschließt.«

Genau das tat er auch. Dr. Hedley rief Harry am Ende der Woche an und teilte ihm mit, dass der Rektor dem Beirat empfehlen würde, Sebastian mit dem Unterrichtsbeginn im Herbst einen Platz anzubieten, obwohl er in zwei Fächern durchgefallen war.

»Danke«, sagte Harry. »Das ist die erste gute Nachricht seit Wochen.«

»Aber«, fügte Hedley hinzu, »wir sollten nicht vergessen, dass es der Beirat ist, der letztlich die Entscheidung treffen wird.«

Harry war der Letzte, der seine Schwiegermutter in jener Nacht besuchte, und er wollte gerade gehen, als Elizabeth flüsterte:

»Kannst du noch ein paar Minuten bleiben? Da gibt es etwas, worüber ich mit dir reden muss.«

»Ja, natürlich«, sagte Harry und setzte sich wieder auf den Bettrand.

»Ich habe den Vormittag mit Desmond Siddons verbracht, dem Anwalt unserer Familie«, sagte Elizabeth, die bei jedem Wort stockte, »und du sollst wissen, dass ich ein neues Testament aufgesetzt habe, denn ich kann den Gedanken nicht ertragen, dass mein Besitz einer so schrecklichen Frau wie Virginia Fenwick in die Hände fällt.«

»Ich glaube, dieses Problem hat sich erledigt. Wir haben Virginia schon seit Wochen nicht mehr gesehen. Wir haben nicht einmal mehr von ihr gehört. Also nehme ich an, dass alles vorbei ist.«

»Harry, ihr habt sie nur deshalb nicht mehr gesehen und nichts mehr von ihr gehört, weil ihr *glauben* sollt, dass alles vorbei ist. Es ist kein Zufall, dass sie von der Bildfläche verschwunden ist, kaum dass Giles erfahren hat, dass ich nicht mehr lange leben werde.«

»Ich glaube, du übertreibst, Elizabeth. Nicht einmal Virginia würde so herzlos sein.«

»Mein lieber Harry, du hast dich immer an das Prinzip gehalten, im Zweifelsfall einem Menschen zunächst einmal alles zum Guten anzurechnen. Das entspricht einfach deiner großherzigen Natur. Emma hatte so großes Glück, dass sie dir begegnet ist.«

»Es ist wirklich lieb von dir, so etwas zu sagen, Elizabeth. Aber ich bin sicher, dass im Laufe der Zeit ...«

»Das ist das Einzige auf der Welt, das ich nicht habe.«

»Dann sollten wir Virginia vielleicht bitten, dass sie dich besucht.«

»Ich habe Giles bei mehreren Besuchen deutlich zu verstehen gegeben, dass ich sie gerne treffen würde, doch er hat mich jedes Mal mit immer abenteuerlicheren Ausreden abgewimmelt. Was glaubst du, was wohl der Grund dafür ist? Du brauchst nicht zu antworten, Harry, denn du bist der Letzte, der herausfinden würde, was Virginia wirklich vorhat. Und du kannst sicher sein, dass sie den ersten Schritt erst nach meiner Beerdigung machen wird.« Ein Lächeln huschte über Elizabeths Gesicht, als sie fortfuhr: »Aber ich habe noch ein Ass im Ärmel, das ich erst auszuspielen gedenke, wenn man mich ins Grab gesenkt hat, denn dann wird mein Geist wie ein Racheengel zurückkehren.«

Harry unterbrach Elizabeth nicht, als sie sich leicht zur Seite drehte und mit aller Kraft, die sie noch aufbringen konnte, einen Umschlag unter ihrem Kissen hervorzog. »Harry, hör mir jetzt genau zu«, sagte sie. »Du musst meine Anweisungen absolut exakt ausführen.« Sie nahm seine Hand. »Wenn Giles mein Testament anfechten sollte …«

»Aber warum sollte er so etwas tun?«

»Weil er ein Barrington ist, und die Barringtons waren schon immer schwach, wenn es um Frauen ging. Also, wenn Giles mein Testament anfechten sollte«, wiederholte sie, »dann musst du diesen Umschlag dem Richter geben, der die Entscheidung darüber treffen wird, welches Familienmitglied meinen Besitz erben soll.«

»Und wenn Giles das nicht tut?«

»Dann musst du den Umschlag vernichten«, sagte Elizabeth, deren Atem immer schwächer wurde. »Du darfst ihn nicht selbst öffnen oder Giles und Emma von seiner Existenz erzählen.« Sie umfasste seine Hand fester und flüsterte fast unhörbar: »Und jetzt musst du mir dein Wort geben, Harry Clifton, denn ich weiß, dass Old Jack dir beigebracht hat, dass das immer genügen sollte.«

»Du hast mein Wort darauf«, sagte Harry und schob den Umschlag in die Innentasche seiner Jacke.

Elizabeth ließ seine Hand los und sank mit einem zufriedenen Lächeln auf den Lippen auf das Kissen zurück. Sie sollte nie herausfinden, ob Sydney Carton der Guillotine entging.

Harry öffnete den Brief beim Frühstück.

Bristol Grammar School
University Road,
Bristol

27. Juli 1951

Sehr geehrter Mr. Clifton,

wir bedauern, Ihnen mitteilen zu müssen, dass Ihr Sohn Sebastian keinen Platz ...

Harry sprang vom Frühstückstisch auf und ging zum Telefon. Er wählte die Nummer, die am unteren Rand des Briefes angegeben war.

»Rektorat«, meldete sich eine Stimme.

»Könnte ich Mr. Garrett sprechen?«

»Wer ist am Apparat, bitte?«

»Harry Clifton.«

»Ich stelle Sie durch, Sir.«

»Guten Morgen, Rektor. Hier ist Harry Clifton.«

»Guten Morgen, Mr. Clifton. Ich habe Ihren Anruf erwartet.«

»Ich kann nicht glauben, dass der Beirat zu einer so unangemessenen Entscheidung gekommen ist.«

»Ehrlich gesagt, Mr. Clifton, ich auch nicht, besonders nachdem ich die Sache Ihres Sohnes so nachdrücklich vertreten habe.«

»Welchen Grund haben sie Ihnen für diese Ablehnung genannt?«

»Sie meinten, es müsse der Eindruck vermieden werden, man wolle für den Sohn eines ehemaligen Schülers eine Ausnahme machen, nachdem dieser in zwei vorgeschriebenen Prüfungsfächern durchgefallen ist.«

»Und das war der einzige Grund?«

»Nein«, erwiderte der Rektor. »Eines der Beiratsmitglieder brachte auch noch die Tatsache ins Spiel, dass Ihr Sohn wegen Ladendiebstahls von der Polizei offiziell ermahnt worden ist.«

»Aber es gibt doch eine vollkommen harmlose Erklärung für dieses Ereignis«, sagte Harry, der sich bemühte, nicht die Beherrschung zu verlieren.

»Daran zweifle ich nicht«, sagte Garrett. »Aber unser neuer Vorsitzender ließ sich in dieser Sache nicht umstimmen.«

»Dann werde ich ihn als Nächsten anrufen. Wie ist sein Name?«

»Major Alex Fisher.«

GILES BARRINGTON

1951 – 1954

9

Giles war erfreut, wenn auch nicht überrascht, dass sich in der Gemeindekirche St. Andrew's, in der Elizabeth Harvey geheiratet hatte und in der ihre drei Kinder getauft und später konfirmiert worden waren, so viele Familien, Freunde und Bewunderer seiner Mutter drängten.

Reverend Donaldson erinnerte in seiner Trauerrede daran, wie viel Elizabeth Barrington für die Gemeinde getan hatte. Ohne ihre Großzügigkeit, so sagte er, wäre die Restaurierung des Kirchturms niemals möglich gewesen. Er rief den Trauergästen die zahllosen Menschen in Erinnerung, denen sie – weit über die Kirchenmauern hinaus – mit ihrer Weisheit und ihrer Einsicht als Schirmherrin des Cottage-Hospitals geholfen und welche Rolle sie als Familienoberhaupt nach Lord Harveys Tod innegehabt hatte. Wie die meisten Anwesenden war Giles erleichtert, dass der Pfarrer seinen Vater mit keinem Wort erwähnte.

Reverend Donaldson beendete seine Rede mit den Worten: »Im Alter von nur einundfünfzig Jahren hat der Tod Elizabeth vorzeitig aus dem Leben gerissen, doch es ist nicht an uns, den Willen des Herrn infrage zu stellen.«

Nachdem er auf seine Bank zurückgekehrt war, lasen Giles und Sebastian nacheinander die Geschichte vom guten Samariter und die Bergpredigt vor, und Emma und Grace sprachen Verse der beiden Lieblingsdichter ihrer Mutter. Emma wählte Shelley:

Verlor'ner Engel aus zerstörtem Paradies. Sie wusste wohl,
Es gibt kein Bleiben, als sie dahinging ohne Fehl wie eine
  Wolke,
Die sich ganz in Regen auflöst und in Glanz.

Grace las etwas von Keats vor:

Halt ein und denke nach. Das Leben währt nur einen Tag.
Gleich einem Tropfen Tau, der aus der Krone eines Baumes
  fällt.
Einem Indianer gleich, der, in seinem Boot von tiefem Traum
  umwoben,
Dem mächt'gen Abgrund zueilt auf des Flusses Wogen.

Als sie die Kirche verließen, fragten mehrere Trauergäste, wer die attraktive Frau an Giles' Arm sei. Harry hatte unweigerlich den Eindruck, als begänne sich Elizabeths Prophezeiung bereits zu erfüllen. Virginia, die ganz in Schwarz gekleidet war, stand rechts neben Giles, als die Träger den Sarg ins Grab hinabließen, und Harry musste an die letzten Worte seiner Schwiegermutter denken: *Aber ich habe noch ein Ass im Ärmel.*

Als die Beerdigung zu Ende war, wurden weitere Mitglieder der Familie und einige enge Freunde gebeten, mit Giles, Emma und Grace nach Barrington Hall zu kommen, um sich dort zu dem zu treffen, was die Iren eine *wake* – eine Totenwache – nennen. Rasch ging Virginia von Trauergast zu Trauergast und stellte sich vor, als sei sie bereits die neue Hausherrin. Giles schien das gar nicht aufzufallen, und falls er es doch bemerkte, missbilligte er dieses Verhalten keineswegs.

»Hallo, ich bin Lady Virginia Fenwick«, sagte sie, als sie zum ersten Mal Harrys Mutter begegnete. »Und wo gehören Sie hin?«

»Ich bin Mrs. Holcombe«, erwiderte Maisie. »Harry ist mein Sohn.«

»Ach ja, natürlich«, sagte Virginia. »Sind Sie nicht Kellnerin oder so was?«

»Ich bin die Direktorin des Grand Hotel in Bristol«, antwortete Maisie, als habe sie einen schwierigen Gast vor sich.

»Natürlich sind Sie das. Aber ich brauche einfach ein wenig Zeit, um mich an die Vorstellung zu gewöhnen, dass Frauen arbeiten könnten. Sehen Sie, die Frauen in meiner Familie haben nie gearbeitet«, sagte Virginia und ging rasch weiter, bevor Maisie darauf reagieren konnte.

»Wer sind Sie?«, fragte Sebastian.

»Ich bin Lady Virginia Fenwick. Und wer bist du, junger Mann?«

»Sebastian Clifton.«

»Ach ja. Hat dein Vater inzwischen eine Schule gefunden, die dich nimmt?«

»Ich komme im September auf die Beechcroft Abbey«, erwiderte Sebastian.

»Keine schlechte Schule«, entgegnete Virginia, »aber kaum erste Wahl. Meine drei Brüder erhielten ihren Unterricht allesamt in Harrow, wie die letzten sieben Generationen der Fenwicks.«

»Wo sind Sie zur Schule gegangen?«, fragte Sebastian gerade, als Jessica auf ihn zustürmte.

»Hast du den Constable gesehen, Seb?«, fragte sie.

»Kleines Mädchen, du solltest mich nicht unterbrechen, wenn ich spreche«, sagte Virginia. »Das ist furchtbar unhöflich.«

»Tut mir leid, Miss«, sagte Jessica.

»Ich bin keine ›Miss‹. Du solltest mich immer mit ›Lady Virginia‹ ansprechen.«

»Haben Sie den Constable gesehen, Lady Virginia?«, fragte Jessica.

»Das habe ich in der Tat, und er passt wunderbar zu den drei anderen in der Sammlung unserer Familie. Aber er spielt nicht in derselben Klasse wie unser Turner. Hast du schon mal von Turner gehört?«

»Ja, Lady Virginia«, antwortete Jessica. »J. M. W. Turner, der vielleicht bedeutendste Aquarellist seiner Zeit.«

»Meine Schwester ist Künstlerin«, sagte Sebastian. »Ich glaube, sie ist genauso gut wie Turner.«

Jessica kicherte. »Sehen Sie ihm das bitte nach, Lady Virginia. Mutter erinnert ihn immer wieder daran, dass er zu Übertreibungen neigt.«

»Aber gewiss doch«, sagte Virginia. Damit ließ sie die beiden stehen und machte sich auf die Suche nach Giles, denn sie war der Ansicht, dass die Trauergäste jetzt so langsam gehen sollten.

Giles begleitete den Pfarrer zur Tür, was die übrigen Gäste als Zeichen nahmen, nach und nach selbst aufzubrechen. Als er die Tür zum letzten Mal schloss, stieß er einen Seufzer der Erleichterung aus und ging zurück in den Salon zu seiner Familie.

»Ich glaube, das ging so gut, wie man es unter den gegebenen Umständen erwarten kann«, sagte er.

»Ein paar haben sich ziemlich viel Zeit gelassen und sich benommen, als seien sie eher auf einem Fest und weniger auf einer Trauerfeier«, sagte Virginia.

»Hättest du etwas dagegen, alter Junge«, sagte Giles und wandte sich an Harry, »wenn wir uns für das Dinner umziehen würden? Virginia nimmt so etwas sehr wichtig.«

»Man darf nicht zulassen, dass das Niveau sinkt«, warf Virginia ein.

»Mein Vater hätte es nicht noch weiter senken können«,

erwiderte Grace, worauf Harry ein Lachen unterdrücken musste. »Aber ich fürchte, ihr werdet auf mich verzichten müssen. Ich muss zurück nach Cambridge, um eine Supervision vorzubereiten. Ich hatte mich ohnehin«, fuhr sie fort, »für eine Trauerfeier angezogen und nicht für eine Dinnerparty. Gebt euch keine Mühe, mich hinauszubegleiten.«

Giles wartete bereits im Salon, als Harry und Emma zum Dinner herunterkamen.

Marsden goss jedem von ihnen einen trockenen Sherry ein und verließ dann das Zimmer, um sich davon zu überzeugen, dass in der Küche alles nach Plan lief.

»Ein trauriger Anlass«, sagte Harry. »Trinken wir auf eine großartige Frau.«

»Auf eine großartige Frau«, sagten Giles und Emma und hoben ihre Gläser, als Virginia ins Zimmer rauschte.

»Sprecht ihr vielleicht gerade über mich?«, fragte sie ohne die geringste Ironie.

Giles lachte, während Emma gegen ihren Willen das elegante Kleid aus Seidentaft bewunderte, das jede Erinnerung an Virginias Trauerkleidung beiseitefegte. Virginia führte scheinbar nachlässig ihre Hand an ihr mit Diamanten und Rubinen besetztes Halsband, sodass Emma es unmöglich übersehen konnte.

»Das ist ein sehr schönes Schmuckstück«, sagte Emma wie aufs Stichwort, als Giles Virginia einen Gin Tonic reichte.

»Danke«, sagte Virginia, »es hat meiner Urgroßmutter, der Herzoginwitwe von Westmorland, gehört, die es mir in ihrem Testament hinterlassen hat. Marsden«, fuhr sie fort und wandte sich an den Butler, der eben zurückgekehrt war, »die Blumen in meinem Zimmer haben angefangen zu welken. Vielleicht könnten Sie sie austauschen, bevor ich mich heute Abend zurückziehe.«

»Gewiss, M'lady. Das Dinner wäre dann bereit, wenn es Ihnen recht ist, Sir Giles.«

»Ich weiß nicht, wie es mit euch steht«, sagte Virginia, »aber ich bin völlig ausgehungert. Sollen wir gehen?« Ohne auf eine Antwort zu warten, hängte sie sich bei Giles ein und verließ mit ihm den anderen voraus den Salon.

Während der Mahlzeit erzählte Virginia zahllose Geschichten über ihre Vorfahren, wobei sie sich so anhörte, als bildeten diese Männer und Frauen das Rückgrat des britischen Empire: Generäle, Bischöfe, regierende Minister. Natürlich gab es auch ein paar schwarze Schafe, wie sie gestand, aber in welcher Familie gab es die nicht? Sie holte kaum Atem, bis die Dessertteller abgeräumt waren und Giles die Bombe platzen ließ. Er klopfte mit einem Löffel an sein Weinglas, um sicher zu sein, dass ihm alle ihre volle Aufmerksamkeit schenkten.

»Ich möchte euch eine wunderbare Neuigkeit mitteilen«, verkündete er. »Virginia hat mir die große Ehre erwiesen, meinem Heiratsantrag zuzustimmen.«

Ein Moment verlegenen Schweigens folgte, bis Harry schließlich sagte: »Herzlichen Glückwunsch.« Emma rang sich mühsam ein mattes Lächeln ab. Als Marsden eine Flasche Champagner entkorkte und ihre Gläser füllte, dachte Harry, dass Elizabeth erst wenige Stunden in ihrem Grab lag und Virginia sich bereits so verhielt, wie sie es vorausgesehen hatte.

»Natürlich wird es hier ein paar Veränderungen geben«, sagte Virginia und strich Giles sanft über die Wange, »wenn wir erst einmal verheiratet sind. Aber ich kann mir nicht vorstellen, dass das eine große Überraschung sein wird«, fügte sie hinzu, indem sie Emma scheinbar warmherzig anlächelte.

Jedes ihrer Worte schien Giles so sehr zu verzaubern, dass er nichts anderes mehr tat, als nach jedem ihrer Sätze zustimmend zu nicken.

»Giles und ich«, fuhr sie fort, »werden in Barrington Hall einziehen, wenn wir verheiratet sind, aber da wir kurz vor den Wahlen stehen, wird sich die Hochzeit um ein paar Monate verschieben. Dadurch bleibt euch mehr als genügend Zeit, eine neue Unterkunft zu finden.«

Emma stellte ihr Champagnerglas ab und starrte ihren Bruder an, der ihrem Blick auswich.

»Du wirst sicher verstehen, Emma«, sagte Giles, »dass Virginia die Herrin auf Barrington Hall sein soll, wenn wir unser gemeinsames Leben beginnen.«

»Natürlich«, sagte Emma. »Ich freue mich ehrlich gesagt schon darauf, wieder ins Manor House zu ziehen, wo ich als Kind so viele glückliche Jahre verbracht habe.«

Virginia starrte ihren Verlobten an.

»Ach«, sagte Giles schließlich, »das Manor House soll mein Hochzeitsgeschenk für Virginia werden.«

Emma und Harry sahen einander an, doch bevor einer von beiden reagieren konnte, sagte Virginia: »Ich habe zwei ältere Tanten, die beide kürzlich verwitwet sind. Es wird so günstig für sie sein.«

»Giles, hast du auch nur einmal darüber nachgedacht, was günstig für Harry und mich wäre?«, fragte Emma, die ihrem Bruder wiederum direkt ins Gesicht sah.

»Vielleicht könntet ihr in eines der Cottages ziehen, die auf unserem Gut stehen«, schlug Giles vor.

»Ich glaube nicht, dass das angemessen wäre, mein Liebling«, sagte Virginia und nahm seine Hand. »Wir dürfen nicht vergessen, dass ich die Absicht habe, einen großen Haushalt zu führen, wie es dem Stand der Tochter eines Earls angemessen ist.«

»Ich habe nicht die Absicht, in einem Cottage auf unserem Gut zu wohnen.« Emma spuckte die Worte geradezu aus. »Wir können uns ein eigenes Haus leisten, vielen Dank.«

»Ich bin sicher, dass ihr das könnt, meine Liebe«, sagte Virginia. »Giles hat mir schließlich erzählt, dass Harry ein ziemlich erfolgreicher Autor ist.«

Emma ignorierte diesen Kommentar und wandte sich erneut an ihren Bruder. »Wie kannst du so sicher sein, dass du das Recht hast, das Manor House einfach so wegzugeben?«

»Weil Mutter vor einiger Zeit mit mir ihr Testament Zeile für Zeile durchgegangen ist. Ich bin gerne bereit, mit dir und Harry über den Inhalt zu sprechen, wenn du der Ansicht bist, dass dir das bei eurer Zukunftsplanung helfen würde.«

»Ich halte es wirklich nicht für angebracht, Mutters Testament am Tag ihrer Beerdigung zu diskutieren.«

»Ich möchte nicht unsensibel erscheinen, meine Liebe«, sagte Virginia, »aber da ich morgen früh nach London zurückkehre und die meiste Zeit mit den Hochzeitsvorbereitungen verbringen werde, halte ich es für das Sinnvollste, diese Angelegenheit zu klären, solange wir alle zusammen sind.« Sie wandte sich Giles zu und lächelte ihn ebenso süß an, wie sie das zuvor bei Emma getan hatte.

»Ich bin derselben Ansicht wie Virginia«, sagte Giles. »Jetzt ist der beste Zeitpunkt. Ich kann dir versichern, Emma, dass Mutter mehr als angemessen für dich und Grace gesorgt hat. Sie hat jedem von euch zehntausend Pfund hinterlassen und euch zu gleichen Teilen ihren Schmuck vererbt. Und sie hat Sebastian fünftausend Pfund zugesprochen, die er erhalten soll, wenn er volljährig ist.«

»Das Kind kann sich wirklich glücklich schätzen«, sagte Virginia. »Darüber hinaus hat sie Jessica Turners *Wehr bei Cleveland* hinterlassen, wobei das Gemälde allerdings bei der Familie bleiben wird, bis sie einundzwanzig ist.« Mit dieser Bemerkung ließ Virginia erkennen, dass Giles seiner Verlobten die Einzelheiten des Testaments seiner Mutter mitgeteilt hatte, bevor er mit Emma oder Grace darüber gesprochen hatte. »Was überaus großzügig ist, wenn man bedenkt, dass Jessica nicht einmal zur Familie gehört.«

»Wir betrachten Jessica als unsere Tochter«, sagte Harry scharf. »Und genauso behandeln wir sie auch.«

»Ich denke, ›Halbschwester‹ wäre wohl die angemessenere Bezeichnung«, sagte Virginia. »Außerdem sollten wir nicht vergessen, dass sie eine Waise aus einem Barnardo-Heim ist und dazu auch noch Jüdin. Aber ich vermute, es liegt an meiner Herkunft aus Yorkshire, dass ich dazu neige, die Dinge beim Namen zu nennen.«

»Und ich vermute, es liegt an meiner Herkunft aus Gloucestershire«, sagte Emma, »dass ich dazu neige, eine geldgierige Intrigantin eine geldgierige Intrigantin zu nennen.«

Emma stand auf und stürmte aus dem Zimmer. Zum ersten Mal an diesem Abend wirkte Giles verlegen. Harry war inzwischen sicher, dass weder Giles noch Virginia wussten, dass Elizabeth ein neues Testament gemacht hatte. Er wählte seine Worte sorgfältig.

»So kurz nach der Beerdigung ist Emma noch zu sehr mitgenommen. Ich bin sicher, dass sie sich bis morgen erholt haben wird.« Er faltete seine Serviette, wünschte den beiden anderen eine gute Nacht und verließ das Zimmer ohne ein weiteres Wort.

Virginia wandte sich ihrem Verlobten zu: »Du warst großartig,

Häschen, aber ich muss schon sagen, deine Familie ist furchtbar empfindlich. Andererseits ist das wohl ziemlich naheliegend, nach allem, was diese Leute durchgemacht haben. Auch wenn es für die Zukunft nichts Gutes erwarten lässt.«

10

»Hier ist der BBC Home Service. Sie hören die Nachrichten, gelesen von Alvar Lidell. Um zehn Uhr heute Morgen bat Premierminister Attlee den König um eine Audienz, um die Erlaubnis Seiner Majestät einzuholen, das Parlament aufzulösen und Neuwahlen anzusetzen. Daraufhin begab sich Mr. Attlee ins Unterhaus, wo er erklärte, dass die Wahl am Donnerstag, dem 25. Oktober, stattfinden werde.«

Am folgenden Tag packten sechshundertzweiundzwanzig Abgeordnete ihre Taschen, leerten ihre Schränke, verabschiedeten sich von ihren Mitarbeitern und begaben sich zurück in ihre Wahlkreise, um sich auf den Wahlkampf vorzubereiten. Unter ihnen befand sich auch Sir Giles Barrington, der Labour-Kandidat für Bristol Docklands.

Irgendwann im Laufe der zweiten Woche berichtete Giles Harry und Emma beim Frühstück, dass Virginia ihn im Wahlkampf nicht begleiten würde. Emma versuchte gar nicht erst, ihre Erleichterung zu verbergen.

»Virginia ist der Ansicht, dass ich wegen ihr sogar Wählerstimmen verlieren könnte«, gab Giles zu. »Schließlich steht niemand aus ihrer Familie in dem Ruf, jemals Labour gewählt zu haben. Der eine oder andere mag gelegentlich einen Kandidaten der Liberalen unterstützt haben, aber Labour? Nie.«

Harry lachte. »Das wenigstens haben wir gemeinsam.«

»Glaubst du«, sagte Emma, »dass Mr. Attlee dich ins Kabinett holen wird, wenn Labour die Wahl gewinnt?«

»Das steht in den Sternen. Dieser Mann lässt sich von niemandem in die Karten sehen. Aber wie auch immer, wenn man den Umfragen glaubt, dann wird es diesmal ganz knapp ausgehen. Es hat also keinen Sinn, von Ministerposten zu träumen, bevor wir das Ergebnis kennen.«

»Ich wette«, sagte Harry, »dass Churchill es diesmal ganz knapp schafft. Nur die Briten haben es bisher fertiggebracht, einen Premierminister aus dem Amt zu werfen, nachdem er gerade einen Krieg gewonnen hatte.«

Giles sah auf die Uhr. »Ich kann leider nicht mehr weiter mit euch plaudern. Ich muss in der Coronation Road Wahlwerbung machen«, sagte er. »Hast du Lust mitzukommen, Harry?«, fügte er mit einem Grinsen hinzu.

»Das soll wohl ein Witz sein. Kannst du dir wirklich vorstellen, wie ich die Leute bitte, für dich zu stimmen? Ich würde noch mehr Wähler abschrecken als Virginia.«

»Warum denn nicht?«, sagte Emma. »Dein letztes Manuskript liegt bereits bei deinem Verleger, und du erzählst ständig, dass Erfahrung aus erster Hand viel mehr wert ist, als in einer Bibliothek zu sitzen und endlos Fakten zu überprüfen.«

»Aber ich habe heute noch jede Menge zu tun«, protestierte Harry.

»Na sicher«, sagte Emma. »Gehen wir den Tag mal durch. Am Morgen bringst du Jessica zur Schule, und dann – oh, dann holst du sie am Nachmittag wieder ab und bringst sie nach Hause.«

»In Ordnung, ich komme mit dir«, sagte Harry zu Giles. »Aber nur als Beobachter, klar?«

»Guten Tag, Sir, mein Name ist Giles Barrington. Ich hoffe, ich kann bei der Wahl am 25. Oktober auf Ihre Unterstützung zählen«, sagte er und blieb stehen, um sich mit einem möglichen Wähler zu unterhalten.

»Das können Sie absolut, Mr. Barrington. Ich wähle immer Tory.«

»Danke«, sagte Giles und ging rasch weiter in Richtung des nächsten möglichen Wählers.

»Aber du kandidierst doch für Labour«, sagte Harry zu seinem Schwager.

»Auf dem Stimmzettel werden keine Parteien aufgeführt«, sagte Giles, »nur die Namen der Kandidaten. Warum sollten wir diesem Mann also seine Illusionen nehmen? Guten Tag, mein Name ist Giles Barrington. Ich hoffe …«

»Na, dann hoff mal schön weiter, denn ich werde ganz sicher keinen reichen Schnösel wählen.«

»Aber ich kandidiere doch für Labour«, protestierte Giles.

»Deswegen bist du immer noch ein reicher Schnösel. Du bist ein genauso übler Verräter deiner eigenen Klasse wie dieser Frank Pakenham.«

Harry bemühte sich, nicht zu lachen, während der Mann davonging.

»Guten Tag, Madam, mein Name ist Giles Barrington.«

»Wie schön, Sie zu sehen, Sir Giles. Ich bewundere Sie schon lange, schon seit man Ihnen wegen Ihres Einsatzes in Tobruk das Military Cross verliehen hat.« Giles verbeugte sich. »Und obwohl ich normalerweise die Liberalen wähle, können Sie diesmal auf mich zählen.«

»Danke, Madam«, sagte Giles.

Die Frau wandte sich an Harry, der ihr zulächelte und seinen Hut zog. »Vor mir brauchen Sie gar nicht erst Ihren Hut zu ziehen, Mr. Clifton, denn ich weiß, dass Sie in der Still House Lane geboren wurden. Es ist eine Schande, dass Sie Tory wählen. Sie sind ein Verräter Ihrer eigenen Klasse«, sagte sie, bevor sie davonmarschierte.

Jetzt war es Giles, der sich bemühen musste, nicht zu lachen.

»Ich glaube nicht, dass ich das Zeug zum Politiker habe«, sagte Harry.

»Guten Tag, Sir, mein Name ist …«

»… Giles Barrington, ich weiß«, sagte der Mann und weigerte sich, Giles' ausgestreckte Hand zu schütteln. »Sie haben mich schon vor einer halben Stunde angesprochen, Mr. Barrington, und ich habe Ihnen gesagt, dass ich Ihnen meine Stimme geben würde. Jetzt bin ich mir nicht mehr so sicher.«

»Ist es immer so schlimm?«, fragte Harry.

»Manchmal ist es noch viel schlimmer. Aber wenn man sich freiwillig an den Pranger stellt, sollte man nicht überrascht sein, wenn einem die Leute gelegentlich nur allzu gerne eine verschimmelte Tomate ins Gesicht werfen.«

»Aus mir würde wirklich nie ein guter Politiker«, bekräftigte Harry. »Ich nehme alles viel zu persönlich.«

»Dann landest du wahrscheinlich irgendwann einmal im Oberhaus«, sagte Giles und blieb vor einem Pub stehen. »Ich glaube, jetzt täte uns beiden ein Glas gut, bevor wir uns wieder in die Schlacht stürzen.«

»Soweit ich mich erinnere, war ich noch nie in diesem Pub«, sagte Harry und sah zu der im Wind flatternden Fahne, die einen fröhlich trinkenden Matrosen zeigte.

»Ich auch nicht. Aber bis zum Wahltag muss ich in jeder Kneipe in meinem Wahlkreis wenigstens einmal etwas getrunken haben. Kneipenbesitzer machen nie einen Hehl aus ihren Ansichten.«

»Wer will da noch Abgeordneter werden?«

»Wenn du dich das erst fragen musst«, sagte Giles, als sie den Pub betraten, »dann wirst du nie verstehen, wie faszinierend es sein kann, sich in den Wahlkampf zu stürzen, einen Platz im Unterhaus zu erringen und eine – sei es auch noch so kleine – Rolle zu spielen, wenn es darum geht, dieses Land zu regieren. Es ist wie Krieg, nur ohne Kugeln.«

Harry ging geradewegs auf einen ruhigen Tisch in einer Ecke des Pubs zu, während Giles sich an die Bar setzte. Giles plauderte bereits mit dem Barmann, bevor Harry umdrehte und zu ihm zurückging.

»Tut mir leid, alter Junge«, sagte Giles. »Ich kann mich nicht in irgendeiner Ecke verstecken. Man muss mich die ganze Zeit über sehen. Sogar dann, wenn ich eine Pause mache.«

»Aber es gibt einige vertrauliche Dinge, über die ich mich eigentlich mit dir unterhalten wollte«, erwiderte Harry.

»Dann wirst du leise sprechen müssen. Zwei Halfpints Dunkles, bitte«, sagte Giles. Er wandte sich Harry zu, um zu hören, was dieser zu sagen hatte, wobei die beiden immer wieder von anderen, nicht immer nüchternen Gästen unterbrochen wurden, die Giles auf die Schulter klopften und ihm erklärten, wie das Land regiert werden sollte; dabei sprachen sie ihn mit allen möglichen Titeln an – von »Sir« bis »Bastard«.

»Also, wie macht sich mein Neffe in seiner neuen Schule?«, fragte Giles, nachdem er sein Glas geleert hatte.

»Beechcroft macht ihm anscheinend nicht mehr Spaß als St. Bede's. Ich habe mit dem für sein Haus verantwortlichen Lehrer gesprochen. Er meinte, dass Seb ziemlich intelligent sei und man ihm fast sicher einen Platz in Oxford anbieten würde. Doch immer noch freundet er sich nur schwer mit anderen an.«

»Tut mir leid, das zu hören«, sagte Giles. »Vielleicht ist er einfach nur schüchtern. Dich hat schließlich auch niemand besonders gemocht, als du nach St. Bede's gekommen bist.« Er wandte sich wieder dem Barmann zu. »Noch zwei Halbe, bitte.«

»Kommen sofort, Sir.«

»Und wie steht's mit meiner besten Freundin?«, fragte Giles.

»Wenn du Jessica damit meinst«, antwortete Harry, »dann musst du dich in einer langen Reihe anstellen. Jeder, von Cleopatra bis zum Briefträger, liebt dieses kleine Mädchen, aber sie liebt nur ihren Dad.«

»Wann wirst du ihr sagen, wer ihr leiblicher Vater ist?«, fragte Giles, indem er seine Stimme senkte.

»Diese Frage stelle ich mir selbst die ganze Zeit über. Und du brauchst mir gar nicht erst zu erzählen, dass ich mir damit in Zukunft noch gewaltige Probleme einhandeln werde, aber ich scheine einfach nie den richtigen Zeitpunkt zu treffen.«

»Weil es den richtigen Zeitpunkt niemals geben wird«, antwortete Giles. »Aber warte nicht zu lange damit, denn eines ist sicher: Emma wird es ihr nie sagen, und ich vermute, dass Sebastian es bereits herausgefunden hat.«

»Wie kommst du denn darauf?«

»Nicht hier«, erwiderte Giles, als ihm ein weiterer potenzieller Wähler auf den Rücken schlug.

Der Barmann stellte die beiden Gläser Bier auf die Theke. »Das wären dann neun Pence, Sir.«

Da Harry die erste Runde übernommen hatte, nahm er an, dass jetzt Giles an der Reihe war.

»Tut mir leid«, sagte Giles, »aber ich darf das nicht bezahlen.«

»Du *darfst* nicht bezahlen?«

»Nein. Ein Kandidat hat nicht das Recht, während des Wahlkampfs irgendwelche Getränke zu kaufen.«

»Ah«, sagte Harry, »dann habe ich endlich einen Grund dafür

gefunden, warum jemand auf die Idee kommen kann, Abgeordneter werden zu wollen. Aber warum ist das eigentlich so?«

»Es könnte der Eindruck entstehen, dass du Stimmen kaufen willst. Das geht bis auf die Zeit der Parlamentsreform zurück.«

»Ich würde verdammt viel mehr von dir verlangen als nur ein Halbes, bevor ich in Erwägung ziehen würde, dir meine Stimme zu geben«, sagte Harry.

»Nicht so laut«, erwiderte Giles. »Wenn nicht einmal mein Schwager mir seine Stimme gibt, wird die Presse bald fragen, warum irgendjemand sonst es tun sollte.«

»Da dies eindeutig nicht der Ort und die Zeit ist, um über Familienangelegenheiten zu sprechen, möchte ich dich fragen, ob irgendeine Aussicht besteht, dass Emma und ich dich am Sonntagabend zum Essen erwarten können.«

»Auf keinen Fall. Am Sonntag muss ich drei Gottesdienste besuchen, und vergiss nicht, es ist der letzte Sonntag vor der Wahl.«

»Oh Gott«, sagte Harry. »Ist die Wahl tatsächlich schon nächsten Donnerstag?«

»Verdammt«, sagte Giles. »Die goldene Regel lautet, dass man einen Tory niemals an den Wahltermin erinnern darf. Jetzt kann ich nur noch darauf hoffen, dass Gott mich unterstützt, und ich bin immer noch nicht sicher, auf welcher Seite er wirklich ist. Am Sonntag werde ich in der Morgenandacht auf die Knie fallen, zur Vesper werde ich Seinen Rat suchen, und im Abendgottesdienst werde ich zu Ihm beten. Und dann werde ich hoffen, dass die Wahl zwei zu eins zu meinen Gunsten ausgeht.«

»Musst du wegen ein paar zusätzlicher Stimmen zu solch extremen Mitteln greifen?«

»Natürlich. Bei einem so kleinen Wahlkreis schon. Vergiss

nicht, Gottesdienste bringen mir viel mehr Stimmen, als ich je auf einer Wahlveranstaltung holen könnte.«

»Aber ich dachte, die Kirche soll neutral sein.«

»Ja, das sollte sie. Doch obwohl Pfarrer einem gerne versichern, dass sie überhaupt kein Interesse an der Politik haben, zögern die meisten nicht, ihre Gemeindemitglieder wissen zu lassen, wen sie wählen – und das auch noch häufig von der Kanzel aus.«

»Möchtest du noch ein Halbes, wenn ich schon zahle?«, fragte Harry.

»Nein, ich kann es mir nicht erlauben, noch mehr Zeit mit dir zu verplaudern. Du bist nicht der Einzige, der bei dieser Wahl eine Stimme hat, und selbst wenn du es wärst, würdest du mich nicht unterstützen.« Giles sprang von seinem Hocker, gab dem Barmann die Hand und eilte aus dem Pub auf den Bürgersteig, wo er den ersten Menschen anlächelte, den er zu Gesicht bekam.

»Guten Tag, Sir, mein Name ist Giles Barrington, und ich hoffe, dass ich nächsten Donnerstag bei der Wahl auf Ihre Unterstützung zählen darf.«

»Ich komme nicht aus diesem Wahlkreis, Kumpel. Ich bin für einen Tag zu Besuch aus Birmingham.«

Am Wahltag sagte Griff Haskins, der Organisator von Giles' Wahlkampf, dass er damit rechne, die Wähler aus Bristol Docklands stünden auch weiterhin zu ihrem Kandidaten und würden ihn ein weiteres Mal ins Unterhaus entsenden, wenn auch mit einer etwas knapperen Mehrheit. Er war jedoch nicht davon überzeugt, das Labour an der Macht bleiben würde.

Griff sollte mit beidem recht behalten, denn am 27. Oktober 1951 erklärte der Wahlleiter um drei Uhr morgens nach viermaliger Auszählung, dass Sir Giles Barrington mit einer Mehrheit von vierhundertvierzehn gültigen Stimmen zum Abgeordneten für Bristol Docklands gewählt worden war.

Nachdem die Ergebnisse aus dem ganzen Land eingetroffen waren, stand fest, dass die Konservativen eine Mehrheit von siebzehn Sitzen errungen hatten und Winston Churchill ein weiteres Mal in Downing Street Nr. 10 einzog. Es war die erste Wahl, die er als Führer der Konservativen gewonnen hatte.

Am folgenden Montag fuhr Giles nach London und nahm seinen Sitz im Unterhaus ein. Auf den Fluren herrschte allgemein die Ansicht, dass es angesichts der knappen Tory-Mehrheit von siebzehn Stimmen nicht lange dauern würde, bis es zu Neuwahlen käme.

Giles wusste, dass er mit einer Mehrheit von nur vierhundertvierzehn Stimmen um sein politisches Überleben würde kämpfen müssen, sollte es dazu kommen. Und falls er aus dieser möglichen Neuwahl nicht als Sieger hervorginge, konnte das sehr wohl das Ende seiner Karriere als Abgeordneter sein.

11

Der Butler reichte Sir Giles seine Post auf einem Silbertablett. Wie jeden Morgen verschaffte sich Giles einen kurzen Überblick darüber, was gekommen war, und legte die länglichen, dünnen braunen Umschläge auf die eine Seite und die quadratischen weißen auf die andere, denn diese würde er zuerst öffnen.

Unter den Umschlägen, die er an jenem Morgen besonders aufmerksam zur Kenntnis nahm, befand sich auch ein länglicher, dünner weißer Umschlag, der einen Poststempel aus Bristol trug. Er schlitzte ihn auf.

Giles nahm ein einzelnes Blatt Papier heraus, das mit *An alle, die es angeht* überschrieben war.

Nachdem er es gelesen hatte, sah er auf und lächelte Virginia zu, die sich ihm zu einem späten Frühstück gegenübergesetzt hatte.

»Am nächsten Mittwoch ist alles unter Dach und Fach«, erklärte er.

Virginia sah nicht von ihrem *Daily Express* auf. Sie begann ihren Tag immer mit einer Tasse schwarzen Kaffees und William Hickey. So wusste sie schon früh, womit ihre Freunde sich beschäftigten, welche Debütantinnen darauf hoffen durften, in diesem Jahr bei Hofe eingeführt zu werden, und welche keine Chance hatten.

»Was wird alles unter Dach und Fach sein?«, fragte sie, wobei sie noch immer nicht aufsah.

»Mutters Testament.«

Virginia vergaß die hoffnungsvollen Debütantinnen, faltete ihre Zeitung zusammen und schenkte Giles ihr süßestes Lächeln. »Erzähl mir mehr darüber, mein Liebling.«

»Nächsten Mittwoch wird das Testament in Bristol verlesen. Wir könnten am Dienstagnachmittag hinfahren, in Barrington Hall übernachten und dann am nächsten Tag zur Verlesung gehen.«

»Um wie viel Uhr findet sie statt?«

Giles warf einen Blick auf den Brief. »Um elf. In den Büros von Marshall, Baker & Siddons.«

»Käme es dir sehr ungelegen, Häschen, wenn wir erst am Mittwochmorgen fahren würden? Ich glaube nicht, dass ich es schaffen würde, noch einen weiteren Abend so nett gegenüber deiner schnippischen Schwester zu sein.«

Giles wollte etwas darauf erwidern, hielt jedoch inne und sagte stattdessen: »Natürlich, meine Liebe.«

»Nenn mich nicht immer ›meine Liebe‹, Häschen. Das ist so schrecklich gewöhnlich.«

»Wie wird dein Tag heute sein, mein Liebling?«

»Hektisch, wie üblich. In letzter Zeit scheine ich überhaupt nicht mehr zur Ruhe zu kommen. Noch eine Anprobe heute Vormittag, dann Lunch mit den Brautjungfern, und am Nachmittag habe ich einen Termin mit den Caterern, die unbedingt die genauen Zahlen haben wollen.«

»Wo stehen wir denn im Augenblick?«, fragte Giles.

»Bei knapp über zweihundert Gästen von meiner Seite und einhundertdreißig von deiner. Ich hatte eigentlich vorgehabt, die Einladungen schon nächste Woche zu verschicken.«

»Soll mir recht sein«, sagte Giles. »Ach übrigens, der Parlamentssprecher hat mir erlaubt, die Terrasse des Unterhauses für den Empfang zu benutzen, weshalb wir ihn wahrscheinlich auch einladen sollten.«

»Natürlich, Häschen. Schließlich ist er ein Konservativer.«

»Und möglicherweise auch Mr. Attlee«, wagte Giles vorzubringen.

»Ich weiß nicht, was Vater davon halten würde, wenn der Führer der Labour Partei die Hochzeit seiner einzigen Tochter besucht. Vielleicht könnte ich ihn ja darum bitten, Mr. Churchill einzuladen.«

Am folgenden Mittwoch fuhr Giles mit seinem Jaguar nach Cadogan Gardens und parkte vor Virginias Wohnung. Er klingelte an der Tür, denn er hatte vor, mit seiner Verlobten zu frühstücken.

»Lady Virginia ist noch nicht heruntergekommen«, sagte der Butler. »Aber wenn Sie vielleicht im Salon warten möchten, kann ich Ihnen einen Kaffee und die Morgenzeitungen bringen.«

»Danke, Mason«, sagte Giles zu dem Butler, der ihm einmal ganz im Vertrauen gestanden hatte, dass er für Labour stimmte.

Giles machte es sich in einem Sessel gemütlich, wo er zwischen dem *Express* und dem *Telegraph* wählen konnte. Er entschied sich für den *Telegraph*, denn dessen Aufmacher interessierte ihn: Eisenhower kündigte an, dass er sich um die Präsidentschaft bewerben wolle. Der Entschluss selbst konnte Giles nicht überraschen, wohl aber die Tatsache, dass der General die Absicht hatte, für die Republikaner anzutreten, denn bis vor Kurzem noch schien er sich nicht festlegen zu wollen; Demokraten wie Republikaner hatten gleichermaßen versucht, ihn für ihre Partei zu gewinnen.

Alle paar Minuten warf Giles einen Blick auf die Uhr, doch Virginia kam noch immer nicht. Als die Uhr auf dem Kaminsims zur halben Stunde schlug, begann er, einen Artikel auf Seite sieben zu lesen, in welchem die Überlegungen zur Errichtung der ersten britischen Autobahn dargelegt wurden. Auf den Politikseiten gab es mehrere Berichte zur Pattsituation im Koreakrieg, und Giles' Rede zur Achtundvierzig-Stunden-Woche für alle Arbeiter sowie seine Forderung, jegliche darüber hinausgehende Arbeitszeit als zu bezahlende Überstunden zu betrachten, wurde ausführlich zitiert und war der Zeitung überdies einen Kommentar wert, der Giles' Ansichten scharf zurückwies. Er lächelte. So war der *Telegraph* eben. In einem der Berichte über das Hofleben las Giles gerade, dass Prinzessin Elizabeth sich im Januar auf eine Rundreise durch Afrika begeben würde, als Virginia in den Salon platzte.

»Es tut mir so leid, dass ich dich habe warten lassen, mein Liebling, aber ich wusste einfach nicht, was ich anziehen soll.«

Er sprang auf und küsste seine Verlobte auf beide Wangen, trat einen Schritt zurück und dachte wieder einmal, wie glücklich er sich doch schätzen konnte, dass diese schöne Frau ihn überhaupt eines Blickes gewürdigt hatte.

»Du siehst fantastisch aus«, sagte er voller Bewunderung für das gelbe Kleid, das er bisher noch nicht kannte und das ihre schlanke, anmutige Figur sehr vorteilhaft betonte.

»Findest du es nicht ein wenig gewagt für das Verlesen eines Testaments?«, fragte sich Virginia und drehte sich schwungvoll im Kreis.

»Keineswegs«, erwiderte Giles. »Wenn du den Raum betrittst, wird ohnehin niemand mehr an etwas anderes denken.«

»Das will ich doch nicht hoffen«, sagte Virginia und warf einen Blick auf ihre Uhr. »Oh mein Gott, ist es wirklich schon so spät? Ich glaube, wenn wir rechtzeitig ankommen wollen, sollten wir das Frühstück lieber weglassen, Häschen. Wir kennen den

Inhalt des Testaments zwar schon, aber das muss ja nicht für alle offensichtlich sein.«

Auf dem Weg nach Bristol brachte Virginia Giles auf den neuesten Stand, was die Hochzeitsvorbereitungen betraf. Er war ein wenig enttäuscht darüber, dass sie ihn nicht danach fragte, wie seine Rede vom Tag zuvor im Unterhaus angekommen war, doch schließlich war William Hickey ja auch nicht auf der Pressetribüne gewesen. Erst als sie die Great West Road erreicht hatten, sagte Virginia etwas, das seine volle Aufmerksamkeit beanspruchte.

»Sobald die Verfügungen aus dem Testament in Kraft getreten sind, werden wir uns als Erstes um einen Ersatz für Marsden kümmern müssen.«

»Aber er ist schon über dreißig Jahre bei der Familie«, erwiderte Giles. »Ich kann mich, ehrlich gesagt, nicht einmal daran erinnern, dass er irgendwann einmal *nicht* bei uns gewesen sein sollte.«

»Was einen Teil des Problems darstellt. Aber mach dir keine Sorgen, mein Liebling. Ich glaube, ich habe den perfekten Ersatz für ihn bereits gefunden.«

»Aber …«

»Wenn dir die Sache wirklich am Herzen liegt, Häschen, könnte Marsden ja immer noch im Manor House arbeiten und sich um meine Tanten kümmern.«

»Aber …«

»Und wenn wir schon beim Thema sind«, fuhr Virginia fort, »es wird höchste Zeit, dass wir uns einmal ernsthaft über Jackie unterhalten.«

»Meine Privatsekretärin?«

»Meiner Meinung nach tritt sie dir gegenüber viel zu vertraulich auf. Ich kann nicht behaupten, dass ich diese moderne Gewohnheit gutheiße, dass Angestellte ihre Chefs beim Vornamen nennen. Zweifellos gehört das zu diesen absurden Vorstellungen, die die Labour-Partei zum Thema Gleichheit hegt. Ich musste sie sogar daran erinnern, dass sie mich mit *Lady* Virginia anzusprechen hat.«

»Das tut mir wirklich leid«, sagte Giles. »Sie ist sonst immer so höflich.«

»Dir gegenüber vielleicht, aber als ich sie gestern angerufen habe, bat sie mich, in der Leitung zu bleiben. So etwas bin ich überhaupt nicht gewohnt.«

»Ich werde mit ihr darüber reden.«

»Bitte, mach dir keine Mühe«, sagte Virginia zu Giles' Erleichterung, »denn ich werde mit deinem Büro keinen Kontakt mehr aufnehmen, solange sie zu deinen Mitarbeitern gehört.«

»Ist das nicht ein wenig übertrieben? Sie leistet erstklassige Arbeit, und es dürfte fast unmöglich werden, sie zu ersetzen.«

Virginia beugte sich zu ihm hinüber und küsste ihn auf die Wange. »Häschen, ich hoffe doch, dass ich der einzige Mensch auf der Welt bin, den zu ersetzen dir fast unmöglich werden würde.«

Mr. Siddons betrat das Büro und war nicht überrascht, dass jeder, der den Brief mit der Überschrift *An alle, die es angeht* erhalten hatte, anwesend war. Er setzte sich hinter seinen Schreibtisch und sah in die hoffnungsvollen Gesichter vor sich.

In der ersten Reihe saßen Sir Giles Barrington und dessen Verlobte Lady Virginia Fenwick, die als direktes Gegenüber noch atemberaubender war als auf dem Foto, das er anlässlich der Verlobung des Paares in *Country Life* gesehen hatte. Mr. Siddons freute sich schon darauf, sie näher kennenzulernen.

In der zweiten Reihe, direkt hinter den beiden, saßen Harry Clifton und dessen Frau Emma und neben dieser ihre Schwester Grace. Amüsiert sah er, dass Miss Barrington blaue Strümpfe trug.

Mr. und Mrs. Holcombe saßen in der dritten Reihe, ebenso wie Reverend Donaldson und eine Dame in Schwesterntracht. In den beiden letzten Reihen saßen – in der Reihenfolge ihres Ranges – mehrere Männer und Frauen, die schon viele Jahre im Dienst der Familie Barrington standen.

Mr. Siddons setzte sich eine Brille mit halbmondförmigen Gläsern auf die Nasenspitze und räusperte sich zum Zeichen, dass er die Absicht hatte zu beginnen.

Er warf einen kurzen Blick über den Rand der Gläser hinweg zu den Angehörigen und Bediensteten der Verstorbenen, bevor er die einleitenden Worte sprach. Er brauchte dazu keine Notizen, denn dies gehörte oft zu seinen Pflichten.

»Meine Damen und Herren«, begann er. »Mein Name ist Desmond Siddons, und ich hatte in den letzten dreiundzwanzig Jahren das Privileg, der Familie Barrington als Anwalt zu dienen. Dies ist eine lange Zeit, doch es wird noch einige Jahre dauern, bis ich in dieser Hinsicht mit meinem Vater gleichziehen kann, der sowohl Sir Walter wie auch Sir Hugo Barrington in juristischen Fragen beraten durfte. Doch ich schweife ab.« Mr. Siddons hatte den Eindruck, als sei Lady Virginia ganz seiner Ansicht.

»Ich bin«, fuhr er fort, »im Besitz des Testaments von Elizabeth May Barrington, welches von mir auf ihren Wunsch hin erstellt und in Gegenwart zweier unabhängiger Zeugen unterzeichnet wurde. Deshalb werden durch dieses Dokument«, sagte er und hob es hoch, sodass alle es sehen konnten, »jegliche früheren Verfügungen null und nichtig.

Ich werde Ihre Zeit nicht damit verschwenden, jene Seiten voller juristischem Jargon durchzugehen, die das Gesetz verlangt, sondern mich stattdessen auf die Anweisungen konzentrieren, die den Nachlass Ihrer Ladyschaft betreffen. Sollte jemand das Testament genauer studieren wollen, so soll er dazu gerne die Gelegenheit erhalten.«

Mr. Siddons senkte den Kopf, schlug die Seite um und schob seine Brille zurecht, bevor er fortfuhr.

»Das Testament führt mehrere karitative Einrichtungen auf, denen sich die Verstorbene besonders verbunden fühlte. Dazu gehören die Gemeindekirche St. Andrew's, die Dr.-Barnardo-Waisenheime und die Klinik, in der Lady Barrington während ihrer letzten Tage so aufopferungsvoll gepflegt wurde. Jede von ihnen erhält aus dem Nachlass eine Zahlung von fünfhundert Pfund.«

Erneut schob Mr. Siddons seine Brille zurecht.

»Ich komme nun zu jenen Personen, die über viele Jahre hinweg im Haushalt der Barringtons beschäftigt waren. Jeder Angestellte, der länger als fünf Jahre in Lady Barringtons Diensten stand, erhält ein zusätzliches Jahresgehalt. Die im Hause selbst lebende Haushälterin und der Butler erhalten überdies jeweils fünfhundert Pfund.«

Marsden senkte den Kopf und flüsterte fast lautlos: »Danke, Mylady.«

»Ich komme nun zu Mrs. Holcombe, der ehemaligen Mrs. Arthur Clifton. Sie soll die viktorianische Brosche erhalten, die Lady Barrington am Tag der Hochzeit ihrer Tochter trug. Die Brosche möge Mrs. Holcombe – und hier zitiere ich wörtlich – an die vielen glücklichen Stunden erinnern, die die beiden Damen miteinander verbracht haben.«

Maisie lächelte, fragte sich aber einigermaßen ratlos, bei welcher Gelegenheit sie ein solch herrliches Schmuckstück eigentlich tragen sollte.

Mr. Siddons schlug eine weitere Seite um und schob seine Brille mit den halbmondförmigen Gläsern etwas weiter die Nase hinauf, bevor er fortfuhr.

»Ich hinterlasse Jessica Clifton, geborene Piotrovska, das Lieblingsaquarell meines Großvaters, Turners *Wehr bei Cleveland*. Ich hoffe, das Bild wird eine Inspiration für sie sein, denn ich glaube, sie besitzt ein bemerkenswertes Talent, dessen Entfaltung man in jeder Hinsicht fördern sollte.«

Giles nickte. Er erinnerte sich genau an diese Worte, mit denen seine Mutter ihm erklärt hatte, warum sie wollte, dass Jessica den so begehrten Turner erhielt.

»Und meinem Enkel, Sebastian Arthur Clifton«, fuhr Mr. Siddons fort, »vermache ich die Summe von fünftausend Pfund, die er erhalten soll, wenn er volljährig wird, also am 9. März 1961.«

Giles nickte erneut. Auch hierin lag für ihn keine Überraschung.

»Den Rest meines Besitzes, einschließlich des Manor House und meiner zweiundzwanzig Prozent Anteile an Barrington Shipping« – Mr. Siddons konnte der Versuchung nicht widerstehen, einen kurzen Blick in Richtung von Lady Virginia Fenwick zu werfen, die es kaum noch auf ihrem Stuhl aushielt –, »vermache ich … meinen geliebten Töchtern Emma und Grace, die damit nach eigenem Gutdünken verfahren können. Davon ausgenommen ist einzig meine Siamkatze Cleopatra, die ich Lady Virginia Fenwick hinterlasse, denn die beiden haben vieles gemeinsam. Sie sind beide schöne, gepflegte, eitle, gerissene und manipulative Raubtiere, die ganz selbstverständlich davon ausgehen, dass alle Menschen nur dazu auf der Welt sind, um ihnen zu dienen, einschließlich meines vernarrten Sohnes, dem es, so kann ich nur hoffen und beten, noch früh genug gelingen wird, den Zauber abzuschütteln, mit dem sie ihn umsponnen hat, bevor es zu spät ist.«

Angesichts der schockierten Blicke und des heftigen Getuschels, das überall ausbrach, war Mr. Siddons klar, dass niemand mit so etwas gerechnet hatte; es fiel ihm allerdings auf, dass Mr. Clifton bemerkenswert ruhig blieb. Lady Virginia hingegen hätte man nicht mit dem Wort »ruhig« beschreiben können, als sie Giles etwas ins Ohr flüsterte.

»Damit ist die Verlesung des Testaments abgeschlossen«, sagte Mr. Siddons. »Ich bin gerne bereit, etwaige Fragen zu beantworten.«

»Ich habe nur eine einzige«, sagte Giles, bevor irgendjemand sonst sich zu Wort melden konnte. »Wie viel Zeit habe ich, um das Testament anzufechten?«

»Es steht Ihnen frei, zu jedem beliebigen Zeitpunkt innerhalb der nächsten achtundzwanzig Tage einen Antrag auf Testamentsanfechtung beim High Court einzureichen, Sir Giles«, erwiderte Mr. Siddons, der sowohl die Frage wie auch die Reaktion des Fragestellers erwartet hatte.

Falls es noch jemand anderen gab, der etwas wissen wollte, so hörten Sir Giles und Lady Virginia seine Frage nicht mehr, denn sie stürmten ohne noch ein Wort zu verlieren aus dem Büro.

12

»Ich werde alles tun, was du willst, mein Liebling«, sagte er, »aber bitte, löse unsere Verlobung nicht.«

»Wie soll ich nur der Welt gegenübertreten, nachdem deine Mutter mich vor deiner versammelten Familie, deinen Freunden und sogar vor den Bediensteten gedemütigt hat?«

»Ich verstehe dich ja«, sagte Giles, »natürlich verstehe ich dich. Aber Mutter hatte offensichtlich nicht mehr alle Sinne beisammen. Es kann ihr selbst nicht klar gewesen sein, was sie da angerichtet hat.«

»Und du würdest wirklich alles für mich tun?«, fragte Virginia, wobei sie mit ihrem Verlobungsring spielte.

»Alles, mein Liebling.«

»Dann musst du als Erstes deine Sekretärin entlassen. Und ich entscheide, wen du als mögliche Nachfolgerin einstellen wirst.«

»Betrachte es als erledigt«, erwiderte Giles demütig.

»Und gleich morgen wirst du eine führende Anwaltskanzlei beauftragen, das Testament anzufechten, und du wirst mit Klauen und Zähnen darum kämpfen, dass wir gewinnen, gleichgültig, was sich auch immer daraus ergeben mag.«

»Ich habe bereits den Kronanwalt Sir Cuthbert Makins mit der Aufgabe betraut.«

»Mit Klauen und Zähnen«, wiederholte Virginia.

»Mit Klauen und Zähnen«, bestätigte Giles. »Sonst noch etwas?«

»Wenn wir nächste Woche die Hochzeitseinladungen verschicken, werde ich – und ich ganz alleine – entscheiden, wer auf der Gästeliste steht.«

»Aber das könnte bedeuten …«

»Genau das wird es bedeuten. Denn ich will, dass jeder, der in diesem Büro war, weiß, wie es sich anfühlt, zurückgewiesen zu werden.« Giles senkte den Kopf.

»Ah, ich verstehe«, sagte Virginia und streifte den Verlobungsring vom Finger. »Du hast also doch nicht *alles* gemeint.«

»Doch, mein Liebling, ich habe *alles* gemeint. Ich bin einverstanden. Du kannst entscheiden, wer zur Hochzeit kommen wird.«

»Und schließlich«, sagte Virginia, »wirst du dafür sorgen, dass Mr. Siddons eine gerichtliche Verfügung erwirkt, nach der sämtliche Mitglieder der Familie Clifton Barrington Hall zu verlassen haben.«

»Aber wo sollen sie dann wohnen?«

»Es ist mir vollkommen gleichgültig, wo sie wohnen«, erwiderte Virginia. »Es wird so langsam Zeit, dass du dich entscheidest, ob du den Rest deines Lebens mit mir oder mit ihnen verbringen willst.«

»Ich möchte mein Leben mit dir verbringen«, sagte Giles.

»Dann wäre das geklärt, Häschen«, erwiderte Virginia. Sie schob den Verlobungsring zurück auf ihren Finger und begann, die Knöpfe an der Vorderseite ihres Kleides zu lösen.

Harry las gerade die *Times* und Emma den *Telegraph*, als das Telefon klingelte. Die Tür ging auf, und Denby betrat das Frühstückszimmer.

»Ihr Verleger, Mr. Collins, ist am Apparat, Sir. Er lässt fragen, ob er kurz mit Ihnen sprechen könnte.«

»Ich bezweifle, dass er sich so ausgedrückt hat«, sagte Harry und faltete die Zeitung zusammen.

Emma war so sehr in den Artikel versunken, den sie gerade las, dass sie nicht einmal aufsah, als ihr Mann das Zimmer verließ. Sie war gerade fertig damit, als er zurückkam.

»Lass mich raten«, sagte sie.

»Die BBC und die meisten überregionalen Zeitungen haben Billy angerufen und ihn gefragt, ob ich mich öffentlich zu den Vorgängen äußern möchte.«

»Was hast du ihm gesagt?«

»Kein Kommentar. Ich habe ihn darauf hingewiesen, dass man nicht auch noch Öl in dieses ganz besondere Feuer gießen muss.«

»Ich kann mir nicht vorstellen, dass Billy Collins sich damit zufriedengibt«, sagte Emma. »Er ist einzig und allein daran interessiert, Bücher zu verkaufen.«

»Er hat gar nichts anderes erwartet, und er beklagt sich auch gar nicht. Er hat mir nur gesagt, dass er die dritte Taschenbuchauflage Anfang nächster Woche an die Buchhandlungen ausliefern wird.«

»Würdest du gerne hören, was der *Telegraph* über die ganze Angelegenheit schreibt?«

»Muss ich das wirklich?«, fragte Harry, als er sich wieder an den Frühstückstisch setzte.

Emma ignorierte seine Bemerkung und begann, den Artikel vorzulesen.

»›Gestern fand die Hochzeit von Giles Barrington, MC, MP, und Lady Virginia Fenwick, der einzigen Tochter des neunten Earl of Fenwick, statt. Die Braut trug ein Kleid, das von Mr. Norman ...‹«

»Du könntest mir wenigstens das ersparen.«

Emma übersprang ein paar Absätze. »»Vierhundert Gäste nahmen an der Zeremonie teil, die in der Church of St. Margaret's, Westminster, abgehalten wurde. Right Reverend George Hastings, der Bischof von Ripon, leitete die Trauung. Danach gab es einen Empfang auf der Terrasse des Unterhauses. Unter den Gästen waren Ihre Königliche Hoheit Prinzessin Margaret, der Earl of Mountbatten of Burma, The Right Hon. Clement Attlee, der Oppositionsführer, sowie The Right Hon. Mr. William Morrison, der Sprecher des Unterhauses. Die Liste der Gäste, die die Hochzeit besucht haben, stellt eine interessante Lektüre dar, aber noch weitaus faszinierender sind die Namen derer, die abwesend waren – entweder weil sie nicht eingeladen wurden oder weil sie nicht teilnehmen wollten. Kein einziges Mitglied der Familie Barrington, außer natürlich Sir Giles selbst, fand sich auf der Gästeliste. Die Abwesenheit seiner beiden Schwestern Mrs. Emma Clifton und Miss Grace Barrington sowie seines Schwagers Harry Clifton, des beliebten Autors, blieb einigermaßen rätselhaft, besonders da es bis vor wenigen Wochen noch geheißen hatte, er sei als Sir Giles' Trauzeuge vorgesehen.‹«

»Wer war denn dann Trauzeuge?«

»Dr. Algernon Deakins vom Balliol College in Oxford.«

»Der gute Deakins«, sagte Harry. »Eine ausgezeichnete Wahl. Er dürfte auf jeden Fall pünktlich gewesen sein, und bei ihm bestand sicher zu keiner Zeit die Gefahr, dass er die Ringe verlegt. Gibt es sonst noch etwas?«

»Ich fürchte, ja. ›Was die ganze Angelegenheit noch rätselhafter macht, ist Folgendes: Als vor sechs Jahren das Oberhaus in der Sache Barrington gegen Clifton darüber zu entscheiden hatte, wer von den beiden Titel und Güter der Barringtons erben sollte, schienen Sir Giles und Mr. Clifton in bestem Einvernehmen zu sein, als der Lordkanzler seine Entscheidung zugunsten von Sir Giles fällte. Das glückliche Paar‹«, las Emma weiter, »›wird die Flitterwochen in Sir Giles' Villa in der Toskana verbringen.‹ Das ist ziemlich heftig«, sagte Emma und sah auf. »Mutter hat die Villa Grace und mir vererbt. Uns ganz alleine steht es zu, darüber nach unserem Gutdünken zu verfügen.«

»Beruhige dich, Emma«, erwiderte Harry. »Du selbst warst damit einverstanden, Giles die Villa zu überlassen im Austausch dafür, dass wir im Manor House wohnen dürfen, bis das Gericht über die Rechtmäßigkeit des Testaments entschieden hat. War's das jetzt?«

»Nein, die wirklich brisante Stelle kommt noch. ›Jetzt sieht es jedoch so aus, als ginge nach dem Tod von Sir Giles' Mutter, Lady Elizabeth Barrington, ein tiefer Riss durch die Familie. In ihrem kürzlich veröffentlichten Testament hinterließ diese den Großteil ihres Besitzes ihren Töchtern Emma und Grace, während ihr einziger Sohn überhaupt nicht bedacht wurde. Sir Giles hat das Testament anfechten lassen, und der Fall wird nächsten Monat vor Gericht kommen.‹ Das ist alles. Wie steht's mit der *Times*?«

»Die ist viel nüchterner. Nur die Fakten, keine Spekulationen. Doch Billy Collins hat mir erzählt, dass die *Mail* und der *Express* auf der Titelseite ein Foto von Cleopatra gebracht haben und der Aufmacher des *Mirror* ›Katzengezänk‹ lautet.«

»Wie konnte es nur so weit kommen?«, fragte Emma. »Ich werde nie verstehen, dass Giles es dieser Frau erlauben konnte, seine eigene Familie von seiner Hochzeit auszuschließen.«

»Das verstehe ich auch nicht«, sagte Harry. »Aber das will nichts heißen. Ich habe ja auch nie verstanden, wie der Prince of Wales den Thron für eine amerikanische Geschiedene aufgeben konnte. Wahrscheinlich hatte deine Mutter recht, und Giles ist einfach völlig vernarrt in diese Frau.«

»Wenn meine Mutter gewollt hätte, dass ich dich aufgebe«, sagte Emma, »hätte ich mich ihr widersetzt.« Sie lächelte Harry warmherzig an. »Weshalb mir das, was mein Bruder empfindet, nicht ganz fremd ist.«

Während der nächsten zwei Wochen erschienen in den meisten überregionalen Zeitungen Fotos von Sir Giles und Lady Barrington, die ihre Flitterwochen in der Toskana verbrachten.

Harrys vierter Roman, *Mächtiger als das Schwert*, wurde am Tag der Rückkehr der Barringtons aus Italien veröffentlicht. Am Morgen danach erschien dasselbe Foto auf allen Titelseiten der großen Zeitungen mit Ausnahme der *Times*: Nachdem das glückliche Paar den Zug im Bahnhof Waterloo verlassen hatte, kam es auf dem Weg zum Auto an einer W.-H.-Smith-Buchhandlung vorbei, in der nur ein einziger Roman in großer Zahl im Schaufenster lag.

Eine Woche später schaffte es *Mächtiger als das Schwert* auf die Bestsellerliste und hielt sich dort bis zur Eröffnung des Prozesses. Harry konnte dazu nur sagen, dass niemand so viel von Buchwerbung verstand wie Billy Collins.

13

Es gab nur eine Sache, in der Giles und Emma sich einig waren: Beide hielten es für klüger, die ganze Angelegenheit unter Ausschluss der Öffentlichkeit direkt vor einem Richter zu verhandeln, anstatt sich den unberechenbaren Launen von Geschworenen oder den erbarmungslosen Nachstellungen durch die Presse auszusetzen. Richter Justice Cameron würde bei dieser Verhandlung den Vorsitz führen, und beide Anwälte versicherten ihren Mandanten, dass er ein Mensch war, der in gleichem Maße über Redlichkeit, Klugheit und gesunden Menschenverstand verfügte.

Obwohl sich zahlreiche Journalisten vor Gerichtssaal Nummer sechs versammelt hatten, waren »Guten Morgen« und »Guten Abend« die einzigen Kommentare, die sie von beiden Parteien zu hören bekamen.

Giles ließ sich von Kronanwalt Sir Cuthbert Makins vertreten, während Emma und Grace sich zur Durchsetzung ihres Anspruchs für den Kronanwalt Mr. Simon Todd entschieden hatten. Grace hatte allerdings deutlich gemacht, dass sie nicht an der Verhandlung teilnehmen würde, da sie wichtigere Dinge zu tun hatte.

»Und die wären?«, fragte Emma.

»Klugen Kindern etwas beizubringen, anstatt den Argumenten kindischer Erwachsener zuzuhören. Wenn es nach mir ginge, würde ich eure beiden Köpfe gegeneinanderschlagen«, lautete ihr abschließender Kommentar zu diesem Thema.

148

Als am ersten Tag der Anhörung die Uhr über dem Stuhl des Richters den ersten Schlag des Zehn-Uhr-Läutens erklingen ließ, betrat Mr. Justice Cameron den Saal. Alle Anwesenden folgten dem Beispiel der beiden Anwälte, standen auf und senkten die Köpfe vor Ihrer Lordschaft. Nachdem der Richter den Gruß erwidert hatte, setzte er sich auf seinen hochlehnigen, ledergepolsterten Stuhl vor das königliche Wappen.

Er schob seine Perücke zurecht, öffnete die dicke rote Akte vor sich und nahm einen Schluck Wasser, bevor er sich an die beiden Parteien wandte.

»Meine Damen und Herren«, begann er, »es ist meine Aufgabe, die Argumente anzuhören, welche von beiden Anwälten vorgetragen werden, die Aussagen der Zeugen zu bewerten und auf diejenigen Ausführungen des Gesetzes zurückzugreifen, die in diesem Fall ihre Anwendung finden. Ich habe damit zu beginnen, den Anwalt des Klägers wie den der Beklagten zu fragen, ob inzwischen alle Anstrengungen unternommen wurden, um zu einer außergerichtlichen Einigung zu kommen.«

Sir Cuthbert erhob sich langsam von seinem Platz und zog die Aufschläge seiner langen schwarzen Robe glatt, bevor er sich an das Gericht wandte. »Ich darf für beide Parteien sprechen, wenn ich Ihnen mitteile, dass dies unglücklicherweise nicht möglich war, Mylord.«

»Dann wollen wir damit fortfahren, dass Sie, Sir Cuthbert, Ihre einleitende Erklärung vortragen.«

»Ich danke Ihnen, Mylord. In diesem Fall vertrete ich den Kläger, Sir Giles Barrington. Strittig ist die Gültigkeit eines Testaments und damit verbunden die Frage, ob die verstorbene Lady Barrington wenige Stunden vor ihrem Tod geistig noch in der Lage war, ihre Unterschrift unter ein langes und komplexes Dokument zu setzen, das weitreichende Folgen hat. Ich behaupte, Mylord, dass diese gebrechliche und erschöpfte Frau nicht mehr fähig war, ein wohlabgewogenes Urteil zu fällen, welches das Leben so vieler Menschen beeinflussen würde. Darüber hinaus werde ich vortragen, dass Lady Barrington ein früheres Testament verfasst hat, und zwar zwölf Monate vor ihrem Tod, als sie noch bei bester Gesundheit war und weitaus mehr Zeit hatte, ihre Handlungen abzuwägen. Dazu würde ich gerne meinen ersten Zeugen, Mr. Michael Pym, aufrufen, Mylord.«

Ein großer, elegant gekleideter Mann mit dichtem Silberhaar betrat den Gerichtssaal. Noch bevor er den Zeugenstand erreicht hatte, war es ihm bereits gelungen, einen günstigen Eindruck zu erwecken – genau wie Sir Cuthbert geplant hatte. Der Zeuge legte den Eid ab, und Sir Cuthbert schenkte ihm ein warmes Lächeln.

»Mr. Pym, würden Sie bitte für das Protokoll dem Gericht Ihren Namen und Ihren Beruf nennen.«

»Mein Name ist Michael Pym. Ich bin ärztlicher Direktor am Guy's Hospital in der City of London.«

»Wie lange haben Sie diese Position schon inne?«

»Sechzehn Jahre.«

»Dann verfügen Sie also über große Erfahrung auf Ihrem Gebiet. Man könnte sogar sagen …«

»Ich nehme zur Kenntnis, dass Mr. Pym ein Fachmann ist, Sir Cuthbert. Kommen Sie zur Sache«, sagte der Richter.

»Mr. Pym«, fuhr Sir Cuthbert, der sich rasch erholte, fort, »würden Sie dem Gericht vor dem Hintergrund Ihrer großen Erfahrung bitte mitteilen, was ein Patient in der letzten Woche seines Lebens in der Regel durchmacht, wenn er unter einer so schmerzhaften und kräftezehrenden Krankheit wie Krebs leidet?«

»Das ist natürlich unterschiedlich, aber die überwiegende Mehrheit der Patienten verbringt lange Perioden in nur halb bewusstem oder gar bewusstlosem Zustand. In ihren wachen Momenten begreifen die meisten Patienten, dass es mit ihrem Leben zu Ende geht, doch davon abgesehen können sie jeden Sinn für die Realität verlieren.«

»Wäre ein Patient Ihrer Ansicht nach in dieser geistigen Verfassung in der Lage, eine wichtige Entscheidung hinsichtlich einer so komplexen juristischen Angelegenheit zu treffen, wie es die Unterzeichnung eines Testaments darstellt?«

»Nein. Meiner Ansicht nach nicht«, erwiderte Pym. »Wenn ich selbst von einem Patienten die schriftliche Zustimmung zu einer Behandlung benötige, achte ich darauf, sie einzuholen, bevor sich der Betreffende in einem solchen Zustand befindet.«

»Keine weiteren Fragen, Mylord«, sagte Sir Cuthbert und setzte sich wieder.

»Mr. Pym«, sagte der Richter und beugte sich vor. »Wollen Sie damit zum Ausdruck bringen, dass es keinerlei Ausnahmen von dieser Regel gibt?«

»Die Ausnahme bestätigt die Regel, Mylord.«

»Gewiss«, erwiderte der Richter. Er wandte sich an Mr. Todd und fragte: »Haben Sie irgendwelche Fragen an den Zeugen?«

»Allerdings, Mylord«, antwortete Mr. Todd und erhob sich. »Mr. Pym, haben Sie Lady Barrington jemals kennengelernt, entweder auf gesellschaftlicher Ebene oder im Rahmen Ihres Berufes?«

»Nein, aber …«

»Dann hatten Sie also keine Gelegenheit, sich mit ihrer Krankengeschichte zu beschäftigen?«

»Natürlich nicht. Sie war keine meiner Patientinnen. Ein solches Verhalten hätte den ethischen Grundsätzen widersprochen, welche einzuhalten die Ärzte unseres Landes sich verpflichtet haben.«

»Also sind Sie Lady Barrington nie begegnet, und Sie sind auch nicht vertraut mit ihrem Krankheitsverlauf?«

»Nein, Sir.«

»Also wäre es durchaus möglich, Mr. Pym, dass Lady Barrington genau die Ausnahme ist, die die Regel bestätigt?«

»Möglich, aber höchst unwahrscheinlich.«

»Keine weiteren Fragen, Mylord.«

Sir Cuthbert lächelte, als Mr. Todd wieder Platz nahm.

»Werden Sie noch einen weiteren Zeugen aufrufen, Sir Cuthbert?«, fragte der Richter.

»Nein, Mylord. Ich denke, dass ich meinen Standpunkt klargemacht habe. Sie finden jedoch in dem Ihnen gegenüber eingereichten Beweismaterial drei schriftliche Aussagen von gleichermaßen hochrangigen Ärzten. Wenn Sie, Mylord, oder Mr. Todd dies wünschen sollten, stehen sie unverzüglich zu einem Erscheinen vor Gericht zur Verfügung.«

»Das ist sehr aufmerksam von Ihnen, Sir Cuthbert. Ich habe alle drei Aussagen gelesen, und sie bestätigen Mr. Pyms Einschätzung. Mr. Todd, wünschen Sie, dass einer dieser Zeugen oder auch alle drei vorgeladen werden?«

»Das wird nicht notwendig sein, Mylord«, antwortete Mr. Todd. »Es sei denn natürlich, jemand von ihnen kannte Lady Barrington persönlich oder ist mit ihrer Krankengeschichte vertraut.«

Der Richter sah zu Sir Cuthbert, welcher den Kopf schüttelte.

»Ich habe keine weiteren Zeugen, Mylord.«

»Dann sollten Sie Ihren ersten Zeugen aufrufen, Mr. Todd«, sagte der Richter.

»Danke, Mylord. Ich rufe Mr. Kenneth Langbourne.«

Der Unterschied zwischen Mr. Langbourne und Mr. Pym hätte nicht größer sein können. Langbourne war klein, und an seiner Weste fehlten ein paar Knöpfe, was entweder daran liegen konnte, dass er erst kürzlich deutlich zugenommen hatte, oder dass er nicht verheiratet war. Und entweder folgten die eher wenigen Haare, die er noch auf dem Kopf hatte, ihrem eigenen Willen, oder Mr. Langbourne besaß keinen Kamm.

»Würden Sie uns bitte Ihren Namen und Ihren Beruf nennen.«

»Mein Name ist Kenneth Langbourne, und ich bin der ärztliche Direktor des Bristol Royal Infirmary.«

»Wie lange sind Sie schon in dieser Position tätig, Mr. Langbourne?«

»Seit neun Jahren.«

»Und waren Sie der für Lady Barrington zuständige Arzt während jener Zeit, in der sie im Bristol Royal Infirmary behandelt wurde?«

»Ja, das war ich. Sie wurde von Dr. Raeburn, ihrem Hausarzt, an mich überwiesen.«

»Ist es richtig, dass Sie, nachdem an Lady Barrington mehrere Untersuchungen vorgenommen worden waren, die ursprüngliche, auf Brustkrebs lautende Diagnose ihres Hausarztes bestätigt und Lady Barrington darüber informiert haben, dass sie nur noch wenige Wochen zu leben hatte?«

»Ja. Es gehört zu den wenig beneidenswerten Aufgaben eines Arztes, den Patienten darüber zu informieren, wenn seine Krankheit keine Aussicht auf Heilung mehr hat. Und es ist umso schwieriger, wenn der Patient ein alter Freund ist.«

»Und können Sie Ihrer Lordschaft davon berichten, wie Lady Barrington auf diese Nachricht reagiert hat?«

»›Stoisch‹ ist das Wort, mit dem ich sie beschreiben würde. Nachdem sie ihr Schicksal akzeptiert hatte, zeigte sie eine große Entschlossenheit, die darauf hindeutete, dass sie noch etwas

Wichtiges erledigen wollte und keine Zeit mehr zu verlieren hatte.«

»Aber, Mr. Langbourne, sie muss doch zweifellos von den ständigen Schmerzen, unter denen sie litt, erschöpft gewesen sein, und überdies benommen von den Wirkungen der Medikamente, die sie bekommen hat?«

»Natürlich gab es lange Phasen, in denen sie nur geschlafen hat. Aber wenn sie wach war, konnte sie problemlos die *Times* lesen, und wenn sie Besuch erhielt, waren es oft die Besucher, die sich hinterher erschöpft zeigten.«

»Wie erklären Sie sich das, Mr. Langbourne?«

»Das kann ich nicht. Ich kann Ihnen nur sagen, dass es manchmal wirklich verblüffend ist, wie ein Mensch reagiert, sobald er im Innersten akzeptiert hat, dass seine Zeit begrenzt ist.«

»Mr. Langbourne, vor dem Hintergrund all dessen, was Sie über Lady Barringtons Krankengeschichte wissen – sind Sie der Ansicht, dass Lady Barrington in der Lage gewesen sein könnte, ein komplexes juristisches Dokument wie etwa ein Testament zu verstehen und zu unterzeichnen?«

»Ich wüsste nicht, was dagegen sprechen sollte. Während ihrer Zeit in der Klinik hat sie mehrere Briefe geschrieben und mich sogar im Beisein ihres Anwalts gebeten, ihre Unterschrift unter ihr Testament zu bezeugen.«

»Ist das eine der Pflichten, denen Sie häufiger nachkommen?«

»Nur wenn ich davon überzeugt bin, dass der Patient genau weiß, was er unterschreibt. Anderenfalls würde ich mich weigern, so etwas zu tun.«

»Aber bei dieser Gelegenheit waren Sie sich sicher, dass Lady Barrington vollkommen bewusst war, was sie tat?«

»Ja, das war ich.«

»Keine weiteren Fragen, Mylord.«

»Sir Cuthbert, möchten Sie dem Zeugen eine Frage stellen?«

»Ich habe nur eine Frage, Mylord«, antwortete Sir Cuthbert. »Mr. Langbourne, wie lange hat Lady Barrington noch gelebt, nachdem Sie als Zeuge bei der Unterschrift unter ihr Testament fungiert hatten?«

»Sie starb noch in derselben Nacht.«

»In derselben Nacht«, wiederholte Sir Cuthbert. »Es ging also nur noch um einige Stunden?«

»Ja.«

»Keine weiteren Fragen, Mylord.«

»Würden Sie bitte Ihren nächsten Zeugen aufrufen, Mr. Todd.«

»Gewiss, Mylord. Ich rufe Mr. Desmond Siddons.«

Siddons betrat den Gerichtssaal so ungezwungen, als handele es sich um sein Wohnzimmer, und legte den Eid wie ein Mann ab, der damit bereits viel Erfahrung hat.

»Würden Sie uns bitte Ihren Namen und Ihren Beruf nennen?«

»Mein Name ist Desmond Siddons. Ich bin Seniorpartner bei Marshall, Baker & Siddons und seit dreiundzwanzig Jahren der Anwalt der Familie Barrington.«

»Mr. Siddons, ich möchte Sie zunächst danach fragen, ob Sie für die Erstellung des früheren Testaments verantwortlich waren, bei dem es sich nach Ansicht von Sir Giles um den einzig gültigen letzten Willen von Lady Barrington handelt.«

»Ja, das war ich, Sir.«

»Und wann geschah dies?«

»Etwas mehr als ein Jahr vor Lady Barringtons Tod.«

»Und hat Lady Barrington später zu Ihnen Kontakt aufgenommen, um Ihnen mitzuteilen, dass sie ein neues Testament abzufassen wünscht?«

»Das hat sie in der Tat, Sir. Und zwar nur wenige Tage bevor sie starb.«

»Und worin unterschied sich dieses letzte Testament – also dasjenige, worum es in der heutigen Verhandlung geht – von jenem, welches Sie vor etwas mehr als einem Jahr erstellt haben?«

»Alle Hinterlassenschaften, die an karitative Einrichtungen, ihre Bediensteten, ihre Enkel und ihre Freunde gehen sollten, blieben unverändert. Genau genommen gab es im gesamten Dokument nur eine einzige signifikante Änderung.«

»Und welche war das, Mr. Siddons?«

»Der Großteil des Harvey-Vermögens sollte nicht mehr an ihren Sohn, Sir Giles Barrington, sondern an ihre beiden Töchter, Mrs. Harold Clifton und Miss Grace Barrington, gehen.«

»Lassen Sie uns diesen Punkt unmissverständlich darlegen«, sagte Mr. Todd. »Mit Ausnahme dieser einzigen Änderung, die allerdings, wie ich gerne zugebe, beträchtlich ist, blieb das frühere Dokument unverändert?«

»Das ist korrekt.«

»In welcher geistigen Verfassung befand sich Lady Barrington, als sie Sie bat, diese eine signifikante Änderung in ihrem Testament vorzunehmen?«

»Mylord, hier muss ich Einspruch erheben«, sagte Sir Cuthbert und sprang auf. »Wie kann Mr. Siddons ein Urteil über die geistige Verfassung von Lady Barrington abgeben? Er ist Anwalt, kein Psychiater.«

»Das sehe ich auch so«, sagte der Richter. »Aber Mr. Siddons kannte Lady Barrington dreiundzwanzig Jahre lang. Deshalb würde ich gerne seine Meinung hören.«

»Sie war sehr müde«, sagte Siddons. »Und sie brauchte länger, um sich auszudrücken, doch sie hat deutlich gemacht, dass sie schnellstmöglich ein neues Testament aufsetzen wollte.«

»Schnellstmöglich – ist das Ihr Ausdruck oder der von Lady Barrington?«, fragte der Richter.

»Lady Barrington hat sich so ausgedrückt, Mylord. Sie hat mich oft dafür kritisiert, dass ich einen ganzen Absatz schreiben würde, wo doch ein Satz genügen würde.«

»Also haben Sie dieses neue Testament schnellstmöglich vorbereitet?«

»Aber gewiss doch. Mir war klar, dass wir die Zeit gegen uns hatten.«

»Waren Sie anwesend, als die Unterschrift unter das Testament bezeugt wurde?«

»Ja. Zeugen waren Mr. Langbourne und die Stationsschwester Miss Rumbold.«

»Und Sie bleiben bei der Aussage, dass Lady Barrington genau wusste, was sie da unterschrieb?«

»Natürlich«, sagte Siddons mit fester Stimme. »Sonst hätte ich mich niemals auf eine solche Handlung eingelassen.«

»Allerdings. Keine weiteren Fragen, Mylord«, sagte Mr. Todd.

»Ihr Zeuge, Sir Cuthbert.«

»Danke, Mylord. Mr. Siddons, Sie haben dem Gericht gegenüber erklärt, dass Sie unter beträchtlichem Zeitdruck standen, die neue Fassung des Testaments vollständig aufzusetzen und unterzeichnen zu lassen, und aus diesem Grund haben Sie es, um Ihr eigenes Wort zu benutzen, *schnellstmöglich* vorbereitet.«

»Ja. Mr. Langbourne hatte mir zuvor gesagt, dass Lady Barrington nicht mehr lange leben würde.«

»Also haben Sie verständlicherweise alles in Ihrer Macht Stehende getan, um die Dinge zu beschleunigen.«

»Mir blieb wohl kaum etwas anderes übrig.«

»Daran zweifle ich nicht, Mr. Siddons. Dürfte ich Sie fragen, wie viel Zeit Sie darauf verwendet haben, das frühere Testament aufzusetzen, bei dem es sich, nach Ansicht meines Mandanten, um den einzig gültigen letzten Willen von Lady Barrington handelt?«

Siddons zögerte einen Augenblick, bevor er sagte: »Drei, vielleicht vier Monate.«

»Wobei es zweifellos regelmäßige Gespräche darüber mit Lady Barrington gab?«

»Ja. Sie nahm es mit allen Einzelheiten sehr genau.«

»Da bin ich mir sicher. Aber sie hatte nicht besonders viel Zeit, die Einzelheiten in jenem späteren Testament abzuwägen. Es waren nur fünf Tage, um genau zu sein.«

»Ja, aber Sie sollten nicht vergessen …«

»Und am letzten Tag gelang es ihr gerade eben noch rechtzeitig, das Testament zu unterzeichnen. Ist das korrekt?«

»Ja. Vermutlich könnte man das so sagen.«

Sir Cuthbert wandte sich an den Gerichtsdiener. »Würden Sie Mr. Siddons bitte die beiden Testamente von Lady Barrington reichen?«

Cuthbert wartete, bis dem Zeugen die Dokumente ausgehändigt worden waren, bevor er sein Kreuzverhör fortsetzte.

»Würden Sie meiner Ansicht zustimmen, Mr. Siddons, dass die Unterschrift auf dem früheren Testament viel energischer und sicherer ist als auf dem ›Gerade-noch-rechtzeitig-Testament‹?«

»Sir Cuthbert, wollen Sie damit andeuten, dass Lady Barrington das zweite Testament überhaupt nicht unterzeichnet hat?«, fragte der Richter.

»Durchaus nicht, Mylord. Aber ich versuche zu zeigen, dass ihr gar nicht klar war, was sie unterschrieben hat.«

»Mr. Siddons«, fuhr Sir Cuthbert fort, indem er sich wieder an den Anwalt wandte, welcher sich inzwischen mit beiden

Händen an der Einfassung des Zeugenstands festhielt, »sind Sie mit Ihrer Mandantin das neue, in großer Eile erstellte Testament Satz für Satz durchgegangen?«

»Nein. Denn es gab nur eine einzige, wenn auch größere Veränderung gegenüber dem früheren Testament.«

»Wenn Sie dieses neue Dokument nicht Satz für Satz mit Lady Barrington durchgegangen sind, dann haben wir nur Ihr Wort, dass es sich tatsächlich so verhält.«

»Mylord, was Sir Cuthbert hier andeutet, ist einfach ungeheuerlich«, sagte Mr. Todd und sprang auf. »Mr. Siddons kann auf eine lange und von großer Achtung geprägte Karriere als Anwalt zurückblicken. Er hat eine solche Verunglimpfung absolut nicht verdient.«

»Ich bin ganz Ihrer Ansicht, Mr. Todd«, sagte der Richter. »Sir Cuthbert, Ihre Bemerkung wird aus dem Protokoll gestrichen.«

»Ich entschuldige mich, Mylord«, sagte Sir Cuthbert und deutete dem Richter gegenüber eine Verbeugung an, bevor er sich wieder dem Zeugen zuwandte. »Mr. Siddons, auf wessen Vorschlag hin wurden alle sechsunddreißig Seiten des früheren Testaments mit den Initialen EB gekennzeichnet?«

»Ich glaube, das hatte ich vorgeschlagen«, sagte Mr. Siddons, der ein wenig unsicher klang.

»Aber bei jenem zweiten, schnellstmöglich vorbereiteten Dokument haben Sie auf diese rigorose Prozedur verzichtet.«

»Ich hielt es nicht für notwendig. Denn es gab, wie ich schon sagte, nur eine signifikante Änderung.«

»Und auf welcher Seite finden wir diese signifikante Änderung, Mr. Siddons?«

Siddons blätterte das Testament durch und lächelte. »Auf Seite neunundzwanzig, Absatz sieben.«

»Ah ja. Ich habe die Seite vorliegen«, sagte Sir Cuthbert. »Aber ich sehe nirgendwo die Initialen EB, weder unten auf der Seite noch neben dem entscheidenden Absatz. Vielleicht war Lady Barrington zu erschöpft, um an einem einzigen Tag zwei Unterschriften zu leisten?«

Siddons sah aus, als wolle er protestieren, sagte aber nichts.

»Mr. Siddons, ich möchte Sie fragen, bei wie vielen Gelegenheiten Sie es in Ihrer langen und von großer Achtung geprägten Karriere versäumt haben, einen Mandanten darauf hinzuweisen, er möge jede Seite seines Testaments mit seinen Initialen abzeichnen …«

Siddons antwortete nicht. Sir Cuthbert sah zuerst zu Mr. Todd und dann zu Richter Cameron, bevor er sich wieder dem Zeugenstand zuwandte. »Ich warte, Sir.«

Siddons starrte verzweifelt zur Richterbank und platzte dann plötzlich heraus: »Mylord, wenn Sie den Brief lesen würden, den Lady Barrington an Sie gerichtet hat, könnte Ihnen das bei Ihrer Entscheidung darüber, ob sie noch wusste, was sie tat, von großem Nutzen sein.«

»Brief?«, sagte der Richter. Er wirkte verwirrt. »Ich weiß nichts von einem Brief. Es befand sich ganz sicher kein Brief unter dem bei Gericht eingereichten Beweismaterial. Wissen Sie von einem solchen Brief, Sir Cuthbert?«

»Gerade eben habe ich zum ersten Mal davon gehört, Mylord. Ich tappe genauso im Dunkeln wie Sie.«

»Das liegt daran«, stammelte Siddons, »dass mir dieser Brief erst heute Morgen ausgehändigt wurde. Ich hatte nicht einmal genügend Zeit, Mr. Todd von seiner Existenz zu informieren.«

»Wovon reden Sie?«, fragte der Richter.

Alle Blicke richteten sich auf Siddons, als dieser einen Umschlag aus der Innentasche seines Jacketts zog und ihn von sich weg hielt, als stünde er in Flammen. »Das ist der Umschlag, der mir heute Morgen ausgehändigt wurde, Mylord.«

»Von wem, Mr. Siddons?«, fragte der Richter.

»Von Mr. Harry Clifton. Er hat mir gesagt, er habe ihn von Lady Barrington erhalten, und zwar nur wenige Stunden vor ihrem Tod.«

»Haben Sie diesen Brief geöffnet, Mr. Siddons?«

»Nein, das habe ich nicht, Sir. Er ist an Sie als den Vorsitzenden Richter gerichtet.«

»Verstehe«, sagte Richter Cameron. »Mr. Todd und Sir Cuthbert, wären Sie bitte so freundlich, mir in mein Zimmer zu folgen?«

»Das ist wirklich eine merkwürdige Sache, Gentlemen«, sagte der Richter, als er den ungeöffneten Umschlag im Beisein der beiden Anwälte auf seinen Schreibtisch legte. »Ich gestehe, dass ich mir unter den gegebenen Umständen unsicher bin, wie wir weiter verfahren sollen.«

»Sowohl Sir Cuthbert als auch ich«, sagte Mr. Todd, »könnten zwingende Argumente vortragen, warum dieser Brief nicht als Beweismittel zugelassen werden sollte.«

»Ich teile diese Ansicht«, sagte Sir Cuthbert. »doch offen gestanden stecken wir genauso in Schwierigkeiten, wenn wir es tun, wie wenn wir es nicht tun. Denn wenn wir den Brief jetzt, da er seinen Weg zum Gericht gefunden hat, nicht öffnen, verschaffen wir der unterlegenen Seite einen unanfechtbaren Grund, in Berufung zu gehen.«

»Ich fürchte, das könnte durchaus der Fall sein«, sagte der Richter. »Wenn Sie beide einverstanden sind, dann wäre es vielleicht sinnvoll, wenn Sie, Simon, Mr. Clifton als vereidigten Zeugen aufrufen würden, um zunächst einmal zu sehen, ob er uns Genaueres darüber sagen kann, wie der Brief in seinen Besitz gelangt ist. Was meinen Sie dazu, Cuthbert?«

»Ich werde keinen Einspruch dagegen erheben«, antwortete Sir Cuthbert.

»Gut. Ich möchte Ihnen beiden jedoch versichern«, fügte der Richter hinzu, »dass ich diesen Umschlag erst öffnen werde, wenn ich Mr. Cliftons Aussage gehört habe. Und das auch nur dann, wenn Sie beide damit einverstanden sind. Und sollte ich es tun, so wird es nur in Anwesenheit all derjenigen Personen geschehen, die vom Ausgang dieser Verhandlung direkt betroffen sein werden.«

14

»Rufen Sie Mr. Harry Clifton.«

Emma drückte Harrys Hand, bevor er aufstand und ruhig zum Zeugenstand ging. Nachdem er den Eid abgelegt hatte, beugte sich der Richter zu ihm und sagte. »Mr. Clifton, ich werde Ihnen jetzt einige Fragen stellen. Wenn wir damit fertig sind, haben die Anwälte ihrerseits das Recht auf eine weitere Befragung, sollten sie es für geboten halten, zusätzlich den einen oder anderen Punkt zu klären. Für das Protokoll stelle ich fest, dass Sie der Ehemann von Emma Clifton und der Schwager von Miss Grace Barrington, den beiden Beklagten in dieser Sache, sind.«

»Das bin ich in der Tat, und ich bin auch der Schwager von Giles Barrington, meinem ältesten und besten Freund.«

»Könnten Sie dem Gericht Ihr Verhältnis zu Lady Barrington beschreiben?«

»Ich war zwölf, als ich ihr zum ersten Mal begegnete, und zwar bei einer Einladung zum Tee anlässlich von Giles' Geburtstag. Ich kannte sie somit fast zwanzig Jahre lang.«

»Damit ist meine Frage noch nicht beantwortet«, sagte der Richter.

»Ich habe Elizabeth als eine hoch geschätzte, gute Freundin betrachtet, und ich trauere über ihren frühen Tod so sehr wie jeder andere in diesem Raum. Sie war eine wirklich bemerkenswerte Frau, und wenn sie eine Generation später auf die Welt gekommen wäre, hätte das Schifffahrtsunternehmen der Barringtons nach dem Tod ihres Mannes nicht außerhalb der Familie nach einem neuen Vorstandsvorsitzenden suchen müssen.«

»Danke«, sagte der Richter. »Ich würde Sie nun gerne fragen, wie dieser Umschlag«, fuhr der Richter fort, indem er den Brief hochhob, sodass alle ihn sehen konnten, »in Ihren Besitz gekommen ist.«

»Ich habe Elizabeth fast jeden Abend im Krankenhaus besucht. Mein letzter Besuch fand an jenem Abend statt, der sich später als der letzte ihres Lebens erweisen sollte.«

»Waren Sie allein mit ihr?«

»Ja, Sir. Ihre Tochter Grace war gerade gegangen.«

»Bitte teilen Sie dem Gericht mit, was sich dann ereignet hat.«

»Elizabeth erzählte mir, dass ihr Anwalt, Mr. Siddons, sie an jenem Tag aufgesucht und sie selbst ein neues Testament unterzeichnet habe.«

»Wir sprechen hier über den Abend des Donnerstages, des 26. Juli?«

»Ja, Sir. Über die letzten Stunden vor Elizabeths Tod.«

»Würden Sie dem Gericht bitte mitteilen, was sich sonst noch bei jenem Besuch ereignet hat?«

»Elizabeth überraschte mich damit, dass sie einen Umschlag unter ihrem Kissen hervorzog, den sie mir zur sicheren Verwahrung gab.«

»Hat sie erklärt, warum sie Ihnen diesen Umschlag gab?«

»Sie sagte nur, wenn Giles ihr neues Testament anfechten würde, solle ich diesen Umschlag dem Richter aushändigen, der in dieser Sache den Vorsitz führen würde.«

»Hat sie Ihnen irgendwelche zusätzlichen Anweisungen gegeben?«

»Sie sagte, ich dürfe den Umschlag nicht öffnen und auch Giles oder meiner Frau nichts von seiner Existenz mitteilen.«

»Und für den Fall, dass Giles das Testament gar nicht anfechten würde?«

»Dann sollte ich den Umschlag vernichten, ohne zu enthüllen, dass er jemals existiert hatte.«

»Dann wissen Sie also nicht, was sich in diesem Umschlag befindet?«, fragte der Richter und hob ihn erneut hoch.

»Absolut nicht.«

»Und das sollen wir glauben«, sagte Virginia so laut, dass jeder es hören konnte.

»Kurios und kurioser«, sagte der Richter und ignorierte die Unterbrechung. »Ich habe keine weiteren Fragen mehr an Sie, Mr. Clifton. Mr. Todd?«

»Danke, Mylord«, sagte Mr. Todd, indem er sich erhob. »Mr. Clifton, Sie haben Ihrer Lordschaft gegenüber angegeben, Lady Barrington habe Ihnen erklärt, sie habe ein neues Testament gemacht. Hat sie Ihnen irgendeinen Grund dafür genannt?«

»Ich zweifle nicht im Geringsten daran, dass Elizabeth ihren Sohn geliebt hat, doch sie sagte mir, sie fürchte, wenn er diese schreckliche Frau, Lady Virginia, heiraten sollte ...«

»Mylord«, sagte Sir Cuthbert und sprang auf. »Das ist Hörensagen und ohne jeden Zweifel unzulässig.«

»Das sehe ich genauso. Die Bemerkung wird aus dem Protokoll gestrichen.«

»Aber Mylord«, widersprach Mr. Todd, »die Tatsache, dass Lady Barrington Lady Virginia ihre Siamkatze Cleopatra hinterlassen hat, deutet eher darauf hin ...«

»Sie haben Ihren Punkt deutlich gemacht, Mr. Todd«, sagte der Richter. »Sir Cuthbert, haben Sie noch irgendwelche Fragen an den Zeugen?«

»Nur eine einzige, Mylord.« Sir Cuthbert sah Harry direkt in die Augen und fragte: »Waren Sie im früheren Testament bedacht worden?«

»Nein, Sir, das war ich nicht.«

»Ich habe keine weiteren Fragen an Mr. Clifton, Mylord. Aber ich appelliere an die Geduld des Gerichts und möchte vor einer Entscheidung, ob der Umschlag geöffnet werden soll oder nicht, gerne klären, ob es mir möglich wäre, einen weiteren Zeugen zu berufen.«

»An wen dachten Sie dabei, Sir Cuthbert?«, wollte der Richter wissen.

»An den Menschen, der am meisten verlieren könnte, sollte Ihr Urteil zu seinen Ungunsten ausfallen, nämlich Sir Giles Barrington.«

»Sofern Mr. Todd einverstanden ist, habe ich nichts dagegen.«

»Ich würde es sogar begrüßen«, sagte Todd, denn ihm war klar, dass er mit einem Einspruch nichts gewinnen würde.

Giles ging langsam zum Zeugenstand und legte den Eid ab, als spreche er vor dem versammelten Unterhaus. Sir Cuthbert lächelte ihn aufmunternd an.

»Würden Sie für das Protokoll bitte Ihren Namen und Ihren Beruf angeben?«

»Sir Giles Barrington, Abgeordneter für Bristol Docklands.«

»Wann haben Sie Ihre Mutter zum letzten Mal gesehen?«, fragte Sir Cuthbert.

Der Richter lächelte.

»Ich habe sie am Morgen ihres Todestags besucht.«

»Hat sie Ihnen gegenüber in irgendeiner Form erwähnt, dass sie ihr Testament geändert hatte?«

»In keiner Weise.«

»Als Sie sie verließen, mussten Sie also den Eindruck haben, dass es nur ein Testament gab, nämlich jenes, über das Sie mit ihr gut ein Jahr zuvor in allen Einzelheiten gesprochen hatten?«

»Ehrlich gesagt, Sir Cuthbert, war das Testament meiner Mutter das Letzte, woran ich in jenem Augenblick dachte.«

»Natürlich. Aber ich muss Sie fragen, in welchem Gesundheitszustand sich Ihre Mutter an jenem Morgen befand.«

»Sie war sehr schwach. Wir wechselten kaum ein Wort während der Stunde, die ich bei ihr verbrachte.«

»Es muss also eine ziemliche Überraschung für Sie gewesen sein, als Sie erfuhren, dass Ihre Mutter, kurz nachdem Sie gegangen waren, ein komplexes Dokument von sechsunddreißig Seiten Länge unterzeichnet hat.«

»Ich fand es unvorstellbar«, sagte Giles. »Und das gilt bis heute.«

»Haben Sie Ihre Mutter geliebt, Sir Giles?«

»Ich habe sie geradezu angebetet. Sie war der Fels der Familie. Ich wünschte mir nur, sie wäre immer noch bei uns, sodass es nie zu dieser ganzen betrüblichen Angelegenheit gekommen wäre.«

»Danke, Sir Giles. Bitte bleiben Sie noch im Zeugenstand, denn es wäre möglich, dass Mr. Todd Sie noch befragen möchte.«

»Ich fürchte, dieses Risiko muss ich eingehen«, flüsterte Todd Siddons zu, bevor er sich erhob und sich an den Zeugen wandte. »Sir Giles, ich möchte Sie zunächst fragen, ob Sie irgendetwas dagegen haben, dass Ihre Lordschaft den Umschlag öffnet, der an Sie gerichtet ist.«

»Natürlich hat er das!«, sagte Virginia.

»Ich habe nichts dagegen, dass der Brief geöffnet wird«, sagte Giles, indem er seine Frau ignorierte. »Wenn er am Todestag meiner Mutter geschrieben wurde, wird er zweifellos beweisen, dass sie nicht in der Lage war, ein so bedeutendes Dokument wie ein Testament zu unterschreiben. Und wenn er vor dem 26. Juli geschrieben wurde, dürfte er wohl kaum von Bedeutung sein.«

»Möchten Sie uns damit zu verstehen geben, dass Sie Mr. Cliftons Darstellung dessen, was sich nach Ihrem letzten Besuch bei Ihrer Mutter ereignet hat, akzeptieren?«

»Nein, das möchte er ganz sicher nicht«, sagte Virginia.

»Madam, Sie werden von diesen Unterbrechungen Abstand nehmen«, sagte der Richter und starrte auf sie hinab. »Sollten Sie außerhalb des Zeugenstands auch weiterhin Ihre Ansichten äußern, bleibt mir keine andere Wahl, als Sie aus dem Gerichtssaal entfernen zu lassen. Habe ich mich klar genug ausgedrückt?«

Virginia senkte den Kopf, womit sich Mr. Justice Cameron notgedrungen zufriedengab, denn er wusste, dass er von dieser besonderen Dame niemals weitergehende Zugeständnisse bekommen würde.

»Mr. Todd, Sie dürfen Ihre Frage wiederholen.«

»Dazu besteht kein Grund, Mylord«, sagte Giles. »Wenn Harry erklärt, dass meine Mutter ihm an jenem Abend diesen Brief gegeben hat, dann war das auch so.«

»Danke, Sir Giles. Ich habe keine weiteren Fragen.«

Der Richter bat beide Anwälte, sich zu erheben. »Sollte keiner von Ihnen Einspruch erheben, habe ich angesichts der Aussage von Sir Giles Barrington die Absicht, diesen Umschlag zu öffnen.«

Die beiden Anwälte nickten. Jedem von ihnen war klar, dass er mit einem Einspruch der Gegenseite nur den Grund für ein Berufungsverfahren liefern würde. Ganz abgesehen davon, dass keiner von ihnen glaubte, es gäbe im ganzen Land auch nur einen einzigen Richter, der einen Einspruch gegen die Öffnung des Umschlags nicht unverzüglich abweisen würde.

Wieder hielt Mr. Justice Cameron den Umschlag hoch, sodass jeder im Gerichtssaal ihn deutlich sehen konnte. Er öffnete ihn und zog ein einzelnes Blatt Papier heraus, das er vor sich auf den Tisch legte. Er las es dreimal, bevor er fortfuhr.

»Mr. Siddons«, sagte er schließlich.

Der Anwalt der Familie Barrington erhob sich nervös.

»Können Sie mir das Datum und die genaue Zeit nennen, zu der Lady Barrington starb?«

Siddons blätterte hektisch seine Papiere durch, bevor er das Dokument fand, das er suchte. Er sah zum Richter auf und sagte: »Ich darf Ihnen mitteilen, Sir, dass der Totenschein am Donnerstag, dem 26. Juli, um zehn Uhr sechsundzwanzig abends ausgestellt wurde.«

»Ich bin Ihnen sehr verbunden, Mr. Siddons. Ich werde mich nun in meine Räume zurückziehen und die Bedeutung dieses Beweisstücks erwägen. Das Gericht wird in einer halben Stunde wieder zusammentreten.«

»Für mich sah das nicht wie ein Brief aus«, sagte Emma zu der kleinen Gruppe, die mit gesenkten Köpfen um sie herumsaß. »Sondern eher wie ein offizielles Dokument. Hat sie an jenem Tag noch etwas anderes unterschrieben, Mr. Siddons?«

Siddons schüttelte den Kopf. »In meiner Gegenwart nicht. Irgendwelche Ideen, Mr. Todd?«

»Das Papier war sehr dünn. Möglicherweise ein Zeitungsausschnitt. Aber bei der Entfernung bin ich mir nicht sicher.«

»Warum hast du dem Richter nur erlaubt, den Brief zu öffnen, Giles?«, zischte Virginia auf der anderen Seite des Gerichtssaals.

»Unter diesen Umständen, Lady Virginia, blieb Ihrem Mann

kaum etwas anderes übrig«, sagte Sir Cuthbert. »Obwohl ich glaube, dass die Dinge sich bis zu dieser Intervention in letzter Minute ganz in unserem Sinne entwickelt haben.«

»Was mag der Richter wohl tun?«, fragte Emma, die ihre Nervosität nicht unterdrücken konnte.

Harry nahm die Hand seiner Frau. »Es wird jetzt nicht mehr lange dauern, Liebling.«

»Wenn das Urteil gegen uns ausfällt«, sagte Virginia, »können wir dann immer noch verlangen, dass der Inhalt des Umschlags als Beweismittel nicht zugelassen wird?«

»Diese Frage«, sagte Sir Cuthbert, »kann ich nicht beantworten, ohne den Inhalt studiert zu haben. Vielleicht stellt dieser Inhalt ja den Beweis dafür dar, wie recht Ihr Mann hatte, als er sagte, dass seine Mutter nicht in der Lage war, in den letzten Stunden ihres Lebens ein so wichtiges juristisches Dokument zu unterzeichnen. In diesem Fall wird die andere Seite darüber nachdenken müssen, ob sie in Berufung gehen will.«

Beide Parteien flüsterten noch immer mit gesenkten Köpfen in ihren jeweiligen Ecken wie Boxer, die auf das Signal warten, das sie zur letzten Runde ruft, als sich die Tür hinter dem Richterstuhl öffnete und der metaphorische Ringrichter erschien.

Alle standen auf und verbeugten sich, bevor Mr. Justice Cameron wieder auf seinem hochlehnigen Stuhl Platz nahm. Er blickte in ein Dutzend erwartungsvolle Gesichter.

»Ich hatte soeben die Gelegenheit, den Inhalt des Umschlags zu studieren.« Alle Blicke blieben unverwandt auf ihn gerichtet. »Fasziniert konnte ich entdecken, dass Lady Barrington dasselbe Hobby hatte wie ich, auch wenn ich gestehen muss, dass sie auf diesem Gebiet viel erfahrener war, als ich es bin, denn am Donnerstag, dem 26. Juli, hat sie das Kreuzworträtsel der *Times* gelöst und dabei nur eine einzige Spalte unausgefüllt gelassen –

was sie, davon bin ich überzeugt, nur deshalb tat, um deutlich zu machen, worauf es ihr ankam. Ich habe Sie vorhin kurz verlassen, um mir in der Bibliothek ein Exemplar der *Times* vom Freitag, dem 27. Juli, anzusehen – also vom Tag nach Lady Barringtons Tod. Ich wollte nachsehen, ob sie irgendwelche Fehler im Kreuzworträtsel vom Vortag gemacht hatte – was nicht der Fall war –, und herausfinden, wie die Lösung für die Spalte lautete, die sie unausgefüllt gelassen hatte. Seither hege ich nicht mehr den geringsten Zweifel daran, dass Lady Barrington nicht nur in der Lage war, ein Testament zu unterzeichnen, sondern ich bin auch davon überzeugt, dass sie sich der Bedeutung des Inhalts eines solchen Dokuments bewusst war. Deshalb bin ich bereit, das Urteil in diesem Fall zu sprechen.«

Sir Cuthbert sprang auf. »Mylord, ich würde gerne wissen, was die Umschreibung für die unausgefüllte Spalte war, die Ihnen dabei half, zu einem Urteil zu gelangen.«

Mr. Justice Cameron sah auf das Kreuzworträtsel. »Zwölf waagerecht, sechs Buchstaben: *gewöhnliche Plagen, die ich verwechselt habe, als ich alle meine Sinne beisammen hatte.*«

Sir Cuthbert verbeugte sich, und ein Lächeln huschte über Harrys Gesicht.

»Deshalb befinde ich im Fall Barrington gegen Barrington und Clifton zugunsten von Mrs. Harold Clifton und Miss Grace Barrington.«

»Wir müssen in Berufung gehen«, sagte Virginia, als Sir Cuthbert und Mr. Todd sich verbeugten.

»Ich werde nicht in Berufung gehen«, sagte Giles. »Das ist sogar mir klar.«

»Du bist einfach erbärmlich«, sagte Virginia, als sie aus dem Gerichtssaal stürmte.

»Aber Harry ist mein ältester Freund«, sagte Giles, indem er ihr hinterherlief.

»Und ich bin deine Ehefrau, nur für den Fall, dass du das vergessen hast.« Virginia schob sich durch die Schwingtüren und eilte nach draußen.

»Aber was hätte ich unter diesen Umständen denn tun sollen?«, fragte er, als er sie eingeholt hatte.

»Du hättest mit Klauen und Zähnen für das kämpfen können, was rechtmäßig uns gehört, wie du es versprochen hast«, rief sie ihm in Erinnerung, bevor sie ein Taxi heranwinkte.

»Aber wäre es denn nicht möglich, dass der Richter recht damit hatte zu behaupten, meine Mutter habe genau gewusst, was sie tat?«

»Wenn du das glaubst, Giles«, sagte Virginia und drehte sich zu ihm um, »dann hast du offensichtlich dieselbe geringe Meinung von mir wie sie.«

Giles blieb sprachlos stehen, als ein Taxi heranrollte. Virginia öffnete die Tür, stieg ein und kurbelte das Fenster hinunter.

»Ich werde ein paar Tage bei meiner Mutter bleiben. Wenn du keine Berufung auf den Weg gebracht hast, bis ich zurückkomme, würde ich vorschlagen, dass du dir einen Scheidungsanwalt suchst.«

15

Von der Eingangstür her erklang ein heftiges Klopfen. Giles sah auf die Uhr. Es war zwanzig Minuten nach sieben Uhr abends. Wer konnte das nur sein? Er hatte niemanden zum Dinner eingeladen, und im Unterhaus wurde er erst um neun zu den Abschlussreden zurückerwartet. Ein zweites Klopfen, so heftig wie das erste, war zu hören, und Giles fiel ein, dass die Haushälterin heute frei hatte. Er legte das Exemplar des Unterhausprotokolls vom Vortag auf einen Beistelltisch, erhob sich aus dem Sessel und war gerade im Begriff, in den Flur zu gehen, als das dritte Klopfen erklang.

»Immer mit der Ruhe«, sagte Giles. Er zog die Tür auf, und vor ihm stand der letzte Mensch, den er auf der Schwelle zu seinem Haus in Smith Square erwartet hatte.

»Grace«, sagte er. Es gelang ihm nicht, seine Überraschung zu verbergen.

»Wie schön, dass du dich noch an meinen Namen erinnerst«, sagte seine Schwester und betrat die Wohnung.

Giles dachte über eine ähnlich scharfe Erwiderung nach, doch da er seine Schwester seit der Beerdigung seiner Mutter nicht mehr gesehen hatte, musste er wohl akzeptieren, dass ihre Bemerkung gerechtfertigt war. Genau genommen hatte er zu überhaupt niemandem aus seiner Familie mehr Kontakt gehabt, seit Virginia aus dem Gerichtssaal gestürmt war und ihn auf dem Bürgersteig hatte stehen lassen.

»Was führt dich nach London, Grace?«, fragte er matt, als er seine Schwester durch den Flur in den Salon führte.

»Du«, erwiderte sie. »Wenn der Berg nicht zum Propheten und so weiter.«

»Möchtest du etwas trinken?«, fragte er. Er konnte sich noch immer nicht vorstellen, was sie von ihm wollte, es sei denn …

»Danke. Nach dieser grässlichen Zugfahrt könnte ich wirklich einen trockenen Sherry vertragen.«

Giles ging zum Sideboard und schenkte ihr einen Sherry und sich einen großzügig bemessenen Whisky ein, während er verzweifelt darüber nachdachte, was er sonst noch zu ihr sagen sollte. »Ich habe um zehn eine Abstimmung«, brachte er schließlich heraus und reichte Grace ihr Glas. In Gegenwart seiner jüngeren Schwester kam er sich immer wie ein ungezogener Schuljunge vor, der vom Rektor beim Rauchen erwischt worden war.

»Dann bleibt mir mehr als genügend Zeit für das, was ich zu sagen habe.«

»Bist du gekommen, um dein Geburtsrecht einzufordern und mich aus dem Haus zu werfen?«

»Nein, du Idiot. Ich bin gekommen, weil ich versuchen will, ein wenig Vernunft in deinen dicken Schädel zurückzuhämmern.«

Giles ließ sich in seinen Sessel sinken und nahm einen Schluck Whisky. »Ich bin ganz Ohr.«

»Ich werde nächste Woche dreißig, auch wenn du keinen Gedanken daran verschwendet hast.«

»Und du hast den ganzen langen Weg auf dich genommen, um mir zu sagen, was für ein Geschenk du dir wünschst?«, versuchte Giles die angespannte Stimmung zu lösen.

»Ganz genau«, antwortete Grace, womit sie ihn ein zweites Mal überraschte.

»Woran hast du dabei gedacht?«, fragte Giles reichlich verwirrt.

»Ich möchte, dass du zu meiner Party kommst.«

»Aber das Unterhaus tagt. Und da ich innerhalb der Partei befördert wurde und inzwischen bis in die erste Reihe vorgerückt bin, wird von mir erwartet ...«

»Harry und Emma werden auch dort sein«, sagte Grace, seine Entschuldigung ignorierend. »Dadurch wird es genauso sein wie früher.«

Giles nahm noch einen Schluck Whisky. »Es kann nie wieder so sein wie früher.«

»Natürlich kann es so sein, du Idiot. Du bist der Einzige, der verhindert, dass es so ist.«

»Sie würden mich gerne sehen?«

»Warum denn nicht?«, sagte Grace. »Diese dumme Fehde zieht sich nun schon viel zu lange hin, und deshalb habe ich vor, eure Köpfe gegeneinanderzuschlagen, bevor es zu spät ist.«

»Wer wird noch dort sein?«

»Sebastian und Jessica, dazu ein paar Freunde, hauptsächlich Akademiker, aber du brauchst nicht mit ihnen zu sprechen, höchstens vielleicht mit deinem alten Freund Deakins. Es gibt allerdings«, fügte sie hinzu, »einen Menschen, den ich nicht einladen werde. Übrigens, wo steckt die Schlampe eigentlich?«

Giles hatte vermutet, dass nichts, was seine Schwester auch immer sagen mochte, ihn noch schockieren könnte. Jetzt spürte er, wie sehr er sich getäuscht hatte.

»Ich habe keine Ahnung«, gelang es ihm schließlich zu antworten. »Wir haben schon seit über einem Jahr keinen Kontakt mehr. Aber wenn man dem *Daily Express* glauben darf, dann kann man sie im Augenblick in St. Tropez am Arm eines italienischen Grafen finden.«

»Ich bin sicher, die beiden sind ein entzückendes Paar. Noch wichtiger ist allerdings, dass du damit einen Scheidungsgrund hast.«

»Ich könnte mich niemals von Virginia scheiden lassen, selbst wenn ich es wollte. Vergiss nicht, was Mutter durchgemacht hat. So eine Erfahrung möchte ich nicht machen.«

»Natürlich. Ich verstehe«, sagte Grace. »Für Virginia ist es ganz in Ordnung, sich mit ihrem Liebhaber in Südfrankreich herumzutreiben, aber für ihren Ehemann ist es nicht in Ordnung, die Scheidung zu verlangen?«

»Mach dich nur über mich lustig«, sagte Giles, »aber so verhält sich ein Gentleman einfach nicht.«

»Bring mich nicht zum Lachen. Es war wohl kaum das Verhalten eines Gentleman, mich und Emma wegen Mutters Testament vor Gericht zu zerren.«

»Das ist ein Schlag unter die Gürtellinie«, sagte Giles und nahm noch einen großen Schluck Whisky. »Aber wahrscheinlich habe ich nichts anderes verdient«, fügte er hinzu. »Das ist etwas, das ich für den Rest meines Lebens bereuen werde. Wirst du mir jemals verzeihen können?«

»Das werde ich tun, wenn du zu meiner Party kommst und dich bei deiner Schwester und bei deinem ältesten Freund dafür entschuldigst, dass du so ein Idiot warst.«

»Ich weiß nicht, ob ich es schaffen werde, ihnen gegenüberzutreten.«

»Du bist einer Batterie deutscher Soldaten gegenübergetreten und hattest nichts als ein paar Handgranaten und eine Pistole dabei, um dich selbst zu schützen.«

»Und das würde ich auch wieder tun, wenn ich Harry und Emma damit überzeugen könnte, mir zu verzeihen.«

Grace ging quer durch das Zimmer und kniete sich neben

ihren Bruder. »Natürlich werden sie dir verzeihen, du kleiner Dummkopf.« Giles senkte den Kopf, als seine Schwester ihre Arme um ihn legte. »Wie du genau weißt, hätte Mutter nie gewollt, dass diese Frau uns auseinanderbringt.«

Als Giles am Wegweiser in Richtung Cambridge vorbeikam, ging ihm durch den Kopf, dass er immer noch umkehren konnte, obwohl er wusste, dass er vielleicht nie mehr eine zweite Chance bekommen würde.

Kaum dass er in die Universitätsstadt fuhr, spürte er die typische Atmosphäre des Ortes. Um ihn herum eilten junge Männer und junge Frauen in akademischen Roben von unterschiedlicher Länge in alle Richtungen. Unwillkürlich dachte er an seine Zeit in Oxford zurück, der Hitler so drastisch ein Ende bereitet hatte.

Als Giles fünf Jahre später nach seiner Flucht aus einem deutschen Kriegsgefangenenlager wieder nach England gekommen war, hatte ihm der Rektor des Brasenose College angeboten, wieder an seinen alten Studienplatz zurückzukehren und seinen Abschluss zu machen, doch da war er schon ein schlachterfahrener, fünfundzwanzig Jahre alter Veteran gewesen. Er hatte den Eindruck gehabt, dass der entscheidende Moment vorüber war, was für so viele junge Männer seiner Generation einschließlich Harry ebenso galt. Außerdem hatte sich für ihn die Möglichkeit ergeben, eine andere Schlacht zu schlagen, und er hatte der Herausforderung, um einen Platz auf den grünen Bänken des Unterhauses zu kämpfen, nicht widerstehen können. Kein Bedauern, dachte Giles. Na ja, ein wenig Bedauern blieb immer.

Er fuhr durch die Grange Road, bog dann nach rechts ab und parkte seinen Wagen in der Sidgwick Avenue. Er ging unter dem

Torbogen des Newnham College hindurch, das 1871 von einem weit in die Zukunft blickenden Visionär zu einer Zeit gegründet worden war, als Frauen noch keine Abschlüsse machen konnten. Der Mann hatte geglaubt, dieser Zustand würde sich noch zu seinen Lebzeiten ändern. Doch dazu kam es nicht.

Giles trat an die Pforte und wollte gerade fragen, wo Miss Barringtons Party stattfand, als der Pförtner sagte: »Guten Abend, Sir Giles. Sie suchen wahrscheinlich den Sidgwick Room.«

Erkannt. Es gab kein Zurück mehr.

»Wenn Sie durch die Halle gehen wollen. Er liegt am Ende der Treppe, die dritte Tür links. Sie können ihn gar nicht verfehlen.«

Giles folgte der Anweisung, wobei er an etwa einem Dutzend Studienanfängerinnen vorbeikam, die lange schwarze Röcke, weiße Blusen und akademische Roben trugen. Sie sahen sich nicht nach ihm um, aber warum sollten sie auch? Er war dreiunddreißig und damit fast doppelt so alt wie sie.

Er ging die Treppe hinauf, und als er die oberste Stufe erreicht hatte, brauchte er die Anweisungen nicht mehr, denn er hörte die übermütigen Stimmen und das Gelächter, lange bevor er die dritte Tür links erreicht hatte. Er holte tief Luft und versuchte, seine Ankunft nicht wie einen inszenierten Auftritt aussehen zu lassen.

Jessica war die Erste, die ihn sah. Sofort stürmte sie auf ihn zu und rief: »Onkel Giles, Onkel Giles, wo hast du nur gesteckt?« Ja, dachte Giles, wo habe ich eigentlich gesteckt, als er das junge Mädchen sah, das er so sehr bewunderte – ein Mädchen, das zwar noch kein richtiger Schwan, aber auch kein Schwanenküken mehr war. Sie sprang hoch und schlang ihre Arme um ihn. Er warf einen Blick über ihre Schulter und sah, wie Grace und Emma auf ihn zukamen. Alle drei versuchten, ihn gleichzeitig zu umarmen. Die anderen Gäste sahen in ihre Richtung und fragten sich, was dieser ganze Trubel sollte.

»Es tut mir so leid«, sagte Giles, nachdem er Harry die Hand gegeben hatte. »Ich hätte euch dem allen niemals aussetzen dürfen.«

»Reden wir nicht mehr darüber«, sagte Harry. »Wir beide haben schließlich schon viel Schlimmeres durchgemacht.«

Giles war überrascht, wie schnell er sich in Gegenwart seines alten Freundes entspannte. Sie plauderten gerade wie früher über Peter May, als er *sie* zum ersten Mal sah. Danach konnte er den Blick nicht mehr von ihr wenden.

»Der beste Defensivschlag, den ich je gesehen habe«, sagte Harry, indem er seinen linken Fuß fest auftretend nach vorn schob und versuchte – wenn auch ohne Schläger –, das Gesagte zu demonstrieren. Ihm fiel gar nicht auf, wie abgelenkt Giles plötzlich war.

»Ja. Ich war dabei in Headingley, als er bei seinem ersten wichtigen Auftritt ein Century gegen die Südafrikaner erzielt hat.«

»Genau«, sagte ein älterer Dozent, der zu ihnen getreten war. »Dieses Spiel habe ich auch gesehen. Eine wirklich großartige Leistung.«

Giles zog sich zurück und schob sich zwischen den vielen Menschen hindurch, die überall im Raum standen, wobei er nur einmal stehen blieb, um mit Sebastian über dessen Fortschritte in der Schule zu plaudern. Der junge Mann wirkte viel gelöster und zuversichtlicher, als Giles ihn in Erinnerung hatte.

Giles begann bereits zu fürchten, *sie* könne die Party verlassen, bevor er eine Gelegenheit bekäme, mit ihr zu sprechen, als Sebastians ganze Aufmerksamkeit plötzlich einer Bratwurst im

Schlafrock galt, sodass er selbst weitergehen konnte, bis er sie erreicht hatte. Sie unterhielt sich gerade mit einer älteren Frau und schien ihn nicht zu bemerken. Deshalb stand er nur verlegen da, brachte kein Wort heraus und fragte sich, warum Engländer es oft so schwierig fanden, sich einer Frau vorzustellen, besonders wenn diese schön war. Wie recht Betjeman doch gehabt hatte, und dabei war das nicht einmal eine einsame Insel.

»Ich glaube nicht, dass die Schwarzkopf diesen Part stimmlich bewältigen kann«, sagte die andere Frau.

»Da könnten Sie recht haben, aber ich würde trotzdem mein halbes jährliches Stipendium dafür geben, sie singen zu hören.«

Die ältere Frau warf Giles einen kurzen Blick zu. Dann drehte sie sich um und sprach mit jemand anderem, fast so, als wisse sie Bescheid. Giles stellte sich vor und hoffte, niemand sonst würde sich zu ihnen gesellen. Sie gaben einander die Hand. Sie auch nur zu berühren …

»Hallo. Ich bin Giles Barrington.«

»Sie müssen der Bruder von Grace sein, der Abgeordnete, der ständig mit seinen radikalen Ansichten in der Zeitung steht. Ich bin Gwyneth«, sagte sie, woran man bereits hören konnte, aus welchen Kreisen sie stammte.

»Sind Sie eine Studienanfängerin?«

»Sie schmeicheln mir«, sagte sie und lächelte ihn an. »Nein. Ich beende gerade meine Doktorarbeit. Ihre Schwester ist meine Betreuerin.«

»Wovon handelt Ihre Arbeit?«

»Von den Verbindungen zwischen Mathematik und Philosophie im antiken Griechenland.«

»Ich kann's gar nicht erwarten, sie zu lesen.«

»Ich werde dafür sorgen, dass Sie ein Vorabexemplar bekommen.«

»Wer ist die junge Frau, mit der Giles sich unterhält?«, fragte Emma ihre Schwester.

Grace drehte sich um und sah hinüber zum anderen Ende des Raumes. »Gwyneth Hughes, eine meiner aufgeweckteren Doktorandinnen. Ihm wird sicher auffallen, wie sehr sie sich von Lady Virginia unterscheidet. Sie ist die Tochter eines walisischen Bergarbeiters und stammt aus einem Tal am Ende der Welt, wie sie jedem mitzuteilen beliebt. Außerdem kennt sie definitiv die Bedeutung von *compos mentis*.«

»Sie ist sehr attraktiv«, sagte Emma. »Du glaubst doch nicht ...«

»Mein Gott, nein, was hätten sie schon gemeinsam?«

Emma lächelte einen Augenblick lang still vor sich hin und sagte dann: »Hast du Giles deine elf Prozent der Firma überlassen?«

»Ja«, antwortete Grace, »zusammen mit meinen Rechten an Großvaters Haus in Smith Square, genau wie Mutter und ich es ausgemacht hatten für den Fall, dass sich der dumme Junge endlich aus den Klauen Virginias befreit.«

Emma schwieg eine ganze Weile. »Dann wusstest du also immer, was in Mutters neuem Testament stand?«

»Genauso wie ich wusste, was in jenem Umschlag war«, sagte Grace leichthin. »Weswegen ich auch nicht an der Verhandlung teilnehmen konnte.«

»Wie gut Mutter dich doch kannte.«

»Wie gut sie doch alle drei von uns kannte«, sagte Grace und sah wieder hinüber zu ihrem Bruder.

16

»Können Sie die ganze Angelegenheit organisieren?«, fragte Giles.

»Ja, Sir. Überlassen Sie es einfach mir.«

»Ich möchte das so schnell wie möglich hinter mich bringen.«

»Natürlich, Sir.«

»Das alles ist so erbärmlich. Ich würde mir wirklich wünschen, es gäbe eine zivilisiertere Art, mit diesen Dingen umzugehen.«

»Dazu müsste das Gesetz geändert werden, Sir Giles, und das fällt, ehrlich gesagt, eher in Ihr Aufgabengebiet als in meins.«

Giles wusste, dass der Mann recht hatte, und zweifellos würde das Gesetz auch irgendwann tatsächlich geändert werden, doch Virginia hatte ihm klargemacht, dass sie darauf nicht warten konnte. Nachdem sie monatelang keinen Kontakt mehr zu ihm gehabt hatte, hatte sie ihn aus heiterem Himmel angerufen und ihm mitgeteilt, dass sie die Scheidung wollte. Sie musste nicht erst aussprechen, was sie von ihm erwartete.

»Danke, Häschen. Ich wusste, dass man sich auf dich verlassen kann«, hatte sie gesagt, bevor sie den Hörer auflegte.

»Wann werde ich von Ihnen hören?«, fragte Giles.

»Ende der Woche«, erwiderte der Mann und trank sein Bier aus. Er stand auf, deutete eine Verbeugung an und hinkte davon.

Giles trug eine rote Nelke im Knopfloch, sodass seine Verabredung ihn nicht verfehlen konnte. Er musterte jede Dame unter dreißig, die in seine Richtung kam. Keine von ihnen erwiderte seinen Blick, bis plötzlich eine Frau von untadeliger Ausstrahlung neben ihm stehen blieb.

»Mr. Brown?«, fragte sie.

»Ja«, erwiderte Giles.

»Ich bin Miss Holt. Ich komme von der Agentur.«

Ohne ein weiteres Wort schob sie ihren Arm unter den seinen und führte ihn wie ein Blindenhund den Bahnsteig entlang zu einem Waggon erster Klasse. Nachdem sie sich einander gegenübergesetzt hatten, wusste Giles nicht, was er als Nächstes tun sollte. Es war Freitagabend, und deshalb waren alle Plätze schon lange besetzt, bevor der Zug den Bahnhof verließ. Miss Holt sagte während der ganzen Fahrt kein Wort.

Als der Zug in den Bahnhof von Brighton rollte, stieg sie als eine der Ersten aus. Giles reichte dem Beamten an der Schranke beide Fahrkarten und folgte ihr dann nach draußen zum Taxistand. Giles war klar, dass Miss Holt so etwas schon öfter getan hatte. Erst als sie im Fond des Taxis saßen, sagte sie wieder etwas – aber nicht zu ihm.

»Grand Hotel.«

Im Hotel trug Giles sie beide als Mr. und Mrs. Brown in das Gästeregister ein.

»Zimmer einunddreißig, Sir«, sagte der Angestellte am Empfang. Er sah aus, als wolle er Giles zublinzeln, fügte jedoch nur hinzu: »Ich wünsche Ihnen eine gute Nacht, Sir.«

Ein Portier brachte ihre Koffer in den dritten Stock. Erst nachdem er sein Trinkgeld erhalten und sich zurückgezogen hatte, sprach die junge Frau wieder.

»Mein Name ist Angela Holt«, sagte sie und setzte sich mit durchgedrücktem Rücken auf das Bett.

Giles blieb stehen und betrachtete die Frau. Es gab wohl niemanden, der ungeeigneter gewesen wäre, mit ihm ein schmutziges Wochenende in Brighton zu verbringen, wenn er es wirklich darauf abgesehen hätte. »Könnten Sie mir bitte erklären, wie das Ganze jetzt ablaufen wird?«

»Gewiss, Sir Giles«, erwiderte Miss Holt, als hätte er sie zum Diktat gebeten. »Um acht Uhr werden wir nach unten gehen, um zu Abend zu essen. Ich habe einen Tisch in der Mitte des Speisesaals reservieren lassen, und ich hoffe, dass irgendjemand Sie erkennt. Danach werden wir auf unser Zimmer zurückkehren. Ich werde die ganze Zeit über vollständig bekleidet bleiben, aber Sie werden sich im Badezimmer umziehen und danach Ihren Pyjama und Ihren Morgenmantel tragen. Um zehn Uhr werde ich mich auf dem Bett schlafen legen; Sie schlafen auf der Couch. Um zwei Uhr nachts werden Sie die Rezeption anrufen und eine Flasche guten Champagner, eine Flasche Guinness und einige Schinkensandwiches bestellen. Wenn der Nachtportier mit der Bestellung eintrifft, werden Sie behaupten, Sandwiches mit vegetarischem Aufstrich und Tomatensandwiches bestellt zu haben, und ihn bitten, das Gewünschte sofort zu bringen. Wenn er wiederkommt, werden Sie sich bei ihm bedanken und ihm als Trinkgeld eine Fünf-Pfund-Note geben.«

»Warum muss das Trinkgeld so hoch sein?«

»Wenn das Ganze vor Gericht kommen sollte, wird der Nachtportier sicher als Zeuge benannt werden, und wir müssen dafür sorgen, dass er Sie bis dahin nicht vergessen hat.«

»Verstehe.«

»Am Morgen werden wir zusammen frühstücken, und wenn Sie auschecken, werden Sie mit einem Scheck bezahlen, damit man den Aufenthalt leicht zurückverfolgen kann. Wenn wir das Hotel verlassen, werden Sie mich umarmen und mehrere Male küssen. Dann werden Sie in ein Taxi steigen und mir zum Abschied zuwinken.«

»Warum werde ich Sie mehrere Male küssen?«

»Weil wir sicher sein müssen, dass der Privatdetektiv Ihrer Frau wenigstens zu einem eindeutigen Foto von uns beiden kommt. Haben Sie noch Fragen, Sir Giles, bevor wir zum Abendessen hinuntergehen werden?«

»Ja, Miss Holt. Dürfte ich erfahren, wie häufig Sie so etwas machen?«

»Sie sind mein dritter Herr diese Woche, und die Agentur hat mich bereits für mehrere Aufträge in der nächsten Woche gebucht.«

»Das ist doch Wahnsinn. Unsere Scheidungsgesetze sind die reinste Barbarei. Die Regierung sollte so schnell wie möglich eine neue Regelung auf den Weg bringen.«

»Hoffentlich nicht«, sagte Miss Holt, »denn sollte das geschehen, Sir Giles, wäre ich bald arbeitslos.«

ALEX FISHER

1954 – 1955

17

»Um es ganz einfach zu sagen: Ich will ihn vernichten«, erklärte sie. »Und ich werde mich nicht mit weniger zufriedengeben.«

»Ich darf Ihnen versichern, Lady Virginia, dass ich alles tun werde, um Sie dabei zu unterstützen.«

»Das ist gut zu wissen, Major, denn wenn wir zusammenarbeiten wollen, dann müssen wir einander vertrauen. Es darf keine Geheimnisse geben. Sie haben mich jedoch noch immer nicht ganz überzeugt, warum Sie der Richtige für eine solche Aufgabe sein sollten. Sagen Sie mir, warum Sie Ihrer Meinung nach so qualifiziert dafür sind.«

»Ich glaube, Mylady, Sie werden mich sogar eher für überqualifiziert halten«, sagte Fisher. »Barrington und mich verbindet eine lange Geschichte.«

»Dann fangen Sie mit dem Anfang an, und lassen Sie kein Detail aus, wie unwichtig es Ihnen auch erscheinen mag.«

»Alles begann damit, dass wir drei auf dieselbe Schule gingen, St. Bede's war das, und Barrington sich mit dem Sohn eines Hafenarbeiters angefreundet hat.«

»Harry Clifton«, sagte Virginia. Sie spuckte die Worte geradezu aus.

»Barrington hätte eigentlich der Schule verwiesen werden müssen.«

»Warum?«, fragte Virginia.

»Er wurde dabei erwischt, wie er im Bonbonladen Süßigkeiten gestohlen hat, aber er kam damit durch.«

»Wie hat er denn das geschafft?«

»Sein Vater, Sir Hugo, ein weiterer Krimineller, schrieb einen Scheck über eintausend Pfund aus, wodurch die Schule eine neue Kricket-Anlage errichten konnte. Also hat der Rektor beide Augen zugedrückt, was es Barrington ermöglicht hat, nach Oxford zu gehen.«

»Sind Sie auch nach Oxford gekommen?«

»Nein. Ich bin zur Armee gegangen. Doch unsere Wege haben sich noch einmal gekreuzt. In Tobruk waren wir beide beim selben Regiment.«

»Wo er sich einen Namen gemacht hat und ihm das Military Cross verliehen wurde. Soweit ich weiß, wurde er dort gefangen genommen und ist später aus einem deutschen Kriegsgefangenenlager geflohen.«

»Ich hätte das MC bekommen sollen«, sagte Fisher, und seine Augen wurden schmal. »Ich war damals der befehlshabende Offizier und verantwortlich dafür, den Angriff gegen eine Batterie des Feindes zu führen. Nachdem ich die deutschen Stellungen eingenommen hatte, schlug mich der Colonel für ein MC vor, doch Corporal Bates, ein Freund von Barrington, weigerte sich, den Vorschlag zu unterstützen. Deshalb wurde meine offizielle Belobigung zurückgestuft auf eine bloße Erwähnung in den Berichten über die Kampfhandlungen, und alles endete damit, dass Barrington mein MC bekam.«

Das war nicht Giles' Version dessen, was an jenem Tag geschehen war, aber Virginia wusste, wem von beiden sie glauben wollte. »Sind Sie ihm seither wieder begegnet?«

»Nein. Ich bin in der Armee geblieben. Aber nachdem mir klar wurde, dass er meine Aussichten auf eine weitere Beförderung zunichtegemacht hat, habe ich vorzeitig meinen Dienst quittiert.«

»Und was machen Sie jetzt, Major?«

»Ich bin Aktienhändler und im Beirat der Bristol Grammar School. Darüber hinaus bin ich im Exekutivkomitee der lokalen Conservative Association. Ich bin der konservativen Partei beigetreten, um meinen Teil dazu beizutragen, dass Barrington die nächste Wahl nicht gewinnt.«

»Ich werde dafür sorgen, dass Sie dabei die führende Rolle spielen«, sagte Virginia, »denn nichts liegt ihm mehr am Herzen, als seinen Sitz im Unterhaus zu behalten. Er ist davon überzeugt, dass Attlee ihm bei einem Labour-Sieg bei der nächsten Wahl einen Platz im Kabinett anbieten wird.«

»Nur über meine Leiche.«

»Ich glaube nicht, dass wir so weit gehen müssen, denn wenn er bei der nächsten Wahl seinen Sitz verliert, besteht kaum eine Chance, dass sie ihn danach noch einmal aufstellen. Und das wäre wahrscheinlich das Ende seiner politischen Karriere.«

»Das ist ganz in meinem Sinne«, sagte Fisher. »Aber ich muss Sie darauf hinweisen, dass er in seinem Wahlkreis noch immer sehr beliebt ist, auch wenn er keine besonders große Mehrheit hat.«

»Ich frage mich, wie beliebt er noch sein wird, wenn ich ihn wegen Ehebruchs verklagt habe.«

»Darauf hat er sich bereits vorbereitet, denn er erzählt jedem, welche Scharade er in Brighton aufführen musste, um Ihren guten Ruf zu schützen. Er hat bereits eine Kampagne zur Änderung der Scheidungsgesetze gestartet.«

»Aber wie würden seine Wähler wohl reagieren, wenn sie erfahren sollten, dass er seit einem Jahr eine Affäre mit einer Studentin in Cambridge hat?«

»Sobald Ihre Scheidung durch ist, wird sich dafür niemand mehr auch nur im Geringsten interessieren.«

»Aber solange sie eben nicht durch ist und ich alle Welt wissen lasse, dass ich mich verzweifelt um eine Aussöhnung bemühe?«

»Das würde die Situation vollkommen verändern«, sagte Fisher. »Und Sie können sicher sein, ich werde dafür sorgen, dass die Neuigkeiten über Ihre schwierige Lage die richtigen Ohren erreichen.«

»Gut. Es würde uns beim Erreichen unseres langfristigen Zieles sehr helfen, wenn Sie der Vorsitzende von Bristol Docklands' Conservative Association würden.«

»Nichts wäre mir lieber. Das einzige Problem dabei besteht darin, dass ich es mir nicht leisten kann, so viel Zeit auf Politik zu verwenden, da ich schließlich auch noch meinen Lebensunterhalt verdienen muss.« Fisher bemühte sich, nicht zu verlegen zu klingen.

»Darüber brauchen Sie sich keine Sorgen mehr zu machen, sobald sie im Vorstand der Barrington Shipping Group sitzen.«

»Die Aussichten darauf sind nicht besonders groß. Barrington würde sofort sein Veto gegen meine Berufung einlegen, sobald mein Name genannt würde.«

»Solange ich siebeneinhalb Prozent der Aktien halte, bringt ihm sein Vetorecht überhaupt nichts.«

»Ich bin nicht sicher, ob ich das verstehe.«

»Dann erlauben Sie mir, dass ich es Ihnen erkläre, Major. In den letzten Monaten habe ich durch ein blindes Treuhandvermögen Barrington-Aktien gekauft, und jetzt gehören mir siebeneinhalb Prozent der Firma. Wenn Sie einen Blick in die Satzung der Gesellschaft werfen, werden Sie sehen, dass mir das Recht zusteht, ein Vorstandsmitglied zu benennen, und ich kann mir niemanden vorstellen, der besser geeignet wäre, meine Interessen zu vertreten, als Sie, Major.«

»Wie kann ich Ihnen nur dafür danken?«

»Das ist ganz einfach. Zunächst werden Sie all Ihre Zeit darauf verwenden, Vorsitzender der örtlichen Conservative Association zu werden. Sobald Ihnen das gelungen ist, wird Ihr einziges Ziel darin bestehen, dafür zu sorgen, dass die Wähler von Bristol Docklands ihren Abgeordneten bei der nächsten Wahl abwählen.«

»Und langfristig?«

»Ich habe da schon so eine Idee, die überaus anregend für Ihre Fantasie sein dürfte. Doch es hat keinen Sinn, auch nur einen Gedanken daran zu verschwenden, solange Sie noch nicht der Vorsitzende der örtlichen Konservativen sind.«

»Dann werde ich wohl besser nach Bristol gehen und sofort damit beginnen, daran zu arbeiten. Aber bevor ich das tue, würde ich Ihnen gerne eine Frage stellen.«

»Nur zu«, sagte Virginia. »Fragen Sie mich, was Sie wollen. Schließlich sind wir jetzt Partner.«

»Warum haben Sie mich für diese Aufgabe ausgewählt?«

»Oh, das ist einfach, Major. Giles hat mir einmal gesagt, dass Sie der einzige Mensch sind, den er verachtet.«

»Gentlemen«, sagte Bill Hawkins, der Vorsitzende der Conservative Association, und klopfte mit seinem kleinen Holzhammer auf den Tisch. »Ich muss die Versammlung um Ruhe bitten. Vielleicht könnten wir damit beginnen, dass unser ehrenamtlicher Sekretär Major Fisher das Protokoll der letzten Sitzung verliest.«

»Danke, Mr. Chairman. Bei unserer letzten Sitzung am 14. Juni 1954 hat mich das Komitee gebeten, an das Zentralbüro in London zu schreiben und um eine Liste der Kandidaten zu bitten, die für die Aufgabe infrage kommen könnten, unseren Bezirk bei der nächsten Wahl zu vertreten. Die offizielle Kandidatenliste traf wenige Tage später ein, und ich habe den Mitgliedern Kopien davon zugeschickt, damit wir in unserer heutigen Sitzung über die Kandidaten diskutieren können.

Außerdem haben wir beschlossen, dass unser Sommerfest dieses Jahr auf Castle Combe stattfinden soll, wozu uns Richterin Hartley-Booth freundlicherweise die Erlaubnis gegeben hat. Danach schloss sich eine Diskussion über die Lospreise für die Tombola an, die mit dem Beschluss endete, ein Los zu sechs Pence und sechs Lose zu einer halben Krone anzubieten. Schließlich trug unser Kassenwart Mr. Maynard vor, dass unser derzeitiger Kontostand siebenundvierzig Pfund und zwölf Shilling beträgt. Er teilte uns mit, er habe bereits all diejenigen Mitglieder angeschrieben, die ihren Jahresbeitrag bisher noch nicht entrichtet haben. Da keine anderen Punkte mehr zu besprechen waren, wurde die Sitzung um zwölf Minuten nach zehn für beendet erklärt.«

»Danke, Major«, sagte der Vorsitzende. »Ich denke, wir sollten uns nun mit dem zweiten Punkt, nämlich den vom Zentralbüro empfohlenen Kandidaten beschäftigen. Sie alle hatten mehrere Tage Zeit, um über die vorgeschlagenen Personen nachzudenken, weswegen ich gerne mit einer allgemeinen Diskussion beginnen würde, bevor wir eine engere Auswahl jener Kandidaten zusammenstellen, die Ihrer Meinung nach von uns zu einem Gespräch eingeladen werden sollten.«

Fisher hatte die Kandidatenliste bereits Lady Virginia gezeigt, und die beiden hatten sich auf einen Bewerber geeinigt, der ihnen für ihre langfristigen Ziele am geeignetsten erschien. Jetzt lehnte sich Fisher zurück und hörte aufmerksam zu, wie die anderen Mitglieder des Komitees sich zu den Vorzügen und Mängeln aller Kandidaten äußerten. Es wurde schnell deutlich, dass sein Bewerber nicht derjenige war, der bei den anderen die größte Zustimmung fand, doch wenigstens sprach sich auch niemand gegen ihn aus.

»Möchten Sie sich selbst ebenfalls äußern, Major, bevor wir zur Abstimmung kommen?«, fragte Hawkins.

»Danke, Mr. Chairman. Ich neige der Ansicht jener Mitglieder zu, die den Eindruck haben, dass Mr. Simpson, der sich bei der letzten Wahl so wacker in Ebbw Vale geschlagen hat, es verdient, von uns eingeladen zu werden, aber ich denke, wir sollten auch Mr. Dunnett in Erwägung ziehen. Schließlich stammt seine Frau von hier, und das ist ein beträchtlicher Vorzug, besonders wenn man Sir Giles' gegenwärtigen ehelichen Status betrachtet.«

Von mehreren Seiten des Tisches erklang ein lautes »Hört, hört«.

Vierzig Minuten später gehörte Gregory Dunnett ebenso zu den Kandidaten, die in die engere Auswahl gekommen waren, wie Mr. Simpson, der frühere Kandidat aus Ebbw Vale. Hinzu kamen ein lokaler Anwalt (aussichtslos), ein Junggeselle von über vierzig Jahren (aussichtslos) und eine satzungsgemäß vorgeschriebene Frau (ganz besonders aussichtslos). Jetzt musste Fisher nur noch für einen guten Grund sorgen, dass Mr. Simpson nicht gewählt wurde.

Als die Sitzung sich dem Ende näherte, fragte der Vorsitzende, ob es noch andere Punkte zu besprechen gäbe.

»Ich habe dem Komitee etwas vorzutragen«, sagte Fisher, indem er den Verschluss seines Füllfederhalters aufschraubte, »aber ich denke, es wäre klug, diese Ausführungen nicht ins Protokoll aufzunehmen.«

»Ich bin sicher, dass Sie das selbst am besten beurteilen können, Major«, erwiderte der Vorsitzende und musterte die übrigen Anwesenden, um sich davon zu überzeugen, dass sie ebenfalls dieser Ansicht waren.

»Als ich letzte Woche in meinem Club in London war«, sagte Fisher, »habe ich aus zuverlässiger Quelle beunruhigende Informationen über Sir Giles Barrington erfahren.« Jetzt hatte er die volle Aufmerksamkeit des gesamten Komitees. »Wie Sie alle wissen, sieht sich Sir Giles nach dem unglücklichen Scheitern seiner Ehe derzeit mit einem Scheidungsprozess konfrontiert. Die meisten von uns hatten ein gewisses Verständnis für ihn, als er sich dafür entschied, ›die Brighton-Route‹ zu nehmen, und – wenn auch meiner Meinung nach nicht besonders taktvoll – alle Welt wissen ließ, dass er sich nur deshalb dazu entschlossen habe, um den guten Ruf seiner Frau zu schützen. Wir alle sind erwachsen, und uns allen ist bewusst, dass die Scheidungsgesetze dringend reformiert werden müssen. Inzwischen habe ich jedoch erfahren, dass wir bisher nur die halbe Geschichte kennen. Sir Giles, so scheint es, unterhält eine Affäre mit einer jungen Studentin von der Cambridge University, obwohl seine Frau bis heute nachdrücklich um eine Aussöhnung bemüht ist.«

»Mein Gott, dieser Mann ist ein Schuft«, sagte Bill Hawkins. »Man sollte ihm nahelegen, von seinem Amt zurückzutreten.«

»Da kann ich Ihnen nur zustimmen, Mr. Chairman. Tatsächlich bliebe ihm keine andere Wahl, wenn er der Kandidat der Konservativen wäre.«

Überall am Tisch erhob sich ein heftiges Murmeln.

»Ich hoffe sehr«, fuhr Fisher fort, nachdem der Vorsitzende mehrmals von seinem Hammer Gebrauch gemacht hatte, »dass ich mich auf das Komitee verlassen kann und diese Information den Raum nicht verlässt.«

»Gewiss, gewiss«, sagte der Vorsitzende, »das versteht sich von selbst.«

Fisher lehnte sich zurück. Er konnte sicher sein, dass diese Geschichte innerhalb weniger Stunden mehrere wichtige Mitglieder der örtlichen Labour Partei erreichen würde, was unweigerlich zur Folge hätte, dass bis Ende der Woche wenigstens die Hälfte der Wähler des Bezirks Bescheid wüsste.

Nachdem der Vorsitzende die Sitzung für beendet erklärt hatte und die Mitglieder begannen, über die Straße in den nächsten Pub zu gehen, trat Peter Maynard, der Kassenwart, auf Alex zu und fragte, ob er sich kurz im Vertrauen mit ihm unterhalten könne.

»Aber natürlich, guter Mann«, sagte Alex. »Wie kann ich Ihnen helfen?«

»Wie Sie wissen, hat der Vorsitzende bei mehreren Gelegenheiten unmissverständlich deutlich gemacht, dass er die Absicht hat, sich noch vor der nächsten Wahl von seinen Aufgaben zurückzuziehen.«

»Ja, ich habe davon gehört.«

»Ein paar von uns haben den Eindruck, dass es Zeit wird für einen jüngeren Mann. Deshalb wurde ich gebeten zu sondieren, ob Sie damit einverstanden wären, dass man Ihren Namen ins Gespräch bringt.«

»Wie überaus freundlich von Ihnen, Peter. Wenn die Mehrheit meiner Kollegen der Ansicht ist, dass ich der Richtige für diesen Posten bin, würde ich natürlich darüber nachdenken, ob ich diese ehrenvolle Aufgabe wahrnehmen möchte. Aber nur, wenn sich kein anderes Mitglied des Komitees findet, das sich für geeigneter hält.«

Als der erste Scheck von Barrington Shipping für seine Dienste als Vorstandsmitglied eintraf, kündigte Alex sein Konto bei der Midland Bank und eröffnete ein neues bei Barclays direkt gegenüber. Die Bank betreute bereits das Firmenkonto von Barrington Shipping sowie das Konto der Conservative Association. Und im Gegensatz zur Midland gestattete ihm der Direktor einen Überziehungskredit.

Am folgenden Tag fuhr er nach London und eröffnete ein Konto bei Gieves & Hawkes, wo man ihn vermaß, denn er hatte vor, drei neue Anzüge, einen Smoking und einen neuen Mantel – allesamt schwarz – zu kaufen. Nachdem er im Army & Navy zu Mittag gegessen hatte, sah er bei Hilditch & Key vorbei, wo er ein halbes Dutzend Hemden und zwei Pyjamas, einen Morgenmantel und mehrere Seidenkrawatten auswählte. Nachdem er die Rechnung unterschrieben hatte, ging er weiter zu John Lobb und ließ sich zwei Paar hochwertige Straßenschuhe anpassen, das eine schwarz, das andere braun.

»Sie müssten etwa in drei Monaten fertig sein, Major«, wurde ihm gesagt.

Während der nächsten vier Wochen lud er alle Mitglieder des Komitees nacheinander auf Virginias Kosten zum Lunch oder zum Dinner ein, sodass er schließlich sicher sein konnte, dass die meisten von ihnen Gregory Dunnett als möglichen zweiten Kandidaten der Partei bei der bevorstehenden Wahl unterstützen würden; der eine oder andere zog Dunnett am Ende sogar seinem Mitbewerber vor.

Beim Brandy nach dem Dinner mit Peter Maynard erfuhr Fisher, dass der Kassenwart der Partei im Augenblick einige finanzielle Schwierigkeiten hatte. Am Tag darauf fuhr er nach London, und nach einem diskreten Gespräch mit Lady Virginia waren diese Schwierigkeiten beseitigt. Jetzt stand ein Mitglied des Komitees in seiner Schuld.

18

Alex war erst ein paar Monate Vorstandsmitglied bei Barrington Shipping, als er von etwas erfuhr, das sehr gut zu Lady Virginias Plänen zu passen schien.

Bis dahin hatte er jede Vorstandssitzung besucht, jeden Bericht gelesen und immer mit der Mehrheit gestimmt, damit niemand ahnen würde, was er wirklich vorhatte.

Virginia hatte nicht daran gezweifelt, dass Giles misstrauisch werden würde, nachdem er die Information erhalten hatte, dass Alex in den Vorstand berufen worden war. Sie fragte sich sogar, ob er versuchen würde herauszufinden, wer die siebeneinhalb Prozent der Firmenaktien besaß, die Fisher vertrat. Sollte er das tun, würde er nur erfahren, dass sie von einem blinden Treuhandvermögen gehalten wurden. Doch Giles war kein Narr. Er würde wissen, warum zwei plus zwei in diesem Fall siebeneinhalb ergab.

Obwohl der Vorstandsvorsitzende ihm versicherte, dass der Major ein anständiger Kerl zu sein schien, der sich in den Sitzungen nur selten zu Wort meldete und keinerlei Schwierigkeiten machte, war Giles nicht überzeugt. Er glaubte nicht, dass Fisher sich wirklich geändert hatte. So kurz vor der nächsten Wahl, bei der von den Tories erwartet wurde, dass sie ihre Mehrheit ausbauen würden, und angesichts der verwirrenden Tatsache, dass Virginia die Scheidungspapiere noch nicht unterzeichnet hatte, obwohl sie ihn doch ausdrücklich gebeten hatte, ihr einen Grund für die Scheidung zu geben, erschien ihm Fisher als das Geringste seiner Probleme.

»Gentlemen«, sagte der Vorstandsvorsitzende von Barrington Shipping, »ich glaube nicht, dass es eine Übertreibung wäre, wollte man den Vorschlag, den ich Ihnen heute zu unterbreiten habe, als einen Wendepunkt in der Geschichte unserer Firma bezeichnen. Dieses kühne neue Unternehmen, das auf Mr. Compton, unseren geschäftsführenden Direktor, zurückgeht, hat meine volle Unterstützung, und ich bitte den Vorstand, sich dieser Unterstützung anzuschließen. Mr. Compton plant, den Bau unseres ersten neuen Passagierschiffes nach dem Krieg in Angriff zu nehmen, damit wir mit unseren großen Rivalen Cunard und P&O Schritt halten können. Ich bin überzeugt, das Joshua Barrington, der Gründer unserer Firma, diese Initiative sehr begrüßt hätte.«

Alex hörte aufmerksam zu. Inzwischen hatte er Sir William Travers, der auf Hugo Barrington gefolgt war – nicht dass irgendjemand den früheren Vorstandsvorsitzenden jemals erwähnte –, als einen erfahrenen und klugen Mann kennengelernt, der sowohl bei seinen Unternehmerkollegen wie auch bei der Stadtverwaltung als umsichtig und verlässlich galt.

»Das Kapital, das wir dazu aufbringen müssen, wird zweifellos unsere gesamten Reserven aufbrauchen«, fuhr Sir William fort, »doch unsere Bankiers sind bereit, uns zu unterstützen, denn unsere Berechnungen zeigen, dass sich unsere Investitionen innerhalb eines Zeitraums von fünf Jahren selbst dann noch amortisieren würden, wenn es uns gelingen sollte, auch nur vierzig Prozent der verfügbaren Kabinenplätze auf unserem neuen Schiff zu verkaufen. Sollten Sie Fragen dazu haben, bin ich gerne bereit, Ihnen Rede und Antwort zu stehen.«

»Halten Sie es für möglich, dass die Öffentlichkeit noch immer das Schicksal der *Titanic* im Hinterkopf hat, sodass mögliche Reisende vor einer Fahrt mit einem neuen Luxusliner zurückschrecken könnten?«, fragte Fisher.

»Diese Frage ist durchaus berechtigt, Major«, erwiderte Sir William. »Doch die Tatsache, dass sich Cunard erst kürzlich dazu entschlossen hat, die eigene Flotte um ein weiteres Schiff zu ergänzen, deutet eher darauf hin, dass einer neuen Generation Reisender vor allem bewusst ist, dass es seit jenem tragischen Ereignis von 1912 kein großes Schiffsunglück mehr gegeben hat, in das ein Luxusliner verwickelt gewesen wäre.«

»Wie lange bräuchten wir, um dieses Schiff zu bauen?«

»Wenn der Vorstand zustimmt, könnten wir den Vertrag über ein solches Angebot unverzüglich aufsetzen. Es müsste uns, so denke ich, dann möglich sein, bis zum Jahresende geeignete Schiffsbauarchitekten zu finden, wodurch wir in der Lage wären, einen Fertigstellungstermin in drei Jahren anzuvisieren.«

Fisher wartete, bis ein weiteres Vorstandsmitglied die Frage stellte, die er selbst nicht stellen wollte.

»Wie hoch sind die voraussichtlichen Kosten?«

»Es ist schwierig, eine genaue Zahl zu nennen«, gab Sir William zu, »aber ich habe in unserem Budget drei Millionen Pfund dafür vorgesehen. Vermutlich ist das jedoch etwas zu hoch gegriffen.«

»Wollen wir's hoffen«, sagte ein weiteres Vorstandsmitglied. »Wir werden natürlich unsere Aktionäre über dieses Vorhaben informieren müssen.«

»Dem kann ich nur zustimmen«, sagte Sir William. »Ich habe vor, genau das bei unserer Aktionärsversammlung im nächsten Monat zu tun. Bei dieser Gelegenheit werde ich auch darauf hinweisen, dass unsere Gewinnerwartung höchst ermutigend ist und nichts dagegen spricht, unseren Aktionären dieselbe Dividende zu bezahlen wie letztes Jahr. Trotzdem sollte der Vorstand mit der Möglichkeit rechnen, dass einige unserer Aktionäre mit diesem Kurswechsel nicht einverstanden sind, von der hohen Investitionssumme ganz zu schweigen. Dadurch könnte der Wert unserer Aktien sinken. Sobald den Finanzleuten in der City jedoch klar ist, dass wir über genügend Mittel verfügen, um jegliche kurzzeitig auftretenden finanziellen Engpässe zu überwinden, dürfte es nur eine Frage der Zeit sein, bis sich unsere Aktien wieder erholen. Gibt es noch weitere Fragen?«

»Gibt es schon Überlegungen zu einem Namen für diesen neuen Zweig des Unternehmens und dessen erstes Schiff?«, fragte Fisher.

»Ich denke, wir werden den neuen Unternehmenszweig *Palace Line* nennen und das erste Schiff die *Buckingham,* um anzudeuten, wie sehr unsere Gesellschaft zur Blüte des neuen Elizabethanischen Zeitalters beizutragen gedenkt.«

In dieser Frage war sich der gesamte Vorstand einig.

»Das müssen Sie mir noch einmal erklären«, sagte Lady Virginia.

»Am nächsten Donnerstag wird Sir William auf der Aktionärsversammlung verkünden, dass er einen Luxusliner bauen lässt, der allem Konkurrenz machen kann, was für Cunard und P&O gegenwärtig auf den Meeren unterwegs ist. Die Kosten dafür werden drei Millionen Pfund betragen.«

»Das hört sich für mich wie ein kühner und weitblickender Schritt an.«

»Und für andere riskant. Denn jemand, der sein Geld in Aktien anlegt, ist in der Regel weder kühn noch weitblickend. Er wird sich viel eher Sorgen darüber machen, dass die Baukosten steigen könnten, und sich beklommen fragen, ob sich genügend Reisende finden lassen, die bereit sind, eine Kabine auf dem neuen Schiff zu buchen, damit das investierte Geld wieder hereinkommt. Erst wenn er die Berechnungen sorgfältig durchgesehen hat, wird er bemerken, dass Barrington Shipping mehr als genug Mittel zur Verfügung stehen, um kurzfristige Verluste auszugleichen.«

»Und warum empfehlen Sie mir dann trotzdem, dass ich meine Anteile verkaufe?«

»Weil Sie einen beträchtlichen Gewinn machen werden, wenn Sie sie innerhalb von drei Wochen nach dem Verkauf wieder zurückkaufen.«

»Genau diesen Punkt verstehe ich nicht«, sagte Lady Virginia.

»Gestatten Sie mir, dass ich es Ihnen erkläre«, sagte Alex. »Wenn Sie eine Aktie kaufen, müssen Sie sie erst nach einundzwanzig Tagen bezahlen. Gleichermaßen erhalten Sie, wenn Sie eine Aktie verkaufen, das Geld dafür erst nach drei Wochen. Innerhalb dieser einundzwanzig Tage können Sie mit Ihren Aktien handeln, ohne dass Sie irgendwelches Geld dafür aufbringen müssen, und weil wir über Insiderwissen verfügen, können wir diese Situation zu unserem Vorteil nutzen.«

»Was schlagen Sie vor?«

»Nächsten Donnerstag um zehn Uhr morgens wird der Vorstandsvorsitzende die Aktionärsversammlung mit dem Jahresbericht eröffnen. Ich rechne damit, dass innerhalb weniger Stunden der Aktienpreis von gegenwärtig knapp über vier Pfund auf drei Pfund und zehn Shilling fallen wird. Wenn Sie Ihre siebeneinhalb Prozent verkaufen, sobald der Markt an jenem Tag um neun Uhr öffnet, dürfte der Preis sogar noch weiter fallen, möglicherweise bis auf unter drei Pfund. Dann warten Sie ab, bis der Preis den Tiefststand erreicht hat, und steigen wieder ein, indem sie jede verfügbare Barrington-Aktie zu einem möglichst niedrigen Preis einkaufen, bis Sie Ihre siebeneinhalb Prozent wieder aufgestockt haben.«

»Werden die Aktienhändler nicht misstrauisch werden und den Vorstand informieren?«

»Sie werden kein Wort sagen, denn sie bekommen ihre Kommission, wenn sie die Aktien verkaufen und sie sie wieder zurückkaufen. So oder so – sie können nicht verlieren.«

»Aber wir schon?«

»Nur wenn der Aktienpreis nach dem Jahresbericht des Vorstandsvorsitzenden steigt, denn dann müssten Sie beim Rückkauf Ihrer Aktien mehr bezahlen. Aber das ist unwahrscheinlich, da die Firma ankündigen wird, dass sie vorhat, drei Millionen Pfund ihrer Reserven zu riskieren.«

»Was also soll ich als Nächstes tun?«

»Sie erteilen mir die Genehmigung, an Ihrer Stelle zu handeln. Ich werde das Geschäft über einen Händler in Hongkong abwickeln, damit es zu keinem von uns zurückverfolgt werden kann.«

»Giles wird herausfinden, was wir vorhaben. Er ist nicht dumm.«

»Nicht, wenn die Unterlagen drei Wochen später zeigen, dass Ihre siebeneinhalb Prozent der Firma den Besitzer gar nicht gewechselt haben. Ganz abgesehen davon hat er viel drängendere Probleme, als sich im Augenblick damit zu beschäftigen.«

»Als da wären?«

»Wie ich erfahren habe, muss er sich vor dem örtlichen Exekutivkomitee der Labour Partei einer Vertrauensabstimmung stellen, nachdem seine Parteifreunde von seinem Verhältnis zu Miss Gwyneth Hughes erfahren haben. Es besteht sogar die Möglichkeit, dass er bei der nächsten Wahl gar nicht antreten kann. Vorausgesetzt, dass Sie die Scheidungspapiere noch nicht unterzeichnet haben.«

»Können Sie mir versichern, Major Fisher, dass diese Ermittlung nicht im Zusammenhang mit Sir Giles Barrington oder Mrs. Harry Clifton steht? Für beide habe ich früher schon gearbeitet, und dies würde zu einem inakzeptablen Interessenkonflikt führen.«

»Was ich wissen möchte, hat mit der Familie Barrington nichts zu tun«, antwortete Fisher. »Es geht nur darum, dass die örtliche Conservative Association zwei Kandidaten als Repräsentanten von Bristol Docklands in die engere Auswahl gezogen hat. Als Sekretär dieser Organisation muss ich absolut sicher sein, dass es nichts in der Vergangenheit der beiden gibt, das die Partei zu einem späteren Zeitpunkt in Bedrängnis bringen könnte.«

»Suchen Sie nach irgendetwas Bestimmtem, Major?«

»Ich möchte, dass Sie Ihre Kontakte zur Polizei nutzen, um herauszufinden, ob ihre Namen irgendwo in deren Akten auftauchen.«

»Gehören dazu auch Bußgelder wegen Falschparkens oder anderer Ordnungswidrigkeiten?«

»Alles, was die Labour Partei im nächsten Wahlkampf zu ihrem Vorteil nutzen könnte.«

»Ich glaube, ich kann mir ein Bild davon machen«, sagte Mitchell. »Wie viel Zeit habe ich?«

»Die Entscheidung für einen der beiden wird sich noch etwas hinziehen – drei Monate, würde ich schätzen –, aber ich muss deutlich früher wissen, ob da etwas zu finden ist«, sagte Fisher, indem er seinem Gegenüber ein Blatt mit zwei Namen reichte.

Mitchell warf einen kurzen Blick auf die beiden Namen, bevor er das Papier einsteckte. Dann ging er, ohne noch ein Wort zu sagen.

Um neun Uhr an jenem Morgen, an dem die jährliche Aktionärsversammlung von Barrington Shipping stattfinden würde, rief Fisher eine Privatnummer in Hongkong an. Als sich eine vertraute Stimme meldete, sagte er: »Benny, hier ist der Major.«

»Wie geht's Ihnen, Major? Lange nichts von Ihnen gehört.«

»Und das aus gutem Grund«, sagte Fisher. »Ich werde Ihnen alles erklären, wenn Sie das nächste Mal in London sind, aber im Augenblick habe ich eine Verkaufsorder für Sie.«

»Ich habe den Stift schon in der Hand«, sagte Benny.

»Ich möchte, dass Sie zweihunderttausend Anteile an Barrington Shipping zum Kassapreis verkaufen, sobald die Londoner Börse öffnet.«

Benny stieß einen Pfiff aus. »Ist so gut wie erledigt.«

»Nachdem Sie die Order ausgeführt haben, möchte ich, dass Sie innerhalb der nächsten einundzwanzig Tage dieselbe Anzahl an Anteilen wieder zurückkaufen, aber erst, wenn Sie glauben, dass die Aktie ihren tiefsten Stand erreicht hat.«

»Verstanden. Nur eine Frage, Major. Sollte Benny auch ein wenig auf dieses besondere Pferd setzen?«

»Das liegt ganz bei Ihnen, aber Sie sollten nicht zu gierig werden, denn aus dieser Quelle wird in Zukunft noch deutlich mehr kommen.«

Der Major legte den Hörer auf, verließ seinen Club an der Pall Mall und nahm ein Taxi ins Savoy. Nur wenige Minuten bevor der Vorstandsvorsitzende sich erhob, um seine jährliche Rede vor den Aktionären der Barrington Shipping Company zu halten, setzte Fisher sich zu seinen Vorstandskollegen im Konferenzsaal des Hotels.

19

Die Constitutional Hall an der Davis Street war außerordentlich gut besucht. Mehrere Parteimitglieder fanden nur noch einen Stehplatz am Ende des Saals oder auf dem Gang. Ein paar hatten sogar auf den Fenstersimsen Platz genommen in der Hoffnung, von hier aus einen besseren Blick auf die zu erwartenden Ereignisse zu bekommen.

Neville Simpson und Gregory Dunnett, die beiden Kandidaten, die in die engere Auswahl gekommen waren, hatten beeindruckende Reden gehalten, doch Fisher hatte den Eindruck, dass Simpson bisher ein wenig mehr Zustimmung gefunden hatte als der von ihm bevorzugte Kandidat. Simpson, ein Anwalt aus London, war ein paar Jahre älter als Dunnett, sein Verhalten im Krieg galt als makellos, und er hatte bereits einen Wahlkampf gegen Aneurin Bevan in Ebbw Vale geführt, wo es ihm gelungen war, den Stimmenanteil der Konservativen zu erhöhen. Doch Mitchell hatte es geschafft, Fisher genügend Informationen zu besorgen, um den Mann in Verlegenheit zu bringen.

Simpson und Dunnett saßen rechts und links neben dem Vorsitzenden auf der Bühne, während das Komitee in der ersten Reihe Platz genommen hatte. Die Neuigkeit, dass Sir Giles Barrington wenige Tage zuvor eine Vertrauensabstimmung vor dem örtlichen Exekutivkomitee der Labour Partei gewonnen hatte, gefiel Fisher, auch wenn er den Grund für seine Zufriedenheit mit Ausnahme von Virginia niemandem gegenüber zugegeben hätte. Er hatte vor, Barrington öffentlich im grellen Scheinwerferlicht des Wahlkampfs zu demütigen und nicht in einem spärlich beleuchteten Versammlungsraum, in dem niemand zugegen war außer den Funktionären der Labour Partei. Sein Plan konnte jedoch erst funktionieren, wenn Dunnett zum Kandidaten der Konservativen würde, und das war noch längst nicht entschieden.

Der Vorsitzende erhob sich und lächelte der Versammlung gutmütig zu. Dann stieß er das für ihn typische Hüsteln aus, bevor er sich an seine treuen Mitstreiter wandte.

»Bevor ich Ihnen die Gelegenheit gebe, Fragen zu stellen, möchte ich Sie wissen lassen, dass dies meine letzte Versammlung ist, an der ich in meinem Amt als Vorsitzender teilnehme. Ich bin davon überzeugt, dass die Conservative Association gleichermaßen mit einem neuen Kandidaten wie auch einem neuen Vorsitzenden in die nächste Parlamentswahl gehen sollte.« Er hielt kurz inne, um zu sehen, ob ihm irgendjemand widersprechen würde, doch da dies niemand tat, fuhr er ein wenig widerstrebend fort.

»Wir kommen nun zum letzten Teil unserer heutigen Sitzung, bevor wir uns für den Mann entscheiden, der bei der nächsten Parlamentswahl für unsere Sache kämpfen wird. Unsere Parteimitglieder haben nun die Gelegenheit, die beiden Kandidaten direkt zu befragen.«

Hinten im Saal erhob sich ein großer, schlanker Mann von seinem Platz, ohne dass Bill Hawkins die Möglichkeit gehabt hätte, irgendjemanden aufzurufen.

»Mr. Chairman, ich möchte beide Kandidaten fragen, ob sie im Falle eines Wahlsiegs vorhaben, in unserem Wahlkreis zu leben.«

Simpson antwortete als Erster. »Ich würde zweifellos ein

Haus im Wahlkreis kaufen«, sagte er, »aber ich denke, *leben* würde ich eigentlich eher im Unterhaus.«

Diese Antwort wurde mit Gelächter und vereinzeltem Applaus zur Kenntnis genommen.

»Ich war so frei, letzte Woche einen Immobilienmakler aufzusuchen«, antwortete Dunnett, »nicht weil ich glaube, das Ergebnis schon vorwegnehmen zu können, sondern weil ich hoffe, dass Sie sich für mich entscheiden werden.«

Dem Applaus konnte Fisher entnehmen, dass die beiden Lager etwa gleich groß waren.

Der Vorsitzende deutete auf eine Frau in der dritten Reihe, die es nie versäumte, bei einer Zusammenkunft der Parteimitglieder eine Frage zu stellen, weshalb er offensichtlich beschlossen hatte, die Sache möglichst schnell hinter sich zu bringen.

»Da der eine von Ihnen ein erfolgreicher Anwalt und der andere ein Versicherungsmakler ist, möchte ich Sie beide fragen, ob Sie genügend Zeit zur Verfügung haben, um den Wahlkampf in diesem kleinen, aber wichtigen Bezirk in angemessener Weise führen zu können.«

»Sollten sich die Parteimitglieder für mich entscheiden, werde ich heute Nacht nicht nach London zurückkehren«, sagte Dunnett. »Ich werde jede wache Stunde darauf verwenden, diesen Sitz zu erringen und dafür zu sorgen, dass wir Giles Barrington ein für alle Mal loswerden.«

Diesmal hielt der Applaus länger an, und Fisher konnte sich zum ersten Mal entspannen.

»Es kommt nicht darauf an, wie viele Stunden man aufwendet«, sagte Simpson, »sondern darauf, *wie* man sie verwendet. Ich habe schon einmal einen Wahlkampf gegen einen starken Gegner geführt, und deshalb weiß ich, was auf mich zukommen würde. Es ist wichtig, dass Sie sich für jemanden entscheiden, der rasch dazulernen kann und der in der Lage ist, dieses Wissen einzusetzen, um Giles Barrington zu besiegen und den Sitz für die Konservative Partei zu erringen.«

Fisher hatte den Eindruck, dass Dunnett möglicherweise etwas Unterstützung gebrauchen könnte, wenn Simpson aufgehalten werden sollte. Der Vorsitzende deutete unterdessen auf einen bekannten Geschäftsmann aus der Stadt.

»Wer wäre Ihrer Meinung nach am besten geeignet, Winston Churchill im Amt des Parteiführers zu folgen?«

»Mir war nicht klar, dass diese Stelle im Augenblick frei ist«, sagte Simpson, was wiederum zu Gelächter und Applaus führte. Gleich darauf fuhr er jedoch in ernsterem Ton fort. »Es wäre verrückt, wollten wir darüber nachdenken, wie wir den größten Premierminister, den wir in diesem Jahrhundert hatten, ersetzen können, ohne dass es einen verdammt guten Grund dafür gibt.«

Der Applaus war ohrenbetäubend, und es dauerte eine Zeit lang, bis Dunnett sich Gehör verschaffen konnte.

»Ich glaube, Mr. Churchill hat inzwischen klargemacht, dass, zu gegebener Zeit, versteht sich, am ehesten Sir Anthony Eden, unser hochgeschätzter und bewunderter Außenminister, als sein Nachfolger infrage käme. Wenn ein solcher Mann den Ansprüchen Mr. Churchills genügt, dann genügt er auch den meinen.«

Jetzt war der Applaus nicht ganz so ohrenbetäubend.

Während der nächsten dreißig Minuten wurde den Kandidaten in rascher Folge eine Frage nach der anderen gestellt, und Fisher hatte den Eindruck, als gelänge es Simpson, seine Position als Favorit zu konsolidieren. Fisher war jedoch zuversichtlich, dass die letzten drei Fragen dem Kandidaten helfen würden, den er bevorzugte – nicht zuletzt deshalb, weil er dafür gesorgt hatte, dass zwei dieser Fragen von anderen Parteimitgliedern gestellt würden und er dem Vorsitzenden gegenüber erklärt hatte, dass er sich für die letzte Frage selbst zu Wort zu melden beabsichtige.

Bill Hawkins warf einen Blick auf die Uhr.

»Ich glaube, wir haben nur noch Zeit für drei weitere Fragen.« Er deutete auf einen Mann am hinteren Ende des Saals, der sich schon seit Längerem darum bemüht hatte, seinen Blick aufzufangen. Fisher lächelte.

»Würden uns die beiden Kandidaten bitte mitteilen, was sie von den neuen Scheidungsgesetzen halten?«

Man konnte hören, dass viele Anwesende nach Luft schnappten. Danach machte sich erwartungsvolle Stille breit, denn nur wenige Menschen im Saal zweifelten daran, dass es bei dieser Frage eher um Sir Giles Barrington ging als um einen der beiden Kandidaten auf der Bühne.

»Ich bin mit unseren antiquierten Scheidungsgesetzen ganz und gar nicht einverstanden. Sie müssen eindeutig reformiert werden«, sagte der Anwalt. »Ich kann jedoch nur hoffen, dass das Thema den Wahlkampf in diesem Bezirk nicht dominiert, denn ich würde es vorziehen, Barrington ehrenhaft zu besiegen und nicht aufgrund von Gerüchten und unlauteren Andeutungen.«

Fisher konnte gut verstehen, warum das Zentralbüro Simpson als einen zukünftigen Minister im Auge hatte, aber er wusste auch, dass das nicht die Antwort war, die die lokalen Parteimitglieder hören wollten.

Dunnett wusste die Reaktion des Publikums blitzschnell einzuschätzen und sagte: »Vielem von dem, was Mr. Simpson gerade gesagt hat, kann ich nur zustimmen, aber ich habe den Eindruck, dass die Menschen von Bristol Docklands ein Recht darauf haben, die Wahrheit über Barringtons eheliche Arrangements zu erfahren, bevor sie an die Wahlurne treten, und nicht erst danach.«

Die erste Runde des Applauses ging eindeutig an Dunnett.

Der Vorsitzende deutete auf Peter Maynard, der in der Mitte der ersten Reihe saß.

»Wir suchen in diesem Wahlkreis nicht nur einen Abgeordneten«, sagte Maynard, indem er von einem vorbereiteten Blatt ablas. »Vielmehr sind wir auf der Suche nach einer Partnerschaft, einem Team. Können beide Kandidaten uns zusichern, dass wir ihre Gattinnen regelmäßig bei uns sehen und dass wir miterleben werden, wie diese ihren Mann bei den Vorbereitungen auf die Parlamentswahl unterstützen? Denn Lady Barrington sehen wir das ganze Jahr über nicht.«

Maynard war der erste Fragesteller, der selbst Applaus erntete.

»Meine Gattin ist bereits an meiner Seite«, sagte Dunnett und deutete auf eine attraktive junge Frau in der zweiten Reihe. »Und das wird auch während des gesamten Wahlkampfs so sein. Sollte ich Ihr Abgeordneter werden, dürften Sie Connie sogar sehr viel häufiger sehen als mich.«

Fisher lächelte. Er wusste, dass Dunnett bei dieser Frage seine Stärken ausspielen konnte und, was ebenso wichtig war, dass sie eine Schwäche von Simpson berührte. Schließlich hatte er beim Verschicken der Einladungen für diese Sitzung den einen Brief an »Mr. und Mrs. Dunnett« und den anderen an »M. Simpson, Esq.« adressiert.

»Meine Frau ist Dozentin an der London School of Economics«, sagte Simpson, »doch sie wäre an den meisten Wochenenden und während der Semesterferien problemlos in der Lage, den Wahlkreis zu besuchen.« Fisher konnte geradezu spüren, wie Simpson mit diesen Ausführungen Stimmen verlor. »Und ich bin sicher, dass Sie ebenso wie ich davon überzeugt sind, dass es keine größere Berufung geben kann, als die nächste Generation zu unterrichten.«

Der Applaus, der auf diese Bemerkung folgte, schien anzudeuten, dass nicht jeder der Ansicht war, dass die LSE der beste Ort war, um einer so ehrenwerten Aufgabe nachzukommen.

»Und abschließend«, sagte der Vorsitzende, »möchte ich unserem Sekretär Major Fisher das Wort erteilen, denn ich weiß, dass er noch eine Frage an beide Kandidaten hat.«

»Wie ich heute Morgen«, sagte Fisher, »in der *Daily Mail* gelesen habe, weshalb das Ganze nicht unbedingt wahr ist« – beide Kandidaten lachten pflichtbewusst –, »hat der Bezirk Fulham Central in London ebenfalls eine engere Auswahl an Kandidaten getroffen, die am Montag von den Parteimitgliedern befragt werden sollen. Ich möchte Sie nun fragen, ob einer von Ihnen dieser Auswahl angehört und ob er, sollte das der Fall sein, bereit wäre, seine Kandidatur bei uns zurückzuziehen, bevor wir heute Abend zur Abstimmung schreiten.«

»Ich habe mich nicht für Fulham Central beworben«, sagte Dunnett, »denn es war immer meine Absicht, einen Sitz für das West Country zu erringen. Hier ist meine Frau geboren und aufgewachsen, und hier hoffen wir, als Familie gemeinsam unsere Kinder großzuziehen.«

Fisher nickte. Simpson musste einige Augenblicke warten, bis der Applaus verklungen war.

»Ich gehöre zu den Kandidaten, die für Fulham Central in die engere Auswahl gekommen sind, Major Fisher«, begann er, »aber ich würde es für unangebracht halten, meinen Namen dort so kurzfristig und ohne einen guten Grund zurückzuziehen. Sollte die Wahl heute Abend jedoch auf mich fallen, könnte es für mich keinen besseren Grund geben, um Fulham Central abzusagen.«

Eine gute Antwort, dachte Fisher, als er dem Applaus zuhörte. Aber war sie auch gut genug?

Der Vorsitzende erhob sich. »Ich bin sicher, Sie alle schließen sich meinem Dank an die beiden Kandidaten an. Mr. Simpson und Mr. Dunnett haben nicht nur ihre wertvolle Zeit geopfert, um heute Abend bei uns zu sein, sie haben uns auch an einer ganzen Reihe erhellender Einsichten teilhaben lassen. Ich zweifle nicht dran, dass beide ins Parlament einziehen werden, doch unglücklicherweise können wir für unseren Bezirk nur einen von ihnen auswählen.« Noch mehr Applaus erklang. »Und deshalb kommen wir nun zur Abstimmung. Zunächst möchte ich Ihnen gerne erklären, welchen Ablauf ich dabei vorgesehen habe. Die Parteimitglieder mögen bitte nach vorne kommen, wo unser Sekretär Major Fisher Ihnen die Stimmzettel aushändigen wird. Nachdem Sie ein Kreuz neben dem Namen des Kandidaten Ihrer Wahl gemacht haben, werfen Sie den Stimmzettel bitte in die Wahlurne. Sobald die Auszählung abgeschlossen ist und der Sekretär und ich die Stimmzettel noch einmal überprüft haben – was übrigens nicht allzu lange dauern dürfte –, werde ich bekannt geben, welcher Kandidat dazu bestimmt wurde, bei der nächsten Parlamentswahl die Konservative Partei für Bristol Docklands zu vertreten.«

Die Parteimitglieder bildeten eine ordentliche Reihe, während Fisher knapp über dreihundert Stimmzettel aushändigte. Nachdem der letzte Anwesende abgestimmt hatte, bat der Vorsitzende einen Assistenten, die Wahlurne an sich zu nehmen und sie in ein privates Zimmer hinter der Bühne zu bringen.

Als der Vorsitzende und der Sekretär ein paar Minuten später das Zimmer betraten, fanden sie die Wahlurne, vom Assistenten bewacht, mitten auf dem dort befindlichen Tisch vor. Die beiden setzten sich einander gegenüber auf zwei Holzstühle. Der

Assistent schloss die Wahlurne auf und verließ dann das Zimmer, wobei er die Tür hinter sich zuzog.

Sobald die beiden hörten, dass die Tür geschlossen war, stand der Vorsitzende auf, öffnete die Wahlurne und kippte die Stimmzettel auf den Tisch. Dann setzte er sich wieder und fragte Fisher: »Wie möchten Sie vorgehen?«

»Ich würde vorschlagen, dass Sie Simpsons Stimmen zählen und ich die von Dunnett.«

Der Vorsitzende nickte, und sie begannen, die Stimmzettel durchzusehen. Fisher begriff schnell, dass Simpson wahrscheinlich mit zwanzig bis dreißig Stimmen Vorsprung gewinnen würde. Ihm war klar, dass er Geduld haben und auf den richtigen Augenblick warten musste. Dieser Augenblick kam, als der Vorsitzende die Wahlurne auf den Boden stellte und sich darüberbeugte, um zu sehen, ob darin kein Stimmzettel zurückgeblieben war. Das alles dauerte nur wenige Sekunden, aber Fisher hatte genügend Zeit, in eine Tasche seines Jacketts zu greifen und diskret eine Handvoll Stimmzettel herauszuholen, die er am selben Nachmittag zugunsten von Dunnett ausgefüllt hatte. Diese Bewegung hatte er mehrere Male vor dem Spiegel geübt. Geschickt legte er die Stimmen auf seinen eigenen Stapel. Trotzdem konnte er nicht sicher sein, ob sie ausreichen würden.

»So«, sagte Fisher und sah auf. »Wie viele Stimmen hat Simpson bekommen?«

»Einhundertachtundsechzig«, erwiderte der Vorsitzende. »Und wie viele Dunnett?«

»Einhundertdreiundsiebzig.«

Der Vorsitzende wirkte überrascht.

»Bei einem so knappen Ergebnis wäre es vielleicht sinnvoll, die Stimmen noch einmal zu zählen, damit es hinterher keine Probleme gibt.«

»Ganz meine Meinung«, sagte der Vorsitzende. »Sollen wir die Plätze tauschen?«

Sie taten es und begannen ein zweites Mal mit der Auszählung.

Ein paar Minuten später sagte der Vorsitzende: »Absolut korrekt, Fisher. Einhundertdreiundsiebzig für Dunnett.«

»Auch Ihre Zahl ist korrekt, Mr. Chairman. Einhundertachtundsechzig für Simpson.«

»Ich hätte gar nicht gedacht, dass so viele Leute im Saal waren.«

»Eine ganze Menge standen am hinteren Ende«, sagte Fisher, »und mehrere saßen draußen auf dem Flur.«

»Das muss die Erklärung sein«, sagte der Vorsitzende. »Ich muss Ihnen allerdings ganz im Vertrauen gestehen, dass ich für Simpson gestimmt habe.«

»Ich auch«, sagte Fisher. »Aber so ist das nun mal bei einer demokratischen Entscheidung.«

Der Vorsitzende lachte. »Ich glaube, wir gehen besser mal wieder rein und teilen den anderen das Ergebnis mit, bevor die Eingeborenen unruhig werden.«

»Vielleicht wäre es klug, nur zu sagen, wer gewonnen hat, und nicht darauf einzugehen, wie knapp das Ergebnis war. Schließlich müssen wir jetzt alle hinter dem Kandidaten stehen, den unsere Parteimitglieder gewählt haben. Im Protokoll werde ich die genauen Zahlen natürlich festhalten.«

»Eine ausgezeichnete Überlegung, Fisher.«

»Es tut mir leid, Sie an einem Sonntagabend noch so spät anzurufen, Lady Virginia, aber es hat sich da etwas ergeben. Wenn wir diese Sache zu unserem Vorteil nutzen wollen, brauche ich Ihr Einverständnis, um unverzüglich handeln zu können.«

»Dann wollen wir hoffen, dass Sie etwas wirklich Wichtiges für mich haben«, antwortete eine schläfrige Stimme.

»Ich habe gerade erfahren, dass Sir William Travers, der Vorstandsvorsitzende von Barrington's ...«

»Ich weiß, wer William Travers ist.«

»... vor ein paar Stunden an einem Herzinfarkt gestorben ist.«

»Ist das eine gute oder eine schlechte Nachricht?«, fragte die Stimme, die plötzlich hellwach klang.

»Sie ist zweifellos gut, denn der Aktienpreis wird in dem Augenblick sinken, in dem die Presse davon Wind bekommt. Deshalb habe ich Sie auch sofort angerufen, denn wir haben nur wenige Stunden Vorsprung.«

»Ich nehme an, Sie wollen, dass ich meine Aktien erneut verkaufe?«

»Ja, in der Tat. Ich muss Sie sicher nicht daran erinnern, dass Sie das letzte Mal nicht nur einen stattlichen Profit gemacht, sondern dem Ruf der Firma auch beträchtlich geschadet haben.«

»Aber könnten die Aktien denn nicht teurer werden, nachdem ich sie verkauft habe?«

»Wenn der Vorstandsvorsitzende einer solchen Firma stirbt, Lady Virginia, dann kennt der Aktienpreis nur eine Richtung, besonders wenn es sich bei der Todesursache um einen Herzinfarkt handelt.«

»In Ordnung. Verkaufen Sie.«

20

Giles hatte seiner Schwester versprochen, dass er pünktlich zur Sitzung kommen würde. Er ließ seinen Jaguar auf dem Kies ausrollen und parkte ihn neben Emmas Morris Traveller. Es freute ihn, dass sie bereits eingetroffen war, denn obwohl jeder von ihnen elf Prozent der Firma besaß, zeigte Emma ein viel größeres Interesse an den Geschäften von Barrington Shipping als er. Dieses Engagement war sogar noch gewachsen, seit sie den Fernkurs in Stanford belegt hatte, den jener zweimalige Pulitzerpreisträger gab, dessen Namen er sich nie merken konnte.

»Du würdest dich an Cyrus Feldmans Namen sehr wohl erinnern, wenn er eine Stimme in deinem Wahlkreis hätte«, pflegte Emma zu spotten.

Er versuchte erst gar nicht, ihre Kritik zurückzuweisen.

Giles lächelte, als er aus seinem Wagen stieg und eine Gruppe Kinder sah, die aus Old Jacks Pullman-Waggon kamen. In der kurzen Zeit, in der sein Vater die Firma geführt hatte, war der Eisenbahnwaggon sträflich vernachlässigt worden. Doch seit Kurzem erstrahlte er wieder in altem Glanz, denn inzwischen hatte man ihn in ein Museum umgewandelt, das dem Gedächtnis dieses großen Mannes gewidmet war. Regelmäßig kamen Schulklassen vorbei, die dort eine Darstellung von Old Jacks Leben lasen und eine Geschichtsstunde über den Burenkrieg erhielten. Wie lange würde es wohl dauern, fragte er sich, bis im Geschichtsunterricht der Zweite Weltkrieg behandelt würde?

Als er auf das Gebäude zueilte, fragte er sich, warum Emma es für so wichtig gehalten hatte, gerade heute, so kurz vor der Parlamentswahl, mit dem neuen Vorstandsvorsitzenden zusammenzukommen.

Giles wusste von Ross Buchanan fast nur, was er in der *Financial Times* gelesen hatte. Nach seiner Schulzeit in Fettes hatte er Wirtschaftswissenschaften an der Edinburgh University studiert und danach seine praktische Ausbildung bei P&O gemacht. Er hatte sich von ganz unten bis in den Vorstand hochgearbeitet und war schließlich stellvertretender Vorstandsvorsitzender geworden. Er hatte bereits die Stelle des Vorsitzenden in Aussicht, als ein Mitglied der Eigentümerfamilie beschloss, diesen Posten zu übernehmen.

Als Buchanan das Angebot des Barrington-Vorstands annahm, Nachfolger von Sir William Travers zu werden, waren die Aktien der Gesellschaft bei der Bekanntmachung seiner Berufung um fünf Shilling gestiegen, und innerhalb weniger Monate standen sie wieder so hoch wie vor Sir Williams Tod.

Giles sah auf die Uhr. Er war nicht nur ein paar Minuten zu spät, sondern hatte an jenem Abend noch drei weitere Termine, wozu auch ein Treffen mit der Hafenarbeitergewerkschaft gehörte, deren Vertreter es gar nicht mochten, wenn man sie warten ließ. Obwohl er für die Achtundvierzig-Stunden-Woche und für zwei Wochen bezahlten Urlaub für jedes Gewerkschaftsmitglied kämpfte, blieben die Hafenarbeiter gegenüber ihrem Abgeordneten misstrauisch, da er der Mitbesitzer eines Schifffahrtsunternehmens war, das seinen Namen trug. Dass er heute das Firmengebäude zum ersten Mal seit über einem Jahr wieder betrat, änderte nichts daran.

Er bemerkte sogleich, dass man dem Inneren des Hauses mehr als nur einen neuen Anstrich verpasst hatte, und als er durch die Tür getreten war, stand er auf einem dicken, blau und goldfarben gemusterten Teppich, der das neue Wahrzeichen der Palace Line trug. Er betrat den Aufzug, drückte den Knopf zum obersten Stock und hatte zum ersten Mal das Gefühl, nicht mühsam von widerwilligen Galeerensklaven nach oben gezogen zu werden. Als er ausstieg, galt sein erster Gedanke seinem Großvater, jenem angesehenen Firmenchef, der das Unternehmen noch vor der Umwandlung in eine Aktiengesellschaft ins zwanzigste Jahrhundert geführt hatte. Doch dann wandten sich seine Gedanken unwillkürlich seinem Vater zu, der die Firma in der Hälfte der Zeit fast ruiniert hatte. Seine düsterste Erinnerung jedoch – und einer der Hauptgründe, warum er das Gebäude mied – rührte von der Tatsache her, dass sein Vater in diesem Haus umgebracht worden war. Das einzig Gute, zu dem dieses grässliche Ereignis geführt hatte, war Jessica, die Berthe Morisot aus einfachsten Verhältnissen.

Giles war der erste Barrington, der nicht als Vorstandsvorsitzender für die Firma arbeitete, doch schließlich hatte er schon seit seiner ersten Begegnung mit Winston Churchill anlässlich der Verleihung der Schülerpreise in der Bristol Grammar School – Giles war damals Schulsprecher gewesen – in die Politik gehen wollen. Dass sich seine Sympathien für die Konservativen in ein Engagement für Labour verwandelt hatten, geschah jedoch erst mit dem Tod seines guten Freundes Corporal Bates, der bei der Flucht aus einem deutschen Kriegsgefangenenlager getötet worden war.

Mit schnellen Schritten ging er in das Büro des Vorstandsvorsitzenden, wo er seine Schwester umarmte und Ray Compton die Hand schüttelte, der der geschäftsführende Direktor der Firma war, so weit Giles zurückdenken konnte.

Das Erste, was ihm auffiel, als er Ross Buchanan die Hand

gab, war, dass man diesem Mann seine zweiundfünfzig Jahre überhaupt nicht ansah. Doch dann erinnerte er sich daran, dass die *Financial Times* darüber berichtet hatte, das Buchanan weder rauchte noch Alkohol trank, dreimal in der Woche Squash spielte, jeden Abend um halb elf ins Bett ging und um sechs Uhr morgens aufstand, was zum Tagesablauf eines Politikers schlecht passen würde.

»Ich freue mich, Sie endlich kennenzulernen, Sir Giles«, sagte Buchanan.

»Die Hafenarbeiter nennen mich Giles, also sollte der Vorstand das vielleicht auch tun.«

Das Gelächter löste die kleine Spannung auf, die Giles' politische Antennen aufgefangen hatten. Er nahm an, dass es bei dieser Begegnung vor allem darum ging, dass er seinerseits die Gelegenheit bekam, Buchanan kennenzulernen, doch die Mienen der anderen Anwesenden verrieten ihm, dass etwas sehr viel Ernsteres auf der Tagesordnung stand.

»Irgendetwas ist also nicht in Ordnung«, sagte Giles und setzte sich neben Emma in einen Sessel.

»Ich fürchte, so ist es in der Tat«, erwiderte Buchanan. »Ich hätte Sie so kurz vor einer Wahl nicht damit belästigt, wenn ich nicht der Ansicht gewesen wäre, dass Sie unverzüglich informiert werden müssen. Ich komme am besten gleich zur Sache. Es ist Ihnen wahrscheinlich aufgefallen, dass der Aktienpreis unserer Gesellschaft nach dem Tod meines Vorgängers dramatisch abgestürzt ist.«

»Ja, durchaus«, sagte Giles. »Aber ich hatte angenommen, dass das nicht ungewöhnlich ist.«

»Unter normalen Umständen hätten Sie recht damit, doch ungewöhnlich war, wie schnell der Wert der Aktien gesunken ist und in welchem Ausmaß.«

»Aber er hat sich doch wieder vollkommen erholt, nachdem Sie Ihre Stelle bei uns angetreten haben.«

»Das stimmt«, sagte der Vorstandsvorsitzende. »Aber ich glaube nicht, dass ich der Grund dafür war. Ich habe mich gefragt, ob es nicht eine andere Erklärung für den scheinbar unerklärlichen Absturz des Aktienwerts nach Sir Williams Tod geben könnte, besonders nachdem Ray mir mitgeteilt hatte, dass dies nicht der erste Vorfall dieser Art war.«

»Allerdings«, sagte Compton. »Die Aktien sind genauso schnell gefallen wie bei unserer Ankündigung, dass wir ins Geschäft mit der Passagierschifffahrt einsteigen wollen.«

»Aber wenn ich mich richtig erinnere«, sagte Emma, »haben sie danach einen neuen Höchststand erreicht.«

»So verhielt es sich in der Tat«, sagte Buchanan. »Aber es hat mehrere Monate gedauert, bis sie sich wieder erholt hatten, und das hat dem Ansehen unserer Firma nicht gutgetan. *Einmal* kann man eine solche Anomalie akzeptieren, aber wenn es ein zweites Mal geschieht, muss man sich fragen, ob sich dahinter nicht ein Muster abzuzeichnen beginnt. Ich habe nicht die Zeit, ständig einen Blick über die Schulter zu werfen und mich zu fragen, wann so etwas wieder passieren könnte.« Buchanan fuhr sich mit der Hand durch sein dichtes, sandfarbenes Haar. »Ich führe eine Aktiengesellschaft und kein Kasino.«

»Wollen Sie mir damit sagen, dass beide Ereignisse stattgefunden haben, seit Alex Fisher im Vorstand sitzt?«

»Kennen Sie Major Fisher?«

»Das ist eine viel zu komplizierte Geschichte, um Sie im Augenblick damit zu langweilen, Ross. Jedenfalls dann, wenn ich es noch vor Mitternacht zu meinem Termin mit der Hafenarbeitergewerkschaft schaffen soll.«

»Alle Indizien deuten in Fishers Richtung«, sagte Buchanan.

»Bei beiden Gelegenheiten kamen zweihunderttausend Aktien zum Verkauf, was fast genau einem Firmenanteil von siebeneinhalb Prozent entspricht. Beim ersten Mal kam es unmittelbar vor der Aktionärsversammlung dazu, auf der wir die Neuausrichtung des Unternehmens vorgestellt haben, und beim zweiten Mal direkt nachdem Sir William so unerwartet verstorben ist.«

»Das kann kein Zufall sein«, sagte Emma.

»Es kommt noch schlimmer«, fuhr Buchanan fort. »Bei beiden Gelegenheiten hat der Händler, der die Aktien verkauft hat, innerhalb von einundzwanzig Tagen genau dieselbe Menge an Anteilen zurückgekauft, nachdem der Preis so dramatisch abgestürzt war, wodurch er für seinen Kunden einen stattlichen Profit erwirtschaftet hat.«

»Und Sie glauben, dass dieser Kunde Fisher war?«, fragte Emma.

»Nein, denn das ist eine zu hohe Summe für ihn«, antwortete Giles an Buchanans Stelle.

»Ich bin sicher, Sie haben recht«, sagte Buchanan. »Er muss im Auftrag von jemand anderem handeln.«

»Ich würde schätzen, dass dies Lady Virginia Barrington sein wird«, sagte Giles.

»Daran habe ich auch schon gedacht«, gab Buchanan zu, »aber ich kann beweisen, dass Fisher dahintersteckt.«

»Wie?«

»Ich habe die Börsenunterlagen für die beiden dreiwöchigen Perioden durchgesehen«, sagte Compton, »und beide Verkäufe liefen in Hongkong über einen Händler namens Benny Driscoll. Ich habe nicht lange gebraucht, um herauszufinden, dass Driscoll vor Kurzem der irischen Polizei nur knapp entwischt ist, als er Dublin verlassen hat, und es ist nicht damit zu rechnen, dass er in nächster Zeit auf die smaragdgrüne Insel zurückkehren wird.«

»Es war Ihre Schwester, die uns den noch fehlenden Beweis verschafft hat«, sagte Buchanan, und Giles sah Emma überrascht an. »Sie hat uns empfohlen, dass wir einen gewissen Derek Mitchell engagieren, der ihr in der Vergangenheit schon zu Diensten war. Auf unsere Bitte hin flog Mr. Mitchell nach Hongkong, und sobald er die eine Bar auf der Insel ausfindig gemacht hatte, in der Guinness serviert wird, musste er nur noch eine Woche und mehrere geleerte Bierkisten investieren, um den Namen von Benny Driscolls wichtigstem Kunden zu erfahren.«

»Damit können wir Fisher endlich vom Vorstand ausschließen«, sagte Giles.

»Ich wollte, es wäre so einfach«, sagte Buchanan. »Er hat das Recht auf einen Sitz, solange er siebeneinhalb Prozent der Firmenaktien vertritt. Der einzige Beweis, den wir bisher gegen ihn haben, ist ein betrunkener Aktienhändler in Hongkong.«

»Soll das etwa heißen, dass wir überhaupt nichts tun können?«

»Keineswegs«, sagte Buchanan. »Genau das ist der Grund, warum ich Sie und Mrs. Clifton so dringend sprechen wollte. Ich glaube, die Zeit ist gekommen, um Major Fisher bei seinem eigenen Spiel zu schlagen.«

»Ich bin dabei.«

»Ich würde gerne hören, was Sie vorhaben, bevor ich mich entscheide«, sagte Emma.

»Natürlich.« Buchanan öffnete eine Akte, die vor ihm lag. »Sie beide besitzen zusammen zweiundzwanzig Prozent der Firmenaktien. Das macht Sie zu den mit Abstand größten Eigentümern, und es käme mir nicht in den Sinn, irgendetwas ohne Ihre Zustimmung in die Wege zu leiten.«

»Wir hegen keinerlei Zweifel daran«, warf Ray Compton ein, »dass das langfristige Ziel von Lady Virginia darin besteht, die Firma zu vernichten, indem sie unseren Aktienpreis immer wieder in ein chaotisches Auf und Ab stürzt, bis wir jegliche Glaubwürdigkeit verloren haben.«

»Und Sie sind der Ansicht, dass sie das nur deshalb tut, um mir eins auszuwischen?«, fragte Giles.

»Solange sie jemanden in der Firma hat, weiß sie genau, wann sie zuschlagen muss«, sagte Buchanan, indem er eine Antwort auf Giles' Frage vermied.

»Aber riskiert sie mit diesem Vorgehen nicht, sehr viel Geld zu verlieren?«, fragte Emma.

»Virginia ist das vollkommen egal«, sagte Giles. »Sofern es ihr nur gelingt, die Firma und mich zu vernichten, wäre sie ganz und gar zufrieden. Mutter hatte das lange vor mir gesehen.«

»Was die ganze Sache noch schwieriger macht«, sagte der Vorstandsvorsitzende, »ist die Tatsache, dass ihr die beiden bisherigen Anschläge auf den Aktienkurs unserer Einschätzung nach einen Gewinn von über siebzigtausend Pfund eingebracht haben. Eben deshalb müssen wir jetzt etwas unternehmen, bevor sie wieder zuschlägt.«

»Was schwebt Ihnen vor?«, fragte Emma.

»Nehmen wir einmal an«, antwortete Compton, »dass Fisher nur auf eine weitere schlechte Nachricht wartet, um die ganze Aktion noch einmal durchzuziehen.«

»Und wenn wir ihm genau diese Nachricht liefern …«, sagte Buchanan.

»Aber wie kann das für uns von Nutzen sein?«, fragte Emma.

»Diesmal wären wir es, die sich auf ein Insidergeschäft einlassen«, antwortete Compton.

»Wenn Driscoll Lady Virginias siebeneinhalb Prozent auf den

225

Markt bringt, werden wir sie sofort aufkaufen, und der Preis wird steigen, nicht fallen.«

»Aber das könnte uns ein Vermögen kosten«, sagte Emma.

»Nicht, wenn wir Fisher falsche Informationen geben«, erklärte Buchanan. »Mit Ihrer Zustimmung werde ich ihn davon zu überzeugen versuchen, dass die Firma kurz vor einer möglicherweise existenzbedrohenden finanziellen Krise steht. Ich werde ihn wissen lassen, dass wir dieses Jahr keinen Überschuss melden können wegen der Kosten für die *Buckingham*, die bereits zwanzig Prozent über dem geplanten Budget liegen, sodass wir uns nicht in der Lage sehen, den Aktionären eine Dividende zu bezahlen.«

»Wenn Sie das tun«, sagte Emma, »dann gehen Sie davon aus, dass er Virginia empfehlen wird, ihre Aktien zu verkaufen mit der Absicht, sie allesamt innerhalb von drei Wochen zu einem niedrigeren Preis zurückzukaufen.«

»Genau. Aber wenn der Aktienpreis während dieser drei Wochen steigt«, fuhr Compton fort, »wird Lady Virginia ihre siebeneinhalb Prozent vielleicht nicht zurückkaufen wollen, wodurch Fisher seinen Platz im Vorstand verlieren würde und wir beide los wären.«

»Wie viel werden Sie brauchen, um das alles zu finanzieren?«, fragte Giles.

»Ich bin davon überzeugt«, antwortete Buchanan, »dass ich sie mit einer Kriegskasse von einer halben Million Pfund in Schach halten könnte.«

»Und der genaue Zeitpunkt?«

»Ich werde die schlechte Nachricht mit der Bitte um Vertraulichkeit auf der nächsten Vorstandssitzung bekannt geben. Dabei werde ich auch darauf hinweisen, dass wir unsere Aktionäre natürlich bei der nächsten Aktionärsversammlung darüber informieren müssen.«

»Wann ist die Aktionärsversammlung?«

»Dazu brauche ich Ihren Rat, Sir Giles. Haben Sie irgendeine Vorstellung davon, wann *genau* die nächste Parlamentswahl stattfinden soll?«

»Der 26. Mai gilt als das wahrscheinlichste Datum, und auch ich rechne damit.«

»Wann werden wir es sicher sagen können?«, fragte Buchanan.

»Üblicherweise wird die Auflösung des Parlaments einen Monat zuvor verkündet.«

»Gut. Dann werde ich die Vorstandssitzung für den« – er schlug einige Seiten in seinem Terminkalender um – »18. April ansetzen und die Aktionärsversammlung für den 5. Mai.«

»Warum wollen Sie die Aktionärsversammlung auf dem Höhepunkt des Wahlkampfs abhalten?«, fragte Emma.

»Weil das der Zeitpunkt ist, zu dem der Vorsitzende einer Partei, die in diesem Wahlkreis antritt, garantiert nicht teilnehmen kann.«

»Der Vorsitzende?«, fragte Giles und war plötzlich außerordentlich interessiert.

»Offensichtlich haben Sie die Abendzeitung noch nicht gelesen«, sagte Ray Compton und reichte ihm ein Exemplar der *Bristol Evening Post*. Giles las die Überschrift: *Ehemaliger Tobruk-Held wird Vorsitzender der Konservativen für Bristol Docklands. In einer einstimmigen Wahl wurde Major Fisher ...*

»Was hat dieser Mann vor?«, fragte er.

»Er nimmt an, dass Sie die Wahl verlieren werden, und möchte Vorsitzender sein für den Fall, dass ...«

»Wenn das stimmt, hätte er Neville Simpson als Kandidat der Konservativen unterstützt und nicht Gregory Dunnett, denn Simpson wäre ein viel aussichtsreicherer Gegner gewesen. Er hat irgendetwas vor.«

»Was sollen wir Ihrer Ansicht nach tun, Mr. Buchanan?«, fragte Emma, womit sie auf die Tatsache zurückkam, dass der Vorsitzende sie und Giles so dringend hatte sprechen wollen.

»Ich brauche Ihre Genehmigung, jede Aktie zu kaufen, die ab dem 5. Mai auf den Markt kommt, und zwar für die ganzen folgenden drei Wochen.«

»Wie viel könnten wir verlieren?«

»Ich fürchte, bis zu zwanzig oder sogar dreißigtausend Pfund. Aber wenigstens haben diesmal wir das Schlachtfeld und das Datum der Schlacht ausgesucht, also werden Sie wahrscheinlich ohne Verluste aus der Sache herauskommen. Vielleicht machen Sie sogar einen kleinen Gewinn.«

»Wenn es bedeutet, dass Fisher seinen Vorstandsposten verliert«, sagte Giles, »und wir Virginia dadurch den Wind aus den Segeln nehmen, wären dreißigtausend Pfund kein zu hoher Preis.«

»Da wir gerade über die Neubesetzung von Fishers Platz im Vorstand sprechen ...«

»Mit mir können Sie nicht rechnen«, sagte Giles, »nicht einmal, falls ich nicht wiedergewählt werden sollte.«

»An Sie dachte ich auch gar nicht, Sir Giles. Ich hatte vielmehr gehofft, dass Mrs. Clifton bereit wäre, dem Vorstand beizutreten.«

»Heute Nachmittag um vier Uhr hat Premierminister Sir Anthony Eden zu einer Audienz bei Ihrer Majestät der Königin den Buckingham Palast aufgesucht. Sir Anthony bat Ihre Majestät um die Erlaubnis, das Parlament aufzulösen, damit am 26. Mai Neuwahlen stattfinden können. Ihre Majestät hatte die Güte, dieser Bitte sogleich nachzukommen.«

»Genau wie Sie vorhergesagt haben«, bemerkte Virginia, als

sie das Radio ausschaltete. »Wann haben Sie die Absicht, den glücklosen Mr. Dunnett darüber zu informieren, welche Pläne Sie mit ihm haben?«

»Es kommt alles auf den richtigen Zeitpunkt an«, sagte Fisher. »Ich denke, ich werde ihn am Sonntagnachmittag zu mir bitten.«

»Warum gerade am Sonntagnachmittag?«

»Ich will nicht, dass die anderen Mitglieder des Komitees zugegen sind.«

»Machiavelli wäre stolz darauf gewesen, Sie als Vorsitzenden seines Komitees um sich zu haben.«

»Machiavelli hielt nichts von Komitees.«

Virginia lachte. »Und wann haben Sie vor, sich bei unserem Freund in Hongkong zu melden?«

»Ich werde Benny in der Nacht vor der Aktionärsversammlung anrufen. Es ist wichtig, dass er die Verkaufsorder genau in dem Moment platziert, in dem Buchanan vorhat, sich an die Aktionäre zu wenden.«

Virginia nahm eine Passing Cloud aus ihrem Zigarettenetui, lehnte sich zurück und ließ sich vom Major mit einem Streichholz Feuer geben. Sie inhalierte ein paarmal, bevor sie sagte: »Finden Sie nicht auch, Major, es ist ein schöner Zufall, wie alles am selben Tag so wunderbar Gestalt annimmt?«

21

»Dunnett, wie schön, dass Sie so kurzfristig vorbeischauen konnten, besonders an einem Sonntagnachmittag.«

»Es ist mir ein Vergnügen, Mr. Chairman. Es wird Sie sicher freuen zu hören, wie gut unser Wahlkampf läuft. Die ersten Reaktionen deuten darauf hin, dass wir mit über eintausend Stimmen Vorsprung gewinnen werden.«

»Dann hoffen wir mal, dass Sie um der Partei willen recht haben, denn ich fürchte, meine Neuigkeiten sind nicht so gut. Vielleicht sollten Sie sich besser setzen.«

Der Kandidat, der eben noch fröhlich gelächelt hatte, schien verwirrt. »Gibt es ein Problem, Mr. Chairman?«, fragte er, als er Fisher gegenüber Platz nahm.

»Ich glaube, Sie wissen genau, worin dieses Problem besteht.« Dunnett biss sich auf die Unterlippe und starrte den Vorsitzenden an.

»Als Sie sich um eine Kandidatur für diesen Wahlbezirk beworben und bei unserem Komitee Ihren Lebenslauf eingereicht haben«, fuhr Fisher fort, »waren Sie anscheinend nicht ganz ehrlich zu uns.« Nur auf dem Schlachtfeld hatte Fisher jemals zuvor einen Mann so bleich werden sehen. »Sie werden sich erinnern, dass Sie gebeten wurden, über die Rolle zu berichten, die Sie während des Krieges gespielt haben.« Fisher griff nach Dunnetts Lebenslauf, der auf dem Schreibtisch vor ihm lag, und las daraus vor: »Aufgrund einer Verletzung, die ich mir beim

Rugbyspiel zugezogen hatte, blieb mir nichts anderes übrig, als im Royal Ambulance Corps zu dienen.«

Dunnett sank auf seinem Stuhl zusammen, wie eine Marionette, der jemand die Fäden durchgeschnitten hat.

»Kürzlich habe ich herausgefunden, dass diese Angabe bestenfalls irreführend und schlimmstenfalls unaufrichtig ist.« Dunnett schloss die Augen. »Die Wahrheit ist, dass Sie den Militärdienst aus Gewissensgründen verweigert haben, wofür Sie für sechs Monate ins Gefängnis kamen. Erst *danach* haben Sie den Sanitätsdienst angetreten.«

»Aber das war vor mehr als zehn Jahren«, sagte Dunnett verzweifelt. »Es gibt keinen Grund, dass dies sonst noch jemand herausfinden könnte.«

»Ich wünschte, es wäre so, Dunnett, aber unglücklicherweise haben wir einen Brief von jemandem bekommen, der mit Ihnen zusammen in Parkhurst war«, sagte Fisher und hielt einen Umschlag hoch, der nichts weiter als eine Gasrechnung enthielt. »Sollte ich mich auf Ihre Täuschung einlassen, Dunnett, dann würde das bedeuten, dass ich diese Unaufrichtigkeit stillschweigend dulde. Und wenn die Wahrheit im Wahlkampf oder, schlimmer noch, während Ihrer Zeit als Abgeordneter herauskäme, würde ich meinen Kollegen gegenüber zugeben müssen, dass ich längst Bescheid wusste, und sie würden völlig zu Recht meinen Rücktritt fordern.«

»Aber wenn Sie mich unterstützen, kann ich diese Wahl immer noch gewinnen.«

»Und Barrington würde einen Erdrutschsieg einfahren, wenn die Labour Partei davon Wind bekäme. Sie sollten sich immer bewusst sein, dass ihm nicht nur das MC verliehen wurde, sondern dass ihm auch die Flucht aus einem deutschen Kriegsgefangenenlager gelungen ist.«

Dunnett ließ den Kopf sinken und begann zu weinen.

»Reißen Sie sich zusammen, Dunnett, und benehmen Sie sich wie ein Gentleman. Sie können immer noch in allen Ehren aus dieser Sache rauskommen.«

Dunnett sah auf, und für einen kurzen Moment huschte der Ausdruck von Hoffnung über sein Gesicht. Fisher schob ihm ein leeres Blatt Papier zu, das den Aufdruck des Parteikomitees trug, und schraubte die Kappe seines Füllfederhalters auf.

»Ich denke, wir sollten das am besten gemeinsam klären«, sagte er und reichte Dunnett den Füllfederhalter.

»Sehr geehrter Mr. Chairman«, diktierte Fisher, und Dunnett begann widerstrebend zu schreiben. »Zu meinem größten Bedauern muss ich Ihnen mitteilen, dass ich Ihnen bei der nächsten Parlamentswahl nicht mehr als Kandidat der Konservativen Partei zur Verfügung stehen kann. Zu diesem Verzicht sehe ich mich« – Fisher hielt kurz inne, bevor er fortfuhr – »aus Gesundheitsgründen gezwungen.«

Dunnett sah auf.

»Weiß Ihre Frau, dass Sie den Militärdienst aus Gewissensgründen verweigert haben?«

Dunnett schüttelte den Kopf.

»Dann wollen wir dafür sorgen, dass es auch so bleibt, nicht wahr?« Fisher lächelte ihn scheinbar voller Verständnis an, bevor er zu diktieren fortfuhr. »Ich möchte betonen, wie leid es mir tut, dass ich das Komitee so kurz vor der Wahl in diese schwierige Lage gebracht habe« – wieder hielt Fisher inne und sah zu, wie sich Dunnetts zitternde Hand ruckartig über das Blatt bewegte –, »und ich wünsche demjenigen, der das Glück hat, mein Nachfolger zu werden, viel Erfolg. Hochachtungsvoll …« Er schwieg, bis Dunnett den Brief unterschrieben hatte.

Fisher nahm das Blatt und las den Text sorgfältig. Zufrieden steckte er es in einen Umschlag und schob diesen über den Tisch.

»Adressieren Sie ihn einfach mit ›An den Vorsitzenden. Persönlich, vertraulich‹.«

Dunnett tat es. Er hatte sein Schicksal akzeptiert.

»Es tut mir so leid, Dunnett«, sagte Fisher, als er die Kappe wieder auf seinen Füllfederhalter schraubte. »Ich fühle wirklich mit Ihnen.« Er legte den Umschlag in die oberste Schublade seines Schreibtisches und schloss diese ab. »Aber Kopf hoch, alter Junge.« Er stand auf und fasste Dunnett beim Ellbogen. »Ich bin sicher, Sie werden verstehen, dass ich immer Ihr Bestes im Auge hatte«, fügte er hinzu, während er Dunnett langsam zur Tür führte. »Es wäre vielleicht sinnvoll, wenn Sie den Bezirk so rasch wie möglich verlassen würden. Wir wollen doch nicht, dass irgendein vorwitziger Journalist diese Geschichte in die Finger bekommt, oder?«

Dunnett sah entsetzt aus.

»Und bevor Sie fragen, Greg: Sie können sich auf meine Diskretion verlassen.«

»Danke, Mr. Chairman«, sagte Dunnett, als sich die Tür schloss.

Fisher ging quer durch sein Büro, hob den Hörer seines Telefons auf dem Schreibtisch ab und wählte eine Nummer, die auf dem Notizblock daneben stand.

»Peter, hier ist Alex Fisher. Es tut mir leid, Sie an einem Sonntagnachmittag stören zu müssen, aber es hat sich da ein Problem ergeben, das ich dringend mit Ihnen besprechen muss. Hätten Sie heute Abend zum Dinner Zeit?«

»Gentlemen, zu meinem größten Bedauern muss ich Sie darüber informieren, dass Gregory Dunnett mich gestern Nachmittag aufgesucht und mir mitgeteilt hat, dass er uns unglücklicherweise nicht mehr als Kandidat bei der Parlamentswahl zur Verfügung stehen kann, was auch der Grund dafür ist, warum ich diese außerplanmäßige Sitzung einberufen habe.«

Fast alle Mitglieder des Exekutivkomitees begannen gleichzeitig zu reden. Ein Wort fiel dabei immer wieder: Warum?

Fisher wartete geduldig, bis wieder Ordnung herrschte, bevor er seinen Parteifreunden eine Antwort auf diese Frage gab. »Dunnett hat mir gestanden, dass er das Komitee hinsichtlich seines Dienstes im Royal Ambulance Corps während des Kriegs in die Irre geführt hat. *Vor* seiner Arbeit für den Sanitätsdienst hatte er nämlich zunächst wegen Verweigerung des Dienstes an der Waffe aus Gewissensgründen sechs Monate im Gefängnis gesessen. Inzwischen ist ihm zu Ohren gekommen, dass ein Journalist Kontakt zu einem seiner ehemaligen Mitgefangenen aus Parkhurst aufgenommen hat, worauf er keine andere Möglichkeit mehr sah, als seine Kandidatur zurückzuziehen.«

Jetzt wurden die Ansichten und Fragen zu diesem Thema sogar mit noch größerer Lautstärke vorgebracht, doch wieder wartete Fisher einfach nur ab. Er konnte es sich leisten. Er hatte das Drehbuch geschrieben und wusste, was auf der nächsten Seite stand.

»Ich hatte keine andere Wahl, als in unser aller Namen seinen Rückzug zu akzeptieren, und Dunnett und ich sind übereingekommen, dass er den Bezirk so schnell wie möglich verlassen sollte. Ich hoffe, Sie haben nicht den Eindruck, dass ich gegenüber dem jungen Mann zu nachsichtig war.«

»Wie sollen wir in so kurzer Zeit nur einen anderen Kandidaten finden?«, fragte Peter Maynard genau aufs Stichwort.

»Das war auch mein erster Gedanke«, sagte Fisher. »Deshalb habe ich sofort das Zentralbüro angerufen, doch am Sonntagnachmittag waren nicht allzu viele Schreibtische besetzt. Immerhin habe ich eine Sache herausgefunden, als ich mit der Rechtsabteilung gesprochen habe, und dies könnte wichtig für uns sein. Wenn es uns nicht gelingt, bis zum 12. Mai – das ist der nächste Donnerstag – einen Kandidaten zu benennen, sieht das Wahlgesetz vor, dass wir von der Wahl ausgeschlossen werden, was Barrington einen Erdrutschsieg sichern würde, weil er dann nur noch den Kandidaten der Liberalen gegen sich hätte.«

Diesmal war der Lärm um den Tisch ohrenbetäubend, doch Fisher hatte nichts anderes erwartet. Als die Ordnung halbwegs wiederhergestellt war, fuhr er fort. »Mein nächster Anruf galt Neville Simpson.«

Hoffnung leuchtete in den Gesichtern einiger Komiteemitglieder auf.

»Doch unglücklicherweise hat Fulham Central ihn uns weggeschnappt, und er hat bereits die entsprechenden Papiere unterzeichnet. Dann habe ich die ursprüngliche Liste durchgesehen, die uns vom Zentralbüro geschickt worden war, doch dabei musste ich feststellen, dass alle guten Kandidaten bereits für einen anderen Sitz kandidieren, und diejenigen, die noch verfügbar sind, würde Barrington, ehrlich gesagt, noch vor dem Frühstück verspeisen. Wie ich weiter vorgehen soll, liegt damit ganz bei Ihnen, Gentlemen.«

Mehrere Hände schossen in die Höhe, und Fisher erteilte Peter Maynard das Wort, als sei sein Blick zufällig zuerst auf ihn gefallen.

»Heute ist ein trauriger Tag für die Partei, Mr. Chairman, aber ich bin überzeugt davon, dass niemand mit dieser delikaten Situation besser hätte umgehen können als Sie.«

Um den Tisch herum erhob sich zustimmendes Gemurmel.

»Es ist sehr freundlich von Ihnen, das zu sagen, Peter. Aber ich habe nur getan, was für unsere Partei am besten ist.«

»Ich kann nur für mich sprechen, Mr. Chairman«, fuhr Maynard fort, »aber wäre es möglich, dass Sie angesichts der schwierigen Situation, in der wir uns befinden, selbst in die Bresche springen würden?«

»Nein, nein«, sagte Fisher und winkte scheinbar verschämt ab wie Cassius. »Ich bin sicher, Sie werden jemanden finden, der viel besser als ich qualifiziert ist, die Partei zu vertreten.«

»Aber niemand kennt den Wahlkreis und unseren Gegner besser als Sie, Mr. Chairman.«

Fisher ließ zu, dass einige ähnliche Ansichten geäußert wurden, bis der Parteisekretär schließlich sagte: »Ich stimme Peter zu. Wir können es uns einfach nicht erlauben, noch mehr Zeit zu verlieren. Je länger wir die Entscheidung hinauszögern, umso mehr spielt das Barrington in die Hände.«

Nachdem Fisher überzeugt war, dass die Mehrheit des Komitees diese Meinung teilte, senkte er den Kopf, was für Maynard das Zeichen war, aufzustehen und zu erklären: »Ich schlage Major Alex Fisher als Kandidat der Konservativen für Bristol Docklands bei der nächsten Parlamentswahl vor.«

Fisher hob den Blick, um zu sehen, ob jemand den Vorschlag unterstützte. Der Sekretär nickte zustimmend.

»Wer ist dafür?«, fragte Maynard. Mehrere Mitglieder des Komitees hoben die Hand. Maynard wartete, bis auch der letzte Zauderer sich der Mehrheit anschloss. »Ich erkläre den Antrag als einstimmig angenommen.« Heftiger Applaus folgte auf seine Worte.

»Ich bin überwältigt, Gentlemen«, sagte Fisher, »und ich nehme das Vertrauen, das Sie damit für mich zum Ausdruck bringen, in aller Bescheidenheit an, denn wie Sie wissen, kam für mich die Partei immer an erster Stelle, und eine solche Entwicklung hätte ich mir nie vorstellen können. Ich darf Ihnen jedoch versichern«, fuhr er fort, »dass ich alles tun werde, um Giles Barrington bei der Wahl zu schlagen und dafür zu sorgen, dass wieder ein Abgeordneter der Konservativen für Bristol Docklands ins Unterhaus einzieht.« Diese kleine Rede hatte er mehrfach eingeübt, denn er wusste, er würde in dieser Situation nicht auf irgendwelche Notizen zurückgreifen können.

Die Mitglieder des Komitees sprangen von ihren Sitzen auf und begannen erneut, laut zu applaudieren. Fisher senkte den Kopf und lächelte. Er würde Virginia anrufen, sobald er wieder zu Hause wäre. Das kleine Honorar, so würde er ihr mitteilen, das sie zu zahlen bereit gewesen war, damit Mitchell etwas aus der Vergangenheit der Kandidaten herausfinden konnte, und das sich möglicherweise als parteischädigend erweisen würde, hatte sich als eine ganz ausgezeichnete Investition erwiesen. Jetzt war Fisher zuversichtlich, dass er Barrington würde demütigen können; und diesmal würde es in aller Öffentlichkeit geschehen.

»Benny, hier ist Major Fisher.«

»Es ist immer schön, von Ihnen zu hören, Major, besonders nachdem ein kleines Vögelchen mir zugezwitschert hat, dass eine Gratulation angebracht wäre.«

»Danke«, sagte Fisher, »aber das ist nicht der Grund, warum ich Sie anrufe.«

»Ich habe den Stift schon in der Hand, Major.«

»Ich möchte, dass Sie dieselbe Transaktion wie zuvor ausführen, doch diesmal gibt es keinen Grund, warum Sie nicht selbst auch ein bisschen etwas einsetzen sollten.«

»Anscheinend sind Sie sich Ihrer Sache sehr sicher, Major«, erwiderte Benny. Als er keine Antwort erhielt, fügte er hinzu:

»Das ist also eine Verkaufsorder für zweihunderttausend Barrington-Aktien.«

»Bestätigt«, sagte Fisher. »Aber auch diesmal ist der Zeitpunkt absolut entscheidend.«

»Sagen Sie mir einfach nur, wann ich die Order platzieren soll, Major.«

»Am 5. Mai. Das ist der Tag der Aktionärsversammlung von Barrington Shipping. Doch es kommt unbedingt darauf an, dass der Verkauf vor zehn Uhr vormittags über die Bühne gegangen ist.«

»Ist so gut wie erledigt.« Nach kurzem Schweigen fuhr Benny fort. »Die vollständige Transaktion soll also bis zum Wahltag abgeschlossen sein?«

»Das ist richtig.«

»Welch passender Zeitpunkt, um zwei Fliegen mit einer Klappe zu schlagen.«

GILES BARRINGTON

1955

22

Es war kurz nach Mitternacht, als das Telefon klingelte. Giles wusste, dass es nur einen Menschen gab, der es wagen würde, ihn zu einer solchen Stunde zu stören.

»Gehen Sie eigentlich nie ins Bett, Griff?«

»Nicht, wenn der Kandidat der Konservativen mitten im Rennen aufgibt«, erwiderte der Mann, der Giles' Wahlkampf organisierte.

»Was soll das heißen?«, fragte Giles, der plötzlich hellwach war.

»Greg Dunnett hat seine Kandidatur zurückgezogen, angeblich aus Gesundheitsgründen. Aber da muss noch viel mehr dahinterstecken, denn inzwischen hat Fisher die Kandidatur übernommen. Versuchen Sie, ein wenig zu schlafen, denn ich brauche Sie morgen früh um sieben im Büro, damit wir entscheiden können, wie wir die Sache handhaben wollen. Jetzt ist das ein völlig anderes Spiel, wie die Amerikaner sagen würden.«

Aber Giles schlief nicht. Er hatte schon länger vermutet, dass Fisher irgendetwas plante, und nun wusste er, worum es sich dabei handelte. Offensichtlich hatte er die Kandidatur von Anfang an angestrebt. Dunnett war dabei nichts anderes als ein Opferlamm.

Giles hatte sich bereits darauf eingestellt, dass er eine Mehrheit von nur vierhundertvierzehn Stimmen verteidigen musste und die Umfragen darauf hindeuteten, dass die Tories mehr Mandate erringen würden. Ihm war also längst klar, dass er sich in einer harten Auseinandersetzung befand. Doch jetzt sah er sich jemandem gegenüber, der bereit war, Menschen in den Tod zu schicken, wenn es seinem eigenen Überleben nützen würde. Gregory Dunnett war nur das letzte Opfer dieses Mannes.

Am nächsten Morgen erschienen Harry und Emma in Barrington Hall, wo sie Giles beim Frühstück antrafen.

»Keinen Lunch und kein Dinner mehr während der nächsten drei Wochen«, sagte Giles, als er eine weitere Scheibe Toast mit Butter bestrich. »Jetzt wird nur noch Schuhleder auf den harten Bürgersteigen abgewetzt, und es werden unzählige Hände möglicher Wähler geschüttelt. Und seht zu, dass ihr beide möglichst unauffällig verschwindet. Ich brauche niemanden, der mich daran erinnert, dass meine Schwester und mein Schwager unerschütterliche Tories sind.«

»Wir werden ebenfalls auf die Straße gehen, um für eine Sache zu kämpfen, an die wir glauben«, sagte Emma.

»Das hat mir gerade noch gefehlt.«

»Sofort nachdem wir gehört haben, dass Fisher Kandidat der Konservativen geworden ist, sind wir als zahlende Mitglieder in die Labour Partei eingetreten«, sagte Harry. »Wir haben sogar eine Spende für deinen Wahlkampf überwiesen.«

Giles hörte auf zu essen.

»Und wir haben vor, während der nächsten drei Wochen Tag und Nacht für dich zu arbeiten, bis die Wahllokale schließen, wenn wir dadurch mithelfen können, dass Fisher nicht gewinnt.«

»Aber«, sagte Emma, »wenn wir schon unsere langjährigen Prinzipien über Bord werfen, um dir zu helfen, dann nur unter zwei Bedingungen.«

»Ich wusste doch, dass da irgendwo ein Haken ist«, sagte Giles und schenkte sich einen großen schwarzen Kaffee ein.

»Du wirst für den Rest des Wahlkampfs bei uns im Manor House wohnen. Sonst würde sich nämlich Griff Haskins um dich kümmern, und das würde nur damit enden, dass du dich von Fish 'n' Chips ernährst, viel zu viel Bier trinkst und auf dem Boden des Wahlkampfbüros schläfst.«

»Wahrscheinlich hast du recht, aber ich muss dich warnen. Ich werde nie vor Mitternacht nach Hause kommen.«

»Das ist schon in Ordnung. Du musst nur aufpassen, dass du Jessica nicht aufweckst.«

»Einverstanden.« Giles stand auf. In der einen Hand hielt er eine Scheibe Toast, in der anderen die Zeitung. »Wir sehen uns heute Abend.«

»Steh nicht vom Tisch auf, ohne dass du zu Ende gegessen hast«, ermahnte ihn Emma, die dabei ganz genau wie ihre Mutter klang.

Giles lachte. »Mutter musste nie einen Wahlkampf führen«, sagte er zu seiner Schwester.

»Sie wäre eine verdammt gute Abgeordnete gewesen«, sagte Harry.

»Ich glaube, da sind wir uns alle einig«, erwiderte Giles, als er aus dem Zimmer eilte. Den Toast hatte er immer noch in der Hand.

Er sprach noch kurz mit Denby, bevor er aus dem Haus stürmte. Emma und Harry saßen bereits im Fond seines Jaguar.

»Was macht ihr beiden hier?«, fragte er, als er sich hinter das Steuer setzte und den Schlüssel ins Zündschloss schob.

»Wir gehen zur Arbeit«, antwortete Emma. »Es muss uns jemand mitnehmen, damit wir uns als Wahlhelfer eintragen können.«

»Ist euch klar«, fragte Giles, während er in Richtung Hauptstraße fuhr, »dass ihr einen Achtzehnstundentag vor euch habt und kein Geld bekommt?«

Als sie zwanzig Minuten später Giles ins Parteibüro folgten, waren Emma und Harry beeindruckt von den vielen freiwilligen Wahlhelfern allen Alters, jeder Größe und jeglicher Statur, die dort durcheinandereilten. Giles führte sie in das Büro seines Wahlkampforganisators und stellte sie Griff Haskins vor.

»Zwei Freiwillige mehr«, sagte er.

»Einige wahrhaft seltsame Gestalten haben sich unserer Sache angeschlossen, seit Alex Fisher Tory-Kandidat wurde. Willkommen an Bord, Mr. und Mrs. Clifton. Haben Sie schon jemals Wahlkampf von Haustür zu Haustür gemacht?«

»Noch nie«, gab Harry zu. »Nicht einmal für die Tories.«

»Dann folgen Sie mir bitte«, sagte Griff und führte sie zurück in den Hauptraum. Er trat an einen langen, auf Böcken stehenden Tisch, auf dem mehrere Klemmbretter aufgereiht waren. »Jedes von ihnen steht für eine Straße in unserem Wahlkreis«, erklärte er und reichte Harry und Emma jeweils ein Klemmbrett sowie einen roten, grünen und blauen Buntstift.

»Heute ist Ihr Glückstag«, fuhr Griff fort. »Sie werden in Woodbine anfangen, das ist eine unserer Hochburgen. Ich werde Ihnen die Grundregeln erklären. Wenn Sie um diese Zeit an die Tür klopfen, wird Ihnen wahrscheinlich die Ehefrau aufmachen, denn ihr Mann wird bei der Arbeit sein. Wenn ein Mann die Tür öffnet, ist er möglicherweise arbeitslos und ohnehin eher geneigt, für Labour zu stimmen. Doch wer auch immer an die Tür kommt, Sie werden nichts weiter sagen als: ›Ich bin im Auftrag von Giles Barrington hier‹ – sagen Sie niemals ›Sir Giles‹ –, ›dem Labour-Kandidaten für die Parlamentswahl am Donnerstag, dem 26. Mai‹ – das Datum müssen Sie immer betonen –, ›und ich hoffe, dass er mit Ihrer Unterstützung rechnen darf.‹ Dann kommt der Teil, bei dem Sie Ihren Grips benutzen müssen. Wenn Ihr Gegenüber antwortet: ›Ich wähle schon mein ganzes Leben lang Labour, auf mich können Sie sich verlassen‹, dann markieren Sie seinen Namen mit dem roten Stift. Wenn es sich um einen älteren Herrn oder eine ältere Dame handelt, dann fragen Sie sie, ob sie am Wahltag jemanden benötigen, der sie zum Wahllokal fährt. Wenn Ihr Gegenüber mit ›Ja‹ antwortet, dann schreiben Sie ›Auto‹ hinter den Namen. Wenn Ihr Gegenüber antwortet: ›Ich habe in der Vergangenheit für Labour gestimmt, aber diesmal bin ich mir nicht sicher‹, markieren Sie den Namen mit dem grünen Stift für ›unentschlossen‹. Dann wird ein Mitglied des Stadtrats, das unserer Partei angehört, den Betreffenden noch einmal aufsuchen. Wenn Ihr Gesprächspartner erklärt, nie über Politik zu diskutieren, oder behauptet, er müsse über das Ganze erst noch nachdenken oder habe sich noch nicht entschieden, oder wenn er irgendeine Bemerkung macht, die diesen Aussagen ähnelt, dann steht ein Tory vor Ihnen. Den markieren Sie mit einem blauen Stift, ohne noch länger Zeit mit ihm zu verschwenden. Haben Sie das bis hierher verstanden?«

Beide nickten.

»Die Ergebnisse unserer Aktion von Haustür zu Haustür sind äußerst wichtig«, fuhr Griff fort, »denn am Wahltag werden wir alle rot markierten Personen noch einmal aufsuchen, um sicherzustellen, dass sie auch tatsächlich ihre Stimme abgegeben haben. Wenn nicht, werden wir sie daran erinnern, dass sie sich unverzüglich in das für sie zuständige Wahllokal begeben sollen. Sollten Sie irgendwelche Zweifel an den Absichten Ihres Gegenübers haben, markieren Sie den Namen grün für ›unentschlossen‹, denn wir wollen auf keinen Fall jemanden an die Wahl erinnern oder, schlimmer noch, ihn zum Wahllokal fahren, wenn er vorhat, die andere Seite zu unterstützen.«

Ein junger Wahlhelfer eilte herbei und reichte Griff ein Stück Papier. »Was soll ich damit machen?«, fragte er.

Griff las die Nachricht und sagte: »Sag ihm, dass er sich verziehen soll. Er ist ein bekannter Tory, der nur versucht, unsere Zeit zu verschwenden. Übrigens«, er wandte sich wieder an Harry und Emma, »wenn jemand versucht, Sie mehr als sechzig Sekunden lang an seiner Tür festzuhalten, weil er behauptet, dass er erst noch überzeugt werden oder die Politik der Labour Partei genauer diskutieren möchte oder gerne mehr über den Kandidaten erfahren würde, handelt es sich ebenfalls um einen Tory, der nur versucht, Ihre Zeit zu stehlen. Wünschen Sie ihm einen guten Morgen und gehen Sie weiter. Viel Glück. Melden Sie sich bei mir, wenn Sie Ihre Adressen abgearbeitet haben.«

»Guten Morgen. Mein Name ist Ross Buchanan, und ich bin der Vorstandsvorsitzende der Barrington Shipping Group. Ich möchte Sie zu unserer Aktionärsversammlung herzlich willkommen heißen. Auf Ihren Plätzen haben wir für jeden von Ihnen eine Kopie des jährlichen Firmenberichts hinterlegt. Ich würde Sie gerne auf einige besonders wichtige Punkte aufmerksam machen. Unser Gewinn hat sich im letzten Jahr von 108.000 auf 122.000 Pfund erhöht, was einem Zuwachs von zwölf Prozent entspricht. Wir haben mehrere Architekten damit beauftragt, unseren ersten Luxusliner zu gestalten, und dürfen damit rechnen, ihre Empfehlungen innerhalb der nächsten sechs Monate entgegenzunehmen.

Ich möchte allen unseren Aktionären versichern, dass wir dieses Projekt erst weiterführen werden, wenn wir davon überzeugt sein dürfen, dass dieser besondere Zweig unseres Unternehmens gute Früchte tragen wird. Angesichts dieser Überlegung erfüllt es mich mit besonderer Freude, Ihnen mitteilen zu können, dass wir die Dividende unserer Aktionäre dieses Jahr auf fünf Prozent erhöhen werden. Ich habe keinen Grund, daran zu zweifeln, dass wir im nächsten Jahr ein ähnliches, wenn nicht gar noch höheres Ergebnis erzielen werden.«

Der einsetzende Applaus erlaubte Buchanan, die nächste Seite seines Redemanuskripts umzublättern und einen kurzen Blick auf das zu werfen, was er als Nächstes sagen würde. Als er wieder aufsah, bemerkte er, dass einige Wirtschaftsjournalisten aus dem Saal eilten, um ihre Berichte noch in die Abendausgaben ihrer Zeitungen zu bringen. Sie wussten, dass der Vorstandsvorsitzende die wichtigsten Punkte bereits genannt hatte und es jetzt nur noch darum ging, den Aktionären in Ruhe die Einzelheiten zu erläutern.

Nachdem Buchanan seine Rede beendet hatte, beantworteten er und Ray Compton während der nächsten vierzig Minuten die Fragen der Aktionäre. Und als die Versammlung zu Ende gegangen war, konnte der Vorstandsvorsitzende befriedigt feststellen, dass die meisten der angeregt plaudernden Aktionäre den Saal mit einem Lächeln auf dem Gesicht verließen.

Buchanan verließ gerade die Bühne im Konferenzsaal des Hotels, als seine Sekretärin auf ihn zueilte und sagte: »Sie haben einen wichtigen Anruf aus Hongkong. Die Vermittlung des Hotels wird ihn auf Ihr Zimmer legen.«

Harry und Emma waren erschöpft, als sie mit ihren ausgefüllten Listen ins Wahlkampfbüro der Labour Party zurückkehrten.

»Wie ist es gelaufen?«, fragte Griff, während er mit fachmännischem Auge einen Blick auf ihre Klemmbretter warf.

»Nicht schlecht«, antwortete Harry. »Wenn Woodbine irgendetwas zu bedeuten hat, dann sind wir auf der sicheren Seite.«

»Ich wollte, es wäre so«, sagte Griff. »Wie gesagt: Woodbine ist eine Labour-Hochburg, aber morgen lasse ich Sie auf Arcadia Avenue los, und dann werden Sie herausfinden, womit wir es wirklich zu tun haben. Bevor Sie nach Hause gehen, sollten Sie Ihre beste Antwort ans Schwarze Brett hängen. Der Sieger bekommt eine Schachtel Cadbury's Milk Tray.«

Emma grinste. »Eine Frau hat zu mir gesagt: ›Mein Mann wählt die Tories, aber ich habe Sir Giles schon immer unterstützt. Egal, was Sie tun, lassen Sie bloß nicht zu, dass er es erfährt.‹«

Griff lächelte. »Das ist nicht ungewöhnlich«, sagte er. »Und vergessen Sie nicht, Emma, Sie müssen vor allem dafür sorgen, dass der Kandidat etwas isst und ausreichend Schlaf bekommt.«

»Und was ist mit mir?«, fragte Harry, als Giles mit federnden Schritten in den Raum kam.

»An Ihnen bin ich nicht interessiert«, erwiderte Griff. »Es ist nicht Ihr Name, der auf dem Stimmzettel steht.«

»Wie viele Termine habe ich heute Abend?«, lautete Giles' erste Frage.

»Drei«, sagte Griff, ohne dass er in seinen Notizen nachsehen musste. »Das YMCA in der Hammond Street um sieben, den Cannon Road Snooker Club um acht und den Working Men's Club um neun. Sie sollten darauf achten, zu keinem zu spät zu kommen, und sorgen Sie dafür, dass Sie vor Mitternacht im Bett liegen.«

»Ich frage mich, wann Griff ins Bett geht«, sagte Emma, nachdem der Wahlkampfleiter davongeeilt war, weil er sich um die nächste Krise kümmern musste.

»Nie«, flüsterte Giles. »Er ist ein Vampir.«

Als Ross Buchanan sein Hotelzimmer betrat, klingelte das Telefon bereits. Rasch ging er auf den Apparat zu und nahm den Hörer ab.

»Ihr Anruf aus Hongkong wäre jetzt verfügbar, Sir.«

»Guten Tag, Mr. Buchanan«, meldete sich, vom Knacken in der Leitung begleitet, eine Stimme mit schottischem Akzent. »Hier ist Sandy McBride. Es schien mir sinnvoll, Sie anzurufen und Ihnen mitzuteilen, dass alles genauso gekommen ist, wie Sie vorhergesagt haben. Sogar fast auf die Minute genau.«

»Und der Name des Händlers?«

»Benny Driscoll.«

»Das ist kaum überraschend«, sagte Buchanan. »Bitte, berichten Sie mir die Einzelheiten.«

»Nur wenige Augenblicke nach Öffnung der Londoner Börse kam eine Verkaufsorder über zweihunderttausend Barrington-Aktien über den Ticker. Entsprechend unseren Anweisungen haben wir die zweihunderttausend allesamt unverzüglich aufgekauft.«

»Zu welchem Preis?«

»Vier Pfund und drei Shilling.«

»Sind seither noch weitere Barrington-Aktien auf den Markt gekommen?«

»Nicht viele. Nach den ausgezeichneten Ergebnissen, die Sie auf der Aktionärsversammlung bekannt gegeben haben, war die Nachfrage größer als das Angebot.«

»Wie steht der Preis im Augenblick?« Buchanan konnte das Rattern des Tickers im Hintergrund hören.

»Vier Pfund und sechs Shilling«, sagte McBride. »Der Preis hat sich anscheinend auf diesen Wert eingependelt.«

»Gut. Kaufen Sie keine mehr, es sei denn, der Preis fällt unter vier Pfund und drei Shilling.«

»Verstanden, Sir.«

»Das sollte genügen, um dem Major während der nächsten drei Wochen schlaflose Nächte zu bereiten.«

»Dem Major?«, fragte der Aktienhändler, doch Buchanan hatte bereits aufgelegt.

Arcadia Avenue war, wie Griff sie gewarnt hatte, eine Tory-Hochburg, doch Harry und Emma kamen nicht mit leeren Händen ins Wahlkampfbüro zurück.

Nachdem Griff ihre Klemmbretter gemustert hatte, sah er die beiden verwirrt an.

»Wir haben uns strikt an Ihre Regeln gehalten«, sagte Harry. »Wenn wir auch nur den geringsten Zweifel hatten, haben wir den Namen grün markiert – unentschlossen.«

»Wenn Sie recht haben, dann wird es viel knapper werden, als die Vorhersagen behaupten«, sagte Griff, als Giles atemlos hereinstürmte und aufgeregt mit einem Exemplar der *Bristol Evening Post* hin und her wedelte.

»Haben Sie die Titelseite gesehen, Griff?«, fragte er und reichte seinem Wahlkampfleiter die erste Ausgabe des Blattes.

Griff las die Schlagzeile, gab Giles die Zeitung zurück und sagte: »Ignorieren Sie es. Sagen Sie nichts, tun Sie nichts. Das ist mein Rat.«

Emma spähte über Giles' Schulter, um die Schlagzeile zu lesen. *Fisher fordert Barrington zu einem Streitgespräch heraus.* »Das klingt interessant«, sagte sie.

»Es wäre in der Tat interessant, aber nur wenn Giles so dumm wäre, sich darauf einzulassen.«

»Warum sollte er es denn nicht tun?«, fragte Harry. »Er ist schließlich ein viel besserer Redner als Fisher, und er hat weitaus mehr politische Erfahrung.«

»Das mag ja sein«, erwiderte Griff, »aber man darf seinem Gegner niemals ein Forum bieten. Giles ist der Abgeordnete, und das bedeutet, dass er die Bedingungen stellt.«

»Ja, aber haben Sie gelesen, was dieser Bastard sonst noch behauptet hat?«, fragte Giles.

»Warum sollte ich meine Zeit mit Fisher verschwenden«, sagte Griff, »wenn es ohnehin nie zu einer solchen Veranstaltung kommen wird?«

Giles ignorierte die Bemerkung und begann, den Text auf der Titelseite laut vorzulesen. »›Barrington hat jede Menge Fragen zu beantworten, wenn er darauf hoffen will, auch nach dem 26. Mai noch Abgeordneter für Docklands zu sein. So wie ich ihn kenne, vertraue ich darauf, dass sich der Held von Tobruk dieser Auseinandersetzung nicht entziehen wird. Ich werde am nächsten Donnerstag, dem 19. Mai, in der Colston Hall sein, um alle Fragen zu beantworten, die mir die Bürger stellen möchten. Auf der Bühne werden drei Stühle stehen, und wenn Sir Giles nicht erscheint, werden die Wähler zweifellos ihre eigenen Schlüsse daraus ziehen.‹«

»Drei Stühle?«, fragte Emma.

»Fisher weiß, dass die Liberalen kommen werden, denn sie haben nichts zu verlieren«, sagte Griff. »Aber ich bleibe bei meinem Rat. Ignorieren Sie diesen Bastard. Morgen gibt es eine neue Schlagzeile, und dann« – er deutete auf die Zeitung – »taugt das hier nur noch für Fish 'n' Chips.«

Ross Buchanan saß an seinem Schreibtisch in der Firma und sah sich den neuesten Bericht von Harland & Wolff an, als seine Sekretärin sich meldete.

»Ich habe Sandy McBride aus Hongkong am Apparat. Möchten Sie den Anruf entgegennehmen?«

»Stellen Sie ihn durch.«

»Guten Morgen, Sir. Ich hatte den Eindruck, Sie würden vielleicht gerne erfahren, dass Benny Driscoll alle paar Stunden bei uns anruft, um zu hören, ob wir irgendwelche Barrington-Aktien im Verkauf haben. In meinen Büchern stehen noch immer die zweihunderttausend, und da der Preis ständig steigt, möchte ich Sie fragen, ob ich einen Teil davon verkaufen soll.«

»Erst wenn die drei Wochen vorbei sind und ein neues Konto eröffnet wurde. Bis dahin sind wir Käufer, keine Verkäufer.«

Als Giles am Tag darauf die Schlagzeile der *Evening Post* sah, wusste er, dass er einer direkten Konfrontation mit Fisher nicht länger aus dem Weg gehen konnte: *Bischof von Bristol übernimmt Moderation in Streitgespräch.* Diesmal las Griff die Titelseite sorgfältiger.

Der Bischof von Bristol, der Right Reverend Frederick Cockin, hat sich bereit erklärt, in einem Streitgespräch zur Wahl, das am nächsten Donnerstag, dem 19. Mai, um 19: 30 Uhr in der Colston Hall stattfinden soll, als Moderator zu fungieren. Major Alex Fisher, der Kandidat der Konservativen, und Mr. Reginald Ellsworthy, der Kandidat der Liberalen, haben ihre Teilnahme bereits zugesagt. Sir Giles Barrington, der Labour-Kandidat, hat bisher noch nicht auf unsere Einladung reagiert.

»Ich denke immer noch, Sie sollten es ignorieren«, sagte Griff.

»Aber sehen Sie sich doch das Bild auf der Titelseite an«, erwiderte Giles und drückte seinem Wahlkampfleiter die Zeitung zurück in die Hand.

Griff betrachtete das Foto, das mitten auf der Bühne der Colston Hall einen leeren Stuhl zeigte, der direkt von einem

Scheinwerfer angestrahlt wurde. Die Bildunterschrift lautete: *Wird Sir Giles erscheinen?*

»Es ist Ihnen doch klar«, sagte Giles, »dass es das Beste für die wäre, wenn ich nicht erscheine.«

»Nein. Das Beste für die wäre, *wenn* Sie erscheinen.« Griff hielt inne. »Aber das können nur Sie entscheiden, und wenn Sie immer noch entschlossen sind hinzugehen, dann müssen wir die Situation zu unserem Vorteil nutzen.«

»Und wie machen wir das?«

»Sie werden morgen früh um sieben eine Presseerklärung herausgeben, damit endlich mal wieder *wir* bestimmen, was in den Schlagzeilen steht.«

»Und was haben wir zu erklären?«

»Dass Sie diese Herausforderung sehr gerne annehmen werden, denn dadurch bekommen Sie die Gelegenheit, allen deutlich zu machen, was es mit der Politik der Tories wirklich auf sich hat, damit die Menschen in Bristol entscheiden können, wer der Richtige ist, der sie im Parlament vertreten soll.«

»Was hat Sie dazu gebracht, Ihre Meinung zu ändern?«, fragte Giles.

»Ich habe mir die Ergebnisse angesehen, die unsere Leute, die von Haustür zu Haustür gehen, zurückgebracht haben. Es sieht so aus, als würden Sie mit einer Differenz von über eintausend Stimmen verlieren, und damit sind Sie nicht mehr der Favorit, sondern der Herausforderer.«

»Was kann sonst noch schiefgehen?«

»Ihre Frau taucht auf, setzt sich in die erste Reihe und stellt die erste Frage. Dann erscheint Ihre Freundin und schlägt ihr ins Gesicht. In dem Fall müssten wir uns keine Sorgen mehr über die *Bristol Evening Post* machen, denn damit wären Sie auf der Titelseite jeder Zeitung in diesem Land.«

23

Unter lautem Applaus nahm Giles auf seinem Stuhl auf der Bühne Platz. Seine Rede in dem gut besuchten Saal hätte kaum besser laufen können, und dass er der letzte Redner gewesen war, hatte sich als Vorteil erwiesen.

Die drei Kandidaten waren eine halbe Stunde früher angekommen und dann umeinander herumgeschlichen wie Schuljungen in ihrer ersten Tanzstunde. Der Bischof, der als Moderator fungierte, hatte sie schließlich zusammengeführt und ihnen erklärt, wie er sich den Ablauf des Abends vorstellte.

»Ich werde jeden von Ihnen um eine einleitende Rede bitten, die nicht länger als acht Minuten dauern darf. Nach sieben Minuten werde ich eine Glocke läuten.« Er demonstrierte das Gesagte. »Nach acht Minuten werde ich ein zweites Mal läuten, um Ihnen zu zeigen, dass Ihre Zeit um ist. Sobald alle Reden gehalten sind, werde ich den Besuchern die Gelegenheit geben, Fragen zu stellen.«

»Wie soll die Reihenfolge festgelegt werden?«, fragte Fisher.

»Indem Sie Strohhalme ziehen.« Der Bischof hielt den Kandidaten drei Strohhalme in seiner geschlossenen Hand hin.

Fisher zog den kürzesten.

»Damit werden Sie die Debatte eröffnen, Major Fisher«, sagte der Bischof. »Sie, Mr. Ellsworthy, kommen danach, und Sie, Sir Giles, sprechen als Letzter.«

Giles lächelte Fisher zu und sagte: »Pech, alter Junge.«

»Nein, ich *wollte* den Anfang machen«, widersprach Fisher, was sogar den Bischof dazu brachte, eine Augenbraue zu heben.

Als der Bischof die drei Männer um 19:25 Uhr auf die Bühne führte, war das die einzige Gelegenheit, bei der jeder im Saal applaudierte. Giles nahm auf seinem Stuhl Platz und sah zu den zahlreich erschienenen Besuchern hinab. Er schätzte, dass über eintausend Männer und Frauen gekommen waren, um sich den Schlagabtausch anzusehen.

Giles wusste, dass alle drei Parteien jeweils zweihundert Eintrittskarten für ihre Unterstützer bekommen hatten, wodurch vierhundert unentschlossene Wähler übrig blieben, die es zu umwerben galt. Die Zahl entsprach fast genau dem Stimmenvorsprung, den er bei der letzten Wahl hatte erringen können.

Um Punkt halb acht eröffnete der Bischof die Veranstaltung. Er stellte die drei Kandidaten vor und bat dann Major Fisher, seine einleitende Rede zu halten.

Fisher ging langsam zum vorderen Bühnenrand, legte sein Manuskript auf das Rednerpult und klopfte gegen das Mikrofon. Er sprach nervös und hielt fast immer den Kopf gesenkt, denn er fürchtete offensichtlich, den Faden zu verlieren.

Als der Bischof mit der Glocke läutete zum Zeichen, dass Fisher nur noch eine Minute blieb, begann dieser sich zu beeilen, wodurch er über seine eigenen Worte stolperte. Giles hätte ihm sagen können, wie die goldene Regel in solchen Fällen lautet: Wenn man acht Minuten zur Verfügung hat, bereitet man eine siebenminütige Rede vor. Es ist viel besser, ein wenig zu früh aufzuhören, als mitten in seinen Ausführungen gestoppt zu werden. Trotzdem erhielt Fisher lang anhaltenden Applaus von seinen Anhängern, als er zu seinem Stuhl zurückkehrte.

Giles war überrascht, als Reg Ellsworthy aufstand, um die Sache der Liberalen zu vertreten. Er hatte überhaupt keine

Rede vorbereitet und nicht einmal eine Liste mit wichtigen Themen zusammengestellt, auf die er sich sinnvollerweise konzentrieren sollte. Stattdessen sprach er im Plauderton über lokale Angelegenheiten, und als die Glocke erklang, um ihm zu zeigen, dass er nur noch eine Minute zur Verfügung hatte, hörte er mitten im Satz auf und kehrte an seinen Platz zurück. Damit hatte Ellsworthy etwas erreicht, das Giles zuvor für unmöglich gehalten hatte: Er hatte dafür gesorgt, dass Fisher gut aussah. Trotzdem jubelte ein Fünftel der Versammelten dem Kämpfer für ihre Sache zu.

Giles erhob sich unter dem herzlichen Applaus seiner Anhänger, dem sich jedoch kaum einer der sonstigen Besucher anschloss. Daran hatte er sich inzwischen gewöhnt; wenn er sich im Unterhaus an die Regierungsbänke wandte, war es nicht anders. Er trat neben das Rednerpult und warf nur gelegentlich einen Blick auf seine Notizen.

Zunächst beschrieb er die Politikfelder, auf denen die Regierung der Konservativen versagt hatte, und skizzierte, was die Labour Partei zu ändern gedachte, sollte sie ins Amt gewählt werden. Dann widmete er sich lokalen Fragen, und beim Thema Stadtentwicklung gelang es ihm sogar, einen Seitenhieb auf die Liberalen anzubringen, woraufhin fast der ganze Saal in lautes Gelächter ausbrach. Als er seine Rede beendet hatte, applaudierte ihm mindestens die Hälfte der Besucher. Wenn die gesamte Veranstaltung jetzt zu Ende gewesen wäre, hätte es nur einen Sieger gegeben.

»Die Kandidaten werden jetzt Fragen aus dem Publikum beantworten«, erklärte der Bischof, »und ich hoffe, dass diese auf eine respektvolle und ordentliche Art vorgetragen werden.«

Dreißig Anhänger von Giles sprangen auf und rissen die Hände hoch. Alle von ihnen hatten Fragen vorbereitet, die dem eigenen Kandidaten helfen und den beiden anderen schaden sollten. Das einzige Problem war, dass gleichzeitig sechzig weitere Hände, die genauso entschlossenen Anhängern der beiden anderen Kandidaten gehörten, ebenso in die Höhe schossen.

Der Bischof hatte längst erkannt, wo die drei jeweiligen Blöcke der Unterstützer saßen, und wählte die Fragesteller geschickt aus den Reihen derjenigen, die keine eindeutige Präferenz erkennen ließen. Die Besucher wollten wissen, wie die Kandidaten zur Einführung von Parkuhren in Bristol standen, was dem Kandidaten der Liberalen eine Möglichkeit zu glänzen bot; ob die Rationierungen bald ein Ende fänden, wofür sich alle drei Kandidaten aussprachen; und wie es um die Elektrifizierung zusätzlicher Eisenbahnlinien stand – ein Thema, das keinem der Kandidaten besondere Vorteile brachte.

Doch Giles wusste, dass irgendwann ein Pfeil in seine Richtung abgeschossen würde, und er musste dafür sorgen, dass er nicht getroffen wurde. Schließlich hörte er die Bogensehne surren.

»Könnte Sir Giles erklären, warum er während der letzten Legislaturperiode Cambridge häufiger besucht hat als seinen eigenen Wahlkreis?«, wollte ein großer, dünner Mann mittleren Alters wissen, den Giles zu erkennen glaubte.

Giles blieb einen Augenblick ruhig sitzen, um sich zu sammeln. Er wollte sich gerade erheben, als Fisher, den die Frage ganz offensichtlich nicht überrascht hatte, aufsprang. Anscheinend ging er davon aus, dass jeder der Anwesenden genau wusste, worauf der Fragesteller anspielte.

»Ich möchte jedem in diesem Saal versichern«, sagte Fisher, »dass ich mehr Zeit in Bristol als in jeder anderen Stadt verbringen werde, gleichgültig, welche Ablenkungen sich an anderen Orten bieten mögen.«

Giles sah mehrere ratlose Gesichter vor sich. Das Publikum wusste wohl doch nicht, worüber Fisher sprach.

Als Nächstes stand der Kandidat der Liberalen auf. Er begriff überhaupt nichts, denn er sagte nur: »Ich bin ein Oxford-Mann, und ich besuche jenen anderen Ort nur, wenn es sich nicht vermeiden lässt.«

Ein paar Besucher lachten.

Beide Gegner hatten Giles Munition geliefert, um zurückzuschießen. Er stand auf und wandte sich an Fisher.

»Da bleibt mir nichts anderes übrig, als Major Fisher meinerseits eine Frage zu stellen. Wenn er die Absicht hat, mehr Zeit in Bristol als in jeder anderen Stadt zu verbringen, soll das dann heißen, dass er nicht nach London gehen wird, um seinen Sitz im Unterhaus einzunehmen, wenn er die Wahl am nächsten Donnerstag gewinnen sollte?«

Giles wartete, bis der Applaus und das Gelächter sich ein wenig gelegt hatten, bis er hinzufügte: »Ich bin sicher, ich muss den Kandidaten der Konservativen nicht an die Worte von Edmund Burke erinnern: ›Ich wurde gewählt, um die Menschen aus Bristol in Westminster zu vertreten, nicht die Menschen aus Westminster in Bristol.‹ Das ist mal ein Konservativer, mit dem ich aus ganzem Herzen einig bin.« Unter lang anhaltendem Applaus nahm Giles wieder Platz. Obwohl er wusste, dass er die ursprüngliche Frage gar nicht beantwortet hatte, hatte er den Eindruck, als könne er damit durchkommen.

»Ich glaube, wir haben nur noch Zeit für eine einzige Frage«, sagte der Bischof und deutete auf eine Frau, die fast genau in der Mitte der Besucherreihen saß und die er für neutral hielt.

»Könnte uns jeder der drei Kandidaten bitte sagen, wo sich seine Frau heute Abend aufhält?«

Fisher lehnte sich zurück und verschränkte die Arme;

Ellsworthy sah verwirrt aus. Schließlich wandte sich der Bischof Giles zu und sagte: »Ich glaube, Sie sind an der Reihe, als Erster zu antworten.«

Giles stand auf und sah der Frau direkt in die Augen.

»Meine Frau und ich«, begann er, »sind im Moment damit beschäftigt, unsere Scheidung in die Wege zu leiten, die, so denke ich, schon sehr bald offiziell ausgesprochen werden wird.«

Als er sich setzte, schien sich im Saal ein unangenehmes Schweigen auszubreiten.

Ellsworthy sprang auf und sagte: »Seit ich Kandidat der Liberalen geworden bin, ist es mir, wie ich zugeben muss, nicht gelungen, jemanden zu finden, der mit mir ausgehen würde, von einer möglichen Heirat ganz zu schweigen.«

Das Publikum antwortete mit fröhlichem Gelächter und warmherzigem Applaus auf sein Geständnis. Ellsworthy war es gelungen, ein wenig Spannung abzubauen.

Dann stand Fisher langsam auf.

»Meine Freundin«, sagte er, was Giles überraschte, »die mich heute Abend begleitet hat und hier in der ersten Reihe sitzt, wird auch für den Rest des Wahlkampfs an meiner Seite sein. Jenny, wenn du bitte aufstehen und das Publikum kurz begrüßen würdest.«

Eine junge, attraktive Frau stand auf, drehte sich zu den Besucherreihen hinter sich um und winkte den übrigen Besuchern kurz zu. Das Publikum applaudierte.

»Wo habe ich diese Frau nur schon einmal gesehen?«, flüsterte Emma. Harry konzentrierte sich unterdessen auf Fisher, der noch nicht zu seinem Stuhl zurückgekehrt war und offensichtlich noch etwas zu sagen hatte.

»Ich glaube, es könnte für Sie interessant sein zu erfahren, dass ich heute Morgen einen Brief von Lady Barrington erhalten habe.«

Keiner der Kandidaten hatte es zuvor geschafft, dass im Saal eine so tiefe Stille herrschte. Giles hielt es kaum noch auf seinem Stuhl, als Fisher einen Brief aus der Innentasche seines Jacketts zog. Langsam entfaltete er ihn und begann zu lesen.

»»Sehr geehrter Major Fisher, ich schreibe Ihnen, um meine Bewunderung für den engagierten Wahlkampf zum Ausdruck zu bringen, den Sie für die Konservative Partei führen. Ich möchte Ihnen mitteilen, dass ich, wäre ich eine Bürgerin Bristols, nicht zögern würde, Ihnen meine Stimme zu geben, denn ich glaube, dass Sie der bei Weitem beste Kandidat sind. Ich freue mich bereits auf den Tag, an dem Sie Ihren Platz im Unterhaus einnehmen werden. Hochachtungsvoll, Virginia Barrington.‹«

Ohrenbetäubender Lärm brach im Saal aus, und Giles begriff, dass er innerhalb eines kurzen Augenblicks alles verloren hatte, was er sich im Laufe der letzten Stunde hatte erarbeiten können. Fisher faltete den Brief zusammen, schob ihn wieder in seine Tasche und ging zurück an seinen Platz. Tapfer versuchte der Bischof, für Ordnung zu sorgen, doch der Jubel von Fishers Anhängern kannte keine Grenzen. Giles' Unterstützer wirkten verzweifelt.

Griff hatte mit seiner ursprünglichen Einschätzung recht gehabt. Man durfte seinem Gegner niemals ein Forum bieten.

»Haben Sie es geschafft, einen Teil der Aktien zurückzukaufen?«

»Noch nicht«, antwortete Benny. »Angesichts des diesjährigen Überschusses, der höher als erwartet ausgefallen ist, und aufgrund der allgemeinen Ansicht, dass die Tories die Zahl ihrer Sitze bei der bevorstehenden Wahl ausbauen können, ist die Barrington-Aktie noch immer sehr teuer.«

»Wie hoch steht der Preis im Augenblick?«

»Um die vier Pfund und sieben Shilling. Und ich erwarte nicht, dass er in naher Zukunft fallen wird.«

»Wie viel könnten wir verlieren?«, fragte Fisher.

»Wir? Nichts«, antwortete Benny, »nur Sie. Lady Virginia wird überhaupt nichts verlieren, denn sie hat ihre Anteile zu einem viel höheren Preis verkauft, als sie ursprünglich dafür bezahlt hat.«

»Aber wenn sie sie nicht zurückkauft, werde ich meinen Platz im Vorstand verlieren.«

»Und *wenn* sie sie zurückkauft, wird sie deutlich mehr dafür bezahlen müssen. Ich könnte mir vorstellen, dass sie darüber nicht allzu glücklich wäre.« Benny wartete ein paar Sekunden, bevor er hinzufügte: »Versuchen Sie, das Positive an dieser ganzen Sache zu sehen, Major. Nächste Woche um diese Zeit sind Sie Abgeordneter.«

Am folgenden Tag boten die beiden Lokalzeitungen dem gegenwärtigen Abgeordneten keine besonders angenehme Lektüre. Giles' Rede wurde kaum erwähnt. Stattdessen zeigten beide Blätter auf ihrer Titelseite ein großes Foto von Virginia in all ihrer strahlenden Schönheit; dazu war am unteren Rand eine Kopie ihres Briefes an Fisher abgedruckt.

»Nicht umblättern«, sagte Griff.

Sofort blätterte Giles um und sah die Werte der jüngsten Umfragen, die prophezeiten, dass es den Tories gelingen könnte, ihre Mehrheit um dreiundzwanzig Sitze auszubauen. Bristol Docklands erschien an achter Stelle derjenigen Wahlbezirke, bei denen das Ergebnis zwar knapp, aber wohl eher zugunsten der Konservativen ausfallen würde.

»Es gibt nicht viel, was ein Abgeordneter tun kann, wenn sich der landesweite Trend gegen seine Partei richtet«, sagte Griff, als Giles den Artikel gelesen hatte. »Ich schätze mal, dass ein verdammt guter Abgeordneter eintausend zusätzliche Stimmen einbringt und ein schlechter Gegenkandidat weitere eintausend verliert, aber ich glaube nicht, dass das reichen wird. Trotzdem wird uns das natürlich nicht daran hindern, bis Donnerstagabend um neun Uhr um jede Stimme zu kämpfen. Also sorgen Sie dafür, dass Sie niemandem eine Angriffsfläche bieten. Ich will, dass Sie raus auf die Straße gehen und allem, was sich bewegt, die Hand schütteln. Außer natürlich Alex Fisher. Sollten Sie zufällig auf ihn stoßen, haben Sie meine offizielle Erlaubnis, ihn zu erwürgen.«

»Haben Sie es geschafft, irgendwelche Barrington-Aktien zurückzukaufen?«

»Ich fürchte nicht, Major. Bisher sind sie kein einziges Mal unter vier Pfund und drei Shilling gefallen.«

»Dann habe ich meinen Sitz im Vorstand verloren.«

»Ich glaube, das hatte Barrington von Anfang an vor«, sagte Benny.

»Was meinen Sie damit?«

»Es war Sandy McBride, der Ihre Aktien aufgekauft hat, sobald sie auf den Markt kamen, und er war auch während der letzten einundzwanzig Tage der wichtigste Käufer. Jedermann weiß, dass er Barringtons Broker ist.«

»Dieser Bastard.«

»Die haben das anscheinend kommen sehen, Major. Aber die Nachricht ist nicht nur schlecht, denn Lady Virginia hat mit ihrer ursprünglichen Investition einen Profit von über siebzigtausend Pfund gemacht, also nehme ich an, dass sie Ihnen etwas schuldig ist.«

Während der letzten Woche des Wahlkampfs hätte Giles nicht noch härter arbeiten können, auch wenn er sich dabei manchmal so vorkam wie Sisyphus, der seinen Fels den Berg hinaufrollt.

Als er am Vortag der Abstimmung im Wahlkampfbüro erschien, sah er zum ersten Mal, dass Griff einen niedergeschlagenen Eindruck machte.

»Zehntausend Stück davon wurden letzte Nacht überall im Wahlkreis in die Briefkästen geworfen, nur für den Fall, dass irgendjemand noch nichts davon mitbekommen haben sollte.«

Giles sah auf eine Kopie der Titelseite der *Bristol Evening Post*, die das Foto von Virginia und ihren Brief an Fisher zeigte. Darunter standen die Worte: *Wenn Sie im Parlament von einem ehrlichen und anständigen Mann vertreten werden wollen, dann wählen Sie Fisher.*

»Der Mann ist ein Stück Scheiße«, sagte Griff. »Und er wurde uns aus großer Höhe direkt auf den Kopf geworfen«, fügte er hinzu, als einer der ersten Wahlhelfer mit den Morgenzeitungen ins Büro kam.

Giles sank auf seinen Stuhl und schloss die Augen. Doch schon einen Moment später hätte er schwören können, dass er Griff lachen hörte. Er öffnete die Augen wieder, und Griff reichte ihm ein Exemplar der *Daily Mail*. »Es wird wirklich knapp werden, aber wir sind wieder im Rennen.«

Giles erkannte die hübsche junge Frau auf der Titelseite, die als Stargast in der *Benny Hill Show* aufgetreten war, nicht sofort. Jenny hatte dem Film- und Fernsehkorrespondenten der Zeitung von dem berichtet, was sie vor ihrem großen Durchbruch getan hatte.

»Ich habe zehn Pfund dafür bekommen, dass ich einen Tory-Kandidaten bei den Auftritten in seinem Wahlkreis begleitet und jedem erzählt habe, ich sei seine Freundin.«

Giles fand, dass Fisher auf dem Foto nicht besonders gut aussah.

Fisher stieß einen lauten Fluch aus, als er die Titelseite der *Daily Mail* sah.

Er trank seine dritte Tasse schwarzen Kaffee und stand gerade auf, um ins Wahlkampfbüro zu gehen, als er hörte, wie die Post durch den Briefschlitz auf die Fußmatte im Flur fiel. Die Briefe würden bis zum Abend warten müssen, und er hätte sie gewiss ignoriert, wäre ihm nicht ein Umschlag aufgefallen, der das Signet von Barrington Shipping trug. Er hob ihn auf und ging in die Küche zurück. Dort öffnete er ihn und nahm zwei Schecks heraus. Der erste lautete auf eintausend Pfund; er erhielt ihn als vierteljährliches Honorar für seine Dienste im Vorstand von Barrington's. Der zweite Scheck war auf die Summe von 7.341 Pfund ausgestellt; dabei handelte es sich um die jährliche Dividende. Dieser Scheck ging ebenfalls an »Major Alexander Fisher«, damit niemand wissen würde, dass es Lady Virginias siebeneinhalb Prozent an Aktien waren, die ihm seinen Sitz im Vorstand ermöglichten. Oder besser: bisher ermöglicht hatten.

Am Abend, wenn er wieder zurückkäme, würde er einen Scheck über dieselbe Summe ausstellen und ihn an Lady Virginia schicken. Er überlegte, ob es zu früh war, sie anzurufen, und sah auf die Uhr. Es war wenige Minuten nach acht, und eigentlich sollte er bereits vor dem Bahnhof Temple Meads stehen und dort mögliche Wähler auf ihrem Weg zur Arbeit begrüßen. Sicher wäre sie bereits wach. Er hob den Hörer ab und wählte eine Nummer in Kensington.

Das Telefon klingelte mehrere Male, bevor eine verschlafene Stimme sich meldete. Er hätte fast schon wieder aufgelegt.

»Wer ist dran?«, wollte Lady Virginia wissen.

»Alex Fisher. Ich wollte Sie anrufen, um Sie darüber zu informieren, dass ich alle Ihre Barrington-Aktien verkauft habe und Sie einen Gewinn von über siebentausend Pfund gemacht haben.« Er wartete darauf, dass sie ihm danken würde, doch sie sagte nichts. »Ich habe mich gefragt, ob Sie vielleicht die Absicht haben, Ihre Aktien zurückzukaufen«, fuhr er fort. »Schließlich haben Sie beträchtliche Gewinne gemacht, seit ich im Vorstand bin.«

»Und Sie ebenfalls, Major, woran ich Sie ja wohl nicht erinnern muss. Aber meine Zukunftspläne haben sich geändert, und Barrington's spielt dabei keine Rolle mehr.«

»Aber wenn Sie Ihre siebeneinhalb Prozent nicht mehr zurückkaufen, verliere ich meinen Platz im Vorstand.«

»Ich würde mir deswegen keine schlaflosen Nächte machen, Major.«

»Ich habe mich gefragt, ob Sie unter den gegebenen Umständen ...«

»Welchen Umständen?«

»Ob Sie möglicherweise einen kleinen Bonus für angemessen hielten«, sagte er und warf einen Blick auf den Scheck über 7.341 Pfund.

»Wie klein?«

»Ich dachte, vielleicht fünftausend Pfund.«

»Ich werde es in Erwägung ziehen.« Eine Zeit lang war es vollkommen still, und Fisher fragte sich bereits, ob die Verbindung unterbrochen worden war. Schließlich sagte Virginia: »Ich habe es in Erwägung gezogen, Major, und mich dagegen entschieden.«

»Dann vielleicht leihweise eine kleine Summe«, sagte er, wobei er sich bemühte, nicht allzu verzweifelt zu klingen.

»Hat Ihnen Ihr Kindermädchen nicht beigebracht, dass man

niemals Gläubiger oder Schuldner sein soll? Nein, natürlich nicht, denn Sie hatten kein Kindermädchen.«

Virginia drehte sich halb um und klopfte dreimal laut an das hölzerne Kopfteil ihres Bettes.

»Ah, das Dienstmädchen ist mit meinem Frühstück gekommen, Major, also muss ich mich von Ihnen verabschieden. Und wenn ich von Abschied spreche, dann meine ich Abschied.«

Fisher hörte, wie das Telefon klickte. Er starrte auf den Scheck über 7.341 Pfund, der auf seinen Namen ausgestellt war, und dachte an Bennys Worte: *Sie schuldet Ihnen etwas.*

24

Am Wahltag stand Giles bereits um fünf Uhr auf, und das nicht nur, weil er nicht mehr schlafen konnte.

Als er nach unten kam, öffnete Denby die Tür zum Frühstückszimmer und sagte: »Guten Morgen, Sir Giles«, als fänden jeden Tag Parlamentswahlen statt.

Giles trat ein, nahm eine Schale vom Sideboard und füllte sie mit Cornflakes und Obst. Er sah gerade seine Verpflichtungen für den heutigen Tag durch, als sich die Tür öffnete und Sebastian hereinkam. Der Junge trug einen hübschen blauen Blazer und eine graue Flanellhose.

»Seb, wann bist du zurückgekommen?«

»Gestern Abend, Onkel Giles. In den meisten Schulen findet heute kein Unterricht statt, weil in ihnen gewählt wird. Also habe ich gefragt, ob ich nach Hause gehen und dir helfen könnte.«

»Was würdest du denn gerne machen?«, fragte Giles, als Denby einen Teller mit Rührei und Schinken vor ihn stellte.

»Alles, was dir hilft, um zu gewinnen.«

»Wenn das wirklich deine Absicht ist, dann hör mir bitte genau zu. Am Wahltag unterhält die Partei acht Büros, die über den ganzen Wahlkreis verteilt sind. Dort befinden sich unsere freiwilligen Wahlhelfer, von denen einige bereits Erfahrung mit einem Dutzend Wahlen haben. Sie brauchen die aktuellen Informationen über die Wahlteilnahme im jeweiligen Bezirk, für den sie verantwortlich sind. Jede Durchgangs-, Haupt- und Nebenstraße bis hinab zur kleinsten Sackgasse wurde so markiert, dass man erkennen kann, wo unsere Unterstützer wohnen. Vor jedem Wahllokal sitzt einer unserer Wahlhelfer, der die Namen derjenigen abhakt, die ihre Stimme abgegeben haben. Unser größtes Problem besteht darin, dass diese Namensliste rechtzeitig zum zuständigen Parteibüro gelangt, damit wir wissen, welche unserer Unterstützer noch nicht gewählt haben, und damit wir dafür sorgen können, dass sie ihre Stimme abgeben, bevor die Wahllokale heute Abend um neun Uhr schließen. In der Regel«, fuhr Giles fort, »wählen unsere Leute vor allem zwischen acht und zehn Uhr morgens, sobald die Wahllokale öffnen, während sich die Tories etwa ab zehn Uhr auf den Weg machen und hauptsächlich bis etwa vier Uhr nachmittags wählen. Danach kommen unsere Wähler von der Arbeit zurück, und diese Stunden sind entscheidend für uns. Denn wenn sie nicht gleich auf dem Heimweg wählen gehen, ist es fast unmöglich, sie noch einmal aus dem Haus zu bekommen«, fügte er hinzu, als Emma und Harry ins Frühstückszimmer kamen.

»Was hat Griff euch heute zu tun gegeben?«, fragte Giles.

»Ich bin in einem Parteibüro«, antwortete Emma.

»Und ich schaue bei den rot markierten Wählern vorbei«, sagte Harry. »Und wenn sie einen Wagen brauchen, fahre ich sie zum Wahllokal.«

»Vergiss nicht«, sagte Giles, »dass einige von ihnen zum letzten Mal bei der letzten Wahl in einem Auto gesessen sind, es sei denn, es gab in ihrer Familie in den letzten vier Jahren eine Hochzeit oder eine Beerdigung. Für welches Büro hat Griff dich eingeteilt?«, fragte er Emma.

»Ich werde Miss Parish in Woodbine unterstützen.«

»Du solltest dich geschmeichelt fühlen«, sagte Giles. »Miss

Parish ist eine Legende. Gestandene Männer fürchten um ihr Leben, wenn sie vergessen haben, wählen zu gehen. Übrigens, Seb hat sich bereit erklärt, einer unserer Läufer zu sein. Ich habe ihm bereits erklärt, was das bedeutet.«

Emma lächelte ihren Sohn an.

»Ich bin weg«, sagte Giles und sprang auf, wobei er im letzten Moment noch zwei Streifen Speck zwischen zwei Scheiben Vollkornbrot schob.

Emma sah ein, dass nur Elizabeth in der Lage gewesen wäre, ihn aufzuhalten, und am Wahltag vielleicht nicht einmal sie.

»Im Laufe des Tages werde ich in jedem unserer Büros vorbeikommen«, sagte er, schon auf dem Weg aus dem Haus, »also sehe ich dich später noch.«

An der Haustür wartete Denby auf ihn.

»Es tut mir leid, Sie zu stören, Sir, aber ich hoffe, es kommt nicht ungelegen, wenn sich die Hausangestellten heute zwischen vier und halb fünf eine halbe Stunde freinehmen.«

»Gibt es irgendeinen besonderen Grund dafür?«

»Um zu wählen, Sir.«

Giles wirkte verlegen. »Wie viele Stimmen?«, flüsterte er.

»Sechs für Sie, Sir. Einer ist noch unentschieden.« Giles hob eine Augenbraue. »Der neue Gärtner. Er hat Vorstellungen, die zu seiner wirklichen Position nicht passen wollen. Er hält sich für einen Tory.«

»Dann wollen wir hoffen, dass ich nicht wegen einer Stimme unterliege«, sagte Giles und eilte nach draußen.

Jessica stand in der Auffahrt und hielt wie jeden Morgen die Tür seines Autos für ihn auf. »Kann ich mitkommen, Onkel Giles?«, fragte sie.

»Diesmal nicht. Aber ich verspreche dir, dass du mich bei der nächsten Wahl immer begleiten darfst. Ich werde allen erzählen, dass du meine Freundin bist, und dann werden wir einen Erd-rutschsieg einfahren.«

»Gibt es nichts, womit ich dir helfen kann?«

»Nein. Doch. Kennst du den neuen Gärtner?«

»Albert? Ja, er ist sehr nett.«

»Er denkt darüber nach, die Konservativen zu wählen. Du kannst versuchen, ihn bis um vier Uhr heute Nachmittag um-zustimmen.«

»Das werde ich. Das werde ich«, sagte Jessica, als Giles sich hinter das Steuer setzte.

Kurz vor sieben Uhr hielt Giles am Hafentor. Er schüttelte jedem Arbeiter der Frühschicht die Hand, bevor dieser seine Karte in die Stechuhr schob, und ebenso jedem, der von der Nachtschicht zurückkam. Er war überrascht, wie viele der Män-ner noch eine Bemerkung hinzufügten.

»Diesmal bin ich auf Ihrer Seite, Chef.«

»Sie können auf mich zählen.«

»Ich bin schon dabei, meine Stimme abzugeben.«

Als Dave Coleman, der Vorarbeiter der Nachtschicht, seine Karte abgestempelt hatte, nahm Giles ihn beiseite und fragte ihn, warum die Männer bei dieser Wahl so engagiert waren.

»Viele von ihnen sind der Ansicht, dass Sie Ihre Eheprobleme endlich in den Griff bekommen sollten«, sagte Coleman, der dafür bekannt war, dass er kein Blatt vor den Mund nahm, »aber sie verachten Major Fisher und wollen ganz sicher nicht, dass er unsere Interessen im Parlament vertritt. Rein persönlich«, fügte er hinzu, »hätte ich mehr Respekt für Fisher, wenn er den Mut gehabt hätte, sich im Hafen blicken zu lassen. Es gibt eine Handvoll Tories in der Gewerkschaft, aber er hat nicht einmal versucht herauszufinden, welche das sind.«

Giles fühlte sich ermutigt durch die Reaktion der Menschen in der W. D. & H. O. Wills Zigarettenfabrik, die er danach besuchte, und ebenso durch sein Treffen mit den Arbeitern der Bristol Aeroplane Company. Aber er wusste, dass jeder Kandidat am Wahltag von seinem Sieg überzeugt ist, sogar der Vertreter der Liberalen.

Kurz nach zehn erschien Giles im ersten Parteibüro. Der lokale Vorsitzende sagte ihm, dass zweiundzwanzig Prozent ihrer bekannten Unterstützer bereits gewählt hatten, was dem Wert bei der Wahl von 1951 entsprach, die Giles mit einem Vorsprung von vierhundertvierzehn Stimmen gewonnen hatte.

»Und wie sieht es bei den Tories aus?«, fragte Giles.

»Sechzehn Prozent.«

»Wie viel ist das im Vergleich zu 1951?«

»Sie stehen um ein Prozent besser da«, sagte der Vorsitzende.

Als Giles das achte Parteibüro erreicht hatte, war es kurz nach vier Uhr nachmittags. Miss Parish stand in der Tür und wartete auf ihn, in der einen Hand eine Platte mit Käse-Tomaten-Sandwiches und in der anderen ein Glas Milch. Miss Parish war einer der wenigen Menschen in Woodbine, die einen Kühlschrank besaßen.

»Wie sieht es aus?«, fragte Giles.

»Glücklicherweise hat es zwischen zehn und vier geregnet, aber jetzt ist die Sonne herausgekommen. Ich glaube so langsam, dass Gott Sozialist sein könnte. Doch wir haben immer noch viel Arbeit vor uns, wenn wir die Verluste der letzten fünf Stunden wettmachen wollen.«

»Sie lagen mit Ihrer Einschätzung bei einer Wahl noch nie falsch, Iris. Was sagen Sie voraus?«

»Die Wahrheit?«

»Die Wahrheit.«

»Es wird so knapp werden, dass man nichts vorhersagen kann.«

»Dann sollten wir uns wieder an die Arbeit machen.« Giles ging durch den Raum und bedankte sich bei jedem einzelnen Helfer.

»Ihre Familie hat sich geradezu als Trumpfkarte erwiesen«, sagte Miss Parish. »Wenn man bedenkt, dass sie Tories sind.«

»Emma gelingt alles, was sie anfasst.«

»Sie ist gut«, sagte Miss Parish, während Giles zusah, wie seine Schwester die Zahlen, die aus einem der Wahllokale gekommen waren, in die Tabelle mit den Bewohnern der entsprechenden Straßen übertrug. »Aber der wirkliche Star ist Sebastian. Wenn wir zehn Leute wie ihn hätten, würden wir nie verlieren.«

»Wo ist der junge Mann denn im Augenblick?«

»Entweder auf dem Weg zu einem Wahllokal oder wieder hierher. Irgendwo ruhig stehen zu bleiben ist einfach nicht seine Sache.«

Doch in diesem Moment stand Sebastian tatsächlich und wartete darauf, dass ihm einer der Zähler die neueste Namensliste gab, damit er sie Miss Parish bringen konnte, die ihm trotz der gelegentlich missbilligenden Blicke seiner Mutter immer wieder Tizer-Limonade zu trinken und Fry's Milchschokolade zu essen gab.

»Das Problem ist«, sagte der Zähler zu einem Freund, der gerade gewählt hatte, »dass keiner der sechs Millers dort drüben in Nummer einundzwanzig sich auch nur die Mühe machen will, die Straße zu überqueren und seine Stimme abzugeben, obwohl sie sich ständig über die Tory-Regierung beschweren. Wenn wir also mit einem halben Dutzend Stimmen verlieren, dann wissen wir, wem wir das zu verdanken haben.«

»Warum lassen wir nicht Miss Parish auf sie los?«, fragte der Freund.

»Auch ohne hierher zu kommen, hat sie schon genug zu tun. Ich würde es ja selbst machen, aber ich kann meinen Posten nicht verlassen.«

Sebastian drehte sich um und ging ohne weiter darüber nachzudenken über die Straße. Doch dann blieb er vor Nummer einundzwanzig stehen, denn es dauerte einige Zeit, bis er seinen Mut zusammengenommen hatte und anklopfte. Er wäre fast davongerannt, als er sah, wie groß der Mann war, der die Tür öffnete.

»Was willst du, Zwerg?«, fragte der Mann mit bellender Stimme.

»Ich bin hier im Namen von Major Fisher, dem Kandidaten der Konservativen«, antwortete Sebastian in seinem besten Privatschulakzent. »Er möchte die Hoffnung zum Ausdruck bringen, dass Sie ihn heute unterstützen, denn die Umfragen zeigen, dass es wohl ein Kopf-an-Kopf-Rennen wird.«

»Zisch ab, bevor ich dir eins hinter die Ohren gebe«, sagte Mr. Miller und schlug Sebastian die Tür vor der Nase zu.

Sebastian rannte zurück über die Straße, und als er vom Zähler die neuesten Einträge entgegennahm, sah er, wie sich die Tür von Nummer einundzwanzig öffnete und Mr. Miller erschien, der an der Spitze der anderen fünf Mitglieder seiner Familie in Richtung Wahllokal marschierte. Sebastian trug die Millers auf der Liste ein, bevor er wieder ins zuständige Parteibüro eilte.

Um sechs Uhr, als die Tagschicht ihren Dienst beendete und die Nachtschicht ihre Arbeit begann, war Giles wieder im Hafen.

»Sind Sie den ganzen Tag hier gewesen, Chef?«, fragte einer der Arbeiter nicht ganz ernst.

»Es fühlt sich so an«, sagte Giles, der eine weitere Hand schüttelte.

Der eine oder andere, der aus der Stadt kam und ihn sah, drehte sich um und ging rasch ins nächste Wahllokal, während alle, die den Hafen verließen, dieselbe Richtung einschlugen – und die führte nicht in den nächsten Pub.

Um halb sieben, nachdem alle Hafenarbeiter ihre Schicht entweder angetreten hatten oder nach Hause gegangen waren, tat Giles genau das, was er schon bei den letzten beiden Wahlen getan hatte: Er bestieg den ersten Doppeldeckerbus, der zurück in die Stadt fuhr.

Im Bus ging er nach oben und schüttelte mehreren überraschten Passagieren die Hand. Nachdem er das auch auf der unteren Ebene getan hatte, verließ er den Bus an der nächsten Haltestelle und bestieg einen neuen, der in die Gegenrichtung fuhr. Während der nächsten zweieinhalb Stunden wechselte er ständig die Busse und gab Menschen die Hand, bis es eine Minute nach neun war.

Giles verließ den letzten Bus und setzte sich alleine an die Haltestelle. Es gab nichts mehr, was er noch tun konnte, um die Wahl zu gewinnen.

In der Ferne hörte Giles einen einzigen Glockenschlag und sah auf die Uhr: 21:30 Uhr. Zeit, sich auf den Weg zu machen. Er hatte das Gefühl, keinen weiteren Bus mehr ertragen zu können, und ging deshalb langsam zu Fuß in Richtung Innenstadt. Er hoffte, die Abendluft würde ihm helfen, einen klaren Kopf zu bekommen, bevor die Stimmauszählung beginnen würde.

Inzwischen hatte die Polizei zweifellos damit begonnen, die

Urnen aus dem gesamten Wahlkreis einzusammeln, um sie ins Rathaus zu bringen, was insgesamt mehr als eine Stunde dauern würde. Nach Ablieferung der Urnen und zweimaliger Überprüfung ihres Zustands würde Mr. Wainwright, der Stadtdirektor, die Anweisung geben, die Plomben zu öffnen, damit die Auszählung beginnen konnte. Es wäre ein Wunder, wenn das Ergebnis vor ein Uhr nachts verkündet würde.

Sam Wainwright war niemand, der die Absicht hatte, jemals zu Land oder zur See einen Rekord zu brechen. »Langsam, aber sicher« waren die Worte, die man einmal auf seinen Grabstein meißeln würde. Giles hatte während der letzten fünf Jahre bei lokalen Fragen immer wieder mit dem Stadtdirektor zu tun gehabt, doch er wusste immer noch nicht, welche Partei Wainwright unterstützte. Möglicherweise gab er seine Stimme überhaupt niemandem. Giles wusste jedoch, dass dies Wainwrights letzte Wahl war, denn er würde zum Jahresende in Pension gehen. Giles war der Ansicht, dass die Stadt sich glücklich schätzen konnte, wenn sie einen würdigen Nachfolger für ihn fand. Auf Wainwright traf zu, was Thomas Jefferson gesagt hatte, als er nach Benjamin Franklin den Posten des amerikanischen Botschafters in Frankreich übernahm: Jemand würde auf ihn folgen, aber niemand konnte ihn ersetzen.

Einige Menschen, die noch unterwegs waren, winkten Giles auf seinem Weg ins Rathaus zu, während andere ihn ignorierten. Er begann, über sein Leben nachzudenken, und fragte sich, was er tun würde, wenn er nicht mehr Abgeordneter für Bristol Docklands wäre. In ein paar Wochen würde er fünfunddreißig werden. Gewiss, das war noch kein Alter, aber seit er nach dem Krieg nach Bristol zurückgekommen war, hatte er nur eine einzige Arbeit gehabt, und er musste sich eingestehen, dass es nicht viele andere Dinge gab, für die er qualifiziert gewesen wäre –

275

das ewige Problem für jeden Abgeordneten, der keinen sicheren Sitz hat.

Virginia fiel ihm ein, die ihm das Leben so viel leichter hätte machen können, wenn sie vor sechs Monaten ein gewisses Papier unterschrieben hätte. Er begriff, dass dies jedoch niemals ihre Absicht gewesen war. Sie hatte von Anfang an vorgehabt, bis nach der Wahl zu warten, um ihn in größtmögliche Bedrängnis zu bringen. Inzwischen war er sicher, dass sie Fisher in den Vorstand von Barrington Shipping gebracht hatte, und er fragte sich, ob sie es gewesen war, die Fisher davon überzeugt hatte, dass er Giles besiegen und seinen Platz im Unterhaus übernehmen könne.

Wahrscheinlich saß sie im Augenblick zu Hause in London und wartete auf das Wahlergebnis, obwohl sie genau genommen nur an einem Sitz wirklich interessiert war. Bereitete sie einen weiteren massiven Aufkauf von Barrington-Aktien vor, um ihren langfristigen Plan, die Familie in die Knie zu zwingen, in die Tat umzusetzen? Giles war immerhin zuversichtlich, dass sie in Ross Buchanan und Emma Gegner finden würde, die ihr gewachsen waren.

Es war Grace gewesen, die ihn schließlich zur Vernunft gebracht hatte, was Virginia betraf, und nachdem das ausgestanden war, hatte sie das Thema nie wieder erwähnt. Er musste ihr ebenso dafür danken, dass er durch sie Gwyneth kennengelernt hatte. Gwyneth wäre gerne nach Bristol gekommen, um mit ihm gemeinsam um seinen Sitz im Parlament zu kämpfen, doch sie hatte sofort eingesehen, dass nur Fisher davon hätte profitieren können, hätte sie für Giles von Haustür zu Haustür Wahlkampf gemacht.

Giles hatte Gwyneth jeden Morgen in Cambridge angerufen, bevor er ins Büro ging, nicht aber, als er gestern Nacht nach

Hause gekommen war, obwohl sie ihm gesagt hatte, er solle sie wecken, auch wenn er, wie üblich, erst gegen Mitternacht zu Hause wäre. Wenn er in dieser Nacht verlor, würde er am folgenden Morgen nach Cambridge fahren und ihr sein Leid klagen. Wenn er gewann, würde er am Nachmittag bei ihr sein und seinen Triumph mit ihr teilen. Wie die Wahl auch immer ausgehen mochte, Gwyneth würde er nicht verlieren.

»Viel Glück, Sir Giles«, erklang eine Stimme neben ihm und brachte ihn zurück in die reale Welt. »Ich bin sicher, Sie werden es schaffen.« Giles erwiderte das zuversichtliche Lächeln des abendlichen Spaziergängers, aber er selbst war sich überhaupt nicht sicher.

Jetzt konnte er das mächtige Rathausgebäude vor sich auftauchen sehen. Mit jedem seiner Schritte wurden die beiden goldenen Einhörner an den vorderen, einander gegenüberliegenden Ecken des Daches größer.

Zweifellos saßen die Freiwilligen, die bei der Stimmauszählung assistieren würden, bereits auf ihren Plätzen. Ihre Aufgabe brachte eine besondere Verantwortung mit sich; sie wurde üblicherweise von Stadträten oder langjährigen Parteimitgliedern wahrgenommen. Miss Parish wäre wie bei den letzten vier Wahlen für die sechs Männer und Frauen verantwortlich, die für Labour die Auszähler überprüften, und sie hatte Harry und Emma einen Platz in ihrem handverlesenen Team angeboten.

»Ich hätte auch Sebastian darum gebeten«, hatte sie zu Giles gesagt, »aber er ist noch nicht alt genug.«

»Er dürfte enttäuscht gewesen sein«, hatte Giles erwidert.

»Ja, er war enttäuscht. Aber ich habe ihm einen Besucherpass besorgt, damit er alles, was vor sich geht, vom Balkon aus beobachten kann.«

»Vielen Dank.«

»Bedanken Sie sich nicht bei mir«, sagte Miss Parish. »Ich wäre froh, wenn ich ihn während des gesamten Wahlkampfs zur Verfügung gehabt hätte.«

Giles holte tief Luft, bevor er die Stufen zum Rathaus hinaufstieg. Wie immer auch das Ergebnis ausfallen mochte, er durfte nicht vergessen, sich bei den vielen Menschen zu bedanken, die ihn unterstützt hatten und deren einziger Lohn ein Sieg sein würde. Er dachte daran, was Old Jack zu ihm gesagt hatte, als er beim Lord's ein Century erzielt hatte: Jeder kann ein guter Gewinner sein. Die wahre Größe eines Menschen zeigt sich jedoch erst darin, wie er mit einer Niederlage umgeht.

25

Griff Haskins schritt in der Lobby des Rathauses auf und ab, als er sah, wie Giles auf ihn zukam. Die beiden gaben sich die Hand, als hätten sie einander wochenlang nicht gesehen.

»Wenn ich gewinne«, sagte Giles, »werden Sie …«

»Bloß keine Sentimentalitäten!«, unterbrach ihn Griff. »Wir haben immer noch eine Aufgabe vor uns.«

Sie gingen durch die Schwingtüren in den Hauptsaal, wo die Bankreihen, die sich üblicherweise hier befanden, durch zwei Dutzend aufgebockte Tische ersetzt worden waren, die man in mehreren Reihen angeordnet hatte; zu beiden Seiten der Tische standen einfache Holzstühle.

Die Hände in die Hüften gedrückt, stand Sam Wainwright mit leicht gespreizten Beinen in der Bühnenmitte. Er blies in seine Pfeife, um das Zeichen dafür zu geben, dass die Auszählung beginnen sollte. Scheren erschienen, Plomben wurden durchtrennt, Wahlurnen geöffnet und ausgekippt, wodurch Tausende kleiner Papierstreifen, von denen jeder drei Namen trug, sich vor den Auszählern auf die Tische ergossen.

Die erste Aufgabe bestand darin, die Stimmzettel in drei Gruppen zu teilen, bevor die Auszählung beginnen konnte. Jeweils eine Seite eines Tisches konzentrierte sich auf Fisher, die andere auf Barrington. Die Suche nach den Stimmen, die Ellsworthy erhalten hatte, dauerte ein wenig länger.

Giles und Griff gingen nervös durch den Saal und versuchten

an den wachsenden Stapeln der Stimmzettel zu erkennen, ob eine Seite einen deutlichen Vorsprung hatte. Nach einer ersten vollständigen Runde durch den Saal war es für beide offensichtlich, dass dem nicht so war. Giles war eindeutig im Vorteil, wenn man sich die Stimmzettel aus der Urne von Woodbine ansah, doch Fisher war der unangefochtene Sieger, wenn es um die Urnen aus den Bezirken entlang der Arcadia Avenue ging. Nach einer weiteren Runde durch den Saal waren sie kein bisschen klüger. Das Einzige, was sich sicher vorhersagen ließ, war die Tatsache, dass die Liberalen auf dem dritten Platz landen würden.

Giles sah auf, als er lauten Applaus hörte, der von der gegenüberliegenden Seite des Saals erklang. Soeben war Fisher zusammen mit seinem Wahlkampfleiter und einigen wichtigen Unterstützern eingetroffen. Einige von ihnen kannte Giles vom Abend ihres Streitgesprächs wieder. Ihm fiel auf, dass Fisher ein frisches Hemd und einen zweireihigen Anzug trug und bereits wie ein Abgeordneter wirkte. Nachdem er mit einigen Auszählern geplaudert hatte, begann auch er, durch den Saal zu gehen, wobei er darauf achtete, dass er dabei nicht auf Giles stieß.

Zusammen mit Miss Parish, Harry und Emma setzten Giles und Griff ihre Runden zwischen den Tischen hindurch fort, wobei sie aufmerksam zusahen, wie die Wahlzettel zunächst zu Stapeln von zehn und dann zu Stapeln von einhundert Stimmen gebündelt und diese Einhunderterstapel mit dicken roten, blauen oder gelben Gummibändern zusammengebunden wurden, damit man sie rasch identifizieren konnte. Schließlich wurden jeweils fünf dieser Einhunderterstapel nebeneinander aufgereiht, wodurch sie wie Soldaten bei einer Parade wirkten.

Prüfer übernahmen jeweils eine Tischreihe und zählten nach,

ob sich in den Zehnerstapeln keine neun oder elf Stimmen befanden und dass, wichtiger noch, die Einhunderterstapel nicht aus einhundertzehn oder neunzig Stimmen bestanden. Wenn sie den Eindruck hatten, dass ein Fehler gemacht worden war, konnten sie darum bitten, dass ein Stapel im Beisein von Mr. Wainwright oder eines seiner Assistenten erneut gezählt wurde. Eine solche Vermutung sollte man jedoch niemals leichtfertig äußern, hatte Miss Parish ihr Team gewarnt.

Nachdem bereits zwei Stunden lang gezählt worden war, zuckte Griff mit den Schultern als Antwort auf Giles' geflüsterte Frage nach seinem Eindruck über den bisherigen Verlauf. Im Jahr 1951 hatte Griff Giles um diese Zeit bereits sagen können, dass er gewonnen hatte, wenn auch nur mit einem Abstand von wenigen Hundert Stimmen. In dieser Nacht nicht.

Sobald ein Auszähler seine ordentlichen, sorgfältig ausgerichteten Fünfhunderterstapel vor sich liegen hatte, hob er die Hand, um dem Stadtdirektor mitzuteilen, dass er seine Aufgabe beendet hatte und bereit war, sein Ergebnis mitzuteilen. Als die letzte Hand sich hob, blies Mr. Wainwright erneut seine Pfeife und sagte: »Bitte überprüfen Sie jetzt jeden Stapel noch einmal.« Dann fügte er hinzu: »Würden die Kandidaten und ihre Wahlkampfleiter bitte zu mir auf die Bühne kommen?«

Giles und Griff gingen als Erste die Stufen hinauf, Fisher und Ellsworthy folgten ihnen mit nur einem Schritt Abstand. Auf einem Tisch in der Bühnenmitte, wo jeder genau sehen konnte, was vor sich ging, lag ein kleiner Stapel Stimmzettel. Es waren wohl nicht mehr als ein Dutzend, schätzte Giles.

»Gentlemen«, erklärte der Stadtdirektor, »das sind die möglicherweise ungültigen Stimmen. Laut Wahlgesetz steht mir – und mir allein – die Entscheidung darüber zu, ob einer von ihnen in die endgültige Abstimmung mit einbezogen wird. Sie haben jedoch das Recht, bei jeder einzelnen meiner Entscheidungen Widerspruch einzulegen.«

Wainwright beugte sich über den Tisch, schob seine Brille zurecht und musterte den obersten Stimmzettel. Er trug ein Kreuz in Fishers Kästchen, doch quer über das ganze Papier waren die Worte »Gott schütze die Königin« gekritzelt.

»Das ist ganz offensichtlich eine Stimme für mich«, sagte Fisher, bevor Wainwright sich dazu äußern konnte.

Der Stadtdirektor sah Giles und Ellsworthy an. Beide nickten, und er legte den Stimmzettel auf die rechte Seite. Auf dem nächsten Stimmzettel befand sich in Fishers Kästchen ein Haken, kein Kreuz.

»Der Betreffende wollte zweifellos für mich stimmen«, sagte Fisher energisch. Wieder nickten Giles und Ellsworthy.

Der Stadtdirektor legte den Stimmzettel auf den ersten, der bereits zu Fishers Gunsten ausgefallen war, was den Kandidaten der Konservativen so lange vor sich hinlächeln ließ, bis er sah, dass die nächsten drei Stimmzettel einen Haken in Giles Barringtons Kästchen trugen.

Auf dem nächsten Stimmzettel waren alle drei Kandidaten durchgestrichen, und stattdessen stand dort: *Wählt Desperate Dan*. Alle drei waren sich einig, dass diese Stimme ungültig war. Auf dem nächsten Zettel stand ein Haken hinter Ellsworthys Namen, weshalb er als Stimme für den Kandidaten der Liberalen akzeptiert wurde. Auf dem achten Zettel stand nur *Schafft die Todesstrafe ab*, weshalb er kommentarlos als ungültig erklärt wurde. Der neunte trug einen Haken in Barringtons Kästchen, und Fisher blieb nichts anderes übrig, als ihn zuzulassen, wodurch Giles mit 4:2 Stimmen führte, als nur noch zwei Zettel übrig waren. Der nächste Zettel trug einen Haken in Barringtons Kästchen und das Wort *NIEMALS* neben Fishers Namen.

»Diese Stimme muss als ungültig gelten«, sagte Fisher.

»In welchem Fall«, erwiderte der Stadtdirektor, »ich den Zettel mit ›Gott schütze die Königin‹ genauso behandeln muss.«

»Das ist nur logisch«, erklärte Ellsworthy. »Es wäre besser, keinen von beiden anzuerkennen.«

»Ich stimme Major Fisher zu«, sagte Giles, denn ihm war klar, dass sich sein Vorsprung dadurch auf 4:1 Stimmen erhöhen würde. Fisher sah aus, als wolle er protestieren, sagte aber nichts.

Gemeinsam betrachteten sie den letzten Stimmzettel. Wainwright lächelte.

»Nicht mehr zu meinen Lebzeiten, vermute ich«, sagte er und legte den Zettel mit den Worten *Unabhängigkeit für Schottland* auf den Stapel mit den ungültigen Stimmen.

Dann sah Wainwright noch einmal alle Stimmzettel durch, bevor er sagte: »Damit hätten wir vier Stimmen für Barrington, eine für Fisher und eine für Ellsworthy.« Er schrieb die Zahlen in sein Notizbuch und sagte: »Ich danke Ihnen, Gentlemen.«

»Hoffen wir, dass das nicht die einzige Wahl ist, die Sie heute Nacht gewinnen«, murmelte Griff Giles zu, als sie die Bühne verließen und zu Miss Parish und ihren Prüfern gingen.

Unterdessen trat der Stadtdirektor auf der Bühne nach vorn und blies noch einmal in seine Pfeife. Sofort begannen seine Assistenten an den Tischen entlangzugehen und das Ergebnis jedes Auszählers zu notieren. Als sie damit fertig waren, brachten sie die Ergebnisse zur Bühne und händigten sie dem Stadtdirektor aus.

Mr. Wainwright musterte jede Zahl sorgfältig, bevor er sie in eine große Rechenmaschine eingab, die sein einziges Zugeständnis an die moderne Welt bildete. Nachdem er den letzten Knopf gedrückt hatte, schrieb er die entsprechende Zahl hinter jeden der drei Namen, dachte einen Augenblick nach und bat dann die Kandidaten wieder zu sich auf die Bühne. Er teilte ihnen das Ergebnis mit und stimmte einer Bitte von Giles zu.

Miss Parish runzelte die Stirn, als sie sah, wie sich Fisher seinen Unterstützern zuwandte und beide Daumen nach oben reckte. Ihr wurde klar, dass sie verloren hatten. Sie sah hinauf zur Galerie, auf der Sebastian ihr hektisch zuwinkte. Sie winkte zurück, wandte sich jedoch gleich wieder um, als Mr. Wainwright an sein Mikrofon klopfte, woraufhin sich unverzüglich erwartungsvolle Stille im Saal breitmachte.

»Ich, der Wahlleiter für den Wahlkreis Bristol Docklands, gebe die Gesamtzahl der auf jeden Kandidaten entfallenen Stimmen wie folgt bekannt:

Sir Giles Barrington	18.714
Mr. Reginald Ellsworthy	3.472
Major Alexander Fisher	18.908.«

In Fishers Lager erhob sich lautstarker Jubel und lang anhaltender Applaus. Wainwright wartete, bis es etwas ruhiger geworden war, bevor er hinzufügte: »Der Abgeordnete hat darum gebeten, dass die Stimmen nachgezählt werden, und ich habe seiner Bitte entsprochen. Ich fordere deshalb jeden Auszähler auf, seine Stapel noch einmal mit besonderer Sorgfalt durchzusehen, um sicherzustellen, dass sich kein Fehler eingeschlichen hat.«

Die Auszähler begannen, jeden ihrer Zehner-, Hunderter- und Fünfhunderterstapel noch einmal durchzugehen. Schließlich hoben die ersten von ihnen die Hand zum Zeichen, dass sie ihre Aufgabe ein zweites Mal abgeschlossen hatten.

Giles hob den Kopf zu einem stummen Gebet und sah Sebastian, der wieder hektisch winkte, doch dann machte Griff eine Bemerkung, und er wandte sich wieder ab.

»Sie sollten über Ihre Rede nachdenken«, sagte Griff. »Sie müssen dem Stadtdirektor, seinen Mitarbeitern und Ihren Mitarbeitern danken. Vor allem aber sollten Sie Großmut zeigen, wenn Fisher gewinnt. Schließlich wird es immer wieder neue Wahlen geben.«

Giles war nicht so sicher, ob das auch für ihn persönlich galt. Genau das wollte er gerade sagen, als Miss Parish zu ihnen eilte.

»Ich störe Sie nur ungern«, sagte sie, »aber Sebastian versucht anscheinend, Sie auf sich aufmerksam zu machen.«

Giles und Griff sahen zum Balkon hinauf, wo sich Sebastian weit über das Geländer beugte und sie geradezu anflehte, zu ihm zu kommen.

»Vielleicht sollten Sie nach oben gehen und sich anhören, was ihn so sehr beschäftigt«, sagte Griff, »während Giles und ich uns auf die neuen Verhältnisse vorbereiten.«

Miss Parish ging die Treppe zum Balkon hinauf, wo Sebastian sie bereits auf der obersten Stufe erwartete. Er nahm sie beim Arm, zog sie ans Geländer und deutete hinab in den Saal. »Sehen Sie den Mann im grünen Hemd am Ende der dritten Tischreihe?«

Miss Parish blickte in die angegebene Richtung. »Ja. Was ist mit ihm?«

»Er hat betrogen.«

»Wie kommst du darauf?«, fragte Miss Parish in bemüht ruhigem Ton.

»Er hat einem der Assistenten des Stadtdirektors fünfhundert Stimmen für Fisher gemeldet.«

»Ja, das ist richtig«, sagte Miss Parish. »Vor ihm liegen fünf Stapel zu je einhundert Stimmen.«

»Das weiß ich«, sagte Sebastian. »Aber bei einem dieser Stapel liegt ein Stimmzettel für Fisher obenauf, doch die neunundneunzig darunter sind für Onkel Giles.«

»Bist du dir sicher?«, fragte Miss Parish. »Denn wenn Griff Mr. Wainwright bittet, diese Stimmen persönlich nachzuzählen, und du dich geirrt hast …«

»Ich bin mir sicher«, sagte Sebastian nachdrücklich.

Miss Parish schien immer noch nicht ganz überzeugt, aber so schnell, wie sie jetzt nach unten ging, war sie seit Jahren nirgendwo mehr hingeeilt. Als sie den Saal erreicht hatte, ging sie direkt auf Giles zu, der eine zuversichtliche Miene aufgesetzt hatte, während er sich mit Emma und Griff unterhielt. Sie berichtete ihnen, was Sebastian behauptet hatte, erntete jedoch nur sprachloses Erstaunen. Alle vier sahen zum Balkon hinauf, wo Sebastian energisch auf den Mann im grünen Hemd deutete.

»Ich finde, was Sebastian sagt, ist durchaus glaubhaft«, sagte Emma schließlich.

»Warum?«, fragte Griff. »Haben Sie wirklich gesehen, wie dieser Mann einen Stimmzettel für Fisher auf einen unserer Stapel gelegt hat?«

»Nein, aber ich habe ihn letzten Donnerstag bei der Debatte der drei Kandidaten erlebt. Er war es, der wissen wollte, warum Giles während der letzten Legislaturperiode häufiger in Cambridge zu finden war als in Bristol.«

Giles musterte den Mann sorgfältig, während um ihn herum immer mehr Hände in die Höhe gereckt wurden zum Zeichen, dass die zweite Zählung fast abgeschlossen war.

»Ich glaube, du hast recht«, sagte er.

Wortlos ließ Griff die anderen stehen und eilte in Richtung Bühne, wo er den Stadtdirektor um ein vertrauliches Gespräch bat.

Sobald Wainwright sich angehört hatte, was Giles' Wahlkampfleiter zu berichten wusste, sah er zu Sebastian hinauf, dessen Geste seinen Blick zu jenem Auszähler führte, der am Ende der dritten Tischreihe saß.

»Das ist ein sehr schwerwiegender Vorwurf, den Sie auf das bloße Wort eines Kindes hin erheben«, sagte er, während sein Blick wieder zu Sebastian zurückkehrte.

»Er ist kein Kind«, sagte Griff. »Er ist ein junger Mann. Aber wie auch immer. Ich beantrage hiermit offiziell, dass Sie die Sache untersuchen.«

»Dann soll es so sein. Auf Ihre Verantwortung«, erwiderte Wainwright, indem er noch einmal zu dem betroffenen Auszähler sah. Er winkte zwei seiner Assistenten heran und forderte sie ohne weitere Erklärung auf, ihm zu folgen.

Die drei Männer schritten die Bühnentreppe hinab und gingen direkt auf den Tisch am Ende der dritten Reihe zu. Giles und Griff folgten ihnen. Der Stadtdirektor sah zu dem Mann im grünen Hemd hinab und sagte: »Ich würde gerne Ihren Platz einnehmen, Sir, denn der Wahlkampfleiter von Sir Giles hat mich gebeten, Ihre Zahlen persönlich durchzusehen.«

Der Mann erhob sich langsam und trat einen Schritt beiseite, während Wainwright sich auf seinen Stuhl setzte und die fünf Stapel mit den Stimmzetteln für Fisher musterte, die vor ihm auf dem Tisch lagen.

Er griff nach dem ersten Stapel, löste das blaue Gummiband und betrachtete den obersten Zettel. Er brauchte nicht lange, um zu erkennen, dass alle einhundert Stimmen Fisher in korrekter Weise gutgeschrieben worden waren. Der zweite Stapel brachte dasselbe Ergebnis und der dritte ebenso. Inzwischen wirkte nur noch Sebastian, der vom Balkon nach unten sah, von einem Betrug überzeugt.

Als Wainwright den obersten Stimmzettel vom vierten Stapel nahm, sah er, dass der Zettel darunter ein Kreuz neben Giles

Barringtons Namen trug. Langsam und sorgfältig sah er die übrigen Zettel durch. Tatsächlich waren in diesem Stapel neunundneunzig Stimmen für Barrington abgegeben worden. Schließlich nahm er sich den fünften Stapel vor. Die Stimmen dort waren wiederum allesamt auf korrekte Weise Fisher gutgeschrieben worden.

Niemand hatte bemerkt, dass der Kandidat der Konservativen an die kleine Gruppe, die den Tisch umstand, herangetreten war.

»Gibt es ein Problem?«, fragte Fisher.

»Keines, das ich nicht lösen könnte«, antwortete der Stadtdirektor, wandte sich an einen seiner Assistenten und sagte: »Bitten Sie die Polizei, diesen Herrn aus dem Gebäude zu begleiten.«

Daraufhin besprach er sich kurz mit seinem Sekretär und ging schließlich auf die Bühne zurück, wo er sich wieder hinter die Rechenmaschine setzte. Wieder ließ er sich Zeit damit, jede Zahl, die ihm von seinen Assistenten geliefert wurde, sorgfältig einzugeben. Nachdem er zum letzten Mal den Knopf für die Addition gedrückt hatte, trug er die neuen Zahlen hinter den Namen der Kandidaten ein, und als er damit fertig war, bat er diese noch einmal auf die Bühne. Nachdem er den drei Männern die neuen, revidierten Zahlen genannt hatte, bat Giles nicht um eine weitere Auszählung.

Wainwright trat ans Mikrofon, um den Anwesenden das Ergebnis der zweiten Zählung mitzuteilen. Über das, was gerade geschehen war, hatte es im Saal bisher nur geflüsterte Gerüchte gegeben.

»… gebe ich die Gesamtzahl der auf jeden Kandidaten entfallenen Stimmen wie folgt bekannt:

Sir Giles Barrington	18.813
Mr. Reginald Ellsworthy	3.472
Major Alexander Fisher	18.809.«

Diesmal waren es die Unterstützer von Labour, die in lauten Jubel und Applaus ausbrachen, wodurch das weitere Verfahren mehrere Minuten lang aufgehalten wurde. Erst danach konnte Wainwright verkünden, dass Major Fisher um eine erneute Auszählung gebeten hatte.

»Ich bitte die Auszähler, ihre Ergebnisse zum dritten Mal sorgfältig zu überprüfen und meine Mitarbeiter unverzüglich zu informieren, wenn sie eine Änderung ihrer Zahlen mitzuteilen wünschen.«

Als der Stadtdirektor an seinen Tisch zurückkehrte, reichte ihm seine Sekretärin ein Buch, um das er gebeten hatte. Er schlug mehrere Seiten von *Macaulays Wahlgesetz* um, bis er den Eintrag wiedergefunden hatte, der von ihm bereits am Nachmittag markiert worden war. Während sich Wainwright durch den Gesetzestext noch einmal in seiner Auffassung der Rechte und Pflichten eines Wahlleiters bestätigen ließ, eilten Fishers Prüfer die Tischreihen entlang und ließen sich in jedem Barrington-Stapel den zweiten Stimmzettel zeigen.

Trotz dieser Aktion konnte Wainwright vierzig Minuten später verkünden, dass sich gegenüber dem Ergebnis der zweiten Auszählung keine Änderungen ergeben hatten. Fisher verlangte sofort eine weitere Auszählung.

»Ich bin nicht bereit, dieser Forderung stattzugeben«, sagte Wainwright. »Die Zahlen waren bei drei unabhängigen Auszählungen konsistent«, fügte er hinzu, indem er Macaulay wörtlich zitierte.

»Aber das ist ganz offensichtlich unzutreffend«, widersprach

Fisher in herrischem Ton. »Sie waren nur bei zwei Auszählungen konsistent. Sie werden sich daran erinnern, dass ich aus der ersten Zählung mit deutlichem Abstand als Sieger hervorgegangen bin.«

»Sie waren bei allen drei Auszählungen konsistent«, wiederholte Wainwright, »wenn wir den unglücklichen Fehler einrechnen, den Ihr Kollege bei der ersten Zählung gemacht hat.«

»Mein Kollege?«, sagte Fisher. »Das ist eine skandalöse Verunglimpfung meiner Person. Ich habe diesen Mann noch nie im Leben gesehen. Wenn Sie diese Aussage nicht zurücknehmen und eine weitere Auszählung anordnen, bleibt mir keine andere Wahl, als morgen früh den Rat meiner Anwälte einzuholen.«

»Das wäre ein höchst unglücklicher Schritt«, sagte Wainwright, »denn ich möchte nicht, dass Stadtrat Peter Maynard im Zeugenstand erklären muss, wie es möglich sein sollte, dass er den örtlichen Vorsitzenden seiner Partei, der gleichzeitig sein Unterhauskandidat ist, noch nie getroffen hat.«

Fisher wurde scharlachrot und ging von der Bühne.

Mr. Wainwright erhob sich von seinem Platz, trat langsam an den Bühnenrand und klopfte zum letzten Mal in dieser Nacht ans Mikrofon. Dann räusperte er sich und sagte: »Ich, der Wahlleiter für den Wahlkreis Bristol Docklands, gebe die Gesamtzahl der auf jeden Kandidaten entfallenen Stimmen wie folgt bekannt:

Sir Giles Barrington	18.813
Mr. Reginald Ellsworthy	3.472
Major Alexander Fisher	18.809.

Aus diesem Grund erkläre ich Sir Giles Barrington zum rechtmäßig gewählten Abgeordneten für den Wahlkreis Bristol Docklands.«

Der alte und neue Abgeordnete für Bristol Docklands sah zum Balkon hinauf und verbeugte sich vor Sebastian Clifton.

✳— SEBASTIAN CLIFTON —✳

1955 – 1957

26

»Auf den Mann, der die Wahl für uns gewonnen hat!«, rief Griff, der bereits gefährlich auf einem Tisch in der Mitte des Saals schwankte, ein Glas Champagner in der einen und eine Zigarette in der anderen Hand.

»Auf Sebastian!«, riefen alle unter Gelächter und Applaus.

»Hast du schon jemals Champagner getrunken?«, fragte Griff, nachdem er vom Tisch gestiegen und mit unsicheren Schritten auf Sebastian zugekommen war.

»Nur einmal«, gab Sebastian zu. »Als mein Freund Bruno seinen fünfzehnten Geburtstag gefeiert und sein Vater uns zum Abendessen in einen Pub eingeladen hat. Also ist das wohl mein zweites Glas.«

»Ich kann dir nur raten«, sagte Griff, »gewöhn dich nicht dran. Es ist der Nektar der Reichen. Wir Jungs aus der Arbeiterklasse«, fuhr er fort und legte einen Arm um Sebastian, »dürfen nur auf wenige Gläser pro Jahr hoffen. Und auch nur dann, wenn ein anderer zahlt.«

»Aber ich habe die Absicht, reich zu werden.«

»Warum bin ich nicht überrascht?«, sagte Griff und schenkte sich nach. »In diesem Fall wirst du ein Champagner-Sozialist werden müssen, und weiß Gott, von denen haben wir schon genug in unserer Partei.«

»Ich bin nicht in Ihrer Partei«, sagte Sebastian mit fester Stimme. »Ich bin ein Tory, was jeden anderen Abgeordnetensitz angeht. Die einzige Ausnahme ist der Sitz von Onkel Giles.«

»Dann wirst du zu uns kommen und in Bristol leben müssen«, sagte Griff gerade, als das neu gewählte Unterhausmitglied auf sie zuschlenderte.

»Danach sieht es wohl nicht aus«, sagte Giles. »Seine Eltern machen sich große Hoffnungen, dass er ein Stipendium für Cambridge bekommt.«

»Nun, wenn es Cambridge wird und nicht Bristol, dann wirst du wahrscheinlich mehr von deinem Onkel zu sehen bekommen als wir.«

»Sie haben ein bisschen zu viel getrunken, Griff«, sagte Giles und klopfte seinem Wahlkampfleiter auf den Rücken.

»Nicht so viel, wie ich jetzt schon getrunken hätte, wenn wir verloren hätten«, erwiderte Griff und leerte sein Glas. »Außerdem sollten Sie nicht vergessen, dass die verdammten Tories ihre Mehrheit im Unterhaus ausgebaut haben.«

»Wir sollten nach Hause gehen, Seb, wenn du morgen wenigstens so weit in Form sein willst, dass du in die Schule gehen kannst. Ich will gar nicht daran denken, wie viele Regeln du in den letzten paar Stunden gebrochen hast.«

»Darf ich mich von Miss Parish verabschieden, bevor ich gehe?«

»Ja, natürlich. Mach das, während ich die Getränke bezahle. Nachdem die Wahl vorbei ist, kann ich so etwas wieder übernehmen.«

Sebastian schob sich zwischen den Gruppen der Wahlhelfer hindurch, von denen einige wie Zweige im Wind schwankten, während andere mit dem Kopf auf dem Tisch eingeschlafen waren oder sich aus anderen Gründen nicht mehr rühren konnten. Er sah Miss Parish, die an einem Tisch in einer Ecke am gegenüberliegenden Ende des Saals saß. Zwei leere Champagner-flaschen leisteten ihr Gesellschaft. Als er sie endlich erreicht hatte, war er nicht ganz sicher, ob sie ihn erkannte.

»Miss Parish, ich wollte Ihnen nur dafür danken, dass Sie mir erlaubt haben, in Ihrem Team mitzuarbeiten. Ich habe so viel von Ihnen gelernt. Ich würde mir wirklich wünschen, dass Sie einer meiner Lehrer in der Abbey wären.«

»Das ist in der Tat ein schönes Kompliment«, sagte Miss Parish. »Aber ich fürchte, ich wurde im falschen Jahrhundert geboren. Es wird noch lange dauern, bis Frauen die Möglichkeit bekommen, an einer unabhängigen Knabenschule zu unterrich-ten.« Sie erhob sich nicht ohne Mühen und umarmte ihn. »Viel Glück, Sebastian«, sagte sie. »Ich hoffe, du bekommst dieses Stipendium für Cambridge.«

»Was hat Miss Parish damit gemeint, als sie sagte, sie sei im falschen Jahrhundert geboren?«, fragte Sebastian, als er mit Giles zurück zum Manor House fuhr.

»Nichts weiter, als dass Frauen ihrer Generation nicht die Möglichkeit hatten, eine eigene berufliche Karriere zu verfolgen. Aus ihr wäre eine großartige Lehrerin geworden, und Hunderte Kinder hätten von ihrer Klugheit und ihrem gesunden Menschen-verstand profitiert. Die Wahrheit ist, dass wir zwei Generationen von Männern in den beiden Weltkriegen verloren haben, wäh-rend es zwei Generationen von Frauen unmöglich gemacht wurde, an ihre Stelle zu treten.«

»Schöne Worte, Onkel Giles, aber was wirst du dagegen tun?«

Giles lachte. »Ich hätte sehr viel mehr dagegen tun können, wenn wir die Wahl auch im ganzen Land gewonnen hätten, denn dann säße ich morgen wahrscheinlich im Kabinett. Jetzt muss ich mich mit einer weiteren Runde auf der Oppositions-bank zufriedengeben.«

»Wird meine Mutter dasselbe Problem haben?«, fragte Sebastian. »Sie wäre nämlich eine verdammt gute Abgeordnete.«

»Nein. Ich habe bisher allerdings noch nicht gesehen, dass sie einen Sitz im Parlament anstreben würde. Ich fürchte, sie kommt nicht gut mit Idioten zurecht, und das ist eine der Fähigkeiten, die man dabei haben muss. Aber ich habe das Gefühl, dass sie uns alle noch überraschen wird.«

Giles ließ den Wagen vor dem Manor House ausrollen, schaltete den Motor aus und legte einen Finger an die Lippen. »Psst. Ich habe deiner Mutter versprochen, dass ich Jessica nicht aufwecken würde.«

Die beiden gingen auf Zehenspitzen über den Kies, und dann öffnete Giles vorsichtig die Tür in der Hoffnung, dass sie nicht knarren würde. Sie hatten die Eingangshalle bereits zur Hälfte hinter sich gebracht, als Giles Jessica sah, die sich in einem Sessel vor dem erlöschenden Kaminfeuer zusammengekauert hatte. Sie schlief tief und fest. Behutsam hob er sie hoch und trug sie in seinen Armen die Treppe hinauf. Sebastian eilte voraus, öffnete die Tür zu ihrem Zimmer und schlug die Decke zurück, während Giles sie vorsichtig aufs Bett gleiten ließ. Er wollte gerade die Tür hinter sich schließen, als er ihre Stimme hörte. »Haben wir gewonnen, Onkel Giles?«

»Ja, Jessica«, flüsterte Giles. »Mit einer Mehrheit von vier Stimmen.«

»Eine davon war meine«, sagte Jessica nach heftigem Gähnen, »denn ich habe Albert dazu gebracht, dass er für dich stimmt.«

»Dann zählt diese Stimme doppelt«, sagte Sebastian. Aber bevor er erklären konnte, warum, war Jessica schon wieder eingeschlafen.

Die Mahlzeit, zu der Giles am folgenden Morgen erschien, war wohl weniger ein Frühstück als vielmehr ein Brunch.

»Guten Morgen, guten Morgen, guten Morgen«, sagte Giles, während er um den Tisch ging. Er nahm einen Teller vom Sideboard, hob die Hauben von drei silbernen Servierplatten und nahm sich eine große Portion Rührei, Speck und gebackene Bohnen, als sei er noch immer ein Schuljunge. Dann setzte er sich zwischen Sebastian und Jessica.

»Mummy sagt, dass du erst ein Glas frischen Orangensaft trinken und etwas Cornflakes mit Milch essen sollst, bevor du dir vom warmen Essen nimmst«, sagte Jessica.

»Und sie hat recht«, erklärte Giles. »Aber das wird mich nicht davon abhalten, mich neben meine Lieblingsfreundin zu setzen.«

»Ich bin nicht deine Lieblingsfreundin«, sagte Jessica, was ihn nachdrücklicher verstummen ließ als jeder Tory-Minister. »Mummy hat mir gesagt, dass Gwyneth deine Lieblingsfreundin ist. Politiker!«, fügte sie hinzu, wobei sie Emma nachahmte. Diese brach in lautes Gelächter aus.

Um wieder sicheren Boden unter die Füße zu bekommen, wandte sich Giles an Sebastian und fragte: »Wirst du dieses Jahr für deine Schulmannschaft spielen?«

»Nicht, wenn wir auch nur ein einziges Spiel gewinnen wollen«, erwiderte Sebastian. »Nein, ich werde den größten Teil meiner Zeit damit verbringen müssen, für meine acht Prüfungsfächer zu lernen, wenn ich nächstes Jahr in eine besondere Förderklasse kommen will.«

»Das würde deiner Tante Grace sicher gefallen.«

»Von seiner Mutter ganz zu schweigen«, sagte Emma, ohne von ihrer Zeitung aufzusehen.

»Auf welches Fach möchtest du dich konzentrieren, wenn du

es in die Förderklasse schaffst?«, fragte Giles, der sich nach seiner Zurechtweisung durch Jessica immer noch bemühte, die Stimmung aufzulockern.

»Moderne Sprachen. Und Mathematik zur Sicherheit im Hintergrund.«

»Nun, wenn du ein Stipendium für Cambridge bekommst, dann hast du mehr erreicht als dein Vater und mich.«

»Dein Vater und *ich*«, korrigierte Emma.

»Aber nicht mehr als Mutter und Tante Grace«, erinnerte ihn Sebastian.

»Stimmt«, gab Giles zu und beschloss, vorerst den Mund zu halten und sich auf seine Post zu konzentrieren, die Marsden aus Barrington Hall gebracht hatte. Er öffnete einen länglichen weißen Umschlag und nahm ein einzelnes Blatt Papier heraus, auf das er schon seit sechs Monaten gewartet hatte. Er las das Dokument ein zweites Mal, bevor er begeistert aufsprang. Alle hörten zu essen auf und starrten ihn wortlos an, bis Harry ihn schließlich fragte: »Hat die Königin dich aufgefordert, eine Regierung zu bilden?«

»Nein, das sind noch viel bessere Neuigkeiten«, sagte Giles. »Virginia hat endlich die Scheidungspapiere unterschrieben. Ich bin endlich ein freier Mann!«

»Anscheinend hat sie sich damit bis zum allerletzten Augenblick Zeit gelassen«, sagte Emma, die von ihrem *Daily Express* aufsah.

»Was meinst du damit?«, fragte Giles.

»Heute Morgen ist ein Foto von ihr in der Kolumne von William Hickey, und sie sieht aus, als sei sie im siebten Monat schwanger.«

»Steht da, wer der Vater ist?«

»Nein, aber auf dem Bild hat der Herzog von Arezzo seinen

Arm um sie gelegt.« Emma reichte ihrem Bruder die Zeitung. »Und offensichtlich sollen alle erfahren, dass er der glücklichste Mann auf der ganzen Welt ist.«

»Der zweitglücklichste«, sagte Giles.

»Soll das heißen, dass ich nie wieder mit Lady Virginia sprechen muss?«, fragte Jessica.

»Ja, genau das bedeutet es.«

»Juhuu!«, sagte Jessica.

Giles öffnete einen weiteren Brief und nahm einen Scheck heraus. Als er sich ihn genau angesehen hatte, hob er seine Kaffeetasse zu Ehren seines Großvaters Sir Walter Barrington und Ross Buchanans.

Emma nickte, als er den Scheck hochhob und ihr, wie sie an seinen Lippen ablesen konnte, lautlos die Summe nannte. »Ich habe auch einen bekommen.«

Wenige Augenblicke später wurde die Tür geöffnet, und Denby trat ein.

»Verzeihen Sie die Störung, Sir Giles, aber Dr. Hughes ist am Telefon.«

»Ich wollte sie gerade anrufen«, sagte Giles, griff nach seiner Post und ging zur Tür.

»Du kannst das Gespräch in meinem Arbeitszimmer annehmen«, sagte Harry. »Dort bist du ungestört.«

»Danke«, sagte Giles und stürmte fast aus dem Zimmer.

»Und wir sollten wohl besser aufbrechen, Seb«, fuhr Harry fort, »wenn du heute Abend noch pünktlich in der Schule sein willst.«

Sebastian gestattete seiner Mutter, ihm einen flüchtigen Kuss zu geben, bevor er nach oben ging, um seinen Koffer zu holen. Als er wenige Augenblicke später wieder nach unten kam, hielt Denby die Eingangstür für ihn auf.

»Auf Wiedersehen, Master Sebastian«, sagte er. »Wir freuen uns schon darauf, Sie in den Sommerferien wiederzusehen.«

»Vielen Dank, Denby«, sagte Sebastian und eilte hinaus zur Auffahrt, wo Jessica neben der Beifahrertür von Harrys Auto stand. Er umarmte sie und setzte sich dann auf den Sitz neben seinen Vater.

»Sorg dafür, dass du alle acht Prüfungsfächer schaffst«, sagte Jessica, »damit ich meinen Freundinnen sagen kann, wie klug mein großer Bruder ist.«

27

Der Rektor hätte als Erster zugegeben, dass der Junge, der um einige Tage Befreiung vom Unterricht gebeten hatte, um seinen Onkel im Wahlkampf zu unterstützen, nicht der junge Mann war, der kurz darauf nach Beechcroft Abbey zurückkehrte.

Mr. Richards, der für Sebastians Haus verantwortliche Lehrer, beschrieb die kurze Zeit als dessen »Damaskus-Erlebnis auf dem Weg nach Bristol«, denn als Clifton für die Prüfungen am Ende des Schuljahres zu lernen begann, begnügte er sich nicht mehr damit, sich auf seine angeborene Begabung für Sprachen und Mathematik zu verlassen, die ihn bisher immer über die Ziellinie gebracht hatte. Vielmehr begann er zum ersten Mal in seinem Leben genauso hart zu arbeiten wie seine weniger talentierten Freunde Bruno Martinez und Vic Kaufman.

Als die Prüfungsergebnisse ausgehängt wurden, war niemand überrascht, dass alle drei im neuen Schuljahr die Abschlussklasse besuchen würden; wohl aber waren einige erstaunt, dass Sebastian zu der kleinen Gruppe Schüler gehörte, die sich um ein Stipendium für Cambridge bewerben durften. Seine Tante Grace gehörte allerdings nicht zu denjenigen, die ihm das nicht zugetraut hatten.

Der für Sebastians Haus verantwortliche Lehrer war damit einverstanden, dass Clifton, Kaufman und Martinez in ihrem Abschlussjahr ein gemeinsames Lernzimmer erhielten, und obwohl

Sebastian noch immer genauso viel zu arbeiten schien wie seine beiden Freunde, erklärte Mr. Richards gegenüber dem Rektor, dass er immer noch fürchte, der Junge könne in seine alten Angewohnheiten zurückfallen. Diese Bedenken hätten sich wahrscheinlich als unbegründet erwiesen, wäre es nicht zu vier voneinander unabhängigen Ereignissen gekommen, die während seines letzten Jahres in Beechcroft Abbey großen Einfluss auf Sebastians Zukunft haben sollten.

Zum ersten dieser Ereignisse kam es gleich zu Anfang des neuen Schuljahres, als Bruno Sebastian und Vic einlud, mit ihm und seinem Vater im Beechcroft Arms zu Abend zu essen, um die erfolgreich bestandenen Prüfungen zu feiern. Sebastian sagte gerne zu, und er freute sich bereits auf eine weitere Gelegenheit, die Freuden des Champagners zu genießen, als die Feier im letzten Augenblick abgesagt wurde. Bruno erklärte, dass sich etwas ergeben habe, wodurch sein Vater gezwungen worden sei, seine Pläne zu ändern.

»Wahrscheinlicher ist, dass er sich umentschieden hat«, sagte Vic, nachdem Bruno zur Chorprobe gegangen war.

»Was willst du damit sagen?«, fragte Sebastian und sah von seinem Lehrbuch auf.

»Ich glaube, Mr. Martinez hat die ganze Sache abgeblasen, weil er herausgefunden hat, dass ich Jude bin und Bruno nicht ohne mich feiern wollte.«

»Ich könnte mir vorstellen, dass er alles abbläst, weil du Schwächling kaum einen Tropfen Alkohol verträgst, Kaufman, aber wen interessiert schon, dass du Jude bist?«

»Mehr Leute, als du denkst«, sagte Vic. »Weißt du nicht mehr, wie es war, als Bruno dich zu seiner Geburtstagsparty eingeladen hat, als er fünfzehn wurde? Ständig hat er erwähnt, dass er nur einen Gast mitbringen darf und dass ich beim nächsten Mal an der Reihe wäre. Juden vergessen so etwas nicht.«

»Ich kann einfach nicht glauben, dass Mr. Martinez ein Dinner absagt, nur weil du Jude bist.«

»Natürlich kannst du das nicht, Seb, aber das liegt einzig und allein daran, weil deine Eltern zivilisiert sind. Sie beurteilen andere Menschen nicht nach dem Bett, in dem sie geboren wurden, und sie haben dir die Abwesenheit dieses Vorurteils vererbt, ohne dass du dir dessen bewusst geworden bist. Doch unglücklicherweise repräsentierst du nicht die Mehrheit, nicht einmal in dieser Schule.«

Sebastian wollte protestieren, doch sein Freund hatte noch mehr zu diesem Thema zu sagen.

»Ich weiß, dass einige Menschen glauben, wir Juden seien paranoid wegen des Holocaust – und wer könnte uns einen Vorwurf machen angesichts dessen, was bis heute an neuen Einzelheiten über die deutschen Konzentrationslager herauskommt? Aber glaub mir, Seb, ich kann einen Antisemiten auf dreißig Schritte riechen, und es ist nur noch eine Frage der Zeit, bis deine Schwester vor demselben Problem steht.«

Sebastian brach in schallendes Gelächter aus. »Jessica ist keine Jüdin. Sie ist vielleicht ein wenig unbürgerlich, aber keine Jüdin.«

»Ich habe sie nur einmal getroffen, Seb, aber ich versichere dir, dass sie Jüdin ist.«

Es gab wenig, was Sebastian sprachlos machte, doch Vic hatte es geschafft.

Das zweite Ereignis fand während der Sommerferien statt, als Sebastian zu seinem Vater ins Arbeitszimmer kam, um mit ihm sein Zeugnis durchzugehen. Sebastian betrachtete die vielen Familienfotos auf Harrys Schreibtisch, als ein ganz bestimmtes

Bild seine Aufmerksamkeit auf sich zog. Das Foto zeigte seine Mutter Arm in Arm mit seinem Vater und seinem Onkel Giles auf dem Rasen vor dem Manor House. Emma musste damals etwa zwölf oder dreizehn Jahre alt gewesen sein, und sie trug ihre Red Maids' Schuluniform. Für einen kurzen Augenblick dachte Sebastian, es handele sich um Jessica, so ähnlich sahen sich die beiden. Sicher handelte es sich nur um eine Laune des einfallenden Lichts. Doch dann erinnerte er sich an den Besuch im Waisenhaus und daran, wie schnell seine Eltern nachgegeben hatten, als er darauf bestand, dass Jessica das einzige Mädchen war, das für ihn als Schwester in Betracht käme.

»Alles in allem höchst überzeugend«, sagte Harry, als er die letzte Seite von Sebastians Zeugnis umblätterte. »Ich finde es schade, dass du Latein aufgibst, aber ich bin sicher, der Rektor wird seine Gründe dafür gehabt haben. Und ich bin mir mit Dr. Banks-Williams einig, dass du gute Aussichten hast, ein Stipendium für Cambridge zu bekommen, wenn du weiter so hart arbeitest.« Harry lächelte. »Banks-Williams neigt nicht zu Übertreibungen, aber er hat mir am Elternsprechtag gesagt, dass er bereits die nötigen Vorbereitungen trifft, damit du irgendwann im nächsten Schuljahr sein altes College besuchen kannst, denn er hofft, dass du sein Nachfolger am Peterhouse wirst, wo er selbst, wie könnte es anders sein, ebenfalls mit einem Stipendium studiert hat.«

Sebastian starrte immer noch auf das Foto.

»Hast du gehört, was ich gerade gesagt habe?«, fragte sein Vater.

»Dad«, sagte Seb leise, »findest du nicht, dass die Zeit gekommen ist, um mir die Wahrheit über Jessica zu sagen?« Er wandte den Blick vom Foto ab und sah seinen Vater an.

Harry zögerte einen Augenblick. Dann schob er das Zeugnis

beiseite, lehnte sich zurück und erzählte Sebastian die ganze Geschichte. Er begann mit Sebastians Großvater Hugo, der von Olga Piotrovska umgebracht worden war, und sprach dann über das kleine Mädchen, das man in einem Korb in Hugos Büro gefunden hatte, und wie Emma dieses Mädchen in einem der Dr.-Barnardo-Waisenhäuser in Bridgewater ausfindig gemacht hatte. Als er geendet hatte, stellte ihm Sebastian nur eine einzige Frage.

»Und wann wirst du ihr die Wahrheit sagen?«

»Das frage ich mich selbst jeden Tag.«

»Aber warum hast du so lange gewartet, Dad?«

»Weil ich nicht wollte, dass sie das erleben muss, was, wie du sagst, dein Freund Vic Kaufman jeden Tag durchmacht.«

»Jessica wird noch etwas viel Schlimmeres durchmachen, wenn sie zufällig über die Wahrheit stolpert«, sagte Sebastian.

Seine nächste Frage schockierte Harry.

»Willst du, dass ich es ihr sage?«

Harry starrte seinen siebzehn Jahre alten Sohn ungläubig an. Er fragte sich, wann aus einem Kind ein Erwachsener wird.

»Nein«, sagte er schließlich. »Dafür sind deine Mutter und ich verantwortlich. Aber wir müssen den richtigen Zeitpunkt finden.«

»Es wird keinen richtigen Zeitpunkt geben«, sagte Sebastian.

Harry versuchte sich daran zu erinnern, wann er diese Worte zum letzten Mal gehört hatte.

Zu dem dritten Ereignis kam es, als Sebastian sich zum ersten Mal verliebte. Nicht in eine Frau, sondern in eine Stadt. Es war Liebe auf den ersten Blick, denn er hatte noch nie etwas so Schönes gesehen. Es war zugleich anspruchsvoll, begehrenswert und verlockend. Als er von seiner neuen Geliebten wieder zurück nach Beechcroft ging, war er sogar noch entschlossener, eines Tages seinen Namen in Goldbuchstaben auf der Ehrentafel der Schule lesen zu können.

Als Sebastian aus Cambridge zurück war, begann er sogar zu den Stunden des Tages zu arbeiten, in denen er sich das nie hätte vorstellen können, und sogar der Rektor konnte sich mit der Zeit vorstellen, dass das Unwahrscheinliche sich als möglich erweisen mochte. Doch dann verliebte sich Sebastian ein zweites Mal, und dies führte zum vierten Ereignis.

Dass Ruby irgendwo in seiner Umgebung existierte, war ihm bereits eine Zeit lang bewusst, doch erst in seinem letzten Jahr in Beechcroft bemerkte er sie wirklich. Fast wäre es nicht einmal dazu gekommen, hätte sie seine Hand nicht berührt, während er an der Essensausgabe stand und auf seine Schale Porridge wartete. Zunächst dachte Sebastian, dass es sich um einen Zufall handelte, und er hätte nicht weiter darüber nachgedacht, wäre es am folgenden Tag nicht wieder passiert.

Er stand für einen Nachschlag Porridge an, obwohl Ruby ihm bereits beim ersten Mal mehr als jedem anderen gegeben hatte. Als er wieder zu seinem Tisch gehen wollte, drückte Ruby ihm ein Stück Papier in die Hand. Er las es erst, als er nach dem Frühstück alleine in seinem Lernzimmer saß.

Treffen wir uns um fünf in der Skool Lane?

Sebastian wusste natürlich, dass sich die School Lane außerhalb des Schulgeländes befand und somit verbotenes Terrain war, und dass ein Junge, den man dort erwischte, von dem für sein Haus verantwortlichen Lehrer sechs Schläge mit dem Lederriemen bekommen würde. Doch er dachte, es könnte das Risiko wert sein.

Als die Glocke das Ende der letzten Stunde an jenem Tag verkündete, verließ Sebastian unauffällig das Klassenzimmer und machte einen langen Umweg um die Sportplätze herum, bevor er über einen Holzzaun kletterte und einen steilen Hang hinab zur School Lane stolperte. Er war fünfzehn Minuten zu spät, doch Ruby erschien hinter einem Baum und kam direkt auf ihn zu. Sebastian fand, dass sie anders aussah als sonst, und das lag nicht nur daran, dass sie keine Schürze trug und stattdessen eine weiße Bluse und einen schwarzen Faltenrock angezogen hatte. Sie trug auch ihr Haar nicht mehr hochgesteckt, und soweit er sich erinnern konnte, war es das erste Mal, dass sie Lippenstift aufgetragen hatte.

Es gab nicht viel, worüber sie hätten reden können, doch nach dieser ersten Begegnung trafen sie sich zwei- bis dreimal die Woche. Ihre Treffen dauerten dabei nie länger als eine halbe Stunde, denn beide mussten zum Abendessen wieder in der Schule sein.

Bei ihrer zweiten Begegnung küsste Seb Ruby mehrere Male, bevor sie ihm zeigte, was man empfinden konnte, wenn man dabei die Lippen ein wenig öffnete und ihre Zungen sich berührten. Zunächst kam er über einige tastende Versuche, die verschiedenen Teile ihres Körpers zu erkunden, während sie sich hinter einem Baum versteckten, kaum hinaus. Zwei Wochen vor dem Ende des Schuljahres erlaubte sie ihm jedoch, die Knöpfe ihrer Bluse zu öffnen und eine Hand auf ihre Brüste zu legen. Eine Woche später fand er den Verschluss hinten an ihrem BH und beschloss, dass er nach den Prüfungen einen weiteren Abschluss in zwei Fächern machen würde.

Und dann ging alles schief.

28

»Vorübergehend vom Unterricht ausgeschlossen?«

»Sie lassen mir keine andere Wahl, Clifton.«

»Aber es sind nur noch vier Tage bis zum Ende des Schuljahres, Sir.«

»Und nur der Himmel weiß, was Sie während dieser Zeit noch anrichten würden, wenn ich Sie nicht vom Unterricht ausschließen würde«, erwiderte der Rektor.

»Aber was habe ich nur getan, dass ich eine so strenge Strafe verdienen soll, Sir?«

»Ich glaube, Sie wissen nur zu gut, was Sie getan haben, Clifton, aber wenn Sie wünschen, dass ich die Schulregeln aufzähle, die Sie in den letzten Tagen gebrochen haben, werde ich das gerne tun.«

Sebastian hatte Mühe, ein Grinsen zu unterdrücken, als er an seine letzte Eskapade dachte.

Dr. Banks-Williams senkte den Kopf und warf einen Blick auf die Notizen, die er sich gemacht hatte, bevor er den Jungen in sein Büro hatte rufen lassen. Es dauerte eine Weile, bis er wieder sprach.

»Da das Schuljahr in weniger als einer Woche endet, Clifton, und Sie Ihre Abschlussprüfungen bereits abgelegt haben, hätte ich vielleicht beide Augen zugedrückt, als Sie im alten Pavillon beim Rauchen erwischt wurden. Ja, ich hätte möglicherweise sogar die leere Bierflasche unter Ihrem Bett ignoriert.

Doch Ihre jüngste Indiskretion kann ich nicht so einfach übergehen.«

»Meine jüngste Indiskretion?«, wiederholte Sebastian, der die Verlegenheit des Rektors genoss.

»Die Tatsache, dass Sie in Ihrem Lernzimmer nach dem Löschen der Lichter mit einem Serviermädchen ertappt wurden.«

Sebastian wollte ihn fragen, ob alles in Ordnung gewesen wäre, wenn es sich nicht um ein Serviermädchen gehandelt und er das Licht angelassen hätte, doch er wusste, dass eine solche Leichtfertigkeit ihm nur noch mehr Schwierigkeiten einbringen würde und dass man ihn dauerhaft der Schule verwiesen und nicht nur vorübergehend vom Unterricht ausgeschlossen hätte, wenn er nicht der erste Schüler seit mehr als einer Generation gewesen wäre, der in dieser Schule ein Stipendium für Cambridge bekommen hätte. Er dachte jedoch bereits darüber nach, wie er den Makel eines vorübergehenden Ausschlusses in ein Ehrenzeichen für sich umwandeln könnte. Nachdem Ruby ihm zu verstehen gegeben hatte, dass sie ihn gegen eine kleine finanzielle Anerkennung in den Genuss ihrer Gunst kommen lassen würde, hatte Sebastian ihr Angebot mit Freuden akzeptiert, nach dem Löschen der Lichter durch das Fenster in sein Lernzimmer zu klettern. Obwohl Sebastian bei dieser Gelegenheit zum ersten Mal eine nackte Frau sah, wurde ihm sehr schnell bewusst, dass Ruby schon früher durch dieses Fenster geklettert war. Der Rektor unterbrach seine Gedanken.

»Ich muss Sie etwas fragen, junger Mann«, sagte er, wobei er sich sogar noch pompöser anhörte als sonst. »Ihre Antwort könnte durchaus meine Entscheidung beeinflussen, ob ich den Tutor, der in Cambridge für Ihre Zulassung verantwortlich ist, bitten soll, Ihr Stipendium zurückzuziehen, obgleich dies für uns alle in Beechcroft höchst bedauerlich wäre. Doch diejenige meiner Pflichten, die allen anderen übergeordnet ist, besteht darin, darauf zu achten, dass der gute Ruf der Schule gewahrt bleibt.«

Sebastian ballte die Fäuste und versuchte, ruhig zu bleiben. Es war eine Sache, vom Unterricht ausgeschlossen zu werden; etwas völlig anderes wäre es, seinen Platz in Cambridge zu verlieren. Ohne sich von der Stelle zu rühren, wartete er darauf, dass der Rektor fortfuhr.

»Lassen Sie sich Zeit mit Ihrer Antwort auf meine nächste Frage, Clifton, denn sie könnte über Ihre Zukunft entscheiden. Waren Kaufman oder Martinez in irgendeiner Weise beteiligt an Ihren« – der Rektor zögerte, er suchte offensichtlich nach dem richtigen Wort und entschied sich schließlich dafür, seine vorherige Bezeichnung zu wiederholen – »Indiskretionen?«

Sebastian unterdrückte ein Lächeln. Die Vorstellung, dass Victor Kaufman auch nur das Wort »Damenhöschen« aussprechen würde, ganz zu schweigen von der Möglichkeit, dass er Ruby dieses Kleidungsstück ausziehen könnte, hätte überall amüsierte Ungläubigkeit ausgelöst, selbst in den derberen Kreisen.

»Ich kann Ihnen versichern, Rektor«, sagte Sebastian, »dass Victor meines Wissens noch nie eine Zigarette geraucht oder einen Schluck Bier getrunken hat. Und was Frauen betrifft: Er wird sogar verlegen, wenn er sich vor der Schulkrankenschwester ausziehen muss.«

Der Rektor lächelte. Sebastian hatte ihm offensichtlich die Antwort gegeben, die er hören wollte, und sie besaß den zusätzlichen Vorteil, dass sie der Wahrheit entsprach.

»Und Martinez?«

Sebastian musste sorgfältig nachdenken, wenn er seinen besten Freund retten wollte. Er und Bruno waren unzertrennlich, seit Sebastian ihm bei einer Kissenschlacht im ersten Schuljahr zu Hilfe gekommen war, als die einzige Schuld des neuen Jungen darin bestanden hatte, dass er Ausländer war oder, schlimmer noch, aus einem Land kam, in dem kein Kricket gespielt wurde – ein Sport, den Sebastian hasste, was die Bindung der beiden nur noch verstärkte. Sebastian wusste, dass Bruno gelegentlich rauchte, und einmal hatte er sich ihm sogar auf ein Bier in einem Pub angeschlossen, was jedoch erst nach den Prüfungen geschehen war. Er wusste auch, dass Bruno nicht ablehnen würde, was Ruby anzubieten hatte. Er war nur nicht sicher, was der Rektor bereits wusste. Hinzu kam die Tatsache, dass Bruno ebenfalls ab September ein Platz in Cambridge angeboten worden war, und obwohl er den Vater seines Freundes bisher nur wenige Male getroffen hatte, wollte er lieber nicht derjenige sein, der dafür verantwortlich wäre, wenn Bruno nicht nach Cambridge gehen würde.

»Und Martinez?«, wiederholte der Rektor, dessen Stimme jetzt ein wenig drängender klang.

»Wie Sie zweifellos wissen, Rektor, ist Bruno ein frommer Katholik, und er hat mir bei mehreren Gelegenheiten versichert, dass die erste Frau, mit der er zu schlafen beabsichtigt, seine Ehefrau sein wird.« Das stimmte sogar, auch wenn Bruno in letzter Zeit diese Absicht nicht mehr ganz so nachdrücklich vertreten hatte.

Der Rektor nickte nachdenklich, und Sebastian fragte sich bereits, ob er mit dieser Antwort durchkommen würde. Dann jedoch fügte Dr. Banks-Williams hinzu: »Und wie sieht es mit Rauchen und Trinken aus?«

»In den Ferien hat er einmal eine Zigarette probiert«, gab Sebastian zu, »doch ihm wurde schlecht davon, und soweit ich weiß, hat er seither keine mehr angerührt.« Jedenfalls nicht seit gestern Abend, hätte er am liebsten hinzugefügt. Der Rektor schien nicht überzeugt. »Und ich habe gesehen, wie er bei einer Gelegenheit ein Glas Champagner getrunken hat. Aber das war, nachdem man ihm einen Platz in Cambridge angeboten hatte. Und außerdem war sein Vater dabei.«

Was Sebastian nicht erwähnte, war die Tatsache, dass er eine Flasche Champagner in ihr Lernzimmer geschmuggelt hatte, nachdem sie von Mr. Martinez an jenem Abend in seinem roten Rolls-Royce zurück in die Schule gefahren worden waren. Nach dem Löschen der Lichter hatten die beiden die Flasche gemeinsam geleert. Sebastian hatte genügend Kriminalromane seines Vaters gelesen, um zu wissen, dass die Täter häufig dadurch ihren Untergang herbeiführten, dass sie einen Satz zu viel sagten.

»Ich danke Ihnen für Ihre Offenheit in dieser Sache, Clifton. Es kann nicht leicht für Sie gewesen sein, sich über einen Freund ausfragen zu lassen. Niemand mag einen Schüler, der andere verpetzt.«

Auf diese Bemerkung folgte wiederum ein langes Schweigen, das Sebastian jedoch nicht unterbrach.

»Offensichtlich gibt es keinen Grund für mich, Kaufman in Bedrängnis zu bringen«, sagte der Rektor schließlich. »Ich muss jedoch mit Martinez sprechen, um zu verhindern, dass er während der wenigen letzten Tage in Beechcroft noch irgendwelche Regeln bricht.«

Sebastian lächelte, während ihm ein Schweißtropfen über die Nase rann.

»Ich habe Ihrem Vater geschrieben, um ihm zu erklären, warum Sie ein paar Tage früher nach Hause kommen werden. Doch weil Sie offen zu mir waren und Ihr Verhalten bereuen, werde ich den für die Zulassungen verantwortlichen Tutor in

Cambridge nicht über Ihren vorübergehenden Ausschluss vom Unterricht informieren.«

»Ich bin Ihnen überaus dankbar, Sir«, sagte Sebastian, wobei er aufrichtig erleichtert klang.

»Sie werden jetzt in Ihr Zimmer zurückkehren, Ihre Sachen packen und alles für Ihre unverzügliche Abreise vorbereiten. Der für Ihr Haus zuständige Lehrer ist bereits informiert und wird Ihnen helfen, die Rückfahrt nach Bristol zu organisieren.«

»Vielen Dank, Sir«, sagte Sebastian und hielt den Kopf gesenkt, um zu verhindern, dass der Rektor sein schiefes Grinsen sah.

»Sie sollten nicht versuchen, Kontakt zu Kaufman oder Martinez aufzunehmen, bevor sie das Schulgelände verlassen. Und noch etwas, Clifton: Die Verhaltensregeln unserer Schule gelten bis zum letzten Schultag. Sollten Sie auch nur eine von ihnen brechen, werde ich nicht zögern, meine Haltung gegenüber Ihrem Platz in Cambridge zu überdenken. Haben Sie das verstanden?«

»Absolut«, sagte Sebastian.

»Dann wollen wir hoffen, dass Sie aus dieser Erfahrung etwas gelernt haben, Clifton. Etwas, das für Sie in Zukunft von Nutzen sein wird.«

»Ja, das wollen wir hoffen«, sagte Sebastian, als sich der Rektor hinter seinem Schreibtisch erhob und ihm einen Brief reichte.

»Bitte geben Sie das Ihrem Vater, sobald Sie zu Hause sind.«

»Das werde ich ganz gewiss tun«, sagte Sebastian und schob den Brief in die Innenseite seiner Schuljacke.

Der Rektor reichte ihm die Hand, und Sebastian schüttelte sie, ohne jedoch allzu viel Begeisterung zu zeigen.

»Viel Glück, Clifton«, sagte der Rektor, doch es klang nicht sehr überzeugend.

»Vielen Dank, Sir«, erwiderte Sebastian, bevor er leise die Tür hinter sich schloss.

Der Rektor setzte sich. Er war zufrieden mit dem Verlauf der Unterhaltung. Und er war erleichtert, wenn auch nicht überrascht, dass Victor Kaufman in die geschmacklosen Vorkommnisse nicht verwickelt war, besonders weil sein Vater Saul Kaufman dem Schulbeirat angehörte und im Vorstand der Kaufman's Bank saß, einem der angesehensten Finanzinstitute der City of London.

Genauso wenig hatte er die Absicht, es sich mit Martinez' Vater zu verderben, welcher erst kürzlich angedeutet hatte, er werde der Schulbibliothek zehntausend Pfund spenden, wenn man seinem Sohn einen Platz in Cambridge anbieten würde. Der Rektor war nicht sicher, wie Don Pedro Martinez zu seinem Vermögen gekommen war, doch sämtliche Schulgebühren einschließlich aller zusätzlichen Aufwendungen waren bisher immer postwendend bezahlt worden.

Clifton andererseits war schon vom ersten Augenblick an, als er durch das Schultor trat, ein Problem gewesen. Angesichts dessen, was die Mutter und der Vater des Jungen durchgemacht hatten, hatte der Rektor sich bemüht, verständnisvoll zu sein, doch es gab eine Grenze für das, was der Schule vernünftigerweise zugemutet werden konnte. Hätte nicht schon länger die Aussicht bestanden, dass Clifton ein Stipendium für Cambridge bekommen würde, hätte Dr. Banks-Williams nicht gezögert, ihn schon vor einiger Zeit von der Schule zu verweisen. Er war froh, dass er den Jungen nicht mehr sehen musste, und hoffte inständig, dass Clifton nicht den Old Boys, der Vereinigung der ehemaligen Beechcroft-Schüler, beitreten würde.

»Old Boys«, sagte er laut und gab sich seinen Erinnerungen

hin. Er sollte noch am selben Abend bei ihrem jährlichen Dinner in London eine Rede halten, in der er den Bericht über das abgelaufene Schuljahr vorstellen würde. Es sollte nach fünfzehn Jahren als Rektor sein letzter werden. Der Waliser, der sein Nachfolger werden sollte, interessierte ihn nicht besonders; er gehörte zu denen, die keine Krawatte trugen und sich gegenüber Clifton wahrscheinlich mit einer Verwarnung begnügt hätten.

Seine Sekretärin hatte seine Rede abgetippt und sie auf seinen Schreibtisch gelegt für den Fall, dass er noch einige Änderungen anbringen wollte. Er hätte die Rede gerne noch einmal gelesen, doch nach seiner Unterhaltung mit Clifton blieb ihm dazu keine Zeit mehr. Wenn er im letzten Augenblick noch etwas ändern wollte, würde er das auf der Fahrt im Zug nach London tun müssen.

Er warf einen Blick auf die Uhr, legte die Rede in seine Aktentasche und ging nach oben in seine Privaträume. Erfreut sah er, dass seine Frau seinen Smoking, eine passende Hose, ein gestärktes weißes Hemd, eine Krawatte, ein zusätzliches Paar Socken und seinen Waschbeutel bereits gepackt hatte. Er hatte dem Vorsitzenden der Old Boys gegenüber klar zum Ausdruck gebracht, dass er gar nicht einverstanden war, als diese sich in einer Abstimmung gegen das Tragen von weißer Krawatte und Frack beim jährlichen Dinner entschieden hatten.

Seine Frau chauffierte ihn zum Bahnhof, wo sie wenige Minuten vor Abfahrt des Expresszugs nach Paddington ankamen. Er kaufte sich eine Fahrkarte Erster Klasse und eilte über die Brücke zum Bahnsteig, wo der Zug gerade einfuhr; nur einen Augenblick später strömten zahlreiche Passagiere ins Freie. Er betrat den Bahnsteig und warf noch einmal einen Blick auf seine Uhr. Noch vier Minuten. Er nickte einem Schaffner zu, der die rote durch eine grüne Fahne ersetzte.

»Alles einsteigen!«, rief der Schaffner, während der Rektor auf das Erster-Klasse-Abteil zueilte, das sich im vorderen Teil des Zuges befand.

Er stieg in den Wagen und sank in einen Ecksitz, wo er sofort von einer Rauchwolke eingehüllt wurde. Eine widerliche Angewohnheit. Er war genau derselben Ansicht wie der Korrespondent der *Times*, der kürzlich vorgeschlagen hatte, dass die Great Western Railway den Passagieren Erster Klasse mehr Nichtraucherabteile zur Verfügung stellen sollte.

Der Rektor nahm die Rede aus seiner Aktentasche und legte sie auf seinen Schoß. Er sah auf, als der Rauch sich ein wenig verzogen hatte, und erkannte, wer ihm gegenübersaß.

29

Sebastian drückte seine Zigarette aus, sprang auf, zog seinen Koffer aus dem Gepäcknetz über sich und verließ wortlos das Abteil. Er war sich schmerzlich bewusst, dass der Rektor zwar kein Wort gesagt, ihn aber die ganze Zeit über unverwandt angesehen hatte.

Er schleppte seinen Koffer durch mehrere Waggons bis zum Ende des Zuges, wo er sich in ein überfülltes Dritter-Klasse-Abteil quetschte. Dort starrte er aus dem Fenster und versuchte, einen Ausweg aus seiner gegenwärtigen Lage zu finden.

Vielleicht sollte er in die Erste Klasse zurückkehren und dem Rektor erklären, dass er einige Tage bei seinem Onkel, dem Abgeordneten Sir Giles Barrington, verbringen würde. Aber warum sollte er das tun, nachdem er die Anweisung erhalten hatte, nach Bristol zurückzukehren und seinem Vater den Brief von Dr. Banks-Williams auszuhändigen? In Wahrheit nahmen seine Eltern in diesen Tagen in Los Angeles an der feierlichen Zeremonie teil, bei der seiner Mutter der Abschluss in Wirtschaftswissenschaften, den sie summa cum laude bestanden hatte, verliehen wurde. Erst Ende der Woche würden sie nach England zurückkehren.

Er konnte geradezu hören, wie der Rektor ihn dann fragen würde: »Warum haben Sie mir das nicht gleich gesagt? Dann hätte Ihnen der für Ihr Haus verantwortliche Lehrer die richtige Fahrkarte geben können.« Weil er die Absicht gehabt hatte, am

letzten Schultag nach Bristol zurückzukehren, wodurch seine
Eltern bei ihrer Ankunft am Samstag nichts von seinem Lon-
don-Ausflug wissen würden. Gut möglich, dass er damit durchgekommen wäre, hätte er sich nicht in die Erste Klasse gesetzt,
um zu rauchen. Schließlich hatte der Rektor ihn vor den Folgen
gewarnt, die es haben könnte, sollte er eine weitere Verhaltensregel der Schule brechen, bevor das Schuljahr zu Ende war.
Innerhalb von nur einer Stunde nach Verlassen des Schulgeländes
hatte er schon drei Regeln gebrochen, aber er hatte auch nicht
damit gerechnet, dass er seinen Rektor je wiedersehen würde.

Am liebsten hätte er gesagt: »Ich bin jetzt ein ehemaliger
Schüler, und ich kann tun und lassen, was ich will«, doch er
wusste, dass das nicht funktionieren würde. Und wenn er sich
dazu entschloss, in die Erste Klasse zurückzugehen, würde der
Rektor möglicherweise auch herausfinden, dass er nur eine
Fahrkarte für die Dritte Klasse hatte, und so von dem kleinen
Betrug erfahren, den er sich immer erlaubte, wenn er mit dem
Zug zur Schule oder wieder nach Hause fuhr.

Bei solchen Gelegenheiten nahm er sich einen Ecksitz in
einem Erster-Klasse-Abteil, von wo aus er den Gang im Auge
behalten konnte. Sobald der Schaffner das gegenüberliegende
Ende des Abteils betrat, stand Sebastian auf und verschwand
auf der nächstgelegenen Toilette, die er nicht abschloss, damit
es von außen so wirkte, als befinde sich niemand darin. Wenn
der Schaffner in den nächsten Waggon gegangen war, eilte
Sebastian zurück in sein Abteil, wo er für den Rest der Fahrt
blieb. Da der Zug nirgendwo Aufenthalt hatte, war dieser Trick
bisher noch nie schiefgegangen. Zugegeben, einmal hätte er fast
nicht funktioniert, als ein besonders aufmerksamer Schaffner
noch einmal umgekehrt war und ihn im falschen Wagen erwischt hatte. Er war sofort in Tränen ausgebrochen, hatte sich

entschuldigt und erklärt, dass sein Vater und seine Mutter immer Erster Klasse reisten und er gar nicht gewusst hätte, dass es eine Dritte Klasse gab. Er war damit durchgekommen, doch damals war er erst elf gewesen. Jetzt war er siebzehn, und nicht nur der Schaffner würde ihm nicht glauben.

Sebastian glaubte nicht mehr daran, dass er beim Rektor noch einmal Gnade finden würde, und nachdem er sich eingestanden hatte, dass er im September nicht nach Cambridge gehen würde, begann er darüber nachzudenken, was er tun sollte, nachdem der Zug Paddington erreicht hätte.

Zunächst warf der Rektor keinen einzigen Blick auf seine Rede, während der Zug durch das offene Land in Richtung Hauptstadt fuhr.

Sollte er nach dem Jungen suchen und eine Erklärung von ihm verlangen? Er wusste, dass der für Cliftons Haus verantwortliche Lehrer ihm eine Fahrkarte Dritter Klasse für eine einfache Fahrt nach Bristol ausgehändigt hatte. Was also tat Clifton in einem Erste-Klasse-Abteil in einem Zug, der nach London fuhr? War er irgendwie aus Versehen falsch eingestiegen? Nein. Der Junge hatte die ganze Zeit über gewusst, in welche Richtung der Zug fuhr. Er hatte nur nicht damit gerechnet, erwischt zu werden. Und ganz abgesehen davon hatte er geraucht, obwohl ihm explizit gesagt worden war, dass die Verhaltensregeln der Schule bis zum letzten Schultag galten. Der Junge hatte nicht einmal eine Stunde damit gewartet, sich ihm zu widersetzen. Somit gab es keine mildernden Umstände. Clifton ließ dem Rektor keine Wahl.

Am folgenden Tag würde er vor den versammelten Jungen und ihren Lehrern bei der Morgenandacht bekannt geben, dass Clifton der Schule verwiesen worden war. Dann würde er den

für die Zulassungen verantwortlichen Tutor am Peterhouse anrufen und danach den Vater des Jungen, um ihm zu erklären,
warum sein Sohn zu Beginn des Herbstsemesters nicht nach
Cambridge gehen würde. Dr. Banks-Williams musste schließlich dafür sorgen, dass der gute Ruf der Schule gewahrt blieb,
für dessen Erhalt er während der letzten fünfzehn Jahre uner-
müdlich gearbeitet hatte.

Er blätterte mehrere Seiten seiner Rede um, bis er den in
diesem Zusammenhang entscheidenden Abschnitt erreicht
hatte. Dann las er die Worte, die er über Cliftons Leistung geschrieben hatte, zögerte kurz und strich sie durch.

Sebastian dachte darüber nach, ob er als Erster oder als Letzter
aussteigen sollte, wenn der Zug in Paddington einfahren würde.
Es war nicht besonders wichtig, solange es ihm nur gelang, dem
Rektor aus dem Weg zu gehen.

Er beschloss, als Erster auszusteigen, und während der letzten
zwanzig Minuten der Reise hielt es ihn kaum noch auf seinem
Platz. Er kramte in seinen Taschen nach Geld und sah, dass er
ein Pfund, zwölf Shilling und sechs Pence hatte, was viel mehr
als üblich war, denn der für sein Haus zuständige Lehrer hatte
ihm sein gesamtes nicht verbrauchtes Taschengeld übergeben.

Ursprünglich hatte er vorgehabt, ein paar Tage in London zu
verbringen und am letzten Schultag nach Bristol zurückzukehren,
ohne allerdings seinem Vater den Brief des Rektors auszuhändigen. Er zog den Umschlag aus seiner Tasche. Der
Empfänger war angegeben als *H. A. Clifton Esq., persönlich*.
Sebastian sah sich im Abteil um, weil er sicher sein wollte, dass
niemand ihn beobachtete, und riss den Umschlag auf. Sorgfältig
las er die Worte des Rektors, und als er den Brief beendet hatte,
las er ihn gleich noch einmal. Was der Rektor zu sagen hatte,

war abgewogen und fair, und zu seiner Überraschung wurde Ruby überhaupt nicht erwähnt. Wenn er doch nur nach Bristol zurückgefahren und seinem Vater den Brief nach dessen Rückkehr aus Amerika ausgehändigt hätte, würde jetzt alles ganz anders aussehen. Verdammt! Was hatte der Rektor auch nur in diesem Zug zu suchen gehabt?

Sebastian schob den Brief zurück in die Tasche und versuchte sich auf das zu konzentrieren, was er in London tun würde, denn nach Bristol würde er ganz entschieden nicht mehr zurückkehren, bevor sich die Aufregung ein wenig gelegt hatte. Aber wie lange würde er wohl von einem Pfund, zwölf Shilling und sechs Pence leben können? Das würde er in Kürze herausfinden.

Lange bevor der Zug in Paddington einfuhr, stand er bereits an der Tür, und er öffnete sie, noch bevor der Zug vollständig angehalten hatte. Er sprang nach draußen, rannte, so schnell es sein schwerer Koffer erlaubte, auf die Absperrung zu und reichte dem Beamten seine Fahrkarte, um danach sofort in der Menge zu verschwinden.

Sebastian hatte London zuvor nur einmal besucht, und das war in Begleitung seiner Eltern gewesen. Damals hatte ein Wagen auf sie gewartet und sie sogleich vom Bahnhof zum Haus seines Onkels in Smith Square gebracht. Giles hatte ihn in den Tower of London mitgenommen, um ihm die Kronjuwelen zu zeigen, und dann waren sie zu Madame Tussaud gegangen, um sich die Wachsfiguren von Edmund Hillary, Betty Grable und Don Bradman anzusehen, bevor sie im Regent Palace Hotel Tee getrunken und ein klebriges Brötchen gegessen hatten. Am folgenden Tag hatte er ihnen das Unterhaus gezeigt, und sie hatten Winston Churchill in der ersten Reihe düster vor sich hinstarren sehen. Sebastian war überrascht, wie klein Churchill war.

Als es Zeit geworden war, wieder nach Hause zu fahren, hatte

Sebastian zu seinem Onkel gesagt, dass er es gar nicht erwarten könne, wieder nach London zu kommen. Jetzt, da er wieder hier war, gab es keinen Wagen, um ihn abzuholen, und der letzte Mensch, den zu besuchen er riskieren konnte, war sein Onkel. Er wusste nicht, wo er die Nacht verbringen sollte.

Als er sich durch die Menge schob, stieß jemand so heftig gegen ihn, dass er fast gestürzt wäre. Er drehte sich um und sah einen jungen Mann, der davoneilte, ohne sich zu entschuldigen.

Sebastian verließ den Bahnhof und trat hinaus in eine Straße voller viktorianischer Reihenhäuser, von denen mehrere in ihren Fenstern Bed-and-Breakfast-Schilder angebracht hatten. Er entschied sich für das Haus mit dem am strahlendsten funkelnden Türklopfer und den hübschesten Blumenkästen. Eine gepflegt aussehende Frau, die ein einfaches Nylon-Hauskleid mit Blumenmuster trug, reagierte auf sein Klopfen und begrüßte ihren potenziellen Gast mit einem herzlichen Lächeln. Wenn sie überrascht war, einen jungen Mann in Schuluniform vor sich stehen zu sehen, so ließ sie sich das nicht anmerken.

»Kommen Sie herein«, sagte sie. »Suchen Sie eine Unterkunft, Sir?«

»Ja«, sagte Sebastian, der überrascht war, dass man ihn mit »Sir« ansprach. »Ich brauche ein Zimmer für die Nacht. Wie viel würde das denn kosten?«

»Vier Shilling pro Nacht, einschließlich Frühstück. Oder ein Pfund für die ganze Woche.«

»Ich brauche nur ein Zimmer für eine Nacht«, sagte Sebastian, dem klar geworden war, dass er am nächsten Morgen eine billigere Unterkunft finden musste, wenn er länger in London bleiben wollte.

»Natürlich«, sagte sie, nahm seinen Koffer und ging ihm voraus durch den Flur.

Sebastian hatte noch nie eine Frau gesehen, die einen Koffer trug, doch sie hatte bereits die halbe Treppe hinter sich gebracht, bevor er auch nur versuchen konnte, ihn wieder selbst zu tragen.

»Ich bin Mrs. Tibbet«, sagte sie, »doch meine Stammgäste nennen mich Tibby.« Als sie den Treppenabsatz im ersten Stock erreicht hatte, fügte sie hinzu: »Ich werde Ihnen Nummer sieben geben. Das Zimmer geht nach hinten hinaus, und deshalb werden Sie nicht so viel vom morgendlichen Verkehr mitbekommen.«

Sebastian hatte keine Ahnung, wovon sie sprach, denn er war in seinem ganzen Leben noch nie von morgendlichem Verkehr geweckt worden.

Mrs. Tibbet öffnete die Tür zu Zimmer sieben und machte einen Schritt zur Seite, damit ihr Gast das Zimmer betreten konnte. Das Zimmer war kleiner als sein Lernzimmer in Beechcroft, doch es war genauso hübsch und gepflegt wie seine Besitzerin. Es gab ein Bett mit sauberen Laken und ein Waschbecken in einer Ecke.

»Das Badezimmer befindet sich am Ende des Ganges«, sagte Mrs. Tibbet, bevor er fragen konnte.

»Ich habe meine Meinung geändert, Mrs. Tibbet«, sagte er. »Ich nehme das Zimmer für eine ganze Woche.«

Sie zog einen Schlüssel aus ihrem Hauskleid, doch bevor sie ihn Sebastian übergab, sagte sie: »Das macht dann ein Pfund im Voraus.«

»Ja, natürlich«, sagte Sebastian. Er griff in seine Hosentasche, doch sie war leer. Er griff in die nächste Tasche und dann in die übernächste, doch nirgendwo war etwas von seinem Geld. Schließlich sank er auf die Knie, öffnete seinen Koffer und begann, hektisch in seinen Kleidern zu kramen.

Mrs. Tibbet legte die Hände an die Hüften. Inzwischen lächelte sie nicht mehr. Sebastian durchsuchte umsonst seine Kleider, bis er am Ende aufgab, auf dem Bett zusammenbrach und darum betete, dass Tibby verständnisvoller sein würde als der Rektor.

Der Rektor begab sich auf sein Zimmer im Reform Club und nahm noch schnell ein Bad, bevor er seinen Smoking anzog. Er überprüfte seine Krawatte im Spiegel über dem Waschbecken und ging dann nach unten zu seinem Gastgeber.

Nick Judd, der Vorsitzende der Old Boys, erwartete seinen Ehrengast am Fuß der Treppe und führte ihn in den Empfangssaal, wo sie sich einigen anderen Vereinsmitgliedern anschlossen, die bereits an der Bar saßen.

»Was möchten Sie trinken, Rektor?«, fragte der Vorsitzende.

»Nur einen trockenen Sherry, bitte.«

Judds nächste Worte beunruhigten den Rektor. »Gestatten Sie mir, dass ich Ihnen dazu gratuliere«, sagte der Vorsitzende, nachdem er die Getränke bestellt hatte, »dass die Schule das so angesehene Stipendium für das Peterhouse bekommen hat. Eine würdige Auszeichnung, die die Krönung Ihres letzten Jahres an der Schule darstellt.«

Der Rektor schwieg, doch er begriff, dass er die drei Zeilen, die er in seiner Rede gestrichen hatte, wieder einsetzen musste. Die Nachricht, dass Clifton der Schule verwiesen würde, konnte durchaus erst später bekannt werden. Schließlich hatte der Junge das Stipendium tatsächlich gewonnen, und daran würde sich so lange nichts ändern, bis der Rektor am folgenden Morgen mit dem für die Zulassungen verantwortlichen Tutor in Cambridge gesprochen hatte.

Unglücklicherweise war der Vorsitzende nicht der Einzige,

der auf Cliftons herausragende Leistung zu sprechen kam, und als der Rektor aufstand, um über das abgelaufene Schuljahr zu berichten, sah er keinen Grund dafür, seinen Zuhörern mitzuteilen, was er am folgenden Tag zu tun beabsichtigte. Er war überrascht, dass die Ankündigung des gewonnenen Stipendiums einen so lange anhaltenden Applaus erhielt.

Die Rede kam gut an, und als Dr. Banks-Williams sich wieder setzte, kamen so viele Old Boys an den Tisch am Kopfende des Saals, um ihm für sein Pensionärsleben alles Gute zu wünschen, dass er fast den Zug zurück nach Beechcroft verpasst hätte. Kaum dass er in seinem Erste-Klasse-Abteil Platz genommen hatte, kehrten seine Gedanken zu Sebastian Clifton zurück. Er begann, sich einige Stichworte für seine Rede zu notieren, die er am folgenden Morgen vor den versammelten Schülern und Lehrern halten wollte. »Standards«, »Ehre«, »Anstand«, »Disziplin« und »Respekt« kamen ihm zuerst in den Sinn, und als der Zug in Beechcroft einfuhr, hatte er seinen ersten Entwurf bereits abgeschlossen.

Als er dem Beamten im Bahnhof seine Fahrkarte gab, stellte er mit Erleichterung fest, dass seine Frau mit dem Auto auf ihn wartete, obwohl es bereits sehr spät geworden war.

»Wie war es?«, fragte sie, noch bevor er die Beifahrertür geschlossen hatte.

»Ich glaube, ich kann behaupten, dass meine Rede unter den gegebenen Umständen gut angekommen ist.«

»Unter welchen Umständen?«

Bis sie das Haus des Rektors erreicht hatten, hatte er seiner Frau alles über die unglückliche Begegnung mit Clifton im Zug nach London berichtet.

»Und was hast du vor, in dieser Sache zu tun?«, fragte sie, als sie die Haustür aufschloss.

»Er lässt mir keine Wahl. Ich werde morgen früh bekannt geben, dass Clifton der Schule verwiesen wurde und deshalb bedauerlicherweise im September seinen Platz in Cambridge nicht wahrnehmen kann.«

»Ist das nicht ein wenig drakonisch?«, fragte Mrs. Banks-Williams. »Schließlich könnte es einen sehr guten Grund dafür gegeben haben, warum er in diesem Zug nach London saß.«

»Warum ist er dann sofort aus dem Abteil gestürmt, kaum dass er mich gesehen hat?«

»Er wollte wahrscheinlich nicht die ganze Fahrt mit dir verbringen, mein Liebling. Du kannst nämlich recht einschüchternd sein.«

»Vergiss nicht, dass ich ihn außerdem beim Rauchen erwischt habe«, erwiderte er, ohne auf ihren Kommentar einzugehen.

»Warum sollte er auch nicht rauchen? Er hat sich nicht mehr auf dem Schulgelände aufgehalten und befand sich nicht mehr *in statu pupillari*.«

»Ich habe ihm unmissverständlich klargemacht, dass die schulischen Verhaltensregeln für ihn bis zum Ende des Schuljahres gelten und er die Konsequenzen zu tragen hätte, sollte er sich nicht daran halten.«

»Möchtest du gerne noch etwas trinken, bevor du zu Bett gehst, mein Liebling?«

»Nein, vielen Dank. Ich sollte jetzt versuchen, so viel Schlaf wie möglich zu bekommen. Der morgige Tag wird nicht leicht werden.«

»Für dich oder für Clifton?«, fragte sie, bevor sie das Licht ausschaltete.

Sebastian saß auf der Bettkante und erzählte Mrs. Tibbet alles, was sich an jenem Tag ereignet hatte. Er verschwieg nichts und zeigte ihr sogar den Brief, den der Rektor geschrieben hatte.

»Finden Sie nicht, dass es klug wäre, nach Hause zu fahren? Ihre Eltern ängstigen sich sicher zu Tode, wenn ihr Sohn bei ihrer Ankunft nicht zu Hause ist. Abgesehen davon können Sie nicht sicher sein, ob der Rektor Sie wirklich von der Schule verweisen wird.«

»Glauben Sie mir, Mrs. Tibbet, Hilly-Billy hat seine Entscheidung bereits getroffen und wird sie morgen vor der versammelten Schule verkünden.«

»Sie sollten trotzdem nach Hause gehen.«

»Ich kann nicht. Nicht, nachdem ich meine Eltern so enttäuscht habe. Sie haben nie etwas anderes gewollt, als dass ich nach Cambridge gehe. Sie werden mir niemals verzeihen.«

»Dessen wäre ich mir nicht so sicher«, widersprach Mrs. Tibbet. »Mein Vater hat immer gesagt: Wenn du ein Problem hast, dann solltest du eine Nacht darüber schlafen, bevor du etwas tust, das du später bereuen würdest. Am nächsten Tag sehen die meisten Dinge schon sehr viel rosiger aus.«

»Aber ich habe nicht einmal einen Ort, an dem ich schlafen kann.«

»Seien Sie nicht dumm«, sagte Mrs. Tibbet und legte ihm den Arm um die Schulter. »Sie können die Nacht hier verbringen. Aber nicht auf leeren Magen. Kommen Sie runter zu mir in die Küche, wenn Sie ausgepackt haben.«

30

»Ich habe ein Problem mit Tisch drei«, sagte die Kellnerin, als sie durch die Tür in die Küche eilte.

»Was für ein Problem?«, fragte Mrs. Tibbet ungerührt, während sie zwei Eier aufschlug und in eine große Bratpfanne gab.

»Ich verstehe kein Wort von dem, was diese Leute sagen.«

»Ah, ja. Mr. und Mrs. Ferrer. Ich glaube, sie sind Franzosen. Hören Sie, Janice, Sie müssen nur die Worte *un*, *deux* und *oeuf* beherrschen.« Janice wirkte nicht überzeugt. »Sprechen Sie langsam«, sagte Mrs. Tibbet, »und werden Sie nicht laut. Diese Menschen haben nichts verbrochen, nur weil sie kein Englisch sprechen.«

»Möchten Sie, dass ich mit ihnen spreche?«, fragte Sebastian, indem er Messer und Gabel beiseitelegte.

»Sprechen Sie Französisch?«, fragte Mrs. Tibbet und stellte die Pfanne zurück auf den Herd.

»Ja.«

»Dann nur zu.«

Sebastian stand vom Küchentisch auf und begleitete Janice zurück in den Speisesaal. Alle neun Tische waren belegt, und Janice ging direkt auf ein Paar in mittlerem Alter zu, das am gegenüberliegenden Ende des Raumes saß.

»*Bonjour, monsieur*«, sagte Sebastian. »*Comment puis-je vous aider?*«

Der Mann sah Sebastian verwirrt an. »*Somos español.*«

»*Buenos días, señor. Cómo puedo ayudarle?*«, sagte Sebastian. Janice wartete, bis Mr. und Mrs. Ferrer ihm geantwortet hatten. »*Volveré en uno momento*«, sagte Sebastian und ging in die Küche zurück.

»Nun, was wünschen unsere französischen Freunde?«, fragte Mrs. Tibbet, während sie zwei weitere Eier aufschlug. »Es sind Spanier, keine Franzosen«, sagte Sebastian, »und sie wollen einige Scheiben getoastetes Brot, zwei Drei-Minuten-Eier und zwei Tassen schwarzen Kaffee.«

»Sonst noch etwas?«

»Ja. Sie möchten wissen, wie sie zur Spanischen Botschaft kommen.«

»Janice, Sie servieren den beiden Kaffee und Toast, während ich mich um die Eier kümmere.«

»Und was kann ich tun?«, fragte Sebastian.

»Auf dem Tisch im Flur liegt ein Telefonbuch. Suchen Sie die Spanische Botschaft heraus, holen Sie sich einen Stadtplan und zeigen Sie den beiden den Weg.«

»Übrigens«, sagte Sebastian und legte ein Sechs-Pence-Stück auf den Küchentisch, »das haben die beiden mir gegeben.«

Mrs. Tibbet lächelte. »Ihr erstes Trinkgeld.«

»Das erste eigene Geld, das ich überhaupt jemals verdient habe«, erwiderte Sebastian und schob die Münze über den Tisch. »Damit schulde ich Ihnen im Augenblick nur noch drei Shilling und sechs Pence.« Ohne eine weitere Bemerkung verließ er die Küche, um das Telefonbuch auf dem Tisch im Flur durchzusehen. Er suchte die Adresse der Spanischen Botschaft heraus, und nachdem er sie auf dem Stadtplan gefunden hatte, erklärte er Mr. und Mrs. Ferrer, wie sie zum Chesham Place kamen. Kurz darauf kam er mit einem weiteren Sechs-Pence-Stück in die Küche zurück.

»Wenn das so weitergeht«, sagte Mrs. Tibbet, »werde ich Sie noch zu meinem Partner machen müssen.«

Sebastian zog seine Jacke aus, rollte die Ärmel hoch und ging zum Spülbecken.

»Was soll das denn werden?«

»Ich werde aufwaschen«, erwiderte er und drehte den Heißwasserhahn auf. »Das ist es doch, was Pensionsgäste in Filmen machen, wenn sie die Rechnung nicht bezahlen können.«

»Ich wette, auch das machen Sie zum ersten Mal«, bemerkte Mrs. Tibbet, als sie zwei Speckstreifen neben zwei Spiegeleier legte. »Tisch eins, Janice, Mr. und Mrs. Ramsbottom aus Yorkshire. Von dem, was *die beiden* sagen, verstehe ich auch kein Wort. Also, Sebastian«, fuhr sie fort, nachdem Janice die Küche wieder verlassen hatte, »sprechen Sie sonst noch irgendwelche Sprachen?«

»Deutsch, Italienisch, Französisch und Hebräisch.«

»Hebräisch? Sind Sie Jude?«

»Nein, aber einer meiner Freunde aus der Schule. Er hat es mir während des Chemieunterrichts beigebracht.«

Mrs. Tibbet lachte. »Ich glaube, Sie sollten so schnell wie möglich nach Cambridge gehen, denn zum Tellerwäscher haben Sie einfach nicht die richtige Qualifikation.«

»Ich werde nicht nach Cambridge gehen, Mrs. Tibbet«, erwiderte Sebastian. »Und daran ist niemand schuld außer mir selbst. Ich habe jedoch vor, den Eaton Square zu besuchen und herauszufinden, wo mein Freund Bruno Martinez wohnt. Er müsste am Freitagnachmittag aus der Schule zurück sein.«

»Gute Idee«, sagte Mrs. Tibbet. »Er wird sicher wissen, ob Sie wirklich der Schule verwiesen wurden oder – was war das andere?«

»Vorübergehend vom Unterricht ausgeschlossen«, sagte

Sebastian, als Janice mit zwei leeren Tellern, dem aufrichtigsten Lob, das ein Koch überhaupt bekommen kann, zurück in die Küche eilte. Sie reichte Sebastian die Teller und nahm zwei weich gekochte Eier.

»Tisch fünf«, erinnerte sie Mrs. Tibbet.

»Und Tisch neun möchte noch mehr Cornflakes«, sagte Janice.

»Dann holen Sie eine frische Packung aus der Speisekammer, Sie Schlafmütze.«

Sebastian war erst kurz nach zehn mit dem Aufwasch fertig. »Was jetzt?«, fragte er.

»Janice wird im Speisesaal Staub saugen und dann die Tische für das nächste Frühstück decken, während ich die Küche sauber mache. Unsere Gäste checken bis spätestens um zwölf aus, und dann wechseln wir die Laken, machen die Betten und gießen die Blumen im Fenster.«

»Und was soll ich tun?«, fragte Sebastian und rollte die Ärmel seines Hemdes wieder herab.

»Nehmen Sie einen Bus zum Eaton Square und finden Sie heraus, ob man Ihren Freund dort wirklich am Freitagnachmittag zurückerwartet.« Sebastian zog seine Jacke an. »Aber erst, wenn Sie Ihr Bett gemacht und dafür gesorgt haben, dass alles in Ihrem Zimmer sauber und ordentlich ist.«

Sebastian lachte. »Sie hören sich so langsam an wie meine Mutter.«

»Ich will das mal als Kompliment verstehen. Aber sorgen Sie dafür, dass Sie um eins wieder zurück sind, denn ich erwarte ein paar Deutsche, und dabei könnten Sie sich vielleicht nützlich machen.« Sebastian ging zur Tür. »Die beiden werden Sie brauchen«, fügte Mrs. Tibbet hinzu und gab ihm die beiden Sechs-Pence-Stücke zurück. »Es sei denn, Sie haben die Absicht, zu Fuß zum Eaton Square und wieder zurück zu gehen.«

»Vielen Dank, Mrs. Tibbet.«

»Tibby. Schließlich wird aus Ihnen ja offensichtlich so etwas wie ein Stammgast.«

Sebastian steckte das Geld ein und küsste Mrs. Tibbet auf beide Wangen, was sie zum ersten Mal zum Schweigen brachte.

Er verließ die Küche, bevor sie sich wieder erholen konnte, eilte die Stufen hoch, machte sein Bett und räumte sein Zimmer auf. Dann ging er wieder hinab in den Flur, wo er den Stadtplan studierte. Überrascht stellte er fest, dass sich der Eaton Square anders schrieb als die Schule, die seinen Onkel Giles wegen eines Fehlverhaltens, über das niemand in der Familie sprach, abgelehnt hatte.

Als er ging, sagte Janice zu ihm, er solle den Bus Nummer 36 nehmen, am Sloane Square aussteigen und von da aus zu Fuß gehen.

Das Erste, was Sebastian auffiel, als er die Tür der Pension hinter sich zuzog, waren die vielen Menschen, die in alle Richtungen unterwegs waren und dabei ein ganz anderes Tempo an den Tag legten als die Leute in Bristol. Er trat zu einer Gruppe Wartender an der Haltestelle und sah zu, wie mehrere rote Doppeldeckerbusse anhielten und wieder abfuhren, bevor einer mit der Nummer 36 eintraf. Er stieg ein, ging nach oben und setzte sich in die vorderste Reihe, denn er wollte alles sehen, was unter ihm vor sich ging.

»Wohin, junger Mann?«, fragte der Busschaffner.

»Sloane Square«, antwortete Sebastian. »Und könnten Sie mir bitte sagen, wenn wir dort sind?«

»Das macht dann zwei Pence.«

Fasziniert sah Sebastian sich um, während der Bus an Marble Arch vorbei durch die Park Lane und um den Hyde Park Corner rollte, obwohl er eigentlich vorgehabt hatte, sich auf das zu konzentrieren, was er tun würde, wenn er sein Ziel erreicht hätte. Er wusste, dass Bruno am Eaton Square wohnte, aber er kannte seine Hausnummer nicht. Er konnte nur hoffen, dass es sich um einen kleinen Platz handelte.

»Sloane Square!«, rief der Schaffner, als der Bus vor einer W. H. Smith-Buchhandlung hielt. Rasch ging Sebastian nach unten. Sobald er auf dem Bürgersteig stand, sah er sich nach einem auffälligen Gebäude um. Sein Blick blieb am Royal Court Theatre haften, wo Joan Plowright in *Die Stühle* auftrat. Er sah auf seinem Stadtplan nach, ging am Theater vorbei und bog nach rechts ab. Er schätzte, dass der Eaton Square nur wenige Hundert Meter entfernt war.

Nachdem er den Platz erreicht hatte, ging er langsamer in der Hoffnung, irgendwo Don Pedros roten Rolls-Royce zu entdecken, doch der Wagen war nirgendwo zu sehen. Wenn er nicht sehr viel Glück hatte, konnte es Stunden dauern, bis er das Haus finden würde, wo Bruno wohnte.

Während er über den Bürgersteig schritt, fiel ihm auf, dass die Hälfte der Gebäude in Mietshäuser umgewandelt worden waren und die Namen der Bewohner neben den Türklingeln standen. Bei der anderen Hälfte war nicht zu erkennen, wer darin wohnte; sie besaßen nur einen Messingklopfer oder eine einzelne Klingel, neben der »Lieferanten« stand. Sebastian war sicher, dass Brunos Vater kein Mensch war, der die Tür zu seinem Haus mit irgendjemand anderem teilen würde.

Er stand auf der obersten Stufe von Nummer 1 und drückte die Lieferantenklingel. Wenige Augenblicke später erschien ein Butler, der eine lange schwarze Jacke und eine weiße Krawatte trug, was Sebastian an Marsden in Barrington Hall erinnerte.

»Ich suche Mr. Martinez«, sagte Sebastian höflich.

»Kein Gentleman dieses Namens residiert hier«, erwiderte

der Butler und schloss die Tür, bevor Sebastian fragen konnte, ob der Butler wisse, wo Mr. Martinez wohnte.

Während der nächsten Stunde erlebte Sebastian die verschiedensten Reaktionen. Manchmal wurde ihm mitgeteilt: »Er wohnt hier nicht«, manchmal wurde ihm die Tür ohne ein Wort vor der Nase zugeschlagen. Es war gegen Ende der zweiten Stunde, als er die gegenüberliegende Seite des Platzes erreicht hatte, dass ein Zimmermädchen auf seine oft gestellte Frage hin sagte: »Ist das ein ausländischer Gentleman, der einen roten Rolls-Royce fährt?«

»Ja, das ist er«, erwiderte Sebastian erleichtert.

»Ich glaube, Sie finden Ihn in Nummer 44, zwei Türen weiter«, sagte das Zimmermädchen und deutete nach rechts.

»Vielen herzlichen Dank«, sagte Sebastian. Rasch ausschreitend ging er zu Nummer 44, stieg die Stufen hinauf, holte tief Luft und pochte zweimal mit dem Messingklopfer an die Tür.

Es dauerte eine Weile, bis die Tür geöffnet wurde und Sebastian einem kräftig gebauten Mann gegenüberstand, der mehr als einen Meter achtzig groß war und eher wie ein Boxer als ein Butler aussah.

»Was wollen Sie?«, fragte er mit einem Akzent, den Sebastian nicht zuordnen konnte.

»Ich habe mich gefragt, ob Bruno Martinez hier wohnt.«

»Wer will das wissen?«

»Ich heiße Sebastian Clifton.«

Plötzlich änderte sich der Ton des Mannes. »Ja, ich habe gehört, wie er über Sie gesprochen hat, aber er ist nicht hier.«

»Wissen Sie, wann er zurückerwartet wird?«

»Ich glaube, Mr. Martinez hat erwähnt, dass er am Freitagnachmittag wieder zu Hause sein würde.«

Sebastian beschloss, keine weiteren Fragen zu stellen, und

sagte nur: »Danke.« Der Riese nickte knapp und schlug die Tür zu. Oder hatte er sie einfach nur geschlossen?

Sebastian rannte zurück zum Sloane Square, denn er wollte unbedingt pünktlich sein, um Mrs. Tibbet mit ihren deutschen Gästen zu helfen. Er nahm den ersten Bus, der in Richtung Paddington fuhr. Nachdem er die Praed Street Nummer 37 erreicht hatte, ging er sofort zu Mrs. Tibbet und Janice in die Küche.

»Hat es geklappt, Sebastian?«, fragte sie, bevor er es geschafft hatte, sich hinzusetzen.

»Ich habe herausgefunden, wo Bruno wohnt«, antwortete Sebastian triumphierend, »und ...«

»Eaton Square Nummer 44«, sagte Mrs. Tibbet und stellte einen Teller mit Würstchen und Kartoffelpüree vor ihn.

»Woher wissen Sie das?«

»Im Telefonbuch steht ein Martinez, aber Sie waren schon verschwunden, bevor ich daran gedacht habe, dort nachzusehen. Haben Sie erfahren, wann Ihr Freund nach Hause kommt?«

»Ja, irgendwann am Freitagnachmittag.«

»Dann habe ich Sie wohl noch ein paar Tage am Hals.« Sebastian war verlegen, bis sie hinzufügte: »Was aber vielleicht ganz gut ist, denn die Deutschen bleiben bis Freitagnachmittag. Sie könnten also ...« Ein heftiges Klopfen unterbrach ihren Gedanken. »Wenn ich mich nicht irre, dann dürften das Herr Kroll und seine Freunde sein. Kommen Sie mit, Sebastian. Wir wollen herausfinden, ob Sie irgendetwas von dem verstehen, was sie sagen.«

Widerstrebend ließ Sebastian Würstchen und Kartoffelpüree stehen und folgte Mrs. Tibbet. Als sie die Tür öffnete, hatte er sie eingeholt.

Während der nächsten achtundvierzig Stunden fand er nur wenig Schlaf, denn er war fast unterbrochen damit beschäftigt,

Koffer die Treppe hinauf und hinab zu tragen, Taxis zu rufen, Getränke zu servieren und vor allem eine Unzahl von Fragen zu beantworten, die von »Wo befindet sich das London Palladium?« bis hin zu »Kennen Sie irgendwelche guten deutschen Restaurants?« reichten und von denen Mrs. Tibbet die meisten beantworten konnte, ohne auf dem Stadtplan oder in einem Reiseführer nachzusehen. Am Donnerstagabend, dem letzten, den die Gäste in der Stadt verbringen würden, errötete Sebastian, als ihm eine Frage gestellt wurde, auf die er keine Antwort wusste. Mrs. Tibbet kam ihm zu Hilfe.

»Sagen Sie ihnen, sie finden die Mädchen, die sie suchen, im Windmill Theatre in Soho.«

Die Deutschen verbeugten sich.

Als sie am Freitagnachmittag gingen, gab Herr Kroll Sebastian ein Pfund Trinkgeld und schüttelte ihm herzlich die Hand. Sebastian wollte das Geld Mrs. Tibbet geben, doch sie weigerte sich, es anzunehmen, und sagte: »Es gehört Ihnen. Sie haben es sich redlich verdient.«

»Aber ich habe noch immer nicht für das Zimmer und die Verpflegung bezahlt, und wenn ich das nicht tue, wird mir meine Großmutter, die die Direktorin des Grand Hotel in Bristol war, das bis in alle Ewigkeit vorwerfen.«

Mrs. Tibbet umarmte ihn. »Viel Glück, Sebastian«, sagte sie. Als sie ihn schließlich losließ, trat sie einen Schritt zurück und fügte hinzu: »Ziehen Sie Ihre Hose aus.«

Sebastian sah sogar noch verlegener aus als am Abend zuvor, als Herr Kroll ihn nach einem Striplokal gefragt hatte.

»Ich muss sie bügeln. Sie wollen doch nicht so aussehen, als ob Sie direkt von der Arbeit kommen.«

31

»Ich bin nicht sicher, ob er da ist«, sagte der Mann, den Sebastian so schnell nicht vergessen hatte. »Aber ich werde nachsehen.«

»Seb!« Eine Stimme hallte durch die marmorverkleidete Eingangshalle. »Wie schön, dich zu sehen, alter Junge«, fügte Bruno hinzu, als er seinem Freund die Hand schüttelte. »Ich hatte Angst, dass die Gerüchte stimmen und ich dich nie wiedersehen würde.«

»Welche Gerüchte?«

»Karl, bitten Sie Elena, den Tee im Salon zu servieren.«

Bruno führte Sebastian ins Haus. In Beechcroft war es immer Sebastian gewesen, der die Führung übernommen hatte, und Bruno war ihm willig gefolgt. Doch jetzt hatten sich ihre Rollen umgekehrt, und der Gast folgte dem Gastgeber durch die Eingangshalle und in den Salon. Sebastian hatte immer geglaubt, mit allem Komfort, ja sogar im Luxus aufzuwachsen, doch was er sah, als er den Salon betrat, hätte auch ein nicht ganz so bedeutendes Mitglied der Königsfamilie beeindruckt. Die Gemälde, die Möbel und sogar die Teppiche hätten auch in einem Museum nicht fehl am Platz gewirkt.

»Welche Gerüchte?«, wiederholte Sebastian nervös, als er sich in eine Ecke des Sofas setzte.

»Dazu komme ich sofort«, sagte Bruno. »Aber zuerst musst du mir erzählen, warum du so plötzlich abgereist bist. Gerade noch sitzt du mit Vic und mir in unserem Lernzimmer, und eine Minute später bist du verschwunden.«

»Hat der Rektor bei der Andacht am nächsten Morgen nichts gesagt?«

»Kein Wort. Was die ganze Angelegenheit nur noch geheimnisvoller gemacht hat. Jeder hatte eine Theorie, doch weil der für unser Haus verantwortliche Lehrer und Banks-Williams wie ein Grab geschwiegen haben, wusste niemand, was stimmte und was reine Erfindung war. Ich habe die Krankenschwester gefragt, die alles weiß, aber sobald dein Name fiel, war kein Wort mehr aus ihr herauszubekommen. Was höchst ungewöhnlich für sie ist. Vic hat schon mit dem Schlimmsten gerechnet, aber du weißt ja, für ihn ist das Glas immer halb leer. Er war überzeugt, dass man dich von der Schule verwiesen hat und wir nie wieder etwas von dir hören würden, aber ich habe ihm gesagt, wir würden uns alle in Cambridge wiedersehen.«

»Ich fürchte, nicht«, sagte Sebastian. »Vic hatte recht.« Und dann erzählte er Bruno alles, was sich seit seinem Gespräch mit dem Rektor am Anfang der Woche ereignet hatte, und er ließ seinem Freund gegenüber keinen Zweifel daran aufkommen, wie verzweifelt er war, dass er seinen Platz in Cambridge verloren hatte.

Als er seine Geschichte beendet hatte, sagte Bruno: »Also das ist der Grund, warum Hilly-Billy mich nach der Morgenandacht am Mittwoch zu sich in sein Büro bestellt hat.«

»Wie hat er dich bestraft?«

»Sechs mit dem Lederriemen, und ich darf bei jüngeren Schülern keine Aufsicht mehr führen. Dazu die Warnung, dass ich bei weiteren *Indiskretionen* vom Unterricht ausgeschlossen werde.«

»Auch ich wäre vielleicht mit einem Ausschluss vom Unterricht davongekommen«, sagte Sebastian, »wenn Hilly-Billy mich nicht im Zug nach London beim Rauchen erwischt hätte.«

»Warum bist du überhaupt nach London gefahren, wenn du eine Fahrkarte nach Bristol hattest?«

»Ich wollte bis Freitag ein wenig hier sein und dann am letzten Schultag nach Hause fahren. Ma und Pa kommen erst morgen aus Amerika zurück, also habe ich mir gedacht, dass sie nichts davon mitbekommen. Alles hätte geklappt, wenn Hilly-Billy mich nicht zufällig im Zug getroffen hätte.«

»Aber wenn du heute den Zug nach Bristol nimmst, werden sie immer noch nichts mitbekommen.«

»Unmöglich«, erwiderte Sebastian. »Vergiss nicht, was Hilly-Billy gesagt hat: ›Die Verhaltensregeln unserer Schule gelten bis zum letzten Schultag‹«, sagte er im Ton seines Rektors, wobei er sich an den Aufschlägen seiner Jacke festhielt. »›Sollten Sie auch nur eine von ihnen brechen, werde ich nicht zögern, meine Haltung gegenüber Ihrem Platz in Cambridge zu überdenken. Haben Sie das verstanden?‹ Nur eine Stunde nachdem er mich aus seinem Büro geworfen hat, habe ich drei Regeln gebrochen, direkt vor seiner Nase.«

Ein Zimmermädchen betrat den Salon. Sie trug ein großes Silbertablett, auf dem sich Speisen türmten, die keiner von ihnen in Beechcroft zu essen bekommen hatte.

Bruno strich Butter auf einen warmen Muffin. »Sobald wir mit dem Tee fertig sind, solltest du zurück in die Pension gehen und deine Sachen holen. Du kannst heute Nacht hierbleiben. Wir werden darüber nachdenken, was du als Nächstes tun kannst.«

»Aber was wird dein Vater davon halten?«

»Auf dem Weg von der Schule hierher habe ich ihm gesagt, dass ich nur deshalb im September nach Cambridge gehen kann, weil du die Schuld auf dich genommen hast. Er meinte, ich könne mich glücklich schätzen, einen solchen Freund zu haben, und dass er sich gerne persönlich bei dir bedanken würde.«

»Wenn Banks-Williams dich zuerst erwischt hätte, hättest du genau dasselbe getan.«

»Darum geht es nicht. Seb. Er hat nun mal *dich* zuerst erwischt, weshalb ich mit ein paar Schlägen davongekommen bin und Vic überhaupt nichts passiert ist – übrigens gerade eben noch, denn Vic hatte bereits die Absicht, Ruby etwas näher kennenzulernen.«

»Ruby«, wiederholte Sebastian. »Hast du erfahren, was mit ihr passiert ist?«

»Sie ist am selben Tag wie du verschwunden. Die Köchin hat mir erzählt, dass wir sie nie wiedersehen werden.«

»Und *trotzdem* glaubst du, dass ich noch eine Chance habe, nach Cambridge zu gehen?«

Die beiden Jungen schwiegen.

»Elena«, sagte Bruno, als das Zimmermädchen mit einem großen Obstkuchen zurückkam, »mein Freund wird noch einmal nach Paddington fahren, um seine Sachen zu holen. Würden Sie den Chauffeur bitten, ihn zu fahren, und dafür sorgen, dass ein Gästezimmer vorbereitet wird, bis er wieder hier ist?«

»Ich fürchte, der Chauffeur ist gerade losgefahren, um Ihren Vater im Büro abzuholen. Er wird erst zum Dinner zurückerwartet.«

»Dann wirst du ein Taxi nehmen müssen«, sagte Bruno. »Aber erst, wenn du vom Obstkuchen unserer Köchin gegessen hast.«

»Ich habe kaum Geld für den Bus, von einem Taxi ganz zu schweigen«, flüsterte Sebastian.

»Ich werde eines rufen und bei meinem Vater auf die Rechnung setzen lassen«, sagte Bruno und griff zum Kuchenmesser.

»Das sind ja wunderbare Neuigkeiten«, sagte Mrs. Tibbet, nachdem Sebastian ihr von seinem Nachmittag erzählt hatte. »Aber ich bin immer noch der Meinung, dass Sie Ihre Eltern anrufen und ihnen sagen sollten, wo Sie im Augenblick sind. Sie können schließlich nicht sicher sein, dass Sie Ihren Platz in Cambridge verloren haben.«

»Ruby wurde entlassen, der für mein Haus zuständige Lehrer weigert sich, über das Thema zu sprechen, und selbst unsere Schulkrankenschwester, die nie mit ihren Ansichten hinter dem Berg hält, sagt kein Wort. Ich kann Ihnen versichern, Mrs. Tibbet, ich werde nicht nach Cambridge gehen. Außerdem kommen meine Eltern erst morgen aus Amerika zurück, und selbst wenn ich wollte, könnte ich vorher keinen Kontakt zu ihnen aufnehmen.«

Mrs. Tibbet äußerte sich nicht dazu. »Na schön. Wenn Sie gehen möchten«, sagte sie, »dann sollten Sie besser Ihre Sachen packen, denn ich könnte das Zimmer gut gebrauchen. Ich musste bereits drei neue Gäste ablehnen.«

»Ich mache, so schnell ich kann.« Sebastian verließ die Küche und rannte die Treppe hinauf zu seinem Zimmer. Sobald er gepackt und aufgeräumt hatte, ging er wieder nach unten. Mrs. Tibbet und Janice erwarteten ihn im Flur.

»Es war eine bemerkenswerte Woche, eine wirklich sehr bemerkenswerte Woche«, sagte Mrs. Tibbet, als sie die Tür der Pension öffnete. »Janice und ich werden Sie so schnell nicht vergessen.«

»Wenn ich meine Memoiren schreibe, Tibby, widme ich Ihnen

ein ganzes Kapitel«, sagte Sebastian, als sie zusammen auf den Bürgersteig traten.

»Bis dahin haben Sie uns beide schon lange vergessen«, sagte Mrs. Tibbet wehmütig.

»Ganz sicher nicht. Sie werden sehen, das hier wird noch mein zweites Zuhause.« Sebastian drückte Janice einen Kuss auf die Wange und umarmte Mrs. Tibbet lange. »So leicht werden Sie mich nicht los«, fügte er hinzu, als er in das wartende Taxi stieg.

Mrs. Tibbet und Janice winkten dem Taxi auf seinem Weg zum Eaton Square hinterher. Eigentlich hatte Mrs. Tibbet Sebastian noch einmal sagen wollen, dass er seine Mutter unverzüglich anrufen sollte, sobald sie aus Amerika zurück wäre, doch sie wusste, es hätte keinen Sinn gehabt.

»Janice, wechseln Sie bitte die Bettwäsche in Nummer sieben«, sagte sie stattdessen, als das Taxi am Ende der Straße nach rechts abbog und gleich darauf nicht mehr zu sehen war. Rasch ging Mrs. Tibbet ins Haus zurück. Wenn Sebastian keinen Kontakt zu seiner Mutter aufnehmen wollte, dann würde sie das eben tun.

An jenem Abend nahm Brunos Vater die beiden Jungen mit zum Dinner ins Ritz: noch mehr Champagner und Sebastians erste Begegnung mit Austern. Don Pedro – er bestand darauf, dass Sebastian ihn so nannte – bedankte sich immer wieder dafür, dass Sebastian die Schuld auf sich genommen und es Bruno auf diese Weise ermöglicht hatte, doch noch nach Cambridge zu gehen. »So britisch«, wiederholte er mehrmals.

Bruno schwieg, stocherte in seinem Essen herum und nahm an der Unterhaltung nur wenig teil. All das Selbstvertrauen, das er am Nachmittag ausgestrahlt hatte, schien sich in Gegenwart seines Vaters in nichts aufzulösen. Die größte Überraschung des Abends kam, als Don Pedro enthüllte, dass Bruno noch zwei ältere Brüder hatte, Diego und Luis, was Bruno zuvor noch nie erwähnt hatte; sie hatten ihn auch nie in Beechcroft Abbey besucht. Sebastian wollte ihn nach dem Grund fragen, doch sein Freund hielt den Kopf gesenkt, weshalb er beschloss, damit zu warten, bis sie alleine wären.

»Sie arbeiten mit mir in Familiengeschäften zusammen«, erklärte Don Pedro.

»Und worin bestehen diese Familiengeschäfte?«, fragte Sebastian unschuldig.

»Import und Export«, antwortete Don Pedro, ohne auf irgendwelche Einzelheiten einzugehen.

Schließlich bot Don Pedro seinem jungen Gast die erste kubanische Zigarre an und fragte ihn, was er vorhabe, da er doch jetzt nicht mehr nach Cambridge ginge. Zwischen zwei Hustenanfällen musste Sebastian zugeben: »Vermutlich werde ich mich nach einer Arbeit umsehen müssen.«

»Würden Sie gerne einhundert Pfund verdienen? Es gibt da etwas, das Sie in Buenos Aires für mich erledigen könnten, und Sie könnten schon Ende des Monats wieder zurück in England sein.«

»Vielen Dank, Sir, das ist überaus großzügig. Aber was würde für eine so große Summe von mir erwartet werden?«

»Kommen Sie am Montag mit mir nach Buenos Aires, bleiben Sie dort für ein paar Tage als mein Gast und bringen Sie dann auf der *Queen Mary* ein Paket zurück nach Southampton.«

»Aber warum ich? Zweifellos könnte doch einer Ihrer Mitarbeiter eine so simple Aufgabe übernehmen.«

»Weil das Paket ein Familienerbstück enthält«, antwortete Don Pedro ohne das geringste Zögern, »und ich jemanden brauche, der Spanisch und Englisch spricht. Und dem ich vertrauen kann. Wie Sie sich in einer Notlage gegenüber Bruno verhalten haben, überzeugt mich davon, dass Sie der richtige Mann sind.« An Bruno gewandt fügte er hinzu: »Und vielleicht ist das ja auch meine Art, mich bei Ihnen zu bedanken.«

»Das ist sehr freundlich von Ihnen, Sir«, sagte Sebastian, der sein Glück gar nicht fassen konnte.

»Ich möchte Ihnen zehn Pfund vorab geben«, sagte Don Pedro und zog seine Brieftasche hervor. »Die übrigen neunzig bekommen Sie an dem Tag, an dem Sie nach England zurückfahren.« Er nahm zwei Fünf-Pfund-Noten aus seiner Brieftasche und schob sie über den Tisch. Es war mehr Geld, als Sebastian in seinem Leben jemals bekommen hatte. »Sie und Bruno sollten dieses Wochenende ein wenig Spaß haben. Sie haben es sich wirklich verdient.«

Bruno sagte nichts.

Sobald der letzte Gast sein Frühstück beendet hatte, bat Mrs. Tibbet Janice, im Speisesaal Staub zu saugen und die Tische neu zu decken; Janice solle jedoch erst damit beginnen, nachdem der Abwasch erledigt wäre, betonte sie, als habe sie ihrer Angestellten diese Anweisung noch nie zuvor gegeben. Dann verschwand Mrs. Tibbet nach oben. Janice nahm an, sie bereite die Einkaufsliste für den nächsten Tag vor, doch stattdessen saß sie einfach nur an ihrem Schreibtisch und starrte das Telefon an. Sie schenkte sich ein Glas Whisky ein, was sie nur selten tat, solange der letzte Gast noch nicht zu Bett gegangen war, trank einen Schluck und nahm den Hörer ab.

»Die Auskunft bitte«, sagte sie und wartete, bis sich am anderen Ende der Leitung jemand meldete.

»Welcher Name?«, fragte die Stimme.

»Mr. Harry Clifton«, erwiderte sie.

»Und welche Stadt?«

»Bristol.«

»Und die Adresse?«

»Die habe ich nicht, aber er ist ein berühmter Autor«, sagte Mrs. Tibbet und versuchte so zu klingen, als kenne sie ihn. Sie wartete eine ganze Weile und begann sich schon zu fragen, ob das Gespräch unterbrochen worden war, als die Stimme sagte: »Die Nummer der gesuchten Person befindet sich nicht im Telefonbuch, Madam, und deshalb fürchte ich, dass ich Sie nicht verbinden kann.«

»Aber es handelt sich um einen Notfall.«

»Es tut mir leid, Madam, aber ich kann Sie nicht durchstellen, selbst wenn Sie die Königin von England wären.«

Mrs. Tibbet legte den Hörer auf. Regungslos saß sie da und fragte sich, ob es eine andere Möglichkeit gab, mit Mrs. Clifton Kontakt aufzunehmen. Dann fiel ihr Janice ein, und sie ging in die Küche zurück.

»Wo kaufen Sie eigentlich diese Taschenbücher, in die Sie ständig Ihre Nase stecken?«, fragte sie Janice.

»Im Bahnhof. Auf dem Weg hierher«, antwortete Janice, ohne den Abwasch zu unterbrechen. Mrs. Tibbet reinigte den Herd, während sie über Janice' Antwort nachdachte. Als sie mit ihrer Arbeit zufrieden war, zog sie ihre Schürze aus, legte sie ordentlich zusammen, griff nach ihrem Einkaufskorb und erklärte: »Ich gehe einkaufen.«

Nachdem sie ihre Pension verlassen hatte, wandte sie sich nicht nach rechts wie an jedem anderen Vormittag, wenn sie vom Metzger den besten dänischen Schinken, vom Gemüsehändler das frischeste Obst und vom Bäcker das wärmste, frisch aus dem Ofen kommende Brot besorgte, sofern dieses zu einem vernünftigen Preis angeboten wurde. Stattdessen wandte sie sich nach links und ging zum Bahnhof Paddington.

Sie drückte ihre Handtasche fest an sich, denn sie hatte mehr als einen desillusionierten Gast gehabt, der, kaum dass er seinen Fuß in die Stadt gesetzt hatte, das Opfer von Taschendieben geworden war – Sebastian war da nur das jüngste Beispiel. Der Junge war für sein Alter schon sehr erwachsen und gleichzeitig so naiv.

Mrs. Tibbet war ungewöhnlich nervös, als sie die Straße überquerte und sich unter die Gruppen der Pendler mischte, die in den Bahnhof gingen. Vielleicht lag es daran, weil sie noch nie in einer Buchhandlung gewesen war. Sie hatte nicht viel Zeit gehabt, Bücher zu lesen, seit ihr Mann und ihr kleiner Sohn vor fünfzehn Jahren bei einem Luftangriff auf das East End umgekommen waren. Wenn ihr Sohn überlebt hätte, wäre er heute etwa so alt wie Sebastian.

Ohne ein Dach über dem Kopf war Tibby nach Westen gezogen wie ein Vogel, der an einem neuen Ort Nahrung finden muss. Sie nahm eine Arbeit als Mädchen für alles in der Safe Haven Pension an. Drei Jahre später wurde sie Kellnerin, und als der Besitzer starb, war es weniger so, dass sie die Pension geerbt hätte, sie führte sie vielmehr einfach weiter, denn die Bank suchte jemanden – egal wen –, der auch in Zukunft für die Hypotheken aufkommen würde.

Sie wäre fast gescheitert, doch im Jahr 1951 erwies sich das Festival of Britain als ihre Rettung, denn dadurch kamen eine Million Besucher zusätzlich nach London, wodurch die Pension zum ersten Mal Gewinn machte. Der Gewinn stieg, wenn auch in bescheidenem Maß, jedes Jahr, und jetzt waren die Hypotheken abbezahlt, und das Haus gehörte ihr. Sie verließ sich auf ihre Stammgäste, um über den Winter zu kommen, denn sie hatte schon früh gelernt, dass diejenigen Unternehmen, die sich einzig und alleine auf Laufkundschaft verließen, schon bald ihre Türen für immer schließen mussten.

Mrs. Tibbet zwang sich, ihre Tagträumerei beiseite zu schieben, und sah sich im Bahnhof um, bis sie das Schild der W. H. Smith-Buchhandlung gefunden hatte. Sie beobachtete, wie erfahrene Reisende hinein- und hinauseilten. Die meisten kauften sich nur eine Morgenzeitung für einen Halfpenny, doch einige sahen sich im hinteren Bereich des Ladens die Regale mit den Büchern an.

Sie trat ein, blieb dann aber hilflos in der Mitte des Ladens stehen, wo sie anderen Kunden im Weg war. Als sie eine Frau sah, die weiter hinten Bücher von einem kleinen Rollwagen aus Holz nahm und in den Regalen einsortierte, ging sie zu ihr, unterbrach sie jedoch nicht bei ihrer Arbeit.

Die Verkäuferin sah auf. »Kann ich Ihnen helfen, Madam?«, fragte sie höflich.

»Haben Sie schon einmal von einem Schriftsteller namens Harry Clifton gehört?«

»Oh ja«, sagte die Verkäuferin. »Er ist einer unserer beliebtesten Autoren. Suchen Sie einen bestimmten Titel?« Mrs. Tibbet schüttelte den Kopf. »Dann sollten wir vielleicht mal sehen, was wir vorrätig haben.« Gefolgt von Mrs. Tibbet ging die Verkäuferin zur anderen Seite des Ladens, wo sie vor einem Regal mit der Aufschrift *Kriminalromane* stehen blieb. Die Bücher um William Warwick standen in einer ordentlichen Reihe nebeneinander, doch mehrere Lücken verrieten, wie beliebt der Autor war. »Und natürlich«, fuhr die Verkäuferin fort, »gibt es auch noch die Gefängnistagebücher und eine Biografie von Lord Preston mit dem Titel *Das Erblichkeitsprinzip*, in dem es um den faszinierenden Clifton-Barrington-Erbfall geht. Vielleicht erinnern Sie sich daran. Er hat wochenlang die Schlagzeilen bestimmt.«

»Welchen Roman von Mr. Clifton würden Sie empfehlen?«

»Immer wenn mir jemand diese Frage über irgendeinen Autor stellt«, antwortete die Verkäuferin, »dann empfehle ich ihm, mit dem ersten Roman anzufangen.« Sie nahm ein Exemplar von *William Warwick und der Fall des blinden Zeugen* aus dem Regal.

»Könnte ich in dem anderen Buch, dem über die Erbschaft, etwas über die Familie Clifton erfahren?«

»Ja, und es ist genauso spannend wie nur irgendein Roman«, antwortete die Verkäuferin und ging zum Regal mit den Biografien. »Das macht dann drei Shilling, Madam«, sagte sie und reichte ihr die beiden Bücher.

Als Mrs. Tibbet kurz vor dem Mittagessen in die Pension zurückkam, sah Janice voller Überraschung, dass ihr Einkaufskorb leer geblieben war, und ihre Überraschung wurde sogar noch größer, als sich Mrs. Tibbet in ihr Büro zurückzog und erst wieder herauskam, als ein Klopfen an der Eingangstür einen möglichen neuen Gast ankündigte.

Mrs. Tibbet brauchte zwei Tage, um *Das Erblichkeitsprinzip* von Reg Preston zu lesen, und als sie damit fertig war, sah sie ein, dass es noch einen weiteren Ort gab, den sie aufsuchen musste, obwohl sie das noch nie zuvor getan hatte, und dieser Ort wäre weitaus nervenaufreibender als eine Buchhandlung.

Früh am Montagmorgen kam Sebastian zum Frühstück nach unten, denn er wollte mit Brunos Vater sprechen, bevor dieser zur Arbeit fuhr.

»Guten Morgen, Sir«, sagte er und setzte sich an den Frühstückstisch.

»Guten Morgen, Sebastian«, sagte Don Pedro und senkte seine Zeitung. »Nun, haben Sie sich entschieden, ob Sie mit mir nach Buenos Aires kommen wollen?«

»Ja, das habe ich, Sir. Ich möchte wirklich gerne mitkommen, falls das noch möglich ist und ich mit meiner Zusage nicht zu lange gewartet habe.«

»Das ist kein Problem«, sagte Don Pedro. »Sie sollten nur bereit sein, wenn ich zurückkomme.«

»Um wie viel Uhr werden wir aufbrechen, Sir?«

»Gegen fünf.«

»Ich werde bereit sein und auf Sie warten«, sagte Sebastian, als Bruno in das Frühstückszimmer kam.

»Es wird dich freuen zu hören, dass Sebastian mit mir nach Buenos Aires fahren wird«, sagte Don Pedro, als sein Sohn sich setzte. »Er wird Ende des Monats wieder in London sein. Sieh zu, dass du dich um ihn kümmerst, wenn er wieder da ist.«

Bruno wollte gerade etwas sagen, als Elena hereinkam und ein Gestell mit Toastscheiben in die Mitte des Tisches stellte.

»Was hätten Sie gerne zum Frühstück, Sir?«, fragte sie Bruno.

»Zwei gekochte Eier, bitte.«

»Ich auch«, sagte Sebastian.

»Ich muss los«, sagte Don Pedro und erhob sich von seinem Platz am Kopfende des Tisches. »Ich habe einen Termin in der Bond Street.« An Sebastian gewandt fügte er hinzu: »Vergessen Sie nicht, dass Sie um fünf Uhr bereit sein müssen. Wir dürfen die Flut nicht verpassen.«

»Ich kann es gar nicht erwarten, Sir«, erwiderte Sebastian voller Aufregung.

»Einen schönen Tag, Dad«, sagte Bruno, als sein Vater das Frühstückszimmer verließ. Erst als er hörte, wie sich die Haustür geschlossen hatte, fuhr er fort, indem er seinen Freund über den Tisch hinweg ansah und sagte: »Bist du sicher, dass du die richtige Entscheidung getroffen hast?«

Mrs. Tibbet konnte nicht mehr aufhören zu zittern. Sie wusste nicht, ob sie die ganze Sache durchstehen würde. Als ihre Gäste sich an jenem Morgen zum Frühstück setzten, wurden ihnen zu harte Eier, verbrannter Toast und lauwarmer Tee serviert, und alles endete damit, dass Janice die ganze Schuld auf sich nehmen musste. Es half auch nicht gerade, dass Mrs. Tibbet während der beiden Tage zuvor überhaupt nichts eingekauft hatte, weshalb das Brot ausgetrocknet, das Obst überreif und der Schinken aufgebraucht war. Janice war erleichtert, als der letzte murrende Gast den Speisesaal verließ. Einer weigerte sich sogar, die Rechnung zu bezahlen.

Janice ging in die Küche, um zu sehen, ob es Mrs. Tibbet nicht gut ging, doch diese war nirgendwo zu finden. Janice fragte sich, wo sie sein konnte.

Mrs. Tibbet saß im Bus Nummer 148, der in Richtung Whitehall fuhr. Sie wusste immer noch nicht, ob sie das alles durchstehen würde. Selbst wenn *er* bereit war, sie zu empfangen, was konnte sie ihm dann sagen? Ging sie das irgendetwas an? Sie war so sehr in ihre Gedanken versunken, dass der Bus bereits die Westminster Bridge überquert hatte, bevor sie ausstieg. Sie ließ sich Zeit, als sie über die Themse zurückging, und das lag nicht etwa daran, dass sie, wie die Touristen, die Aussicht den Fluss hinauf und hinab bewundert hätte.

Bevor sie den Parliament Square erreicht hatte, hatte sie ihre Meinung bereits mehrere Male geändert, und nach und nach wurden ihre Schritte immer langsamer, bis sie schließlich vor dem Eingang zum Unterhaus stehen blieb, wo sie gleichsam zur Salzsäule erstarrte wie Lots Frau.

Der leitende Portier, der Menschen gewohnt war, die bei ihrem ersten Besuch des Palace of Westminster vor Ehrfurcht nicht mehr aus noch ein wussten, lächelte die erstarrte Dame an und fragte: »Kann ich Ihnen helfen, Madam?«

»Ist das der Ort, an den man kommen muss, wenn man einen Abgeordneten sprechen möchte?«

»Haben Sie einen Termin?«

»Nein, ich habe keinen«, sagte Mrs. Tibbet in der Hoffnung, weggeschickt zu werden.

»Machen Sie sich keine Sorgen, nicht viele Menschen haben einen. Sie müssen einfach darauf hoffen, dass der Abgeordnete im Haus ist und Zeit für Sie hat. Wenn Sie warten möchten, werden meine Kollegen Ihnen helfen.«

Mrs. Tibbet ging die Stufen hinauf an Westminster Hall vorbei und reihte sich in die lange, schweigende Reihe der Wartenden ein. Als sie mehr als eine Stunde später die Eingangstür erreicht hatte, fiel ihr ein, dass sie Janice nicht gesagt hatte, wohin sie gehen würde.

Sie wurde in die zentrale Lobby geführt, wo ein Beamter sie zum Empfangstisch begleitete.

»Guten Tag, Madam«, sagte der diensthabende Angestellte. »Welchen Abgeordneten möchten Sie sprechen?«

»Sir Giles Barrington.«

»Sind Sie eine Einwohnerin seines Wahlkreises?«

Noch eine Möglichkeit zur Flucht, war ihr erster Gedanke. »Nein. Ich muss ihn in einer persönlichen Angelegenheit sprechen.«

»Verstehe«, sagte der Parlamentsangestellte, wobei er sich so anhörte, als könne ihn nichts mehr überraschen. »Wenn Sie mir Ihren Namen geben, stelle ich Ihnen eine Besucherkarte aus.«

»Mrs. Florence Tibbet.«

»Und Ihre Adresse?«

»Praed Street Nummer 37, Paddington.«

»Und in welcher Angelegenheit wünschen Sie Sir Giles zu sprechen?«

»Es geht um seinen Neffen Sebastian Clifton.«

Der Angestellte füllte die Karte aus und reichte sie einem Parlamentsboten.

»Wie lange werde ich warten müssen?«, fragte sie.

»Wenn sie im Haus sind, reagieren die Abgeordneten meistens ziemlich schnell. Aber vielleicht möchten Sie sich setzen, während Sie warten«, sagte er und deutete auf die grünen Bänke, die sich an den Wänden der zentralen Lobby entlangzogen.

Der Bote folgte einem langen Korridor in Richtung Unterhaus. Als er die Abgeordnetenlobby erreicht hatte, gab er die Karte einem seiner Kollegen, der sie ins Kabinett brachte. Das Haus war voller Abgeordneter, die gekommen waren, um zu hören, wie Peter Thorneycroft, der Schatzkanzler, nach dem Ende der Suez-Krise die Aufhebung der Treibstoffrationierung verkünden würde.

Der Bote sah Giles Barrington auf seinem üblichen Platz sitzen und reichte die Karte einem Abgeordneten am Ende der dritten Reihe, von wo aus sie ihren langsamen Weg die dicht besetzten Bänke entlang antrat, wobei jeder Abgeordnete zunächst einen Blick auf den Namen warf, bevor er die Karte weitergab, bis sie schließlich Sir Giles erreichte.

Der Abgeordnete der Bristol Docklands schob die Karte in seine Tasche und sprang auf, denn genau in diesem Moment hatte der Außenminister die vorhergehende Frage beantwortet, und Giles versuchte, den Speaker, der die Abfolge der Redebeiträge organisierte, auf sich aufmerksam zu machen.

»Sir Giles Barrington«, rief der Speaker.

»Könnte der Außenminister dem Haus erläutern, welche Folgen die Ankündigung des Ministerpräsidenten für die britische Industrie und besonders für jene Bürger haben wird, die in der Verteidigungsindustrie arbeiten?«

Mr. Selwyn Lloyd stand noch einmal auf, umfasste das Rednerpult mit beiden Händen und sagte: »Ich kann dem ehrenwerten und tapferen Gentleman versichern, dass ich in ständigem Kontakt mit unserem Botschafter in Washington stehe, der mir versichert hat ...«

Nachdem Mr. Lloyd vierzig Minuten später die letzte Frage beantwortet hatte, hatte Giles die Besucherkarte völlig vergessen.

Erst als er etwa eine Stunde später mit einigen Kollegen im Tearoom saß und seine Brieftasche hervorzog, fiel die Karte auf den Boden. Er hob sie auf, doch Mrs. Tibbets Name sagte ihm nichts. Dann drehte er die Karte um, las die Nachricht, sprang auf, stürmte aus dem Tearoom und blieb nicht eher stehen, bis er die zentrale Lobby erreicht hatte, wobei er betete, dass sie noch da wäre. Als er den Empfangstisch erreicht hatte, bat er den Angestellten, er möge Mrs. Tibbet ausrufen.

»Es tut mir leid, Sir Giles, aber die Dame ist vor wenigen Augenblicken gegangen. Sie sagte, sie müsse zurück an die Arbeit.«

»Verdammt«, sagte Giles, drehte die Karte noch einmal um und las die Adresse.

32

»Praed Street, Paddington«, sagte Giles, als er in eines der Taxis stieg, die vor dem Abgeordneteneingang standen. »Ich bin schon spät dran«, fügte er hinzu, »also geben Sie Gas.«

»Sie wollen doch nicht, dass ich das Tempolimit missachte, Chef«, sagte der Taxifahrer, während er durch das Haupttor auf den Parliament Square rollte.

Doch, genau das will ich, hätte Giles am liebsten gesagt, aber er hielt sich zurück. Sobald er erfahren hatte, dass Mrs. Tibbet das Parlamentsgelände verlassen hatte, hatte er seinen Schwager angerufen, um ihn über die kryptische Botschaft einer Fremden zu informieren. Harry hätte am liebsten sofort den ersten Zug nach London genommen, doch Giles riet ihm davon ab, denn das alles konnte sich immer noch als falscher Alarm erweisen. Es war durchaus möglich, sagte Giles zu Harry, dass sich Sebastian genau in diesem Augenblick auf dem Weg nach Bristol befand.

Giles hielt es auf der Bank im Taxi kaum mehr aus und hätte am liebsten die Ampeln mit bloßer Willenskraft auf Grün geschaltet. Immer wieder drängte er den Fahrer, die Spur zu wechseln, wenn sie dadurch ein paar Meter weiter vorankamen. Ständig musste er daran denken, was Emma und Harry in den vergangenen zwei Tagen wohl durchgemacht hatten. Hatten sie mit Jessica gesprochen? Wenn ja, würde das Mädchen zweifellos voller Sorge auf der obersten Stufe zum Manor House sitzen und darauf warten, dass Sebastian zurückkehrte.

Als das Taxi vor Nummer 37 anhielt, fragte sich der Fahrer unweigerlich, was ein Abgeordneter in einer Pension in Paddington verloren hatte. Doch das Ganze ging ihn nichts an – besonders, da der Gentleman ihm ein so großzügiges Trinkgeld gegeben hatte.

Giles sprang aus dem Taxi, rannte zur Tür und hämmerte mehrmals mit dem Messingklopfer dagegen. Wenige Augenblicke später öffnete eine junge Frau und sagte: »Es tut mir leid, Sir, aber alle unsere Zimmer sind belegt.«

»Ich suche kein Zimmer«, antwortete Giles. »Ich hatte gehofft, mit« – er warf noch einmal einen Blick auf die Karte – »einer gewissen Mrs. Tibbet sprechen zu können.«

»Und Sie sind?«

»Sir Giles Barrington.«

»Wenn Sie bitte hier warten wollen, Sir. Ich sage ihr Bescheid«, erklärte sie und schloss die Tür wieder.

Giles stand auf dem Bürgersteig und fragte sich, ob Sebastian die ganze Zeit über nur hundert Meter vom Bahnhof Paddington entfernt gewesen war. Er musste nur wenige Minuten warten, bis die Tür erneut geöffnet wurde.

»Entschuldigen Sie, Sir Giles«, sagte Mrs. Tibbet, die sich nervös anhörte. »Janice hatte keine Ahnung, wer Sie sind. Bitte, kommen Sie in den Salon.«

Sobald Giles sich auf einen bequemen, hochlehnigen Stuhl gesetzt hatte, bot Mrs. Tibbet ihm eine Tasse Tee an.

»Nein, danke«, sagte er. »Ich möchte unbedingt erfahren, ob Sie irgendwelche Neuigkeiten über Sebastian haben. Seine Eltern sind fast verrückt vor Sorge.«

»Natürlich sind sie das, die armen Leute«, erwiderte Mrs. Tibbet. »Ich habe ihm immer wieder gesagt, dass er sich bei seiner Mutter melden soll, aber …«

»Aber?«, unterbrach Giles.

»Das ist eine lange Geschichte, Sir Giles, aber ich werde sie so rasch erzählen, wie ich kann.«

Zehn Minuten später berichtete ihm Mrs. Tibbet, dass sie Sebastian zum letzten Mal gesehen hatte, als er mit einem Taxi zum Eaton Square gefahren war. Seither hatte sie nichts mehr von ihm gehört.

»Soweit Sie wissen, ist er also bei seinem Freund Bruno Martinez am Eaton Square Nummer 44?«

»Ja, Sir Giles. Aber ich habe …«

»Ich stehe zutiefst in Ihrer Schuld«, sagte Giles und zog seine Brieftasche hervor.

»Sie schulden mir überhaupt nichts«, sagte Mrs. Tibbet und machte eine wegwerfende Geste. »Ich habe das alles schließlich für Sebastian getan, nicht für Sie. Doch würden Sie mir vielleicht gestatten, Ihnen einen Rat zu geben?«

»Ja, natürlich«, sagte Giles und setzte sich wieder.

»Sebastian macht sich große Sorgen darüber, dass seine Eltern von ihm enttäuscht sind, weil er die Chance, nach Cambridge zu gehen, so einfach weggeworfen hat und …«

»Aber er hat seinen Platz in Cambridge doch gar nicht verloren«, warf Giles ein.

»Das ist die beste Nachricht, die ich seit einer Woche gehört habe. Versuchen Sie, ihn möglichst rasch zu finden und ihm das zu sagen, denn er wird nicht nach Hause kommen wollen, solange er glaubt, dass seine Eltern wütend auf ihn sind.«

»Ich werde sofort am Eaton Square Nummer 44 vorbeischauen«, sagte Giles und stand zum zweiten Mal auf.

»Bevor Sie gehen«, sagte Mrs. Tibbet, die sich immer noch nicht von der Stelle rührte, »sollten Sie wissen, dass er in der Schule die Schuld für seinen Freund auf sich genommen hat, weshalb Bruno Martinez nicht dieselbe Strafe erhielt. Er verdient also eher ein Lob als Tadel.«

»Mrs. Tibbet, Sie verschwenden hier eindeutig Ihre Zeit. Sie hätten dem diplomatischen Corps beitreten sollen.«

»Und Sie sind ein alter Schmeichler, Sir Giles, wie die meisten Abgeordneten. Nicht, dass ich jemals zuvor einem begegnet wäre«, gab sie zu. »Aber ich will Sie nicht länger aufhalten.«

»Ich möchte Ihnen noch einmal danken. Sobald ich Sebastian gefunden habe und die Dinge geklärt sind«, sagte Giles, als er zum dritten Mal aufstand, »könnten Sie vielleicht noch einmal ins Parlament kommen und mit uns beiden zusammen einen Tee trinken.«

»Das ist überaus aufmerksam von Ihnen, Sir Giles, aber ich kann mir keine zwei freien Tage pro Woche erlauben.«

»Dann wird es eben nächste Woche werden«, sagte Giles, als sie ihm die Eingangstür öffnete und sie hinaus auf den Bürgersteig traten. »Ich werde Ihnen einen Wagen schicken, der Sie abholt.«

»Das ist wirklich freundlich von Ihnen«, erwiderte Mrs. Tibbet. »Aber ...«

»Kein Aber! Sebastian hatte Glück, viel, viel Glück, als er bei Nummer 37 angeklopft hat.«

Als das Telefon klingelte, ging Don Pedro auf den Apparat zu, doch er hob erst ab, nachdem er nachgesehen hatte, ob die Tür zu seinem Arbeitszimmer geschlossen war.

»Ihr Überseegespräch aus Buenos Aires ist in der Leitung, Sir.«

Er hörte ein Klicken, und dann sagte eine Stimme: »Hier ist Diego.«

»Hör mir genau zu. Wir haben jetzt alles beisammen. Auch unser Trojanisches Pferd.«

»Soll das heißen, dass Sotheby's einverstanden ist und …«

»Sie werden die Skulptur Ende des Monats in den Verkauf nehmen.«

»Dann brauchen wir nur noch einen Kurier.«

»Ich glaube, ich habe den idealen Kandidaten. Ein Schulfreund von Bruno, der einen Job sucht und fließend Spanisch spricht. Und es kommt noch besser. Sein Onkel ist Abgeordneter, und einer seiner Großväter war ein Lord. Damit ist er in den Augen der Engländer ein Blaublüter, was die ganze Angelegenheit für uns nur noch leichter machen kann.«

»Weiß er, warum du dich für ihn entschieden hast?«

»Nein. Und das sollte auch besser so bleiben«, sagte Don Pedro. »Dadurch haben wir die Möglichkeit, uns von der ganzen Transaktion zu distanzieren.«

»Wann kommt er nach Buenos Aires?«

»Er wird heute Abend mit mir aufs Schiff gehen, und noch bevor irgendjemand mitbekommt, was wir vorhaben, ist er schon längst wieder sicher in England zurück.«

»Glaubst du, er ist alt genug, um eine so wichtige Aufgabe zu übernehmen?«

»Der Junge ist erwachsener, als man angesichts seines Alters denken würde. Und was genauso wichtig ist: Er ist bereit, etwas zu riskieren.«

»Hört sich ideal an. Hast du Bruno erklärt, worum es geht?«

»Nein. Je weniger er weiß, umso besser.«

»Das sehe ich auch so«, sagte Diego. »Soll ich noch etwas erledigen, bevor ihr ankommt?«

»Sorg dafür, dass die Fracht transportbereit ist und von der *Queen Mary* auf ihrer Rückfahrt mitgenommen werden wird.«

»Und die Banknoten?«

Ein leises Klopfen an der Tür unterbrach Don Pedros Gedankengang. Er drehte sich um und sah, wie Sebastian ins Arbeitszimmer kam.

»Ich hoffe, ich störe Sie nicht, Sir.«

»Nein, nein«, sagte Don Pedro, legte auf und lächelte den jungen Mann an, der für ihn das letzte Teil in seinem Puzzle sein sollte.

Giles dachte daran, an der nächsten Telefonzelle anzuhalten, damit er Harry anrufen und ihm sagen könnte, dass er Sebastian gefunden habe und unterwegs sei, um ihn zu sich zu holen, doch er wollte den Jungen zuerst leibhaftig vor sich sehen, bevor er einen solchen Anruf machen würde.

Auf der Park Lane standen die Autos Stoßstange an Stoßstange, und der Taxifahrer zeigte kein Interesse daran, die kleinen Lücken auszunutzen, um schneller voranzukommen, geschweige denn, bei Gelb über die Ampeln zu fahren. Giles holte tief Luft. Welch Unterschied doch wenige Minuten mit sich bringen konnten, dachte er, als sie den Hyde Park Corner umrundeten.

Schließlich hielt das Taxi vor Eaton Square Nr. 44, und Giles bezahlte die exakte Summe auf dem Taxameter, bevor er die Stufen hinaufging und an die Tür klopfte. Ein Riese von einem Mann öffnete und lächelte Giles an. Es wirkte fast so, als habe er ihn erwartet.

»Kann ich Ihnen helfen, Sir?«

»Ich suche meinen Neffen Sebastian Clifton. Er ist, wie ich erfahren habe, hier bei seinem Freund Bruno Martinez.«

»Er war in der Tat hier, Sir«, sagte der Butler höflich. »Aber vor etwa zwanzig Minuten sind sie zum Flughafen gefahren.«

»Können Sie mir sagen, welchen Flug sie nehmen wollen?«, fragte Giles.

»Ich habe keine Ahnung, Sir Giles.«

»Oder wohin sie fliegen?«

»Ich habe nicht gefragt.«

»Danke«, sagte Giles, der nach vielen Jahren als Schlagmann beim Kricket wusste, wie es war, wenn die gegnerische Mannschaft mauerte. Er wandte sich in Richtung Straße, um nach einem neuen Taxi Ausschau zu halten, als sich die Tür hinter ihm schloss. Er sah ein beleuchtetes gelbes Schild und winkte den Wagen heran, der unverzüglich wendete, um ihn aufzunehmen.

»London Airport«, sagte er und setzte sich rasch auf die Rückbank. »Ich gebe Ihnen den doppelten Fahrpreis, wenn Sie mich in vierzig Minuten hinbringen.« Gerade als sie losfuhren, öffnete sich die Tür von Nummer 44, und ein junger Mann, der ihnen heftig zuwinkte, stürmte die Stufen hinab.

»Stopp!«, rief Giles. Das Taxi hielt mit quietschenden Bremsen.

»Sie sollten schon wissen, was Sie wollen, Chef.«

Giles kurbelte das Fenster herunter, während der junge Mann auf ihn zurannte.

»Ich bin Bruno Martinez«, sagte er. »Sie sind nicht zum Flughafen gefahren. Sie sind auf dem Weg nach Southampton und wollen auf die SS *South America*.«

»Wann soll das Schiff ablegen?«, fragte Giles.

»Heute Abend mit der letzten Flut um neun.«

»Danke«, sagte Giles. »Ich werde Sebastian sagen, dass ...«

»Nein, bitte, machen Sie das nicht, Sir«, sagte Bruno. »Und was immer Sie auch tun, bitte erzählen Sie meinem Vater nicht, dass ich mit Ihnen gesprochen habe.«

Keiner von ihnen bemerkte, dass jemand aus einem der Fenster von Nummer 44 sah.

Sebastian genoss es, im Fond eines Rolls-Royce zu sitzen, und er war überrascht, als sie in Battersea anhielten.

»Sind Sie schon jemals mit einem Hubschrauber geflogen?«, fragte Don Pedro.

»Nein, Sir. Ich war auch noch nie in einem Flugzeug.«

»Das wird unsere Reise um zwei Stunden verkürzen. Wenn Sie für mich arbeiten, werden Sie schnell lernen, dass Zeit Geld ist.«

Der Hubschrauber stieg in den Himmel auf und flog dann einen Bogen nach rechts in Richtung Southampton. Sebastian sah hinab auf den abendlichen Verkehr, der sich im Schneckentempo aus London schob.

»Southampton schaffe ich nicht in vierzig Minuten«, sagte der Taxifahrer.

»Natürlich nicht«, erwiderte Giles, »aber wenn Sie mich zum Hafen bringen, bevor die SS *South America* ablegt, zahle ich Ihnen trotzdem den doppelten Fahrpreis.«

Das Taxi schoss davon wie ein Vollblüter, der aus seiner Startbox stürmt, und der Fahrer tat sein Bestes, um durch den Feierabendverkehr zu kommen. Er fuhr fast immer mit Höchstgeschwindigkeit, raste durch Seitenstraßen, von deren Existenz Giles nie etwas geahnt hatte, wechselte manchmal sogar auf die Gegenfahrbahn, wobei er den Wagen erst in letzter Sekunde wieder auf die eigene Fahrspur zurückkriss, und fuhr über Ampeln, die längst rot waren. Trotzdem dauerte es über eine Stunde, bis er die Winchester Road erreicht hatte – die jedoch aufgrund von Bauarbeiten nur einspurig befahren werden konnte, sodass sie nicht schneller vorankamen als der langsamste Fahrer. Giles sah aus dem Fenster, doch zumindest momentan wurde nicht gerade besonders fleißig an dieser Straße gebaut.

Immer wieder warf er einen Blick auf die Uhr, doch nur der Sekundenzeiger schien sich mit konstanter Geschwindigkeit zu bewegen, und die Chance, dass sie es vor neun bis zum Hafen schaffen würden, wurde zusehends geringer. Er betete darum, dass das Schiff wenigstens ein paar Minuten lang aufgehalten würde, obwohl er wusste, dass der Kapitän es sich nicht erlauben konnte, die Flut zu verpassen.

Giles lehnte sich zurück und dachte über Brunos Worte nach. *Was immer Sie auch tun, bitte erzählen Sie meinem Vater nicht, dass ich mit Ihnen gesprochen habe.* Sebastian hätte sich nicht mehr von einem Freund erhoffen können. Giles sah wieder auf die Uhr. Halb acht. Wie konnte der Butler in einer so simplen Frage einen Fehler machen, als er behauptet hatte, sie befänden sich auf dem Weg zum London Airport? Viertel vor acht. Aber es war gar kein Fehler, denn der Mann hatte ihn mit »Sir Giles« angesprochen, obwohl er unmöglich wissen konnte, dass ausgerechnet er an der Tür erscheinen würde. Es sei denn … acht Uhr. Und als der Butler gesagt hatte, *sie* seien auf dem Weg zum Flughafen, welche andere Person hatte er damit gemeint? Brunos Vater? Viertel nach acht. Giles hatte noch keine überzeugende Antwort auf diese Fragen gefunden, als das Taxi die Winchester Road verließ und in Richtung Hafen fuhr. Halb neun. Giles bemühte sich, sein Unbehagen beiseitezuschieben und darüber nachzudenken, was zu tun war, wenn es ihnen gelang, den Hafen noch vor dem Ablegen des Schiffs zu erreichen. Viertel vor neun.

»Schneller!«, forderte er, obwohl er annehmen musste, dass der Fahrer das Gaspedal bereits durchgedrückt hatte. Endlich konnte er das mächtige Passagierschiff erkennen, das von Augenblick zu Augenblick größer wurde, und er begann zu glauben, dass sie es gerade noch schaffen könnten. Doch dann hörte er das Geräusch, das er schon die ganze Zeit über gefürchtet hatte: drei lange, laute Töne des Nebelhorns.

»Zeit und Flut warten auf niemanden«, sagte der Fahrer – eine Erkenntnis, ohne die Giles in diesem Augenblick gut hätte leben können.

Das Taxi hielt direkt neben der *South America*, doch die Passagiertreppe war bereits entfernt und die Leinen gelöst worden, sodass sich das gewaltige Schiff langsam von der Hafenmauer wegbewegen und in die offene See gleiten konnte.

Giles fühlte sich hilflos, als er sah, wie zwei Schlepper das Schiff in Richtung Flussmündung zogen. Es sah aus, als würden zwei Ameisen einen Elefanten in ein sicheres Gelände geleiten.

»Das Büro des Hafenmeisters!«, rief er, auch wenn er nicht wusste, wo es sich befand. Der Fahrer musste zweimal anhalten und nach der Richtung fragen, bevor er schließlich vor dem einzigen Bürogebäude hielt, in dem noch Lichter brannten.

Giles sprang aus dem Taxi und stürmte ohne anzuklopfen in das Büro des Hafenmeisters. Dort sah er sich drei verblüfften Männern gegenüber.

»Wer sind Sie?«, wollte einer von ihnen wissen, der die Uniform der Hafenbehörde trug. Seine Jacke wies einen goldenen Streifen mehr auf als die Uniform seiner Kollegen.

»Sir Giles Barrington. Mein Neffe befindet sich an Bord dieses Schiffes«, sagte er und deutete aus dem Fenster. »Gibt es irgendeine Möglichkeit, ihn vom Schiff zu holen?«

»Ich glaube nicht, Sir, es sei denn, der Kapitän wäre bereit, das Schiff anzuhalten und ihn in einen unserer Schlepper hinabzulassen, was ich für höchst unwahrscheinlich halte. Aber ich werde es versuchen. Wie lautet der Name des Passagiers?«

»Sebastian Clifton. Er ist noch minderjährig, und ich habe die Erlaubnis seiner Eltern, ihn von diesem Schiff zu holen.«

Der Hafenmeister griff nach seinem Mikrofon und betätigte einige Knöpfe auf einem Schaltbrett, um eine Verbindung mit dem Kapitän herzustellen.

»Ich möchte Ihnen keine falschen Hoffnungen machen«, sagte er. »Aber der Kapitän und ich haben zusammen in der Royal Navy gedient, also …«

»Hier ist der Kapitän der SS *South America*«, sagte eine Stimme, die sich sehr englisch anhörte.

»Hier ist Bob Walters, Skipper. Wir haben ein Problem, und ich wäre dir dankbar für jede Hilfe, die du uns geben könntest«, sagte der Hafenmeister, bevor er dem Kapitän Giles' Bitte mitteilte.

»Unter normalen Umständen gerne, Bob«, antwortete der Kapitän, »aber heute ist der Reeder auf der Brücke, und deshalb muss ich erst ihn um Erlaubnis fragen.«

»Danke«, sagten Giles und der Hafenmeister gleichzeitig, als die Verbindung beendet wurde.

»Gibt es irgendwelche Umstände, unter denen Sie berechtigt wären, sich über die Entscheidung des Kapitäns hinwegzusetzen?«, fragte Giles, während sie warteten.

»Nur solange sich das Schiff noch in der Flussmündung befindet. Sobald es den nördlichen Leuchtturm passiert hat, befindet es sich offiziell im Ärmelkanal, und dort enden meine Befugnisse.«

»Aber solange sich das Schiff noch innerhalb der Flussmündung befindet, haben Sie das Recht, dem Kapitän einen Befehl zu erteilen?«

»Ja, Sir. Aber vergessen Sie nicht, es handelt sich um ein ausländisches Schiff, und wir wollen doch keinen diplomatischen

Zwischenfall riskieren. Ich würde mich über eine Entscheidung des Kapitäns nur dann hinwegsetzen, wenn ich davon überzeugt wäre, dass eine kriminelle Handlung stattfindet.«

»Warum dauert das nur so lange?«, fragte Giles, während die Minuten vergingen. Plötzlich war ein Knacken in der Leitung zu hören.

»Tut mir leid, Bob, der Reeder ist nicht bereit, auf deine Bitte einzugehen. Wir nähern uns bereits der äußeren Hafenmauer und werden in Kürze den Ärmelkanal erreicht haben.«

Giles griff nach dem Mikrofon des Hafenmeisters. »Hier ist Sir Giles Barrington. Bitte holen Sie den Reeder an den Apparat. Ich möchte persönlich mit ihm sprechen.«

»Tut mir leid, Sir Giles«, sagte der Kapitän, »aber Mr. Martinez hat die Brücke verlassen und sich in seine Kabine zurückgezogen. Er hat die strikte Anweisung gegeben, dass er nicht gestört werden will.«

HARRY CLIFTON

1957

33

Harry hatte immer geglaubt, es gäbe nichts auf der Welt, das den Stolz übertreffen würde, den er empfunden hatte, als Sebastian ein Stipendium für Cambridge zuerkannt worden war. Er irrte sich. Er war genauso stolz, als er jetzt sah, wie seine Frau die Stufen zum Podium hinaufging, um von Wallace Sterling, dem Präsidenten der Stanford University, ihren summa cum laude bestandenen Studienabschluss in Wirtschaftswissenschaften entgegenzunehmen.

Harry wusste besser als jeder andere, welche Opfer Emma hatte bringen müssen, um dem außerordentlich hohen Anspruch zu genügen, den Professor Feldman an sich selbst und an seine Studenten stellte; überdies hatte Feldman mit den Jahren deutlich gemacht, dass er von Emma sogar noch mehr erwartete.

Als sie, wie die anderen Studenten vor ihr, in ihrem marineblauen Talar unter herzlichem Applaus die Bühne verließ, warf sie ihren Doktorhut fröhlich in die Luft zum Zeichen, dass ihre Tage als Studienanfängerin hinter ihr lagen. Sie fragte sich, was ihre gute Mutter dazu gesagt hätte, dass sich eine sechsunddreißig Jahre alte englische Dame so verhielt – und noch dazu in der Öffentlichkeit.

Harrys Blick wanderte von seiner Frau zu dem angesehenen Wirtschaftsprofessor, der nur wenige Stühle vom Universitätspräsidenten entfernt auf der Bühne saß. Cyrus Feldman versuchte erst gar nicht, seine Gefühle zu verbergen, als seine Lieblingsstudentin an der Reihe war. Er war der Erste, der aufsprang, um Emma zu applaudieren, und er war der Letzte, der sich wieder setzte. Harry fragte sich oft, wie es seiner Frau auf subtile Weise gelang, dass sich mächtige Männer – vom Pulitzerpreisträger bis zum Vorstandsvorsitzenden – ihrem Willen ebenso beugten, wie es bereits bei ihrer Mutter der Fall gewesen war.

Wie stolz wäre Elizabeth auf ihre Tochter gewesen, wenngleich sie nicht stolzer hätte sein können als seine eigene Mutter, denn Maisies Weg war in jedem einzelnen Schritt genauso mühsam gewesen, bis sie endlich die Buchstaben BA hinter ihren Namen hatte setzen können.

Harry und Emma hatten am Abend zuvor mit Professor Feldman und seiner langmütigen Gattin Ellen zu Abend gegessen. Feldman hatte die Augen nicht von Emma lösen können, und er hatte sogar vorgeschlagen, sie solle nach Stanford zurückkehren, um unter seiner persönlichen wissenschaftlichen Begleitung zu promovieren.

»Und was wird dann aus meinem armen Ehemann?«, hatte sie geantwortet und ihren Arm unter Harrys Arm geschoben.

»Er wird lernen müssen, ein paar Jahre lang ohne Sie auszukommen«, hatte Feldman gesagt und auch bei dieser Gelegenheit gar nicht erst versucht zu verbergen, was ihm wirklich vorschwebte. Viele heißblütige Engländer hätten angesichts eines solchen Vorschlags gegenüber ihrer Frau Feldman einen Schlag auf die Nase gegeben, und jeder hätte es verstanden, wenn eine weniger tolerante Frau als Mrs. Feldman dem Beispiel ihrer drei Vorgängerinnen gefolgt wäre und die Scheidung eingereicht hätte. Doch Harry lächelte nur, und Mrs. Feldman tat so, als bemerke sie nichts.

Harry war mit Emmas Vorschlag einverstanden, sofort nach

der Abschlussfeier nach England zurückzufliegen, denn sie wollte wieder im Manor House sein, bevor Sebastian aus Beechcroft zurückkäme. Ihr Sohn, so meinte sie, sei jetzt kein Schuljunge mehr, und es dauerte nur noch drei Monate, bis er sein Studium aufnehmen würde.

Nachdem die Abschlusszertifikate verliehen worden waren, schlenderte Emma über den Rasen, genoss die entspannte Atmosphäre und nutzte die Gelegenheit, um einige ihrer Studienkollegen kennenzulernen, die wie sie selbst zahllose Stunden mit Lernen verbracht hatten und die anderen zum ersten Mal bei dieser Feier trafen. Ehepartner wurden vorgestellt, Familienfotos herumgereicht und Adressen ausgetauscht.

Als die Kellner um sechs Uhr begannen, die Stühle zusammenzuklappen, die leeren Champagnerflaschen einzusammeln und die letzten leeren Servierplatten aufeinanderzustapeln, schlug Harry vor, ins Hotel zurückzugehen.

Den ganzen Weg bis zum Fairmount hörte Emma nicht auf zu reden, und das änderte sich auch nicht, als sie packten, im Taxi zum Flughafen fuhren und in der Erste-Klasse-Lounge auf den Flug warteten. Doch kaum hatte sie das Flugzeug bestiegen, ihren Platz eingenommen und den Sicherheitsgurt umgelegt, schloss sie die Augen und fiel sofort in einen tiefen Schlaf.

»Du hörst dich an wie ein Mann in mittleren Jahren«, sagte Emma, als sie sich auf die lange Fahrt vom London Airport zum Manor House machten.

»Ich bin in den mittleren Jahren«, erwiderte Harry. »Ich bin siebenunddreißig, und was noch schlimmer ist: Junge Frauen haben angefangen, mich ›Sir‹ zu nennen.«

»Nun, ich habe nicht das Gefühl, dass ich schon in den mittleren Jahren bin«, sagte Emma und sah auf die Karte. »Nimm nach der nächsten Ampel die Abzweigung nach rechts, dann kommst du auf die Great Bath Road.«

»Das liegt daran, dass das Leben für dich gerade erst begonnen hat.«

»Was meinst du damit?«

»Genau das, was ich gesagt habe. Du hast eben erst deinen Abschluss gemacht und einen Sitz im Vorstand von Barrington's angenommen. Beides eröffnet dir ein ganz neues Leben. Du musst zugeben, dass noch vor zwanzig Jahren beides unmöglich gewesen wäre.«

»Und jetzt war es nur möglich, weil Cyrus Feldman und Ross Buchanan kluge Männer sind, die Frauen als gleichberechtigte Menschen behandeln. Und vergiss nicht, dass Giles und mir zusammen zweiundzwanzig Prozent der Firma gehören, und Giles hat nie das geringste Interesse an einem Sitz im Vorstand erkennen lassen.«

»Das mag schon sein, aber wenn die Leute sehen, wie gut du deine Aufgaben dort erledigst, lassen sich die Vorstände anderer Firmen vielleicht davon überzeugen, Ross' Beispiel zu folgen.«

»Mach dir nichts vor. Es wird noch Jahrzehnte dauern, bis fähige Frauen die Chance bekommen werden, die Positionen unfähiger Männer zu übernehmen.«

»Dann wollen wir hoffen, dass es wenigstens für Jessica einmal anders sein wird. Ich wünsche mir wirklich, dass sie andere Ziele im Leben hat, als kochen zu lernen und einen passenden Ehemann zu finden, wenn sie mit der Schule fertig ist.«

»Glaubst du etwa, dass das meine Ziele im Leben waren?«

»Falls ja, hast du keines von beiden erreicht«, sagte Harry. »Und vergiss nicht: *Du* hast *mich* ausgewählt, als du elf warst.«

»Zehn«, erwiderte Emma. »Und danach hat es noch einmal sieben Jahre gedauert, bis du etwas davon mitbekommen hast.«

»Mag sein«, sagte Harry. »Aber nur weil wir beide einen Platz in Oxford bekommen haben und Grace Dozentin in Cambridge ist, sollten wir nicht davon ausgehen, dass Jessica denselben Weg einschlagen möchte.«

»Genau. Warum sollte sie das auch tun wollen angesichts ihrer Begabung? Ich weiß, dass sie voller Bewunderung für das ist, was Sebastian erreicht hat, aber ihre Vorbilder sind Barbara Hepworth und jemand namens Mary Cassatt, weshalb ich darüber nachgedacht habe, welche Alternativen ihr offenstehen.« Wieder warf Emma einen Blick auf die Karte. »Nach etwa einer halben Meile solltest du rechts abbiegen. Da müsste ein Schild nach Reading kommen.«

»Was habt ihr beide hinter meinem Rücken ausgetüftelt?«, fragte Harry.

»Wenn Jessica gut genug ist – und ihre Kunstlehrerin hat mir versichert, dass es sich so verhält –, dann möchte ich, dass sie sich um einen Studienplatz am Royal College of Art oder an der Slade School of Fine Art bewirbt.«

»Ist nicht Miss Fielding selbst auf die Slade gegangen?«

»Ja, und sie erinnert mich ständig daran, dass Jessica mit fünfzehn eine viel bessere Künstlerin ist, als sie es selbst in ihrem Abschlussjahr war.«

»Das muss ziemlich bitter sein.«

»So kann nur ein Mann reagieren. In Wahrheit ist Miss Fielding daran interessiert, dass Jessica ihr Potenzial lediglich voll ausschöpft. Sie möchte, dass sie das erste Mädchen aus der Red Maids' ist, das einen Studienplatz am Royal College bekommt.«

»Das wäre dann ein doppelter Erfolg«, sagte Harry, »denn Seb ist der erste Junge der Beechcroft Abbey, der ein volles Stipendium für Cambridge zugesprochen bekommt.«

»Der erste seit 1922«, korrigierte ihn Emma. »Fahr beim nächsten Kreisverkehr nach links.«

»Sie müssen dich wirklich lieben im Vorstand von Barrington's«, sagte Harry, als er ihrer Anweisung folgte. »Übrigens, nur für den Fall, dass du es vergessen hast, mein neuestes Buch erscheint nächste Woche.«

»Schicken sie dich an irgendeinen interessanten Ort, um dafür Werbung zu machen?«

»Am Freitag halte ich eine Rede bei einem literarischen Lunch, der von der *Yorkshire Post* ausgerichtet wird, und die Zeitungsleute haben mir gesagt, dass dabei so viele Karten verkauft wurden, dass die Veranstaltung von einem Hotel auf die Pferderennbahn in York verlegt wurde.«

Emma beugte sich hinüber und gab ihm einen Kuss auf die Wange: »Herzlichen Glückwunsch, mein Liebling!«

»Das liegt nicht an mir, fürchte ich, denn ich bin nicht der einzige Redner.«

»Sag mir den Namen deines Rivalen, damit ich ihn umbringen lassen kann.«

»*Ihr* Name ist Agatha Christie.«

»Dann ist William Warwick jetzt endlich ein würdiger Herausforderer von Hercule Poirot?«

»Noch nicht, fürchte ich. Aber Miss Christie hat schließlich schon neunundvierzig Romane geschrieben, und ich habe gerade erst meinen fünften beendet.«

»Vielleicht hast du sie eingeholt, bis *du* neunundvierzig Romane geschrieben hast.«

»Schön wär's. Was hast du eigentlich vor, während ich durchs Land ziehe und versuche, auf die Bestsellerliste zu kommen?«

»Ich habe Ross gesagt, dass ich am Montag im Büro vorbeischauen werde, um mich mit ihm zu unterhalten. Ich will versuchen, ihn davon zu überzeugen, den Bau der *Buckingham* nicht fortzusetzen.«

»Warum?«

»Es ist einfach nicht die Zeit, so viel Geld in einen Luxusliner zu investieren, wo es immer mehr Passagiere gibt, die lieber fliegen.«

»Das kann ich gut verstehen. Obwohl ich persönlich viel lieber mit dem Schiff nach New York reisen würde als mit dem Flugzeug.«

»Das liegt daran, dass du ein Mann in den mittleren Jahren bist«, sagte Emma und klopfte ihm auf den Oberschenkel. »Außerdem habe ich Giles versprochen, in Barrington Hall vorbeizuschauen und mich darum zu kümmern, dass Marsden alles vorbereitet hat, wenn er und Gwyneth am Wochenende dort sein werden.«

»Marsden wird alles geradezu perfekt vorbereitet haben.«

»Er wird nächstes Jahr sechzig, und ich weiß, dass er darüber nachdenkt, in Rente zu gehen.«

»Es wird nicht leicht sein, ihn zu ersetzen«, sagte Harry, als sie am Schild nach Bristol vorbeikamen.

»Gwyneth will ihn nicht ersetzen. Sie sagt, es ist höchste Zeit, dass irgendjemand Giles in die zweite Hälfte des zwanzigsten Jahrhunderts schleift.«

»Was hat sie vor?«

»Sie glaubt, dass es nach den nächsten Wahlen eine Labour-Regierung geben könnte, und da Giles dann höchstwahrscheinlich Minister werden würde, möchte sie ihn auf seine zukünftige Rolle vorbereiten. Ständig von Bediensteten verhätschelt zu werden gehört eindeutig nicht dazu. Der einzige Dienst, der ihm ihrer Meinung nach in Zukunft zur Seite stehen soll, ist der öffentliche.«

»Giles hat wirklich Glück, dass er Gwyneth begegnet ist.«

»Findest du nicht, dass er dem armen Mädchen so langsam einen Heiratsantrag machen sollte?«

»Ja, allerdings. Aber das, was er mit Virginia erlebt hat, wirkt bei ihm wohl immer noch nach, und ich glaube nicht, dass er schon bereit ist, eine so enge Bindung einzugehen.«

»Dann sollte er sich besser darum bemühen, diese Bereitschaft in absehbarer Zeit zu finden, denn Frauen wie Gwyneth gibt es nicht allzu oft«, sagte Emma und wandte sich wieder ihrer Karte zu.

Harry überholte einen Lastwagen. »Ich kann mich immer noch nicht an den Gedanken gewöhnen, dass Seb kein Schuljunge mehr ist.«

»Hast du irgendetwas geplant für sein erstes Wochenende zu Hause?«

»Ich wollte morgen mit ihm zum Spiel von Gloucestershire gegen Blackheat auf dem County Ground gehen.«

»Das dürfte wirklich der Charakterbildung dienen, wenn er sich eine Mannschaft ansieht, die häufiger verliert als gewinnt.«

»Und vielleicht könnten wir alle nächste Woche an irgendeinem Abend ins Old Vic gehen«, fuhr er fort, indem er ihren Kommentar ignorierte.

»Was läuft denn?«

»*Hamlet*.«

»Und wer spielt den Prinzen?«

»Peter O'Toole, ein junger Schauspieler, den Seb ›angesagt‹ nennt – was immer das auch heißen mag.«

»Es wird wunderbar sein, Seb wieder im Sommer bei uns zu haben. Vielleicht sollten wir eine Party veranstalten, bevor er nach Cambridge fährt. Ihm die Möglichkeit geben, ein paar Mädchen kennenzulernen.«

»Für Mädchen hat er noch mehr als genug Zeit. Es ist wirklich eine Schande, dass die Regierung den allgemeinen Wehrdienst nicht fortführt. Seb wäre ein so feiner Offizier geworden, und es hätte ihn sicher weitergebracht, wenn er für andere hätte Verantwortung übernehmen müssen.«

»Du bist kein Mann in den mittleren Jahren«, sagte Emma, als sie in die Auffahrt zum Haus einbogen, »du bist definitiv prähistorisch.«

Harry lachte und brachte den Wagen vor dem Manor House zum Stehen. Erfreut sah er, dass Jessica auf der obersten Stufe saß und auf sie wartete.

»Wo ist Seb?«, war Emmas erste Frage, als sie aus dem Auto stieg und Jessica umarmte.

»Er ist gestern nicht aus der Schule zurückgekommen. Vielleicht ist er direkt nach Barrington Hall gegangen und hat bei Onkel Giles übernachtet.«

»Ich dachte, Giles ist in London«, sagte Harry. »Ich werde ihn anrufen und sehen, ob die beiden zum Dinner zu uns kommen möchten.«

Harry stieg die Stufen hinauf und ging ins Haus. Er nahm das Telefon in der Eingangshalle ab und wählte eine örtliche Nummer.

»Wir sind wieder da«, erklärte er, als er hörte, wie Giles sich meldete.

»Willkommen daheim, Harry. Hattet ihr eine gute Zeit in Amerika?«

»Es hätte nicht besser sein können. Emma hat natürlich allen die Show gestohlen. Ich glaube, Feldman will, dass sie seine fünfte Frau wird.«

»Nun, das hätte einige unbestreitbare Vorteile«, sagte Giles. »Die Ehen dieses Mannes halten nie lang, und da die beiden in

Kalifornien heiraten würden, wäre die Scheidung am Ende überaus lukrativ.«

Harry lachte. »Übrigens, ist Seb bei dir?«

»Nein. Genau genommen habe ich ihn schon länger nicht gesehen. Aber ich bin sicher, dass er nicht weit sein kann. Warum rufst du nicht einfach die Schule an, um zu erfahren, ob er noch dort ist? Ruf mich an, wenn du weißt, wo er steckt, denn ich habe Neuigkeiten für euch.«

»Werd ich tun«, sagte Harry. Er legte auf und suchte die Nummer des Rektors in seinem Notizbuch heraus.

»Mach dir keine Sorgen, Liebling, er ist kein Schuljunge mehr, wie du selbst immer wieder betonst«, sagte Harry, als er Emmas besorgte Miene sah. »Ich bin sicher, es gibt eine einfache Erklärung.« Er wählte Beechcroft 117, und während er darauf wartete, dass jemand sich meldete, nahm er seine Frau in die Arme.

»Hier Dr. Banks-Williams.«

»Rektor, hier ist Harry Clifton. Es tut mir leid, Sie nach Beendigung des Schuljahres zu stören, aber ich habe mich gefragt, ob Sie irgendeine Vorstellung haben, wo mein Sohn Sebastian sein könnte.«

»Ich habe keine Ahnung, Mr. Clifton. Ich habe ihn nicht mehr gesehen, seit er Anfang der Woche vom Unterricht ausgeschlossen wurde.«

»Vom Unterricht ausgeschlossen?«

»Ich fürchte, ja, Mr. Clifton. Ich denke, mir blieb kaum eine andere Wahl.«

»Aber was hat er getan, um eine solche Strafe zu verdienen?«

»Mehrere kleine Vergehen, einschließlich Rauchen.«

»Und irgendwelche größeren Vergehen?«

»Er wurde dabei erwischt, wie er in seinem Lernzimmer zusammen mit einem Serviermädchen etwas getrunken hat.«

»Und dieses Vergehen musste mit einem Ausschluss vom Unterricht bestraft werden?«

»Weil es sich um die letzte Unterrichtswoche handelte, wäre ich vielleicht bereit gewesen, beide Augen zuzudrücken, doch unglücklicherweise hatte keiner der Beteiligten irgendetwas an.«

Harry unterdrückte ein Lachen. Er war froh, dass Emma die andere Seite der Unterhaltung nicht hören konnte.

»Als ich ihn am folgenden Tag zu mir bat – den für sein Haus verantwortlichen Lehrer hatte ich bereits konsultiert –, teilte ich ihm nach reiflicher Überlegung mit, dass mir keine andere Möglichkeit blieb, als ihn vom Unterricht auszuschließen. Ich gab ihm einen Brief, den er Ihnen aushändigen sollte. Es ist offensichtlich, dass er das nicht getan hat.«

»Aber wo kann er nur sein?«, fragte Harry, der zum ersten Mal begann, sich Sorgen zu machen.

»Ich habe keine Ahnung. Ich kann Ihnen nur versichern, dass der für sein Haus verantwortliche Lehrer ihm eine Fahrkarte Dritter Klasse nach Temple Meads zur Verfügung gestellt hat und ich angenommen hatte, dass ich ihn nie wiedersehen würde. Ich musste jedoch noch am gleichen Nachmittag nach London fahren, um an einem Dinner der Old Boys teilzunehmen, und zu meiner Überraschung sah ich, dass wir mit demselben Zug fuhren.«

»Haben Sie ihn gefragt, warum er nach London wollte?«

»Das hätte ich getan«, antwortete der Rektor in trockenem Ton, »wenn er das Abteil bei meinem Anblick nicht unverzüglich verlassen hätte.«

»Warum hat er denn *das* getan?«

»Wahrscheinlich, weil er geraucht hat und ich ihn zuvor gewarnt hatte, dass er offiziell der Schule verwiesen würde, sollte er während des Schuljahres noch eine weitere Verhaltensregel brechen. Und er wusste nur zu gut, dass ich bei einem Schulverweis den Tutor, der für die Zulassungen in Cambridge verantwortlich ist, anrufen und ihm empfehlen würde, das Stipendium zurückzuziehen.«

»Und, haben Sie es getan?«

»Nein, ich habe es nicht getan. Bedanken Sie sich dafür bei meiner Frau. Wenn es nach mir gegangen wäre, wäre er der Schule verwiesen worden und hätte seinen Platz in Cambridge verloren.«

»Weil er geraucht hat – und das nicht einmal auf dem Schulgelände?«

»Das war nicht sein einziges Vergehen. Darüber hinaus saß er in der Ersten Klasse, obwohl er kein Geld für eine Fahrkarte Erster Klasse besaß und er zuvor den für sein Haus verantwortlichen Lehrer belogen hatte, indem er diesem versicherte, er werde direkt nach Bristol zurückfahren. Zusammen mit seinen anderen Vergehen hätte dieses Verhalten vollkommen genügt, um mich davon zu überzeugen, dass er keinen Platz an meiner alten Universität verdient hat. Ich zweifle nicht daran, dass ich meine Milde noch bereuen werde.«

»Und das war die Gelegenheit, bei der Sie ihn zuletzt gesehen haben?«, sagte Harry und bemühte sich, ruhig zu bleiben.

»Ja, und ich will hoffen, dass ich ihn in Zukunft nicht noch einmal sehen muss«, antwortete der Rektor und legte auf.

Harry berichtete Emma die andere Hälfte der Unterhaltung, wobei er nur den Zwischenfall mit dem Serviermädchen ausließ.

»Aber wo könnte er jetzt sein?«, fragte Emma besorgt.

»Ich werde zunächst Giles anrufen, um ihm zu berichten, was passiert ist, bevor wir entscheiden, was als Nächstes zu tun ist.«

Harry griff erneut nach dem Hörer und nahm sich Zeit, Giles gegenüber die Unterhaltung mit dem Rektor fast wörtlich wiederzugeben.

Giles schwieg einige Augenblicke. »Es ist nicht schwierig, sich vorzustellen, was in Sebs Kopf vorgegangen sein muss, nachdem er Banks-Williams im Zug begegnet ist.«

»Nun, ich will verdammt sein, wenn *ich* mir das vorstellen kann«, sagte Harry.

»Versetz dich doch mal in seine Lage«, erwiderte Giles. »Er glaubt, dass er von der Schule geflogen ist und seinen Platz in Cambridge verloren hat, weil der Rektor ihn im Zug nach London beim Rauchen erwischt hat – einem Zug, in dem er sitzt, ohne dass er die Erlaubnis dazu hätte. Ich vermute, er hat ganz einfach Angst, nach Hause zu kommen und dir und Emma gegenüberzutreten.«

»Dieses Problem hat sich ja jetzt erledigt, aber trotzdem müssen wir ihn immer noch finden. Wenn ich jetzt gleich nach London fahre, kann ich dann in deiner Wohnung am Smith Square unterkommen?«

»Selbstverständlich, aber das wäre unsinnig, Harry. Du solltest bei Emma im Manor House bleiben. Ich fahre nach London, und dann ist in jeder Stadt einer von uns.«

»Aber du wolltest doch das Wochenende mit Gwyneth verbringen – nur für den Fall, dass du das vergessen hast.«

»Und Seb ist immer noch mein Neffe, Harry – nur für den Fall, dass du das vergessen hast.«

»Danke«, sagte Harry.

»Ich werde dich anrufen, sobald ich in London bin.«

»Du hattest gesagt, du hättest Neuigkeiten für uns?«

»Das ist jetzt nicht wichtig. Jedenfalls nicht so wichtig, wie Seb zu finden.«

Giles fuhr noch am selben Abend nach London, und als er in seiner Wohnung am Smith Square ankam, bestätigte ihm seine Haushälterin, dass Sebastian sich bisher nicht gemeldet hatte.

Sobald Giles Harry diese Nachricht mitgeteilt hatte, rief er den stellvertretenden Polizeipräsidenten von Scotland Yard an. Der Mann war überaus verständnisvoll, doch er teilte Giles mit, dass jeden Tag etwa ein Dutzend Kinder in London als vermisst gemeldet würden, wobei die meisten von ihnen deutlich jünger als Sebastian waren. In einer Stadt von acht Millionen Einwohnern ein vermisstes Kind aufzuspüren glich der Suche nach einer Nadel im Heuhaufen. Er versprach Giles jedoch, die entsprechende Information an alle Polizeidienststellen im Großraum London weiterzugeben.

Bis spät in die Nacht riefen Harry und Emma Sebastians Großmutter Maisie, seine Tante Grace, Deakins, Ross Buchanan, Griff Haskins und sogar Miss Parish an, um herauszufinden, ob Sebastian zu einem von ihnen Kontakt aufgenommen hatte. Am folgenden Tag sprach Harry mehrmals mit Giles, doch dieser hatte nichts Neues zu berichten. Eine Nadel im Heuhaufen, wiederholte er.

»Wie kommt Emma damit zurecht?«

»Nicht gut. Je mehr Zeit vergeht, umso größer werden ihre Befürchtungen.«

»Und Jessica?«

»Ist untröstlich.«

»Ich rufe dich sofort an, wenn ich irgendetwas erfahre.«

Am folgenden Nachmittag rief Giles Harry aus dem Unterhaus an, um ihm mitzuteilen, dass er sich unverzüglich auf den Weg nach Paddington machen werde; eine Frau, die etwas über Sebastian wusste, hatte darum gebeten, mit ihm zu sprechen.

Harry und Emma saßen neben dem Telefon, denn sie erwarteten, dass Giles im Laufe der nächsten Stunde noch einmal anrufen würde, doch er meldete sich erst nach neun Uhr an jenem Abend wieder.

»Sag mir, dass er gesund ist und dass es ihm gut geht«, sagte Emma, nachdem sie Harry den Hörer aus der Hand genommen hatte.

»Er ist gesund, und es geht ihm gut«, erwiderte Giles, »aber ich fürchte, das ist auch schon die einzige erfreuliche Nachricht. Er ist auf dem Weg nach Buenos Aires.«

»Was soll das heißen?«, fragte Emma. »Was hat Seb in Buenos Aires verloren?«

»Ich habe keine Ahnung. Ich kann dir nur sagen, dass er sich an Bord der SS *South America* befindet, und zwar zusammen mit Pedro Martinez, dem Vater eines seiner Schulfreunde.«

»Bruno«, sagte Emma. »Ist er auch mit an Bord?«

»Nein, sicher nicht, denn ich habe ihn im Haus seines Vaters am Eaton Square gesehen.«

»Wir werden sofort nach London fahren«, sagte Emma. »Dann können wir gleich morgen früh Bruno besuchen.«

»Ich glaube nicht, dass das unter diesen Umständen klug wäre«, erwiderte Giles.

»Warum nicht?«, wollte Emma wissen.

»Aus mehreren Gründen, vor allem aber deshalb, weil ich gerade einen Anruf von Sir Alan Redmayne, dem Kabinettssekretär, erhalten habe. Er hat uns drei für morgen, zehn Uhr, in die Downing Street gebeten, und ich glaube nicht, dass das ein Zufall ist.«

34

»Guten Tag, Sir Alan«, sagte Giles, als die drei in das Büro des Kabinettssekretärs gebeten wurden. »Darf ich Ihnen meine Schwester Emma und meinen Schwager Harry Clifton vorstellen?«

Sir Alan Redmayne gab Harry und Emma die Hand, bevor er ihnen seinerseits Mr. Hugh Spencer vorstellte.

»Mr. Spencer ist stellvertretender Minister im Schatzamt«, erklärte er. »Der Grund für seine Anwesenheit wird im Laufe unseres Gesprächs deutlich werden.«

Alle nahmen an einem runden Tisch in der Mitte des Zimmers Platz.

»Mir ist bewusst, dass wir uns in einer überaus wichtigen Angelegenheit zu dieser Besprechung zusammengefunden haben«, sagte Sir Alan, »doch bevor wir beginnen, möchte ich Ihnen, Mr. Clifton, gerne sagen, dass ich ein begeisterter Leser der Abenteuer von William Warwick bin. Ihr neuestes Buch liegt auf dem Nachttisch meiner Frau, weshalb ich es unglücklicherweise erst werde lesen können, wenn sie mit der letzten Seite fertig ist.«

»Das ist sehr freundlich von Ihnen, Sir.«

»Zunächst möchte ich Ihnen erklären, warum wir Sie so kurzfristig um Ihr Erscheinen bitten mussten«, sagte Sir Alan in verändertem Ton. »Ich möchte Ihnen, Mr. und Mrs. Clifton, versichern, dass uns das Wohlergehen Ihres Sohnes genauso sehr am Herzen liegt wie Ihnen, auch wenn unsere Interessen in dieser Sache sich von den Ihren unterscheiden mögen. Das Interesse der Regierung«, fuhr er fort, »konzentriert sich vor allem auf einen Mann namens Don Pedro Martinez, der seine Finger in so vielen schmutzigen Angelegenheiten stecken hat, dass wir inzwischen einen ganzen Schrank für seine Akten bereitstellen mussten. Mr. Martinez ist argentinischer Bürger mit einem Stadthaus am Eaton Square, einem Landhaus in Shillingford, drei Ozeanriesen, einer Reihe von Polo-Ponys, die in den Ställen des Guards Polo Club im Windsor Great Park untergebracht sind, sowie einer eigenen Pferdebox in Ascot. Während der Rennsaison kommt er immer nach London, wo er einen großen Freundeskreis und zahllose Geschäftspartner besitzt, die ihn für einen reichen Rinderbaron halten. Und das liegt auf den ersten Blick durchaus nahe. Er besitzt dreihunderttausend Morgen Land in der argentinischen Pampa und auf diesem Land fünfhunderttausend Stück Vieh. Obwohl ihm das einen stattlichen Profit einbringt, ist das nichts weiter als ein Tarngeschäft für seine kriminellen Unternehmungen.«

»Und worin bestehen die?«, fragte Giles.

»Um es ganz einfach zu sagen, Sir Giles, er ist ein international operierender Verbrecher. Verglichen mit ihm ist Moriarty ein Chorknabe. Gestatten Sie mir, Ihnen etwas mehr über Mr. Martinez zu berichten. Danach bin ich gerne bereit, alle Ihre Fragen zu beantworten. Unsere Wege kreuzten sich zum ersten Mal im Jahr 1935, als ich ein Mitarbeiter für besondere Aufgaben im Kriegsministerium war. Ich fand heraus, dass er mit Deutschland Geschäfte machte. Er hatte enge Beziehungen zu Heinrich Himmler, dem Reichsführer SS, geknüpft, und wir wissen, dass er bei wenigstens drei Gelegenheiten mit Hitler persönlich zusammengekommen ist. Während des Krieges hat er ein gewaltiges Vermögen angehäuft, indem er den Deutschen alle Rohstoffe und andere Materialien lieferte, die diese benötigten, obwohl er damals bereits am Eaton Square lebte.«

»Warum haben Sie ihn nicht festgenommen?«, fragte Giles.

»Weil es sinnvoller für uns war, davon abzusehen«, antwortete Sir Alan. »Wir wollten unbedingt herausfinden, wer seine Kontaktleute in England waren und was sie vorhatten. Nach dem Krieg kehrte Martinez nach Argentinien zurück und widmete sich dem Handel mit seinen Rindern. Er kam nie wieder nach Berlin zurück, nachdem die Alliierten in die Stadt eingedrungen waren. Unser Land besuchte er allerdings auch weiterhin regelmäßig. Er hat sogar alle seine drei Söhne auf englische Privatschulen geschickt, und seine Tochter besucht im Augenblick die Roedean.«

»Entschuldigen Sie, dass ich Sie unterbreche«, sagte Emma, »aber wie passt Sebastian in dieses Bild?«

»Zunächst überhaupt nicht, Mrs. Clifton. Doch dann stand er letzte Woche unangekündigt vor dem Haus am Eaton Square Nummer 44, und sein Freund Bruno lud ihn ein, bei ihm zu bleiben.«

»Ich bin Bruno ein paarmal begegnet«, sagte Harry, »und ich habe ihn immer für einen sympathischen jungen Mann gehalten.«

»Was er zweifellos auch ist«, sagte Sir Alan. »Und das trägt zu Martinez' Bild als anständigem Familienvater bei, der England liebt. Als Ihr Sohn jedoch Don Pedro Martinez zum zweiten Mal traf, wurde er ohne sein Wissen in eine Operation verwickelt, die unsere Strafverfolgungsbehörden schon seit mehreren Jahren untersuchen.«

»Zum zweiten Mal?«, fragte Giles

»Am 18. Juni 1954«, sagte Sir Alan, indem er einen Blick auf seine Notizen warf, »lud Martinez ihn ins Beechcroft Arms Pub ein, um mit ihm zusammen Brunos fünfzehnten Geburtstag zu feiern.«

»Sie überwachen Martinez so genau?«

»Aber gewiss doch.« Der Kabinettssekretär zog einen braunen Umschlag aus dem Papierstapel, der vor ihm lag, nahm zwei Fünf-Pfund-Noten heraus und legte sie vor seinen Besuchern auf den Tisch. »Und am Freitagabend gab Mr. Martinez diese beiden Banknoten Ihrem Sohn.«

»Aber das ist mehr Geld, als Sebastian jemals in seinem Leben zur Verfügung hatte«, sagte Emma. »Wir geben ihm jede Woche nur eine halbe Krone Taschengeld.«

»Ich vermute, Martinez ging davon aus, dass eine solche Summe mehr als genug war, um dem jungen Mann den Kopf zu verdrehen. Und dann spielte er seinen Trumpf aus, indem er Sebastian anbot, mit ihm nach Buenos Aires zu kommen. Zu einer Zeit, in der, wie er wusste, der Junge besonders verletzlich war.«

»Wie sind Sie in den Besitz zweier Fünf-Pfund-Noten gekommen, die Martinez meinem Sohn zufällig gegeben hat?«, fragte Harry.

»Das war kein Zufall«, sagte der Mann vom Schatzamt, der sich zum ersten Mal zu Wort meldete. »In den letzten acht Jahren haben wir über zehntausend dieser Scheine eingesammelt, was uns durch die Informationen einer, wie die Polizei das wohl nennt, vertrauenswürdigen Quelle ermöglicht wurde.«

»Wer ist diese vertrauenswürdige Quelle?«, wollte Giles wissen.

»Haben Sie jemals von einem SS-Offizier namens Major Bernhard Krüger gehört?«, fragte Spencer.

Das Schweigen, das auf diese Frage folgte, war Antwort genug.

»Major Krüger ist ein einfallsreicher und intelligenter Mann, der in Berlin als Polizist gearbeitet hat; er brachte es dort bis zum Leiter des Betrugsdezernats, bevor er zur SS ging. Nachdem Britannien Deutschland den Krieg erklärt hatte, überzeugte er Himmler, dass es möglich wäre, die britische Wirtschaft zu destabilisieren, indem man massenweise gefälschte Fünf-Pfund-Noten in England in Umlauf brächte. Dies gelänge jedoch nur, wenn er die Genehmigung erhielte, die besten Drucker, Kupfergraveure und Retuscheure aus dem Konzentrationslager Sachsenhausen zusammenzustellen, dessen Kommandant er war. Seine größte Leistung bestand darin, den Meisterfälscher Salomon Smolianoff in seinen Dienst zu zwingen, den er bereits nicht weniger als dreimal verhaftet hatte, als er noch bei der Berliner Polizei war. Mit Smolianoffs Hilfe gelang es Krügers Gruppe, etwa siebenundzwanzig Millionen Fünf-Pfund-Noten mit einem Nennwert von einhundertfünfunddreißig Millionen Pfund zu fälschen.«

Harry schnappte beeindruckt nach Luft.

»Irgendwann im Jahr 1945, als die Alliierten auf Berlin vorrückten, gab Hitler den Befehl, die Druckerpressen zu zerstören, und wir haben Grund zu der Annahme, dass dies auch tatsächlich geschehen ist. Ein paar Wochen vor der deutschen Kapitulation jedoch wurde Krüger beim Versuch, die deutsch-schweizerische Grenze mit einem Koffer voller gefälschter Banknoten zu überqueren, festgenommen. Er verbrachte zunächst zwei Jahre in einem Gefängnis im britischen Sektor von Berlin.

Wir hätten wahrscheinlich das Interesse an ihm verloren, hätte die Bank of England nicht Alarm geschlagen und uns gegenüber behauptet, die Banknoten in Krügers Besitz seien echt. Der Direktor der Bank erklärte damals, dass niemand auf der Welt in der Lage sei, eine britische Fünf-Pfund-Note zu fälschen, und nichts konnte ihn vom Gegenteil überzeugen. Wir fragten Krüger, wie viele solcher Noten im Umlauf seien, doch bevor er uns diese Frage beantworten konnte, hatte er geschickt die Bedingungen für seine Entlassung ausgehandelt, indem er sich bereit erklärte, uns Informationen über Don Pedro Martinez zu geben.«

Mr. Spencer hielt inne, um einen Schluck Wasser zu trinken, doch niemand unterbrach ihn.

»Insgesamt musste Krüger nur drei der sieben Jahre absitzen, zu denen er verurteilt worden war, denn wir trafen eine Abmachung mit ihm. Er informierte uns darüber, dass Martinez gegen Kriegsende in Himmlers Auftrag gefälschte Fünf-Pfund-Noten in einem Nennwert von zwanzig Millionen Pfund aus Deutschland schaffen und irgendwie nach Argentinien bringen sollte, wo er dann weitere Anweisungen erhalten würde. Für jemanden, der schon früher von einem Sherman-Panzer bis zu einem russischen U-Boot so ziemlich alles nach Deutschland geschmuggelt hatte, konnte das nicht allzu schwierig sein.

Als Gegenleistung für eines der Jahre, die wir ihm von seiner Haftstrafe erließen, teilte uns Krüger mit, dass sich Himmler zusammen mit einer Reihe sorgfältig ausgewählter, hochrangiger Naziführer, unter denen sich möglicherweise Hitler selbst befand, Hoffnungen machte, seinem Schicksal zu entgehen, indem er irgendwie nach Buenos Aires gelangen könnte, wo er und die übrigen Nazigrößen sich auf Kosten der Bank of England einen ruhigen Lebensabend machen würden.

Als jedoch offensichtlich wurde, dass Himmler und seine Genossen nicht in Argentinien auftauchen würden«, fuhr Spencer fort, »fand sich Martinez im Besitz von zwanzig Millionen Pfund in gefälschten Banknoten wieder, die er loswerden musste. Keine leichte Aufgabe. Zunächst tat ich Krügers Geschichte als reine Fantasterei ab, die er nur erfunden hatte, um seine Haut zu retten, doch als im Laufe der Jahre immer mehr falsche Fünf-Pfund-Noten aufgetaucht sind, und zwar stets dann, wenn Martinez in London war oder sein Sohn Luis an diversen Spieltischen in Monaco saß, wurde mir klar, dass wir ein echtes Problem hatten. Dies bestätigte sich ein weiteres Mal, als Sebastian eine seiner Fünf-Pfund-Noten dafür ausgab, sich in der Savile Row einen Anzug schneidern zu lassen, und der Angestellte gar nicht auf die Idee kam, dass der Geldschein falsch sein könnte.«

»Erst vor zwei Jahren«, warf Sir Alan ein, »habe ich gegenüber Mr. Churchill meine Enttäuschung über die Haltung der Bank of England zum Ausdruck gebracht. Mr. Churchill traf daraufhin eine Entscheidung, die in ihrer Einfachheit eines wahren Genies würdig ist. Er ordnete an, dass so schnell wie möglich eine neue Fünf-Pfund-Note ausgegeben werden sollte. Natürlich war es nicht möglich, einen solchen Geldschein gleichsam über Nacht in Umlauf zu bringen, und als die Bank of England schließlich ihre Pläne verkündete, eine neue Fünf-Pfund-Note auszugeben, begriff Martinez, dass die Zeit knapp wurde, wenn er sein gewaltiges Falschgeldvermögen noch an den Mann bringen wollte.«

»Und dann erklärten diese Schwachköpfe der Bank of England«, fuhr Spencer fort, der sich nur mühsam beherrschen konnte, »dass sämtliche alten Fünf-Pfund-Noten, die der Bank bis zum 31. Dezember 1957 vorlägen, in neue umgetauscht würden. Also muss Martinez nichts weiter tun, als sein Falschgeld ins Land zu schmuggeln, wo es die Bank of England mit Freuden in ein offizielles gesetzliches Zahlungsmittel umtauschen wird. Wir vermuten, dass Martinez in den vergangenen zehn Jahren bereits zwischen fünf und zehn Millionen Pfund unter die Leute gebracht hat, aber damit bleiben ihm immer noch acht bis neun Millionen Pfund, die er in Argentinien versteckt hat. Nachdem wir einsehen mussten, dass die Bank of England zu keiner Änderung ihrer Haltung zu bewegen war, haben wir letztes Jahr eine besondere Klausel in die Haushaltsgesetzgebung eingefügt, die einzig und allein den Zweck hat, Martinez' Vorgehen zu erschweren. Seit letzten April ist es illegal, mehr als eintausend Pfund Bargeld in das Vereinigte Königreich einzuführen. Und erst kürzlich musste Martinez zu seinem eigenen Schaden feststellen, dass weder er noch irgendeiner seiner Mitarbeiter irgendeine Grenze in Europa überqueren kann, ohne dass der Zoll sein Gepäck gründlich unter die Lupe nimmt.«

»Aber das erklärt immer noch nicht, was Sebastian in Buenos Aires macht«, sagte Harry.

»Wir haben Grund zur Vermutung, Mr. Clifton, dass Ihr Sohn sich von Martinez hat täuschen lassen«, erwiderte Spencer. »Wir glauben, dass Don Pedro ihn dazu benutzen wird, die letzten acht oder neun Millionen Pfund nach England zu schmuggeln. Aber wir wissen nicht, wie oder wo das geschehen soll.«

»Dann ist Sebastian in großer Gefahr«, sagte Emma und starrte den Kabinettssekretär an.

»Ja und nein«, sagte Sir Alan. »Solange Ihr Sohn nicht weiß, warum Martinez so viel daran liegt, dass er ihn nach Argentinien begleitet, wird ihm niemand auch nur ein Haar krümmen. Sollte er in Argentinien jedoch zufällig die Wahrheit herausfinden – was möglich wäre, denn immer wieder wurde er uns als klug und aufmerksam beschrieben –, würden wir nicht zögern, ihn augenblicklich auf das Gelände unserer Botschaft und somit in Sicherheit zu bringen.«

»Warum machen Sie das nicht einfach, sobald er das Schiff verlässt?«, fragte Emma. »Unser Sohn ist viel mehr wert als irgendjemandes zehn Millionen Pfund«, fügte sie hinzu und wandte sich mit einem hilfesuchenden Blick an Harry.

»Weil wir Martinez damit ungewollt zu verstehen geben würden, dass wir wissen, was er vorhat«, antwortete Spencer.

»Aber das Risiko bleibt bestehen, dass Seb geopfert werden könnte wie ein Bauer in einem Schachspiel, das Sie nicht mehr unter Kontrolle haben.«

»Dazu wird es nicht kommen, solange er nicht weiß, was in Wahrheit vor sich geht. Wir sind davon überzeugt, dass es Martinez ohne die Hilfe Ihres Sohnes nicht gelingen wird, einen so gewaltigen Betrag zu transferieren. Sebastian ist unsere einzige Chance herauszufinden, wie er die Sache angehen will.«

»Er ist siebzehn«, sagte Emma hilflos.

»Und damit nicht viel jünger, als Ihr Mann war, als er wegen Mordes verhaftet wurde, oder Sir Giles, als man ihm das MC zugesprochen hat.«

»Das waren völlig andere Umstände«, erwiderte Emma nachdrücklich.

»Aber derselbe Feind.«

»Wir wissen, dass Seb in dieser Sache eine Hilfe würde sein wollen, und zwar in jeder Art, in der es ihm nur möglich wäre«, sagte Harry und nahm die Hand seiner Frau. »Aber darum geht es nicht. Das Risiko ist einfach viel zu hoch.«

»Natürlich haben Sie recht«, sagte der Kabinettssekretär, »und wenn Sie wollen, dass wir ihn in unsere Obhut nehmen, sobald er das Schiff verlässt, werde ich dies unverzüglich anordnen. Aber«, fuhr er fort, bevor Emma genau das verlangen konnte, »wir haben einen Plan. Doch der kann ohne Ihre Mitarbeit nicht funktionieren.«

Er wartete auf weitere Proteste, doch seine drei Gäste schwiegen.

»Es dauert noch fünf Tage, bis die *South America* in Buenos Aires eintrifft«, fuhr Sir Alan fort. »Wenn unser Plan Erfolg haben soll, müssen wir unserem Botschafter eine Nachricht zukommen lassen, bevor das Schiff anlegt.«

»Warum rufen Sie ihn nicht einfach an?«, fragte Giles.

»Ich wollte, es wäre so einfach. Zwölf Frauen sitzen in der Vermittlung für Überseegespräche in Buenos Aires, und jede einzelne von ihnen wird von Martinez bezahlt. Und genauso sieht es aus, wenn wir telegrafisch eine Nachricht schicken wollen. Diese Leute haben die Aufgabe, jegliche Information, die für Martinez interessant sein könnte, an ihn weiterzuleiten – Informationen über Politiker, Banker, Geschäftsleute und sogar Polizeiaktionen, sodass er sie zu seinem Vorteil nutzen und noch mehr Geld anhäufen kann. Am Telefon auch nur seinen Namen zu nennen, würde sämtliche Alarmglocken läuten lassen, und sein Sohn Diego wüsste bereits wenige Minuten später Bescheid. Ehrlich gesagt haben wir diese Verhältnisse bereits zu unseren Gunsten genutzt und Martinez falsche Informationen zukommen lassen, aber das wäre in diesem Fall zu riskant.«

»Sir Alan«, sagte der stellvertretende Minister des Schatzamts, »vielleicht sollten Sie Mr. und Mrs. Clifton einfach mitteilen, was uns vorschwebt, sodass sie selbst eine Entscheidung treffen können.«

35

Er betrat den Londoner Flughafen und ging direkt auf das Schild mit der Aufschrift *Nur für Besatzungsmitglieder* zu.

»Guten Morgen, Captain May«, sagte der diensthabende Beamte, als er einen Blick in seinen Pass geworfen hatte. »Wohin fliegen Sie heute?«

»Buenos Aires.«

»Guten Flug.«

Nachdem sein Gepäck überprüft worden war, ging er durch den Zoll und direkt auf Flugsteig Nummer 11 zu. *Bleiben Sie nicht stehen, sehen Sie sich nicht um, machen Sie niemanden auf sich aufmerksam*, hatten die Anweisungen gelautet, die ihm von einem Mann gegeben worden waren, der anonym geblieben und eher an den Umgang mit Spionen als an den mit Autoren gewöhnt war.

Nachdem Emma widerwillig zugestimmt hatte, dass er die Regierung bei der Operation *Auslaufen* unterstützen würde, waren in den letzten achtundvierzig Stunden noch zahllose Dinge zu erledigen gewesen. Seither hatte er – um seinen alten Ausbilder beim Militär zu zitieren – die Füße nicht mehr auf den Boden bekommen.

Ihm die Uniform eines Piloten der BOAC anzupassen, hatte eine dieser Stunden in Anspruch genommen, ihn für den falschen Pass zu fotografieren, eine weitere; seine neue Biografie, zu der eine geschiedene Frau und zwei Kinder gehörten, mit ihm zu besprechen, drei Stunden; die Aufklärung über die Pflichten eines modernen BOAC-Piloten, drei Stunden; das Studium eines Touristenführers über Buenos Aires, eine Stunde. Doch beim Abendessen mit Sir Alan in dessen Club hatte er immer noch Dutzende Fragen, die unbedingt beantwortet werden mussten.

Kurz bevor er das Athenaeum verließ, um eine schlaflose Nacht in Giles' Haus am Smith Square zu verbringen, reichte ihm Sir Alan eine dicke Akte, einen Aktenkoffer und einen Schlüssel.

»Lesen Sie alles, was darin steht, auf Ihrem Flug nach Buenos Aires, und geben Sie die Unterlagen danach dem Botschafter, der sie vernichten wird. Wir haben für Sie ein Zimmer im Hotel Milonga gebucht. Mr. Philip Matthews, unser Botschafter, erwartet Sie am Samstagvormittag um zehn Uhr in der Botschaft. Geben Sie ihm zusätzlich diesen Brief von Mr. Selwyn Lloyd, dem Außenminister. Der Brief erklärt, warum Sie in Argentinien sind.«

Als er den Flugsteig erreicht hatte, ging er direkt auf die Mitarbeiterin zu, die dort hinter einem Pult stand.

»Guten Morgen, Captain«, sagte sie, noch bevor er seinen Pass geöffnet hatte. »Ich wünsche Ihnen einen angenehmen Flug.«

Er trat hinaus auf den Asphalt, stieg die Treppe zum Flugzeug hinauf und betrat die leere Erste-Klasse-Kabine.

»Guten Morgen, Captain May«, sagte eine attraktive junge Frau. »Mein Name ist Annabel Carrick. Ich bin die Chefstewardess.«

Die Uniform und die Disziplin gaben ihm das Gefühl, wieder beim Militär zu sein, auch wenn er es jetzt mit einem anderen Gegner zu tun hatte. Oder handelte es sich, wie Sir Alan angedeutet hatte, um denselben Feind?

»Darf ich Sie zu Ihrem Platz bringen?«

»Ja, danke, Miss Carrick«, sagte er, als sie ihn in den hinteren Teil der Kabine führte. Zwei leere Plätze, aber er wusste, dass nur einer von ihnen belegt sein würde. Sir Alan würde solche Dinge nie dem Zufall überlassen.

»Der erste Teil unseres Fluges wird etwa sieben Stunden dauern«, sagte die Stewardess. »Kann ich Ihnen etwas zu trinken bringen, bevor wir starten, Captain?«

»Nur ein Glas Wasser, bitte.« Er zog seine Schirmmütze aus und legte sie auf den Sitz neben sich. Dann schob er die Aktenkoffer unter seinen Sitz. Man hatte ihm gesagt, er solle sie erst nach dem Start öffnen und darauf achten, dass niemand sehen konnte, was er las, obwohl Martinez' Name auf keiner einzigen Seite erwähnt wurde. Er wurde überall nur als »die fragliche Person« bezeichnet.

Kurz darauf betraten die ersten Passagiere das Flugzeug, und während der nächsten zwanzig Minuten suchten sie ihre Sitze auf, verstauten ihr Gepäck in den Fächern darüber, zogen ihre Mäntel und zum Teil auch ihre Jacken aus, setzten sich, genossen ein Glas Champagner, legten die Sicherheitsgurte an, ließen sich eine Zeitung oder eine Zeitschrift reichen und warteten auf die Worte: »Hier spricht Ihr Kapitän.«

Harry lächelte bei dem Gedanken, dass der Pilot während des Fluges krank werden könnte und Miss Carrick zu ihm eilen und ihn um Hilfe bitten würde. Wie würde sie reagieren, wenn er ihr mitteilte, dass er zwar schon in der britischen Handelsmarine und in der US Army gedient habe, aber noch nie in der Air Force?

Langsam rollte das Flugzeug auf die Startbahn, doch Harry öffnete den Aktenkoffer erst, als sie in der Luft waren und der Pilot das Zeichen zum Anlegen der Sitzgurte ausgeschaltet hatte. Er nahm eine dicke Akte heraus, öffnete sie und begann, den Inhalt so gründlich zu studieren, als bereite er sich auf eine Prüfung vor.

Die Unterlagen lasen sich wie ein Roman von Ian Fleming; der einzige Unterschied war, dass man die Rolle des Commander Bond mit ihm besetzt hatte. Während Harry die Seiten umblätterte, nahm Martinez' Leben vor ihm Gestalt an. Als er eine Pause machte, um zu Abend zu essen, musste er unweigerlich daran denken, dass Emma recht gehabt hatte. Sie hätten niemals zulassen dürfen, dass Sebastian noch länger mit diesem Mann zu tun hatte. Das Risiko war viel zu groß.

Immerhin hatte er mit ihr vereinbart, dass er das nächste Flugzeug zurück nach London nehmen und Sebastian neben ihm sitzen würde, sollte er zu irgendeinem Zeitpunkt den Eindruck haben, dass Sebastians Leben in Gefahr war. Er sah aus dem Fenster. Anstatt nach Süden zu fliegen, hatten er und William Warwick eigentlich heute Morgen auf dem Weg nach Norden sein sollen, um ihre Lesereise zu beginnen. Er hatte sich darauf gefreut, Agatha Christie beim literarischen Lunch der *Yorkshire Post* kennenzulernen. Stattdessen flog er nach Südamerika, wo er versuchen würde, jegliche nähere Bekanntschaft mit Don Pedro Martinez zu vermeiden.

Er schloss die Akte, legte sie zurück in den Koffer, schob diesen wieder unter seinen Sitz und fiel in einen leichten Schlaf, doch »die fragliche Person« ging ihm nicht aus dem Kopf. Im Alter von vierzehn Jahren hatte Martinez die Schule verlassen und eine Lehre bei einem Metzger begonnen. Ein paar Monate später wurde er (aus unbekanntem Grund) gefeuert, und die einzige Fähigkeit, die ihm aus dieser Zeit geblieben war, bestand darin, dass er den Körper eines toten Tieres fachgerecht zerlegen konnte. Nur wenige Tage nachdem die fragliche Person ihre

Stelle verloren hatte, begann sie, sich einer ganzen Reihe kleinerer krimineller Aktionen zu widmen, unter anderem Diebstahl, Raub und der Plünderung von Spielautomaten, was dazu führte, dass die fragliche Person festgenommen wurde und für sechs Monate hinter Gitter kam.

Im Gefängnis teilte Martinez eine Zelle mit Juan Delgado, einem Kleinkriminellen, der mehr Jahre in Gefangenschaft als in Freiheit verbracht hatte. Nachdem Martinez seine Strafe abgesessen hatte, schloss er sich Juans Bande an und wurde rasch einer seiner wichtigsten Vertrauten. Als Juan erneut verhaftet wurde und ein weiteres Mal ins Gefängnis kam, war Martinez für dessen schrumpfende Organisation verantwortlich. Er war damals siebzehn, so alt wie Sebastian heute, und alles sah danach aus, als würde er sein Leben als Kleinkrimineller zubringen. Sein Schicksal nahm eine unerwartete Wende, als er sich in Consuela Torres verliebte, eine Telefonistin, die in der Fernvermittlungsstelle arbeitete. Consuelas Vater, ein Lokalpolitiker, der die Absicht hatte, für das Amt des Bürgermeisters von Buenos Aires zu kandidieren, machte seiner Tochter jedoch klar, dass er keinen Kleinkriminellen als Schwiegersohn akzeptieren würde.

Consuela ignorierte die Mahnungen ihres Vaters, heiratete Pedro Martinez und brachte vier Kinder in der korrekten südamerikanischen Reihenfolge zur Welt: zunächst drei Söhne und dann ein Mädchen. Martinez gewann schließlich den Respekt seines Schwiegervaters, als es ihm gelang, die nötigen Mittel zur Finanzierung von dessen Wahlkampf zu organisieren, der mit einem Sieg endete.

Nachdem Consuelas Vater ins Bürgermeisteramt eingezogen war, gab es keinen städtischen Vertrag mehr, der nicht durch die Hände von Martinez gegangen wäre, welcher dabei eine Bearbeitungsgebühr von fünfundzwanzig Prozent erhob. Doch es dauerte nicht lange, bis Lokalpolitik und Consuela die fragliche Person gleichermaßen langweilten, und sie begann, ihre Interessen auszuweiten, nachdem sie begriffen hatte, dass der Krieg in Europa unendlich viele Möglichkeiten für die Staaten mit sich bringen würde, die sich offiziell als neutral erklärten.

Obwohl Martinez eher den Briten zuneigte, waren es die Deutschen, die ihm die Gelegenheit boten, aus seinem kleinen Vermögen ein großes zu machen.

Das Nazi-Regime brauchte Freunde, die alle möglichen Dinge liefern konnten, und obwohl Martinez erst zweiundzwanzig war, als er zum ersten Mal mit einem leeren Auftragsbuch in Berlin auftauchte, hatte er, als er die Stadt einige Monate später verließ, Anfragen, die von italienischen Rohrleitungen bis zu einem griechischen Öltanker reichten. Wenn er ein Geschäft abschließen wollte, wies er jedes Mal darauf hin, dass er ein enger Freund von SS-Reichsführer Heinrich Himmler war und bei mehreren Gelegenheiten Hitler persönlich getroffen hatte.

Während der nächsten zehn Jahre schlief die fragliche Person in Flugzeugen, Schiffen, Zügen, Bussen und einmal sogar in einem Pferdekarren, während sie um die ganze Welt reiste und die lange Liste deutscher Aufträge abarbeitete.

Martinez' Treffen mit Himmler wurden häufiger. Gegen Ende des Krieges, als ein Sieg der Alliierten unausweichlich schien und die Reichsmark vor dem Zusammenbruch stand, begann der SS-Führer seinen Lieferanten in bar zu bezahlen: mit druckfrischen englischen Fünf-Pfund-Noten, die direkt aus der Presse in Sachsenhausen kamen. Martinez überquerte dann regelmäßig die Grenze und brachte das Geld auf eine Genfer Bank, wo es in Schweizer Franken umgetauscht wurde.

Lange vor Kriegsende hatte Don Pedro ein Vermögen zusammengerafft. Doch erst als die Alliierten in Schussweite der deutschen Hauptstadt standen, machte Himmler ihm ein Angebot, wie man es nur einmal im Leben erhält. Die beiden Männer besiegelten ihre Abmachung per Handschlag, und Martinez verließ Deutschland mit zwanzig Millionen Pfund in gefälschten Fünf-Pfund-Noten, seinem eigenen U-Boot und einem jungen Leutnant aus Himmlers Stab. Er kehrte nie wieder nach Deutschland zurück.

Nach der Ankunft in Buenos Aires erwarb die fragliche Person eine in Not geratene Bank für fünfzig Millionen Pesos, versteckte seine zwanzig Millionen Pfund in deren Safe und wartete darauf, dass überlebende hochrangige Nazis erschienen, um in den Genuss ihrer Rente zu kommen.

Der Botschafter starrte auf den Ticker, der am gegenüberliegenden Ende seines Büros zu klappern begann.

Das Außenministerium schickte ihm eine Nachricht, die direkt aus London kam. Doch wie bei allen anderen Anweisungen seiner Behörde würde er auch bei dieser zwischen den Zeilen lesen müssen, denn jeder wusste, dass der argentinische Geheimdienst in einem Büro, das nur einhundert Meter entfernt in derselben Straße lag, diese Nachricht ebenfalls empfangen würde.

Peter May, der Kapitän der englischen Kricketmannschaft,
wird am ersten Tag des Lord's Test Match als erster
Schlagmann an diesem Samstag um zehn Uhr antreten.
Ich habe zwei Eintrittskarten für das Spiel und hoffe,
dass Sie Kapitän May treffen können.

Der Botschafter lächelte. Er wusste genauso gut wie jeder englische Schuljunge, dass die Test-Matches immer an einem Don nerstag um halb zwölf begannen und dass Peter May nicht als erster Schlagmann antreten würde. Aber schließlich hatte England noch nie gegen ein Land Krieg geführt, in dem Kricket gespielt wurde.

»Sind wir uns schon mal begegnet, alter Junge?«

Rasch schloss Harry die Akte und wandte sich einem Mann mittleren Alters zu, der wie ein typischer Spesenritter aussah. Mit einer Hand hielt er sich an der Kopfstütze des leeren Sitzes neben Harry fest, in der anderen hielt er ein Rotweinglas.

»Ich glaube nicht«, sagte Harry.

»Ich hätte schwören können, dass es so ist«, erwiderte der Mann, indem er unverwandt zu Harry hinabsah. »Vielleicht habe ich Sie ja mit jemandem verwechselt.«

Harry stieß einen tiefen Seufzer aus, als der Mann mit den Schultern zuckte und mit unsicheren Schritten zu seinem Platz im vorderen Kabinenteil ging. Er wollte die Akte gerade wieder öffnen, um mehr über Martinez' Hintergrund zu erfahren, als der Mann sich umdrehte und langsam zu ihm zurückkam.

»Sind Sie berühmt?«

Harry lachte. »Das ist höchst unwahrscheinlich. Wie Sie sehen, bin ich Pilot bei der BOAC, und zwar schon seit zwölf Jahren.«

»Dann kommen Sie also nicht aus Bristol?«

»Nein«, sagte Harry, der sich strikt an die Daten hielt, die für seine neue Persönlichkeit galten. »Ich wurde in Epsom geboren und lebe inzwischen in Ewell.«

»Ich brauche nur einen Augenblick, dann wird mir einfallen, an wen Sie mich erinnern.« Erneut machte sich der Mann auf den Weg zurück zu seinem Platz.

Harry öffnete die Akte, doch wie Dick Whittington kam der

Mann ein drittes Mal wieder, bevor Harry die Möglichkeit hatte, auch nur eine einzige Zeile weiterzulesen. Diesmal hob der Mann Harrys Kapitänsmütze hoch und ließ sich auf den Platz neben ihm fallen. »Sie schreiben nicht zufällig Bücher?«

»Nein«, sagte Harry mit noch festerer Stimme als zuvor. In diesem Augenblick erschien Miss Carrick, die ein Tablett mit Cocktails in den Händen hielt. Er hob die Augenbrauen und sah sie mit einem Blick an, der, wie er hoffte, »Bitte, retten Sie mich« ausdrücken sollte.

»Sie erinnern mich an einen Autor aus Bristol, aber sein Name fällt mir einfach nicht ein. Sind Sie sicher, dass Sie nicht aus Bristol kommen?« Er fixierte Harry noch genauer und blies ihm dann eine Wolke Zigarettenrauch ins Gesicht.

Harry sah, dass Miss Carrick die Tür zum Cockpit öffnete.

»Als Pilot führen Sie sicher ein interessantes Leben ...«

»Hier spricht Ihr Kapitän. Wir müssen mit einigen Turbulenzen rechnen, und deshalb möchten wir die Passagiere bitten, sich auf ihre Plätze zu begeben und die Sicherheitsgurte anzulegen.«

Miss Carrick kam wieder aus dem Cockpit und ging direkt auf den hinteren Bereich der Ersten Klasse zu.

»Entschuldigen Sie, dass ich Ihnen Umstände mache, Sir, aber der Kapitän hat darum gebeten, dass die Passagiere ...«

»Ja, ich habe ihn gehört«, sagte der Mann und drückte sich aus dem Sitz hoch, doch erst nachdem er Harry eine weitere Rauchwolke ins Gesicht geblasen hatte. »Es fällt mir schon noch ein, an wen Sie mich erinnern«, sagte er zu Harry, bevor er sich langsam auf den Weg zu seinem Platz machte.

36

Während des zweiten Teils seines Fluges nach Buenos Aires las Harry die Akte über Don Pedro Martinez zu Ende.

Nach dem Krieg war die fragliche Person zunächst in Argentinien geblieben, wo sie auf einem Berg Falschgeld saß. Himmler hatte Selbstmord begangen, bevor man ihn in Nürnberg vor Gericht hatte bringen können, während sechs seiner engsten Mitarbeiter zum Tode verurteilt worden waren. Achtzehn weitere Männer erhielten Gefängnisstrafen, unter ihnen Major Bernhard Krüger. Niemand klopfte an Don Pedros Tür, um sich seine Altersversicherung ausbezahlen zu lassen.

Harry schlug die Seite um und sah, dass der nächste Abschnitt der Familie der fraglichen Person gewidmet war. Er machte eine Pause, bevor er mit der Lektüre fortfuhr.

Martinez hatte vier Kinder. Sein ältester Sohn Diego hatte Harrow verlassen müssen, nachdem er einen neuen Schüler an einen eingeschalteten Heißlüfter gefesselt hatte. Er ging in das Land seiner Geburt zurück, ohne seinen Schulabschluss gemacht zu haben. Dort begann er, mit seinem Vater zusammenzuarbeiten, und drei Jahre später erfüllte er alle Anforderungen, die für eine Karriere als Verbrecher nötig waren. Obwohl Diego gerne zweireihige Nadelstreifenanzüge aus der Savile Row trug, hätte er die meiste Zeit in Gefängniskleidung verbracht, wenn nicht zahllose Richter, Polizeibeamte und Politiker auf der Gehaltsliste seines Vaters gestanden hätten.

Sein zweiter Sohn Luis wuchs während eines Sommers an der Riviera von einem unreifen Jungen zu einem ebenso unreifen Playboy heran. Inzwischen verbrachte er fast seine gesamte Zeit an den Roulettetischen von Monte Carlo, wo er die Fünf-Pfund-Noten seines Vaters einsetzte, um möglichst ebenso viel Geld in einer anderen Währung zu gewinnen.

Jedes Mal, wenn Luis eine Glückssträhne hatte, fand ein Strom monegassischer Francs seinen Weg auf Don Pedros Bankkonto in Genf. Doch es ärgerte Martinez, dass das Kasino dabei mehr gewann als er.

Bruno, das dritte Kind, war anders. Der Junge hatte mehr Qualitäten von seiner Mutter und weniger Schwächen von seinem Vater mitbekommen. Trotzdem erinnerte Martinez seine Londoner Freunde gerne daran, dass er einen Sohn hatte, der im September nach Cambridge gehen würde.

Über Maria-Theresa, das vierte Kind, war wenig bekannt. Das Mädchen besuchte noch immer die Roedean und verbrachte die Ferien immer zusammen mit seiner Mutter.

Harry unterbrach seine Lektüre, als Miss Carrick ihm das Mittagessen servierte, doch auch während seiner Mahlzeit ging ihm dieser verdammte Mann nicht aus dem Kopf.

In den Jahren nach dem Krieg machte sich Martinez daran, seiner Bank größere Mittel zu verschaffen. Die Family Farmers Friendly Bank verwaltete die Konten von Kunden, die Land, aber kein Geld besaßen. Martinez' Methoden waren primitiv, aber wirkungsvoll. Er lieh den Bauern jede Summe, die sie benötigten, zu exorbitanten Zinsen, sofern der Wert des Darlehens den des Landes nicht überschritt.

Wenn die Kunden die vierteljährliche Rückzahlung nicht mehr leisten konnten, wurde ihnen der Kredit gekündigt, und sie erhielten das Angebot, die gesamten ausstehenden Schulden innerhalb von neunzig Tagen zu bezahlen. Wenn sie dazu nicht in der Lage waren – und das waren die allerwenigsten –, wurde das Land der Bank überschrieben und dem ohnehin bereits gewaltigen Grundbesitz von Martinez zugeschlagen. Wer sich beschwerte, erhielt einen Besuch von Diego, woraufhin sein Gesicht völlig anders aussah. Das war viel billiger und effektiver, als Anwälte einzuschalten.

Das Einzige, was dem onkelhaften Image eines gutmütigen Rinderbarons, an dem Martinez in London so lange gearbeitet hatte, hätte schaden können, war die Tatsache, dass seine Frau Consuela schließlich zur Einsicht gelangt war, dass ihr Vater die ganze Zeit über recht gehabt hatte, woraufhin sie die Scheidung einreichte. Da das Verfahren in Buenos Aires stattfand, erzählte Martinez jedem, der sich in London nach ihr erkundigte, dass sie bedauerlicherweise an Krebs gestorben sei, wodurch ihm Mitgefühl entgegengebracht wurde und er eine mögliche gesellschaftliche Stigmatisierung vermeiden konnte.

Nachdem Consuelas Vater als Bürgermeister nicht wiedergewählt worden war – Martinez hatte den Gegenkandidaten unterstützt –, lebte sie in einem Dorf in der Nähe von Buenos Aires. Sie erhielt zwar monatliche Unterhaltszahlungen, doch diese erlaubten ihr nur selten einen Einkauf in der Hauptstadt, und eine Reise ins Ausland war ihr überhaupt nicht möglich. Consuela bedauerte es sehr, dass nur einer ihrer Söhne Interesse daran hatte, den Kontakt zu ihr aufrechtzuerhalten, und gerade dieser Sohn lebte jetzt in England.

Nur einem Mann, der kein Mitglied der Familie Martinez war, war in Harrys Akte eine eigene Seite gewidmet: Karl Ramirez, den Martinez als Butler und Mädchen für alles eingestellt hatte. Obwohl Ramirez einen argentinischen Pass besaß, ähnelte er auf auffällige Weise einem gewissen Karl Otto Lunsdorf, der

1936 bei den Olympischen Spielen zur deutschen Ringermann-
schaft gehört hatte und später Leutnant bei der SS geworden
war, wo er sich auf Verhöre spezialisierte. Ramirez' Ausweis-
papiere waren ebenso beeindruckend wie Martinez' Fünf-Pfund-
Noten und stammten fast sicher aus derselben Quelle.

Miss Carrick räumte das Tablett mit dem Mittagsgeschirr ab
und bot Captain May einen Brandy und eine Zigarre an, die er
höflich ablehnte, nachdem er ihr für die Turbulenzen gedankt
hatte. Sie lächelte.

»Die waren dann doch nicht so schlimm, wie der Kapitän
vermutet hatte«, sagte sie und unterdrückte ein Grinsen. »Er bat
mich, Ihnen auszurichten, dass Sie mit uns im BOAC-Bus mit-
fahren können, wenn Sie im Milonga übernachten. So können
Sie Mr. Bolton aus dem Weg gehen« – Harry hob eine Augenbraue –, »dem Mann aus Bristol, der absolut davon überzeugt
ist, dass er Sie schon einmal irgendwo gesehen hat.«

Harry fiel auf, dass Miss Carrick mehr als einmal einen Blick
auf seine linke Hand warf, wo ein Streifen heller Haut an einem
Finger verriet, dass sich dort einmal ein Ehering befunden hatte.
Captain Peter May war vor gut zwei Jahren von seiner Frau
geschieden worden. Sie hatten zwei Kinder: Jim, zehn Jahre alt,
der hoffentlich bald aufs Epsom College gehen würde, und
Sally, acht Jahre alt, die ein eigenes Pony besaß. Er hatte sogar
ein Foto von ihnen dabei, um seine Geschichte zu beweisen.
Bevor er losgefahren war, hatte Harry Emma seinen Ring zur
sicheren Aufbewahrung gegeben. Noch so etwas, das ihr gar
nicht gefallen hatte.

»London hat mich gebeten, morgen Vormittag um zehn einen gewissen Captain Peter May zu empfangen«, sagte der Botschafter.

Seine Sekretärin machte eine Notiz in seinen Terminplan.

»Benötigen Sie irgendwelche Hintergrundinformationen über Captain May?«

»Nein, denn ich habe nicht die geringste Ahnung, wer er ist und warum das Außenministerium möchte, dass ich mich mit ihm treffe. Bringen Sie ihn einfach nur sofort in mein Büro, sobald er hier auftaucht.«

Harry wartete, bis der letzte Passagier von Bord gegangen war, bevor er sich der Besatzung anschloss. Nachdem er durch den Zoll gegangen war, trat er hinaus vor den Flughafen, wo ein Minibus am Straßenrand wartete.

Der Fahrer verstaute sein Gepäck im Kofferraum, während Harry in den Wagen stieg, wo er von einer lächelnden Miss Carrick begrüßt wurde.

»Darf ich mich neben Sie setzen?«, fragte er.

»Ja, natürlich«, erwiderte sie und rückte ein wenig zur Seite, um ihm Platz zu machen.

»Ich heiße Peter«, sagte er, als sie einander die Hand gaben.

»Annabel. Was führt Sie nach Argentinien?«, fragte sie, während sich der Bus auf den Weg in die Stadt machte.

»Mein Bruder Dick arbeitet hier. Wir haben uns schon seit viel zu vielen Jahren nicht mehr gesehen, also dachte ich, zu seinem vierzigsten Geburtstag sollte ich mir die Mühe vielleicht machen.«

»Ihr älterer Bruder?«, sagte Annabel grinsend. »Was macht er so?«

»Er ist Bauingenieur. Während der letzten fünf Jahre hat er am Paraná-Damm-Projekt gearbeitet.«

»Ich habe noch nie davon gehört.«

»Dazu gibt es auch gar keinen Grund. Es liegt mitten im Nirgendwo.«

»Dann wird er einen ziemlichen Kulturschock bekommen, wenn Sie sich in Buenos Aires treffen, denn das ist eine der kosmopolitischsten Städte auf der ganzen Welt. Ich selbst mache hier am liebsten Station.«

»Wie lange bleiben Sie dieses Mal?«, fragte Harry, der das Thema wechseln wollte, bevor ihm der Gesprächsstoff über seine erst kürzlich adoptierte Familie ausging.

»Achtundvierzig Stunden. Kennen Sie Buenos Aires, Peter? Wenn nicht, dann haben Sie wirklich noch etwas Besonderes vor sich.«

»Nein, ich bin das erste Mal hier«, sagte Harry, der sich bisher genau an den eingeübten Text hielt. *Sie dürfen niemals unkonzentriert sein*, hatte Sir Alan ihn gewarnt, *denn das ist genau der Punkt, an dem sich die Fehler einschleichen.*

»Welche Route fliegen Sie denn üblicherweise?«

»Den kurzen Sprung über den Atlantik – New York, Boston und Washington.« Der anonyme Mann aus dem Außenministerium hatte sich für diese Route entschieden, denn sie führte in drei Städte, die Harry auf seiner Lesereise durch Amerika bereits besucht hatte.

»Das hört sich an, als würde es Spaß machen. Aber Sie sollten sich das Nachtleben hier nicht entgehen lassen. Verglichen mit den Argentiniern wirken die Yanks geradezu konservativ.«

»Gibt es irgendeinen bestimmten Ort, an den ich meinen Bruder führen sollte?«

»Im Lizard gibt es die besten Tangotänzer, aber das Majestic hat angeblich die beste Küche – nicht, dass ich dort jemals gegessen hätte. Unsere Truppe landet am Ende meistens im Matador Club in der Avenida Independéncia. Wenn Sie und Ihr Bruder Zeit haben, können Sie sich uns gerne anschließen.«

»Vielen Dank«, sagte Harry, als der Bus am Hotel vorfuhr. »Es könnte gut sein, dass ich darauf zurückkomme.«

Er trug Annabels Koffer ins Hotel.

»Hier ist es billig und ganz nett«, sagte sie, als sie beide zur Rezeption gingen. »Aber wenn Sie ein Bad möchten, sollten Sie es am besten als Letztes am Abend oder als Erstes am Morgen nehmen«, fügte sie hinzu, als sie kurz darauf in den einzigen vorhandenen Aufzug stiegen.

Im vierten Stock verließ Harry Annabel, trat in einen spärlich beleuchteten Korridor und machte sich auf den Weg zu Zimmer 469. Nachdem er die Tür aufgeschlossen hatte, musste er erkennen, dass das Zimmer keine große Verbesserung gegenüber dem Korridor darstellte. Ein großes Doppelbett, das in der Mitte durchhing, ein Hahn, aus dem bräunliches Wasser tropfte, ein Handtuchhalter, auf dem ein einziger Waschlappen hing, und ein Hinweisschild, welches ihn darüber informierte, dass sich das Bad am Ende des Flurs befand. Eine Bemerkung Sir Alans fiel ihm ein: *Wir haben für Sie ein Zimmer in einem Hotel gebucht, in dem Martinez und seine Leute niemals absteigen würden.* So viel war ihm bereits selbst klar geworden. Das Hotel hätte eine Direktorin wie seine Mutter gebraucht, und das am besten bereits gestern.

Er zog seine Mütze aus und setzte sich auf die Bettkante. Am liebsten hätte er Emma angerufen und ihr gesagt, wie sehr er sie vermisste, doch in einigen Punkten waren Sir Alans Anweisungen besonders eindringlich gewesen: keine Anrufe, keine Nachtclubs, keine Besichtigungen, keine Einkaufstouren. *Auch das Hotel sollten Sie erst dann verlassen, wenn es an der Zeit ist, den Botschafter aufzusuchen.* Er zog die Beine aufs Bett und ließ den Kopf aufs Kissen sinken. Er dachte an Sebastian, Emma, Sir Alan, Martinez, den Matador Club … Captain May schlief ein.

37

Als Harry erwachte, schaltete er zuerst die Lampe neben seinem Bett ein und sah auf die Uhr. Sechsundzwanzig Minuten nach zwei. Er fluchte, als er bemerkte, dass er noch immer seine ganze Kleidung trug.

Er fiel fast aus dem Bett, trat ans Fenster und starrte hinaus auf eine Stadt, die, nach dem Verkehrslärm und den funkelnden Lichtern zu schließen, offensichtlich noch hellwach war. Er schloss die Vorhänge, zog sich aus und ging erneut zu Bett in der Hoffnung, rasch wieder einzuschlafen. Doch die Gedanken an Martinez, Sebastian, Sir Alan, Emma, Giles und sogar Jessica brachten ihn um den Schlaf, und je mehr er sich zu entspannen und sie aus seinem Kopf zu verbannen versuchte, umso nachdrücklicher forderten sie seine Aufmerksamkeit.

Um halb fünf gab er auf und beschloss, ein Bad zu nehmen. Und genau in diesem Moment schlief er ein. Nachdem er wieder aufgewacht war, sprang er energisch aus dem Bett und zog die Vorhänge zurück, um zu sehen, wie die ersten Sonnenstrahlen über die Stadt streiften. Es war zehn Minuten nach sieben. Er fühlte sich schmuddelig und lächelte bei dem Gedanken an ein langes, heißes Bad.

Er machte sich auf die Suche nach einem Bademantel, doch er fand nur ein dünnes Handtuch und ein kleines Stück Seife. Dann trat er hinaus in den Korridor und ging in Richtung Bad. An der Tür hing ein Schild mit der Aufschrift *Occupado*, und er konnte hören, wie dahinter jemand im Wasser planschte. Harry beschloss zu warten, damit ihm niemand seinen Platz in der Schlange streitig machen würde. Als sich die Tür schließlich zwanzig Minuten später öffnete, sah sich Harry dem Mann, dem er nie wieder hatte begegnen wollen, von Angesicht zu Angesicht gegenüber.

»Guten Morgen, Captain«, sagte der Mann und versperrte Harry den Weg.

»Guten Morgen, Mr. Bolton«, erwiderte Harry und versuchte, sich an ihm vorbeizuschieben.

»Kein Grund zur Eile, alter Junge«, sagte Bolton. »Es dauert eine Viertelstunde, bis das Wasser aus der Wanne ausgelaufen ist, und noch einmal genauso lang, bis sie wieder voll ist.« Harry hoffte, dass Bolton den Hinweis verstehen würde, wenn er nichts sagte, und ging einfach weiter. Bolton verstand offenbar nichts. »Ihr Doppelgänger«, fuhr er fort, ohne von seinem Lieblingsthema abzulassen, »schreibt Kriminalromane. Das Komische ist, dass ich mich an den Namen des Detektivs erinnere – William Warwick – und dass mir der Name des Autors einfach nicht einfällt. Aber er liegt mir auf der Zunge.«

Als zu hören war, wie der letzte Rest Wasser gurgelnd im Abfluss verschwand, trat Bolton widerwillig zur Seite, sodass Harry ins Bad gehen konnte.

»Es liegt mir auf der Zunge«, wiederholte Bolton, als er den Korridor hinabging.

Harry zog die Tür hinter sich zu und schloss sie ab, doch er hatte kaum den Hahn aufgedreht, als jemand an der Tür klopfte.

»Wie lang werden Sie wohl brauchen?«

Als so viel Wasser beisammen war, dass er in die Wanne steigen konnte, hörte er bereits zwei Hotelgäste, die sich auf der anderen Seite der Tür unterhielten. Oder waren es drei?

Das kleine Stück Seife reichte gerade einmal von Kopf bis Fuß, und als er sich zwischen den Zehen abgetrocknet hatte, war das Handtuch triefend nass. Er öffnete die Tür zum Bad, sah eine lange Schlange mürrischer Gäste und versuchte nicht daran zu denken, wie spät es sein würde, bis der Letzte von ihnen zum Frühstück käme. Miss Carrick hatte recht gehabt. Er hätte baden sollen, als er mitten in der Nacht aufgewacht war.

Sobald Harry wieder in seinem Zimmer war, rasierte er sich und zog sich rasch an, denn ihm wurde bewusst, dass er seit dem Verlassen des Flugzeugs nichts mehr gegessen hatte. Er schloss sein Zimmer ab, nahm den Aufzug ins Erdgeschoss und schlenderte durch die Lobby zum Frühstücksraum. Als er eintrat, war der erste Mensch, den er sah, Mr. Bolton, der für sich alleine an einem Tisch saß und sich Orangenmarmelade auf eine Scheibe Toast strich. Harry drehte sich um und floh. Er dachte an den Zimmerservice, verwarf den Gedanken aber gleich wieder.

Der Botschafter erwartete ihn erst um zehn, und aus seinen Unterlagen wusste er, dass es nur zehn bis fünfzehn Minuten dauern würde, um die Botschaft zu Fuß zu erreichen. Er hätte gerne einen Spaziergang gemacht und sich ein Café gesucht, doch eine Mahnung, die Sir Alan mehrfach wiederholt hatte, hinderte ihn daran: *So wenig Aufmerksamkeit wecken wie möglich.* Trotzdem beschloss er, recht früh aufzubrechen und langsam zu gehen. Erleichtert stellte er fest, dass Mr. Bolton ihm nicht im Flur, im Aufzug oder in der Lobby auflauerte, und es gelang ihm, ohne eine weitere Begegnung das Hotel zu verlassen.

Sein Touristenführer erklärte ihm, dass er sich nach drei Blocks nach rechts und zwei weiteren nach links auf der Plaza de Mayo befinden würde. Zehn Minuten später zeigte sich, dass diese Angabe korrekt war. Überall hingen britische Fahnen, und Harry fragte sich, warum.

Er überquerte die Straße, was nicht ganz leicht war in einer Stadt, die sich rühmte, keine Ampeln zu haben, folgte der Avenida quer durch den Stadtteil Constitucion und blieb einen Augenblick stehen, um die Statue eines Mannes namens Estrada zu bewundern. Laut seinen Unterlagen würde er nach zweihundert Metern vor einem Eisengitter stehen, das mit dem königlichen Wappen geschmückt wäre.

Es war 9:33 Uhr, als Harry vor der Botschaft stand. Einmal um den Block: 9:43 Uhr. Noch einmal, und diesmal langsamer: 9:56 Uhr. Schließlich ging er durch das Tor über einen kiesbedeckten Hof und dann ein Dutzend Stufen hinauf, wo ihm eine große Doppeltür von einem Wachmann geöffnet wurde, dessen Orden ihm verrieten, dass sie im selben Krieg gekämpft hatten. Bei jeder anderen Gelegenheit wäre Lieutenant Harry Clifton von den Texas Rangers gerne stehen geblieben, um sich mit ihm zu unterhalten, doch heute nicht. Als er sich dem Empfangstisch näherte, trat eine junge Frau auf ihn zu und fragte ihn: »Sind Sie Captain May?«

»Ja, der bin ich.«

»Mein Name ist Becky Shaw. Ich bin die Privatsekretärin des Botschafters, und er hat mich gebeten, Sie unverzüglich in sein Büro zu bringen.«

Sie führte ihn durch einen mit rotem Teppichboden ausgelegten Flur, an dessen Ende sie stehen blieb und leise an eine beeindruckende Doppeltür klopfte, welche sie sogleich, ohne eine Antwort abzuwarten, öffnete. Jegliche Sorgen, die Harry gehabt haben mochte, weil er sich fragte, ob der Botschafter ihn auch tatsächlich erwarten würde, erwiesen sich als unbegründet.

Harry betrat einen eleganten Raum, in dem der Botschafter, umgeben von mehreren, in einem weiten Halbkreis angeordneten Fenstern, hinter seinem Schreibtisch saß.

Seine Exzellenz, ein kleiner Mann mit einem kantigen Kiefer, der Energie ausstrahlte, stand auf und kam Harry mit raschen Schritten entgegen.

»Wie schön, Sie zu sehen, Captain May«, sagte er und schüttelte Harry energisch die Hand. »Hätten Sie gerne einen Kaffee und ein paar Ingwerplätzchen?«

»Ingwerplätzchen«, wiederholte Harry. »Ja, bitte.«

Der Botschafter nickte, und seine Sekretärin verließ rasch das Zimmer, indem sie die Tür hinter sich zuzog.

»Nun, ich muss Ihnen gegenüber offen sein, mein Freund«, sagte der Botschafter, während er Harry zu zwei bequemen Sesseln führte, von denen aus man einen Blick auf den sorgfältig gestutzten Rasen hatte, auf dem sich mehrere Rosenbeete befanden. Sie hätten in den Home Counties sein können. »Ich habe absolut keine Ahnung, worum es bei unserem Treffen gehen soll. Ich weiß nur, dass der Kabinettssekretär unbedingt will, dass ich Sie empfange, also muss es wichtig sein. Er ist niemand, der anderer Leute Zeit verschwendet.«

Harry zog einen Umschlag aus seinem Jackett und reichte ihn dem Botschafter zusammen mit der Akte, die man ihm anvertraut hatte.

»Von denen bekomme ich nicht allzu viele«, sagte Seine Exzellenz, indem sie das Wappen auf der Rückseite des Umschlags musterte.

Die Tür ging auf, und Becky kam mit einem Tablett wieder, auf dem sich der Kaffee und die Plätzchen befanden, die sie auf den Tisch zwischen die beiden Männer stellte. Der Botschafter öffnete den Brief des Außenministers und las ihn langsam. Er sagte erst wieder etwas, nachdem Becky das Büro verlassen hatte.

»Ich hatte eigentlich gedacht, es könne mich nichts mehr überraschen, was Don Pedro Martinez angeht, doch anscheinend haben Sie mir gezeigt, dass ich unrecht hatte. Vielleicht sollten Sie einfach mit dem Anfang beginnen, Captain May.«

»Mein Name ist Harry Clifton«, begann er, und zwei Tassen Kaffee und sechs Plätzchen später hatte er erklärt, warum er im Hotel Milonga untergebracht worden war und seinen Sohn nicht hatte anrufen können, um ihn aufzufordern, sofort nach England zurückzukehren.

Die Reaktion des Botschafters überraschte Harry. »Wissen Sie, Mr. Clifton, wenn der Außenminister mich aufgefordert hätte, Martinez umzubringen, hätte ich seiner Anweisung mit beträchtlichem Vergnügen Folge geleistet. Ich kann mir nicht einmal ansatzweise vorstellen, wie viele Leben dieser Mann ruiniert hat.«

»Und ich fürchte, mein Sohn ist der Nächste.«

»Nicht, wenn ich in dieser Sache noch ein Wort mitzureden habe. Nun, so wie ich es sehe, wird es unsere oberste Priorität sein, die Sicherheit Ihres Sohnes zu gewährleisten. Danach – und ich vermute, für Sir Alan ist das von gleicher Wichtigkeit – müssen wir herausfinden, wie Martinez beabsichtigt, eine so große Summe Bargeld durch den Zoll zu schmuggeln. Offensichtlich hält Sir Alan« – er warf einen Blick auf den Brief – »Ihren Sohn für den einzigen Menschen, der herausfinden kann, wie Martinez diese Sache angehen will. Halten Sie das für eine zutreffende Einschätzung?«

»Ja, Sir, aber das wird er nicht schaffen, wenn ich keine Gelegenheit habe, mit ihm zu sprechen, ohne dass Martinez etwas davon mitbekommt.«

»Allerdings.« Der Botschafter lehnte sich zurück, schloss die Augen und legte die Fingerspitzen aneinander, als sei er in ein tiefes Gebet versunken.

»Der Trick«, sagte er mit noch immer geschlossenen Augen, »wird sein, Martinez etwas anzubieten, das er mit all seinem Geld nicht kaufen kann.«

Er erhob sich, trat ans Fenster und starrte hinaus auf den Rasen, wo mehrere seiner Mitarbeiter eifrig damit beschäftigt waren, alles für eine Gartenparty vorzubereiten.

»Sie sagten, Martinez und Ihr Sohn werden nicht vor morgen in Buenos Aires eintreffen?«

»Ja. Die SS *South America* soll morgen früh gegen sechs Uhr anlegen, Sir.«

»Sie sind sich zweifellos bewusst, dass die Ankunft von Prinzessin Margaret, die diesem Land einen offiziellen Besuch abstatten wird, unmittelbar bevorsteht.«

»Ach, deshalb wehen auf der Plaza de Mayo so viele britische Fahnen.«

Der Botschafter lächelte. »Ihre Königliche Hoheit wird uns nur für achtundvierzig Stunden beehren. Der Höhepunkt ihrer Reise wird eine Gartenparty sein, die zu ihren Ehren am Montagnachmittag hier in der Botschaft stattfinden soll. Jeder, der in Buenos Aires Rang und Namen hat, wurde dazu eingeladen. Aus Gründen, die sich von selbst verstehen, gehört Martinez nicht dazu, obwohl er mir bei mehr als einer Gelegenheit versichert hat, wie viel ihm daran liegen würde. Doch wenn mein Plan Erfolg haben soll, müssen wir daran etwas ändern, und zwar schnell.«

Der Botschafter drehte sich abrupt um und drückte einen Knopf unter seinem Schreibtisch. Sofort erschien Miss Shaw mit einem Block und einem Bleistift in der Hand.

»Ich möchte, dass wir Don Pedro Martinez eine Einladung für die königliche Gartenparty am Montag schicken.« Falls seine Sekretärin überrascht war, so zeigte sie es mit keiner Miene. »Und ich möchte ihm gleichzeitig einen Brief schicken.«

Wieder schloss er die Augen, und man konnte sehen, dass er in Gedanken den Brief formulierte.

»Sehr verehrter Don Pedro, es ist mir eine große Freude, nein, eine *besondere* Freude, Ihnen eine Einladung zur Gartenparty in unserer Botschaft zukommen zu lassen, bei der wir die besondere, nein, nein, ›besondere‹ hatten wir schon, bei der wir die *außerordentliche* Ehre haben, Ihre Königliche Hoheit Prinzessin Margaret begrüßen zu dürfen. Absatz. Wie Sie sehen, gilt diese Einladung für Sie selbst und einen weiteren Gast. Es liegt mir fern, Ihnen gegenüber eine Empfehlung auszusprechen, doch ich glaube, Ihre Königliche Hoheit würde es als angebracht empfinden, wenn Sie, sollte es irgendwelche englischen Staatsbürger unter Ihren Mitarbeitern geben, einem von diesen eine Teilnahme an besagtem Ereignis ermöglichen würden. Ich freue mich auf unser Zusammentreffen, hochachtungsvoll und so weiter. Klingt das pompös genug?«

»Ja«, sagte Miss Shaw und nickte. Harry schwieg.

»Ich werde den Brief unterschreiben, sobald Sie ihn getippt haben, Miss Shaw, und ich möchte, dass er zusammen mit der Einladung sofort in seinem Büro abgegeben wird, sodass er ihn auf seinem Schreibtisch hat, bevor er morgen früh zurück ist.«

»Auf wann soll ich den Brief datieren, Sir?«

»Gut mitgedacht«, sagte der Botschafter und musterte den Kalender auf seinem Schreibtisch. »Wann hat Ihr Sohn England verlassen, Captain May?«

»Am Montag, dem 10. Juni, Sir.«

Wieder zog der Botschafter seinen Kalender zurate. »Datieren Sie ihn auf den siebten. Wir können immer noch der Post die Schuld geben. Das machen alle anderen schließlich auch.« Er fuhr erst fort, nachdem die Sekretärin das Büro wieder verlassen hatte.

»Und jetzt, Mr. Clifton«, sagte er, indem er zu seinem Sessel zurückkehrte, »möchte ich Ihnen erklären, was ich mir vorstelle.«

Harry durfte Sebastian noch nicht treffen, als dieser am nächsten Morgen zusammen mit Martinez die Gangway der SS *South America* herabkam, doch die Sekretärin des Botschafters sah ihn. Später schickte sie eine Nachricht in Harrys Hotel, in der sie bestätigte, dass die beiden angekommen waren, und ihn bat, sich am folgenden Nachmittag um zwei Uhr zum Seiteneingang der Botschaft an der Avenida Dr. Luis Agote zu begeben, wodurch Harry dann bereits eine volle Stunde, bevor die ersten Gäste zur Gartenparty eintreffen würden, vor Ort wäre.

Harry saß auf der Bettkante und fragte sich, ob der Botschafter mit seiner Behauptung, Martinez werde sich schneller auf den Köder stürzen als ein Lachs im Tweed, recht behalten würde. Das einzige Mal, dass er angeln gegangen war, hatten ihn die Lachse ignoriert.

»Wann ist diese Einladung angekommen?«, rief Martinez und hielt die goldumrandete Karte hoch.

»Sie wurde gestern von einem Mitarbeiter der Botschaft persönlich überbracht«, sagte seine Sekretärin.

»Es sieht den Briten gar nicht ähnlich, dass sie eine Einladung so spät verschicken«, sagte Martinez misstrauisch.

»Die Privatsekretärin des Botschafters hat angerufen, um sich zu entschuldigen. Sie meinte, sie hätten auf mehrere Einladungen, die mit der Post verschickt und möglicherweise nicht zugestellt worden waren, noch keine Antwort erhalten. Sollte doch noch eine Einladung mit der Post eintreffen, so bat sie darum, diese zu ignorieren.«

»Die verdammte Post«, sagte Martinez, reichte die Einladung seinem Sohn und begann, den Brief des Botschafters zu lesen.

»Wie du sehen kannst, darf ich einen weiteren Gast mitbringen«, sagte Martinez. »Hättest du Lust mitzukommen?«

»Soll das ein Witz sein?«, erwiderte Diego. »Ich würde eher bei der Messe in der Kathedrale auf die Knie fallen, als mich dabei erwischen zu lassen, wie ich mich auf eine englische Gartenparty dränge, um mich dort ständig vor jedem Anwesenden zu verbeugen.«

»Dann sollte ich vielleicht Sebastian mitnehmen. Schließlich ist er der Enkel eines Lords, und es kann nicht schaden, wenn es so aussieht, als hätte ich gute Verbindungen zur britischen Aristokratie.«

»Wo ist der Junge jetzt?«

»Ich habe ihm für ein paar Tage ein Zimmer im Royal Hotel gebucht.«

»Welchem Grund hast du ihm gegeben, überhaupt hierherzukommen?«

»Ich habe ihm gesagt, er könne ein wenig Ferien in Buenos Aires machen, bevor er mit einer Sendung, die an Sotheby's geliefert werden muss, nach England zurückkehren soll – wofür er übrigens gut bezahlt wird.«

»Wirst du ihm sagen, was in der Kiste ist?«

»Auf keinen Fall. Je weniger er weiß, umso besser.«

»Vielleicht sollte ich mit ihm gehen, nur um sicher zu sein, dass es keine Pannen gibt.«

»Nein, das würde dem ganzen Plan widersprechen. Der

Junge wird mit der *Queen Mary* nach England zurückkehren, während wir ein paar Tage später nach London fliegen. So kommt er ins Land, während der britische Zoll sich voll und ganz auf uns konzentriert. Und wir werden immer noch rechtzeitig zur Auktion in London sein.«

»Willst du immer noch, dass ich für dich mitbiete?«

»Ja. Ich kann nicht riskieren, dass irgendjemand, der nicht zur Familie gehört, bei dieser Sache eine größere Rolle spielt.«

»Aber wäre es nicht möglich, dass mich jemand erkennt?«

»Nicht, wenn du telefonisch bietest.«

38

»Wenn Sie so freundlich sein wollen, sich hierher zu stellen, Mr. President«, sagte der Botschafter. »Ihre Königliche Hoheit wird zuerst zu Ihnen kommen. Ich bin sicher, dass Sie jede Menge Dinge zu besprechen haben.«

»Mein Englisch nicht gut«, sagte der Präsident.

»Machen Sie sich keine Sorgen, Mr. President. Ihre Königliche Hoheit versteht es sehr gut, mit diesem Problem umzugehen.«

Der Botschafter trat einen Schritt nach rechts. »Guten Tag, Premierminister. Sie werden der Prinzessin als Zweiter vorgestellt, sobald ihre Unterhaltung mit dem Präsidenten beendet ist.«

»Könnten Sie mir noch einmal erklären, wie man Ihre Majestät korrekt anspricht?«

»Natürlich, Sir«, sagte der Botschafter, ohne den Fehler des Premierministers zu korrigieren. »Ihre Königliche Hoheit wird sagen: ›Guten Tag, Premierminister‹, und bevor Sie ihr die Hand geben, sollten Sie sich verbeugen.« Der Botschafter deutete ein Nicken an, um das Gesagte zu demonstrieren. Mehrere Gäste, die in der Nähe standen, begannen die Bewegung einzuüben – nur für alle Fälle. »Nachdem Sie sich verbeugt haben, werden Sie sagen: ›Guten Tag, Ihre Königliche Hoheit.‹ Sie wird dann das Gespräch über ein Thema ihrer Wahl eröffnen, auf welches Sie in angemessener Weise eingehen können. Es gilt als unhöflich, ihr irgendwelche Fragen zu stellen, und Sie sollten sie mit *Ma'am* ansprechen, was sich auf *jam* reimt, nicht auf *harm*. Wenn sie weitergeht, um den Bürgermeister zu begrüßen, verbeugen Sie sich noch einmal und sagen: ›Auf Wiedersehen, Ihre Königliche Hoheit.‹«

Der Premierminister sah verwirrt aus.

»Ihre Königliche Hoheit sollte in ein paar Minuten bei uns sein«, sagte der Botschafter, bevor er zum Bürgermeister von Buenos Aires weiterging. Er gab ihm dieselben Anweisungen wie dem Premierminister und fügte hinzu: »Sie werden der letzte Gast sein, der offiziell vorgestellt wird.«

Der Botschafter konnte Martinez, der wenige Schritte hinter dem Bürgermeister stand, nicht übersehen. Er erkannte, dass es sich bei dem jungen Mann neben ihm um Harry Cliftons Sohn handelte. Gefolgt von Sebastian ging Martinez direkt auf den Botschafter zu.

»Werde ich Ihre Majestät kennenlernen?«, fragte er.

»Ich hatte gehofft, Sie Ihrer Königlichen Hoheit vorstellen zu können. Dazu sollten Sie sich genau neben den Bürgermeister stellen, Mr. Martinez. Ich werde die Prinzessin dann zu Ihnen führen, sobald sie ihr Gespräch mit dem Bürgermeister beendet hat. Aber ich fürchte, dass das nicht für den Gast gilt, den Sie mitgebracht haben. Die Prinzessin ist es nicht gewohnt, sich mit zwei Menschen gleichzeitig zu unterhalten, weshalb der junge Gentleman vielleicht so freundlich sein sollte, sich ein wenig in den Hintergrund zurückzuziehen.«

»Aber natürlich wird er das tun«, sagte Martinez, ohne Sebastian zu fragen.

»Nun, dann sollte ich mich wohl mal besser auf den Weg machen, oder diese Veranstaltung wird nie aus den Startblöcken kommen.« Der Botschafter ging quer über den Rasen, auf dem zahlreiche Menschen standen. Auf dem Weg zurück ins Büro vermied er es, auf den roten Teppich zu treten.

Der Ehrengast saß in einer Ecke des Zimmers, rauchte eine Zigarette und plauderte mit der Ehefrau des Botschafters. Eine lange, elegante Zigarettenspitze aus Elfenbein hing zwischen ihren von einem weißen Handschuh umschlossenen Fingern.

Der Botschafter verbeugte sich. »Wir sind bereit, Ma'am, wenn Sie es sind.«

»Dann sollten wir wohl beginnen, nicht wahr?«, sagte die Prinzessin, nahm einen letzten Zug und drückte ihre Zigarette dann in dem Aschenbecher aus, den sie am leichtesten erreichen konnte.

Der Botschafter begleitete sie hinaus auf den Balkon, wo die beiden einen Augenblick lang stehen blieben. Der Dirigent der Scots Guards hob den Taktstock, und das Orchester begann, die ihm nur wenig vertraute Nationalhymne des Gastes zu spielen. Alle schwiegen, und die meisten Männer nahmen wie der Botschafter Haltung an.

Als die letzten Töne verklungen waren, schritt Ihre Königliche Hoheit langsam den roten Teppich hinab und hinaus auf den Rasen, wo der Botschafter ihr zunächst den Präsidenten Pedro Aramburu vorstellte.

»Mr. President, wie schön, Sie wiederzusehen«, sagte die Prinzessin. »Ich möchte Ihnen für einen überaus faszinierenden Vormittag danken. Eine Sitzung Ihres Parlaments zu verfolgen und gemeinsam mit Ihnen und Ihrem Kabinett meinen Lunch einzunehmen war mir ein großes Vergnügen.«

»Es war eine große Ehre für uns, Sie als unseren Gast empfangen zu dürfen, Ma'am«, sagte er, indem er den einen Satz zum Besten gab, den er auswendig gelernt hatte.

»Und ich teile Ihre Ansicht, Mr. President, dass Ihr Rindfleisch dem besten gleichkommt, was wir in den schottischen Highlands produzieren können.«

Beide lachten, auch wenn der Präsident nicht sicher war, warum.

Der Botschafter warf einen Blick über die Schulter des Präsidenten und sah, dass der Premierminister, der Bürgermeister und Mr. Martinez genau auf den ihnen zugewiesenen Positionen standen und Martinez sich nicht von der Prinzessin abwenden konnte. Er nickte Becky zu, die sofort hinter Sebastian trat und flüsterte: »Mr. Clifton?«

Er drehte sich ruckartig um. »Ja?«, sagte er voller Überraschung, dass jemand seinen Namen kannte.

»Ich bin die Privatsekretärin des Botschafters. Er lässt fragen, ob Sie so freundlich sein könnten, mit mir zu kommen.«

»Soll ich Don Pedro Bescheid sagen?«

»Nein«, sagte Becky entschieden. »Es wird nur ein paar Minuten dauern.«

Sebastian wirkte unsicher, doch er folgte ihr, als sie ihn durch die plaudernde Menge – die Herren im Cut, die Damen in Cocktailkleidern – winkte und sie das Botschaftsgebäude durch eine Seitentür betraten, die jemand für sie aufhielt. Der Botschafter lächelte. Er war froh, dass der erste Teil der Aktion so glatt gelaufen war.

»Gerne werde ich Ihrer Majestät Ihre Grüße ausrichten«, sagte die Prinzessin, bevor der Botschafter sie zum Premierminister führte. Obwohl er versuchte, sich auf jedes Wort der Prinzessin zu konzentrieren für den Fall, dass er in irgendeiner Weise eingreifen musste, gestattete er sich gelegentlich einen Blick in Richtung seiner Bürofenster in der Hoffnung, Becky zu sehen, die auf die Terrasse kommen würde zum Zeichen, dass das Treffen zwischen Vater und Sohn stattgefunden hatte.

Als er den Eindruck bekam, dass die Unterhaltung zwischen der Prinzessin und dem Premierminister beendet war, führte er den hohen Gast weiter zum Bürgermeister.

»Wie schön, Sie kennenzulernen«, sagte die Prinzessin. »Erst letzte Woche hat der Oberbürgermeister von London zu mir gesagt, wie sehr ihm sein Besuch in Ihrer Stadt gefallen hat.«

»Danke, Ma'am«, erwiderte der Bürgermeister. »Ich freue mich bereits auf die Gelegenheit, irgendwann im nächsten Jahr das Kompliment zurückgeben zu können.«

Der Botschafter sah hinüber zu seinem Büro, doch noch immer war Becky nirgendwo zu sehen.

Die Prinzessin nahm sich nicht viel Zeit für den Bürgermeister und machte diskret deutlich, dass sie weitergehen wollte. Widerstrebend fügte sich der Botschafter ihren Wünschen.

»Gestatten Sie mir, Ma'am, Ihnen außerdem Don Pedro Martinez vorzustellen, einen der führenden Bankiers der Stadt, der, wie zu erfahren Sie gewiss interessieren wird, jedes Jahr die Saison in seinem Haus in London verbringt.«

»Es ist in der Tat eine große Ehre, Eure Majestät«, sagte Martinez, der sich tief verbeugte, bevor die Prinzessin die Möglichkeit hatte, auch nur ein Wort zu sagen.

»Wo befindet sich Ihr Haus in London?«

»Am Eaton Square, Eure Majestät.«

»Wie überaus ansprechend. Ich habe viele Freunde, die in jenem Teil der Stadt wohnen.«

»Wenn das der Fall ist, Eure Majestät, dann mag es Ihnen vielleicht zusagen, an irgendeinem Abend zu mir zum Dinner zu kommen. Sie können mitbringen, wen Sie möchten.«

Der Botschafter konnte es gar nicht erwarten, die Antwort der Prinzessin zu hören.

»Welch interessante Vorstellung«, brachte sie heraus, bevor sie rasch weiterging.

Wieder verbeugte sich Martinez tief. Der Botschafter eilte seinem königlichen Gast hinterher. Er war erleichtert, als die Prinzessin stehen blieb, um mit seiner Frau zu plaudern, doch der einzige Satz, den er hören konnte, war: »Was für ein grässlicher kleiner Mann. Wie hat er es nur geschafft, eingeladen zu werden?«

Der Botschafter warf erneut einen Blick zu seinem Büro hinüber und stieß einen Seufzer der Erleichterung aus, als er sah, wie Becky auf die Terrasse trat und ihm nachdrücklich zunickte. Er versuchte, sich darauf zu konzentrieren, was die Prinzessin zu seiner Frau sagte.

»Marjorie, ich brauche unbedingt eine Zigarette. Glauben Sie, dass ich mich für ein paar Minuten zurückziehen kann?«

»Ja, natürlich, Ma'am. Sollen wir zurück ins Haus gehen?«

Als die beiden davongingen, drehte sich der Botschafter um, denn er wollte nach Martinez sehen. Der Mann war auch jetzt noch völlig hingerissen und hatte sich keinen Zentimeter bewegt. Noch immer wandte er den Blick nicht von der Prinzessin ab, und er schien gar nicht zu bemerken, dass Sebastian erst jetzt an die Stelle zurückkehrte, an der er zuvor gestanden hatte, nämlich wenige Schritte hinter ihm.

Nachdem die Prinzessin verschwunden war, drehte sich Martinez um und winkte Sebastian zu sich heran.

»Ich war der Vierte, der die Prinzessin kennenlernen durfte«, waren seine ersten Worte. »Nur der Präsident, der Premierminister und der Bürgermeister wurden ihr vor mir vorgestellt.«

»Welch große Ehre«, sagte Sebastian, als hätte er die ganze Begegnung miterlebt. »Sie müssen sehr stolz sein.«

»Überwältigt«, sagte Martinez. »Das ist einer der bedeutendsten Tage in meinem ganzen Leben. Wissen Sie«, fügte er hinzu, »ich glaube, Ihre Majestät hat meine Einladung zum Dinner angenommen, wenn Sie wieder in London ist.«

»Ich fühle mich schuldig«, sagte Sebastian.

»Schuldig?«

»Ja, Sir. Bruno sollte hier stehen und Ihren Triumph mit Ihnen teilen, nicht ich.«

»Sie können Bruno ja alles erzählen, wenn Sie wieder zurück in London sind.«

Sebastian sah, wie der Botschafter und seine Sekretärin zurück ins Haus gingen, und fragte sich, ob sein Vater noch immer dort wäre.

»Ich habe nur so viel Zeit, wie es dauert, bis die Prinzessin ihre Zigarette geraucht hat«, sagte der Botschafter, als er in sein Büro eilte, »aber ich konnte einfach nicht warten, um zu hören, wie das Treffen mit Ihrem Sohn gelaufen ist.«

»Zuerst war er natürlich schockiert«, erwiderte Harry und zog die Jacke seiner BOAC-Uniform wieder an. »Aber als ich ihm sagte, dass er sein Stipendium nicht verloren hat und man ihn noch immer im September in Cambridge erwartet, konnte er sich ein wenig beruhigen. Ich schlug ihm vor, mit mir zurück nach England zu fliegen, doch er sagte, er habe versprochen, mit der *Queen Mary* ein Paket nach Southampton zu bringen, und da Martinez so freundlich zu ihm gewesen sei, sei dies das Geringste, was er für ihn tun könne.«

»Southampton«, wiederholte der Botschafter. »Hat er Ihnen gesagt, was sich in diesem Paket befindet?«

»Nein, und ich habe ihn auch nicht bedrängt, weil er den wirklichen Grund, warum ich diesen ganzen Weg auf mich genommen habe, nicht wissen soll.«

»Eine kluge Entscheidung.«

»Ich habe darüber nachgedacht, zusammen mit ihm auf der *Queen Mary* zurückzufahren, doch dann wurde mir klar, dass Martinez in so einem Fall sehr schnell herausfinden würde, warum ich an Bord wäre.«

»Das sehe ich auch so«, sagte der Botschafter. »Wie sind Sie dann verblieben?«

»Ich habe versprochen, dass ich Sebastian abholen würde, wenn die *Queen Mary* in Southampton anlegt.«

»Wie wird Martinez Ihrer Meinung nach reagieren, wenn Sebastian ihm sagt, dass Sie in Buenos Aires sind?«

»Ich habe ihm gegenüber angedeutet, dass es vernünftig wäre, es nicht zu erwähnen, da Martinez dann darauf bestehen würde, dass Sebastian mit mir nach London zurückfliegt. Deshalb war er einverstanden, nichts darüber zu sagen.«

»Also muss ich jetzt nur noch herausfinden, was in diesem Paket ist, während wir Sie wieder nach London schaffen, bevor irgendjemand Sie erkennt.«

»Ich kann Ihnen gar nicht genug für alles danken, was Sie für uns getan haben, Sir«, sagte Harry. »Mir ist schmerzlich bewusst, dass ich für Sie eine Störung darstelle, ohne die Sie im Augenblick ganz gut hätten auskommen können.«

»Machen Sie sich darüber keine Gedanken, Harry. Ich habe mich seit Jahren nicht so wohlgefühlt. Es wäre jedoch wirklich sinnvoll, wenn Sie uns verlassen, bevor …«

Die Tür ging auf, und die Prinzessin kam herein. Der Botschafter deutete eine Verbeugung an, während Ihre Königliche Hoheit den Mann in der Uniform eines BOAC-Piloten musterte.

»Darf ich Ihnen Captain Peter May vorstellen, Ma'am«, sagte der Botschafter in völlig gelassenem Ton.

Harry verbeugte sich.

Die Prinzessin nahm die Zigarettenspitze aus dem Mund. »Captain May, wie schön, Sie zu sehen.« Sie musterte Harry genauer und fügte hinzu: »Sind wir uns schon einmal begegnet?«

»Nein, Ma'am«, erwiderte Harry. »Ich habe so das Gefühl, dass ich mich sonst daran erinnern würde.«

»Was für ein drolliger Mensch Sie doch sind, Captain May.« Sie schenkte ihm ein warmes Lächeln und drückte dann ihre Zigarette aus. »Nun, Botschafter, läuten Sie die Glocke. Ich glaube, es wird Zeit für die zweite Runde.«

Während Mr. Matthews die Prinzessin nach draußen auf den Rasen begleitete, führte Becky Harry in die entgegengesetzte Richtung. Er folgte ihr die Hintertreppe hinab, durch die Küche und durch den Lieferanteneingang an der Seite des Gebäudes hinaus auf den Bürgersteig.

»Ich wünsche Ihnen einen guten Heimflug, Captain May.«

Den Kopf voller widersprüchlicher Gedanken, ging Harry langsam zurück zum Hotel. Am liebsten hätte er Emma angerufen, um ihr zu sagen, dass er Sebastian getroffen hatte, dass es ihm gut ging und er schon in ein paar Tagen nach England zurückkommen würde.

Nachdem er wieder im Hotel war, packte er seine wenigen Reiseutensilien zusammen, trug den Koffer an die Rezeption und fragte, ob es noch am selben Abend Flüge nach London gebe.

»Ich fürchte, es ist zu spät, um Sie auf den BOAC-Flug heute Nachmittag zu buchen«, erwiderte der Mann am Empfang. »Aber ich könnte für Sie einen Platz in einer Pan-Am-Maschine nach New York besorgen, die um Mitternacht startet, und von dort ...«

»Harry!«

Harry wirbelte herum.

»Harry Clifton! Ich wusste doch, dass Sie es sind. Erinnern Sie sich nicht mehr an mich? Wir sind uns begegnet, als Sie letztes Jahr im Rotary Club in Bristol eine Rede gehalten haben.«

»Sie irren sich, Mr. Bolton«, sagte Harry. »Mein Name ist Peter May«, fügte er hinzu, als er sah, wie Annabel mit ihrem Koffer an ihnen vorbeiging. Er schlenderte zu ihr hinüber, als hätten sie sich zuvor verabredet.

»Ich werde Ihnen helfen«, sagte er, nahm ihren Koffer und verließ mit ihr zusammen das Hotel.

»Vielen Dank«, sagte Annabel, die ein wenig überrascht wirkte.

»Keine Ursache.« Harry reichte dem Fahrer ihren Koffer und folgte ihr in den Bus.

»Ich wusste gar nicht, dass Sie mit uns zurückfliegen würden, Peter.«

Ich auch nicht, hätte Harry am liebsten geantwortet. »Mein Bruder musste wieder zurück. Irgendein Problem mit dem Damm. Aber dank Ihnen hatten wir eine wunderbare Party letzte Nacht.«

»Wo sind Sie gelandet?«

»Ich habe ihn ins Hotel Majestic eingeladen. Sie hatten recht, das Essen dort ist sensationell.«

»Erzählen Sie mir mehr. Ich wollte dort schon immer mal hin.«

Während der Fahrt zum Flughafen musste Harry ein Geschenk zum vierzigsten Geburtstag erfinden (eine Ingersoll-Uhr) und ein Drei-Gänge-Menü: Räucherlachs, Steak und natürlich Zitronenkuchen. Er war selbst nicht besonders beeindruckt über seine kulinarische Erfindungsgabe und froh, dass Annabel ihn nicht nach den Weinen fragte. Er war, erzählte er ihr, erst um drei Uhr nachts ins Bett gekommen.

»Ich wollte, ich hätte auch bei der Sache mit dem Bad auf Ihren Rat gehört«, sagte Harry, »und gebadet, bevor ich zu Bett ging.«

»Ich habe um vier Uhr morgens ein Bad genommen. Sie hätten sich mir gerne anschließen können«, sagte sie, als der Minibus vor dem Flughafen anhielt.

Harry hielt sich bei der Besatzung, als sie durch den Zoll gingen und das Flugzeug bestiegen. Er kehrte zu seinem Sitz am Ende der Kabine zurück und fragte sich, ob er die richtige Entscheidung getroffen hatte oder ob er hätte bleiben sollen. Doch dann erinnerte er sich an Sir Alans so häufig wiederholte Worte: *Wenn Ihre Tarnung aufgeflogen ist, verschwinden Sie, verschwinden Sie so schnell wie möglich.* Er hatte das Gefühl, das Richtige zu tun. Der entnervende Schwätzer, der ihm begegnet war, würde wahrscheinlich überall in der Stadt herumrennen und jedem erzählen: »Ich habe gerade Harry Clifton getroffen, der sich als BOAC-Pilot ausgibt.«

Sobald die anderen Passagiere ihre Plätze eingenommen hatten, rollte das Flugzeug in Richtung Startbahn. Harry schloss die Augen. Der Aktenkoffer war leer, die Unterlagen waren vernichtet. Er legte den Sicherheitsgurt an und freute sich auf einen langen, ungestörten Schlaf.

»Hier spricht Ihr Kapitän. Ich habe das Zeichen für die Sicherheitsgurte ausgeschaltet. Sie können sich somit frei im Flugzeug bewegen.« Wieder schloss Harry die Augen. Er begann gerade einzunicken, als er hörte, wie sich jemand auf den Sitz neben ihn fallen ließ.

»Ich hab Sie durchschaut«, sagte der Mann, als Harry ein Auge öffnete. »Sie waren in Buenos Aires, um für Ihr nächstes Buch zu recherchieren. Hab ich recht oder hab ich recht?«

SEBASTIAN CLIFTON

1957

39

Don Pedro gehörte zu den letzten Gästen, die die Gartenparty verließen, und dies tat er erst, als er davon überzeugt war, dass die Prinzessin nicht wiederkommen würde.

Sebastian setzte sich neben ihn in den Fond des Rolls-Royce. »Das ist einer der bedeutendsten Tage in meinem ganzen Leben«, wiederholte Don Pedro. Sebastian schwieg, denn er wusste nicht, was er Neues zu diesem Thema hätte sagen sollen. Don Pedro war offensichtlich betrunken – wenn nicht vom Wein, dann von der Vorstellung, sich in umittelbarer Nähe eines Mitglieds der königlichen Familie bewegt zu haben. Sebastian war überrascht, dass man einem so erfolgreichen Mann so leicht schmeicheln konnte. Plötzlich wechselte Martinez das Thema.

»Mein Junge, ich will, dass Sie eines wissen: Sollten Sie jemals eine Stelle suchen, wird hier in Buenos Aires immer eine für Sie frei sein. Es liegt ganz bei Ihnen. Sie könnten Cowboy oder Bankier werden. Genau genommen sind die Unterschiede gar nicht so groß«, sagte er und lachte über seinen eigenen Scherz.

»Das ist sehr freundlich von Ihnen, Sir«, erwiderte Sebastian. Obwohl er Don Pedro gerne berichtet hätte, dass er nun doch ebenso wie Bruno in Cambridge studieren würde, besann er sich eines Besseren, denn dann hätte er erklären müssen, wie er das herausgefunden hatte. Tatsächlich fragte er sich bereits, warum sein Vater um die halbe Welt gereist war, nur um ihm das zu sagen. Don Pedro riss ihn aus seinen Gedanken, indem er ein dickes Bündel Fünf-Pfund-Noten aus seiner Tasche zog, neunzig Pfund abzählte und sie Sebastian reichte.

»Ich fand es schon immer sinnvoll, die Dinge im Voraus zu bezahlen.«

»Aber ich habe meinen Auftrag doch noch gar nicht erledigt, Sir.«

»Ich weiß, dass Sie Ihre Seite unserer Abmachung einhalten werden.« Angesichts dieser Worte fühlte sich Sebastian wegen seines kleinen Geheimnisses nur noch schuldiger, und hätte der Wagen nicht in diesem Augenblick vor Martinez' Büro angehalten, hätte er den Rat seines Vaters möglicherweise ignoriert.

»Bringen Sie Mr. Clifton zurück in sein Hotel«, wies Martinez seinen Fahrer an. Dann wandte er sich Sebastian zu und sagte: »Am Mittwochnachmittag wird Sie ein Wagen abholen und zum Hafen bringen. Genießen Sie die paar Tage in Buenos Aires, denn die Stadt hat einem jungen Mann sehr viel zu bieten.«

Harry hatte es noch nie als nötig empfunden, sich einer derben Sprache zu bedienen, nicht einmal in seinen Büchern. Seine Mutter, die regelmäßig in die Kirche ging, hätte das einfach nicht gutgeheißen. Doch nachdem er sich eine Stunde lang den schier endlosen Monolog über Ted Boltons Leben angehört hatte – es war darin um Aufgaben gegangen, die seine Tochter als Gruppenleiterin bei den Pfadfinderinnen hatte, wo ihr für ihre Handarbeiten und ihre Kochkünste ein Abzeichen verliehen worden war, sowie um die Rolle seiner Frau in der Mitgliederverwaltung der Mothers' Union in Bristol bis hin zu den Gastrednern, die Ted Bolton in diesem Herbst für einen Auftritt vor dem Rotary Club hatte gewinnen können, ganz zu schweigen von seinen Ansichten über Marilyn Monroe, Nikita Chruschtschow, Hugh Gaitskell und Tony Hancock –, platzte Harry schließlich der Kragen.

Er machte die Augen auf, setzte sich gerade hin und sagte: »Mr. Bolton, warum verpissen Sie sich nicht einfach?«

Überrascht und erleichtert sah Harry, dass Bolton aufstand und ohne ein weiteres Wort zu seinem Platz zurückkehrte. Nur wenige Augenblicke später schlief Harry ein.

Sebastian beschloss, Don Pedros Rat anzunehmen und die zwei Tage, die er noch in der Stadt blieb, nach besten Kräften zu nutzen, bevor er an Bord der *Queen Mary* gehen und nach Hause fahren würde.

Nach dem Frühstück am folgenden Morgen tauschte er vier seiner Fünf-Pfund-Noten in dreihundert Pesos um und verließ das Hotel, um die Spanischen Arkaden zu besuchen, wo er sich nach einem Geschenk für seine Mutter und seine Schwester umsehen wollte. Er entschied sich für eine Rhodochrosit-Brosche für seine Mutter; die zart rosafarbene Schattierung des Steins war, wie der Verkäufer ihm versicherte, nirgendwo sonst auf der Welt zu finden. Der Preis war fast ein Schock, doch Sebastian dachte an all die Dinge, die seine Mutter während der letzten zwei Wochen wegen ihm hatte durchmachen müssen.

Während er auf dem Weg zurück ins Hotel die Promenade entlangschlenderte, fiel ihm eine Zeichnung im Schaufenster einer Galerie auf, und er musste an Jessica denken. Er trat ein, um sich das Bild genauer anzusehen. Der Verkäufer versicherte ihm, dass der junge Künstler eine große Zukunft vor sich habe und Sebastian mit einem Kauf nicht nur ein elegantes Stillleben erwerben, sondern sein Geld auch klug investieren würde. Und, ja, er könne gerne mit englischem Geld bezahlen. Sebastian hoffte, dass Jessica Fernando Boteros *Schale mit Orangen* gegenüber dasselbe empfinden würde wie er.

Das Einzige, das er sich selbst kaufte, war ein imposanter Ledergürtel mit einer Rancher-Schnalle. Der Gürtel war nicht billig, aber Sebastian konnte einfach nicht widerstehen.

Über Mittag kehrte er in ein Straßencafé ein, wo er zu viel argentinisches Roastbeef aß, während er eine alte Ausgabe der *Times* las. In den Zentren aller größeren britischen Städte sollte ein allgemeines Halteverbot eingeführt werden. Er konnte nicht glauben, dass sein Onkel Giles dem zustimmen würde.

Nach dem Mittagessen fand er mithilfe seines Stadtführers das einzige Kino in Buenos Aires, das englischsprachige Filme zeigte. Als er alleine in der letzten Reihe saß, um sich *Ein Platz an der Sonne* anzusehen, verliebte er sich in Elizabeth Taylor und fragte sich, wo man eine solche Frau wohl kennenlernen mochte.

Auf seinem Weg zurück ins Hotel sah er in einem Antiquariat vorbei, das auch ein Regal mit englischsprachigen Büchern besaß. Er lächelte, als er sah, dass das erste Buch seines Vaters hier nur drei Pesos kostete, und kaufte sich eine zerlesene Ausgabe von *Offiziere und Gentlemen*.

Am Abend aß Sebastian im Hotelrestaurant und stellte mithilfe seines Stadtführers mehrere interessante Orte zusammen, die er besichtigen wollte, sofern er noch genügend Zeit dazu hatte: die Catedral Metropolitana, das Museo Nacional de Bellas Artes, La Casa Rosada und den Jardín Botánico Carlos Thays im alten Palermo-Viertel. Don Pedro hatte recht, die Stadt hatte viel zu bieten.

Er unterschrieb die Rechnung und beschloss, sich in sein Zimmer zurückzuziehen und Evelyn Waugh weiterzulesen. Genau das hätte er auch getan, hätte er nicht gesehen, dass *sie* auf einem der Barhocker saß. Sie schenkte ihm ein kokettes Lächeln, sodass er abrupt innehielt. Das zweite Lächeln war wie ein Magnet, und wenige Augenblicke später stand er neben ihr. Sie schien so alt wie Ruby zu sein, wirkte aber noch viel verlockender.

»Würden Sie mir gerne etwas zu trinken bestellen?«, fragte sie.

Sebastian nickte und setzte sich auf den Hocker neben ihr. Sie wandte sich an den Barkeeper und bestellte zwei Gläser Champagner.

»Ich heiße Gabriella.«

»Sebastian«, sagte er und streckte ihr die Hand hin. Sie schüttelte sie. Er hätte nie geglaubt, dass die Berührung einer Frau so heftig auf ihn wirken würde.

»Woher kommen Sie?«

»England«, erwiderte er.

»Ich werde England eines Tages besuchen. Den Tower of London und den Buckingham Palace«, sagte sie, während der Barkeeper ihnen zwei Gläser Champagner einschenkte. »*Cheers*. So sagt man doch in England, oder?«

Sebastian hob sein Glas und erwiderte: »*Cheers*.« Es fiel ihm schwer, ihre schlanken, eleganten Beine nicht anzustarren. Er wollte sie unbedingt berühren.

»Wohnen Sie im Hotel?«, fragte sie und legte eine Hand auf seinen Oberschenkel.

Sebastian war froh, dass das Licht in der Bar so stark gedimmt war, denn so konnte sie die Farbe seiner Wangen nicht sehen. »Ja, ich wohne hier.«

»Und sind Sie alleine?«, fragte sie, ohne ihre Hand wegzunehmen.

»Ja«, brachte er mühsam heraus.

»Möchten Sie, dass ich mit Ihnen auf Ihr Zimmer komme, Sebastian?«

Er konnte sein Glück nicht fassen. Er hatte Ruby in Buenos Aires gefunden, und der Rektor war siebentausend Meilen weit weg. Er musste nicht antworten, denn sie war bereits vom Hocker geglitten, hatte ihn bei der Hand genommen und führte ihn aus der Bar.

Sie gingen zu den Aufzügen am anderen Ende der Lobby.

»Was ist Ihre Zimmernummer, Sebastian?«

»Eins eins sieben null«, sagte er, während sie in den Aufzug traten.

Als sie sein Zimmer im elften Stock erreichten, hatte er einige Mühe, die Tür zu öffnen, denn Gabriella begann ihn bereits zu küssen, bevor sie eingetreten waren, und sie küsste ihn immer weiter, während sie ihm sicher und geschickt das Jackett auszog und den Gürtel seiner Hose öffnete. Sie hielt erst inne, als seine Hose zu Boden sank.

Als er die Augen öffnete, sah er, dass Gabriellas Bluse und ihr Rock neben seiner Hose lagen. Am liebsten wäre er einfach nur dagestanden und hätte ihren Körper bewundert, doch wieder nahm sie ihn bei der Hand, und diesmal führte sie ihn zum Bett. Er zog sein Hemd und seine Krawatte aus. Am liebsten hätte er sie überall gleichzeitig berührt. Sie ließ sich aufs Bett fallen und zog ihn auf sich, und wenige Augenblicke später stieß er ein lautes Seufzen aus.

Einige Sekunden blieb er regungslos liegen, bevor sie sich unter ihm hervorschob, ihre Kleider zusammensammelte und im Badezimmer verschwand. Er zog das Laken über seinen Körper und wartete ungeduldig darauf, dass sie wiederkäme. Er freute sich bereits darauf, den Rest der Nacht mit dieser Göttin zu verbringen, und fragte sich, wie oft er bis zum nächsten Morgen wohl mit ihr schlafen könne. Doch als sich die Tür zum Badezimmer wieder öffnete, war Gabriella vollständig angezogen. Sie sah aus, als wolle sie gleich wieder gehen.

»War es das erste Mal für dich?«

»Natürlich nicht.«

»Das dachte ich mir«, sagte sie. »Es kostet trotzdem dreihundert Pesos.«

Sebastian setzte sich auf. Er war nicht sicher, ob er sie verstanden hatte.

»Du glaubst doch nicht, dass es dein gutes Aussehen und dein englischer Charme waren, weshalb ich mit dir gekommen bin.«

»Nein, natürlich nicht«, sagte Sebastian. Er stieg aus dem Bett, hob seine Jacke vom Boden auf und zog seine Brieftasche heraus. Er starrte die Fünf-Pfund-Noten an, die er noch besaß.

»Zwanzig Pfund«, sagte sie. Es klang, als erlebe sie dieses Problem nicht zum ersten Mal.

Er nahm vier Fünf-Pfund-Noten aus der Brieftasche und reichte sie ihr.

Sie nahm das Geld und verschwand noch schneller, als sie gekommen war.

Als das Flugzeug schließlich in London landete, nutzte Harry den Vorteil, den ihm seine Uniform verschaffte, und schloss sich der Besatzung an, die ungehindert durch den Zoll ging. Er lehnte Annabels Angebot ab, mit ihr im Bus in die Stadt zu fahren, und stellte sich stattdessen in der Reihe der Passagiere an, die auf ein Taxi warteten.

Vierzig Minuten später hielt sein Taxi vor Giles' Haus am Smith Square. Voller Vorfreude auf ein ausgiebiges Bad, eine englische Mahlzeit und einen langen Schlaf schlug Harry mit dem Messingklopfer an die Tür in der Hoffnung, dass Giles zu Hause wäre.

Wenige Augenblicke später schwang die Tür auf, und als Giles ihn sah, brach er in lautes Gelächter aus, nahm Haltung an und salutierte.

»Willkommen daheim, Captain.«

Als Sebastian am nächsten Morgen erwachte, warf er als Erstes einen Blick in seine Brieftasche. Obwohl er eigentlich vorgehabt hatte, sein Leben in Cambridge mit achtzig Pfund zu beginnen, besaß er jetzt nur noch zehn. Er betrachtete die Kleider, die über den ganzen Zimmerboden verstreut lagen; der neue Ledergürtel hatte jeden Reiz für ihn verloren. Heute Morgen würde er nur Orte besuchen können, an denen kein Eintritt verlangt wurde.

Es stimmte, was Onkel Giles zu ihm gesagt hatte: In jedem Leben gab es entscheidende Momente, in denen man viel über sich selbst lernte, und dieses Wissen zahlte man gleichsam auf ein inneres Konto ein, um später wie auf ein Guthaben darauf zurückzugreifen.

Nachdem Sebastian seine bescheidenen Reiseutensilien samt den Geschenken gepackt hatte, dachte er an England und den Beginn seines Lebens als Studienanfänger. Er konnte es gar nicht erwarten. Als er kurz darauf im Erdgeschoss aus dem Aufzug trat, sah er überrascht, dass Don Pedros Chauffeur, die Mütze unter dem Arm, in der Lobby wartete. Sobald er Sebastian bemerkte, setzte er die Mütze auf und sagte: »Der Boss möchte Sie sprechen.«

Sebastian stieg in den Fond des Rolls-Royce. Er freute sich darauf, dass er die Gelegenheit bekommen würde, Don Pedro für alles zu danken, was dieser für ihn getan hatte, auch wenn er nicht erwähnen würde, dass er nur noch zehn Pfund besaß. Als der Wagen Martinez' Haus erreicht hatte, wurde Sebastian direkt in Don Pedros Büro geführt.

»Sebastian, es tut mir leid, Sie so aus Ihren Plänen zu reißen, doch es hat sich da ein kleines Problem ergeben.«

Sebastians Herz sank, denn er fürchtete, den Schwierigkeiten, von denen Don Pedro sprach, nicht so leicht aus dem Weg gehen zu können. »Ein Problem?«

»Heute Morgen habe ich einen Anruf von meinem Freund Mr. Matthews von der britischen Botschaft bekommen. Er hat mich darauf hingewiesen, dass Sie ohne einen gültigen Pass in dieses Land eingereist sind. Ich habe ihm gesagt, dass Sie auf meinem Schiff angekommen sind und während Ihres Aufenthalts in Buenos Aires mein Gast seien, doch er hat mir erklärt, dass Ihnen das nicht helfen würde, wenn Sie wieder nach England einreisen wollten.«

»Soll das etwa heißen, dass ich das Schiff verpassen werde?« Sebastian konnte seine Bestürzung nicht verbergen.

»Keineswegs«, sagte Martinez. »Mein Fahrer wird Sie auf dem Weg zum Hafen zur Botschaft bringen, wo, wie der Botschafter mir versichert hat, ein Pass für Sie am Empfang bereitliegt.«

»Vielen Dank«, sagte Sebastian.

»Es war natürlich hilfreich, dass der Botschafter ein guter Freund ist«, sagte Martinez lächelnd. Er reichte Sebastian einen dicken Umschlag und fuhr fort: »Geben Sie das dem Zoll, wenn Sie in Southampton anlegen.«

»Ist dies das Paket, das ich nach England bringen soll?«, fragte Sebastian.

»Nein, nein«, erwiderte Martinez lachend. »Das sind nur die Exportpapiere, die bestätigen, was sich in der Kiste befindet. Sie haben nichts weiter zu tun, als die Dokumente dem Zoll vorzulegen. Den Rest übernimmt Sotheby's.«

Sebastian hatte noch nie etwas von Sotheby's gehört, aber er merkte sich den Namen.

»Übrigens hat Bruno letzte Nacht angerufen und mir gesagt, wie sehr er sich darauf freut, Sie in London wiederzusehen. Er hofft, dass Sie bei ihm am Eaton Square übernachten werden. Das wäre auf jeden Fall besser als eine Pension in Paddington.«

Sebastian dachte an Tibby und hätte Don Pedro gerne erklärt, dass die Pension Safe Haven für ihn dem Majestic Hotel in Buenos Aires gleichkam, doch er sagte nur: »Danke, Sir.«

»*Bon voyage*. Achten Sie einfach nur darauf, dass Sotheby's mein Paket in Empfang nimmt. Sagen Sie Karl, dass Sie es abgeliefert haben, sobald Sie in London sind, und erinnern Sie ihn daran, dass ich am Montag wieder zurück bin.«

Er trat hinter seinem Schreibtisch hervor, umfasste Sebastians Schultern und küsste ihn auf beide Wangen. »Ich betrachte Sie als meinen vierten Sohn.«

Ein Stockwerk darunter stand Don Pedros erster Sohn am Fenster seines Büros, als Sebastian das Gebäude mit einem dicken Umschlag verließ, der acht Millionen Pfund wert war. Er beobachtete, wie Sebastian auf der Rückbank des Rolls-Royce Platz nahm, doch er rührte sich nicht von der Stelle, bis der Fahrer den Wagen gestartet und sich in den Vormittagsverkehr eingefädelt hatte.

Dann eilte Diego nach oben zu seinem Vater.

»Ist die Statue sicher an Bord gebracht worden?«, fragte Don Pedro, kaum dass sein Sohn die Tür hinter sich geschlossen hatte.

»Ich habe selbst gesehen, wie sie heute Morgen in den Frachtraum hinabgelassen wurde. Aber ich bin immer noch nicht überzeugt.«

»Wovon bist du nicht überzeugt?«

»In dieser Statue befinden sich acht Millionen Pfund von deinem Geld, und niemand von uns ist mit an Bord, um sie im Auge zu behalten. Du hast einem Jungen, der bis vor wenigen Tagen noch zur Schule gegangen ist, die Verantwortung für die ganze Operation überlassen.«

»Was genau der Grund dafür ist, warum sich niemand für ihn oder die Statue interessieren wird«, erwiderte Don Pedro. »Sämtliche Frachtpapiere sind auf den Namen Sebastian Clifton ausgestellt, und er muss nichts weiter tun, als die Unterlagen beim Zoll vorzulegen und das Freigabeformular zu unterschreiben. Um alles Weitere kümmert sich Sotheby's, und es gibt nicht den geringsten Hinweis darauf, dass wir in irgendeiner Weise etwas mit der Sache zu tun haben könnten.«

»Hoffen wir, dass du recht hast.«

»Ich wette, wenn wir am Montag auf dem Flughafen von London landen«, sagte Don Pedro, »werden sich wenigstens ein Dutzend Zollbeamte auf unser Gepäck stürzen. Und sie werden nichts weiter finden als eine Flasche von dem Aftershave, das ich für gewöhnlich benutze. Zu diesem Zeitpunkt wird die Statue sicher in den Räumen von Sotheby's untergebracht sein, wo man bereits gespannt auf das Eröffnungsgebot warten wird.«

Als Sebastian in die Botschaft kam, um seinen Pass abzuholen, sah er zu seiner Überraschung, dass Becky ihn am Empfangstisch erwartete. »Guten Morgen«, sagte sie. »Der Botschafter freut sich schon darauf, Ihre Bekanntschaft zu machen.« Ohne ein weiteres Wort wandte sie sich um und ging durch den Korridor in Richtung des Büros von Mr. Matthews.

Sebastian folgte ihr ein zweites Mal, wobei er sich fragte, ob sein Vater hinter der Tür auf ihn wartete und mit ihm zurück nach England kommen würde. Er hoffte, dass es so wäre. Becky klopfte leise an, öffnete die Tür und trat beiseite.

Der Botschafter sah gerade aus dem Fenster, als Sebastian das Büro betrat. Als er hörte, wie die Tür geöffnet wurde, drehte er sich um, ging zu Sebastian und schüttelte ihm herzlich die Hand.

»Ich bin froh, dass wir einander endlich kennenlernen«, sagte er. »Das hier wollte ich Ihnen persönlich geben«, fügte er hinzu und nahm den Pass vom Schreibtisch.

»Vielen Dank, Sir«, sagte Sebastian.

»Darf ich mich auch noch versichern, dass Sie nicht mehr als eintausend Pfund nach Britannien einführen werden? Wir wollen doch nicht, dass Sie gegen das Gesetz verstoßen.«

»Ich habe gerade noch zehn Pfund«, gestand Sebastian.

»Wenn das alles ist, was Sie zu deklarieren haben, sollten Sie problemlos durch den Zoll kommen.«

»Ich werde für Don Pedro Martinez noch eine Statue ausliefern, die Sotheby's in Empfang nehmen wird. Ich weiß nichts darüber, nur dass sie laut den Frachtpapieren *Der Denker* heißen soll und zwei Tonnen wiegt.«

»Da will ich Sie mal nicht aufhalten«, sagte der Botschafter und begleitete ihn zur Tür. »Übrigens, Sebastian, wie lautet eigentlich Ihr zweiter Vorname?«

»Arthur, Sir«, antwortete Sebastian, als er in den Korridor trat. »Ich wurde nach meinem Großvater benannt.«

»Ich wünsche Ihnen eine angenehme Reise, mein Junge«, waren Mr. Matthews letzte Worte, bevor er die Tür schloss. Er kehrte zurück an seinen Schreibtisch und schrieb drei Namen auf seinen Block.

40

»Ich habe dieses Kommuniqué gestern Morgen von Philip Matthews, unserem Botschafter in Argentinien, erhalten«, sagte der Kabinettssekretär und reichte jedem am Tisch eine Kopie. »Bitte lesen Sie es sorgfältig.«

Nachdem Sir Alan den sechzehnseitigen Bericht über seinen Ticker aus Buenos Aires bekommen hatte, hatte er den Rest des Vormittags damit verbracht, jeden Absatz aufmerksam zu studieren. Er wusste, dass das, wonach er suchte, irgendwo unter der schier endlosen Flut trivialer Einzelheiten über Prinzessin Margarets offiziellen Besuch in der Stadt versteckt sein würde.

Er war verwirrt darüber, dass der Botschafter Martinez zur königlichen Gartenparty eingeladen hatte, und seine Überraschung wuchs noch mehr, als er las, dass Martinez Ihrer Königlichen Hoheit vorgestellt worden war. Er nahm an, dass Matthews sich aus gutem Grund in einer solchen Weise über das Protokoll hinweggesetzt hatte, und hoffte, dass es in keinem Archiv, das Zeitungsausschnitte aufbewahrte, ein Foto gab, das in Zukunft jeden an dieses Ereignis erinnern würde.

Es war fast schon Mittag, als Sir Alan auf den Absatz stieß, den er gesucht hatte. Er bat seine Sekretärin, seinen Lunchtermin abzusagen.

Ihre Königliche Hoheit war so gütig, mich hinsichtlich des Ergebnisses des ersten Test-Matches im Lord's auf den neuesten Stand zu bringen, schrieb der Botschafter. *Welch glanzvolle Leistung von Captain Peter May und wie bedauerlich, dass er unnötigerweise in der letzten Minute während seines Laufs ausgeschlagen wurde.*

Sir Alan sah auf und lächelte Harry Clifton zu, der ebenfalls in das Kommuniqué vertieft war.

Erfreut durfte ich erfahren, dass Arthur Barrington für das zweite Test-Match in Southampton am Sonntag, dem 23. Juni, zurückkehren wird, denn mit einem Punktedurchschnitt von knapp über 8 könnte er für England entscheidend werden.

Sir Alan hatte die Worte *Arthur, Sonntag, Southampton* und die Zahl 8 unterstrichen, bevor er mit der Lektüre fortgefahren war.

Ich war völlig verblüfft, dass Tate bei Nr. 5 eine gern gesehene Edition sein würde, doch Ihre Königliche Hoheit versicherte mir, dass kein Geringerer als John Rothenstein, der Kricket-Manager, ihr das bestätigt habe, und darüber musste ich lange nachdenken.

Der Kabinettssekretär hatte *Tate, Nr. 5, Edition* und *Rothenstein* unterstrichen, bevor er aufs Neue mit der Lektüre fortgefahren war.

Ich werde im Auguste nach London zurückkehren, wodurch mir noch genügend Zeit bleibt, um das letzte Test-Match in Millbank anzusehen, und wir wollen doch hoffen, dass wir dann die Neuner-Serie gewonnen haben. Und übrigens, das Spielfeld dort bekommt man wirklich nur mit einer zwei Tonnen schweren Walze schön eben und glatt.

Diesmal hatte Sir Alan *Auguste, Millbank, neun* und *zwei Tonnen* unterstrichen. Inzwischen wünschte er sich, er hätte in seiner Zeit in Shrewsbury größeres Interesse an Kricket gezeigt, aber was Sport anging, hatte es ihn damals eher ans Wasser gezogen. Doch weil Sir Giles, der am anderen Ende des Tisches saß, Oxford bei den Wettkämpfen vertreten hatte, konnte Sir

Alan darauf vertrauen, dass man ihm alles erklären würde, was er über die Geheimnisse des Zusammenspiels von Leder und Weidengeflecht wissen musste.

Sir Alan stellte zufrieden fest, dass jeder das Kommuniqué anscheinend zu Ende gelesen hatte, obwohl Mrs. Clifton noch immer Notizen machte.

»Ich glaube, ich habe das meiste von dem herausgefunden, was unser Mann in Buenos Aires uns zu sagen versucht, doch es gibt immer noch einige wenige Feinheiten, die ich nicht verstanden habe. So brauche ich zum Beispiel Hilfe beim Namen Arthur Barrington, denn ich weiß, dass der große Schlagmann beim Test Ken heißt.«

»Sebastians zweiter Vorname ist Arthur«, sagte Harry. »Deshalb können wir, glaube ich, davon ausgehen, dass er am Sonntag, dem 23. Juni, in Southampton ankommen wird, denn Test-Spiele finden nie am Sonntag statt, und es gibt in Southampton auch kein entsprechendes Spielfeld.«

Der Kabinettssekretär nickte.

»Und *acht* muss sich auf die Millionen beziehen, um die es nach Ansicht des Botschafters geht, denn Ken Barringtons Durchschnitt bei den Test-Matches liegt über fünfzig.«

»Sehr gut«, sagte Sir Alan und machte sich eine Notiz. »Mir ist jedoch immer noch nicht klar, warum Matthews sich bei der *Edition* verschrieben hat, wo doch nur eine *Addition* – im Sinne einer Ergänzung – gemeint sein kann, und warum er den Monat *August* als *Auguste* wiedergibt.«

»Und *Tate*«, sagte Giles. »Denn Maurice Tate war zwar Schlagmann für England bei Nummer neun, aber sicherlich nicht bei Nummer fünf.«

»Da kann ich auch nur ratlos am Spielfeldrand stehen«, sagte Sir Alan, den seine harmlose kleine Metapher zu amüsieren schien. »Kann mir irgendjemand die beiden Schreibfehler erklären?«

»Ich glaube, ich kann das«, sagte Emma. »Meine Tochter Jessica ist Künstlerin, und ich weiß noch genau, wie sie mir gesagt hat, dass Bildhauer neun Abgüsse – sogenannte *Editionen* – ihrer Werke herstellen, die gestempelt und nummeriert werden. Die Schreibweise *Auguste* ist dabei ein Hinweis auf den Künstler.«

»Ich verstehe es immer noch nicht«, sagte Sir Alan, und die Mienen der um den Tisch Versammelten verrieten, dass er damit nicht alleine war.

»Es muss Renoir oder Rodin sein«, fuhr Emma fort. »Und da es wohl kaum möglich ist, acht Millionen Pfund in einem Ölgemälde zu verstecken, vermute ich, dass das Geld in einer zwei Tonnen schweren Statue von Auguste Rodin verborgen ist.«

»Und will er uns zu verstehen geben, dass Sir John Rothenstein, der Direktor der Tate Gallery in Millbank, mir sagen kann, um welche Statue es sich handelt?«

»Er hat es uns bereits mitgeteilt«, erwiderte Emma triumphierend. »Die Antwort versteckt sich in einem der Wörter, die Sie nicht unterstrichen haben, Sir Alan.« Emma konnte sich ein Grinsen nicht verkneifen. »Meine verstorbene Mutter hätte es sogar noch auf dem Totenbett schon lange vor mir entdeckt.«

Harry und Giles lächelten.

»Und welches Wort habe ich nicht unterstrichen, Mrs. Clifton?«

Sobald Emma die Frage beantwortet hatte, griff der Kabinettssekretär zum Telefon, das neben ihm stand, und sagte: »Rufen Sie John Rothenstein von der Tate an und machen Sie heute Abend nach Schließung der Galerie einen Termin für mich aus.«

Sir Alan legte auf und lächelte Emma an. »Ich war schon immer dafür, dass mehr Frauen im öffentlichen Dienst arbeiten.«

»Ich hoffe, Sir Alan, dass Sie die Worte *mehr* und *Frauen* unterstreichen«, sagte Emma.

Sebastian stand auf dem Oberdeck der *Queen Mary* und beugte sich über die Reling, während Buenos Aires langsam in immer größere Ferne rückte, bis die Stadt so aussah wie die Umrisszeichnung auf dem Blatt eines Architekten.

So viel war geschehen in der kurzen Zeit, seit er vom Unterricht in Beechcroft ausgeschlossen worden war, und er konnte sich noch immer nicht erklären, warum sein Vater einen so langen Weg auf sich genommen hatte, nur um ihm zu sagen, dass er seinen Platz in Cambridge nicht verloren hatte. Wäre es nicht viel einfacher gewesen, den Botschafter anzurufen, der Don Pedro offensichtlich kannte? Und warum hatte der Botschafter ihm seinen Pass persönlich ausgehändigt, obwohl Becky das doch genauso gut gleich am Empfang hätte machen können? Und was noch merkwürdiger war: Warum hatte der Botschafter seinen zweiten Vornamen wissen wollen? Auch als Buenos Aires schon nicht mehr zu sehen war, hatte er noch immer keine Antworten auf die drei Fragen. Vielleicht würde sein Vater ihm sie ja geben können.

Er versuchte, sich ganz auf seine Zukunft zu konzentrieren. Nachdem er bereits so viel Geld im Voraus erhalten hatte, musste er zunächst dafür sorgen, dass Don Pedros Skulptur problemlos durch den Zoll kam. Er würde den Hafen erst verlassen, wenn Sotheby's das Werk übernommen hatte.

Bis dahin jedoch wollte er sich entspannen und die Reise genießen. Er hatte vor, die letzten Seiten von *Offiziere und*

Gentlemen zu lesen, und er hoffte, den ersten Band davon in der Schiffsbibliothek zu finden.

Jetzt, da er auf dem Heimweg war, schien es ihm angebracht, über das nachzudenken, was er in einem ersten Jahr in Cambridge erreichen könnte, um seine Mutter zu beeindrucken. Nachdem sie sich seinetwegen so viele Sorgen hatte machen müssen, war dies das Mindeste, was er tun konnte.

»*Der Denker*«, sagte Sir John Rothenstein, der Direktor der Tate Gallery, »stellt für die meisten Kritiker eines der bedeutendsten Werke Rodins dar. Ursprünglich sollte es Teil einer Gruppe mit dem Titel *Die Tore der Hölle* werden, denn zunächst trug es den Titel *Der Dichter*, weil der Künstler damit eine Hommage an seinen Helden Dante im Sinn hatte. Die Bindung des Bildhauers an gerade dieses Werk wurde so eng, dass der Maestro heute unter einem Guss dieser Bronzeskulptur in Meudon begraben ist.«

Sir Alan umrundete die Statue ein weiteres Mal. »Korrigieren Sie mich, wenn ich etwas Falsches sage, Sir John, aber trifft es zu, dass es sich bei diesem Werk hier um die fünfte der neun Editionen handelt, die ursprünglich gegossen worden waren?«

»Das ist korrekt, Sir Alan. Die größte Wertschätzung gilt den Werken Rodins, die zu seinen Lebzeiten von Alexis Rudier in dessen Werkstatt in Paris gegossen wurden. Nach Rodins Tod hat die französiche Regierung – was meiner Ansicht nach sehr zu bedauern ist – einer anderen Gießerei gestattet, eine limitierte Anzahl weiterer Editionen herzustellen, doch ernsthafte Sammler gestehen diesen nicht dieselbe Authentizität zu wie den Abgüssen, die zu Rodins Lebzeiten angefertigt wurden.«

»Weiß man, wo sich alle neun ursprünglichen Abgüsse befinden?«

»Oh ja«, sagte der Direktor. »Abgesehen von unserem Exemplar gibt es drei in Paris – im Louvre, im Musée Rodin und das in Meudon. Ein Exemplar steht im Metropolitan Museum in New York, ein weiteres in der Eremitage in Leningrad. Somit bleiben noch drei Exemplare in Privatbesitz.«

»Weiß man, wem diese drei gehören?«

»Eine Statue steht in der Sammlung des Baron de Rothschild, eine weitere gehört Paul Mellon. Der Standort der dritten Skulptur war lange Zeit ein Geheimnis. Mit Sicherheit können wir nur sagen, dass es sich um einen zu Lebzeiten angefertigten Abguss handelt, der von der Marlborough Gallery vor etwa zehn Jahren an einen privaten Sammler verkauft wurde. Doch es könnte sein, dass dieses Geheimnis nächste Woche endlich gelüftet wird.«

»Ich weiß nicht, ob ich Ihnen folgen kann, Sir John.«

»Am Montagabend kommt ein 1902 angefertigter Guss des *Denkers* bei Sotheby's unter den Hammer.«

»Und wer ist der Besitzer dieses Exemplars?«, fragte Sir Alan in unschuldigem Ton.

»Ich habe keine Ahnung«, gab Rothenstein zu. »Im Katalog von Sotheby's wird es schlicht als Besitz eines Gentlemans geführt.«

Sir Alan lächelte angesichts einer solchen Bezeichnung, doch er sagte nur: »Und was bedeutet das?«

»Dass der Verkäufer anonym zu bleiben wünscht. Oft handelt es sich dabei um einen Aristokraten, der nicht öffentlich machen will, dass er sich in einer schwierigen Lage befindet und sich von einem Familienerbstück trennen muss.«

»Zu welchem Preis dürfte die Skulptur Ihrer Ansicht nach verkauft werden?«

»Das lässt sich nur schwer sagen, denn ein so bedeutendes Werk von Rodin war schon seit Jahren nicht mehr auf dem

Markt. Aber ich wäre überrascht, wenn es für weniger als einhunderttausend Pfund den Besitzer wechseln würde.«

»Wäre ein Laie in der Lage, einen Unterschied zwischen diesem Exemplar«, sagte Sir Alan mit einem Blick auf die Bronzeskulptur vor sich, »und demjenigen, das bei Sotheby's versteigert werden soll, zu erkennen?«

»Bis auf die Nummer des Gusses«, sagte der Direktor, »gibt es keinen Unterschied. In jeder anderen Hinsicht sind sie vollkommen identisch.«

Erneut umrundete der Kabinettssekretär den *Denker* mehrere Male, bevor er gegen die massive Erhebung klopfte, auf der der Mann saß, der der Skulptur seinen Titel gab. Inzwischen zweifelte er nicht mehr daran, wo Martinez die acht Millionen Pfund versteckt hatte. Er trat einen Schritt zurück und musterte den Holzsockel, auf dem der Bronzeguss montiert war. »Sind alle neun Exemplare mit einem solchen Sockel verbunden?«

»Nicht mit genau dem gleichen, aber mit einem ähnlichen, würde ich vermuten. Jede Galerie und jeder Sammler hat wohl seine eigenen Vorstellungen darüber, wie die Skulptur präsentiert werden soll. Wir haben uns für einen einfachen Eichensockel entschieden, denn das schien uns gut zu der Umgebung zu passen.«

»Und wie ist der Sockel mit der Statue verbunden?«

»Bei einer Bronzeskulptur von dieser Größe gibt es üblicherweise vier kleine Stahlfassungen, die in die Unterseite der Statue mit eingeschmolzen sind. In jede von ihnen wurde ein Loch gebohrt, durch das man einen Bolzen und einen abgeschrägten Stahlstift einlassen kann. Dann muss man nur noch vier Löcher in den Sockel bohren und ihn mit sogenannten Flügelmuttern an der Unterseite der Statue befestigen. Jeder ordentliche Zimmermann kann das.«

»Wenn man also den Sockel austauschen wollte, müsste man nur die vier Flügelmuttern lösen, und schon hätte man ihn von der Statue getrennt.«

»Ja, vermutlich«, sagte Sir John. »Aber warum sollte jemand so etwas tun?«

»Ja, allerdings«, sagte der Kabinettssekretär und gestattete sich die Andeutung eines Lächelns. Jetzt wusste er nicht nur, wo Martinez das Geld versteckt hatte, sondern auch, wie er vorhatte, es nach England zu schmuggeln. Und wichtiger noch: wie er es bewerkstelligen wollte, wieder an seine acht Millionen Pfund in gefälschten Fünf-Pfund-Noten zu gelangen, ohne dass irgendjemand mitbekommen würde, was er plante.

»Ein kluger Mann«, sagte er und klopfte ein letztes Mal gegen die Bronzeskulptur.

»Ein Genie«, sagte der Direktor.

»Nun, so weit würde ich nicht gehen«, erwiderte Sir Alan.

Doch um fair zu sein, sollte man darauf hinweisen, dass sie nicht über denselben Mann sprachen.

41

Der Fahrer des weißen Bedford-Kleintransporters hielt vor der U-Bahn-Station Green Park am Piccadilly. Er schaltete den Motor nicht aus und ließ die Scheinwerfer zweimal aufleuchten.

Drei Männer, die nie zu spät kamen, traten aus der Unterführung. Jeder von ihnen hatte sein spezielles Handwerkszeug bei sich, als sie mit raschen Schritten auf die Rückseite des Transporters zugingen, der, wie sie wussten, nicht abgeschlossen war. Sie luden ein kleines Kohlebecken, einen Benzinkanister, eine Werkzeugtasche, eine Leiter, ein dickes Seil und eine Schachtel Swan-Vesta-Streichhölzer in den Transporter, bevor sie zu ihrem befehlshabenden Offizier gingen.

Hätte irgendjemand sie eines zweiten Blicks für würdig erachtet – was aber an einem Sonntagmorgen um sechs Uhr niemand tat –, hätte er sie für Handwerker gehalten, und das waren sie auch tatsächlich gewesen, bevor sie zum SAS gekommen waren. Corporal Crann war Zimmermann gewesen, Sergeant Roberts Arbeiter in einer Gießerei und Captain Hartley Bautechniker.

»Guten Morgen, Gentlemen«, sagte Colonel Scott-Hopkins, als die drei zu ihm in den Transporter stiegen.

»Guten Morgen, Colonel«, erwiderten die drei wie aus einem Mund, als ihr Vorgesetzter den ersten Gang einlegte und der Bedford-Kleintransporter seine Reise nach Southampton begann.

Sebastian war schon einige Stunden an Deck gewesen, als die *Queen Mary* die Passagierrampe hinunterließ. Er war einer der Ersten, die an Land gingen, wo er sich rasch auf den Weg zum Zollbüro machte. Er legte einem jungen Beamten die Frachtpapiere vor, der einen kurzen Blick darauf warf, bevor er sich Sebastian genauer ansah.

»Bitte warten Sie hier«, sagte er und verschwand in einem rückwärtigen Büro. Wenige Augenblicke später erschien ein älterer Mann, der drei silberne Streifen auf den Ärmeln seiner Uniform trug. Er bat Sebastian um seinen Pass, und nachdem er sich das Foto angesehen hatte, unterschrieb er unverzüglich den Freigabeschein.

»Mein Kollege wird Sie bis zu der Stelle begleiten, an der die Kiste verladen wird, Mr. Clifton.«

Sebastian und der junge Beamte verließen das Zollhaus und sahen, wie ein Kran bereits seine Hebevorrichtung in den Frachtraum der *Queen Mary* senkte. Zwanzig Minuten später erschien als erstes Frachtstück eine massive Holzkiste, die Sebastian nie zuvor gesehen hatte. Sie wurde langsam auf das Dock abgelassen und kam schließlich in Ladebucht sechs zum Stehen.

Mehrere Hafenarbeiter lösten die Hebevorrichtung und die Ketten von der Kiste, sodass der Kran zurückschwingen und das nächste Frachtstück an Land transportieren konnte, während die Kiste von einem bereitstehenden Gabelstapler in die Lagerhalle Nummer 40 transportiert wurde. Die ganze Aktion dauerte dreiundvierzig Minuten. Der junge Beamte bat Sebastian, wieder mit ihm ins Zollbüro zu kommen, da noch einige Papiere durchzusehen waren.

Das Polizeifahrzeug schaltete die Sirene ein, überholte den Transporter von Sotheby's auf der Straße von London nach

Southampton und gab dem Fahrer ein Zeichen, bei nächster Gelegenheit auf den Seitenstreifen zu fahren.

Nachdem der Transporter angehalten hatte, stiegen zwei Beamte aus dem Polizeifahrzeug. Der erste ging von vorn auf den Transporter zu, der zweite von hinten. Der zweite Beamte zog sein Schweizer Taschenmesser, klappte es auf und bohrte die Klinge tief in den linken Hinterreifen. Sobald er ein Zischen hörte, ging er wieder zurück zum Polizeifahrzeug.

Der Fahrer des Transporters kurbelte das Fenster herunter und sah den ersten Beamten verwirrt an. »Ich hatte nicht den Eindruck, dass ich zu schnell fahre, Officer.«

»Das sind Sie auch nicht, Sir. Aber ich dachte, Sie sollten wissen, dass Ihr linkes Hinterrad einen Platten hat.«

Der Fahrer stieg aus, ging zum Heck des Transporters und starrte den platten Reifen ungläubig an.

»Das habe ich überhaupt nicht bemerkt, Officer.«

»Das ist typisch bei den kleinen Rissen, aus denen die Luft nur langsam entweicht«, sagte der Beamte gerade, als ein weißer Bedford-Kleintransporter an ihnen vorbeifuhr. Er salutierte und fügte hinzu: »Ich bin froh, dass ich Ihnen helfen konnte, Sir.« Dann stieg er in den Wagen zu seinem Kollegen, und die beiden fuhren davon.

Wenn der Fahrer von Sotheby's den Polizisten um seinen Ausweis gebeten hätte, hätte er gesehen, dass der Mann zur Metropolitan Police in der Rochester Row gehörte und damit meilenweit außerhalb seines Zuständigkeitsbereichs unterwegs war. Sir Alan wusste jedoch, dass nicht viele Beamte, die bei ihm in der SAS gedient hatten, im Augenblick für die Polizei von Hampshire arbeiteten und kurzfristig an einem Sonntagmorgen verfügbar waren.

Don Pedro und Diego ließen sich zum Flughafen Ministro Pistarini fahren. Ihre sechs großen Reisekoffer gelangten ungeprüft durch den Zoll, und einige Zeit später bestiegen die beiden Männer ihre BOAC-Maschine nach London.

»Wenn möglich, fliege ich immer mit einem britischen Flugzeug«, sagte Don Pedro zu der Stewardess, als sie zu ihren Plätzen in der Ersten Klasse geführt wurden.

Die Boeing Stratocruiser hob um 17:43 Uhr ab; sie hatte nur wenige Minuten Verspätung.

Der Fahrer des weißen Bedford bog in den Hafen ein und hielt direkt auf Lagerhalle Nummer 40 zu, die am anderen Ende der Docks lag. Niemand im Transporter war überrascht, dass Colonel Scott-Hopkins genau wusste, wohin er fahren musste. Schließlich hatte er sich das gesamte Gelände achtundvierzig Stunden zuvor genau angesehen. Der Colonel legte stets Wert auf die kleinsten Einzelheiten; er überließ nichts dem Zufall.

Nachdem er den Transporter angehalten hatte, reichte der Colonel Captain Hartley einen Schlüssel. Der nach ihm ranghöchste Offizier stieg aus und schloss das Doppeltor der Lagerhalle auf. Der Colonel fuhr den Transporter in das gewaltige Gebäude. Vor den Männern stand eine massive Holzkiste in der Mitte der Halle.

Während der Bautechniker das Tor schloss, gingen die drei anderen zum Heck des Transporters und holten ihr Werkzeug heraus.

Der Zimmermann lehnte eine Leiter an die Kiste, stieg hinauf und begann, die Nägel, die den Deckel an Ort und Stelle hielten, mit einem Tischlerhammer aus dem Holz zu ziehen. Während er seine Aufgabe erledigte, ging der Colonel zum anderen Ende der Halle, stieg in das Führerhaus eines kleinen

Krans, der dort über Nacht abgestellt worden war, und fuhr ihn neben die Kiste.

Der Bautechniker holte das schwere, aufgerollte Seil aus dem Heck des Transporters, knüpfte an einem Ende eine Schlaufe und warf sich das Seil über die Schulter. Dann trat er einen Schritt zurück und wartete darauf, seine Pflichten als Henker erfüllen zu können. Der Zimmermann brauchte acht Minuten, um alle Nägel aus der dicken Holzabdeckung der Transportkiste zu lösen, und als er seine Aufgabe beendet hatte, stieg er die Leiter hinab und legte die Abdeckung auf den Boden. Der Bautechniker nahm den Platz des Zimmermanns auf der Leiter ein, wobei ihm noch immer das aufgerollte Seil über der Schulter hing. Als er die oberste Sprosse erreicht hatte, beugte er sich so weit wie möglich nach vorn in die Kiste und führte das Seil unter den beiden Armen des *Denkers* hindurch. Er selbst hätte lieber eine Kette benutzt, doch der Colonel hatte betont, dass die Statue unter keinen Umständen beschädigt werden durfte.

Sobald der Bautechniker sicher war, dass das Seil gut saß, knüpfte er einen doppelten Kreuzknoten und hob zum Zeichen, dass er mit seiner Arbeit fertig war, die Schlaufe nach oben. Der Colonel senkte die Stahlkette des Krans ab, bis der Haken an ihrem Ende nur noch wenige Zentimeter vom oberen Kistenrand entfernt war. Der Bautechniker griff nach dem Haken, schob die Schlinge darüber und reckte den Daumen.

Vorsichtig spannte der Colonel das lose Stück Seil, bevor er die Statue langsam aus der Kiste hob. Zunächst erschienen der geneigte Kopf und das auf dem einen Handrücken ruhende Kinn, dann folgten der Torso und die muskulösen Beine und schließlich die große Erhebung, auf der *Der Denker* grübelnd saß. Zuletzt erhob sich das hölzerne Podest, auf dem die Statue befestigt war, aus der Kiste. Sobald es über dem oberen Rand der Kiste schwebte, ließ der Colonel es vorsichtig daneben ab, bis es etwa einen Meter über dem Boden hing.

Der Gießereiarbeiter legte sich auf den Rücken, rutschte unter die Statue und musterte die vier Flügelmuttern. Dann nahm er eine Zange aus seiner Werkzeugtasche.

»Haltet dieses verdammte Ding ruhig«, sagte er.

Der Bautechniker packte die Knie des *Denkers*, und der Zimmermann hielt das Hinterteil des Bronzemannes fest, um zu verhindern, dass sich die Statue bewegte. Der Gießereiarbeiter musste seinen ganzen Körper anspannen, bis es ihm gelang, die erste Mutter, die das hölzerne Podest an Ort und Stelle hielt, zuerst um einen Zentimeter und dann um einen weiteren Zentimeter zu lockern, bis er sie schließlich vollständig gelöst hatte. Er wiederholte das Ganze noch dreimal, und dann fiel das Podest plötzlich ohne Vorwarnung auf ihn.

Doch nicht das war es, was die Aufmerksamkeit seiner drei Kollegen auf sich zog, denn schon den Bruchteil einer Sekunde später ergossen sich mehrere Millionen Pfund in makellosen Fünf-Pfund-Noten aus der Statue und begruben ihn unter sich.

»Bedeutet das etwa, dass ich endlich meine Pension bekomme?«, fragte der Zimmermann, während er ungläubig auf das Geld starrte.

Der Colonel gestattete sich ein schiefes Lächeln, als der Gießereiarbeiter grummelnd unter dem Berg aus Geldscheinen hervorkroch.

»Bedauerlicherweise nein, Crann. Meine Befehle hätten nicht eindeutiger sein können«, sagte der Colonel, als er aus dem Kran kletterte. »Jede Einzelne dieser Banknoten muss vernichtet werden.« Wenn ein SAS-Offizier jemals in Versuchung war, sich einem Befehl zu widersetzen, dann sicherlich in jenem Augenblick.

Der Bautechniker schraubte den Verschluss des Benzinkanisters ab und goss widerwillig ein paar Tropfen über die Holzkohle im Kohlebecken. Er zündete ein Streichholz an und trat einen Schritt zurück, als die Flammen nach oben schossen. Der Colonel übernahm die Führung und warf die ersten fünfzigtausend Pfund in das Kohlebecken. Wenige Augenblicke später schlossen sich ihm die drei anderen widerwillig an und schleuderten Tausende und Abertausende Pfund in die unersättlichen Flammen.

Sobald die letzte Banknote verkohlt war, starrten die Männer eine Weile schweigend in die Asche und versuchten nicht darüber nachzudenken, was sie gerade getan hatten.

Schließlich brach der Zimmermann das Schweigen. »So hat der Ausdruck ›sein Geld verbrennen‹ eine ganz neue Bedeutung gewonnen.«

Alle lachten, bis auf den Colonel, der in energischem Ton sagte: »Machen wir weiter.«

Der Gießereiarbeiter legte sich wieder auf den Boden und rutschte unter die Statue. Wie ein Gewichtheber packte er das Holzpodest und hob es hoch, während der Bautechniker und der Zimmermann die kleinen Stahlstifte zurück in die vier Löcher an der Unterseite der Statue schoben.

»Festhalten!«, rief der Gießereiarbeiter, während der Bautechniker und der Zimmermann die Seiten des Podests packten, sodass er die vier Flügelmuttern zunächst von Hand und dann mithilfe der Zange festdrehen konnte, bis sie wieder sicher an den vorgesehenen Stellen saßen. Sobald er sich davon überzeugt hatte, dass er sie nicht noch fester eindrehen konnte, rutschte er unter der Statue hervor und gab dem Colonel ein Zeichen, indem er den Daumen nach oben reckte.

Im Führerhaus des Krans drückte der Colonel einen Hebel

nach vorn und hob den *Denker* langsam an, bis er wenige Zentimeter über der offenen Transportkiste schwebte. Der Bautechniker kletterte die Leiter hinauf, während der Colonel begann, die Statue vorsichtig abzusenken, sodass Captain Hartley sie sicher in die Kiste lenken konnte. Nachdem das Seil unter den Armen des *Denkers* hervorgezogen worden war, trat der Zimmermann an die Stelle des Bautechnikers auf der obersten Sprosse der Leiter und nagelte den schweren Deckel wieder auf die Kiste.

»In Ordnung, Gentlemen, räumen wir auf, solange der Corporal noch bei der Arbeit ist, dann verschwenden wir später keine Zeit.«

Die drei löschten das Feuer, fegten den Boden und brachten alles, was sie nicht mehr benötigten, zurück in den Transporter.

Die Leiter, der Hammer und drei überzählige Nägel wurden zuletzt im Fahrzeug verstaut. Der Colonel steuerte den Kran zurück in die genaue Position, in der er ihn vorgefunden hatte, während der Zimmermann und der Gießereiarbeiter in das Fahrzeug stiegen. Der Bautechniker schloss das Tor der Lagerhalle auf und trat beiseite, damit der Colonel nach draußen fahren konnte. Der Colonel ließ den Motor laufen, während der nach ihm ranghöchste Offizier das Tor schloss und sich dann neben ihn setzte.

Langsam fuhr der Colonel durch den Hafen bis zum Zollgebäude. Er stieg aus dem Wagen, ging ins Büro und reichte dem Beamten mit den drei silbernen Streifen am Uniformärmel den Schlüssel zur Lagerhalle.

»Danke, Gareth«, sagte der Colonel. »Ich weiß, dass Sir Alan höchst zufrieden sein und sich bei Ihnen noch einmal persönlich bedanken wird, wenn wir uns bei unserem jährlichen Dinner im Oktober sehen.« Der Zollbeamte salutierte, als Colonel

Scott-Hopkins sein Büro verließ, sich wieder hinter das Steuer des weißen Bedford setzte, die Zündung einschaltete und sich mit seinen Männern auf den Weg zurück nach London machte.

Vierzig Minuten später als geplant traf der Transporter von Sotheby's mit einem neuen Reifen im Hafen ein.

Als der Fahrer vor Lagerhalle Nummer 40 anhielt, bemerkte er überrascht, dass ein Dutzend Zollbeamte die Kiste umstanden, die zu holen er gekommen war.

Er wandte sich an seinen Beifahrer und sagte: »Irgendetwas ist da los, Bert.«

Kaum dass sie aus dem Wagen stiegen, hatte ein Gabelstapler die massive Kiste bereits angehoben und manövrierte sie, von mehreren Zollbeamten unterstützt – von viel zu vielen, Berts Meinung nach – ins Heck des Transporters. Eine Übergabe, die normalerweise ein paar Stunden dauern würde, wurde einschließlich der ganzen Formalitäten innerhalb von nur zwanzig Minuten erledigt.

»Was mag nur in dieser Kiste sein?«, fragte Bert, als sie wieder zurückfuhren.

»Ich habe keine Ahnung«, sagte der Fahrer. »Aber ich finde, wir sollten uns nicht beklagen, denn jetzt sind wir so früh wieder zurück, dass wir uns *Henry Hall's Guest Night* im Radio anhören können.«

Auch Sebastian war überrascht von der Geschwindigkeit und der Effizienz, mit der die ganze Aktion ausgeführt worden war. Er nahm an, dass die Statue entweder äußerst wertvoll war oder dass Don Pedro in Southampton genauso viel Einfluss hatte wie in Buenos Aires.

Nachdem Sebastian sich bei dem Beamten mit den drei silbernen Streifen bedankt hatte, ging er zurück zum Terminal, wo er sich den wenigen Passagieren anschloss, die noch auf die Passkontrolle warteten. Der erste Stempel in seinem Pass entlockte ihm ein Lächeln, doch dieses Lächeln verwandelte sich in Tränen, als er durch die Ankunftshalle ging, wo er von seinen Eltern in Empfang genommen wurde. Er sagte ihnen immer wieder, wie furchtbar leid es ihm tue, doch schon nach wenigen Minuten war es, als sei er nie weg gewesen. Keine Vorwürfe, keine mahnenden Vorträge, weshalb er sich nur noch schuldiger fühlte.

Auf der Fahrt zurück nach Bristol hatte er ihnen so viel zu erzählen: Tibby, Janice, Bruno, Mr. Martinez, Prinzessin Margaret, der Botschafter und der Zollbeamte – sie alle traten auf und wieder ab. Nur Gabriella erwähnte er nicht. Sie würde er sich für Bruno aufheben.

Als sie durch die Tore zum Manor House fuhren, war Jessica das Erste, was Sebastian sah. Sie rannte auf ihn und seine Eltern zu.

»Ich hätte nie gedacht, dass ich dich vermissen würde«, sagte er, als er aus dem Auto stieg und sie umarmte.

Der Transporter von Sotheby's bog kurz nach sieben in die Bond Street ein. Der Fahrer war nicht überrascht, als er sah, dass ein halbes Dutzend Lagerarbeiter bereits auf dem Bürgersteig standen. Obwohl ihre Überstunden inzwischen bezahlt wurden, wollten sie alle so schnell wie möglich nach Hause kommen.

Mr. Dickens, der Leiter der Impressionismus-Abteilung, überwachte den Transport der Kiste von der Straße bis ins Lager des Auktionshauses. Er wartete geduldig, bis die Holzlatten abmontiert und die Holzspäne zusammengefegt waren, sodass er die Nummer im Katalog mit der Nummer auf der Skulptur vergleichen konnte. Er beugte sich hinab und sah die »6«, die unter der Signatur von Auguste Rodin in die Bronze eingraviert war. Er lächelte und setzte einen Haken hinter den entsprechenden Eintrag in den Frachtpapieren.

»Vielen Dank, Jungs«, sagte er. »Ihr könnt jetzt nach Hause gehen. Um den Papierkram kümmere ich mich morgen.«

Da Mr. Dickens der Letzte war, der in jener Nacht das Gebäude verließ, schloss er ab, bevor er in Richtung der U-Bahn-Station Green Park ging. Er sah den Mann nicht, der im Eingang eines Antiquitätenladens auf der anderen Straßenseite stand.

Sobald Dickens nicht mehr zu sehen war, trat der Mann aus dem Schatten und ging zur nächstgelegenen Telefonzelle, die sich in der Curzon Street befand. Er hatte vier Pennys griffbereit, aber er überließ ohnehin nie etwas dem Zufall. Er wählte eine Nummer, die er auswendig kannte. Als er hörte, wie sich am anderen Ende der Leitung jemand meldete, drückte er auf den »A«-Knopf und sagte: »Ein leerer Denker wird die Nacht in der Bond Street verbringen, Sir.«

»Danke, Colonel«, erwiderte Sir Alan. »Da wäre übrigens noch etwas, worum Sie sich kümmern sollten. Wir bleiben in Verbindung.« Die Leitung war tot.

Der BOAC-Flug Nummer 714 aus Buenos Aires landete am folgenden Morgen auf dem London Airport. Don Pedro war nicht überrascht, dass seine eigenen Koffer ebenso geöffnet wurden wie die von Diego, und dass mehrere besonders eifrige Zollbeamte das Gepäck gleich zweimal überprüften. Nachdem die Beamten schließlich die Seite des letzten Koffers mit einem Kreidekreuz gekennzeichnet hatten und Martinez den Flughafen verließ, konnte er einen leichten Schauer der Enttäuschung bei ihnen spüren.

Die beiden saßen im Rolls-Royce auf dem Weg zum Eaton Square, als Don Pedro sich an Diego wandte und sagte: »Es gibt nur eines, was du über die Briten wissen musst: Sie haben keinerlei Fantasie.«

42

Obwohl das erste Los nicht vor sieben Uhr abends unter den Hammer kommen würde, war das Auktionshaus schon lange zuvor sehr gut besucht, doch das war in jeder Eröffnungsnacht der Fall, in der bedeutende Werke des Impressionismus zum Verkauf standen.

Auf den dreihundert Plätzen saßen Herren im Smoking und Damen in langen Abendkleidern. Es hätte sich auch um eine Opernpremiere handeln können, und die Ereignisse boten die Aussicht auf ebenso viel Dramatik wie alles, was Covent Garden anzubieten hatte. Und obwohl es ein Drehbuch gab, war es immer das Publikum, das den besten Text hatte.

Die geladenen Gäste gehörten verschiedenen Gruppen an. Die ernsthaften Bieter kamen häufig sehr spät, denn sie hatten reservierte Plätze und waren an den ersten Losen meist nicht interessiert; diese frühen Angebote glichen Figuren aus einem Shakespeare-Stück, die nur dazu dienen sollten, das Publikum aufzuwärmen. Darüber hinaus gab es die Händler und Galeristen, die bevorzugt am rückwärtigen Ende des Saals standen und sich die Krümel teilten, die vom Tisch der Reichen fielen, wenn ein Los das Mindestgebot nicht erreichte und zurückgezogen werden musste. Und es gab noch diejenigen, die das Ganze als gesellschaftliches Ereignis betrachteten. Sie hatten nicht die Absicht, ein Gebot abzugeben, doch sie genossen das Spektakel der Superreichen, die gegeneinander antraten.

Zu guter Letzt war da noch eine besonders tödliche Spezies, die ihrerseits mehrere Unterkategorien besaß: die Ehefrauen, die sehen wollten, wie viel Geld ihre Männer für Gegenstände ausgaben, an denen sie selbst kein Interesse hatten, da sie sich lieber Dinge aus anderen Geschäften in derselben Straße leisteten. Dann gab es die Freundinnen, die schwiegen, weil sie darauf hofften, Ehefrauen zu werden. Und schließlich waren im Saal auch jene Schönheiten zu finden, die keinen anderen Zweck im Leben kannten, als Ehefrauen und Freundinnen vom Markt zu nehmen.

Doch wie bei allem im Leben gab es auch hier Ausnahmen. Eine dieser Ausnahmen war Sir Alan Redmayne, der gekommen war, um sein Land zu repräsentieren. Er würde für Los 29 bieten, aber er hatte noch nicht entschieden, wie weit er gehen würde.

Sir Alan waren die Auktionshäuser des West End mit ihren seltsamen Traditionen durchaus vertraut. Über die Jahre hinweg hatte er eine kleine Sammlung an Aquarellen englischer Künstler aus dem achtzehnten Jahrhundert aufgebaut, und gelegentlich hatte er auch schon für die Regierung mitgeboten, wenn es um ein Gemälde oder eine Skulptur ging, die nach Überzeugung seiner Vorgesetzten das Land nicht verlassen sollte. Heute jedoch würde er zum ersten Mal für ein bedeutendes Werk mitbieten in der Hoffnung, von jemandem aus Übersee überboten zu werden.

Am Morgen hatte die *Times* vorhergesagt, dass Rodins *Denker* einhunderttausend Pfund erzielen würde – eine Rekordsumme für einen französischen Künstler. Was die *Times* jedoch nicht wissen konnte, war, dass Sir Alan die Absicht hatte, das Gebot über einhunderttausend Pfund hinauszutreiben, denn erst dann konnte er sicher sein, dass es sich bei dem einzigen noch verbleibenden Bieter um Don Pedro Martinez handeln würde, der den wahren Wert der Statue auf über acht Millionen Pfund schätzte.

Giles hatte dem Kabinettssekretär die eine Frage gestellt, die zu beantworten dieser am liebsten vermieden hätte: »Wenn alles damit enden sollte, dass *Sie* Martinez überbieten – was wollen Sie dann mit der Skulptur anfangen?«

»Sie wird ein neues Zuhause in der National Gallery of Scotland finden«, hatte Sir Alan erwidert, »als Teil eines Programms, mit dem die Regierung Kunstwerke erwirbt. Sie werden in Ihren Memoiren darüber schreiben können, aber erst, wenn ich tot bin.«

»Und wenn alles in Ihrem Sinne läuft?«

»Dann wird die ganze Angelegenheit ein Kapitel in *meinen* Memoiren werden.«

Nachdem Sir Alan das Auktionshaus betreten hatte, setzte er sich auf einen Platz in der linken hinteren Ecke des Verkaufssaals. Zuvor hatte er mit Mr. Wilson telefoniert und ihm mitgeteilt, dass er auf seinem üblichen Platz sitzen und um Los 29 mitbieten würde.

Als Mr. Wilson die fünf Stufen zum Rednerpult hinaufging, hatten viele wichtige Akteure ihre Plätze bereits eingenommen. Zu beiden Seiten des Auktionators standen mehrere Angestellte von Sotheby's. Die meisten von ihnen gaben Gebote für Kunden ab, die nicht in der Lage waren, persönlich anwesend zu sein, oder die fürchten mussten, sich von den Ereignissen mitreißen zu lassen und am Ende viel mehr zu bieten, als sie ursprünglich vorgehabt hatten. Auf der linken Seite des Saals stand ein langer Tisch auf einer erhöhten Plattform. Dahinter saßen einige der erfahrensten älteren Mitarbeiter des Auktionshauses. Vor ihnen befand sich eine Reihe weißer Telefone, in die nur dann im

Flüsterton gesprochen wurde, wenn ein Los an die Reihe kam, für das sich einer der Kunden interessierte.

Von seinem Platz am hinteren Ende des Saals konnte Sir Alan sehen, dass fast alle Stühle belegt waren. In der dritten Reihe jedoch gab es noch drei leere Stühle, die für einen bedeutenden Kunden reserviert sein mussten. Er fragte sich, wer neben Don Pedro sitzen würde, und blätterte die Seiten seines Katalogs durch, bis er Los 29, Rodins *Denker*, erreicht hatte. Martinez bliebe noch genügend Zeit für seinen Auftritt.

Um Punkt sieben Uhr abends sah Mr. Wilson auf seine Kunden hinab und bedachte sie, wie der Papst, mit einem wohlwollenden Lächeln. Er klopfte gegen das Mikrofon und sagte: »Guten Abend, Ladys und Gentlemen. Ich heiße Sie willkommen bei Sotheby's Impressionisten-Verkauf. Los Nummer eins«, verkündete er und sah kurz zu seiner Linken, um sicher zu sein, dass der Träger das richtige Bild auf die Staffelei gestellt hatte, »ist ein anmutiges Pastellgemälde von Degas, das zwei Ballerinen bei der Probe im Trocadero zeigt. Ich beginne mit einem Mindestgebot von fünftausend Pfund. Sechstausend. Siebentausend. Achttausend ...«

Aufmerksam beobachtete Sir Alan, wie fast alle frühen Lose ihre Mindestgebote übertrafen, was, wie die *Times* am Morgen angedeutet hatte, die Bestätigung dafür war, dass es eine neue Generation von Sammlern gab, die ihr Vermögen nach dem Krieg gemacht hatte und jetzt aller Welt zeigen wollte, dass sie ein Stadium erreicht hatte, in dem sie es sich leisten konnte, in Kunst zu investieren.

Während die Gebote für das zwölfte Los abgegeben wurden, betrat Don Pedro Martinez, begleitet von zwei jungen Männern, den Saal. Sir Alan erkannte Martinez' jüngsten Sohn Bruno und nahm an, dass es sich bei dem anderen Begleiter um Sebastian

Clifton handelte. Die Anwesenheit Sebastians überzeugte ihn davon, dass Martinez noch immer davon ausging, dass sich das Geld in der Statue befand.

Die Händler und Galeristen fingen an, miteinander darüber zu diskutieren, ob Martinez mehr an Los 28, *Ein Winkel im Garten der Klinik St. Paul in St. Rémy* von van Gogh, oder mehr an Los 29, *Der Denker* von Rodin, interessiert wäre.

Sir Alan hatte sich immer für einen Mann gehalten, der selbst unter Druck ruhig und gesammelt blieb, doch jetzt spürte er, wie sein Herz mit jedem neuen Gemälde, das auf der Staffelei platziert wurde, schneller schlug. Als das Mindestgebot von achtzigtausend Pfund für *Ein Winkel im Garten der Klinik St. Paul in St. Rémy* verkündet wurde und der Zuschlag schließlich bei einhundertvierzigtausend Pfund erfolgte – eine Rekordsumme für einen van Gogh –, zog er sein Taschentuch und tupfte sich die Stirn ab.

Er schlug die Seite seines Katalogs um und betrachtete das Meisterwerk, das er bewunderte und bei dem er ironischerweise darauf hoffen musste, überboten zu werden.

»Los Nummer 29, *Der Denker* von Auguste Rodin«, sagte Mr. Wilson. »Wenn Sie einen Blick in Ihren Katalog werfen, werden Sie sehen, dass es sich um einen zu Lebzeiten des Künstlers erfolgten Guss von Alexis Rudier handelt. Das Werk ist im Eingangsbereich des Verkaufssaals ausgestellt«, fügte der Auktionator hinzu. Mehrere Besucher drehten sich um und bewunderten die massive Bronzeskulptur. »Das Werk hat bereits ein beträchtliches Interesse auf sich gezogen, weshalb ich ein Mindestgebot von vierzigtausend Pfund festgesetzt habe. Danke, Sir«, sagte der Auktionator und deutete auf einen Herrn, der direkt vor ihm am Mittelgang saß. Noch mehr Besucher drehten sich um, sodass sie sehen konnten, wer der Bieter war.

Sir Alan reagierte mit einem leichten, fast kaum wahrnehmbaren Nicken.

»Fünfzigtausend«, erklärte der Auktionator und wandte sich wieder dem Mann am Mittelgang zu, der erneut seine Hand hob. »Ich habe sechzigtausend.« Mr. Wilson benötigte nicht mehr als einen flüchtigen Blick in Sir Alans Richtung, um die gleiche Andeutung eines Nickens wie zuvor zu sehen. Wieder wandte er sich zu dem Mann am Mittelgang um und nannte achtzigtausend Pfund, worauf er jedoch nur ein energisches Kopfschütteln erntete.

»Ich habe siebzigtausend Pfund«, sagte er mit einem Blick in Sir Alans Richtung, doch dieser empfand bereits einen leisen Zweifel. Doch dann sah Mr. Wilson nach links und sagte: »Achtzigtausend. Ich habe ein telefonisches Gebot von achtzigtausend.« Sofort wandte er seine Aufmerksamkeit wieder Sir Alan zu und fragte in schnurrendem Ton: »Neunzigtausend?«

Sir Alan nickte.

Wilson sah wieder zum Telefon, wo einer seiner Mitarbeiter wenige Sekunden später seine Hand hob. »Einhunderttausend. Einhundertzehntausend?«, fragte er und grinste Sir Alan an wie die Cheshire-Katze aus *Alice im Wunderland*.

Konnte er es riskieren? Zum ersten Mal in seinem Leben verhielt sich der Kabinettssekretär wie ein typischer Spieler. Er nickte.

»Ich habe einhundertzehntausend Pfund«, sagte Wilson und sah den Angestellten von Sotheby's an, der mit dem Telefonhörer am Ohr auf seine Anweisungen wartete.

Martinez drehte sich um und versuchte zu sehen, wer gegen ihn bot.

Die geflüsterte Unterhaltung am Telefon zog sich eine ganze Weile lang hin. Mit jeder Sekunde wurde Sir Alan nervöser. Er versuchte, nicht an die Möglichkeit zu denken, dass sie auf eine doppelte Täuschung hereingefallen waren, Martinez die acht Millionen Pfund irgendwie ins Land geschmuggelt und der SAS Fälschungen von Fälschungen verbrannt hatte. Was ihm wie eine Stunde vorgekommen war, konnte in Wahrheit nicht einmal zwanzig Sekunden gedauert haben. Dann hob der Mann am Telefon ohne Vorwarnung die Hand.

»Ich habe ein telefonisches Gebot von einhundertzwanzigtausend Pfund«, sagte Wilson und bemühte sich, nicht allzu triumphierend zu klingen. Er wandte sich wieder Sir Alan zu, der vollkommen regungslos dasaß. »Ich habe ein telefonisches Gebot von einhundertzwanzigtausend Pfund«, wiederholte er. »Ich werde das Stück dem Bieter für einhundertzwanzigtausend Pfund zuschlagen. Das ist Ihre letzte Chance«, fügte er hinzu und sah Sir Alan direkt an, doch der Kabinettssekretär hatte zu seiner üblichen Rolle eines undurchschaubaren Mandarins zurückgefunden.

»Verkauft für einhundertzwanzigtausend Pfund«, sagte Wilson und ließ den Hammer nach unten krachen. Jetzt galt sein Lächeln dem Bieter am Telefon.

Sir Alan stieß einen Seufzer der Erleichterung aus. Besonders zufrieden war er über das selbstgefällige Grinsen in Martinez' Gesicht. Es überzeugte ihn davon, dass der Argentinier glaubte, er habe seine eigene Statue, die acht Millionen Pfund enthielt, für bloße einhundertzwanzigtausend Pfund ersteigert. Zweifellos hatte er vor, gleich morgen einen Teil dieses Geldes in seine Geschäfte zu investieren.

Einige Lose später erhob sich Martinez von seinem Stuhl in der dritten Reihe und drängte sich an den anderen Besuchern vorbei, ohne die geringste Rücksicht darauf, ob diese die Auktion weiterverfolgten. Sobald er den Mittelgang erreicht hatte, marschierte er quer durch den Saal und verschwand nach draußen. Die beiden jungen Männer, die ihm folgten, waren wenigstens so anständig, verlegen auszusehen.

Sir Alan wartete, bis ein halbes Dutzend weitere Lose neue Besitzer gefunden hatten, bevor auch er den Saal verließ. Es war ein so schöner Abend, als er die Bond Street betrat, dass er beschloss, zu Fuß zu seinem Club in der Pall Mall zu gehen, um sich dort mit einem halben Dutzend Austern und einem Glas Champagner zu belohnen. Er hätte ein Monatsgehalt dafür gegeben, Martinez' Gesicht zu sehen, wenn dieser entdeckte, dass er buchstäblich einen *hohlen* Sieg errungen hatte.

43

Am folgenden Morgen machte der anonyme Telefonbieter drei
weitere Telefonanrufe, bevor er wenige Minuten nach zehn
Eaton Square Nummer 44 verließ. Er winkte ein Taxi heran und
nannte als Ziel die St. James's Street Nummer 19; als das Taxi
vor der Midland-Bank hielt, bat er den Fahrer zu warten.

Er war nicht überrascht, dass der Bankdirektor sofort bereit
war, ihn zu empfangen. Schließlich konnte er nicht besonders
viele Kunden haben, die noch nie in die roten Zahlen geraten
waren. Der Direktor bat den Mann in sein Büro, und nachdem
der Kunde sich gesetzt hatte, fragte er: »Auf wen soll ich den
Wechsel ausstellen?«

»Sotheby's.«

Der Direktor stellte den Wechsel aus, unterschrieb ihn,
schob ihn in einen Umschlag und reichte ihn dann »dem jungen
Mr. Martinez«, wie er sein Gegenüber üblicherweise für sich
nannte. Diego steckte den Umschlag in eine Innentasche seiner
Jacke und ging, ohne noch etwas zu sagen.

»Sotheby's«, war wiederum das einzige Wort, das er äußerte,
als er die Tür des Taxis hinter sich zuzog und sich auf die Rückbank setzte.

Als das Taxi vor dem Bond-Street-Eingang des Auktionshauses
hielt, bat Diego den Fahrer, ein weiteres Mal zu warten. Er stieg
aus, betrat das Gebäude durch den Haupteingang und ging
direkt auf das Pult zu, an dem die Verkäufe abgewickelt wurden.

»Wie kann ich Ihnen helfen, Sir?«, fragte der junge Mann, der hinter dem Pult stand.

»Bei der Auktion gestern Abend habe ich Los Nummer 29 erworben«, sagte Diego. »Ich würde gerne die Rechnung begleichen.« Der junge Mann sah den Katalog durch.

»Ah, ja. Rodins *Denker*.« Diego fragte sich, wie viele Kunstwerke wohl mit der Bemerkung »Ah, ja« kommentiert würden. »Das wären dann einhundertzwanzigtausend Pfund, Sir.«

»Natürlich«, sagte Diego. Er zog den Umschlag aus der Tasche, nahm den Wechsel heraus – ein Zahlungsmittel, mit dem sich der Käufer niemals feststellen ließ – und legte ihn auf das Pult.

»Sollen wir Ihnen das Stück liefern, Sir, oder möchten Sie es lieber selbst abholen?«

»Ich werde es in einer Stunde abholen.«

»Ich bin nicht sicher, ob das möglich sein wird«, erwiderte der junge Mann. »Sehen Sie, am Tag nach einem größeren Verkauf haben wir alle Hände voll zu tun.«

Diego zog seine Brieftasche und legte eine Fünf-Pfund-Note auf das Pult, was wahrscheinlich mehr Geld war, als der junge Mann in einer Woche verdiente.

»Sorgen Sie dafür, dass diese Hände etwas für mich tun«, sagte er. »Wenn das Paket vorbereitet ist, sobald ich in einer Stunde wiederkomme, dann kommen zu diesem Schein noch zwei weitere dazu.«

Der junge Mann schob das Geld in seine Gesäßtasche zum Zeichen, dass er einverstanden war.

Diego kehrte zu dem wartenden Taxi zurück, und diesmal nannte er dem Fahrer eine Adresse in Victoria. Als sie vor dem gesuchten Gebäude anhielten, stieg Diego aus und trennte sich von einer weiteren Fünf-Pfund-Note seines Vaters. Er wartete auf das Wechselgeld, schob zwei echte Ein-Pfund-Noten in seine Brieftasche und gab dem Fahrer ein Sixpence-Stück. Dann betrat er das Gebäude und ging direkt auf die erste Verkäuferin zu, die er sah.

»Kann ich Ihnen helfen?«, fragte die junge Frau, die eine braun-gelb gemusterte Uniform trug.

»Ich heiße Martinez«, sagte er. »Ich habe heute Morgen angerufen, um einen Schwerlasttransporter zu mieten.«

Nachdem Diego das notwendige Formular ausgefüllt hatte, trennte er sich von einer weiteren Fünf-Pfund-Note und schob drei zusätzliche echte Banknoten in seine Brieftasche.

»Vielen Dank, Sir. Der Transporter steht im Hinterhof, in Parkbucht 71.« Sie reichte ihm den Schlüssel.

Diego betrat den Hof, und nachdem er den Transporter gefunden hatte, schloss er dessen Hecktür auf und warf einen Blick ins Innere. Der Laderaum war perfekt für das, was er vorhatte. Er setzte sich hinter das Steuer, schaltete die Zündung ein und machte sich auf den Rückweg zu Sotheby's. Zwanzig Minuten später hielt er vor dem Hintereingang in der George Steet.

Als er aus dem Transporter stieg, schwang die Tür des Auktionshauses auf, und eine große Kiste, die mit mehreren roten »Verkauft«-Aufklebern bedeckt war, wurde von sechs Männern in grünen Arbeitskitteln, die so kräftig aussahen, dass sie ehemalige Boxer hätten sein können, bevor sie zu Sotheby's gekommen waren, auf den Bürgersteig gerollt.

Diego öffnete die Hecktür des Transporters. Zwölf Hände hoben die Kiste von ihrem Rollbrett, als befände sich nur ein Staubwedel darin, und schoben sie in den Laderaum des Fahrzeugs. Diego schloss die Tür und gab dem jungen Mann hinter dem Pult, an dem die Verkäufe abgewickelt wurden, zwei zweitere Fünf-Pfund-Noten.

Sobald er wieder hinter dem Steuer saß, sah er auf die Uhr. Es war genau 11:41 Uhr. Es gab keinen Grund, warum er es nicht in ein paar Stunden problemlos bis nach Shillingford schaffen sollte, wo, wie er wusste, sein Vater schon lange zuvor unruhig die Auffahrt auf und ab gehen würde.

Als Sebastian das blaue Wappen der Cambridge University auf einem der Briefe sah, die am Morgen mit der Post gekommen waren, griff er sofort nach dem Umschlag und öffnete ihn. Wie bei jedem Brief warf er auch bei diesem zuerst einen Blick auf die Unterschrift unten auf dem Blatt. Dr. Brian Padgett, ein Name, der ihm nichts sagte.

Sehr geehrter Mr. Clifton,

Es würde noch einige Zeit dauern, bis er sich an diese Anrede gewöhnt hätte.

herzlichen Glückwunsch zum Moderne-Sprachen-Stipendium unseres College. Wie Sie sicher wissen, beginnt das Herbstsemester am 16. September, doch ich hoffe, dass wir uns zuvor schon treffen können, um ein oder zwei Dinge zu besprechen, wozu auch Ihre Leseliste gehören würde. Darüber hinaus würde ich mit Ihnen gerne Ihren Vorlesungsplan für Ihr erstes Jahr durchgehen.
Vielleicht könnten Sie mir kurz schreiben, oder besser noch, mich anrufen.

Mit freundlichen Grüßen,
Dr. Brian Padgett
Senior Tutor

Nachdem Sebastian den Brief ein zweites Mal gelesen hatte, beschloss er, Bruno anzurufen, um zu hören, ob sein Freund einen ähnlichen Brief bekommen hatte. Wenn ja, könnten sie beide zusammen nach Cambridge fahren.

Diego war nicht überrascht, als er sah, wie sein Vater nach draußen stürmte, kaum dass der Wagen durch die Tore der Auffahrt gerollt war. Was ihn jedoch überraschte, war, dass sein Bruder Luis und sämtliche Hausangestellten von Shillingford Hall seinem Vater in nur wenigen Schritten Entfernung folgten. Karl, der eine Ledertasche in der Hand hielt, bildete die Nachhut.

»Hast du die Statue?«, fragte sein Vater, noch bevor Diego ausgestiegen war.

»Ja«, erwiderte Diego, gab seinem Bruder die Hand und ging um den Transporter herum. Er schloss die Hecktür auf, und die massive Kiste, die mit mehr als einem Dutzend roter »Verkauft«-Aufkleber bedeckt war, wurde sichtbar. Don Pedro lächelte und tätschelte die Kiste, als handele es sich um eines seiner Schoßhündchen. Dann trat er beiseite, um die schwere Arbeit den anderen zu überlassen.

Diego beaufsichtigte die Gruppe, die die mächtige Kiste Zentimeter für Zentimeter aus dem Transporter zu schieben und zu ziehen begann, bis sie fast nach draußen gekippt wäre. Rasch packten Karl und Luis jeder eine Ecke, während Diego und der Koch das andere Ende festhielten; der Chauffeur und der Gärtner umfassten den Mittelteil mit festem Griff.

Die sechs ungewöhnlichen Träger gingen schwankend bis hinter das Landhaus, wo sie die Kiste mitten auf dem Rasen absetzten. Der Gärtner sah gar nicht glücklich aus.

»Möchtest du, dass wir sie aufrecht hinstellen?«, fragte Diego, nachdem alle wieder zu Atem gekommen waren.

»Nein«, sagte Don Pedro. »Lasst sie auf der Seite liegen. So ist es leichter, das Fundament zu lösen.«

Karl nahm einen Zimmermannshammer aus seiner Werkzeugtasche und begann, die tief ins Holz getriebenen Nägel zu lösen, die die Latten der Kiste an Ort und Stelle hielten. Gleichzeitig begannen der Koch, der Gärtner und der Chauffeur, die Latten mit bloßen Händen abzureißen.

Nachdem das letzte Stück Holz beseitigt war, traten alle einen Schritt zurück und starrten den *Denker* an, der ganz unzeremoniell auf seinem Hintern lag. Don Pedro konnte den Blick nicht von dem hölzernen Podest lösen. Er beugte sich vor, um es genauer zu inspizieren, doch er konnte keinen Hinweis darauf entdecken, dass sich irgendjemand daran zu schaffen gemacht hätte. Er sah auf zu Karl und nickte.

Sein langjähriger Leibwächter beugte sich seinerseits nach vorn und musterte die vier Flügelmuttern. Er nahm eine Zange aus seiner Werkzeugtasche und begann, die erste von ihnen zu lockern. Zunächst bewegte sie sich kaum, gleich darauf schon ein wenig leichter, und schließlich löste sie sich ganz von ihrem abgeschrägten Stahlstift und fiel ins Gras. Karl wiederholte das Ganze noch dreimal, bis alle vier Muttern gelöst waren. Er hielt kurz inne. Dann packte er beide Seiten des Holzpodests, zog es mit aller Kraft von der Statue weg und ließ es ins Gras fallen. Er lächelte zufrieden und trat beiseite, um seinem Herrn den Triumph zu überlassen, einen ersten Blick ins Innere der Statue zu werfen.

Martinez fiel auf die Knie und starrte in den klaffenden Hohlraum, während Diego, Luis und die Hausangestellten auf seine nächste Anweisung warteten. Lange herrschte völlige Stille, bis Don Pedro schließlich einen so durchdringenden Schrei ausstieß, als gelte es, die Toten zu wecken, die friedlich auf dem nahe gelegenen Gemeindefriedhof ruhten. Die sechs Männer, deren Gesichter verschiedene Grade der Angst ausdrückten, starrten auf ihn hinab, denn sie wussten nicht, was zu einem solchen Ausbruch geführt hatte, bis Don Pedro so laut er konnte schrie: »Wo ist mein Geld?«

Diego hatte seinen Vater noch nie so wütend gesehen. Rasch kniete er sich neben ihn, schob die Hände in die Statue und tastete auf der Suche nach den verlorenen Millionen hektisch hin und her. Er fand jedoch nur eine einzige Fünf-Pfund-Note, die an der Innenseite des Bronzegusses hängen geblieben war.

»Wo ist das ganze Geld, verdammt noch mal?«, sagte Diego.

»Jemand muss es gestohlen haben«, bemerkte Luis.

»Scheiße, das ist doch offensichtlich!«, schrie Don Pedro mit bellender Stimme.

Niemand sonst hielt es für angebracht, einen Kommentar abzugeben, während Don Pedro noch immer in den Hohlraum der Statue starrte; er war noch nicht bereit zu akzeptieren, dass ihm nach einem Jahr der Vorbereitung auf diesen Moment nicht mehr bleiben sollte als eine einzelne gefälschte Fünf-Pfund-Note. Mehrere Minuten vergingen, bevor er sich schwankend erhob, und als er schließlich wieder sprach, wirkte er bemerkenswert ruhig.

»Ich weiß nicht, wer für das hier verantwortlich ist«, sagte er und deutete auf die Statue. »Aber ich werde ihn aufspüren und ihm meine Visitenkarte hinterlassen. Und wenn es das Letzte ist, was ich tun werde.«

Ohne ein weiteres Wort drehte Don Pedro der Statue den Rücken zu und marschierte in Richtung des Hauses. Nur Diego, Luis und Karl wagten es, ihm zu folgen. Er nahm den Vordereingang, durchquerte die Eingangshalle, ging in den Salon und blieb vor einem lebensgroßen Porträt von Tissots Geliebter stehen. Er hob Mrs. Kathleen Newton von der Wand und lehnte sie an die nächstgelegene Fensterbank. Dann bewegte er mehrere Male ein Drehschloss, zunächst nach links und dann nach rechts, und als er ein Klicken hörte, zog er die schwere Safetür auf. Einen kurzen Moment lang starrte Martinez auf die fein säuberlich ausgerichteten Stapel von Fünf-Pfund-Noten, die Mitglieder seiner Familie und vertrauenswürdige Mitarbeiter im Laufe der letzten zehn Jahre nach England geschmuggelt hatten, bevor er drei große Bündel herausnahm. Das erste gab er Diego, das zweite Luis und das dritte Karl. Er fixierte die drei mit festem Blick. »Niemand von euch wird ruhen, bis wir herausgefunden haben, wer für das alles verantwortlich ist und mir mein Geld gestohlen hat. Jeder von euch wird seinen Teil dieser Aufgabe lösen, und der Lohn dafür bemisst sich ausschließlich nach den Ergebnissen, die jeder liefert.«

Er wandte sich an Karl. »Ich möchte, dass du herausfindest, wer Giles Barrington darüber informiert hat, dass sein Neffe nach Southampton und nicht zum London Airport gefahren ist.«

Karl nickte, und Martinez wandte sich an Luis. »Du wirst noch heute Abend nach Bristol fahren und herausfinden, wer Barringtons Feinde sind. Abgeordnete haben immer Feinde, und vergiss nicht, dass viele von ihnen oft der eigenen Partei angehören. Und wenn du schon da bist, solltest du so viele Informationen wie möglich über das Schifffahrtsunternehmen der Familie besorgen. Haben sie irgendwelche finanziellen Schwierigkeiten? Haben sie Probleme mit den Gewerkschaften? Gibt es im Vorstand irgendwelche Uneinigkeiten über die Führung des Unternehmens? Zeigen die Aktionäre Unmut? Du musst tief graben, Luis. Vergiss nicht, dass man Wasser oft erst mehrere Meter unter der Oberfläche findet.«

»Diego«, sagte er und wandte seine Aufmerksamkeit seinem

ersten Sohn zu, »fahr zurück zu Sotheby's und finde heraus, wer für Los 29 bis zum Schluss gegen uns geboten und dann doch einen Rückzieher gemacht hat. Er muss gewusst haben, dass sich mein Geld nicht mehr in der Statue befindet, denn sonst hätte er es niemals gewagt, so viel zu riskieren.«

Don Pedro hielt einen Moment inne, bevor er Diego seinen Zeigefinger gegen die Brust drückte. »Aber deine wichtigste Aufgabe besteht darin, ein Team zusammenzustellen, mit dem ich jeden vernichten kann, der für diesen Diebstahl verantwortlich ist. Hör dich zuerst bei den skrupellosesten Anwälten um, denn sie wissen, welche Polizisten korrupt sind. Außerdem kennen sie Kriminelle, die nie gefasst wurden, und sie werden selbst nicht allzu viel von dir erfahren wollen, solange die Bezahlung stimmt. Sobald alle diese Fragen beantwortet sind und alles vorbereitet ist, kann ich denen antun, was sie uns angetan haben.«

44

»Einhundertzwanzigtausend Pfund«, sagte Harry. »Das Gebot kam per Telefon, aber die *Times* scheint nicht zu wissen, um wen es sich bei dem Käufer handelt.«

»Es kann nur einen Menschen geben, der bereit war, so viel für dieses Stück zu bezahlen«, sagte Emma. »Und inzwischen dürfte Mr. Martinez wissen, was er sich eingehandelt hat.« Harry sah von seiner Zeitung auf und erkannte, dass seine Frau zitterte. »Und wenn es eines gibt, wobei wir uns bei diesem Mann sicher sein können, dann ist es die Tatsache, dass er wissen wollen wird, wer ihm das Geld gestohlen hat.«

»Aber es gibt keinen Grund, warum er glauben sollte, dass Seb etwas damit zu tun hat. Ich war nur ein paar Stunden lang in Buenos Aires, und niemand außer dem Botschafter kannte dort auch nur meinen Namen.«

»Außer Mr. ... wie hieß er noch gleich?«

»Bolton. Aber er ist im selben Flugzeug wie ich zurückgeflogen.«

»Wenn ich Martinez wäre«, sagte Emma mit brechender Stimme, »würde ich Seb als Ersten verdächtigen.«

»Aber warum? Vor allem, weil er es überhaupt nicht war?«

»Weil er die Statue zuletzt gesehen hat, bevor sie an Sotheby's ausgeliefert wurde.«

»Das ist kein Beweis.«

»Für Martinez ist das ein Beweis, glaub mir. Ich denke, wir

haben keine andere Wahl. Wir müssen Sebastian warnen und ihm sagen, dass …«

Die Tür ging auf, und Jessica stürmte herein.

»Mum, du errätst nie, wohin Seb morgen geht.«

»Luis, sag mir, was du in Bristol herausgefunden hast.«

»Ich habe fast die ganze Zeit über einen Stein nach dem anderen umgedreht, um zu sehen, ob etwas darunter hervorgekrochen kommt.«

»Und ist etwas gekommen?«

»Ja. Ich habe herausgefunden, dass Barrington – obwohl er in seinem Wahlkreis sehr respektiert wird und beliebt ist – sich auf seinem Weg mehrere Feinde gemacht hat, darunter seine Exfrau sowie …«

»Was wirft sie ihm vor?«

»Sie ist der Ansicht, dass Barrington sie sträflich im Stich gelassen hat, was das Testament seiner Mutter angeht, und es gefällt ihr gar nicht, dass die Tochter eines Bergarbeiters aus Wales an ihre Stelle treten soll.«

»Dann solltest du vielleicht versuchen, mit ihr Kontakt aufzunehmen.«

»Das habe ich bereits versucht, aber so einfach ist das nicht. Angehörige der englischen Oberklasse verlangen, dass jemand, mit dem sie bereits vertraut sind, ihnen eine neue Bekanntschaft zuerst vorstellt. Aber als ich in Bristol war, habe ich einen Mann gefunden, der behauptet, sie gut zu kennen.«

»Wie heißt er?«

»Major Alex Fisher.«

»Und welche Verbindung hat er zu Barrington?«

»Er war der Kandidat der Konservativen, der bei der letzten Wahl mit nur vier Simmen Differenz von Barrington besiegt wurde. Fisher behauptet, dass Barrington ihn um seinen Sitz im Parlament betrogen hat, und ich habe das Gefühl, er würde so ziemlich alles tun, um es ihm heimzuzahlen.«

»Dann müssen wir ihn in diesem Bemühen unterstützen«, sagte Don Pedro.

»Ich habe außerdem herausgefunden, dass Fisher seit seiner Wahlniederlage in ganz Bristol Schulden angehäuft hat und verzweifelt nach einer Rettungsleine sucht.«

»Dann werde ich ihm wohl eine zuwerfen müssen, nicht wahr?«, sagte Don Pedro. »Was hast du über Barringtons Freundin herausgefunden?«

»Dr. Gwyneth Hughes. Sie unterrichtet Mathematik an der Mädchenschule St. Paul's in London. Die Labour Party in Bristol wartet seit Barringtons Scheidung darauf, dass die beiden eine öffentliche Erklärung über ihre gemeinsame Zukunft abgeben, aber, um ein Mitglied des Parteikomitees zu zitieren, das sie schon einmal getroffen hat: Man kann sie nicht gerade als ›Püppchen‹ bezeichnen.«

»Vergiss sie«, sagte Don Pedro. »Solange Barrington sie nicht sitzen lässt, nützt sie uns nichts. Konzentrier dich auf seine Exfrau. Wenn der Major ein Treffen arrangieren kann, musst du herausfinden, ob sie an Geld oder an Rache interessiert ist. Fast jede Exfrau will eines von beiden, und die meisten wollen beides.« Er lächelte Luis an, bevor er sagte: »Gut gemacht, mein Junge.« Dann wandte er sich an Diego und sagte: »Was hast du für mich?«

»Ich bin noch nicht fertig«, sagte Luis, wobei er sich ein wenig gekränkt anhörte. »Ich habe außerdem jemanden gefunden, der mehr über die Familie Barrington weiß als die Barringtons selbst.«

»Und wer sollte das sein?«

»Ein Privatdetektiv namens Derek Mitchell. Er hat in der Vergangenheit für die Barringtons und die Cliftons gearbeitet, aber ich habe das Gefühl, dass ich ihn bei entsprechender Bezahlung dazu bringen könnte ...«

»Halte dich bloß von ihm fern«, sagte Don Pedro energisch. »Wenn er bereit ist, seine früheren Auftraggeber zu hintergehen, was bringt dich dann auf die Idee, dass er sich uns gegenüber nicht genauso verhalten wird, wenn es ihm in den Kram passt? Aber das bedeutet natürlich nicht, dass du diesen Mann nicht ganz genau im Auge behalten solltest.«

Luis nickte, obwohl er enttäuscht wirkte.

»Diego?«

»Ein BOAC-Pilot names Peter May hat genau zu der Zeit, in der Sebastian Clifton in Buenos Aires war, für zwei Tage im Hotel Milonga übernachtet.«

»Und?«

»Dieser Mann wurde dabei beobachtet, wie er am Tag der Gartenparty aus der Hintertür der britischen Botschaft gekommen ist.«

»Das könnte ein Zufall sein.«

»Und der Mann am Empfang im Milonga hat gehört, wie jemand, der diesen Herrn zu kennen schien, ihn als ›Harry Clifton‹ ansprach, also mit dem Namen von Sebastians Vater.«

»Kein Zufall mehr.«

»Und das ist noch nicht alles. Mr. Clifton hat das Hotel verlassen, ohne die Rechnung zu bezahlen. Sie wurde später von der britischen Botschaft beglichen, was beweist, dass Vater und Sohn nicht nur zur selben Zeit in Buenos Aires waren, sondern auch zusammengearbeitet haben.«

»Warum haben sie dann nicht im selben Hotel gewohnt?«, fragte Luis.

»Weil sie nicht zusammen gesehen werden wollten, würde ich meinen«, sagte Don Pedro. Er hielt kurz inne und fügte dann hinzu: »Gut gemacht, Diego. Und war dieser Harry Clifton auch derjenige, der bis zum Schluss um meine Statue mitgeboten hat?«

»Ich glaube nicht. Als ich den zuständigen Direktor von Sotheby's gefragt habe, wer der Bieter gewesen sei, behauptete er, er wisse es nicht. Und obwohl ich einige Andeutungen gemacht habe, ist Mr. Wilson offensichtlich niemand, der sich bestechen lässt. Außerdem vermute ich, dass er unverzüglich Scotland Yard verständigen würde, sollte man ihn in irgendeiner Weise bedrohen.« Don Pedro runzelte die Stirn. »Aber ich habe möglicherweise Wilsons einzige Schwäche herausgefunden«, fuhr Diego fort. »Als ich andeutete, du hättest vielleicht die Absicht, den *Denker* erneut anzubieten, meinte er, die britische Regierung könnte unter Umständen daran interessiert sein, die Statue zu kaufen.«

Don Pedro tobte und stieß eine Tirade von Schimpfworten aus, die einen Gefängniswärter schockiert hätte. Es dauerte eine ganze Weile, bis er sich wieder beruhigt hatte, und als er wieder sprach, war das Nächste, was er sagte, kaum mehr als ein Flüstern. »Jetzt wissen wir also, wer mein Geld gestohlen hat. Und inzwischen haben sie die Geldscheine zerstört oder der Bank of England übergeben. In beiden Fällen«, fuhr er fort, indem er die Worte fast ausspuckte, »werden wir nie wieder einen Penny von diesem Geld sehen.«

»Aber sogar die britische Regierung hätte eine solche Operation niemals ohne die Mitarbeit der Familien Clifton und Barrington ausführen können«, sagte Diego. »Also hat sich unser Ziel nicht geändert.«

»Das sehe ich auch so. Wie kommst du mit deinem Team voran?«, fragte er, indem er rasch das Thema wechselte.

»Ich habe eine kleine Gruppe von Leuten zusammengestellt, die nicht gerne Steuern zahlen.« Zum ersten Mal an diesem Morgen lachten die drei anderen. »Gegen einen kleinen Vorschuss halten sie sich im Augenblick in Bereitschaft. Sie können zuschlagen, wenn du die Anweisung dazu gibst.«

»Haben sie irgendeine Ahnung, für wen sie arbeiten?«

»Nein. Sie halten mich für einen Ausländer mit viel zu viel Geld. Abgesehen davon stellen sie nur sehr wenige Fragen, solange sie pünktlich und in bar bezahlt werden.«

»Klingt vernünftig.« Don Pedro wandte sich an Karl. »Hast du herausgefunden, wer Barrington verraten hat, dass sein Neffe nach Southampton und nicht zum London Airport gefahren ist?«

»Ich kann es nicht beweisen«, sagte Karl. »Aber, so leid es mir tut, es gibt nur einen, der infrage kommt, und das ist Bruno.«

»Der Junge war immer viel ehrlicher, als gut für ihn ist. Daran ist seine Mutter schuld. Wir müssen dafür sorgen, dass wir uns über das, was ich vorhabe, nie unterhalten, wenn er in der Nähe ist.«

»Aber niemand von uns weiß so genau, was du vorhast«, sagte Diego.

Don Pedro lächelte. »Vergiss nie: Wenn man ein Reich in die Knie zwingen will, beginnt man am besten damit, dass man den Thronfolger umbringt.«

45

Eine Minute vor zehn klingelte es, und Karl öffnete die Haustür.

»Guten Morgen, Sir«, sagte er. »Wie kann ich Ihnen helfen?«

»Ich habe um zehn Uhr eine Verabredung mit Mr. Martinez.«

Karl deutete ein Nicken an und trat beiseite, um den Besucher eintreten zu lassen. Dann führte er ihn durch die Eingangshalle, klopfte an die Tür des Arbeitszimmers und sagte: »Ihr Gast ist eingetroffen, Sir.«

Martinez erhob sich hinter seinem Schreibtisch und streckte die Hand aus. »Guten Morgen. Ich freue mich, Sie zu sehen.«

Nachdem Karl die Tür zum Arbeitszimmer geschlossen hatte, kam er auf seinem Weg zur Küche an Bruno vorbei, der gerade telefonierte.

»Mein Vater hat mir Karten für das Halbfinale der Herren morgen in Wimbledon gegeben und vorgeschlagen, dass ich dich einlade.«

»Das ist wirklich nett von ihm«, sagte Sebastian, »aber ich habe am Freitag einen Termin bei meinem Tutor in Cambridge. Deshalb glaube ich nicht, dass ich es schaffen werde.«

»Sei nicht so pessimistisch«, sagte Bruno. »Es spricht nichts dagegen, dass du morgen früh nach London kommst. Das Spiel beginnt erst um zwei. Wenn du es schaffst, bis um elf hier zu sein, hast du noch mehr als genug Zeit.«

»Aber deshalb muss ich am Tag darauf trotzdem gegen Mittag in Cambridge sein.«

»Dann übernachtest du einfach hier, und Karl kann dich am Freitagmorgen gleich als Erstes in die Liverpool Street fahren.«

»Wer spielt eigentlich?«

»Fraser gegen Cooper, eine verdammt heiße Sache. Und wenn du richtig nett bist, fahre ich dich mit meinem scharfen neuen Auto nach Wimbledon.«

»Du hast ein Auto?«, fragte Sebastian ungläubig.

»Ein orangefarbener MGA, ein Cabrio. Dad hat es mir zu meinem achtzehnten Geburtstag geschenkt.«

»Du verdammter Glückspilz«, sagte Sebastian. »Mein Pa hat mir Prousts gesammelte Werke geschenkt.«

Bruno lachte. »Und wenn du dich benimmst, erzähle ich dir unterwegs vielleicht von meiner neuesten Freundin.«

»Deiner *neuesten* Freundin?«, spottete Sebastian. »Man muss zuvor wenigstens *eine* Feundin gehabt haben, damit man später von seiner *neuesten* Freundin sprechen kann.«

»Höre ich da etwa einen Hauch von Neid?«

»Das sage ich dir, nachdem ich sie kennengelernt habe.«

»Dazu wird es nicht kommen, denn ich kann sie erst am Freitag wiedertreffen, und dann sitzt du schon längst im Zug nach Cambridge. Wir sehen uns morgen gegen elf.«

Bruno legte den Hörer auf und wollte gerade in sein Zimmer gehen, als sich die Tür des Arbeitszimmers öffnete und sein Vater erschien, der einem militärisch aussehenden Herrn den Arm um die Schulter gelegt hatte. Bruno wäre nie auf die Idee gekommen, seinen Vater zu belauschen, wenn er nicht den Namen *Barrington* gehört hätte.

»Sie werden in kürzester Zeit wieder an Bord sein«, sagte sein Vater, als er den Gast zur Haustür begleitete.

»Diesen Moment werde ich wirklich genießen.«

»Sie müssen jedoch wissen, Major, dass ich nicht an ein paar kleinen, schnellen Gewinnen interessiert bin, nur um die Familie Barrington in Verlegenheit zu bringen. Mein langfristiger Plan besteht darin, die Firma zu übernehmen und Sie als Vorstandsvorsitzenden zu installieren. Na, wie hört sich das an?«

»Wenn eine solche Aktion gleichzeitig Giles Barrington zu Fall bringt, könnte mir nichts lieber sein.«

»Nicht nur Giles Barrington«, sagte Martinez. »Ich habe die Absicht, alle zu vernichten, und zwar ein Mitglied dieser Familie nach dem anderen.«

»Das ist sogar noch besser.«

»Genau deshalb müssen Sie unverzüglich damit beginnen, Barrington-Aktien zu kaufen, sobald diese auf den Markt kommen. Sobald Sie siebeneinhalb Prozent erworben haben, bringe ich Sie als meinen Repräsentanten wieder in den Vorstand.«

»Danke, Sir.«

»Nennen Sie mich nicht Sir. Ich bin Pedro für meine Freunde.«

»Und ich bin Alex.«

»Vergessen Sie nicht, Alex, von nun an sind wir beide Partner mit einem einzigen gemeinsamen Ziel.«

»Es könnte gar nicht besser sein, Pedro«, sagte der Major, und sie gaben einander die Hand. Als sein Gast ging, hätte Don Pedro schwören können, dass er ihn pfeifen hörte.

Don Pedro ging zurück ins Haus und sah, dass Karl in der Eingangshalle auf ihn wartete.

»Wir müssen uns unterhalten, Sir.«

»Gehen wir in mein Büro.«

Keiner der beiden sprach, bis die Tür geschlossen war. Dann wiederholte Karl die Unterhaltung, die Bruno mit seinem Freund geführt hatte.

»Ich wusste, er würde den Karten für Wimbledon nicht widerstehen können.« Martinez griff nach dem Telefon auf seinem Schreibtisch. »Ich will Diego sprechen«, bellte er in den Hörer. »Jetzt werden wir sehen, ob wir den Jungen nicht mit etwas noch Unwiderstehlicherem in Versuchung führen können«, sagte er, während er darauf wartete, dass Diego an den Apparat kam.

»Was kann ich für dich tun, Vater?«

»Der junge Clifton hat den Köder geschluckt und wird morgen nach London kommen, um nach Wimbledon zu gehen. Kannst du für Freitag alles vorbereiten, wenn Bruno es schafft, dass er auch mein anderes Angebot annimmt?«

Sebastian musste den Wecker seiner Mutter ausleihen, damit er es rechtzeitig zum Zug schaffen würde, der um 7:23 Uhr nach Paddington fuhr. Emma wartete in der Eingangshalle auf ihn, um ihn nach Temple Meads zu bringen.

»Wirst du Mr. Martinez treffen, wenn du in London bist?«

»Höchstwahrscheinlich«, sagte Sebastian. »Schließlich war es sein Vorschlag, dass ich mit Bruno zusammen nach Wimbledon gehe. Warum fragst du?«

»Nur so.«

Sebastian hätte gerne gewusst, warum seine Mutter wegen Mr. Martinez so besorgt schien, doch er nahm an, dass er auf die entsprechende Frage dieselbe Antwort zu hören bekäme: nur so.

»Wirst du Zeit haben, Tante Grace zu besuchen, wenn du in Cambridge bist?«, fragte seine Mutter. Es war völlig offensichtlich, dass sie sich bemühte, das Thema zu wechseln.

»Sie hat mich für Samstagnachmittag zum Tee im Newnham College eingeladen.«

»Vergiss nicht, sie von mir zu grüßen«, sagte Emma, als sie den Bahnhof erreicht hatten.

Im Zug setzte sich Sebastian in die Ecke seines Abteils und versuchte herauszufinden, warum seine Eltern so besorgt wegen eines Mannes schienen, dem sie noch nie begegnet waren. Er beschloss, Bruno zu fragen, ob es da irgendwelche Probleme gab. Schließlich war Bruno nicht gerade begeistert davon gewesen, dass er nach Buenos Aires ging.

Als der Zug in Paddington einrollte, war Sebastian der Lösung des Rätsels keinen Schritt näher gekommen. Er reichte dem Beamten an der Schranke seine Fahrkarte, verließ den Bahnhof, ging über die Straße und hielt erst an, als er vor Nummer 37 stand. Er klopfte an die Tür.

»Um Himmels willen«, sagte Mrs. Tibbet, als sie sah, wer auf der Schwelle stand. Sie schlang die Arme um ihn. »Ich hätte nie gedacht, Sie je wiederzusehen, Seb.«

»Kann man hier ein Frühstück für arme Studienanfänger bekommen?«

»Wenn das bedeuten soll, dass Sie nun doch nach Cambridge gehen, werde ich sehen, was ich auftreiben kann.« Sebastian folgte ihr ins Haus. »Und machen Sie die Tür hinter sich zu«, fuhr sie fort. »Sonst denken die Leute noch, dass Sie in einer Scheune geboren wurden.« Sebastian drehte sich um und schloss die Tür, bevor er die Stufen hinab zu Tibby in die Küche eilte. Als Janice ihn sah, sagte sie: »Sieh mal einer an, was die Katze hereingeschleppt hat«, und umarmte ihn ihrerseits. Danach bekam er das beste Frühstück, seit er zum letzten Mal in dieser Küche gesessen hatte.

»Was haben Sie so gemacht, seit wir Sie das letzte Mal gesehen haben?«, fragte Mrs. Tibbet.

»Ich war in Argentinien und habe Prinzessin Margaret getroffen.«

»Wo ist Argentinien?«, fragte Janice.

»Weit weg«, antwortete Mrs. Tibbet.

»Und ich werde im September nach Cambridge gehen«, fügte Sebastian zwischen zwei Bissen hinzu. »Das habe ich Ihnen zu verdanken, Tibby.«

»Ich hoffe, Sie hatten nichts dagegen, dass ich Kontakt zu Ihrem Onkel aufgenommen habe. Er musste schließlich sogar zu mir nach Paddington kommen.«

»Zum Glück haben Sie das getan«, sagte Sebastian. »Sonst wäre ich noch immer in Argentinien.«

»Und was führt Sie diesmal nach London?«, fragte Janice.

»Ich habe Sie beide so sehr vermisst, ich musste einfach wiederkommen«, sagte Sebastian. »Und wo sonst hätte ich denn ein ordentliches Frühstück bekommen sollen?«

»Und wie lautet Ihre Antwort ohne Schmus?«, erwiderte Mrs. Tibbet, als sie ihm mit der Gabel eine dritte Wurst auf den Teller legte.

»Nun, es gibt tatsächlich noch einen anderen Grund«, gab Sebastian zu. »Bruno hat mich eingeladen, mit ihm heute Nachmittag nach Wimbledon zu kommen. Wir wollen uns das Halbfinale der Männer ansehen. Fraser gegen Cooper.«

»Ich *liebe* Ashley Cooper«, sagte Janice und ließ ihr Geschirrtuch fallen.

»Sie würden sich in jeden verlieben, der es bis ins Halbfinale schafft«, widersprach Mrs. Tibbet.

»Das ist nicht fair! Ich war nie in Neale Fraser verliebt.«

Sebastian lachte und hörte während der nächsten Stunde kaum mehr auf zu lachen, weshalb er erst kurz nach halb zwölf am Eaton Square eintraf. Als Bruno die Tür öffnete, sagte Sebastian: »Mea culpa. Aber ich kann zu meiner Verteidigung sagen, dass ich von zwei meiner Freundinnen aufgehalten wurde.«

»Geh das Ganze noch mal mit mir durch«, sagte Martinez. »Und zwar in allen Einzelheiten.«

»Während der letzten Woche haben drei sehr gute Fahrer mehrere Probeläufe absolviert«, sagte Diego. »Heute Nachmittag überprüfen sie die zeitlichen Abläufe noch ein letztes Mal.«

»Was kann schiefgehen?«

»Wenn Clifton nicht auf dein Angebot eingeht, müssen wir das Ganze abblasen.«

»Ich kenne den Jungen. Er wird nicht widerstehen können. Sorg nur dafür, dass ich ihn nicht zufällig zu Gesicht bekomme, bevor er nach Cambridge fährt. Denn ich kann nicht garantieren, dass ich ihn nicht erwürgen würde.«

»Ich habe alles getan, damit ihr euch nicht über den Weg lauft. Heute Abend bist du mit Major Fisher zum Dinner im Savoy, und morgen früh hast du als Allererstes einen Termin in der City, wo dich ein Wirtschaftsanwalt darüber informieren wird, welche Rechte dir zustehen, sobald siebeneinhalb Prozent von Barrington's dir gehören.«

»Und am Nachmittag?«

»Da gehen wir beide nach Wimbledon. Aber nicht, um uns das Damenfinale anzusehen, sondern um dir zehntausend Zeugen für dein Alibi zu verschaffen.«

»Und wo wird Bruno sein?«

»Im Kino. Mit seiner Freundin. Der Film beginnt Viertel nach zwei und endet gegen fünf, sodass er die traurige Nachricht über seinen Freund erst hören wird, wenn er am Abend zurückkehrt.«

Als Sebastian in jener Nacht zu Bett ging, konnte er nicht einschlafen. Wie bei einem Stummfilm rief er sich noch einmal Bild für Bild alle Szenen vor sein inneres Auge, die sich während des Tages ereignet hatten: das Frühstück mit Tibby und Janice, die Fahrt nach Wimbledon im MG und das ungeheuer spannende Halbfinale, dessen vierter Satz mit 8:6 an Cooper ging. Der Tag war mit einem Besuch bei Madame Jojo's in der Brewer Street zu Ende gegangen, wo ein Dutzend Gabriellas ihn umschwirrt hatten. Noch etwas, das er seiner Mutter nicht erzählen würde.

Und dann der Höhepunkt von allem, als Bruno ihn gefragt hatte, ob er am folgenden Tag lieber mit dem MG nach Cambridge fahren würde, anstatt den Zug zu nehmen.

»Aber wird dein Vater denn nichts dagegen haben?«

»Er hat es doch selbst vorgeschlagen.«

Als Sebastian am nächsten Morgen zum Frühstück nach unten kam, musste er enttäuscht feststellen, dass Don Pedro bereits zu einem Termin in die City aufgebrochen war, denn er wollte sich bei ihm für seine Großzügigkeit bedanken. Er würde ihm schreiben, sobald er wieder in Bristol wäre.

»Was für ein wunderbarer Tag das gestern doch war«, sagte Sebastian, als er sich neben Bruno setzte und Cornflakes in seine Schüssel schüttete.

»Gestern kann mir gestohlen bleiben«, erwiderte Bruno. »Es ist das Heute, das mir Sorgen macht.«

»Wo liegt das Problem?«

»Soll ich Sally sagen, was ich für sie empfinde, oder kann ich davon ausgehen, dass sie das bereits weiß?«, platzte Bruno heraus.

»Ist es so schlimm?«

»Für dich ist alles so einfach. Du bist in diesen Dingen viel erfahrener als ich.«

»Stimmt«, sagte Sebastian.

»Lass dieses schiefe Grinsen, oder ich leihe dir den MG nicht.«

Sebastian bemühte sich, eine ernste Miene aufzusetzen. Bruno beugte sich über den Tisch und fragte: »Was soll ich deiner Meinung nach anziehen?«

»Etwas, das lässig und elegant zugleich ist. Eher ein Halstuch als eine Krawatte«, antwortete Sebastian gerade, als das Telefon in der Eingangshalle zu läuten begann. »Und vergiss nicht, dass Sally sich genauso große Sorgen darüber macht, was sie anziehen soll«, fügte er hinzu, als Karl ins Frühstückszimmer kam.

»Eine Miss Thornton ist am Apparat für Mr. Bruno.«

Sebastian brach in Gelächter aus, als Bruno eingeschüchtert von seinem Stuhl glitt und nach draußen ging. Er strich eben ein wenig Orangenmarmelade auf seine zweite Scheibe Toast, als sein Freund wenige Minuten später zurückkam und zunächst nichts weiter sagte als: »Verdammt, verdammt, verdammt.«

»Was ist los?«

»Sally schafft es heute nicht. Sie ist erkältet und hat erhöhte Temperatur.«

»Mitten im Sommer?«, sagte Sebastian. »Für mich hört sich das so an, als suche sie nach einer Ausrede, um eure Verabredung platzen zu lassen.«

»Schon wieder falsch. Sie sagt, dass es ihr morgen sicher schon besser geht und sie es gar nicht erwarten kann, mich zu sehen.«

»Warum kommst du dann nicht mit mir nach Cambridge? Mir ist schließlich egal, was du anhast.«

Bruno grinste. »Du bist ein ziemlich armseliger Ersatz für Sally, aber ehrlich gesagt habe ich nichts Besseres zu tun.«

46

Die Worte »Verdammt, verdammt, verdammt« sorgten dafür, dass Karl die Küche verließ, um herauszufinden, was für ein Problem es gab. Das Frühstückszimmer erreichte er jedoch erst, als die beiden Jungen das Haus bereits verließen. Er stürmte durch die Eingangshalle hinaus auf den Bürgersteig, konnte aber nur noch zusehen, wie der orangefarbene MG sich mit Sebastian am Steuer vom Straßenrand löste.

»Mr. Bruno!«, rief Karl, so laut er konnte, doch keiner der beiden drehte sich um, denn Sebastian hatte das Radio eingeschaltet, damit sie die neuesten Nachrichten aus Wimbledon hören konnten. Karl rannte mitten auf die Straße und fuchtelte hektisch mit den Armen, doch der MG wurde nicht langsamer. Er eilte dem Wagen hinterher, der auf eine grüne Ampel am Ende der Straße zufuhr.

»Werd rot!«, schrie er, und die Ampel wurde tatsächlich rot, doch da war Sebastian bereits nach links abgebogen und hatte auf seinem Weg Richtung Hyde Park Corner sogleich wieder beschleunigt. Karl musste akzeptieren, dass er die beiden Jungen nicht mehr einholen würde. Bestand die Möglichkeit, dass Bruno darum gebeten hatte, irgendwo abgesetzt zu werden, bevor Clifton sich auf den Weg nach Cambridge machen würde? Immerhin hatte er seine Freundin heute Nachmittag ins Kino ausführen wollen. Doch Karl konnte dieses Risiko nicht eingehen.

Er drehte um und rannte zurück ins Haus, wobei er sich daran zu erinnern versuchte, wo Mr. Martinez heute hatte sein wollen. Karl wusste, dass sich Don Pedro am Nachmittag das Endspiel der Damen in Wimbledon anschauen würde, und schließlich fiel ihm auch noch ein früherer Termin Don Pedros in der City ein, weshalb er vielleicht immer noch in seinem Büro war. Obwohl Karl nicht an Gott glaubte, betete er darum, dass sich Don Pedro noch nicht auf den Weg nach Wimbledon gemacht hatte.

Er stürmte durch die offene Haustür, packte das Telefon in der Eingangshalle und wählte die Büronummer. Wenige Augenblicke später meldete sich Don Pedros Sekretärin.

»Ich muss den Chef sprechen, dringend. Dringend«, wiederholte er.

»Mr. Martinez und Diego sind vor ein paar Minuten nach Wimbledon aufgebrochen.«

»Seb, ich muss mit dir über etwas reden, das mir schon seit einiger Zeit nicht mehr aus dem Kopf geht.«

»Du willst wissen, warum ich glaube, dass Sally morgen wahrscheinlich nicht auftauchen wird?«

»Nein. Es ist etwas viel Ernsteres«, erwiderte Bruno. Obwohl Sebastian hören konnte, dass sich Brunos Ton geändert hatte, konnte er sich nicht zu ihm umdrehen, denn er versuchte gerade zum ersten Mal in seinem Leben, mit dem Verkehr am Hyde Park Corner zurechtzukommen.

»Ich weiß nicht genau, was es ist, aber seit du in London bist, habe ich den Eindruck, dass mein Vater dir aus dem Weg geht.«

»Aber das ergibt überhaupt keinen Sinn. Schließlich war er es, der vorgeschlagen hat, dass ich mir mit dir zusammen das Spiel in Wimbledon anschaue«, sagte Sebastian, während sie der Park Lane folgten.

»Ich weiß. Und es war auch Pas Idee, dass du dir heute meinen MG ausleihen sollst. Ich habe mich einfach nur gefragt, ob irgendetwas vorgefallen ist, was ihn geärgert haben könnte, als ihr in Buenos Aires wart.«

»Nicht, dass ich wüsste«, sagte Sebastian. Er sah das Schild, das die A1 ankündigte, und wechselte auf die äußere Fahrbahn.

»Und ich begreife immer noch nicht, warum dein Vater um die halbe Welt gereist ist, um mit dir zu sprechen, wenn er dich genauso gut hätte anrufen können.«

»Ich wollte ihm dieselbe Frage stellen, aber er ist zurzeit so beschäftigt damit, seine neue Buchtour durch Amerika vorzubereiten. Und als ich meine Mutter darauf angesprochen habe, hat sie sich dumm gestellt. Und wenn es eins gibt, das ich über meine Mutter weiß, dann das: Sie ist nicht dumm.«

»Außerdem verstehe ich nicht, warum du in Buenos Aires geblieben bist, wenn du mit deinem Vater hättest nach England zurückfliegen können.«

»Der Grund dafür ist, dass ich deinem Vater versprochen habe, in Southampton eine ziemlich große Kiste abzuliefern, und ich wollte ihn nicht im Stich lassen, nachdem er so viel für mich getan hatte.«

»Das muss die Statue gewesen sein, die ich auf dem Rasen in Shillingford habe liegen sehen. Warum sollte mein Vater eine Statue aus Argentinien hierherbringen, sie in eine Auktion geben und dann selbst zurückkaufen?«

»Ich habe keine Ahnung. Er hat mich gebeten, die Übergabepapiere zu unterschreiben, und genau das habe ich getan. Nachdem Sotheby's die Kiste in Empfang genommen hatte, bin ich mit meinen Eltern nach Bristol gefahren. Was sollen diese ganzen Fragen? Ich habe nur getan, worum dein Vater mich gebeten hat.«

»Weil gestern ein Mann meinen Vater bei uns zu Hause besucht hat und ich zufällig den Namen *Barrington* gehört habe.«

Sebastian hielt an einer Ampel. »Hast du irgendeine Ahnung, wer dieser Mann war?«

»Nein, ich habe ihn noch nie zuvor gesehen. Aber ich habe gehört, wie mein Vater ihn ›Major‹ genannt hat.«

»Dies ist eine wichtige Durchsage«, erklärte die Stimme, die aus dem Lautsprecher kam. Die Menge verstummte, obwohl Miss Gibson kurz vor dem Aufschlag im ersten Satz stand. »Mr. Martinez, bitte melden Sie sich unverzüglich im Sekretariat.«

Don Pedro reagierte nicht sofort, und als er sich dann langsam von seinem Platz erhob, sagte er: »Irgendetwas muss schiefgegangen sein.« Ohne ein weiteres Wort drängte er sich durch die Reihen der Zuschauer und eilte auf den nächstgelegenen Ausgang zu. Diego folgte ihm auf dem Fuße. Als Don Pedro die Treppe erreicht hatte, fragte er einen Programmverkäufer, wo sich das Sekretariat befand.

»Es ist das große Gebäude mit dem grünen Dach, Sir«, sagte der junge Mann und deutete nach rechts. »Sie können es gar nicht verfehlen.«

Rasch ging Don Pedro die Stufen hinab und verließ das Stadion, doch schon weit vor dem Ausgang hatte Diego ihn überholt. Diego beschleunigte seine Schritte, während er auf das große Gebäude zuhielt, das den Horizont dominierte. Gelegentlich warf er einen Blick zurück, um sich davon zu überzeugen, dass sein Vater nicht zu weit zurückblieb.

Als er den uniformierten Offiziellen sah, der neben der Doppeltür stand, ging er ein wenig langsamer und rief: »Wo ist das Sekretariat?«

»Die dritte Tür links, Sir.«

Diego eilte weiter, bis er das Wort *Clubsekretär* sah, das auf einer Tür angebracht war.

Als er sie öffnete, stand er einem Mann gegenüber, der eine elegante purpurfarben und grün gemusterte Jacke trug.

»Mein Name ist Martinez. Sie haben mich gerade ausrufen lassen.«

»Ja, Sir. Ein Mr. Karl Ramirez hat angerufen und darum gebeten, ihn unverzüglich zu Hause zurückzurufen. Er hat betont, dass die Angelegenheit außerordentlich wichtig ist.«

Diego griff nach dem Telefon auf dem Schreibtisch des Sekretärs und wählte gerade die entsprechende Nummer, als sein Vater mit geröteten Wangen durch die Tür stürmte.

»Worum geht es?«, fragte er keuchend.

»Das weiß ich noch nicht. Ich soll nur Karl zu Hause anrufen.«

Don Pedro nahm seinem Sohn den Hörer ab, als er vernahm, wie sich jemand mit den Worten meldete: »Sind Sie das, Mr. Martinez?«

»Ja, am Apparat«, sagte er und hörte sich aufmerksam an, was Karl zu sagen hatte.

»Was ist passiert?«, fragte Diego und versuchte, ruhig zu bleiben, obwohl sein Vater aschfahl geworden war und sich am Tisch des Sekretärs festhielt.

»Bruno ist im Auto.«

»Ich werde das mit meinem Vater klären, wenn ich heute Abend wieder zurück bin«, sagte Bruno. »Was kannst du schon getan haben, um ihn zu verärgern, wenn du nur seine Anweisungen ausgeführt hast?«

»Ich weiß es wirklich nicht«, erwiderte Sebastian und nahm die erste Abzweigung vom Kreisverkehr auf die A1, fädelte sich in den Verkehr ein und folgte der Schnellstraße, deren doppelte Fahrbahnen in beide Richtungen nur durch einen Mittelstreifen getrennt waren. Er trat aufs Gas und genoss den Wind in den Haaren.

»Vielleicht mache ich mir ja zu viele Sorgen«, sagte Bruno. »Aber es ist mir lieber, wenn ich dieses Rätsel löse.«

»Wenn der Major *Fisher* heißt«, sagte Sebastian, »dann kann ich dir jetzt schon sagen, dass nicht einmal du dieses Rätsel lösen wirst.«

»Ich verstehe kein Wort. Verdammt, wer ist denn dieser Fisher?«

»Er war der Kandidat der Konservativen, der bei der letzten Wahl gegen meinen Onkel angetreten ist. Erinnerst du dich nicht? Ich habe dir alles über ihn erzählt.«

»War er der Typ, der versucht hat, deinen Onkel um den Sieg zu bringen, indem er bei der Stimmenauszählung betrogen hat?«

»Genau der. Und er hat versucht, Barrington Shipping in Schwierigkeiten zu bringen, indem er Aktien der Firma gekauft und wieder verkauft hat, sobald sie auch nur ein wenig unter Druck waren. Und es dürfte ihm kaum gefallen haben, dass meine Mutter seinen Platz im Vorstand eingenommen hat, nachdem es dem Vorsitzenden gelungen war, ihn endlich loszuwerden.«

»Aber warum sollte mein Vater mit so einer Ratte irgendetwas zu tun haben?«

»Vielleicht war es ja gar nicht Fisher, und wir beide machen uns zu viele Sorgen.«

»Hoffen wir, dass du recht hast. Aber ich glaube trotzdem, dass wir Augen und Ohren offen halten sollten, nur für den Fall, dass einer von uns etwas aufschnappt, das die ganze Sache erklärt.«

»Gute Idee. Denn eins ist sicher: Ich möchte es mir auf keinen Fall mit ihm verderben.«

»Und selbst wenn einer von uns herausfindet, dass es aus irgendeinem Grund Missstimmigkeiten zwischen unseren beiden Familien gibt, bedeutet das noch lange nicht, dass wir in diese Sache hineingezogen werden müssten.«

»Ganz meine Meinung«, sagte Sebastian, als der Tacho auf sechzig Meilen kletterte – eine weitere neue Erfahrung. »Was meint dein Tutor? Wie viele Bücher musst du bis zum Beginn des Semesters lesen?«, fragte er, als er auf die äußere Fahrbahn wechselte, um drei Kohlelastwagen zu überholen, die direkt hintereinander fuhren.

»Er hat mir etwa ein Dutzend empfohlen, aber ich hatte den Eindruck, dass ich nicht schon am ersten Tag alle gelesen haben muss.«

»Ich glaube nicht, dass ich in meinem ganzen Leben bisher ein Dutzend Bücher gelesen habe«, sagte Sebastian, als er den hintersten Lastwagen überholte. Doch plötzlich musste er scharf bremsen, denn der Fahrer des mittleren Lastwagens scherte aus und begann seinerseits, den vordersten Lastwagen zu überholen. Gerade als es so aussah, als würde der Fahrer am ersten Lastwagen vorbeiziehen und wieder auf die innere Spur einschwenken, bemerkte Sebastian im Rückspiegel, dass auch der dritte Lastwagen auf die äußere Fahrbahn gezogen war.

Der Lastwagen vor Sebastian schob sich ganz langsam weiter, bis Sebastian schließlich parallel zum ersten Lastwagen fuhr, der, wie schon die ganze Zeit über, auch weiterhin auf der inneren Fahrbahn blieb. Wieder sah Sebastian in den Rückspiegel. Langsam wurde er nervös, denn der dritte Lastwagen schien immer näher zu kommen.

Bruno drehte sich um und fuchtelte hektisch mit den Armen,

um den Fahrer im Lastwagen hinter ihnen auf sich aufmerksam zu machen, während er so laut er konnte »Zurückbleiben!« schrie.

Die Miene des Fahrers blieb völlig ausdruckslos. Er beugte sich über das Steuer und fuhr immer dichter auf, obwohl der vordere Lastwagen denjenigen auf der inneren Fahrbahn noch immer nicht vollständig überholt hatte.

»Um Himmels willen, fahr!«, schrie Sebastian und drückte mit der flachen Hand auf die Hupe, obwohl er wusste, dass der Fahrer vor ihm nicht hören konnte, was er sagte. Als er erneut in den Rückspiegel sah, stellte er mit Entsetzen fest, dass der Lastwagen hinter ihm bis auf wenige Zentimeter an seine Heckstoßstange herangerückt war. Der Lastwagen vor ihm war immer noch nicht weit genug nach vorne gefahren, um auf die innere Fahrbahn einzuschwenken, wodurch Sebastian in der Lage gewesen wäre, zu beschleunigen und davonzuziehen. Inzwischen winkte Bruno energisch dem Fahrer zu ihrer Linken zu, doch dieser änderte seine Geschwindigkeit nicht. Wenn er – was problemlos möglich gewesen wäre – den Fuß vom Gas genommen hätte, hätte Sebastian auf die innere Fahrbahn wechseln können, wo er in Sicherheit gewesen wäre, doch der Fahrer warf keinen einzigen Blick in Richtung der beiden jungen Männer.

Sebastian umklammerte das Steuer fester, als der Lastwagen hinter ihm seine Heckstoßstange berührte und den kleinen MG nach vorne schob, wodurch das Nummernschild abgerissen und hoch in die Luft gewirbelt wurde. Sebastian versuchte, noch ein paar Meter weiter nach vorne zu fahren, doch wenn er zu sehr beschleunigte, würde er auf den Lastwagen vor sich auffahren und zwischen den beiden Fahrzeugen wie eine Ziehharmonika zusammengeschoben werden.

Wenige Sekunden später wurden sie ein zweites Mal nach

vorn geschoben, als der Lastwagen hinter ihnen mit deutlich größerer Wucht als zuvor auf das Heck des MG auffuhr und ihn bis auf weniger als einen halben Meter Entfernung auf den vorderen Lastwagen zuschob. Erst als der hintere Lastwagen zum dritten Mal auffuhr, schossen Sebastian die Worte durch den Kopf, die Bruno vor einigen Wochen zu ihm gesagt hatte: *Bist du sicher, dass du die richtige Entscheidung getroffen hast?* Er sah hinüber zu Bruno, der sich mit beiden Händen am Armaturenbrett festhielt.

»Die versuchen, uns umzubringen«, schrie er. »Um Himmels willen, Seb, tu etwas!«

Sebastian sah hilflos auf die beiden nach Süden führenden Fahrbahnen, auf der sich ein ununterbrochener Strom von Autos in die entgegengesetzte Richtung schob.

Als der Lastwagen vor ihm die Geschwindigkeit drosselte, wusste er, dass es, wenn überhaupt, nur eine Möglichkeit gab, wie sie das hier vielleicht überleben würden: Er musste eine Entscheidung treffen, und zwar schnell.

Es war der für die Zulassungen verantwortliche Tutor, dem die undankbare Aufgabe zufiel, den Vater des Jungen anzurufen und ihm mitzuteilen, dass sein Sohn bei einem tragischen Verkehrsunfall ums Leben gekommen war.

Mein Dank gilt folgenden Menschen für ihre außerordentlich hilfreichen Ratschläge und Recherchen:

Simon Bainbridge, Robert Bowman, Eleanor Dryden, Alison Prince, Mari Roberts und Susan Watt